Hanns Kneifel wurde 1936 in Gleiwitz/Oberschlesien geboren und wuchs auf in München. Nach einer Ausbildung zum Konditormeister machte er das Abitur nach und wurde Berufsschullehrer, hängte den Beruf aber bald an den Nagel, um von da an vom Schreiben zu leben. Er wurde bekannt durch seine Romane zur TV-Serie *Raumpatrouille Orion* und als Mitautor der *Perry-Rhodan*-Serie, seit den Neunzigerjahren auch als Autor minutiös recherchierter historischer Romane, deren Themen von der Frühgeschichte bis in die Neuzeit reichen.

Weitere Titel des Autors:

Der Engel der Apokalypse

Hanns Kneifel

JERUSALEM

Historischer Roman

BASTEI
LÜBBE
TASCHENBUCH

BASTEI LÜBBE TASCHENBUCH
Band 16 533

1. Auflage: Februar 2011

Bastei Lübbe Taschenbuch in der Bastei Lübbe GmbH & Co. KG

Originalausgabe

Textredaktion: Helmut W. Pesch
Titelillustration: shutterstock
Umschlaggestaltung: Gisela Kullowatz
Autorenfoto: Peter Fleissner © Bonsai Press
Satz: Urban SatzKonzept, Düsseldorf
Gesetzt aus der Goudy
Druck und Verarbeitung: GGP Media GmbH, Pößneck
Printed in Germany
ISBN: 978-3-404-16533-9

Dramatis Personae

Die Hauptpersonen

Jean-Rutgar aus Les-Baux, Bastard des Herrn von Beausoleil, Anno Domini 1091 kaum 16 Jahre alt

Thybold, sein älterer Bruder, leiblicher Sohn des Herrn von Beausoleil, fünf Jahre älter als Rutgar

Ragenarda, 25-jährige, reife Schönheit, Jean-Rutgars erste große Liebe

Chersala, älteste Tochter des Schmieds Gautmar aus Drakon in Kleinasien, lernt Jean-Rutgar bedingungslos zu lieben.

Berenger, Waräger aus Britannien, Kundschafterreiter-Anführer in Diensten des oströmischen Kaisers Alexios I. Komnenos

Papst Urban II., ruft im Konzil zu Clermont am 27. November 1095 zur »bewaffneten Pilgerfahrt« auf. Das Ziel ist die Befreiung des Grabes Christi in Jerusalem von den »Ungläubigen« und ein Ende der oft tödlichen Zwistigkeiten unter europäischen Würdenträgern durch Bündelung der Motivation zur bewaffneten Pilgerfahrt.

Abt Hugo (Hugues) von Cluny, Bruder von Raimund von Toulouse und Saint-Gilles, erbaut die Benediktiner-Abtei und die Klosterkirche von Cluny in der Grafschaft Mâcon, zu ihrer Zeit die größte Kirche der Menschheit. Einer der Mönche und späterer Prior war Papst Urban II.

Peter von Amiens, genannt der Einsiedel, »Kukupetros«, ca. 40, barfüßiger Prediger unklarer Herkunft, will eine riesige Anzahl armer, frommer Pilger nach Jerusalem führen.

Emicho von Leiningen, Dietmar Vicomte de Melun, dessen Sohn Wilhelm, genannt der »Zimmermann«, die Priester Gottschalk und Volkmar, Walter von Poix (de Pexejo), Walter Sinehabere, Hartmann von Dillingen, Drogo von Nesle, Clarambald von Vendeuil, Thomas von La Fére und viele andere Ritter: gottlose Mitstreiter Peters von Amiens

Alexios I. Komnenos, Basileus und *Autokratōr* (Kaiser) des Oströmischen Reiches, Herrscher von Konstantinopel, bittet Papst Urban II. um Heere gegen die muslimischen Seldschuken

Sultan Kilidsch Arslan ibn-Süleiman, Herrscher des Seldschukenreiches, politischer und militärischer Gegner des Basileus und der Kreuzfahrer

Die Ritter und die wehrhaften Geistlichen

Bischof Adhemar von Le Puy, ca. 50, päpstlicher Legat, geistlicher Führer des Heiligen Krieges. Seine Brüder François-Lambert von Monteil und Peyrins und Wilhelm-Hugo von Monteil schließen sich Adhemar an.

Raimund von Toulouse und Saint-Gilles, ca. 54, einäugiger Anführer des Heeres aus Provençalen, Aquitaniern, Burgundern und Männern aus dem Languedoc, bricht mit ca. 1000 Berittenen und mehr als 10 000 Mann zu Fuß nach Jerusalem auf.

Hugo Graf von Vermandois, »Le Maisné«, ca. 40, Bruder König Philipps von Frankreich, Anführer eines kleinen Heeres,

Gottfried (Godefroi) Graf von Bouillon, als Gottfried V. Herzog von Niederlothringen, sowie dessen Brüder Eustachius und Balduin von Boulogne,

Herzog Robert II. von Flandern, ca. 42, Sohn Wilhelm des Eroberers, Anführer der etwa 600 berittenen und ca. 4000 Mann Fußvolk, Normannen und Britannier, und dessen Vetter Herzog Robert II. von der Normandie, 40, begleiten die Heere der anderen Fürsten, ebenso

Stephan Graf von Blois und Chartres, Schwager Roberts von der Normandie, zieht mit ca. 300 Berittenen und ca. 1500 Mann Fußvolk nach Jerusalem.

Fürst Bohemund von Tarent, ca. 40, hünenhafter italischer Normanne, Sohn Robert Guiscards, skrupellos und scheinbar unbesiegbar, und dessen ehrgeiziger Neffe Tancred, mit 500 Reitern und 3500 Mann zu Fuß, treffen am 9. April 1096 in Konstantinopel ein.

Arnulf von Choques, Raimund von Aguilers, Fulcher von Chartres; Geistliche, Kaplane verschiedener Fürsten, zum Teil Chronisten der Ereignisse während der bewaffneten Wallfahrt und der Erstürmung Jerusalems. Ebenso folgten diesen Fürsten Dutzende, Hunderte Männer von Adel jeden Alters; tapfere, fromme, feige, leichtfertige und beutegierige sogenannte zweite und dritte, also nicht erbberechtigte Söhne, deren Namen mit unbarmherzigen Strapazen, Entbehrungen und einzigartiger Tapferkeit verbunden sind.

Weitere Beteiligte

Hermann III. Graf von Hochstaden, Erzbischof von Köln, erlebt den Beginn des Zugs von Peter von Amiens und erfährt danach von den Gräueltaten und den Erlebnissen dieses »Volkskreuzzugs«.

Tatikios (lat. Tatitius) und Manuel Butumites, Generäle des Basileus Alexios zu Konstantinopel

Iftikhar ad-Daula, Statthalter der Fatimiden, mit arabischen und sudanesischen Truppen Verteidiger Jerusalems, sieht sich jenem Drittel der Christen gegenüber, das die Reise von Frankreich, Deutschland und Italien überlebt hat.

Der (deutsche) Volksmund verwendete für die Monate folgende (und andere, ähnliche) Bezeichnungen:

1. Hartung oder Schneemond (Januar)
2. Hornung (Februar)
3. Lenzmond (März)
4. Ostermond (April)
5. Weidemond (Mai)
6. Brachmond oder Johannismond (Juni)
7. Heumond (Juli)
8. Erntemond (August)
9. Herbstmond (September)
10. Weinmond (Oktober)
11. Windmond oder Schlachtmond (November)
12. Christmond (Dezember)

Erstes Buch

Von Clermont bis Konstantinopel und Civetot

Prolog

Anno Domini 1091, Sommertag in der Provençe, Mittag
Burgruine Beausoleil bei Les-Baux, in den Alpilles

»Fata volentem ducunt, nolentem trahunt.«
(L. Annaeus Seneca)

Wieder begannen die Zikaden mit ihrem durchdringenden Lärmen. Ein Falkenpärchen zog seit einer Stunde seine Kreise hoch über dem brüchigen Rundturm der Burg. Schweigend, noch halb im Traum, sah Jean-Rutgar den Raubvögeln zu. Einige Tauben gurrten im verfallenden Taubenhaus, die wenigen Hühner, die der Fuchs sich noch nicht geholt hatte, wagten sich nicht aus dem Schatten der Scheune hinaus. Unter den weißen Wolken des Heumonds rüttelte Westwind an der Krone des Baumes und streichelte die Kornfelder in langen, zitternden Wellen. Ragenarda richtete sich halb auf und strich das schweißnasse Haar aus Jean-Rutgars Stirn.

»Der Herbst beginnt. Ringsum zerbricht alles«, sagte sie leise. »Und der Wintersturm wird alles zu Staub zerblasen und forttragen in alle Welt. So wie dich.«

Die weiße Sonne der Provençe, die das Land ausgedörrt hatte, brannte seit fast einem Monat heißer als sonst. Ein blauer, leuchtender Sommer endete. Aus dem Gebüsch kroch der Geruch von Rosmarin und Thymian. Auch Rutgars Tagtraum war von Wohlgeruch erfüllt gewesen, das Traumbild einer Burg mit rundem, weißem Turm unter leuchtenden Wolken, am sandigen Ufer eines Meeres von tiefblauer Farbe, und durch das Wasser hatte er rätselhafte goldene Dinge am Meeresboden liegen gesehen. Die Burg stand auf einem Hügel, inmitten riesiger Bäume, und der Hügel wuchs hervor aus einer silbernen, staunenswert fremdartigen Landschaft. Rutgar blinzelte den Traum fort und holte tief Luft. Über dem fernen Meer ballten sich Wolken, die ein Gewitter ankündigten.

Rutgar öffnete die Augen und glaubte, die Schwungfedern an den Flügelenden der Falken zittern zu sehen. Dann blickte er in Ragenardas Gesicht, und mit lähmender Plötzlichkeit kamen Verwirrung, Trauer und Furcht zurück, die der Wachtraum vertrieben hatte.

»Ich werde dich niemals vergessen können«, sagte er leise. Er hatte es schon Dutzende Male ausgesprochen. »Dich und das alles hier. Diese beiden Sommer. Niemand hat uns gesehen, keiner hat uns gestört. Warum muss es zu Ende gehn?«

»Nichts währt ewig«, antwortete sie und beugte sich über ihn. Ihr schweres Haar umgab seinen Kopf wie ein schützender Mantel, die dunklen Spitzen ihrer Brüste rieben sich an seiner heißen Haut. »Die Armut zwingt uns. Ich muss fort. Du musst fort. Im Frühling geht auch Thybold. Die Burg wird bald nur ein Haufen Steine sein.«

Der Brand während des Weidemonds im vergangenen Jahr hatte die Hälfte des Daches und viele der hölzernen Wände endgültig zerstört. Seit einem Jahr lebten nur Tauben, Mäuse und Ungeziefer, winzige Eidechsen und bleiche Skorpione zwischen den wenigen verwilderten Hühnern. Brombeeren, Himbeeren, Gestrüpp und mistralzerzauste Pinien wuchsen an den Flanken des Hügels außerhalb von Les-Baux und überwucherten die Brandspuren. Nur die Krone des Rundturms, aus der Dutzende Quader und Mauersteine herausgebrochen waren, ragte über die Pinienwipfel, in denen Zikaden schnarrten. Zum Versteck, in dem sie sich seit dreizehn Monaten mit der Hingabe derer liebten, die, weil sie das nahe Ende zu erkennen wussten, mehr und mehr Vorsicht fahren und sich von den köstlichen Stunden mitreißen ließen, führte ein handbreiter Pfad hinauf; schon eine Fußstunde an der Flanke vor dem Dörfchen auf der Klippe begann die menschenleere, wegarme Landschaft, über der nur Habichte und Falken rüttelten.

»Morgen.« Die leise Stimme Ragenardas, dunkler Samt wie ihre Haut, konnte ihn selbst nach einem Jahr noch verführen. »Nach dem Gewitter, morgen früh, mein schöner, junger Geliebter, müssen wir uns trennen. Für immer.«

Der Wetterturm wuchs schneeweiß im Westen; sinnlos, die Wolken und Stunden aufhalten zu wollen. Morgen begann ein anderes Leben. Die Furcht davor, das allzu Vertraute zu verlassen und sich in der unbekannten Welt zu verlieren, hockte seit der ersten Nacht dieses Sommers tief in Rutgars Herz. Das Vertraute, das waren die schöne, erfahrene Ragenarda, das Land rund um Nîmes zwischen dem Meer und Les-Baux, die wenigen Freunde und Philbert, der alte Ordensbruder, von dem er so viel gelernt hatte. Rutgar legte die Arme um die Schultern der Frau und antwortete:

»Mit dir bin ich glücklich. *Fata volentem ducunt* . . ., das Schicksal führt den Glücklichen, hat Philbert gesagt, in seiner Kirchensprache. Und den Unglücklichen zieht es. Ich will nicht unglücklich werden.«

»Du wirst nicht unglücklich sein.« Ragenardas Hüften drängten sich an ihn. Smaragdfarbene Eidechsen sonnten sich auf dem Mauerrest. »Du bist so viel klüger und stärker als alle anderen. Und so viel leidenschaftlicher, mein Grünauge.«

Er zählte fünfzehn Jahre, sie war zehn Jahre älter und ein halbes Jahrhundert erfahrener. Sie hatte ihn, der nicht einen Atemzug lang daran gedacht hatte, sich zu wehren, mit wissendem Lächeln verführt und ihn alles gelehrt, was sie von der Minne und der Leidenschaft ihrer Körper wusste. Von ihr hatte er auch ein paar Dutzend Schriftzeichen und Wörter der muslimischen Sprache gelernt. Wozu eigentlich? Es gab an der Küste keine Sarazenen mehr. Und mit diesem Können und Wissen, seiner Kraft und seiner Jugend würde er von nun an allein sein müssen. Mit schweißfeuchten Fingern erwiderte er ihr Streicheln und murmelte in ihr Haar:

»Ich weiß nicht, was mit mir geschehen wird, draußen, in der Welt, die ich nicht kenne. Aber ich werde zurückkommen, reich und mächtig.«

»Dann wirst du hier wenig wiederfinden von dem, was du kennst.« Ragenarda nahm lächelnd seine Hand und führte sie zwischen ihre Schenkel. Ihre Augen, schwarz im Schatten des löchrigen Vordachs, betrachteten ihn mit seltsam abwesenden Blicken, als habe sie geweint, ohne dass es ein anderer sah, habe den Abschied längst vollzogen. »Alles wird sich verändert haben. Ich weiß, dass es so ist – ich hab's selbst schon einmal erlebt.«

Der Hauptstützpunkt der plündernden muslimischen Seeräuber, die Festung Fraxinetum im Land hinter den Küstenbuchten war lange vor Jean-Rutgars Geburt zerstört worden. Ragenarda stammte aus dieser Gegend, was ihr Aussehen zu erklären schien; der Graf hatte »die Maurin«, damals noch ein Kind, mitgebracht, und nach seinem Tod war ihr Leben bedeutungslos geworden. Rutgar, ebenso elternlos, ein fürstlicher Bastard, mit einer Magd gezeugt, wuchs im Schutz Thybolds, eines wirklichen Sohnes des Grafen und unter den Fittichen des alten Mönchs Philbert auf, dessen Glaubensbrüder aus der Abtei Montmajour die Sümpfe bei Arles trockengelegt hatten. Morgen würden Philbert und Rutgar dorthin aufbrechen.

Er wollte antworten, aber unter Ragenardas weichen, fordernden Lippen wurden im Summen des Windes seine Worte zu undeutlichem Murmeln. Ihre Körper schlangen sich umeinander, das hastige Atmen wurde zu stockendem Keuchen, die Lust ließ Rutgar seine Furcht und Traurigkeit vergessen.

Ragenarda nahm ihn mit unverständlich murmelndem Singsang in sich auf, schlang die Beine um ihn, und er bewegte, wie sie es gelehrt hatte, seine Hüften. Dieses Mal legten sich zwei Schatten auf die leidenschaftliche kurze Ewigkeit, die Rutgar bisher fröhlich und ohne an die Sünden der Begierde und der Unzucht zu denken genossen hatte: die Furcht vor dem Leben im Unbekannten und die Schatten der Wolken, die sich vor die Sonne geschoben hatten. Der Himmel war leer, das Falkenpärchen war abgestrichen.

Aus der wohligen Erschöpfung weckten sie kurze, heiße Windstöße. Die Wolken hatten sich grau gefärbt. Pflanzensamen, dürres Laub und Spelzen wirbelten durch die Luft. Rutgar und Ragenarda zogen sich flüchtig an und liefen den Pfad hinunter bis zu der uralten Eiche, unter der Ragenardas Pferd lustlos an braunen Halmen zupfte. Im winzigen Quellteich wuschen sie sich, ergötzten sich zum letzten Mal an der Schönheit ihrer nassen Körper und ließen sich von der Luft im säuselnden Wind trocknen.

Rutgar sattelte Ragenardas müden Schimmel und sagte: »Morgen bringt der Händler Wein zur Abtei. Er nimmt Philbert und mich mit.«

Sie flocht ihr tropfendes Haar zu einem schwarz glänzenden Zopf, während sie zu ihrem Pferd ging. Einige Atemzüge lang betrachtete sie die Burgruine, die Pinien und den Kirschbaum, dessen Krone im Wind schaukelte, dann deutete sie auf die grauschwarze Gewitterwand.

»Ich werde morgen bei der Weggabelung sein, unter dem Nussbaum, mein Liebster.«

Er saß im kurz gefressenen Gras und zerrte den Stiefel am rechten Fuß hoch, sprang auf und hakte die Hände ineinander.

»Steig auf, Ragenarda.« Sie setzte ihren Fuß in die Steighilfe und schwang sich in den Sattel. »Sag Thybold, dass ich bei Philbert bin. Vielleicht sucht er mich.«

Sie hielt seine Hand und zügelte den Schimmel. Ihre Blicke kreuzten sich; in ihre Augen traten Tränen und liefen über ihre bräunlichen Wangen. Langsam nickte Ragenarda, dann entzog sie ihm die Hand. Sie gab den Zügel frei, schlug die Fersen in die Flanken des Reittiers und trabte unter den raschelnden Blättern der Eiche hinaus auf den Sandpfad. Jean-Rutgar ließ hilflos die Arme sinken, blinzelte und schloss die Augen, als der Wind eine Wolke aus Staub und Pflanzenresten über die Wasserfläche wehte.

Auch dieses karge Stück Land würde er verlassen; hier war er aufgewachsen, fünfzehn Jahre lang, kannte jeden Pfad, jede Quelle, jede verwitterte Mauer. Hier hatte er Vögel mit Leimruten gefangen, Wachtelfallen aufgestellt, Hasen in Schlingen erlegt und Paare beim lustvollen Tun beobachtet. Er bewegte sich schnell und unsichtbar wie der Fuchs oder eine wildernde Katze, selbst noch in den Jahren, in denen er vor der Hütte des Mönchs mühsam Lesen und Schreiben gelernt und in Philberts Heiliger Schrift gelesen hatte. Warum musste er fort? Was trieb ihn aus der Umgebung, deren tausend winzige Geheimnisse er besser kannte als jeder andere? Sein Traum, der weiße Burgturm? Die Sehnsucht nach einem anderen Leben, nach fernen Ländern, anderen Menschen? Er sah wieder zur drohenden Gewitterwand hinauf und begann zu laufen.

Die Grillen im Gras und zwischen den Steinen und die Zikaden im Geäst verdoppelten ihr Zirpen und Schnarren. Für einen Augenblick hörte Rutgar die Pferdehufe auf Steinen klappern, von fern polterte leiser Donner. Wenn nicht einmal Thybold, der jüngste von drei Söhnen des Grafen, etwas zu sagen hatte und sich mit den Brosamen begnügen musste, die vom allzu kargen Tisch der Familie für ihn abfielen, dann war es klüger, besseres Leben und größeres Heil in der Fremde zu suchen.

Hier war es beschwerlich, so wie das schmale Band des Feldes, das hügelan am Waldrand endete; abgesichelt, voller Spelzen und Stoppeln und Staub. Sperlinge pickten zwischen den stacheligen Resten. Die Wipfel der alten Zypressen neben dem Häuschen schwankten im Wind; der Brauch, der dem müden Wanderer durch diese drei Bäume Essen, Wasser und Schlafplatz versprach, stammte von den Römern, hatte Ragenarda ihm erzählt.

Er überquerte den leeren Streifen und rannte ein gelbes Kornfeld entlang, zwischen umwucherten Felsen hindurch und über die uralte Brücke zu der Hütte, die neben den Resten der Kapelle stand. Sie war schon eine zugewachsene, vom Mistral umheulte Ruine gewesen, als Rutgar den Benediktinermönch das erste Mal besucht hatte; vor neun, zehn Jahren.

Von Thybold und Ragenarda hatte er gelernt, Pferde richtig zu behandeln und zu reiten. Reitpferde waren teure, wertvolle Geschöpfe, fast so teuer wie eine Rüstung und gute Waffen. Die Familie besaß nicht mehr als zwei alte Wallache. Alles andere wusste er von den Bauern, den Fuhrleuten, Tagelöhnern und Hirten; denn er hatte sich durchgeschlagen, indem er überall dort gearbeitet hatte, wo es etwas zu schuften gab. Er kannte die harte Arbeit der Rhôneschiffer – Nîmes lag nicht allzu weit im Westen – ebenso wie die knochenbrechende Fron der Müller und Winzer und die Erzählungen von fahrenden Spielleuten und Rittern. An all das dachte er, tausend Erlebnisse schossen durch seinen Kopf, als er im Licht des ersten Blitzes über die Stoppeln eines Roggenfeldes auf die Hütte zustolperte. Ein Vogelschwarm stob vom anderen Ende des Feldes auf.

Schwitzend und keuchend ließ sich Rutgar auf die Steinbank fallen. Thybold und er hatten dem Mönch ein einfaches, strohgedecktes Vordach gezimmert, unter dem der Alte im Schatten an seinem Tisch sitzen und ins Land schauen konnte. Auf der Platte stand ein Tonkrug. Rutgar hob ihn an; kühles Wasser. Er trank, leerte ihn halb und setzte ihn ab, als der Weißbärtige aus der Hütte kam und sich unter dem Türstock bückte.

»Ich bin's, Vater Einsiedel«, sagte Jean-Rutgar mit verlorenem Lächeln. »Gerade noch, bevor das Gewitter niedergeht. Will uns Gott ein Zeichen geben?«

Der Benediktinermönch setzte sich, legte den Arm um Rutgars Schultern und deutete mit dem Daumen über die Schulter.

»Nimm's als Zustimmung. Ich hab mein Bündel gepackt. Viel ist's nicht. Und du?«

Rutgar zuckte mit den Schultern. »Ragenarda bringt meinen Besitz morgen zur Straße. Sie hat auch nicht schwer daran zu tragen.«

Der Mönch lächelte unter den weißen Bartstoppeln. »Du wirst es vielleicht mit deinen fünfzehn Jahren nicht verstehen, Jean-Rutgar, aber warum sollte Gott dich strafen wollen? Nur weil du mit reinem Herzen diese Frau begehrst? Minne ist keine Sünde. Sie ist niemandes Eheweib.«

Unverbrüchliche Frömmigkeit und Liebe zu allen Kreaturen, nichts anderes kennt er, dachte Rutgar. Er ist zu gut für die Welt. Philbert mit den tausend Falten im Gesicht, dem schütteren Bart und dem weißen Haarkranz kannte nur Gottes Güte, die sich wie milder Regen auf jedes seiner Geschöpfe senkte. Aber auch Philbert verließ dieses Stück Land, weil er, hinfällig geworden, in diesem gottvergessenen Land verhungern würde, während er sich um seine Schäflein sorgte.

Jean-Rutgar nickte und antwortete lächelnd: »Du weißt, dass ich mich an die Sprüche deiner Weisheit halte, Vater Philbert.«

Zwei, drei vielfach verzweigte Blitze und, einige Herzschläge später, laut knatternder Donner bekräftigten seine Worte und machten ihn und den Mönch halb taub. Rutgar unterdrückte sein Erschrecken, ging in die Hütte und holte Oliven, den Ölkrug, Brotfladen und Käse, in ein feuchtes Tuch eingeschlagen. In seinen Ohren klingelte der Nachhall des Donners. Als er das Holzbrett abstellte und das Messer aus dem Stiefelschaft zog, hörte er trotz der klingenden Ohren Hufgetrappel und den Ruf. Er wandte den Kopf und erkannte Thybold im Sattel des schweißnassen Schimmels, den Ragenarda geritten hatte.

»Schnell, unters Dach!«, rief Rutgar und sprang auf. »Binde den Gaul fest! Wenn er sich losreißt, finden wir ihn nie wieder.«

Thybold sprengte heran, ritt um die Ecke der Hütte und sprang aus dem Sattel. Die Halbbrüder tauschten eine kurze Umarmung aus. Der Grafensohn, um die zwanzig, schwarzhaarig, mit Nackenzöpfchen und strahlenden blauen Augen, ließ sich von Rutgar helfen und knüpfte einen Leinensack vom Sattel.

»Braten, Käse und ein paar Trauben«, sagte er lachend und wickelte einen Krug aus der schützenden Strohhülle. »Und ein Schluck Wein. Mehr hab ich nicht finden können.«

»Gott segne euch zwei!«, rief Philbert. Obwohl er einsam in seiner Hütte lebte, wollte er nicht Eremit oder Einsiedel genannt werden. Er lachte und zeigte auf die Regenwolke. »Lasst uns ein Abschiedsmahl nehmen! Der Himmel schlägt den Takt zu jedem Schluck.«

Er holte Holzbecher aus der Hütte. Rutgar und Thybold sattelten ab und banden die Zügel am Türpfosten fest. Thybolds schmales Gesicht zeigte, dass er am liebsten mit Rutgar mitgeritten wäre, aber nicht zu den frommen Brüdern. Seine Falkennase schien erlebnisgierig in die Ferne hinauszuwittern.

Die tiefschwarze Wolkenmasse schob sich von Sonnenuntergang her blitzend und donnernd heran, aber noch ohne einen einzigen Tropfen. Der Wind fing sich unter dem vorspringenden Dach, als Rutgar die Becher füllte, den Weinstrahl mit der flachen Hand vor dem Sturm schirmend.

Das Gewitter tobte die halbe Nacht, mit zahllosen Blitzen, strömendem Regen und unablässigem Donner, als wolle die Welt untergehen. Die drei saßen im flackernden Dunkel hinter den Tropfenvorhängen, die wie Wasserfälle vom Dach plätscherten. Rutgar und Thybold redeten und sprachen sich gegenseitig Mut zu, versuchten den Sinn der Welt zu erkennen, noch ehe sie sich in der Fremde umgesehen hatten. Auch Thybold wollte Les-Baux verlassen, nach dem Winter, aber Rutgars Weg zu den Benediktinern war nicht seiner; er blieb unentschlossen. Der letzte Schluck Wein schmeckte sauer und rau, als sollte Jean-Rutgar auf die nächsten Jahre vorbereitet werden.

Um Mitternacht war die schwarze Wettermauer weitergezogen, und auch der Regen verlor allmählich seine Gewalt. Im ersten Morgengrauen sattelte Thybold den Schimmel, nachdem sie das triefende Tier trocken gerieben hatten. Sie hängten ihre Bündel an den Sattel und wanderten durch die Wildnis aus Fels, tropfenden Krüppeleichen und wilden Ölbäumen nach Süden, zur Wegscheide, wo Ragenarda neben dem Gespann des Händlers wartete.

Der Abschied, voll brennender Blicke und verzagten Flüsterns, zerriss Rutgars Herz, aber der Händler drängte. Von den ersten Sonnenstrahlen geblendet, wandte sich Jean-Rutgar um. Die Luft war so klar wie nie zuvor. Thybold und Ragenarda standen unter dem Nussbaum, an dessen Blättern das Sonnenlicht in tausend Funkeltropfen zerstrahlte; in Rutgars Kopf blitzten, wirbelten und strudelten die Gedanken durcheinander. Er empfand nichts, es war zu viel. Er kletterte zu Philbert zwischen die Fässer und wischte, als es niemand sah, die Tränen aus den Augen. Erst als Philberts Schultern schwer gegen ihn fielen, weil der Greis eingeschlafen war, richtete Rutgar seinen Blick auf die Räderspuren der Straße, die hügelan führte und neben einer verwitterten Säule hinter der Erhebung verschwand. Ihm war zumute, als könne er niemals mehr zu weinen aufhören.

Kapitel I

Anno Domini 1095, 27. Tag des Windmonds (November)
Clermont in Frankreich, vor den Mauern

»Deus lo volt!« – »Gott will es!« – »Diex le volt!«
(Schlachtruf der Kreuzfahrer)

Vielen der Versammelten schien es, als habe der Regen, der vor einer Stunde über das Land gezogen war, aus geweihtem Wasser bestanden. Zugleich mit der Nässe bedeckte weihevolle Erwartung die Felder und Weiden. Noch war das teppichgeschmückte Podium, das den Baldachin und den Thronsessel trug und vor dem Osttor der hoch ummauerten Stadt Clermont errichtet worden war, nass und menschenleer. Breite Strahlenbündel durchbrachen die tiefen, grauschwangeren Wolken. Den stumpfen Kegel des Puy de Dôme krönten zerfaserte Windfahnen.

Mehr als ein Dutzend Erzbischöfe, etliche zwanzig Dutzend Bischöfe und fast vierhundert Äbte, Prälaten, Priester und Mönche, die den vorletzten Tag des zehntägigen Konzils in der Auvergne hinter sich gebracht hatten, umgaben das geschmückte Podest; ein unruhiger, malmender Dreiviertelkreis aus Bewegung, Farbe, dampfenden Kleidern und blitzendem Silber und Gold. Aus feuchten Fahnen tropfte schmutziges Wasser auf die Schultern prächtig gewandeter Träger.

Auf dem weiten, flachen Feld, das der Regen des elften Monats durchweicht hatte und über dessen Stoppeln und niedergetretene Furchen eisiger Wind flüsterte, warteten Tausende auf den Papst. Urban II., dreiundfünfzig Herbste auf dem kerzengeraden Rücken, ein französischer Adliger namens Eudes »Odo« de Lagery, geboren auf dem Familienschloss nahe Châtillon-sur-Marne, schritt an der Seite Adhemars von Monteil, des breitschultrigen Bischofs von Le Puy, eines achtungsgebietenden Recken, durch die Gasse der prunkvoll gewandeten Würdenträger bis zu den Stufen des Podiums.

Jean-Rutgar fühlte, wie kalte Nässe durch die Sohlen an seinen Füßen heraufkroch. Er stand einen Steinwurf vom Podest entfernt und fragte sich, warum er wartete, fror und nicht im Heu der warmen Klosterscheune lag. Seit den letzten Tages des Erntemonds, seit Nîmes und Saint-Gilles, rhôneaufwärts und auf der Saône, über Vienne und Lyon, begleitete er den Zug des Papstes, schuftete als Knecht des Gespannführers und erhielt guten Lohn und freie Kost überall dort, wo der Papst mit seinem Gefolge zu Gast war. Es war eine gute Zeit gewesen, trotz der endlosen Mühen der Reise.

Ich bin aus Neugierde hier, dachte Jean-Rutgar, und vielleicht, weil ich Thybold hier wiederfinden kann. Halbbruder Thybold. Vor mehr als fünf Jahren hatten sie den letzten Schluck sauren Wein geteilt. Fünf Jahre! Sie waren schneller vergangen als eine Rhône-Hochflut und hatten Rutgar hierhin und dorthin gebracht, auf den unsicheren, schlechten Straßen der Provençe, im Burgundischen, bis in die Champagne und an Lothringens Grenze. Zuvor hatte er länger als ein Jahr als Klosterknecht und Herr über vier Gespanne in der Abtei Montmajour und später lange in Cluny gearbeitet, bis der liebenswerte Mönch Philbert, mehr, aber anders als ein Vater, in friedlichem Schlaf zu seinem Gott eingegangen war.

Daraufhin war Rutgar ein Jahr lang als Rhôneschiffer gefahren, flussauf, flussab, zwischen Aigues Mortes und Nîmes, Avignon oder Lyon; er kannte jede tückische Stromschnelle und hatte vier Mal dem nassen Tod davonschwimmen können.

Er musterte die prächtige Kleidung der Bischöfe und Kardinäle und fühlte sich plötzlich in der Menge der Versammelten eingeschlossen und bedrängt. Dass der Papst mit langen, gesiegelten Sendschreiben die Bischöfe hierher zusammengerufen hatte, wusste Jean-Rutgar; er hatte einige Male den Boten geholfen und ihnen den Weg gewiesen. In die Schäfte seiner Stiefel und den Messergurt waren Silber- und Goldmünzen eingenäht; wenige silberne und zwei goldene Denare.

Er blickte hoch und in Papst Urbans beherrschtes Gesicht. Die Züge verrieten Klugheit, Entschlusskraft, Listigkeit und, schwer zu verstehen, tiefe Gläubigkeit. Der Heilige Vater war unter dem Pilgerhut fast kahl, bis auf ergraute Haarbüschel über den Ohren, einen langen braunen Bart und einen dichten, dunklen Schnurrbart. Beide Bärte waren gepflegt und schienen gefärbt zu sein. Urbans kräftiger Körper war der eines Zimmermanns im Dachstuhl des Herrn oder eines tapferen Soldaten des wahren Glaubens.

Rutgar, der den Papst einige Male aus der Nähe erlebt hatte, leutselig, aber in gemessener Ruhe, zweifelte keinen Atemzug lang daran, dass er aus einer langen Rede den entscheidenden Satz, für hundert Probleme den einzigen Ausweg und aus vielen Schwierigkeiten die gerechteste Lösung fand. Von Urbans Begleitern, die bisweilen auf schlammigen Wegen oder wenn es zu steil wurde betend und fluchend an den klobigen Rädern der Wagen gezerrt hatten, hatte Jean-Rutgar einiges aus Urbans Leben erfahren können.

Im Lenzmond 1088 hatte ihn das Konklave von Terracina zum Papst gewählt. Dass er als Novize in den Gewölben der Abtei Cluny vom einfachen Mönch zum Prior aufgestiegen war, nötigte selbst Kirchenfürsten wie Adhemar von Monteil unendliche Hochachtung ab; der von Monteil war mit dem Grafen von Toulouse, Raimund IV., verschwägert, und Raimunds Bruder war Petrus, ein Cluniazenser Mönch. Jean-Rutgar erkannte an der Seite des Papstes den Bischof der Stadt Le Puy, der Urban den Vortritt ließ und nach ihm die Stufen des Podiums erklomm, kraftvoll, als sei er ein junger Priester; die Kardinäle folgten und stellten sich an drei Seiten des Podiums auf.

Urban verharrte in der Mitte des Podiums. Dann folgte er der Geste Adhemars und nahm auf den Kissen und Pelzen des prächtigen Thronsessels Platz. Er verhielt eine Weile mit geschlossenen Augen, hob die Arme und begann zu reden. Seine kraftvolle Stimme reichte in der Runde mühelos dreißig Reihen tief. Rutgar verstand, was er sagte, aber die meisten Versammelten um ihn herum kannten die Sprache der Kirchlichen nicht oder nur sehr unvollkommen.

»Vielgeliebte Brüder! Amtsbrüder im Glauben! Ihr Fürsten Frankreichs! Ihr seid von Gott geliebt und auserwählt, wie viele eurer Taten zeigen. Gottes Liebe erweist sich in der besonderen Lage eures Landes. Dank eures Glaubens und der Auszeichnung durch die Heilige Kirche nehmt ihr unter den Völkern einen besonderen Rang ein.«

Unruhig schweigend warteten die Versammelten. Der Gipfel des Puy de Dôme, gut zwei Wegstunden im Westen, war in den Wolken verschwunden. Die Luft um Rutgar schien zu knistern wie vor einem Wintergewitter. Nie war er von einer solchen Stimmung umgeben gewesen. Urban holte tief Atem und schien mit sichtlicher Zufriedenheit zu erkennen, dass er noch nie vor so vielen Menschen geredet hatte. Tausende Augenpaare blieben auf ihn gerichtet. Graue Wolken schoben sich über die fahle Wintersonne. In den Händen einiger Priester glaubte Rutgar kleine Knäuel roter Bänder zu sehen.

Die Herrschaft Roms über die Christenheit, für die Urban unentwegt in zähen Gefechten der Macht und des Glaubens kämpfte, stand wegen des Schismas noch auf tönernen Füßen; bis vor einem Jahr hatte Gegenpapst Guibert auf dem Lateran zu Rom regiert.

Urban rief: »Aus der Christenheit im Osten erreicht uns großes Wehgeschrei. Unsere Brüder im Orient, von Türken und Muselmanen bedrängt, haben uns um Hilfe ersucht. Bis zu den östlichen Stränden des *Mare mediterraneum* sind die Gottlosen vorgedrungen, bis Romanien und Konstantinopel am Meeresarm Sankt Georgs, *Propontis* mit anderem, griechischen Namen. Die Perser, die auch Sarazenen, Seldschuken und Türken genannt werden, haben viele Kirchen Gottes im Reich von Alexios, dem Kaiser des oströmischen Reiches, geschändet, sie haben Altäre mit Unrat entheiligt, haben Christen beschnitten, deren Blut auf Altäre und in Taufbecken vergossen – und wir wissen, dass sie mit Vergnügen die Bäuche von Christen aufgeschlitzt, die Gedärme herausgerissen, die Körper gepfählt haben, dass sie mit Pfeilen auf Christen, an Bäume gebunden, geschossen und unzählige Frauen genotzüchtigt haben. Wer soll die Untaten rächen? Wer soll das eroberte Land befreien? Ich stehe hier, um euch den Willen Gottes zu enthüllen!«

Auf seiner monatelangen, beschwerlichen Reise hatte Rutgar einige von Urbans Reden gehört, schweigend, hinter der letzten Reihe der Versammelten. Klosterbrüder und Reisegenossen hatten erzählt, dass der Pontifex mit seinen Worten die Macht der Kirche in die gekrönten und gesalbten Häupter hineingehämmert habe; heute beschwor er die Herzen des frommen Fußvolks.

In die Geräusche, die einige Tausend Soldaten und Bauern, Handwerker und Tagelöhner verursachten, mischte sich das Winseln des Windes, der die Wolken um den Puy de Dôme zu einer grauweißen Standarte zerteilte; wie Pfeilspitzen deuteten sie nach Osten. Rutgar zog seinen feuchten Mantel enger um Schultern und Hals zusammen.

Alle, auch Rutgar, die Papst Urban zuhörten, warteten auf das Unausgesprochene, auf die Große Botschaft. Flüsternd, gut oder schlecht übersetzt, wurde die Bedeutung von Urbans Worten bis in die hintersten Reihen weitergegeben.

»Schreckliche Nachrichten haben uns erreicht. Krieger des muselmanischen Reiches, gottlose Heiden, sind in unsere christlichen Länder vorgedrungen und haben sie durch Feuer, Schwert und gottlose Plünderung verwüstet. Christen wurden gefangen, verschleppt und zu Tode geschunden.«

Viele Worte und Sätze erkannte Rutgar wieder. In eindringlichen Predigten, zu Valence, daraufhin in Le Puy, La Chaise-Dieu, Monastir, Nîmes, Saint-Gilles, Tarascon, nach Avignon in Saint-Paul-Trois-Châteaux, Vienne, Lyon, Burgund, Cluny und Autun, Souvigny und zuletzt hier in Clermont, also in jeder Stadt am linken Rhône-Ufer, hatte Urban die Bischöfe beschworen. Er wollte die Kirche zur höchsten Schiedsrichterin über weltliche und geistliche Fürsten emporheben; Gottes Urteil sollte für jeden Gläubigen gelten. Seit Nîmes hatte Jean-Rutgar als junger Fuhrknecht, später als Gespannführer, Urbans päpstlichen Tross begleitet.

Was er den Tausenden sagen würde, hatte der Papst sicherlich in schlaflosen Nächten ausgedacht und niedergeschrieben. Alle Teilnehmer des Konzils wussten aus Briefen, aus den Worten des Pontifex, aus den Ansprachen ihrer Bischöfe, dass er sich über das Schicksal der Christenheit ereifern würde. Selbst Rutgar, der in mehr als zwei Dutzend Nächten das Leben Urbans bewacht hatte, kannte es nicht anders.

Als das Lärmen und die ersten Hochrufe verklungen waren, redete der Papst weiter.

»Kirchen wurden zerstört, das Land verwüstet, Frauen geschändet, sie und ihre Kinder in die Sklaverei geführt. Christus befiehlt uns, gegen die Heiden anzutreten, zu Lande und zu Wasser, und wer in diesem Kampf sein Leben verliert, dessen Sünden werden allesamt vergeben sein.«

Wieder erhoben sich Lärm und von Abscheu erfülltes Geschrei. Urban rief zu einem Zug in Waffen ins Heilige Land auf. War es ein Pilgerzug oder ein Krieg – oder gar beides? Rutgar blickte sich um: Die Gewappneten dachten wohl an geschändete Christenfrauen oder lüstern an willige Heidenweiber und an abergläubische Turkmenen, durchbohrt von christlichen Lanzenspitzen und zermalmt von den Hufen der Streitrosse. Der feuchte Wind hatte zugenommen; er trieb die Wolken auseinander, zerrte an den Gewändern und ließ Stoffbahnen und Fahnen dumpf knattern.

»Die versammelten Fürsten der Kirche werden Vorbilder für jeden einfachen Gläubigen sein. Sie werden die Beschlüsse des Konzils verteidigen und jeden begehrlichen Einfluss weltlicher Mächte abweisen. Wer aber wird das Unrecht gegen unsere Glaubensbrüder rächen?«

Urbans Aufruf war dazu gedacht, gleich mehrere Missstände zu beseitigen. Französische Adlige sollten ihre kleinlichen Händel vergessen, ihre übermütigen und kriegslustigen Söhne sollten sich einer Idee verschreiben, die größer und wichtiger war als ihre persönlichen Fehden; der *Militia Christi*, wie es Urban nannte. Ein solches gemeinsames Unterfangen würde ein für alle Male die gegenseitigen Überfälle der Ritter beenden und ebenso die Raubzüge gegen andere Gläubige.

Der Hungersnot würde begegnet, indem die Hungrigen ihre Mägen in den Ländern der Ungläubigen füllten, und waren erst einmal alle Vorbereitungen getroffen, konnte sich der Große Zug in Bewegung setzen.

Das Geschrei der Volksmenge scheuchte eine schwarze Wolke aus Hunderten Krähen auf, die schauerlich krächzend, lauter als die Stimmen der Tausende, über die Versammlung flatterten und nach Osten abstrichen, als habe sie der feuchte Westwind fortgeweht.

»Ihr seid das Volk voller Waffenruhm, Körperkraft und stolzem Mut, das jene demütigen soll, die euch widerstehen wollen. Erinnert euch an die gewaltigen Taten eurer ruhmreichen Ahnen! Erhebt euch! Ich erinnere euch an alle großen Könige, die viele Heidenreiche zerstört und das Banner der Heiligen Kirche aufgerichtet haben.«

Unter den Zuhörern waren einige französische Fürsten, die Urban selbst herbeigerufen hatte. Die Männer fühlten Urbans fordernde Blicke auf sich ruhen; jedes Wort drang tief in ihre Herzen. Bisher hatten sich Franzosen gegen Franzosen in zahllosen Kleinkriegen verzehrt, jetzt fühlten sie sich dazu aufgerufen, sich gemeinsam einem höheren Ziel zu widmen. Wenn Thybold davon erfahren hatte, dachte Rutgar, würde auch er wahrscheinlich diesem Aufruf folgen.

Urbans Worte sollten gleichermaßen aufrütteln und versöhnen. Er kannte den schwelenden Konflikt zwischen Rom und Konstantinopel. Er selbst, halb Flüchtling und halb Mächtiger, stützte sich auf das Wort des Herrn und auf die Überzeugung, dass selbst in jedem Raufbold ein edler Kern steckte, der aus der Furcht des Herrn heraus in heiligem Eifer eine höhere Aufgabe suchte. Urbans II. volltönende Worte nahmen einen feierlichen Klang an.

»Ihr habt euch selbst, o Söhne Gottes, Gott geweiht. Ihr werdet unter euch Frieden halten und die Gesetze der Kirche befolgen. Ein Werk ist zu vollbringen durch die Kraft eurer Aufrichtigkeit und durch göttliche Bestimmung. Wir wenden uns einer Aufgabe zu, die Gott euch auferlegt hat.«

Das kirchliche Verbot persönlicher Fehden hatte die Schwerter in den Scheiden festgeschmiedet. Der Nachfolger Petri erlaubte ihnen nun, die Waffen zum Schutz des Glaubens im Feindesland zu schärfen. Kampf für das eigene Seelenheil, das geöffnete Himmelstor vor dem inneren Auge, ehrenvolles Sterben und ein Weg durch Länder, wo Milch und Honig flossen, gaben dem Rittertum eine bislang nie gekannte Bedeutung.

Mit ausgestrecktem Arm zeichnete Urban das Kreuz in die Luft. »Ihr werdet die Herolde Christi sein, denen all ihre Sünden vergeben sind, selbst wenn der Tod sie ereilt. Aus der Macht Gottes, die er mir verlieh, gewähre ich euch diese Absolution.«

Jedes Wort war ein heiliges Machtwort. Die Unruhe nahm zu; fröstelnd und sich bekreuzigend, von der Angst vor der Bestrafung aller Sünden bewegt, schlugen sich viele Zuhörer an die Brust und erhofften Gesten und Beweise der Vergebung.

Der Pontifex wartete, bis größere Stille eingekehrt war, und rief: »Ihr, bisher Söldner der Hölle, werdet zu Soldaten des lebendigen Gottes! Ich rufe euch zur Heiligen Reise auf, zur Pilgerfahrt in Waffen. Im Land der Heiligen Stätten werdet ihr die Elenden finden; ihr seid die wahrhaft Reichen. Dort sündigen die Feinde Gottes; ihr aber seid lautere Soldaten Christi. Christus verlangt, dass seine Streiter ihren Besitz und ihre Familie um seiner Willen verlassen, denn nur durch Christum erlangen sie, erlangt *ihr* das ewige Leben.«

Aus der Menge der Tagelöhner und Leibeigenen rief eine heisere Stimme: »Gott will es so!«

Jean-Rutgar begann zu erkennen, dass er Zeuge eines einzigartigen Geschehens wurde. Auf dem flachen Feld vor der Stadtmauer ergriff eine ansteckende Begeisterung, eine Art heiliger Schauder alle Wartenden.

Urban wandte sich halb um und ließ sich von einem Würdenträger ein armlanges Kreuz geben. Er hob das Kreuz hoch über seinen Kopf und rief:

»So ist es! Gott will es!«

Ein Chor rauer Kehlen erhob sich. *»Deus vult!«* Die aus dem Languedoc riefen: *»Deus lo volt!«*, und *»Diex le volt!«* schrien die Südfranzosen.

»Es ist Gottes Wille!« Jetzt reichte der Donner aus Urbans Kehle bis zu den hintersten Reihen der Versammlung. Was war es, das Gott wollte, fragte sich Rutgar verstört und schüttelte sich. »Er ist unter uns, die in seinem Namen versammelt sind. Er gab euch die Worte ein, die euer Kriegsruf sein soll. Überall werden sie seine Gegenwart verkünden. Tragt das Kreuz auf den Schultern, auf eurer Brust, auf den Fahnen! Unsere Pflicht ist, für ihn zu sterben, so wie er für uns sein Leben hingegeben hat.«

Kardinal Gregorio dei Guidoni trat vor und rief beschwörend: »Ich nehme euch die Generalbeichte ab, ihr Krieger des Herrn!«

»Gott will es! Gott will es!«, schrien jetzt Dutzende, dann Hunderte, Tausende. Ohrenbetäubendes Geschrei hallte von der Stadtmauer wider. Rutgar presste die Hände auf die Ohren, die im Wind eiskalt geworden waren. Viele Männer fielen auf die Knie, schlugen die Fäuste an die Brust und redeten wild durcheinander. Aus den Wolken zuckte ein schmaler Sonnenstrahl herunter; der gezackte Riss in der bleigrauen Fläche erweiterte sich, und zugleich mit einem Regenguss fluteten breite Lichtbalken auf die Dächer der Stadt. In die Gesichter der Menge trat der Ausdruck gläubigen Staunens oder beginnender Besessenheit.

Der Bischof von Le Puy trat zu Gregorio und Urban.

»Ich, Adhemar von Monteil, will auf dem Weg Gottes schreiten. Aus der Hand des Papstes erbitte ich das Kreuz. Segne mich, Fels der Christenheit!«, rief er demütig.

Viele erinnerten sich daran, was auch Rutgar wusste: dass der Bischof, zu Pferde und in Waffen als Krieger der Kirche ungeschlagen, vor neun Jahren ins Heilige Land gereist war. Adhemar fiel vor Urban auf das rechte Knie, und Urban reichte ihm zwei Stoffstreifen, die ein junger Priester aus dem Gewand eines neben ihm Stehenden gerissen hatte.

»Dir, Bruder im Glauben«, rief Urban II., »erteile ich den Segen des Herrn und ernenne dich zum Anführer aller Gläubigen, zum Befehlshaber dieser Reise und aller Mühen.«

Adhemar stand auf, und während er demütig den Segen empfing, befestigte er die roten Stoffstreifen in Kreuzesform auf seiner Brust. In diesem Augenblick, erkannte Rutgar, hatte Urban II., also die Kirche, die Führung des Kreuzzugs übernommen. Kardinal Gregorio sank am Rand des Podiums in die Knie und stimmte das *Confiteor* an. Zuerst hörte Rutgar nur einzelne, unsichere Stimmen, dann ertönte, lauter und mächtiger aus Hunderten Stimmen, das Gebet. Er stimmte murmelnd mit ein. Überall erschienen Kreuze aus roten Bändern.

Als im strahlenden Sonnenschein, der die nassen Dächer der Stadt mit unirdischem Glanz übergoss, das Bekenntnis geendet hatte, stand Urban vom Thronsitz auf und erteilte langsam und lautstark die Absolution: »*Ego vos absolvo* . . .«

Er schloss mit den Worten:

»Geht nun auseinander, ihr *Milites Christi*, ihr Soldaten Christi und Streiter im Herrn, und redet mit allen darüber, was heute geschah. Die Bischöfe und ich werden beraten und das Konzil beenden. Wenn ihr aber eure Gelübde ablegt, so sollt ihr wissen, dass die Abreise zur bewaffneten Wallfahrt auf nächstes Jahr, auf den Tag der Himmelfahrt unserer seligen Jungfrau, festgesetzt wurde.«

In einer langen Prozession nahmen die Würdenträger den Weg zum Tor und in die Stadt. Noch länger brauchte die Menge, um sich zu zerstreuen.

Die Stadt war überfüllt, das Gedränge schwitzender Menschen in nassen Kleidern in den Gassen unentwirrbar. Ob durch Gottes Fügung oder blanken Zufall: Auf der Suche nach einem kräftigen Imbiss außerhalb der Abteimauern traf Jean-Rutgar einen der anderen Begleiter des päpstlichen Trosses, Robard, der sich »Vicomte« nannte. Er packte Rutgar am Handgelenk, zog ihn in eine überfüllte, rauchige Schänke und sagte:

»Seine Heiligkeit und seine trinkfesten Bischöfe weilen noch eine Handvoll Tage hier in Clermont. Wein her!«

»Bei Adhemar wird er's gut haben«, antwortete Rutgar und packte den Becher, ehe ihn der betrunkene Nachbar zur Linken erreichte. »Was willst du mir damit sagen, Vicomte Robard?«

»Er braucht uns. Mich und dich. Große Dinge werden sich tun, Gevatter.« Er hob den schartigen Holzbecher. »Wir sollen ihn begleiten, nach Limoges, nach Poitiers, Tours und bis zum Brachmond oder Heumond zurück nach Nîmes. Graf Raimund von Toulouse wird ihn empfangen und begleiten. Gehst du mit uns?«

»Zahlt der Papst so gut wie bisher?«

»Er vertraut uns. Wir kommen durch halb Frankreich und hören tausend Predigten. Jede wird sich anhören wie die Rede, die er heute geführt hat. Kommst du mit? Dank des Pontifex ist Gott mit uns allen.«

Sie tranken und starrten einander über die Ränder der Becher in die Augen.

»Ja«, antwortete Rutgar. »Ich hab nichts Besseres und nichts Schlechteres zu tun. Glaubst du, dass Urbans Aufruf Erfolg haben wird?«

»Hab mich umgehört«, meinte Robard. »Es wird sein wie Hochwasser, wie eine Sturzflut, und vielleicht wird das Vorhaben den Händen der Bischöfe und der Fürsten entgleiten. Ja, sie alle werden die roten Kreuze tragen.«

Jean-Rutgar nippte am säuerlichen Wein und hörte, wie sein Magen knurrte. »Ich bin auf der Suche nach einem Jugendfreund, Thybold von Les-Baux. Hast du seinen Namen gehört? Ist er in Clermont?«

Der Vicomte schüttelte den Kopf und entfernte einen Strohhalm aus dem Wein. »Nein. Nicht dass ich wüsste. Komm, gehen wir zu den Mönchen. Dort bekommen wir Essen und können ruhig schlafen. Dort hören wir auch alle Neuigkeiten und Nachrichten.«

Rutgar nickte, leerte den Becher und schob sich hinter dem

breiten Rücken des Vicomte durch die Menge. Auf dem Weg durch überfüllte Gassen dachte er an die Worte seines Gefährten. Papst Urban hatte, nachdem der deutsche Kaiser und der französische König gebannt worden waren, im Clermonter Konzil zu fast jeder lastenden Frage eine Antwort erzwungen, die der Heiligen Kirche ebenso wie dem Volk diente: Die Moral der Fürsten und Bischöfe musste sich ändern und bessern. Das Recht auf Asyl und das Verbot aller Kämpfe zwischen Sonntag bis Mittwoch, ein Verbot aller bewaffneten Streitereien, an denen sich Händler, Frauen, Arbeiter, Mönche und Priester beteiligten, und ein Verbot von Kämpfen an kirchlichen Feiertagen würden das Leben aller Menschen erleichtern und auch die Straßen sicherer machen. Wenn sich Adel und Volk an diese Gebote hielten.

Vielleicht war der heutige Tag ja der entscheidende Anstoß dazu, die Welt ein wenig besser und gerechter zu machen. Die Nachricht von den Stunden vor Clermonts Stadtmauer würde sich verbreiten, schneller als der Wind; so schnell wie die Schleier der lautlosen nächtlichen Lichterscheinungen, die seit Anfang des Jahres von Norden her in den Ländern zwischen den Meeren die Menschen Britanniens, Spaniens, Frankreichs und Italiens, selbst jene in Ungarn mit tiefer Furcht erfüllt hatten.

An jenem Abend lauschte Rutgar jedem Wort der Mönche und Knechte des Klosters und war, bevor er einschlief, ein wenig hoffnungsvoller als zuvor.

Kapitel II

A. D. 1096, 30. Tag des Windmonds (November),
Tag des hl. Apostels Andreas
Abtei Cluny, Burgund, Klosterkirche

»Der Geist kam über mich an des Herrn Tag, und ich hörte hinter mir eine große Stimme wie von einer Posaune.«
(Offb 1,10)

Der Mönchsgesang schien die mächtigen Säulen der alten Kirche, die Erzabt Hugo von Semur zu einer der größten Kathedralen der Christenheit umbauen ließ, erbeben zu lassen und das neu errichtete Dachgestühl zu erschüttern. Weißgraue Weihrauchschwaden wolkten auf und verschwanden im Dunkel unter den Spitztonnendecken der Langhäuser, die aus sechzig Ellen Höhe den melodischen Schall zerteilten und zurückwarfen. Tausend Kerzenflammen ließen die künftigen Ausmaße dieses unfertigen Gotteshauses erahnen, das nach seiner Fertigstellung die größte Kirche der Christenheit sein würde. Einen unbedeutenden Teil des Vorhabens kannte Jean-Rutgar, denn Weißbart Rasso hatte es ihm erklärt: Die beiden Querschiffe und die Mauern der wuchernden Chöre mit ihren Fenstern und Altären erweiterten wie Lichtinseln im Halbkreis den Ostchor.

Alleen aus Linden und Steineichen flankierten die gewaltigen Umfassungsmauern, jenseits derer sich mit Weinbergen, Höhlen, Kirchen, Schlössern, Straßen, Brücken, Bauernhöfen und ausgedehntem, fruchtbarem Land die *Clunisois* erstreckte.

Cluny und aller Besitz des Klosters, samt der »Wüsten« der Stiftungsurkunde, unterstanden allein dem Papst.

Aus Hunderten Mönchskehlen mochte der feierliche Choral den Glanz des Gottesdienstes über ganz Burgund laut ausstrahlen. An diesem frühen Abend schienen Kirche und Kloster der Abtei östlich der Loire das geistige Zentrum zu sein, der benediktinische Mittelpunkt, der kirchliche Macht, Bedeutung und Prunk verkörperte, würdiger Nabel der gesamten römischen Christenheit. Höfisches Gepränge breitete sich zwischen den Mauern des Gotteshauses aus, kostbare Gewänder weltlicher und geistlicher Würdenträger blitzten und funkelten. Aber von der Erregung, deren Wellen wie jene Aufrufe und Glockenklänge aus Clermont über das Land gerast waren, schien der versammelte Adel wenig zu spüren: Anderes schien heute wichtiger.

Schweigend und gebannt gedachte Erzabt Hugo von Semur, Herr über das riesige, wachsende Kloster und seit sieben Jahren Bauherr des neuen Klosterdoms, seiner Vision Clunys. Er schloss die Augen und sog den sinnbetörenden Duft des Weihrauchs tief in seine Lungen; er dachte an das Geschenk König Alfons VI., jene zehntausend Talente schieren Goldes aus der Araberbeute nach der Eroberung Toledos. Jede Unze würde mithelfen, die Abtei Cluny größer, schöner und mächtiger zu gestalten. Sein Werk, von Abt Odilo zu treuen Händen übernommen, war bereits heute das größte Kloster der Christenheit, so wie der heilige Benedikt es vorausgesehen und geplant hatte.

Und das Bedeutendste. *Omnia ad maiorem Dei gloriam!* Nicht einmal zwei Mondwechsel war es her, dass Urban II., Pontifex Maximus aller jener, die des wahren Glaubens waren, den Hochaltar und vier andere Altäre der neuen Basilika eingeweiht hatte: Urban, einst einfacher Mönch, später Prior dieser Abtei, jetzt als Papst der oberste Reformator des Benediktinerordens. Der Gesang vom Chor her verstummte für wenige Atemzüge.

Abt Hugo wandte den hageren Kopf. Kardinal Remy d'Aretin, jenseits der sechzig und schneehaarig, hielt seinen Blick auf die Fresken im Chor geheftet; von der monumentalen Malerei waren erst Teile fertiggestellt. Die schwarzen Umrisslinien auf der Grundierung und der fertig gemalte Kopf Christi »in der Glorie« traten, zum Teil goldfunkelnd im Kerzenlicht, prunkvoll und Ehrfurcht gebietend hervor.

Der Abt ließ die Lehnen seines Stuhls los und blickte, ohne zu lesen, in seinen Psalter. Seine Vorschau rechnete nicht mit Jahren, sondern mit Menschenaltern; nicht mit dem Jahrzehnt, das ihm, so Gott wollte, noch blieb. Sein Vorgänger, Abt Odilo Venerabilis, hatte ebenso empfunden und gehandelt. Papst Urban II., gegenwärtig beim Konzil zu Tours, war von den gleichen Visionen beseelt.

Hugo richtete seine Blicke zur ersten Reihe der Gläubigen und zur Begleiterin eines der Grafen. Das Kerzenlicht schmeichelte ihrer hochbrüstigen Schönheit. Abt Hugo dachte an die sündige Magdalena, unterdrückte diesseitiges Begehren und betrachtete das Kind, ein unschuldiges zweijähriges Mädchen, straff gebunden, in ihrem schlanken Arm.

Das schlafende Kind schien d'Aretin wie aus dem Gesicht geschnitten. *Integer vitae scelerisque purus* . . ., dachte der greise Abt. Wer von Lastern frei und von Frevel rein lebt, der bedarf nicht maurischer Speer und Bogen. Was den Kindern in die Wiege gelegt wurde, war für die Alten nur schwer zu erreichen.

Jedes gemurmelte Wort ging im Gesang unter, der die Mauern zu erschüttern schien und alle Herzen zittern ließ. Im Kirchenschiff, zwischen dem Lettner, der Gläubige und Altarraum voneinander trennte, und dem geschlossenen Kirchenportal, brannten deutlich weniger geheiligte Kerzendochte. Die Menge der Gläubigen verschmolz zu zwei großen Blöcken, die sich flüsternd, betend, murmelnd und unruhig bewegten, und aus denen mitunter einzelne Gesichter oder Teile von Rüstungen hervorblitzten. Von den Körpern, aus feuchter Kleidung und nassem Schuhwerk dampfte und stank es ins Dachgewölbe hinan und mischte sich mit süßlichem Weihrauchduft.

Der »Eremit« Robert d'Arbrissel, dessen glühendes Begehren es war, Begründer des Ordens von Fontrevault zu werden, hatte seinen Psalter aufgeschlagen und schien, unbeeindruckt von der festlich aufgeregten Stimmung der Versammelten, angestrengt zu lesen.

Für eine große Anzahl der Adligen und der klerikalen Würdenträger waren die flammenden Aufrufe nach dem Konzil noch kein Grund, mit der bisherigen Bequemlichkeit zu brechen, den Besitz zu verpfänden und unnatürliche Eile an den Tag zu legen. Jerusalem, Ziel bewaffneter Pilgerzüge, lag fern hinter dem Horizont der burgundischen Ebenen, und eine beschwerliche Wallfahrt ins Land der Ungläubigen wollte und konnte sich heute kaum ein einziger Teilnehmer dieser Vesper vorstellen.

Man hielt es nicht mit dem heiligen Eifer von Hugos leiblichem Bruder, Raimund de Saint-Gilles, des Grafen von Toulouse, den es an die Spitze eines waffenklirrenden Pilgerheeres im Zeichen des Kreuzes drängte. Papst Urban feierte das Fest wahrscheinlich in Limoges oder Poitiers, also erübrigte sich vorauseilender Gehorsam. Dennoch stand Bruder Raimunds Absicht fest.

Viel aufregender waren die Vermutungen, das Tuscheln und der Verdacht, die mit dem Anlass des Gottesdienstes zusammenhingen. Nicht einmal ein Jahrzehnt war es her, dass in Italien die Ernten verdorben und die Hungersnot so unbarmherzig groß gewesen waren; man hatte berichtet, dass die Verhungernden einander aufgefressen hätten. Im letzten Jahr war auch in Burgund die Ernte am Halm verdorrt, denn aus dem unbarmherzigen Himmel war vom Weidemond bis zum Weinmond kein einziger Tropfen Regen gefallen. Das Elend war vorausgesehen worden, denn an zehn Tagen im Herbst des Jahres 1094 waren unzählige feurige Erscheinungen, wie stürzende Flammensterne, am Nachthimmel zu sehen gewesen; machte sich die Hölle zum Armaggedon bereit?

Aber Gott hatte alle Ernten dieses Jahren trefflich gedeihen lassen; auch der Wein versprach schwer und gut zu werden. Also kein Grund zur Besorgnis. Selbst Hugo von Vermandois, Bruder des französischen Königs Philipp, über den das Konzil zu Clermont wegen Ehebruchs den Bann geschleudert hatte, saß mit sich zufrieden in einer der ersten Reihen des Gestühls.

Der letzte Nachhall des mönchischen Chores verklang zwischen den Säulen und im Querschiff. Die Mauern schluckten die Geräusche. Von draußen vernahm man das Geläut der Glocken der Abtei. Der Erzabt hörte, wie das Tuscheln lauter wurde, zischelnder, als erwarte man etwas Besonderes; bisweilen wagte jemand ein spöttisches Gelächter, das blitzschnell unterdrückt wurde. Starr und würdevoll, wie Figuren auf einem Schachbrett, bewegten sich die Gäste.

Für lange Augenblicke schwieg das Getuschel. Wieder neigte Erzabt Hugo das Haupt, und die Chöre der Mönche begannen zu singen, machtvoll, wie die Fundamente und Säulenstümpfe der neuen Kirche. Geistige Macht und Stolz, diese Waffen des Herrn, kennzeichneten die Abtei Cluny. Hunderte Abteien und Priorate folgten ihren Anweisungen. Der Boden, auf dem die Abtei dem Himmel entgegenstrebte, gehörte weder dem französischen Königtum noch dem Kaiserreich. Und daher würde Cluny und ebenso ihm, Abt Hugo, auch die geistliche Führung über jene Heere anheimfallen, die gen Osten zogen, nach Konstantinopel, dem östlichen Rom.

Abt Hugo seufzte lautlos. Er sehnte sich nach seinem weichen Lehnstuhl, einem Krug Wein aus der Bourgoigne oder der Provençe, nach dem Gespräch mit seinem Cellerar oder der Lektüre eines guten Buches in genussvollem Schweigen, nach Kissen und Kaminglut für seine kalten Füße und Zehen. Aber die eilige Zeit verstrich; er vermochte sie nicht anzuhalten.

Robert d'Abrissel, heute im schmucklosen Ornat des wandernden Predigers, zerteilte die Weihrauchschwaden auf seinem Weg zu den Stufen, die zur Kanzel hinaufführten. Lange hatte er über den Inhalt seiner Predigt nachgesonnen; er wusste, dass der Herr auch ihn abermals mit Engelszungen würde reden lassen, sobald er die Gläubigen mit seinen ersten Sätzen in den Bann seiner Rede geschlagen hatte.

Langsam nahm er Stufe um Stufe. Dicke Sohlen des neuen Schuhwerks hielten die Kälte des Steins von seinen Zehen fern. Er erreichte die Kanzel, legte das Brevier auf die Brüstung und fühlte die Blicke aller, als ob ihn Tausende und Abertausende abwartend anstarren würden, wie jene brünstig tobenden Versammelten, die vor den Mauern von Clermont ihre Mäntel und Wamse zu Streifen zerrissen und daraus Kreuze auf ihre Schultern geheftet hatten.

»Ihr Gläubigen! Hier und heute, zur Messe des heiligen Apostels Andreas, zu Cluny im Burgund, wird uns die wahre, heilige Aufgabe des Christentums abermals aufgezeigt.«

Seine Stimme war klar und unbeirrt, ohne auch nur den Hauch eines Zweifels darüber, dass er, der sich nun selbst so erhöht hatte, umso tiefer fallen mochte.

»Der heilige Andreas, der Bruder des heiligen Apostels Petrus, hat zu Patras den Märtyrertod erlitten. Sein Leib ist zu Konstantinopel begraben, dort, wohin unsere Heere ziehen werden. Sie folgen, wie der Apostel, dem Rufe Gottes. Das Evangelium des

Matthias sagt uns: ›Als unser Herr Jesus Christus am Galiläischen Meer hinwandelte, sah er zwei Brüder. Simon, der Petrus genannt wird, und seinen Bruder Andreas, die mit dem Netz fischten ...‹«

Er las das Evangelium vor und fügte eigene Worte hinzu; er schloss, die Hand mit dem Buch hoch erhoben: »Den Andreas liebte unser Herr Jesus Christus gleich süßem Wohlgeruch. Alleluja. ›Folget mir nach. Ich will euch zu Menschenfischern machen‹, sagte er zu den Brüdern. Und so sage ich euch: Folget meinem Wort zum Grab Jesu Christi, nach Jerusalem, verjagt die Ungläubigen, deren Untaten heute auf seinem Grab lasten wie ein Fluch, der schwerer wiegt als alle Gebirge zusammen.«

Er machte eine Pause, holte tief Luft, und glutvoller Redneratem durchfuhr ihn. Pfingstliche Feuerzungen des Heiligen Geistes schienen ihn zu umlodern, als er weitersprach. Seine volltönende Stimme füllte die Kirche bis in die letzten Ecken der Langschiffe.

»Euch, Ihr Herren, ist die Irrlehre der Ungläubigen bekannt! In der Provençe und in ganz Okzitanien weiß wohl jeder, was im Buch der Heiden steht, das sie den ›Koran‹ nennen. Fast jeder von Euch, Ihr wackeren Herren und Kriegsknechte, hat auf dem Boden Spaniens im Zeichen der *Reconquista* gegen die Mauren gekämpft. Es soll Männer von Macht und Ehre geben, die sich vom Glanz und der Tapferkeit der muslimischen Sarazenen haben einlullen lassen, aber dies kann nicht darüber hinwegtäuschen, dass sie dem heidnischen Götzen Mahomet dienen und einer langen Tradition der Gräuel und der Niedertracht folgen.«

Ihm schien, als würden manche weltliche Herren seine Worte abschütteln wie Regentropfen. Keiner war beeindruckt, niemand empörte sich, keiner sog aus den Predigerworten Hass auf die Muslime. Sie alle ergötzten sich auf kindliche Weise an der Feierlichkeit der Messe, am Prunk und Glanz, den die Kirche und die darin versammelten Geistlichen und Würdenträger verströmten, und am Ruch der Heiligkeit, der mit den Weihrauchwolken gen Himmel stieg.

»Zum glorreichen Ende des Konzils von Clermont«, hub d'Arbrissel mit hallender Stimme an, um undeutlichen, fernen Lärm von außerhalb des Gotteshauses zu übertönen, »da zerschnitten die Ritter ihre roten Mäntel und machten Kreuze aus den Streifen. Ritter des Kreuzes Jesu! Kreuzritter! Ja, zu Kreuzrittern wurden sie und schwuren, das Heilige Grab aus dem Elend der muslimischen Herrschaft zu befreien! Und ich sage Euch: Auf jeden Ritter, jeden Knappen, jeden Fürsten kommen hundert oder zweihundert einfache Menschen, die dem Ruf Seiner Heiligkeit des Papstes folgen!

Die einen reiten im Prunk einher und dennoch nicht zufrieden mit dem, was die Welt ihnen bieten kann, und von brennendem Glauben erfüllt. Und die anderen, die vielen, die wenig oder nichts zu verlieren und alles zu gewinnen haben, gehen barfuß, in Sandalen oder mit lumpenumwickelten Füßen. Das Kreuz, das sie tragen, löscht den Unterschied aus zwischen Herrn und Knecht, zwischen Graf, Tagelöhner, Hufschmied und Bauer. Nehmt Euch ein Beispiel an ihnen, und ...«

Lauter Tumult, wildes Geschrei und das Hämmern am Kirchenportal unterbrachen ihn. Knarrend öffneten sich die Torflügel und krachten gegen die steinernen Halterungen. D'Abrissels Augen weiteten sich, als er den Haufen erkannte, der in die Kirche drängte. Einige Eindringlinge packten Kerzen und Leuchter und hielten sie in die Höhe.

Die Blicke aller Teilnehmer am Gottesdienst wandten sich vom Prediger ab und den Eindringlingen zu, aus deren Kleidung Regenwasser troff. An ihrer Spitze, ein großes Kreuz aus hellem Holz und einen dreiarmigen Leuchter in die Höhe reckend, barfuß und mit verwildertem langem Bart, kam ein barfüßiger Mönch durch den Mittelgang. Ihm folgte, stoßend und hinkend, humpelnd und schwankend, ein gewaltiger Haufe von Bettlern, Marktweibern, schäbigen Bauern und Handwerkern, einäugigen Galgenvögeln und schwärenbedeckten Verstümmelten; ein Lumpenpack und grelles Hurengesindel, dicke Mägde, hagere Pilz- und Zapfensammlerinnen, schmutzige Kinder und Halbwüchsige, Kranke und Arme, verwahrloste Beutelschneider oder bunt gekleidete Spielleute.

Kaum einer trug saubere Kleidung; ein Regenguss, der vor kurzem auf Dächer, Felder und entblätterte Bäume herabgeprasselt war, hatte die abgerissene Schar bis auf die Haut durchnässt. Feuchte Kälte drang in die Kirche ein, zugleich breitete sich ein pestilenzartiger Gestank aus, der sich mit erkalteten Weihrauchnebeln mischte und von Windstößen verwirbelt und in einem mächtigen Schwall aus dem sperrangelweit offenen Portal hinausgesogen wurde.

»Peter d'Amiens!«, ächzte Robert d'Abrissel. »Peter der Eremit! Gott schütze uns!«

Der bärtige Mönch kam näher, stellte den Leuchter auf eine Kirchenbank und hob das Kreuz. Die Würdenträger und die Gläubigen starrten ihn an wie einen Sendboten der Hölle. Er war hässlich und verwahrlost, seine Augen lagen in schwarzen Höhlen, seine Kutte und die Gurgel starrten vor Schmutz und waren von Wein getränkt, der auf seine nackten Schienbeine und Füße tropfte.

Tumult kam auf. Der Erzabt erhob sich, breitete die Arme aus und rief: »Still, im Namen des Herrn! Was wollt ihr?«

Die Menge, die Peter von Amiens folgte, ließ zwischen ihm und der ersten Reihe der jämmerlichen Gestalten ein Dutzend Schritte freien Raum; sie hielt ängstlichen Abstand zu ihrem Anführer, der vor innerer Spannung zu zittern schien. Er hob das Kreuz, starrte den Altar und die statuenhaften Priester an und schrie:

»*Deus lo vult!* Gott will es!«

Er drehte sich zu seiner Gefolgschaft und zu der Menge im Kirchenschiff um. Der Wind zerrte an allen Kerzenflammen und ließ sie flackern. Keuchend und stöhnend warf sich Peters skrufulöse Gefolgschaft zu Boden; die Eindringlinge breiteten die Arme aus und antworteten im schauerlichen Chorus:

»Deus lo vult . . . Deus lo vult . . . Deus lo vult!«

Eine Litanei ohne Ende begann. Einige aus der großen Kirchengemeinde folgten dem Beispiel. Peter hielt der Festversammlung das hoch erhobene Kreuz entgegen, schlurfte auf den Hauptaltar zu, das Holzkreuz wie eine Lanze mit sich führend, bohrte seine brennenden Blicke in jedes Augenpaar und zwang selbst d'Arbrissel auf der Kanzel in seinen Bann.

Ritter, Würdenträger, einige Priester, die zweihundert Sänger der Mönchschöre, einer nach dem anderen beugten sie, zögernd und unsicher, aber überwältigt von der Gewalt des Augenblicks und von den verstörenden Rufen der vielleicht fünfhundert dahingestreckten Elendsgestalten das Knie. Von Wanderpredigern hatte jeder Anwesende gehört – jetzt erlebten sie die Stimme Gottes aus dem schiefen Mund eines Unbekannten. Seine Hässlichkeit und erkennbare Bedürfnislosigkeit beschämte und demütigte sie, ohne dass sie es sich bewusst waren.

Zuletzt sanken auch die Priester, die Mönche und der Erzabt auf die Knie. Hugo hob den Arm und gab Robert d'Arbrissel einen Wink.

»Lasst ihn auf die Kanzel, Robert!«, rief er.

Peter von Amiens schüttelte den Kopf. Er senkte das Kreuz, das auf seltsame Weise eine strahlendere Farbe anzunehmen schien, und umrundete den Chor, scheinbar leichtfüßig über die hingestreckten Körper springend. Aus seinem Mund kamen unverständliche, grummelnde Sprüche oder Gebete. Vor dem Altar verneigte er sich tief, drehte sich um und ging entschlossen in die Richtung des Portals. Jenseits der Öffnung, weit am grauen Horizont, wetterleuchtete es; Regenschauer stoben in die Kirche hinein. Zwischen all den Stöhnenden und Zuckenden erreichte Peter das Kirchenportal, blieb ungerührt im Regen stehen und rief:

»Gott will, dass ihr mir folgt! Alle! Bis zu den Toren der Heiligen Stadt! *Deus lo vult!*«

Er wandte sich ab und schritt bis zu den Stufen des Portals. Irgendwo schrie jämmerlich ein Esel. Eine Gestalt nach der anderen kam auf die Beine und folgte ihm, als er im fauchenden Frühlingswind und in schrägen Schauern schwarzer Wassertropfen Stufe um Stufe abwärtsstieg. Alle, die mit ihm gekommen waren und so manch einer, der bisher in den Bänken gekniet hatte, folgten ihm. Schweigend, kreidebleich und mit weichen Knien tappte Robert d'Arbrissel, dessen Herz wie eine Trommel schlug, die Stufen der Kanzel hinunter.

Der Jubel über die gute Ernte war bedeutungslos geworden. In zuckendes Licht von tausend unterarmlangen Wachskerzen getaucht, standen einige Hundert Mönche, Priester, Ritter und Würdenträger starr da und schwiegen. Das Summen des Windes fing sich stöhnend zwischen den Säulen und unter dem Dachgewölbe, und mit jedem Windstoß, der den Gestank eines wahr gewordenen Albtraums aus der Abteikirche sog, schloss sich ein Einzelner oder eine Gruppe dem Zug des Peter von Amiens an; einer von vielen, die noch vor einer Stunde jeden Gedanken an ein solches Tun weit von sich gewiesen hätten.

Abt Hugo sagte leise, als habe er einen inneren Kampf verloren: »Wir haben nicht bedacht, dass das einfache Volk nicht anders fühlt als wir und die Fürsten. Es wird wie ein großer, gar seltsamer Aderlass sein.«

D'Arbrissel nickte schwer. »Aderlässe helfen der Genesung. Der Herr will offenbar, dass sich Pferdeknechte und Novizen, Witwen und Kräuterkundige, Knappen und Eierdiebe jenem Mönch anschließen. Dass ihm arme Fürstensöhne bedingungslos folgen, dass gewissenlose Ritter ihre Stunde gekommen sehen und durch die Pilgerfahrt dem Fegefeuer und der Hölle zu entkommen versuchen.«

Oder der Willkür ihrer Lehnsherren und den nicht minder erbarmungslosen weltlichen Strafen für ihre Sünden, dachte Abt Hugo und wusste, dass aus vielen kleinen Tropfen ein reißender Fluss entstand; ein Menschenfluss, eine Sintflut armer Sünder, eine waffenlose Armee der Armen, die auch Gottes Wort nicht aufhalten konnte.

Hugo blickte hilfesuchend in das Gesicht des Herrn hoch an der Chorwand. Je größer das Elend der Zeit, dachte er, desto mehr Glanz braucht es, um es auszuhalten. Remy d'Aretin nickte schwer.

»Sie ahnen nicht, jene armen Kinder Gottes, dass sie verführt sind«, sagte er mit gebrochener Stimme. »Aber sie sind glücklich in ihrer Verführtheit. Der Herr schütze sie.«

»In Ewigkeit, Amen.«

Jean-Rutgar schloss die Augen, lehnte sich gegen einen Gerüstbalken und versuchte zu verstehen, was er erlebt hatte. Ohne Zweifel: Die Armen und Elenden hatten die Vermögenden, die Fürsten und geistlichen Herren zum Aufbruch ins Heilige Land gedrängt. Die ausweglose Tiefe des Erlebnisses erschütterte Jean-Rutgar ebenso wie die erste Liebesnacht mit Ragenarda. Aus jeder Geste, aus jedem Wort der Armen sprach die verzweifelte Sehnsucht nach Leben ohne Furcht und Erlösung von allen Übeln, die Hoffnung, Gnade vor dem Gottesgericht zu finden und Sicherheit, weder vom Fegefeuer noch der Höllenglut gestraft zu werden. Verspürte auch er diese Sehnsucht? Galt für ihn dasselbe Ziel?

Er zog den Kopf zwischen die Schultern; er wusste es nicht. Als das Kirchenportal in seinem Rücken dröhnend zufiel, zuckte er zusammen und schlug die Augen auf. Die Menge war wie ein wilder Fluss über die Kirchenschwelle geschäumt, der alle und jeden mit sich riss. Auch ihn? Das gleichnishafte Bild erschreckte ihn: treibende Bäume, ertrunkene Menschen und Tiere, zerfetzte Hausdächer und stinkender Abfall in der reißenden Strömung, Schlamm, zertrümmerte Boote und losgerissene Wassermühlen, Sand, Geröll und tausend Dinge, die nichts aufzuhalten vermochte. Bettler und Fürsten verschlang der entfesselte Strom. Auch ihn? Oder sollte er dieses Wasser meiden? Er entschloss sich, abzuwarten, bis sich seine wirren Gedanken geklärt hatten und die Wasser gefallen waren. Im Halbdunkel des riesigen Kirchenraums fühlte er sich einsam und verloren, auch nachdem die Vesper geendet hatte.

Ein dichter Ring aus Hütten, Verschlägen, Scheunen und Ställen umgab, an einigen Stellen zwei- und dreifach hintereinander, den wachsenden Bau der Kirchenmauern und der Türme. Hunderte Feuer brannten und rauchten in der Arbeitersiedlung, die einem Dorf glich, das der nächste Sturm ohne Spuren fortblasen konnte. Tausend Steine wurden bemeißelt, ebenso viele Meißel wurden geschliffen; ein einziges Hämmern, Rattern, Knarzen und ein Kanon kaum deutbarer Geräusche umgab den Wall wuchernder Gerüste. Gespanne mit klirrenden Felgen brachten Steine und Balken, Pferde wieherten. Aus der zusammengedrängten Steinmasse aus Mauern, Türmen, Wänden und spitzkegeligen Dächern, dem Chorumgang und den Flanken des mächtigen Viereckturms stiegen der dumpfe Schall des Mönchsgesanges und der stundenlangen Chorgebete.

Es roch nach Schweiß, brodelnder Suppe und frischem Brot, nach den Abtrittgruben und dem frisch ausgeschaufelten Boden, aus dem sich die wuchtigen Fundamente der Querhäuser und der geplanten Seitentürme hervorschoben. Jean-Rutgar blinzelte in der fahlen Sonne des Christmonds und führte das Gespann, das drei Quader aus dem Steinbruch trug, zum Hebebaum der Nordwand. Träger zerrten die grob behauenen Steine zu den Trossen und schwenkten die Hebebäume herum. Schritte knirschten auf der Schicht aus kleinen Steinsplittern und den Resten der Meißelabschläge. Die Zugtiere versenkten die Mäuler in die Futtersäcke. Zwischen einer Steinmetzhütte und einem windschiefen Haus mit Lehmwänden, das die Helfer bewohnten, kam Laienbruder Rasso auf Rutgar zu und klapperte mit Holzbechern.

»Ein Schluck aus dem Keller meiner geistlichen Brüder!«, rief er und hob den Krug. »Ein gottgefälliger Trunk, Rutgar!«

Rutgar sprang auf den Brettersteg, der über den schlammigen Boden führte. Das Holz war vom letzten Regen nass und glitschig.

»Danke, Rasso«, sagte er nach dem ersten Schluck. »Hast du mit den Brüdern aus der Kanzlei geredet? Wie steht es mit dem Pergament?«

»Sie schenken dir ein paar Fetzen.« Rasso wischte Weintropfen aus dem struppigen Bart. »Vielleicht glauben sie, dass du den neuen Weg des Glaubens unseres Ordens unterstützt, wenn du mir schreibst.«

»Ich will nur lernen, wie man vieles mit möglichst wenigen Worten schreibt.«

Seit Jean-Rutgar für den Besitzer des Gespanns arbeitete, wusste er, dass der Laienbruder sich noch nicht an das Gebot des Ordens zu halten brauchte, wenig oder nichts zu reden und sich, wie die Priestermönche Clunys, der Verständigung durch das System von Finger- und anderen Zeichen zu bedienen. Aber er hatte gelernt, wie Wörter abzukürzen waren und dennoch ihren Sinn behielten. Pergament war teuer; das reiche Cluny konnte Hunderte Häute kaufen. Ein einfacher Pferdelenker oder Ochsentreiber war auf die Reste angewiesen, die vom Tisch der Herren fielen. Rutgar leerte den Becher und ließ sich nachschenken. Er wich einem Quader aus, der durch die Luft taumelte und sich vor dem Dach der Steinmetzhütte ins Geröll senkte.

»Je besser ich schreiben kann«, sagte er, »desto mehr erfährst du aus der Welt, in die du dich nicht hinaustraust, mein Freund.«

»Ein alter Mann wie ich hofft nur noch, seine letzten Tage in der Gnade Gottes und in einer trockenen Mönchszelle zu verbringen«, antwortete Rasso mit überzeugendem Ernst. »Zum Träumen von der großen Welt werde ich deine Briefe lesen. Und Odo, der dir Pergamente schenkt, liest sie auch.« Er lächelte und blickte zu den Mauern hinter den Gerüsten hinüber. »Vielleicht, wenn ich so jung und stark wäre wie du ...« Er schenkte Rutgar ein ehrliches, zahnloses Lächeln und schloss: »Der Orden des heiligen Benedikt ist groß und wächst mit jedem Jahr. Er ist reich genug und kann auch den alten Rasso kleiden und nähren.«

»So ist es.« Rutgar sah sich um. Der Wagen war entladen, die Futtersäcke leer. Die schweren Zugpferde hoben die Köpfe. »Danke für den Wein. Abends komm ich zu dir, Rasso.«

»Ich freu mich immer und hör dich gern reden.«

Rutgar nickte Rasso lächelnd zu, griff zwischen den Köpfen der Pferde nach den Zügeln und führte das Gespann auf dem lehmigen Weg zu der Stelle, wo die Wagen umkehren und zum Steinbruch zurückfahren konnten, um neue Bausteine für die größte Kirche der Menschheit heranzuschaffen.

Und auch ohne dass Jean-Rutgar die Kunst gut beherrschte, mit wenig Tinte und Schreibtusche viel Gesehenes und Geschehenes zu berichten, erfuhr man zu Cluny von Peter dem Eremiten und der wachsenden Schar derer, die sich ihm anschlossen.

Von der kolossal hingelagerten, regengetränkten Steinmasse Clunys bewegte sich der Heerwurm Gottes über Brücken und durch Bäche unaufhaltsam nach Norden, zur Grafschaft Berry, durch das Orléonnais und die Champagne nach Lothringen und durch die Städte an der Meuse und über Aachen auf Köln zu. Wo immer Peters Armenschar durchzog, bettelnd und betend, hungernd und in blindem Gottesgehorsam, verließen Kinder, Jungfrauen, Frauen und Männer ihre Wohnstätten und folgten ihm.

Zwei Kerzenflammen genügten, um Madolens rotes Haar in leuchtendes Kupfer zu verwandeln. Dünner Schweiß glänzte auf ihrer Haut, als sie sich tief über Jean-Rutgar beugte. Er streichelte ihre Brüste, die schwer ihren Bewegungen folgten. Madolen hatte die Augen geschlossen und ihn tief in sich aufgenommen. Sie atmete schwer; zwischen ihren leisen Worten entstanden lange Pausen.

»Du bist das Beste in diesem Winter, Rutgar.« Sie wiegte ihren Körper vorwärts und zurück und stöhnte leise. »Aber im Frühling werd ich wieder allein sein.«

Er antwortete nicht. Wahrscheinlich war es so, obwohl er es selbst noch nicht wusste. Seine Finger strichen über Madolens weiße Schenkel, gruben sich in die Backen und kletterten den Rücken hinauf. Rutgar griff in ihr Haar, dessen Spitzen seine Schenkel kitzelten, und zog Madolens Kopf in den Nacken. Er richtete sich auf und küsste ihren Hals.

»Es ist noch lang hin bis zum Frühling«, antwortete er rau und bewegte die Zungenspitze in ihrem Ohr. »Sorge dich nicht.«

Sie bewegte sich schneller und wand sich stöhnend, bis sie über den Gipfel der Leidenschaft glitt; ein, zwei Atemzüge vor ihm. Schwer sank sie auf seine Brust und begrub ihn unter der

Flut ihres gekräuselten Haares. Langsam trocknete der Schweiß auf ihren Körpern, und Rutgar zog die Decke über sie beide.

Madolen war älter als er, Wäscherin im Dorf und Besitzerin eines gemauerten Hauses. Ihr reifer Körper hatte ferne Erinnerung an Ragenarda erweckt, aber sie war nicht wie seine erste Liebe. Sie begehrte ihn und war seine Winterliebe.

Es war stets warm in ihrem schmalen Häuschen, das Dach blieb dicht, und im Keller standen immer Kübel und Holzzuber voll warmem Wasser. Sie klammerte sich an seine Jugend, und er betrog sie nicht mit anderen Frauen.

Jetzt lag er im überhitzten Zimmer. Zu wenig frische Luft kam durchs Fensterloch. Nachdem Jean-Rutgar seine Tiere ausgespannt und unter dem Dach des Stalls trocken gerieben und versorgt hatte, hatte er sich flüchtig gewaschen und eine Fackel ausgesucht, die noch einige Zeit lang brennen würde. Er hatte sie an einem Feuer entzündet und war zwischen Zäunen, unter tropfenden Baumkronen und entlang nasser Mauern zum Dorf gegangen. Der Winter, die Fackel, die Unruhe seines Herzens – Stunden und Tage krochen dahin, und er sehnte sich nach Sonne, Wärme und einer Arbeit, die ihn weder langweilte noch in üble Schinderei ausartete. Während des Winters harrte er hier aus, denn es gab gutes Geld, er wurde gebraucht, und Madolen wollte ihn nicht gehen lassen und umhüllte ihn mit Wärme, Wein und Begehren. Wenn er sie verließ, würde er traurig sein und sie vermissen; Madolen würde um ihn weinen und die Männer verfluchen. Noch immer herrschte Ragenarda über seine Erinnerungen.

Als Madolen ihn um Mitternacht weckte, waren die Kerzen heruntergebrannt. Aber aus dem Krug floss noch Wein für zwei volle Becher. Rutgar hatte in der feuchten Wärme von der weißen Burg geträumt, die er bauen würde. Madolen schmiegte sich an ihn und reizte ihn mit feuchten Lippen und gierigen Fingern, bis er sie ein zweites Mal nahm. Eine Stunde vor Sonnenaufgang zog er sich an und verließ sie. Sie schlief, ihr Gesicht zeigte ein zufriedenes Lächeln.

Als er zu den Ställen und zu seinem Gespann ging, erwachte das Dörfchen. Er holte sich ein Stück frisches Brot, trank einen Becher euterwarme Milch und dachte, als er das Gespann zum Steinbruch lenkte und die Rauchsäulen der frühen Feuer zu zählen versuchte, an Abschied, fremde Orte und andere Menschen. An Clunys Kirche und dem Kloster würden die Steinmetze noch viele Jahre bauen.

»Ich will es.« Er wiederholte, was ihn Laienbruder Odo gelehrt hatte: »Weil ich kann, was ich muss.«

Das Osterfest, sagte er sich, würde er in einer anderen Stadt feiern.

Kapitel III

A. D. 1096, 17. Tag des Ostermonds (April), Karsamstag
Köln am Rhein, Stadtmitte

»Kommt mit mir; ich führe euch ins Gelobte Land.«
(Peter der Einsiedel)

Zum dritten Mal an diesem Tag rauschte kalter Regen auf Köln herunter. Das lärmende Gedränge nasser, schmutziger Menschen, die am Ostersonnabend den Platz vor der Kirche St. Maria ad Gradus bevölkerten, wich vor dem bärtigen Mann auf dem Esel auseinander und bildete zwischen Schragen, Fässern, Zubern, Körben, Karren und Käfigen des Ostermarkts eine Gasse, die sich verbreiterte, als das Volk die gewappneten Reiter sah, die dem Hässlichen mit dem härenen Mönchsgewand folgten. Der Regenguss hörte auf; von Dächern und aus Wasserspeiern plätscherte bräunliches Wasser. Wieder blieb Peters Esel, aus dessen Fell es schmutzig tropfte, mitten im Unrat des Marktes stehen. Eine Frau mit offenem Mieder fütterte ihn mit einem Rübenschnitz.

Schon bei seinem Einzug in die Stadt hatten arme Bauern und Bürger den Esel gestreichelt und waren, als sie ihn, den kleinen, untersetzten Reiter an der Spitze des Heeres Christi, erkannten, in begeisterte Rufe ausgebrochen. Jubel und Willkommensgeschrei waren ihm, wie sein verinnerlichter Gesichtsausdruck zeigte, ebenso gleichgültig wie der Gestank des Eselsschweißes, des Lauchs und der Mauern, die ätzende Salze ausdünsteten. Peter hustete, entließ einen gewaltigen Rülpser und strich das tropfende Wasser aus dem langen grauen Bart.

Peter besaß weder die Weihen eines Priesters, noch hatte er je länger als ein halbes Jahr im Kloster Orval ausgeharrt, aber er fühlte wie ein Bischof und ihm waren die hallende Stimme, die treffsichere Überredungskraft und die unbeirrbare Kraft des Glaubens eines eifernden Kardinals zu eigen. Er hieb seine Fersen dem Esel in die mageren Flanken und trieb das Tier weiter, durch die lebendige Mauer der Menschen, die Peter angafften, ihm Unverständliches zuriefen, lachten und tanzten; tausend Augen starrten ihn an.

Zwischen den Rädern der Karren kläfften räudige Köter, ein neuer scharfer Regenguss fegte über den Kirchplatz und scheuchte einen Taubenschwarm auf die Simse der Kirchtürme und unter die Dächer der Bürgerhäuser. Unter einem Vordach leierte Musik der Vaganten; ein Zink quäkte, ein Krummhorn unkte lang gezogene Laute, die Trommeln klapperten. Peter senkte demütig den Blick. Er hob das Kreuz aus hellem Holz; ein zweites hing, vom Anfassen schmutzig braun, an seinem Hals. In seinem dunklen Gesicht, wusste er, lasen die Menschen die göttliche Wahrheit: Ich führe euch auf den richtigen Weg!

Lautlos formten seine inbrünstigen Gedanken Worte aus der unendlichen Tiefe seines Glaubens: Dieses Osterfest ist der Beginn der Pilgerfahrt! Denn schon seit der zweiten Woche im Lenzmond predige ich Unzähligen die Botschaft Papst Urbans des Zweiten.

Ein paar Schritte hinter ihm ritt Weißbart Walter von Possy, der etliche Tausende anführte: entwurzelte Bauern, verarmte Ritter, ehemalige Leibeigene, Dirnen und Hübschlerinnen, Söhne in dritter und vierter Erbfolge, ausgestoßene Mönche und seltsames Gesindel, irrlichternder Pöbel und ehrliche, gottesfürchtige Pilger. Manche nannten den älteren Ritter auch »Walter von Poix« oder »de Pexejo«; sein Neffe Walter Sans-Avoir, der »Habenichts« oder »Sinehabere«, auch »Senzavehor«, befehligte eine Handvoll bewaffneter Berittener mehr als sein rotgesichtiger Oheim.

Die Gasse vor Peter endete an den Stufen der Kirche, deren Portal halb geöffnet war. Der Mönch rutschte vom Eselsrücken, rülpste in den Kuttenärmel und stieg bis zur obersten Stufe. Seit Langem ging er barfuß; er fühlte weder Nässe noch Kälte oder Schmutz unter den grindigen Sohlen. Langsam glitten seine Blicke unter dem Kapuzenrand über den Markt, über die Köpfe der Menschenmenge, bis zu den Gassen, die in den Platz mündeten. Dort zügelten Walter von Possys Neffen Simon und Matthäus ihre Pferde. Der älteste Neffe trug den gleichen Namen wie sein Oheim, was nicht selten zu Verwechslungen führte: Der junge Sans-Avoir, Peters treuester Anhänger, bedeutete seinem bunten Gefolge, stehen zu bleiben, und schwang sich aus dem Sattel.

Peter breitete die Arme aus und hob sie mitsamt dem großen hölzernen Kreuz empor, bis die Ärmel der Kutte zu den Achseln rutschten und bräunliche Haut entblößten, und wartete sieben Atemzüge lang. Danach redete niemand mehr auf dem Platz, nur Marktgeräusche und einige stinkende Darmwinde purrten von den Hauswänden wider.

»Euer Jubel gilt nicht mir!«, rief Peter und zwang die Zuhörer unter seinen Blick. Der nasse Saum der Gugel glitt in seinen Nacken. »Nicht Peter dem Eremiten, nicht mir, dem armen Peter. Ihr preist Gott den Herrn, der zu Jerusalem gekreuzigt wurde. Sein heiliges Grab müssen wir aus den Händen der Ungläubigen befreien! So sprach der Stellvertreter Jesu Christi, unser aller Papst Urban der Zweite!«

Alle Augen richteten sich auf ihn. Seine Stimme, die seherischen Augen und seine Worte hatten die Menge schon nach wenigen Sätzen in Bann geschlagen. Seit den ersten Tagen, an denen er für den Kreuzzug gepredigt hatte, flüchteten sich die Menschen in die Sicherheit seiner Beschwörungen und Prophezeiungen, verkauften ihre letzte Habe und sagten sich von ihren Herren und allen Zwängen los.

»Seit November, dem Schlachtmond, in Clermont, das ist in Frankreich, als der Papst sprach: ›Gott will es!‹, geht das Wort um in der Christenheit. Gott will, dass ich und ihr alle ins Heilige Land aufbrechen und Jerusalem die Goldene befreien. Ich war in der Goldenen Stadt, und ich sage euch: Unsere Glaubensbrüder erleiden große Unbill, Stunde um Stunde! Der Himmel hat uns Zeichen gegeben, wie ihr wohl wisst: Große Hungersnöte im vorigen Jahr! Seuchen und Überschwemmungen im Jahr zuvor. Schwarze Körner im Getreide, die alle Menschen um den Verstand bringen! Und die brennenden und leuchtenden Himmelszeichen nachts, jetzt, im Ostermond! Es sind Zeichen Gottes! Tut Buße, sagt der Herr, verrichtet gute Werke! Unser aller Sünden werden wir ledig, wenn wir zum Grab Christi pilgern! Ich habe in der Grafschaft Berry gepredigt, und viel Volk hat sich dazu versammelt. Im Hornung und im Lenzmond haben sich mir Gläubige aus dem Land um Orléans angeschlossen und aus der Champagne und Lothringen, und aus den Städten entlang der Maas rissen sie sich los, und auch aus Aachen folgten sie mir, und nun seht ihr sie, die stolz und demütig zugleich ihre Kreuze an der Schulter tragen: dort, bei den Führern meines Heeres! Gott will es so. *Deus lo vult!*«

Der tief hängende Himmel riss auf; zwischen weiß geränderten Wolken leuchtete die Mittagssonne auf die Stadt. Die Dächer und der Platz begannen zu dampfen. Die Anführer des waffenlosen Heeres ritten langsam durch das Marktgewirr oder führten ihre Pferde am Zügel zur Kirchentreppe.

Peter schien größer zu werden und strahlte die Sicherheit eines göttlichen Auftrags aus. Er schwieg, hob das Kreuz und deutete mit dem linken Arm auf die Ritter in den Sätteln und die waffentragenden Knappen. Reinhold von Breis, Gottfried Burel und Walter von Breteuil waren unter ihnen, und Peters Stellvertreter Gottschalk, Volkmar und Frater Orel. In den Straßen Kölns und im Umland warteten fünfzehntausend Menschen auf Nahrung und Quartier. Hier in der Domstadt, wo nur eine Gierseilfähre über den Rhein nach Osten führte, war der große Heerwurm erst einmal zum Stehen gekommen.

Peters Stimme trug weithin. Er hämmerte seine Worte wie die Nägel des Heiligen Kreuzes in die Seelen der Menschen. Ehe Christus wiederkehren könne, müsse die *Terra Sancta*, das Heilige Land, für den Christenglauben zurückerobert werden. Atemlos lauschte die unruhige Menschenmenge dem kleinwüchsigen Prediger, der sich nur von Fisch und Wein ernährte:

»Verkauft euren Besitz! Mit glühendem Eifer haben es vor euch schon so viele gewagt! In allen Ländern, selbst in England, Schottland und allen, die unseren reinen Glauben teilen, nehmen die Menschen das Kreuz – sie alle ziehen nach Osten, wandern, beten und singen. Große Heere erwarten uns in Konstantinopel.« Er breitete abermals die Arme aus, faltete die Hände und sank, zur Kirche gewandt, auf die Knie. Alle Priester in seinem Gefolge taten es ihm nach. »Lasset uns beten. Der Herr wird unser Flehen erhören. *Deus lo vult!*«

Zur Sext, der zwölften Stunde, kämpfte der irdische Gestank vom Markt gegen den göttlichen Weihrauch und Kerzenduft aus der Kirche. Herr Neidhart, Bibliothekar und Vorsteher des Skriptoriums der Augustinerchorherren und rechte Hand des Erzbischofs Herrmann III., stand unsichtbar im Halbdunkel des halb geöffneten Portals, rieb den messerscharfen Rücken seiner Nase und betrachtete den verfilzten grauen Haarkranz des Betenden im Sonnenlicht.

»Wenn Gott zulässt, dass der große Ruf des Papstes überall befolgt wird, wird sich manches Land leeren, Gevatter Rutgar.«

Jean-Rutgar, der sich bereits seit vier Tagen in der Domstadt aufhielt, beobachtete ebenso wie Neidhart die stoßende, schiebende Menschenmenge. Er antwortete ausweichend:

»Peter von Amiens mitsamt seinen wortmächtigen Brüdern wird nicht auf das Heer warten. Papst Urban hat ihm keinen Auftrag erteilt.«

Von Clermont aus hatte er den Papst und dessen Tross zu einigen benediktinischen Klöstern begleitet, daraufhin nach Cluny, dann um Weihnachten nach Limoges, von dort aus nach Poitiers und bis Tours. Dort, während eines weiteren Konzils, rief Urban II. abermals zur bewaffneten Pilgerfahrt auf und wandte sich nach Aquitanien. Jean-Rutgar hatte den Trupp verlassen und sich westwärts durchgeschlagen. In Lothringen war er auf die unübersehbare Spur des Eremiten gestoßen und hatte von Peters »Jüngern« gehört, die ebenfalls Gläubige um sich scharten. »Auch die anderen drei, Volkmar, Gottschalk und Frater Orel, haben schwerlich den Segen des Pontifex.«

Neidhart, in dunkler Kutte und noch umfangen von der düsteren Stimmung des Karfreitags, hatte auch unabhängig von dem Bericht, den Rutgar ihm gleich nach seinem Eintreffen gegeben hatte, bereits vom Zug der Fünfzehntausend gehört, die im Anmarsch auf Köln waren. Seit dem Clermonter Konzil hatten aufgeregte Amtsbrüder ihm vom Zulauf der Verzweifelten zum Pilgerheer des Eremiten berichtet. Jetzt sah er das Elend mit eigenen Augen. Seine Blicke, abwägend und finster, trotz unzähliger Fältchen in den Augenwinkeln, hefteten sich auf Walter Sans-Avoir und auf Frater Orel und Gottschalk, die auf Peter zustapften.

»Gelichter«, murmelte Neidhart in den Stoff des Kuttenärmels. »Gesindel mit vielen Spottnamen. Die Heuschreckenschwärme der Bibel! Jetzt haben wir sie auf dem Buckel und dem Geldbeutel.«

»Zu Cluny war der Haufe kleiner und blieb nur einen Tag«, antwortete Jean-Rutgar. Neidhart nickte und richtete schweigend den Blick zum Himmel. Was wusste Rutgar über Walter von Sans-Avoir, der sein Erbe verschleudert und jahrelang als Söldner gekämpft hatte? Er galt als tapferer, indes glückloser Krieger, als geschickter Unterhändler und gehorsamster Gefolgsmann des Predigers. Auf seinem kurzen Streifzug hatte er beträchtlichen Reichtum erplündert, und in seinem Gefolge tummelten sich junge Dirnen, Zwerge und Weinschenke, die etliche Fässer seines bevorzugten Weines bewachten.

»Die Herren Ritter in Peters Begleitung«, sagte Neidhart mit sichtlicher Missbilligung, »kennen wir. Die meisten sind unwürdige, rohe Gesellen, arm und hoch verschuldet. Du willst dich wirklich ihrer Gesellschaft anschließen?«

»Nicht ihnen«, antwortete Rutgar ruhig; seine Meinung über Sans-Avoir und einige andere Ritter stand längst fest. Auch die über Peter von Amiens, der ihn ein wenig an Vater Philbert erinnerte. Vielleicht lag es daran, dass beide im Gottesglauben unerschütterlich waren wie Felsen. Aber aus Philbert, dem weißbärtigen Greis in der Provençe, der reinlich gewesen war und leise und zurückhaltend geredet hatte, hatte verständnisvolle Güte gesprochen; Peter, schmutzig und verwahrlost, war ein schriller Eiferer im Herrn. »Dem frommen Eremiten, ja. Mit ihm, an seiner Seite, komme ich in die Länder von Milch und Honig.« Und vielleicht, dachte Rutgar, erfüllt sich mein Traum von der kleinen Burg.

»Gott segne deine Einfalt, Rutgar.«

»Meine Einfalt mag groß sein. Vielleicht wird mein Traum nie wahr«, antwortete Rutgar ruhig. »Aber meine Klingen sind schnell. Und scharf, meiner Seel'.«

Sie lugten weiter durch den Türspalt. Die anderen Ritter und ihr Gefolge waren kaum besser: Reinhold von Breis, Gottfried Burel und Walter von Breteuil, die an anderen Orten und entlang anderer Wege Pilger sammelten, so wie Wilhelm der Zimmermann, der Sohn des Vicomte de Melun, der riesenhafte Axtkämpfer aus Hugos des Großen Stamm, von dem man sagte, er habe bei der Verteidigung des spanischen Toledo mit seiner schweren Kampfaxt furchtbare Bluternte unter den Angreifern gehalten. Dazu Wilhelms langbärtiger Vater Dietmar mit den gelben Augen, der Kaplan des Gottfried von Bouillon, der »Bruder des Jähzorns«; beide waren rotbärtig und feuerhaarig. Und andere, Schlimmere, Gottlose. Neidhart schüttelte sich und trat einen Schritt vor, um Peter besser verstehen zu können.

»Gott kennt euch, er kennt die Seinen!«, rief der Prediger. »Gott will, dass wir in Köln in fröhlichen Gebeten das Osterfest feiern, wir, die Pilger, und die gottesfürchtigen Bewohner. Verteilt euch also, stellt die Zelte auf, kauft Essen und erholt euch vom langen Weg. Bereitet euch in Ruhe vor, denn der Weg, der vor uns liegt, wird lang und mühevoll sein.«

»Welch ein entsetzlicher Haufe!«

Neidhart sah mit steigendem Grimm zu, wie sich die Unterführer und Stellvertreter um den »kleinen Peter« versammelten; sie suchten seinen Rat, und was er vorschlug oder anordnete, wurde befolgt, als wäre es göttliches Gebot. Peter winkte, deutete hierhin und dorthin, redete mit Marktaufsehern und Stadtbütteln, und überaus langsam und ebenso ruhig begann sich der Platz zu leeren.

Neidhart wartete geduldig. Seine Finger spielten mit der Kordel des Zingulums. Geduld hatte er gelernt; geduldig hatten er und die Stadtoberen Kölns den Eremiten Peter erwartet. Die Einwohner der Stadt mochten fünfzigtausend zählen, hinzu kamen einige Tausend aus dem Umland, und mit fünfzehntausend Durstigen, Hungrigen, Müden, Kranken und vom Schicksal bitterer Armut Geschlagenen zusätzlich ertrank die Stadt an diesem Osterfest in einem Meer von Menschen.

In Trier, war zu erfahren gewesen, vor wenigen Tagen, hatten reiche Geschenke und Lebensmittel der jüdischen Gemeinde Peters armselige Pilger vor dem Hunger gerettet; denn er wies einen Empfehlungsbrief der französischen Juden vor. Jetzt kostete es viel Geld und noch mehr Geduld von Seiten der Christen Kölns. Als auf dem Platz nur noch Bauern, Händler und Kölner Bürger zu sehen war, nickte Neidhart Jean-Rutgar zu.

»Wir haben sie erwartet, wenn wir auch nie geglaubt haben, dass es so viele sein würden. Jetzt haben wir sie im Genick. Gehen wir – es gibt einiges zu bereden.«

Rutgar war als Gast der Augustiner gut behandelt worden. Man hatte ihm selbst seine malträtierten Stiefel neu besohlt und die Nähte ausgebessert. Sein Entschluss, mit dem Eremiten nach Konstantinopel zu wandern, stand noch nicht so fest, wie er es Neidhart hatte glauben lassen. Aber er würde Köln verlassen, so wie er Cluny verlassen hatte, mit einigen Silbermünzen, in die Kleidung eingenäht, und mit der ledernen Tasche voll mit leeren Pergamenten minderer Güte.

Neidhart schloss leise das Portal, ging zum Altar und raffte die Kukulle, bevor er im Licht einiger Dutzend Kerzen auf dem kalten Stein neben Rutgar zum Gebet niederkniete.

Vor zwei Jahren, während des andauernden, die Ernten vernichtenden Hagels, der Sturmfluten und der Überschwemmungen, der menschenmordenden Seuchenzüge, und vor einem Jahr, als Dürre und Hungersnöte wie Vorboten biblischer Plagen über dem Frankenland ausgeschüttet wurden, und als im vorigen Christmond und im folgenden Hartung die ersten grellen Lichtzeichen am Nachthimmel selbst ihn und seine Mitbrüder zu Tode erschreckten, hatte er inbrünstig zu Gott und den Heiligen gebetet. Aber die Heiligen und Gott hatten geschwiegen.

Der Papst hingegen hatte geredet, zur Pilgerschaft aufgerufen, und Gott wollte es so. Neidhart betete murmelnd für die Wiederauferstehung des Herrn im Osterfest, betete für die Stadt, für den Papst und um Frieden, und er schloss auch Jean-Rutgar und selbst den Eremiten Peter und dessen schwärende Horden in seine Gebete ein. Mit den Fünfzehntausend und den anderen Heeren der Jerusalem-Pilger, die sich zusammenfanden und kaum weniger Köpfe zählen mochten, würden Unzählige mitziehen, zu Fuß, zu Pferde oder auf dem Karren: Arme und Bresthafte, Tagelöhner und Abenteurer, Mörder, entflohene Leibeigene, Zuchtlose und Diebe, gläubige Verbrecher, Schänder und Gottlose, die da sicher glaubten, an jedem anderen Ort erginge es ihnen besser als diesseits und jenseits der Stadtmauern. Vielleicht war es ja auch eine Reinigung, ein Gedanke, den man als Christ nicht hegen durfte, der seine Seele aber mit einer geradezu ketzerischen Befriedigung erfüllte.

Neidhart bekreuzigte sich, stand auf und führte Rutgar zum Seiteneingang.

»Du kannst schreiben, hast du gesagt?«

»So ist es«, gab Rutgar mit einigem Stolz zu. »Aber ich habe nichts, um es dir zu zeigen.«

»Dann komm mit mir ins Scriptorium. Gott hat mich gerade ein wenig erleuchtet. Erzbischof Herrmann der Reiche von Hochstaden ist geradezu gierig nach politischen Neuigkeiten, die über bloße Werbeblätter hinausgehen.«

Jene »Excitatoria« hatte Rutgar bei Neidhart gesehen; die Schriften, voll von Bildern und einfachen Zeichnungen für die Unzähligen des einfachen Volks, den Ungebildeten und Blöden, die weder lesen noch schreiben konnten, jene Blätter, die Reliquien des Ostens schilderten und die Frauen der fernen Länder, die sich lüstern den Pilgern hingaben; eines der Blätter voller bunter Bilder hatte man an die Pforte des Nebeneingangs der Kirche geheftet. Er hörte Neidharts Knurren.

»O Herr, nicht nur geschoren sind deine Schafe, krank und überaus zahlreich, sondern ihre Herden sind auch voller Sündenböcke, die besser in die Wüste getrieben werden sollten.«

Sieben Tage und Nächte lang glich Köln, im Sonnenschein und im Regen des Ostermonds, einem riesigen Heerlager, das in langen Albträumen erdacht und zur schier unvorstellbaren Wirklichkeit geworden war. Hungrige und Betrunkene schliefen in jedem dunklen Winkel. Außerhalb der Mauern loderten einige Tausend Feuer, umgeben von Stangen und Seilen, über die man Leinwand und zusammengenähtes Leder gespannt hatte. Gegröle, Flüche und Gelächter ertönten ununterbrochen aus den Hurenhäusern. Die Kirchen waren voll wie niemals je zuvor; im Gedränge kamen manche zu Tode, die in der nassen Hitze und im Weihrauchdampf das Bewusstsein verloren hatten. Bald gab es in den Schenken nichts mehr zu essen außer heißem Brot, das man den Bäckern aus den Öfen riss.

Von den Schweinen, die nachts die Gassen säuberten, lebten am dritten Tag nur noch wenige; man briet sie auf Rosten und Spießen. Wenig Silber, kaum Gold, dafür unzähliges Kupfer wurde gewechselt. Die Betrunkenen fielen über die Frauen her, die Peters inbrünstiger Heerhaufen mit sich schleppte. Wein und Bier flossen in Strömen. Selbst Händler von weit her verkauften die letzten Fuder ihres Weins, der wenig besser als Essig schmeckte, Zunge, Gaumen und Zähne marterte und den Urin der Pilger krokusgelb färbte, der Hausmauern besudelte, durch die Gassen strömte und draußen vor der Stadt das frische Gras gilben ließ.

Scheinbar ohne Anlass läuteten die Glocken. In Mietställen, auf Koppeln und umliegenden Bauernhöfen schufteten Knechte und Hufschmiede, striegelten Pferde, Maulesel und Esel und beschlugen Hufe. Gewandschneider schnitten Leder und unglaubliche Mengen roter Stoffstreifen, die als Kreuze an Mäntel, Hemden, Kursite oder auf Satteldecken genäht wurden. Kinder wurden gezeugt und geboren, sie starben oder schrien ihren Willen hinaus, in dieser Welt zu leben, zusammen mit jenen Kindern jeden Alters, die ihren Eltern nach Jerusalem folgten.

Die Stadtoberen und die Bürgerschaft ließen aus allen Richtungen Handwerker, Weinfässer, Salzfisch und lebendes Geflügel, Brot, Käse, Holzkohle und Bier kommen – über Köln erhob sich eine helle Wolke aus Rauch und Gestank: Schweiß, Horn, Dampf und Schmutz, und der süßliche Ruch faulender Ratten und anderer Kadaver machte Katzen, Hunde und Aasvögel vor Gier und Hunger närrisch.

Jean-Rutgar wagte sich in das Gewimmel der engen Gassen, sagte wenig und hörte und sah viel und machte sich seine Gedanken. Peter, der Eremit aus dem feuchten Wald, lodernd vor göttlicher Eingebung, der nach Fisch und saurem Wein stank und dessen Esel von der Ausdauer des Gottseibeiuns erfüllt zu sein schien, zogen rastlos von einer Kirche zu einem Teil des Lagers, vom Kloster zum Ratshaus, von Tor zu Tor, hinunter zur Altstadt, zur fliegenden Brücke und zu den Schiffen im Hafen. Er betete, riet, trank sauren Wein, rülpste gurgelnd, spuckte Fischgräten auf seine Zehen, befahl und herrschte durch das Wort Gottes: Wer ihn sah, hörte oder seinen Anordnungen folgte, war sicher, dass er durch Peter in der Gnade des Herrn stand; wenigstens einige tiefe Atemzüge lang.

Und der kleine Einsiedler predigte. Er redete mit Engelszungen, die Arme hoch erhoben, wo er ging, ritt und stand. Von Milch und Honig sprach er, von silbernen Straßen im Heiligen Land, vom goldenen Jerusalem und dem Grab des Herrn, von der beschwerlichen Reise, die er vor etlichen Jahren auf sich genommen hatte, und davon, dass jedem, der ihm folgte, alle Sünden vergeben und die Buße erlassen sei, dass sein Pilgerzug die edlen Herrn zu Pferde brauchte, die Ritter in schimmernder Wehr mit dem Zeichen des Kreuzes; indes schienen es die meisten abseits des niederen Adels vorzuziehen, sich ihresgleichen anzuschließen und als Teilnehmer eines wahren Ritterheeres wider die Ungläubigen zu ziehen.

Es waren aber auch einfache, gläubige Menschen, Leibeigene oder Freie, die Klein-Peter aus der Picardie folgen wollten: Pilger, die ruhig und ohne verzehrende innere Glut die Landschaften, Stätten und Orte beschreiten wollten, in denen einst Jesus Christus gelebt und gewirkt hatte und gestorben war.

Die reichen Zünfte Kölns und deren plötzlich fromm gewordene Handwerker spendeten Zelte, Seile, Gürtel, Messer, Dolche, Werkzeuge und Karren. In der eisenbeschlagenen Truhe, die auf einem zweirädrigen Karren festgeschmiedet wurde, klirrten und klimperten über dem Silber der Juden die Geldspenden der gläubigen Kölner; lieber ein wenig ärmer, sagten sich manche, die pralle Münzbeutel daherbrachten, als noch länger dieser Belagerung ausgesetzt zu sein! Aber es gab auch andere Spender, die sich von der Kraft ihres Glaubens nährten und wussten, zumindest ahnten, dass es ebenso gnadenreich war, Jerusalem im Herzen zu haben, wie auf dessen angeblich unbezwingbaren Mauern zu wandeln.

Noch bevor Peter seinen Esel bestieg, der nach wenigen Tagen wohlgenährt, gestriegelt und frisch gezäumt war, unterlag Walter Sans-Avoir seiner Unruhe und brach, wohlversehen mit Peters Segen, reichlichem Proviant und etlichen Wegekundigen, am Dienstag nach Ostern von Köln nach Ungarn auf. Selbst ein einbeiniger Köhlerknabe, der sich Dilgen nannte und wirre Reden führte, schloss sich ihm an.

Peter hatte Graf Walters beträchtliches Gefolge nicht zwischen seine Pilger eingliedern wollen; die vielen Menschen zu verpflegen und im Zaum zu halten überstieg sein Können ebenso wie sein Wollen. Walters Ausrüstung bestand aus kühnem Gottvertrauen, einem Dutzend armer Priester, drei oder vier schwindsüchtigen Rittern, wenigen Gepäckwagen und erstaunlich vielen Münzen in der Schatztruhe; die kampfunerfahrenen Bauern und Handwerker trugen Lanzen und alte, bis zum Silberglanz geschliffene Schwerter und Äxte sowie Spieße, Streitkolben, Flegel oder Morgensterne. Hinter Walter »Habenichts« im Sattel seines schwarzen Hengstes zogen kaum weniger als fünftausend Gläubige rheinaufwärts, wie manche Bürger der geplagten Stadt gezählt haben wollten.

Zehn Tage, nachdem sein fünfzehntausendköpfiger Heerhaufen Köln überschwemmt hatte, nach dem Sonntag *Domenica in albis*, zog auch Peter der Eremit mit den verbliebenen Zehntausend aus der Stadt, auf der Straße, die jedermann befuhr und bewanderte, der rheinaufwärts über Bonn, vorbei an Andernach, Koblenz, Boppard und Bingen nach Mainz und zum Neckar wollte. Aus Köln, das sich binnen Stunden wie ein löchriger Kornsack leerte, und aus den Dörfern und Städtchen der Umgebung folgten weitere fünftausend, die sein Heer wieder auf seine vorherige Stärke brachten.

An der Spitze des gewaltigen Zuges ritt Peter auf dem Esel. Archambaud von Vendeuille, Waffenmeister Gottfried von Bouillons, und seine Ritter folgten im Sattel, dahinter trotteten die Saumtiere, und die Vorräte, selbst die Schatztruhe, wurden in wenigen knarrenden Wagen mitgeführt. Obwohl jeder Pilger zu Fuß wanderte und sein Bündel selbst schleppte, legte der Zug selbst an einem mittelmäßigen Tag zwanzig, fünfundzwanzig Meilen zurück.

Wanderer, Kaufleute, Reisende oder Boten, auch die Besatzungen der Schiffe, die rheinabwärts unterwegs waren, staunten, erschraken oder glaubten, im Norden sei eine neue Seuche ausgebrochen – seit Menschengedenken hatte man einen solchen Menschenwurm nicht gesehen und erlebt.

Eine graue und erdfarbene Schlange mit zahllosen Köpfen und Füßen, die sich zehn Meilen lang und länger durch die Flussaue wand, füllte die alte Straße. Zufällige Gruppen, die es nur einen Tag miteinander aushielten, hatten sich zusammengefunden und beteten laut, während sie rüstig ausschritten. In anderen Abschnitten sangen die gleichen Pilger tagelang vielstimmig fromme Lieder. Noch fehlte es nicht an Wasser, Wein und Essen, und jeder tat, was ihm einfiel, ohne dass er den Weg aus den Augen verlor.

An jeder Stelle des Zuges, in ununterbrochener Folge, blieben einzelne Pilger stehen, gingen rechts und links zur Seite und stellten sich an den Straßenrand, schlugen ihr Wasser ab oder verrichteten hockend ihre Notdurft; bald blieb eine triefende, stinkende Doppelspur entlang des Sandweges der Rheinaue zurück. So ging es vom Morgen bis zur Abenddämmerung, in der sich Tausende Menschen Plätze zum Schlafen suchten. Im Nachtlager, beim Licht von Fackeln und Lagerfeuern, nach der Abendmesse, stachen die Pilger die Blasen ihrer Füße auf und beschmierten die blutenden Stellen mit schwarzer Salbe. Wenn die Wolken aufrissen, sahen die Gläubigen schaudernd die grellen, lautlosen Lichtpfeile der Himmelszeichen des unerforschlichen Gottes; selbst Peter dem Eremiten fiel es schwer, die Zeichen richtig zu deuten.

Die Werkzeuge der Steinmetzen und Dombauer lagen sauber ausgebreitet auf den unfertigen Säulen, Kapitellen und Teilen des Architravs; die Handwerker, die einen Teil des Kreuzgangs erneuerten, machten Mittagspause. Bruder Neidhart setzte sich auf die Brüstung, nickte dem Cellerar Severin zu und deutete ins Ungefähre.

»Der Platz und der Brunnen vor der Kirche – noch nie hab ich sie so leer gesehen. Und so sauber.«

»Sie sind fort.« Severin blieb stehen und betrachtete die kantige Ordnung der Steine. »Gott sei Dank. Und in der Stadt ist es wie nach einer langen Belagerung. Du hast diesem Franzosen Pergament und Tinte mitgegeben, nicht wahr?«

»Ja. Er hat geschworen, unserem Kloster vom Weg nach Jerusalem und den silbergepflasterten Straßen zu schreiben.« Der Vertraute des Erzbischofs faltete die weichen Hände. »Köln war gnädig zu ihnen. Aber ... da sind viele Städte und Grafschaften auf dem langen Weg, die ihnen vielleicht nicht so freundlich gesinnt sind. Wer weiß, ob das Heer je das Heilige Land erreichen wird«

»*Gratia Dei!*«, sagte Severin. »Die Juden Frankreichs und im Rheinland zittern vor Todesangst. Seit der Niederlothringer von Bouillon sich auf den Weg nach Jerusalem vorbereitet, glauben sie, dass er die Kreuzigung unseres Herrn mit ihrem sündigen Blut rächen will.«

Ein Windstoß wirbelte Steinstaub und eine Handvoll Laub vom letzten Jahr über die Steinplatten des Kreuzgangs. Neidhart nickte bedächtig.

»Oberrabbiner Abraham Kalonymos von Mainz hat ein Bittschreiben an Kaiser Heinrich geschickt.«

»Nicht ohne Erfolg. Sie haben den Mainzern und uns jeweils fünfhundert Silberstücke angeboten. Der deutsche Kaiser schrieb uns, und so haben womöglich wir für ihre Sicherheit zu sorgen.«

»Das wird den ›Zimmermann‹ von Melun oder den Grafen von Leiningen nicht daran hindern, ihr Mütchen an den reichen Juden zu kühlen.«

Severin sah einem gurrenden Taubenpärchen zu, das auf einer einzeln stehenden Säule umeinandertrippelte. »Schwerlich«, sagte er. »Wenn wir die Zeichen richtig deuten, dann ist die Zukunft voller Unsicherheit. Die Sterne fallen vom Himmel, Gevatter Tod hält reiche Ernte. Was wird die Heilige Kirche tun?«

Neidhart betrachtete den flügelschlagenden Täuberich, senkte den Kopf und murmelte: »Sie wird sich entrüsten und mahnend das Wort erheben. *Cum tacet, consentire videtur.* Unser Schweigen bedeutet Zustimmung.«

Kapitel IV

A. D. 1096, 22. Tag des Weidemonds (Mai)
Strasse nach Mainz bei Andernach am Rhein, Flussaue

»Welche ich lieb habe, die strafe und züchtige ich.
So mache dich auf und tue Buße!«
(Offb 3,19)

An einem der Abende, an denen tiefe, regennasse Wolken über den Rhein trieben, näherte sich Jean-Rutgar, das Haar schulterlang und von der Sonne gebleicht, dem Einsiedel. Er bahnte sich mühsam einen Durchgang in der Pilgergruppe, die sich um den Eremiten drängten, sprang über einige Pfützen und verbeugte sich vor Peter.

»Ihr seid der verehrungswürdige Prediger Petrus von Amiens, Herr?«

»Ich bin Peter der Eremit.« Peter starrte prüfend in Rutgars schmales, bartloses Gesicht und in dessen strahlend grüne Augen. »Und wer seid Ihr?«

Rutgar blickte um sich und schüttelte sich kurz, dann antwortete er: »Jean-Rutgar von Les-Baux, Herr. Aus der Provençe, Teil des Heiligen Römischen Reiches. Einst hatte ich Freunde und eine Liebschaft dort; ich bin ein vergessener Sohn des Herrn Grafen von Les-Baux, ein Bastard von bedeutungslosem Adel. Zwar verwandt mit dem verstorbenen Markgrafen Stephane, aber ohne Titel, Recht und Besitz.«

»Wie so viele in meinem Gottesheer. Was wollt Ihr?«

»Sagt Rutgar zu mir, Ehrwürdiger.« Rutgar hob die Schultern. »Ich will mit Euch ziehen, wohin mich Gott und das Schicksal führen. Ins Heilige Land oder an einen Platz, wo es sich zu leben lohnt. Darf ich mich Euren Pilgern anschließen?«

Peter musterte den jungen Mann, der kaum älter war als zwanzig Jahre. Um seine teuren, wadenhohen Stiefel zu schonen, war Rutgar nicht in die kotigen Pfützen getreten. Seine Kleidung war sauber und kaum geflickt; er trug eine Umhängetasche, einen breiten Ledergurt mit einer kleineren Tasche, auf dem Rücken einen Ledersack und einen Gürteldolch, dessen Griff umwickelt war. Peter erkannte hoffentlich, dachte Rutgar, dass er ein ruhiger, zuverlässiger Mann zu sein schien; er wusste selbst, dass er kräftig und ein wenig schlitzohrig, aber gutmütig aussah.

Der Eremit nickte langsam.

»Ich brauche einen, der meinen Rücken schützt«, sagte er. »Und neben mir reitet. Einen Helfer, der nicht alles kann, aber von allem ein wenig. Einen ehrlichen Mann, der mich vor Gefahren warnt. Und der aufschreibt, was uns auf der Pilgerreise widerfährt.«

»Dann habt Ihr den Richtigen gefunden. Ich kann mehr als meinen Namen schreiben und ein wenig Mönchssprache lesen und reden.« Rutgar wechselte in die Sprache der Franken und legte die Hand auf die linke Brust. »Ich hab länger als ein Jahr Bresthafte und Aussätzige gepflegt. Im Kloster von Köln haben sie mir Pergament geschenkt.«

»Dann bist du in der Demut, die der Herr von uns Pilgern verlangt«, antwortete Peter der Eremit. »Komm mit uns. Der Herr beschützt unseren Weg.«

»Er führet mich auf rechter Straße um seines Namens willen.« Rutgar lächelte undeutlich.

Peter senkte den Kopf und antwortete: »So sei es. Amen.« Er zeigte auf die Bäume, die einen Weiler umstanden. »Such dir einen trockenen Schlafplatz. Wir wandern im Morgengrauen weiter. Du kannst wirklich schreiben?«

»Ohne große Mühe. Aber ich habe nichts Geschriebenes, das ich Euch zeigen ...«

»Das hat Zeit. Gott wird uns mit Tinte und Federkielen beschenken. Du wirst aufschreiben, was uns auf dem Weg begegnet, und wenn ich Briefe senden muss ...«

»... werde ich sie für Euch aufsetzen«, versicherte Rutgar.

»Dann also – komm mit. Wir sind auf dem Weg nach Ungarn.« Der Einsiedel deutete zu den Feuern und den Pferden unter den Bäumen. »Bleib bei uns, den Pilgern. Die Herren Ritter sind mitgekommen, um uns zu schützen.«

»Bis nach Ungarn?«

»Bis ins heilige Jerusalem.«

Aus der Richtung des Lagerteils, in dem die Gewappneten an blakenden, von Mückenschwärmen umtanzten Feuern zusammensaßen, ertönte lautes Gelächter.

Während der folgenden Tage, an denen sich der Pilgerzug rheinaufwärts wälzte, lernte Rutgar die Anführer und deren Vasallen kennen. Er beobachtete schweigend, während er an der Seite des Eremiten dahinwanderte, wie sich ungefähr zwanzig Tausende auf der Straße am Rhein und Neckar verteilten und auf das Ufer der Donau zuwanderten, Schritt um Schritt.

Dort teilte sich der Zug. Ein Teil der Pilger beschloss, den Strom in Schiffen abwärtszufahren und sich an der Grenze des Landes Ungarn mit den andern zu vereinigen. Die größere Zahl der Pilgerschaft, von Peter angeführt, benutzte betend, singend und fastend die Straßen entlang der Donau, südlich des Ferto-Sees, auf Ödenburg zu.

An den letzten Tagen des Weidemonds und am Anfang des Johannismonats wanderten die Pilger weiter friedlich durch

Ungarn, meist auf den Wegen durch verwüstetes Land, die vor ihnen jene Tausende gezogen waren, die zu Walter Sans-Avoir gehörten. Ununterbrochen knarrten und winselten die Räder der schweren Karren, auf denen die Schatztruhe und die Vorräte der Pilger geladen waren. Steine zerkrachten unter den Felgen. Bei Karlovići vereinigte sich die größere Schar mit jenen Pilgern, die zu Schiff gefahren waren. Am 20. Tag des Johannismonds riss das Mahlen der Räder ab; der Pilgerzug hielt auf freiem Feld weit vor den Mauern Semlins an.

Jean-Rutgar, der auf Peters Bitte hin kaum von der Seite des Predigers wich, hatte sich daran gewöhnt, von den Pilgern »Peters Jünger« genannt zu werden. Selbst die Ritter, die den Zug hoch zu Ross begleiteten, behandelten ihn mit weniger Herablassung als die anderen Pilger.

Rutgar besaß zwar ein Pferd, aber noch musste er zu Fuß gehen. Er hatte für den Preis, den zwei Ziegen kosteten, einen leidlich jungen, verwahrlosten Gaul gekauft, einen mageren Rappen mit Stirnblesse und bis zu den Knien weißen Läufen, den er am langen Halfterseil mit sich führte. Schweif und Mähne waren verfilzt gewesen, das Tier, das wild mit den Augen rollte, trug eiternde Sporenwunden und zwei Dutzend Male von Hieben, Rissen und Brandwunden im Fell. Ein Hufschmied im Heer hatte die Hufe gereinigt, ausgeschnitten und befeilt und das Tier, das vor Angst störrisch auskeilte, frisch beschlagen. Von einer Kräuterfrau kaufte Rutgar gelbe und schwarze Salben, die auf den Wunden des Reittiers furchterregend stanken, und er fütterte den Rappen, wo immer er konnte, mit saftigem Gras, Hafer und Rübenschnitzen. Abends, wenn nichts anderes zu tun war, kämmte er Zecken aus der Mähne, schnitt und bürstete die Haare; zusehends erholte sich der Rappe und gewöhnte sich an Rutgars beruhigendes Murmeln, seine Hände und seinen Geruch. Aber noch duldete das Tier ihn nicht auf seinem Rücken.

Graf Hugo von Tübingen und Graf Heinrich von Schwarzenbeck, zwei ruhige, mittelgroße Männer von mehr als fünfunddreißig Sommern, mit wenig prunkvollen, abgegriffenen Waffen und in durchgesessenen Sätteln, sorgten in ihrem Tross für Ordnung und Ruhe und nahmen an jedem Gottesdienst teil, den Peter oder seine Stellvertreter hielten. Herzog Walter von Teck und Konrad und Adolf, die Söhne des Grafen von Zimmern, weitaus jünger als die beiden Grafen, hielten längst nicht jedes Wort Peters für ein Zeichen des Himmels und tranken zu viel. Oft saßen sie an den Feuern zusammen mit Dirnen und solchen Pilgern, die Peter in seiner schrankenlosen, von Gott verliehenen Güte zu einem besseren Leben führen wollte. Rutgar hielt sich von diesen Gruppen ebenso fern wie von den jungen Habenichtsen.

An der ersten Wasserstelle, einer großen Viehtränke, sammelten sich die Ritter und stiegen aus den Sätteln. Der Karren mit der schweren, eisenbeschlagenen Schatztruhe rasselte heran und wurde angehalten, als der Bote Peters auf die Ritter zugaloppierte und sein Pferd zügelte.

»Der Statthalter hat uns erlaubt, zu lagern und im Basar einzukaufen. Er ist ein Türke. Walter Sinehabere ist mit fünfzehntausend Pilgern durchgezogen, und sie haben geraubt und gestohlen.«

»Was hat der Eremit befohlen?«, rief Ritter von Burel.

»Wir sollen tun, was der Türke Graf Guz will. Friedlich lagern und weiterziehen.«

»Ihr habt es gehört!«, rief der Ritter. »Was weißt du von der Zitadelle?«

»Dort sind siebentausend ungarische Soldaten, sagen die Bauern!«

»Wir werden uns ausruhen«, sagte Rutgar zu den Gewappneten, »und warten, bis uns die aus Semlin etwas schenken. Peter hat genug Silber, um im Basar Essen und Wein zu kaufen.«

Ritter Gottfried von Burel, fahläugig, schwarzhaarig und mit schwarzgrauem Kinnbart, hatte auf Peters Geheiß die Aufsicht über alle Pilger und Ritter des Zugs; es waren angeblich dreißigtausend, aber sie waren niemals genau gezählt worden. Mit ihm teilte Rutgar die Sorge, dass sich niemand vom Zug entfernte oder gar die Bewohner der Gegend beraubte, durch die sich der Zug vorwärtsquälte – und seien Durst und Hunger noch so groß. Tagein, tagaus; unentwegt häuften sich die Zwischenfälle. Peter, der an der Spitze des vieltausendköpfigen Lindwurms ritt, war um das Wohl der Herzen seiner Schäflein besorgt, aber um kaum etwas anderes. Blutende Füße, aufgeplatzte Blasen, eiternde Wunden, Durst und Streit um Wasser, brechende Räder, störrische Ochsen und plötzliche Kämpfe, die ritterlichem Jähzorn entsprangen – Walter von Breteuil, schmal und zäh, mit einer Haut wie gegerbt, der den Topfhelm nicht einmal im Schlaf abzunehmen schien, half und schlichtete. Von ihm lernte Rutgar, sich inmitten einer riesigen Anzahl Menschen so schnell und geschickt zu bewegen, wie er es einst in der Wildnis um Burg Beausoleil vermocht hatte.

Der Statthalter Semlins, angeblich ein ghuzzischer Türke oder ein Graf mit Namen Guzz, schien zu Tode erschrocken zu sein, denn er wagte sich nicht vor das Stadttor. Die Pilger sahen an der Stadtmauer Schilde, Waffen und Rüstungen hängen; Peter von Amiens selbst erkannte, dass sie zur Ausrüstung von Gewappneten gehörten, die mit Walter Sans-Avoir geritten waren. Die letzten Stunden des ersten Tages und die Nacht verliefen ruhig. Gegen Mittag brach in Semlins Basar Lärm aus, der innerhalb kurzer Zeit zunahm und in eine Prügelei mündete. Dann wurden Waffen gezogen; ein Schrei pflanzte sich bis ins Lager der Pilger fort:

»Die Ungarn greifen an! Sie wollen uns alle töten!«

Peter der Eremit war vor einer halben Stunde an der Spitze einiger Tausend Pilger aufgebrochen. Auf der Straße entlang des Dorfbachs sah Rutgar gerade noch die Kreuze, die an langen Stangen angebunden waren. Die letzten Worte eines Gebets aus vielen Kehlen verhallten im Lärmen und Geschrei, die aus dem Basar drangen.

Rutgar hielt einen berittenen Knappen an, griff in den Zügel des Pferdes und rief: »Gib mir deinen Gaul! Und – hast du eine Waffe?«

Der junge Mann erkannte Rutgar, sprang aus dem Sattel und zog einen Morgenstern aus dem Mantelsack. Die Kette klirrte um die Stacheln der Eisenkugel. Aus der Richtung des Basars, des Stadttors und der Zitadelle rannten Bewaffnete, die nach einem Ziel zu suchen schienen. Rutgar schwang sich auf den Rücken des Braunen und sagte scharf: »Renn zu den Pilgern! Sie sollen sich sammeln und Peter hinterherlaufen.«

»Ich versuch's, Jünger Rutgar.«

Rutgar wusste, was er zu tun hatte. Auf dem langen Weg hatte er es ein Dutzend Mal bewiesen. Er galoppierte an und ritt zwischen dem Lager der Pilger und der Stadtmauer auf der Straße entlang und schrie den Pilgern zu, nach Süden zu gehen und Peter zu folgen. Aber er sah, dass sich die Ritter zum Kampf bereit machten. Die Menge der Petschenegen, die aus der Zitadelle kamen, wurde größer, das aufgeregte Geschrei und das Hundegebell und das Waffenklirren von links und rechts wurden lauter. Drei bewaffnete Pilger galoppierten auf das Stadttor zu. Rutgar schwenkte den Morgenstern über dem Kopf und brüllte Befehle und Warnungen, aber niemand schien auf ihn zu hören.

Eine halbe Stunde später war jeder Versuch, den Kampf aufzuhalten, sinnlos geworden. Vom Rücken seines schäumenden Pferdes, das auf der Stelle tänzelte, rief Gottfried Burel, der sein Schwert gezogen hatte:

»Du hörst es, Jünger vom Prediger! Sie greifen an! Sie haben Walters Ritter erschlagen, und jetzt wollen sie uns aushungern und umbringen. Zu den Waffen!«

»Niemand hat den Sinehabere erschlagen! Es ist nur eine Streiterei zwischen ein paar Hitzköpfen!«, rief Rutgar. Er hob verzweifelt die Arme. Im Lager der Christen breitete sich Aufruhr aus. Rutgar ritt zurück zu seinem mageren Klepper und beruhigte das scheuende Tier, gab den Zügel einem aufgeregten Jungen und sprengte weiter. Schreie und Waffenklirren waren vom Tor zu hören, Pferde wieherten grell. »Mir haben sie gesagt, es geht um ein Paar Stiefel! Hört auf, greift nicht an!«

Der Ritter wies mit der Schwertspitze auf die Stadtmauer und die Rüstungen, deren Rostspuren die Steine fleckten. Rutgar fühlte sich, als reite er weit außerhalb des wirklichen Geschehens mit der Vorhut, die nicht zu diesem Haufen gehörte. Im gleichen Augenblick schlossen sich die schenkeldicken, eisenbeschlagenen Stadttore. Etliche Herzschläge später hörten Rutgar und der von Burel das hohle Poltern.

»Wenn sie nicht nachgeben, holen wir uns das Essen aus der Stadt!«, schrie Gottfried.

Walter von Tecks Hand fuhr zum Schwertgriff, als er neben Rutgar sein Pferd zügelte. »Die Ungarn haben sich mit den Bulgaren zusammengetan! Sie wollen uns ausrauben!«

Gottfried Burel wandelte sich plötzlich zu einem kämpferischen Anführer. Er hatte sich während des Pilgermarsches nicht einen Tag lang unrühmlich hervorgetan. Er riss trotz Rutgars beschwörender Worte sein Pferd herum und galoppierte auf die Ritter zu, deren Pferde von den aufgeregten Knechten gesattelt und herangeführt wurden. Ein Dutzend Gewappnete stiegen auf.

»Es ist nur ein Gerücht! Dummes Gerede von Pilgern, die nichts wissen. Haltet ein!«, rief Rutgar, aber seine Warnungen gingen im Geschrei unter.

Aus dem Lager wälzte sich ein wildes Heer; jeder, der eine Waffe besaß, einen Knüppel oder ein Messer, rannte zur Stadt, auch Frauen und selbst Kinder. Rutgar zerrte am Zügel des Pferdes, schlug ihm die Hacken in die Seiten und trieb das Tier zum Stadttor; er folgte wachsam der Menschenmasse. Er hatte nur sein Messer und den Morgenstern, um die Pilger und sich zu verteidigen.

»Haltet ein!«, schrie er und schwenkte seine Arme. Dann hob er die Waffe wieder über seinen Kopf. Er sah betroffen ein, dass ihm Peters Leute nicht gehorchten; sie hielten die Bewegung für eine Aufforderung zum Kampf. Auf den Mauern der Zitadelle, die Graf Guzz befehligte, erschienen bewaffnete Ungarn, während sich der kleine, streitende Haufen zum Tor zurückzog. Die Deutschen hatten die Söldner halb umringt und trieben sie vor sich her.

Einige Atemzüge später galoppierten Gottfried Burels Männer und das Gefolge Graf Tecks zwischen den löchrigen Zelten und den Strohhütten hervor, drängten sich zwischen die Fußkämpfer und setzten sich an deren Spitze.

Jean-Rutgar ahnte, dass er zu spät kam, um Peters Gefolgschaft aufhalten zu können; der wilde Blick, den ihm Gottfried Burel zuwarf, bewies es. Auf dem langen Weg bis nach Semlin hatten sich selbst die Jähzornigsten bezwungen, aber heute gewannen die Zuchtlosen innerhalb des Heeres die Oberhand.

»Sie werden morden und plündern!«, rief er. Er fürchtete das Schlimmste. Außerdem wussten die Pilger ebenso gut wie die wenigen Ritter, dass die Magazine der Zitadelle gefüllt waren; Waffen und hauptsächlich Vorräte lagerten dort, angeblich für viele Tausend Männer; mehr, als die Stadt Bewohner hatte.

Binnen weniger als einer halben Stunde brannten die Tore und waren die Mauern an den niedrigsten und schwächsten Stellen überwunden. Ohnmächtig musste Rutgar zusehen, dass sein Einfluss auf die Besonnenen im Heer in diesen Stunden völlig dahingeschwunden war; seine inbrünstigen Flüche und Befehle verhallten ungehört.

Die fränkischen Pilger hatten sich mit allem bewaffnet, womit man zuschlagen, stechen oder töten konnte. Die Ungarn, die völlig überrascht waren, wehrten sich verzweifelt, wurden zurückgetrieben und starben zu Dutzenden auf den Mauern und in den Sälen und Waffenkammern. Steine schwirrten durch die Luft, viele kleine Brände brachen aus, die Mauern hallten wider vom Schwertklirren und den Schreien der Verwundeten.

Die Menge der fränkischen Christen, die gegen ungarische Christen kämpfte, war erdrückend groß und glich dem vernichtenden Hochwasser, das alles scheinbar Feste mit sich riss. Flüchtende wurden niedergemacht, blutroter Wein gluckerte aus den aufgeschlagenen Fässern, und das wilde Schlagen und Töten ging rauschhaft weiter.

Es hieß, einige Tausend Soldaten, darunter viele der gefürchteten Petschenegen-Söldner, schützten Semlin und lagerten in der Zitadelle. Aber so viele, sagte sich Rutgar, waren es sicherlich nicht, sonst hätte sich der Angriff längst festgefahren.

Rutgar versuchte, Petschenegen und Pilger voneinander zu trennen. Er hatte zu kämpfen gelernt, aber seine Art zu kämpfen war schnell, hinterhältig und hart. An Stellen, wo schlecht bewaffnete oder flüchtende Pilger in Bedrängnis kamen, galoppierte Rutgar heran und schlug mit der schwirrenden Waffe zu. Die Mitte eines Schildes zu treffen, wo er innen von der Hand und vom Unterarm gehalten wurde, war nicht schwer; wenn der Rand des Schildes aber vor dem Kopf mit aller Kraft getroffen wurde, kippte der Schild und schlug ins Gesicht des Trägers oder in seine Rippen. Mit äußerster Wucht hämmerten die splitternden Schildränder gegen Zähne, Nasen und Augen der Verteidiger, die heulend vor Schmerz und blutüberströmt zurücktaumelten.

Die fränkischen Ritter verwundeten und töteten, bis sie keinen Widerstand mehr spürten, und erschraken bis ins Mark, als das rauschhafte Kämpfen vorbei war. Man zählte am Abend viele tote und sterbende Ungarn und kaum mehr als zwölf Dutzend erschlagene Franken. Rutgar sprengte eine Stunde lang im Zickzack durch das Getümmel, und seine gebrüllten Befehle trieben einzelne Pilger, Gruppen und Gespanne auf die Straße nach Süden.

Auf der Brücke hing ein toter Franke, mit dem Bauch auf dem Geländer. Sein Kettenhemd hatte sich um seinen Hals und die Schultern zusammengeschoben. Rutgar stieg ab, zerrte das »fränkische Koller« herunter und sah, dass es rostig und löchrig war. Er wickelte es zusammen und legte es quer vor den Sattel. Einen Steinwurf weiter fand er ein blutiges Schwertgehänge, dessen von Nässe schwarzer und abgeschabter Gurt zerrissen war.

Die Kämpfe waren vorbei. Dampfwolken brodelten von den schwelenden und abgebrannten Balken und Wänden. Rutgar ritt zum halb aufgelösten Lager, suchte den Knappen, gab ihm Pferd und Morgenstern zurück und suchte seinen mageren Rappen. Er saß auf. Zum ersten Mal duldete ihn das Tier ohne Sattel auf dem Rücken; Rutgar trabte aus dem Lager hinaus, auf die Straße und bis zum Ufer des Flusses.

Peter und Rutgar und eine Handvoll besonnener Pilger ritten zur Stadt zurück. Peter spürte die Angst eines jeden in seinem Heerhaufen, als er mitten zwischen den satten, halb betrunkenen und verwundeten Siegern aus dem Sattel des Esels stieg. Zwischen Waldrand und Straße schaufelten Pilger eine Reihe Gräber; jemand hatte Rutgar zugerufen, dass die Petschenegen hundert Pilger erschlagen hätten.

»Ihr habt die Gebote Gottes missachtet!«, rief Peter anklagend und hob beschwörend die Arme. »Und er wird uns strafen. Die Rache ist mein, spricht der Herr.«

»Was sollen wir tun, Einsiedel?«

»Vom Ort der Schande fliehen!«, rief er. »Und im Gebet euren Ungehorsam und die Schandtaten bereuen!«

»Wir nehmen die Furt über die Save«, meinte einer. »Am anderen Ufer sind wir auf dem Gebiet der Rhomäer.«

»Er hat recht!«, schrien andere. »König Koloman wird furchtbare Rache nehmen!«

Sie fingen noch am gleichen Abend an, Flöße zu bauen, nach dem Gottesdienst für die Erschlagenen. Alles Holz, das ihnen in die Hände fiel, wurde zusammengebunden, vernagelt und verzapft. Aber niemand hatte an die Boten gedacht, die auch zum Statthalter Niketas nach Belgrad ritten und ihn vor der zügellosen Wut des riesigen Heeres warnten.

Auch schien sich in Belgrad, Nisch und Konstantinopel niemand mehr an den großen deutschen Zug der Pilger zu erinnern, der vor drei Jahrzehnten friedlich durch die Länder gewalzt war. Sobald die Franken übergesetzt hatten, würden sie Belgrad ebenso bedrohen, wie sie Semlin verwüstet hatten, dachten die Ungarn und Rhomäer. Der kaiserliche Statthalter Belgrads war Niketas, dem Gerücht nach ein junger, unerfahrener Ungar. Seine Söldner, bedingungslos ergebene Petschenegen, waren die einzige wirksame Waffe, die er besaß, um den Franken zu drohen.

Der Fürst verfügte, dass seine Söldner alle Bewegungen des Heeres überwachen und sie zur Benutzung einer einzigen Furt zwingen sollten. Kurz darauf wimmelte zwar der Fluss von Booten, in denen schwer bewaffnete Petschenegen ruderten, aber schon vor dem ersten Kampf erkannte Niketas, dass er zu wenige Truppen besaß. Das Pilgerheer Peters des Eremiten war viel zu zahlreich, und, getrieben von Angst, Wut und Hunger, trotz der mangelnden Bewaffnung gefährlicher als ein Heer galoppierender Ritter.

Niketas rettete sich nach Nisch. Dort befand sich das kaiserliche Kommando der Provinz. Die zahlreichen in den Mauern der Stadt zusammengezogenen Söldner waren kriegserfahren, sodass sie Peters Heer standhalten konnten. Als Fürst Niketas mit seinem Gefolge durch das Stadttor galoppierte, bekamen es die Bewohner mit der Angst zu tun, packten ihren wertvollsten Besitz, verließen fluchtartig die Stadt und versteckten sich in den Bergwäldern.

Am 26. Tag des Brachmonds, unter tief hängenden Morgenwolken und im fernen Donner eines Wetterleuchtens jenseits der bewaldeten Hügel, fluteten Tausende und Abertausende Franken in Flößen und löchrigen Booten über die Save und in das Land der Rhomäer hinein. Als die ersten Boote der Verteidiger heranruderten, wurden die Petschenegen angegriffen, die Boote umgekippt und die gefangen genommenen Söldner umgebracht. Die Priester und Mönche im Heer segneten jedes kenternde oder zersplitternde Boot.

Niketas' überlebende Söldner flüchteten, entsetzt über die unaufhaltsame Menge der Franken, die singend, betend und todesverachtend von Bord zu Bord kämpften, flussabwärts. Zweimal war Gottfried von Burel nahe daran, zu ertrinken, aber trotz der schweren Rüstung schaffte er es, brüllend vor Wut zum Ufer zu waten.

Peter der Eremit führte das Heer auf Straßen, die außer ihm niemand kannte, auf Belgrad zu. Ohne zu zögern, drangen die fränkischen Pilger an ihrem Anführer vorbei durch die offenen Tore der verlassenen Stadt ein, plünderten jedes Haus, jeden Keller, jeden Winkel. Als die Enttäuschung des Pilgerheeres zu groß geworden war – sie hatten wenig Proviant und keinen Widerstand gefunden –, zündeten etliche der betrunkenen jungen Berittenen trotz der Beschwörungen Peters und der Befehle einiger seiner Ritter die Stadt an. Belgrad brannte lichterloh; die geflüchteten Bewohner schmeckten den Rauch und die verkohlten Heimstätten noch Tage danach in ihren Waldverstecken. Abermals zwangen Peters Gebete und Beschwörungen die Zehntausende, den Ort rasch zu verlassen und weiterzuziehen, nachdem er eine Dankesmesse gelesen hatte.

Sieben Tage lang zogen die Franken durch die weglosen Wälder der rhomäischen Provinz. Der Forst hallte wider vom Gesang, in das Murmeln der Gebete mischte sich unaufhörliches Knacken und Brechen trockener Äste. Peter ritt auf dem Esel voraus, neben sich Rutgar, der seinen Rappen hinter sich herzog, jede Quelle fand, sich zur Verwunderung vieler Pilger unsinnig oft wusch und nicht nur sein Tier tränkte, sondern auch Peters struppigen Esel zum Wasser führte.

Peter hatte etliche Boten mit einem Brief, den Jean-Rutgar für ihn aufgesetzt hatte, zu Niketas geschickt; der Statthalter solle Proviant und Land zum Lagern bereithalten. Die Franken wollten alles, was sie aßen und tranken, mit gutem Geld kaufen, hatte Rutgar geschrieben. Aber wegekundige Führer und Begleiter, um die Peter und Ritter Walter von Tecks durch berittene Boten gebeten hatten, schickte ihnen Niketas nicht entgegen.

Obwohl sich die Spitze des Zuges einige Male verirrte und manch beschwerlichen Weg zweifach zurücklegen musste, schlängelte und kämpfte sich der Menschenwurm mitsamt den Pferden, Saumtieren und Karren auf schlammigen oder felsigen Pfaden, Kinder und Kranke auf dem Rücken tragend, in wirren Schlangenlinien, oft entlang der Zuflüsse der Save oder der

Donau – niemand wusste es genau – unaufhaltsam auf Nisch zu.

Jede Handvoll Tage tauften Peter oder seine geistlichen Brüder einige Neugeborene; tagein, tagaus starben Pilger und mussten begraben werden. Ungebrochener Glaubenseifer und der Drang, aus der Dunkelheit der schier endlosen Wälder herauszukommen, trieb die Menge weiter; ihre Begeisterung war von inbrünstiger Hartnäckigkeit. Rinder blieben brüllend mit gebrochenen Läufen liegen und wurden geschlachtet und zerhackt, Schafe zerrissen ihre Felle an den Dornen der Ranken, das Gehörn der Ziegen verhakte sich in Astgabeln und im dornigen Buschwerk, wo die Kinder nach Beeren suchten und sich die Haut an Dornenranken aufrissen. Karren mussten über gestürzte Baumstämme gewuchtet werden.

Viele junge Rittersprösslinge und Gesetzlose, aber auch Handwerker und Bauern trugen Waffen, die sie den toten Ungarn abgenommen oder aus Semlins Magazinen und Belgrads Häusern gestohlen hatten. Aus einer Masse schutzloser Pilger war ein halbwegs gut bewaffneter Heerhaufen geworden, der Vogelschwärme, verwilderte Hunde und Katzen und andere kleine Tiere aufscheuchte und eine Schneise der Verwüstung in den Wäldern zurückließ.

In Nisch sah sich Fürst Niketas nun gezwungen zu handeln. Reitende Boten hetzten zwischen den Städten hin und her. Die Nachrichten, die ihn erreicht hatten, versprachen den gastfreundlichen Ungarn nur Zuchtlosigkeit, Übergriffe und Kämpfe. Niketas warb ungarische Söldner und noch mehr Petschenegen an und hoffte auf Truppen des Kaisers aus Konstantinopel, um die er ersucht hatte. Und wieder wurde es Nacht; die fünfte dieser schauerlichen Wegstrecke, dachte Peter, wenn er richtig gezählt hatte. Rutgar bestätigte Peters Rechnung.

Was sie zuerst für eine Lichtung gehalten hatten, erwies sich als ein lang gestrecktes hügeliges Tal, durch das ein Bach mäanderte. Peter stieg ab und gab das Zeichen zum Lagern. Er und Rutgar sattelten den Esel ab, hoben die Traglast vom Rücken des Rappen, führten die Tiere zur Tränke und, während diese soffen und die Männer ihr Wasser abschlugen, wuschen Peters gläubige Anhänger das treue Grautier, striegelten es und rieben es mit Grasbüscheln trocken; Rutgar pflegte ebenso gewissenhaft sein Pferd; die hart gewordenen Salben blätterten ab und zeigten nachgewachsenes Fell. Das Pilgerheer überflutete im letzten Tageslicht das Tal, und sofort wurden Bäume gefällt und Holz für die Feuer zusammengetragen. Als der Esel am Waldrand, wo Frauen und Halbwüchsige eine Reihe Gräber schaufelten, friedlich neben Rutgars Schwarzem graste, zog sich Peter zwischen einige Bäume zum Gebet zurück.

Graf Walter von Breteuil ritt heran, sattelte ab und wartete, bis Peter das Kreuzzeichen schlug und sich ächzend in die Höhe stemmte. Graf Walter betrachtete ausdruckslos Rutgars eingefetteten und blank geputzten Waffengurt und das Schwert und meinte: »Nun, Vater Einsiedel, scheinen wir gleich weit von unserer Heimat wie vom Heiligen Land entfernt zu sein. Werden uns unsere beschwerlichen Schritte bis nach Jerusalem tragen?«

Peter faltete kurz die Hände und sah in das bärtige Gesicht unter dem Kettengewebe. Blattreste klebten im kalten Schweiß auf der schmutzigen Haut. Das Gewand der Männer stank nach modernden Pilzen; Ameisen krabbelten über ihre Schenkel.

»Wenn es Gott gefällt«, antwortete Peter und hörte das auffordernde Knurren in seinem Bauch. »Und nur dann, wenn wir ohne Übermut und den Geboten Christi gehorsam bleiben. Wir alle haben schwere Schuld auf uns geladen.«

»Uns werden alle Sünden vergeben, Herr Prediger, auf den Stufen des Heiligen Grabes«, sagte der Graf und schlug die

Halsberge des Kettenhemdes zurück. »Ich glaube, dass man uns in Nisch begeistert empfangen wird.«

Rutgar schwieg und fuhr fort, die Habseligkeiten auszupacken. Peters Blicke wanderten über unzählbar viele Körper, die erschöpft im hohen Gras lagerten, am Bach tranken und sich flüchtig wuschen, über die Feuer und die Unterstände, die Karren und die grasenden Reit- und Zugtiere. Ein Gewimmel von Menschen und Tieren füllte das Tal bis zu den Waldrändern. Die Pilger wuschen einander die Wunden aus, die ihnen in Semlin geschlagen worden waren, legten Kräuter auf und wickelten Binden. Aus allen Richtungen ertönten Axthiebe und Rufe.

»Unsere Boten sind noch nicht zurück.« Peter hob den schlaffen Ziegenschlauch auf und nahm einen Schluck vom sauren, lauen Wein. Volkmar und Gottschalk fielen ihm ein; er wusste nicht, wo sie sich aufhielten; die Prediger, ihre Knechte und die Pilger, die sie anführten. »Wir wissen auch nicht, ob sich der Statthalter freut, wenn wir kommen.«

»Ein wenig gastfreundliches Volk, diese Ungarn und Bulgaren«, knurrte Graf Walter. Sein Haar klebte schweißnass am Kopf. Ein paar Schritte neben ihnen schnitt ein junger Mann einem Schaf die Kehle durch und hängte das Tier in die Äste des Baums. Dann öffnete er den Bauch des Tieres und begann das Fell abzuziehen. »Sie wollen, dass wir mitten in ihrem fetten Land verhungern.«

»Wir haben ihnen zugesichert, zu bezahlen, was wir essen – nicht zu stehlen und zu rauben.«

Der Graf machte eine wegwerfende Geste und faltete die feuchten Handschuhe in den Schwertgürtel. Rutgar hörte schweigend zu und fuhr fort, sein Pferd zu striegeln. Das Tier leckte den Schweiß von seinem Arm.

»Mundraub. Eine lässliche Sünde. Die Stadt jenseits von Nisch ist Sofia, nicht wahr?«

»So ist es, Herr Graf«, antwortete Rutgar und nickte. »Ich habe die Boten gefragt und mir alles berichten lassen.«

Peter rülpste zur Seite. Nicht weniger als hundert Feuer brannten inzwischen, unregelmäßig verteilt, auf der welligen Fläche diesseits und jenseits des Baches. Westwind trieb Funken und Rauch in schrägen Wirbeln nach Osten. »Ihr werdet für Ordnung sorgen müssen, Graf, weil ich ein paar Meilen vor dem Ende des Zuges reiten muss.«

»Bisher hat sich keiner verirrt, Herr Prediger.«

»Gott sei es gedankt.« Peter nickte und deutete auf friedlich grasende Rinder zwischen den Unterständen. Hinter dem Wald hob sich der Mond in den schwarzen Himmel. Zugleich mit dem Rauch oder Nebel, der sich dicht über dem Gras ausbreitete, erfüllten die Laute und Geräusche der Menschenmenge das Tal.

Jean-Rutgar fühlte sich plötzlich aus der unüberschaubaren Zahl der Pilger ausgeschlossen. Er hatte sie an Peters Seite zwar bis hierher geführt und würde weiterhin helfen, ihren Weg zu bereiten, aber sie hingen nicht mehr an den Lippen des Eremiten, gaben wenig auf seine Bitten und Anordnungen; so schien es ihm. »Es scheint ein guter Rastplatz zu sein.«

»Gut genug, um auszuschlafen, und mit genug frischem Wasser.« Der Graf winkte, als er die Gesichter seiner Knechte erkannte, die Männer zu sich. »Aber nur ganz weit oben im Bach. Bachabwärts gibt's nur unchristliche Jauche.«

»Ihr solltet mit den Worten unseres Glaubens nicht leichtfertig umgehen«, sagte Peter und trank gegen das Knurren seiner Innereien einige Schlucke Wein. Kinder und Frauen führten im Licht eines nahen Feuers den Esel zu einer Stelle, an der frisches Gras wuchs. Sie streichelten und herzten das Tier, als würden sie es ebenso gläubig wie seinen Reiter verehren. Einige »Jünger« rissen ihm einzelne Haare aus der Mähne, bis das Tier auskeilte und schrie. Peter betrachtete traurig den leeren Weinschlauch und murmelte: »Vielleicht fangen wir morgen ein paar Fische. Dann fülle ich mir, mit Gottes Segen, den armen leeren Magen.«

»Ja denn, Mann aus Amiens!« Der Ritter sah mitleidsvoll auf Peter hinab. »Wenn Ihr kein Brot und keinen Braten wollt ...«

Peter zuckte mit den Schultern und kramte aus seinem schlaffen Vorratssack ein halb handgroßes Stück Salzfisch und eine Zwiebel heraus. Während er zum Bach stolperte und Ausschau danach hielt, von welchem Karren Wein ausgeschenkt wurde, begann er, häufig kleine Gräten spuckend, den Fisch weich zu kauen.

Kapitel V

A. D. 1096, 3. Tag im Heumond (Juli), Sonnenaufgang
Bei Nisch in Ungarn

»Und ich sah, und siehe, ein fahles Pferd. Und der darauf saß, des Name hieß Tod, und die Hölle folgte ihm nach.«
(Offb 6,8)

Am nächsten Morgen, auf dem noch ungesattelten Esel, ritt Peter der Eremit in weiten Schlangenlinien von einem Ende des Tals zum anderen. Rutgar folgte ihm schweigend zu Fuß, den zerbeulten Helm unter der Achsel und den Daumen nahe dem Dolchgriff im Waffengurt eingehakt. Das Schwertgehänge und das rostige Kettenhemd hatte er in schmutzige Tücher gewickelt und in den Mantelsack gesteckt, der über dem Hals des Pferdes hing. Viele aus Peters Gefolge schliefen noch; meist die Alten, die Kranken, jene mit schwärenden Füßen und die Kinder. Es roch stechend nach dem fahlen Rauch erkaltender Feuer, stank nach Schweiß, Eiter und Kot. Das erbeutete Vieh weidete auf kurzgefressenem Gras zwischen Karren, Hütten, Schlafenden, Gerät und Essensresten und tappte mitten durch Unordnung und Verwüstung. Es war, als ob eine Sintflut über das Tal hinweggegangen wäre und alles, was sie mit sich führte, ausgespien hätte; das satte Grün des letzten Tages war tiefen Furchen aus Sand und Erdreich gewichen.

»Wir sind im Land des Kaisers Alexios! Wir müssen uns benehmen wie gute Gäste! Denkt an das Wort des Herrn!«, grunzte Peter und rieb sich den Schlaf aus den Augen. »Bald pilgern wir wieder auf einer guten Straße, ich weiß es. Wir haben dem König unser Versprechen gegeben.«

Über die gesamte Fläche verteilt zäumten und sattelten die Knechte der Ritter und die Bewaffneten ihre Pferde. Es gab mehr als zwölfhundert Pferde in dieser Menschenmasse. Noch besaß Rutgar keinen Sattel und kein Zaumzeug. Er hatte zwar Geld genug, die Dinge zu kaufen, wollte es aber nicht ausgeben; noch brauchte er keinen Sattel. Also ritt er, wenn sein Pferd ihn duldete, kurze Strecken ohne Sattel auf einer Decke.

Nachts, zwischen den Gebeten, hatte Peter lange im Selbstgespräch überlegt, einen Tag länger rasten zu lassen. Schweigend hatte Rutgar ihm zugehört. Aber die Nähe der Stadt Nisch war wie eine Verheißung für jedermann; Peter blickte in hoffnungsfrohe, schmutzige Gesichter.

»Führst du uns an, lieber Peter?«, baten die Pilger.

»Ich reite an der Spitze«, antwortete er und deutete zum südlichen Ausgang des Tals. »Wie immer. Die Ritter werden den Zug begleiten. Lasst keine Nachzügler zurück!«

Schier unendlich langsam kam Bewegung in die Menschenmasse. Über einigen Feuern hingen noch Kessel, in denen Wasser für Pflanzensud und zur Pflege der Wunden erhitzt wurde. An Uferstellen, die nicht verschmutzt waren, füllten Pilger ihre Trinkschläuche, wuchteten Fässer auf die Karren und schleppten große Krüge. Peter von Amiens hatte die Stelle gefunden, an der sich ein breiter Pfad fortsetzte. Es schien undenkbar, dass dieser Weg nicht nach Nisch führte. Peter stieß ein Dankgebet aus und trieb den Esel zurück zu seinem Nachtlager.

Als die begeisterten Pilger seinen Esel gesattelt und Peters wenige Habe auf dem Rücken des Grautiers festgebunden hatten, sprach er, das Kreuz hoch erhoben, seinen Segen und ritt langsam, nach allen Seiten winkend, zum Pfad nach Nisch. Schräg hinter ihm ritt Rutgar und lenkte den Rappen mit Griffen in die Mähne und Schenkeldruck. Einen Steinwurf weit hinter Peter und seinem stummen Wächter trabten Gottfried Burel und Walter von Breteuil. Jedem Grafen folgten ein Dutzend berittene Bewaffnete, junge Männer, denen sich einige Gespanne angeschlossen hatten.

Dann kam, wie an jedem Morgen, das große, graue und buntgescheckte Heer der Pilger, dessen Spitze längst im Wald verschwunden war. Nicht wirklich bunt, sondern ein breiiges Gemenge fahler Farben. Schmutziges Braun, dumpfes Grün und dazwischen abertausend Flicken aus anderen Stoffen. Tausende Gesichter, Tausende ärmliche Gestalten, eine riesige Herde ameisenhafter, apokalyptischer Gestalten, die weder Jean-Rutgar noch Peter unterscheiden konnten, trotz der langen Tage, in denen sie miteinander gewandert waren, gesungen und gebetet hatten. Einige wenige Namen hatte sich Rutgar gemerkt; jeder Name war mit einem Zwischenfall verbunden, mit Aufregung, Kampf, Verwundung, Tod oder Flucht. Rutgar wandte sich ab, seine Blicke suchten den Prediger. Im Tal blieben frische Gräber, schlammig zertrampelte Bachufer, stinkende Asche und Glut erlöschender Feuer und eine gewaltige Menge Abfall zurück.

Irgendwo hinter dem dichten Wald verbarg sich ein Bach oder Fluss, dessen Rauschen, einmal lauter, einmal leiser, Tag und Nacht nicht abriss. Peter der Eremit, dessen Esel stundenlang hinter den Pfadfindern hergetrippelt war, war im Halbdunkel des Waldes in seinen Gedanken versunken.

Rutgar konnte sich vorstellen, was er dachte. Die Welt war voller Hunger und Armseligkeit, ein Reich des Teufels, in dem jeder unbedachte Schritt Sünde und ewige Verdammnis bedeutete. Das Leben, ein dorniger Irrweg zwischen Geboten und Verboten, gefährdet durch Schmerz und Krankheiten, Seuchen und Vorzeichen ewiger Verdammnis, erhielt nur dann den gottgewollten Sinn, wenn es auf dem Weg des Herrn zur Seligkeit führte, denn Gott führte und geleitete den gläubigen Pilger. Die lange Pilgerreise, der bevorstehende Kampf um Jerusalem, die Wiederkunft Christi – die Sehnsucht, die Peter erfüllte, sein Herz und seinen Körper in traumgesichtigen Bildern zittern ließ, würde jeden einzelnen Pilger an das Ziel führen, an das er glaubte und dem er Schritt um Schritt entgegenstrebte.

Ungewohnte Geräusche unterbrachen die Grübelei. Peter hob den Kopf und schaute sich um. Hundertfünfzig Schritte hinter ihm blitzte ein verirrter Sonnenstrahl auf den Rüstungen der Gewappneten. Der lehmig-feuchte Pfad vor ihm wand sich zwischen Bäumen; deutlich erkannte Rutgar die tiefen Hufeindrücke der Vorausreiter, die sich mit schwarzem Wasser gefüllt hatten. Peter unterschied dumpfes Hufgetrappel, Stimmen, das Klirren von Waffen, kurzes, scharfes Gelächter, raschelndes Gebüsch und brechende Äste. Peter hielt den Esel an, der seine langen Ohren aufstellte und nach vorn richtete.

Der Reiter im Sattel des Schimmels erkannte Peter; es war einer der Boten, den der Prediger an Statthalter Niketas geschickt hatte. Er winkte Peter zu und schien ebenso erleichtert zu sein wie dieser. Dem Boten folgten schwer bewaffnete Reiter, deren hochmütige Gesichter das verwirrte Staunen über den Pilgerzug zeigten. Einer nach dem anderen bog um eine Baumgruppe und zügelte sein Pferd, ein Bärtiger grüßte Rutgar aus unerforschlichem Grund mit halb erhobenem Arm und grinste. Die Reiter waren augenscheinlich länger als nur einen Tag unterwegs gewesen. Der Bote hob wieder den Arm und rief:

»Es sind Reiter aus Nisch, Ehrwürdiger! Sie erwarten uns.«

»In Nisch? Lassen sie uns bleiben und ausruhen?«

Eineinhalb Dutzend bulgarische Petschenegen-Söldner versperrten den Pfad und musterten mit ausdruckslosen Gesichtern den Einsiedel und den Bewaffneten an dessen Seite. Einer der Reiter redete in einer Sprache, die Rutgar erkannte, auch wenn er sie nicht verstand. Es war die Sprache der Griechen.

Peters Bote übersetzte, während das Murmeln der Gebete hinter Peter lauter und deutlicher wurde:

»Wenn du ihnen Geiseln stellst, wird man genug Lebensmittel für uns alle nach Nisch schaffen.«

Die Ritter an der Spitze des Zuges kamen näher. Rutgar bedeutete ihnen mit einigen Gesten, dass die Petschenegen keine Gefahr bedeuteten, dann rief Peter: »Sag ihnen, dass ich Geiseln stellen werde. Einige der gräflichen Ritter. Und wir wollen nicht lange bleiben, denn unser Ziel ist Konstantinopel.«

Der Bote wendete sein Pferd, übersetzte und winkte. Die fremden Reiter bildeten zwei Reihen und nahmen Peter den Eremiten, Rutgar und die Ritter in die Mitte. Misstrauisch musterten sich die Berittenen und schätzten die Güte der Waffen ab, während sie den Biegungen des Pfades folgten.

Schweigend ritten sie eine halbe Stunde lang, dann lichtete sich der Wald. Aus dem Lehmpfad wurde eine leidlich trockene, drei Ellen breite Straße, und abermals eine halbe Stunde danach wälzte, schob und drängte sich der Pilgerzug im Sonnenschein und in der Mittagshitze auf die Türme und Mauern einer kleinen Stadt zu. Linker Hand glänzte Sonnenlicht auf einem Fluss; Nisch, so erfuhren die Pilger, lag am Fluss Morawa, dessen grünliches Wasser und das seiner namenlosen Zuflüsse sie während der Wanderung plätschern gehört hatten.

Das Gerücht von einer unübersehbar großen Menge armer Pilger hatte Nisch und die Dörfer der Umgebung schon Tage vor der Spitze der zweiten Pilgerkarawane erreicht. Sommerliche Hitze lag schwer über dem Land. Bauern und Feldarbeiter hießen die Pilger willkommen, obwohl sich die Menschenmenge stumpfsinnig über Weiden und Äcker, entlang halb abgeernteter Felder und durch Gärten wälzte; jeder Weg, jede Straße war zu schmal für den vieltausendfüßigen Wurm, den Hunger, Durst, Mücken und Erschöpfung plagten. Zuerst zögerlich, dann bereitwilliger brachten die Bauern Nahrungsmittel, verkauften sie oder schenkten sie her. Die ausgemergelten Gestalten der Pilgerfamilien und die hungrigen Priester und Mönche erregten das Mitleid der Bulgaren, die freigebig Almosen austeilten. An der Morawa drehten sich große Wasserräder, und Fuhrwerke voller Kornsäcke waren zu den Mühlen unterwegs. Als sich der Zug, von Myriaden Schmeißfliegen umwimmelt, entlang des Flusses der Stadtmauer näherte, hatten Dutzende Ungarn sich zu Peter bringen lassen. Sie baten ihn, sich der Pilgerfahrt anschließen zu dürfen.

Fürst Niketas, sagte man, habe in der Stadt und in der Zitadelle ein kleines Heer zusammengezogen. Noch immer, in drängender Sorge, warte er auf kaiserliche Truppen aus Konstantinopel. Nachts berichteten ihm seine Späher vom Lager der vielen Tausenden, das vier Stunden zu Pferde entfernt war, und am Morgen, wohl noch vor Sonnenaufgang, hatte Niketas seine Rüstung angelegt und seine Garde um sich versammelt. Dann ritt er zur Mitte eines chaotisch hingelagerten Halbkreises; dort, an qualmenden Gluthaufen, so hatten die Späher herausgefunden, rasteten Peter der Eremit und die meisten seiner Ritter.

Jean-Rutgar, die Arme auf der Kruppe seines Pferdes, hob den Kopf. Er betrachtete Niketas, den kaiserlichen Vasallen, der seine Umgebung mit Erstaunen, fast mit Abscheu und ein wenig Furcht musterte. Die gewaltige, unschlüssig wogende Menschenmenge schien ihm Angst zu machen.

Verglich Rutgar Niketas und dessen Söldner mit den Rittern im Zug, glaubte er nicht nur Angehörige zweier verschiedener Völker, sondern arme, bedrückte Menschen und eine Art von Racheengeln oder Wesen aus einer anderen Welt vor sich zu sehen. Die Gesichter und das Haar der »Rhomaioi«, der Bewohner dieses reichen Landes, die sich selbst als Erben der Römer ansahen, waren glatt und sauber, die Gestalten hochgewachsen und schön wie Bildnisse, die Kleidung und jedes Stück der Ausrüstung glänzten wie neu und schienen von Meistern handwerklicher Kunst zu stammen. Aus den Blicken schien mehr Erfahrung und mehr Wissen zu glühen, als er, Rutgar, je besitzen würde.

Dieses »Kaiserreich der Römer« jenseits der Grenze des Magyarenlandes schien wirklich ein goldenes Land zu sein, und Niketas gehörte zum auserwählten Volk, das dort lebte.

Die Fäuste der Petschenegen-Söldner lagen an den Griffen der Krummschwerter. Im Morgenlicht funkelten die Spitzen der türkischen Helme, deren glänzendes Metall über den geschlungenen Wülsten der Turbane begann. Die Sehnen der armlangen Bogen waren eingehängt, in den Köchern raschelten die bunten Federn der Pfeile. Am Lagerplatz hatten sich Unruhe und leise Furcht ausgebreitet; als Peter auf die Füße kam, spürte Rutgar jene Art Stimmung, aus der mutwillige Übergriffe und gedankenlose Angriffe erwuchsen.

Peter schwankte und sagte zu Rutgar: »Noch vor wenigen Atemzügen war ich in den wollüstigen Tiefen eines Traums vom goldenen Jerusalem, von zahlreichen Weihen, die ich empfing, und wie ich zur bewunderten Wichtigkeit emporwuchs, vom Gefühl, so geehrt zu sein, dass der Papst mit mir speiste, während ich ihn beriet.«

Sein Gesicht zeigte, dass dieser Traum jäh fröstelnder Morgenwirklichkeit Platz machte. Er griff sich ans Gemächt; seine Blase war schmerzhaft prall. Er bekreuzigte sich und verbeugte sich tief vor dem Statthalter, auf den fast ehrfürchtig sein Kundschafter zeigte. Mit langsamen Schritten schob sich Rutgar wachsam in seine Nähe.

»Im Namen Gottes und des Kaisers«, sagte Niketas in einem Ton, der keinen Widerspruch duldete. »Es hat sich gezeigt, dass langes Verweilen deiner christlichen Pilgerkarawane zu großen

Misshelligkeiten führt. Ihr alle sollt in der nächsten Nacht vor den Mauern von Nisch lagern dürfen – wenn ihr Geiseln stellt.«

Peter lauschte der Übersetzung und antwortete nach einem langen Blick auf Rutgar, einem zweiten auf Gottfried Burel und Walter von Breteuil, deren Knechte sich bereit machten:

»Die beiden edlen Herren haben sich bereit erklärt, Hoher Herr, in Eurer schönen Stadt zu weilen, bis wir mit Wegekundigen und Proviant versehen auf dem Weg nach Sofia sind.«

»Dafür wird gesorgt.« Ein Petschenege übersetzte stockend. Verachtungsvoll, wie es schien, ließ Niketas seine Blicke über das Lager schweifen, hörte das Plärren der Säuglinge, die Flüche ihrer Mütter und sah die zusammengebundenen Holzkreuze auf den Gräbern. Er zog den goldbestickten Ärmelsaum vor seine Nase. Bei den Schafen kläffte ein Hund. »Am nächsten Morgen, ausgeruht, satt und leise, ohne Streit und begleitet von einigen Tausend meiner Krieger, sollt ihr Nisch hinter euch lassen.«

»Wir beschwören es!«, rief Gottfried Burel, hustete und führte sein gesatteltes Pferd näher. »Wir sind gottgläubige Ritter von Stand und Ehre.«

»So geht mit Gottes und meinem Segen«, sagte Peter und schlug das Kreuz über sie. Breteuil und Burel beugten die Köpfe und legten grinsend die Hände aufs Herz. Burel versuchte sich an einem Spruch in Kirchenlatein. »*Militat omnis amans*. Wer Gott liebt, leistet willig Kriegsdienste.«

Niketas ließ sein Pferd steigen. Drohend wirbelten die Hufe, als er das Tier auf der Hinterhand herumriss und, von seinen Reitern gefolgt, davongaloppierte. Die Ritter setzten die Stiefel in die Steigbügel, schwangen sich in die Sättel und ritten hinter den Bewaffneten des Fürsten her. Jeder wurde von zwei Knechten begleitet.

Peter blickte ihnen unschlüssig, dann aber hoffnungsfroh

lächelnd nach; dann gähnte er. Rutgar lachte leise. Die Gefahr, die er und wohl auch Peter gespürt hatten, verringerte sich mit jedem Galoppsprung der Ritter. Der Einsiedel atmete auf; langsam wandte er sich an Rutgar und seine Gefolgsleute und sagte: »Wir brechen das Lager ab. Achtet darauf, dass der Friede zwischen dem Fürst und mir nicht gestört wird.«

»Um uns herum leben nur friedliche Bauern, Ehrwürdiger!«

Rutgar, der dem Frieden nicht recht traute, hatte einen Teil der Beulen aus dem gefundenen Helm herausgehämmert und die Hälfte der Rundung geputzt. Sie schimmerte wie stumpfes Silber. Das Schwert, das er gefunden hatte, war von einem Schmied der Pilgerschar geschliffen und ausgedengelt worden; es war eine einfache Waffe, ohne jeden Zierrat. Sie steckte meist in seinem Mantelsack, denn er fürchtete, mit einem der Ritter gleichgesetzt zu werden.

»Aber unter uns gibt es viele, die der Mäßigung entraten«, sagte Peter. »Und ich allein kann sie nicht zwingen, zu tun, was sie nicht tun sollen.«

»Wir achten darauf.«

Peter erhoffte und erwartete ein friedfertiges Nebeneinander, aber je weiter sich der vielfüßige Moloch wälzte, je mehr die Gebote und die Sittsamkeit der fernen Heimat hinter Flussfurten, Wäldern, Kornfeldern und Ebenen zurückblieben, je fremder und unverständlicher die Welt so fern der Heimat wurde, desto weniger hörte man auf Peters Befehle. Die Reisigen, jene unbändigen jungen Männer, besitzlos und in abgerissener Kleidung, die Pferde und Waffen erbeutet hatten und jetzt glaubten, sie wären dadurch zu Rittern geworden, und die verarmten Adligen scherten sich kaum um Peters Versprechen der Gewaltlosigkeit.

Jean-Rutgar glaubte fest, die Ausnahme bleiben zu können; bisher hielt er in unverbrüchlicher Treue zu dem Einsiedel; es gab keinen Grund, diese seltsame Gefolgschaft aufzukündigen. Aber je mehr er erlebte, je mehr fremdartige Bilder er sah und zu deuten vermochte, desto mehr veränderte sich jener Gott, dessen Wort Peter aus Amiens und die Tausende vorantrieb, ohne dass er es mit einfachen Worten hätte ausdrücken können.

Die ersten Stunden ihrer Haft als Geisel behagten den Grafen von Breteuil und Burel und ihren Gefolgsleuten. Sie waren innerhalb der Mauern der Zitadelle von Nisch untergebracht; auch ihre Pferde standen in gemauerten, lichtdurchfluteten Ställen. Die Grafen hatten derlei noch nie gesehen. Sie speisten unter Leuchtern mit vielen Ölflammen an leinenbedeckten Tischen, in Gesellschaft von Truppenanführern, auf glasierten Tellern, wurden von riesigen schwarzen Sklaven gebadet, geknetet und gewalkt und eingeölt und hatten genügend Zeit, die dicken Mauern und die steingedeckten Dächer zu bewundern.

Sie erlebten das ständige Kommen und Gehen von Boten, Spähern und Spionen mit, von denen Fürst Niketas alles erfuhr, was die Pilger unternahmen. Der Abend und die Nacht im Lager verliefen ruhig; zum Heiligen Abendmahl, das Peter von Amiens zelebrierte, versammelte sich eine Menge, die so groß war, dass sie niemand mehr zu zählen vermochte. Als die Pilger ihre Lieder anstimmten, bebten die Mauern von Nisch; es war lauter als in Gewittern. Danach zerstreuten sich die vielen Fackellichter, und wieder brach eine lange, mondlose Nacht an.

Nachts gab es lautstarken Streit an einigen Stellen, der aber rasch geschlichtet wurde. Am Morgen ritten Peter und Rutgar durch das Lager. Peter versammelte seine Getreuen und ritt zur Brücke, auf der ihn Fürst Niketas erwartete. Höflich und in wohlgesetzten Worten bedankte sich Peter; er roch nach Fisch und stieß einige Male laut und säuerlich nach schwerem Wein auf, und der Fürst schien froh zu sein, den Rücken des Eremiten und das kotige Hinterteil des Esels zu sehen.

Peters Gefolge schloss sich an und folgte ihm auf der Straße nach Sofia. Plötzlich lösten sich aus der Menge drei Gruppen bewaffneter Reiter. Sie galoppierten zu den Wassermühlen und zündeten einige an. Es waren Leute aus dem Gefolge der Ritter, die mit den Müllern nachts Streit gehabt hatten. Als der Fürst die Brände bemerkte, gab er Befehl, die feuerlegenden Pilger anzugreifen und gefangenzunehmen.

»Erteilt ihnen eine Lektion!«, schrie Fürst Niketas. »Macht Gefangene und richtet sie vor aller Augen hin! Leider habe ich die Geiseln schon freigegeben!«

Es geschah nach seinem Befehl. Am Ende des Zuges brachen plötzlich hitzige Kämpfe aus. Peter der Eremit, von einem seiner Vertrauten im hinteren Abschnitt des Zugs, einem jungen deutschen Scholaren namens Lambert benachrichtigt, ritt im Eselsgalopp zwei oder drei Meilen weit zurück und wollte mit Fürst Niketas verhandeln, aber während er und Rutgar zurückeilten, geisterten neuerlich Gerüchte von Verrat und Totschlag durch sein Heer. Unbesonnene Bewaffnete griffen die Stadt an und berannten das Tor, die Truppen Niketas' wehrten sich und begannen den Gegenangriff.

Die kriegskundigen Söldner von Nisch schlugen die Pilger vernichtend, töteten viele von ihnen, verwundeten noch mehr, unter anderem einen Ritter, nahmen ohne Unterschied Männer, Frauen und Kinder gefangen und trieben sie zu Paaren: Wer nicht schnell genug rennen konnte, wurde gepackt und gefesselt. Hunderte und Aberhunderte gerieten für immer in schmachvolle Gefangenschaft.

Die Petschenegen raubten Peter den Karren mit dem Kriegsschatz, als er, Rutgar und Reinhold von Breis zusammen mit einem halben Tausend Männern vor der Übermacht auf einen Hügel flüchteten. Sie glaubten, als Einzige dem sicheren Tod entronnen zu sein. Aber nachts und bis zum nächsten Morgen, während die Kämpfe tobten, fanden sich geschätzte siebentausend Überlebende bei ihnen ein. Sie flüchteten gemeinsam und machten erst bei einem Städtchen Halt, das man Bela Palanka nannte. Dort war die Ernte noch nicht eingebracht.

Während die Überlebenden hungernd das Korn sichelten und Hasen in Schlingen fingen, stießen weitere Versprengte zu ihnen. Rutgar zählte sie, und bald wurde klar, dass etwa ein Viertel aller Pilger tot oder in der Sklaverei war. Einige Ritter siechten auf einem Karren dahin, in blutgetränkten Binden und im Wundfieber.

Peter schrie voller Verzweiflung: »Zehntausend von vierzigtausend! Dahin führt es, wenn man Gottes und meinen Befehlen nicht gehorcht …«

Nun waren auch Silber, Gold und Denare verschwunden und verloren. Rutgar versuchte, in seinen wirren Gedanken eine Ordnung hinter den Dingen zu erkennen. Wehe den Besiegten, dachte er. Peter von Amiens würde sein ungebrochener Glaube bleiben und ebenso die ungebrochene Kraft seiner Rede, und obgleich auch Peter immer wieder auf harte Proben gestellt werden würde, würde ihn dieser Glaube unbeirrbar auf seinem Weg beharren lassen, und die vielen Tausende würden dies als Tapferkeit preisen, auch wenn er selbst darüber nichts anderes empfand als demütige Bescheidenheit.

Auch die meisten Proviantkarren waren verloren gegangen, desgleichen viele Werkzeuge, Säcke und andere Behälter, auch kostbares Salz in Krügen. Man fand nichts davon jemals wieder;

die Bewohner dieses Landes waren ebenso geschickte Plünderer wie Peters Gewappnete. Peter »Kiokio«, stellte Posten auf, die von Rutgar kontrolliert wurden, aber niemand störte die Pilger, als sie rund um die verlassene Stadt die Felder aberntten, das Korn droschen und in Säcke füllten. Rutgar fand ein totes Reitpferd, aufgebläht wie eine Wasserleiche, und nahm ihm, ein nasses Tuch vor Nase und Mund, Zaum und Sattel ab; er fragte Dutzende Pilger nach dem Besitzer, aber niemand erhob darauf Anspruch.

Nach und nach sammelten sich alle Überlebenden bei Peter, zwei Gespanne fanden sich ein, schließlich auch diejenigen Bewaffneten, die den Truppen des Fürsten entkommen waren. Peter drängte zur Eile; zum ersten Mal, gestand er Rutgar, fühlte er sich erschöpft und dachte daran, den göttlichen Auftrag aufzugeben.

Die Pilger fingen und schlachteten einige Rinder und die Schafe einer Herde, die sich verlaufen hatte, brieten das Fleisch und wagten in der Nacht nicht zu schlafen. Aber auch die Bewohner von Nisch, die noch gestern mit den Söldnern des Fürsten zusammen gegen die zuchtlosen Pilger gekämpft hatten, kümmerten sich nicht um den Rest der Menschenmenge. Als sich das Land rings um Bela Palanka in Ödnis verwandelt hatte, als wären Heuschrecken, Mäuse und Brände nacheinander darüber hinweggezogen, setzte sich Peter wieder an die Spitze und führte den vieltausendfüßigen Menschenwurm auf die Straße nach Sofia.

»Du kannst sicher sein«, rief Gottfried Burel und ritt scharf an Peters Seite heran, »dass uns die schurkischen Petschenegen mit tausend Augen beobachten.«

Er deutete auf die Wäldchen und die Hügel abseits der Straße. Peter nickte. Gott sieht alles, dachte er – so deutete Rutgar das Verhalten des Eremiten –, und die Bulgaren hatten jedes Recht, die Pilger zu beobachten. Wenn er sich umdrehte, sah er nichts anderes als einen scheinbar friedvollen Zug durch erntereifes Land. Hob er den Kopf, musste er neben Rutgar in sauberer Kleidung und tadelfreier Rüstung den bewaffneten Ritter in abgerissenen und ungewaschenen Gewändern sehen, und er wusste, wer es war, der sich gegen Gottes Gebote und seine, Peters, Befehle versündigte.

»Wenn Ihr und Euresgleichen, Herr Ritter, Euch mit den Geschenken unserer Gastgeber bescheiden wolltet, würden sie uns singend und musizierend begleiten.«

»Wir brauchen ihre unverständlich geträllerten und gestöhnten Lieder nicht.« Der Ritter lachte laut und machte geringschätzige Gesten. »Wir singen selbst, viel lauter und schrecklicher. Die Bulgaren werden uns kein zweites Mal mehr sehen. Was soll's. Gott kennt und liebt die Seinen.«

Peter senkte den Kopf, stieß ein geflüstertes Stoßgebet aus und bezwang sich. Er streichelte den Hals des Esels und betete darum, dass der Weg nach Sofia weniger beschwerlich sei, sich nicht allzu sehr dehnen und ohne Zwischenfälle bleiben möge.

Am 11. Tag des Heumonds trafen Peter und die erste Kolonne der Pilger auf die vordersten Gruppen ausgesuchter Krieger des Kaisers.

Mit knatternden Fahnen preschten Berittene in funkelnden Rüstungen und wehenden Reitermänteln auf den stämmigen Esel und seinen Reiter zu. Es waren die Abgesandten aus Konstantinopel. Einige von ihnen redeten in einer Sprache, die Peter und seine gräfliche Begleitung verstanden.

»Der Basileus hat hochwohlmögende Befehle gegeben, ehrwürdiger Eremit. Wir sollen euch allen stets genügend Verpflegung und Proviant beschaffen und dafür sorgen, dass es den Pilgern wohl ergehe.« Peter schwang sich stöhnend aus dem Sattel seines Reittiers und presste die Hand in seinen krummen Rücken. Rutgar stieg ab und stützte ihn.

»Wer ist der ... Basileus?«, sagte er.

»Der König der Römer. Der erhabene Kaiser Alexios Komnenos«, lautete die Antwort. Rutgar meinte, die unterschiedlichen Begriffe verstanden zu haben: Alexius hieß im Reich der Rhomäer *Alexios*, der König war der *Basileus*, der zugleich Kaiser war, die Griechen verstanden sich als Römer, und das Durcheinander verschiedener Sprachen würde von Tag zu Tag größer werden.

Die prunkvolle Ausrüstung der Reiter blendete ihn und verwirrte seine Empfindungen. Mit kaltem Lächeln fügte ein anderer Reiter hinzu: »Ihr dürft, so befiehlt euch Basileus Alexios, an keiner Stelle, an keinem Ort länger als drei Tage lagern. Die Bevölkerung entlang eures Weges wird euch freundlich gesinnt sein.«

»Seit wir uns versammelt haben«, rief Peter lächelnd, »wussten wir, dass uns der Kaiser mit äußerstem Wohlwollen beschenkt. Geleitet uns nach Sofia, Ihr Herren, und Ihr werdet niemals wieder solch ruhige, angenehme Gäste haben.«

»Dies zu hören wird den erhabenen Kaiser freuen.«

Auch in diesem fremden Land bewegte sich der Menschenwurm kaum langsamer als zwischen Köln und der Donau. Vierzigtausend, fünfzigtausend Schritte zwischen Morgendämmerung und Abendrot, singend und betend. Nach drei Tagen Rast wanderten sie über die nächste Grenze weiter nach Phillipopel in Griechenland, im ärmlichen Land der Bogomilen, wo sie abermals rasteten, ohne dass es Streit oder gar Kämpfe gab.

Philippopel in Thrakien, vor undenkbar ferner Zeit von dem sagenhaften König Alexander gegründet, wie man den Pilgern stolz erzählte, war im Mittelpunkt einer großen, fruchtbaren Ebene auf drei Hügeln errichtet; eine herrliche Stadt aus weißen Tempeln und grünen Zypressen, aus hohen Mauern, schlanken Türmen und schmalen Toren, voll christlicher Kirchen und großer Häuser. Noch nie hatten die Pilger in der Fremde solch prächtige Fassaden bewundern können. Erstaunt und ungläubig sahen sie die Sauberkeit und Ordnung, eine verstörende und erschreckende Reinlichkeit, für die kluge und entschlossene Beamte des fernen Kaisers unablässig sorgten.

Die Pilger schlugen ihr Lager inmitten des fruchtbaren Weidelandes auf. Dörfler und gut gekleidete Stadtbewohner näherten sich freundlich mit Wein, Salz und Brot; die Griechen ließen sich tausend Leidensgeschichten erzählen und flossen vor Mitleid über; sie schenkten den Pilgern nicht nur reichlichen Proviant, sondern Maultiere, Pferde, Zelte und klingende Münzen. Feldscher und Ärzte kümmerten sich um die Pilger, von denen viele von Krätze, schwärenden Blasen an den Sohlen, eiternden Wunden, Räude, Bluthusten und anderen Krankheiten geplagt wurden; selbst die gräflichen Ritter fanden keine Gründe, sich über mangelnde Gastfreundschaft zu beklagen.

Ein Kunstschmied setzte Rutgars angerostetes, löchriges Kettenhemd halbwegs instand, ohne Geld dafür zu verlangen, ein anderer dengelte den normannischen Helm vollends aus, der daraufhin und nach Rutgars Putzen mit Sand, Stein und saurem Wein mitsamt dem gezackten Nasenschutz wie neu geschmiedet wirkte. Das Kettenhemd, das Rutgar bis fast zu den Knien reichte, war weniger schwer, als er befürchtet hatte; er versteckte es, eingewickelt in ein ölgetränktes Tuch, im Mantelsack.

Einige Tage lang rastete die erschöpfte riesige Pilgerschar in Philippopel; dort war vor einem halben Monat, wie glaubhaft berichtet wurde, versehen mit dem Trost der Sterbesakramente, Walter Sans-Avoirs Oheim, jener schlohweißbärtige Walter »Poissy« von Poix an einer Krankheit verschieden, die man nicht erkannt hatte; die Pilger besuchten sein Grab und machten sich, den todkranken, im Fieber seine Sünden bereuenden alten Ritter Archambaud von Vendeuille auf einem holpernden Karren mitführend, auf den Weg nach Adrianopel.

Erst als eine zweite Gesandtschaft des Kaisers und einige Ritter aus Walter Sans-Avoirs Gefolgschaft vor dem Kopf des Menschenwurms ihre Pferde zügelten, erfuhren die Pilger, dass sie nur noch zwei Tagesmärsche von der Stadt trennten. Peter stöhnte, lachend in Tränen:

»Noch drei Wochen bis Konstantinopel, der glanzvollen Hauptstadt der rhomäischen Christenheit!«

Ein Reiter verlas mit hallender Stimme, allen Grafen und Rittern klar verständlich, die Botschaft des Kaisers:

»Edle, berühmte Männer! Gerüchte und schwerwiegende Beschuldigungen des widerlichsten Inhalts, gegen Euch erhoben, sind an unsere Ohren gelangt! Man sagt, dass ihr den Bewohnern Unseres Landes, Unseren Untertanen, schlimmste Gewalt angetan und Streitigkeiten und Unruhen heraufbeschworen habt.«

Peter hörte aufmerksam zu, ebenso Rutgar. Bisher gab es keinen Grund, nicht auf die Freigebigkeit des Kaisers und auf sein Wohlwollen zu vertrauen. Aber beide hatten die Gräuel mit angesehen, die eine gewissenlose Ritterschar und deren leicht zu begeisternde Anhängerschaft in Nisch begangen hatten.

»Wenn Ihr Unsere Gunst zu erringen hofft, fordern Wir kraft unseres Amtes Euch auf, Euer Heer nie länger als drei Tage an einem Ort zu versammeln und es unter der zuverlässigen und friedlichen Führung Unserer Truppen nach Konstantinopel geleiten zu lassen. Wir werden für Führer und Verpflegung zu angemessenem Entgelt sorgen!«

Zwischen Philippopel und der Stadt des Kaisers am Bosporus waren Pilger aus Italien auf Peters Zug getroffen und hatten den Eremiten gebeten, sie mitzunehmen.

Ob Walter Sans-Avoir schon lange in Konstantinopel wartete? Peter, der sich mit Rutgar beriet, wagte die Söldner nicht zu fragen. Der Basileus schien ihm alle Missetaten verziehen zu haben und glaubte, dass Peter und seine Begleiter schon durch die Entbehrungen und die Verluste an Menschen und Geld genug gestraft wären. »Welch eine huldvolle Geste«, murmelte Peter und konnte sich seiner Tränen nicht erwehren.

Er führte den Zug weiter, Tag um Tag, bis zu den ersten Dörfern vor Konstantinopel. Dort, hatten Peter und Rutgar erfahren, wartete seit einem guten Dutzend Tagen Walter Sans-Avoir mit vielen gräflichen Rittern, desgleichen einige Pilgergruppen aus der Lombardei, die zu Walters Zug gestoßen waren.

Rutgars Pferd, mit glänzendem Fell und inzwischen wohlgenährt, wehrte sich nicht gegen den Sattel und den Zaum. Sein Vorbesitzer schien den schwarzen Wallach mit der Stirnblesse rücksichtslos und gewaltsam zugeritten und lange Zeit misshandelt und die wahren Qualitäten des Tieres unterdrückt zu haben.

»Konstantinopel! Hauptstadt des Oströmischen Reichs! Perle in der Krone des Neuen Roms!«, rief Peter ein ums andere Mal aus. »Wir haben es geschafft! Gott ist mit uns!«

Länger als einen Tag und eine halbe Nacht lang kroch der Zug auf breiten Straßen, meist im Schatten großer Pappeln, an denen Weinreben rankten, durch saftiges Bauernland. Große, abgeerntete Kornfelder erstreckten sich zwischen schwellenden Weiden, auf denen wohlgenährtes Vieh weidete. Berittene Söldner in glänzenden Rüstungen begleiteten die Pilger, die sich am Reichtum des Landes nicht sattsehen konnten. Die einfachsten Bauernhäuser, sagten sie untereinander, glichen fürstlichen Wohnsitzen; die Brunnen waren nur kurze Wegstrecken voneinander entfernt.

Als sich der Zug endlich der Stadt näherte, erblickten die Pilger voll ehrfürchtigem Staunen zuerst die vier Meilen lange, nördliche Landmauer mit ihren unzähligen Türmen; Dreihundertsiebzig, sagte man ihnen, gebe es rings um die Stadt. Kalksteinquader und Ziegel bildeten in der unüberwindlichen Baumasse lange, honigfarbene, die Augen verwirrende Bänder. Die rhomäischen Söldner nannten sie die »Mauer des Theodosius« und »Konstantinus-Mauer«; sie sei älter als ein halbes Jahrtausend. Davor dehnten sich Zelte, Hütten und Wälder dunkelgrüner Pappeln aus, die Rutgar an die heimatlichen Zypressen erinnerten. Dünne Rauchsäulen stiegen in den überirdisch blauen Himmel.

Die niedrigere Außenmauer spiegelte sich in dem Graben, und die wenigen Tore, die Peter und sein Gefolge sahen, waren geschlossen und wurden schwer bewacht. Walter Sans-Avoirs Reiter führten Peters Riesenheer zu einem Lagerplatz weit außerhalb der Mauer, in der Nähe des Handwerkerviertels, der ihnen vom Kaiser zugewiesen worden war. Der lange Zug strömte auseinander, zerstreute sich schnell, und die Wanderer versammelten sich um die Brunnen und Viehtränken.

»Gott hat uns sicher geführt«, sagte der Eremit inbrünstig und sah sich lange um, bevor er sich vom Eselrücken gleiten ließ. Rutgar half ihm, ohne nachzudenken. »Habt ihr's gesehen? Seht ihr es? Das ist ein Land, in dem Milch und Honig fließen. Fast so fruchtbar und schön wie das Heilige Land, das uns erwartet!«

Die Pilger schlugen in gewohnter Eile ihr Lager auf, trieben die Zugochsen und Pferde auf die Weiden, die man ihnen zuwies, und schienen zum ersten Mal ihre Erschöpfung zu spüren. Die Reiter brachten Peter in einen Hain aus schwer tragenden Obstbäumen, zu einem kleinen Gehöft. Die Besitzer hatten es verlassen. Für Peter, ein halbes Dutzend seiner Priester und Jean-Rutgar gab es kleine Kammern in dem Bauernhaus, die mit Strohschütten, Hockern, einem wackligen Tisch und gemauerten Fenstern ausgestattet waren. Erleichtert zog Rutgar seine Stiefel aus und stopfte sie voll mit trockenem Stroh. Er starrte seine fahlweißen, geschwollenen und schweißfeuchten Füße an und stöhnte vor Erleichterung, als er sie in ein Holzschaff voll kalten Wassers steckte.

Rutgar und andere fromme Begleiter beschworen den Eremiten, die ungewohnten Annehmlichkeiten eines heißen Bades auf sich zu nehmen, den langen Bart und das Haar zu kürzen, die Wangen zu schaben und saubere Kleidung anzuziehen. Rutgar, der inzwischen einen kurzen Kinnbart trug und sein Haar bis auf zwei Fingerbreit kürzen ließ, bettelte Peter förmlich darum. Peter schickte sich jammernd darein, um wenigstens den Schorf, die juckenden Pusteln und die vielen eitrigen Mückenstiche loszuwerden, lehnte aber die angebotenen Sandalen ab und blieb barfuß.

Man warf die fadenscheinige, stinkende und verkotete Mönchstracht ins Feuer und kleidete den Prediger in ein neues Gewand, das ihn zwischen Hals, Gemächt und Knöcheln unaufhörlich juckte. Er ächzte beim Gehen; die durch die Bäder aufgeweichte graugelbe Hornhaut seiner Sohlen schmerzte bei jedem Schritt.

Kapitel VI

A. D. 1096, 1. TAG DES ERNTEMONDS (AUGUST), NACH MITTAG
KONSTANTINOPEL, AM MEERESARM DES HL. GEORG

»Der Herr hebt auf den Dürftigen aus dem Staub und erhöht den Armen, auf dass er ihn setze unter die Fürsten.«
(1. Sam 2,8)

Die Stadttore blieben meist geschlossen, erklärten die Petschenegen, und wurden bisweilen für kleine Gruppen staunender Pilger geöffnet, die man von Bewaffneten begleiten ließ. Die Pilger glaubten eine andere Welt zu betreten. Breite Straßen ohne jeden Schmutz, helle Hausmauern, Schnitzwerk, Säulen und prächtige Stoffe, die aus großen Fenstern wehten, Wohlgerüche und der Odem unbekannter Gewürze, gleißender Sonnenschein und kühler Schatten, in dem es nach Rosenwasser roch, verwirrten die Pilger. Fremde Menschen lächelten ihnen zu.

In den Straßen quirlten unter weißen Sonnensegeln schwarzbärtige Griechen und Angehörige vieler anderer Völker lautstark durcheinander, die den Pilgern Proviant, Früchte, kalte Getränke und honigtriefende Süßigkeiten anboten. Seltsame Musik klang aus kühlen Innenhöfen. Die Pilger verstanden kaum ein Wort der Stadtbewohner, die sich darüber wunderten, dass die Gesichter der Pilger den Ausdruck fröhlichen Eifers trugen, und den Gebeten und Liedern aus durstigen, heiseren Kehlen verdutzt zuhörten.

Jean-Rutgar, der auf dem Gehöft zurückgeblieben war, zog das Stäbchen, das er aus einer Haselrute geschnitzt hatte, aus seinem Ledersack und betrachtete die Kerben. Er zählte zwanzig Gruppen von fünf Einschnitten; seit dem Auszug von Köln waren nur hundert Tage vergangen. Ein Wunder! Vielleicht hatte er den einen oder anderen Tag zu zählen vergessen, aber was war alles in diesen dreieinhalb Monaten geschehen!

Er sah sich um, steckte zwei Finger zwischen die Lippen und stieß einen gellenden Pfiff aus. Er winkte drei Jungen herbei, gab ihnen einige Tetarterone aus seinem spärlichen Vorrat und sagte:

»Mein Pferd, der Schwarze dort mit dem Seilhalfter und den weißen Läufen – holt euch Wasser und striegelt ihn.« Er zeigte auf die weidenden Tiere. »Schön langsam! Vergesst Mähne und Schwanz nicht! Er ist friedlich und schlägt nicht aus, wenn ihr ihn nicht erschreckt.«

Die Jungen rannten davon. Rutgar suchte sich abseits der Hütte ein halb sonniges, halb schattiges Plätzchen und breitete seinen Mantel im hohen Gras aus. Zum ersten Mal spürte er eine schwere Müdigkeit, ein dumpfes Schlafbedürfnis, das einer Erschöpfung glich. Trotzdem trieben ihn Erinnerungen und Gedanken um, ließen ihn nicht zur Ruhe kommen. Jene hundert Tage und Nächte – ihm war, als habe er in dieser kurzen Zeit mehr erlebt als in vielen Jahren davor.

Der unglaublich lange Weg von Köln nach Konstantinopel! Die Pfade, Wege und Straßen durch Länder, deren Namen zuvor niemand je gehört hatte – außer vielleicht Peter und ein paar andere Männer. Rutgar hatte geholfen, Kinder zur Welt zu bringen, hatte Nabelschnüre durchtrennt, hatte Unzählige sterben sehen, kleine und große Gräber ausgehoben, hatte mit dem Gefolge der Ritter an den Lagerfeuern getrunken und manchmal mit Holzschwertern gekämpft. Seine Schultern, Arme und Beine und der Brustkorb waren voller verschorfter und heilender

Schnitte, Narben und blauer und gelber Flecke, aber jetzt dachte er zum ersten Mal daran, dass er inzwischen all das gelernt hatte, was er in seiner Jugend schuldlos zu lernen versäumt hatte.

In den hundert Tagen hatte sich seine Sicht der Person Peters, des Eremiten aus Amiens, abgesehen von dessen heiligmäßigem Geruch und der dreckstarrenden Kutte, gründlich verändert. Peter war reinen Herzens. Seine Bedürfnislosigkeit, keinen Herzschlag lang gespielt, entsprang keiner Berechnung. Er glaubte an das, was er empfand, was ihm seine gottgesandten Träume eingaben. Peter Venerabilis aus der Picardie war wirklich ein geistliches Gefäß voll der Gnade, ein überfließender Gralskelch in der Kelter des Herrn.

Er vertrat seine Träume und sein Sendungsbewusstsein mit unfassbarer Beredsamkeit. Selbst die Ritter gehorchten ihm – meistens zumindest. Häufig erzählte er von seiner beschwerlichen Pilgerfahrt nach Jerusalem. Aber war er tatsächlich in Jerusalem gewesen, dachte Rutgar schläfrig. Im Rheinland habe ich es ihm so recht nicht geglaubt, diesem »Kiokio« mit der mächtigen Kraft der Überzeugung. Jetzt bin ich unsicher. Doch das ändert nichts daran, dass er uns sicher bis hierher geführt hat.

Aber woher kennt er die Wege, die nach Konstantinopel führten? Wird er uns auch nach Jerusalem leiten, auf einer noch beschwerlicheren Reise, über die Wasser der Propontis, den Meeresarm des heiligen Georg, den die Turkmenen wohl nicht von ungefähr »den Schlund« nennen. Wer kennt all die Schluchten Asiens, die wilden Krieger und die Flüsse, die jeden fürwitzigen Pilger ertränken wollen?

Rutgar, nahe daran, einzuschlafen, stemmte sich blinzelnd in die Höhe. Die Sonne würde ihn braten, rösten und seinen Verstand ausschmelzen, sagte er sich und tappte, den Mantel hinter sich herschleifend, von tausend Fliegen umsummt, ins kühle Halbdunkel des Bauernhauses.

Stimmen und rauer Lärm weckten Rutgar aus einem heißen Schlaf, der ihn in die Tiefe eines schwarzen Abgrunds versetzt hatte. Blinzelnd und gähnend kam er auf die Beine und brauchte einige Atemzüge, um zu erkennen, wo er war. Er schüttelte Strohhalme aus dem Haar, schlang den Mantel um die Schultern und stolperte zur Tür.

Fünf Berittene, Söldner des Kaisers, hatten die Pferde im Schatten eines Kirschbaums gezügelt. Ihr Anführer betrachtete den Prediger, der wie ein Kuttenzwerg vor ihnen stand und mit erhobenem, schräg gelegtem Kopf zuhörte.

»Du hast die freundliche Anteilnahme unseres Herrschers«, verstand Rutgar. »Er will mit dir im Palast reden. Vielleicht gibt er dir großzügige Geschenke. Sicherlich erteilt er dir und deinem armen Heer Ratschläge und Befehle, weil ihr durch selbst verschuldete Missetaten so viele Opfer zu beklagen habt.«

»Die Güte eures Herrn überwältigt mich«, antwortete Peter stockend. »Ich werde in den Palast eilen, so schnell ich kann.«

Er drehte sich zu Rutgar herum und blickte ihn fragend an. Rutgar nickte lächelnd. Der Anführer starrte ihn an, als leide er an Aussatz.

»Er ist mein tapferster Begleiter. Er wird bezeugen, dass der Herrscher mich empfangen hat«, sagte der Eremit. »Er kennt viele Sprachen und kann schreiben.«

»Halte dich bereit.« Der Anführer deutete auf Rutgar. »Zwei Stunden nach Mittag.«

Er gab den Zügel frei, ließ das Pferd auf der Stelle drehen und trabte zwischen den Stämmen des Obsthains auf den Weg hinaus. Die übrigen Reiter folgten ohne Eile.

»Alexios I. Komnenos, im Purpurgemach des Großen Palasts zu Konstantinopel geboren«, sagte Peter verträumt. »Vor fünfzehn Jahren hat man ihn zum Kaiser des großen oströmischen Reiches gekrönt. Er wird jede Wohltat, die wir ihm erweisen, hundertfach vergelten. Mich, den armen Peter von Amiens, lädt er in seinen Palast ein!«

Und ich darf dabei zusehen, dachte Rutgar und ging zu seinem Strohlager. Er konnte es noch nicht richtig glauben.

Berittene Petschenegen-Söldner, die zwei gesattelte Schimmel mit sich führten, geleiteten Peter und Jean-Rutgar entlang der Mauer und des Wassergrabens nordwärts zu einem schwer bewachten Stadttor und zur Audienz in den Palast. Rutgar trug die Ledertasche, die Pergamente und Schreibzeug enthielt, am Riemen über der Schulter. Die Wachen öffneten dieses Mal beide Torflügel und verneigten sich.

Die Höhe der Mauer und ihre glatten Quadern hatten Jean-Rutgar erstaunt; die Pracht und die Größe der meisten Gebäude verwirrten ihn. Die Stadt, drei Monate nachdem sie vorgeblich ihren siebenhundertsechzigsten Geburtstag gefeiert hatte, war das Schönste und Fremdartigste, das er je gesehen hatte. Er glaubte zu träumen, als er hinter Peter in der Mitte einer breiten Straße dahintrabte, im Schatten alter Bäume, deren Kronen das Klappern der Hufe dämpften. Unzählbar viele bunt gekleidete Menschen, Verkaufsstände voller unbekannter Waren, ein Stimmengewirr und seltsame Gerüche, die zwischen weißen Säulen hervorwehten, blitzende Helme und Waffen, kostbare Tuche und braunhäutige Stadtbewohner, die verschiedenen Arbeiten nachgingen, von denen Rutgar einige erkannte – er ertrank schier in einem Wirbel unglaublicher Bilder und verwirrender Eindrücke. Fünfhunderttausend Bewohner drängten sich innerhalb der Mauern, sagte ein Reiter. Wie durch einen Traum ging der Ritt durch einen Teil der riesigen Stadt bis zu einem Palasttor.

Knechte und Diener rannten herbei und kümmerten sich um die Pferde, halfen Peter und Rutgar aus den Sätteln und führten sie durch das Tor, das sich lautlos öffnete und hinter ihnen wieder schloss; Rutgar drehte sich um, aber er sah niemanden an den hohen, schlanken Flügeln, die mit vergoldetem Metall beschlagen waren und sich in bronzenen Angeln drehten.

»Es ist alles wie ein göttliches Wunder«, stieß Peter atemlos hervor. »Wie das goldene Jerusalem, Rutgar.«

Rutgar schwieg und blickte sich mit weit aufgerissenen Augen um. Man führte sie durch blühende Gärten und leere Höfe, vorbei an sprudelnden Brunnen, auf deren Umrandungen fette Tauben gurrend umeinandertrippelten. Wieder ein Saal mit offenen Wänden und weißen Vorhängen wie Nebelschwaden.

Die Söldner bedeuteten Rutgar zu warten und führten Peter durch einen breiten Seiteneingang. Rutgar blieb neben dem Rand eines Brunnens stehen, in dessen flachem Wasser sich Himmel und Wolken spiegelten. Er sah staunend in einen weiten, mit Schmuck überladenen Saal hinein.

»Ist es der Thronsaal ...?«, überlegte er laut.

Alexios Komnenos, der sich als *Basileus*, *Kyrios* und *Autokratōr tōn Rhomaiōn*, als König, Herr und Selbstherrscher der Römer, sowie als *Porphyrogennetos*, der Purpurgeborene, titulieren ließ, da er als Sohn eines regierenden Kaisers in der Porphyra, einer besonderen Kammer des Großen Palastes, zur Welt gekommen war, saß, mit der ringgeschmückten Hand im rußschwarzen Kinnbart wühlend, auf seinem Thron und schien schweigend zu überdenken, was ihm Hofschranzen und Späher berichteten, die ihn flüsternd umschwänzelten, was seine Spione herausgefunden und mit welchen Übergriffen die Anführer seiner Truppen zu rechnen hatten. Mehr als nur eine Ahnung ließ Rutgar denken: Ein überaus schlechter Ruf ging, wohl zu Recht, den ärmlichen Pilgerheeren voraus, und jede Nachricht aus Ungarn bestätigte, was der Basileus und seine Ratgeber befürchtet hatten. Sie erwarteten im Kampf gegen die Türken –

die Seldschuken – die Hilfe kampfstarker Heere unter dem Banner Urbans II. und sahen sich indessen einer unübersehbar großen Menge bedürftiger, zerlumpter Landstreicher gegenüber, von denen viele zwar tief gläubig, aber sonst zu kaum etwas anderem zu gebrauchen waren als zu hungrigen Empfängern milder Gaben.

In einem kaiserlichen Heer wären sie Wasserträger oder Pferdeknechte, unbrauchbar für jeden Kampf. Hätte er doch damals, würde der Kaiser denken müssen, auf der Synode von Piacenza, nicht leichtfertig Papst Urban um Waffenhilfe gegen die Seldschuken gebeten!

Die Fremden, insgesamt mehr als dreißigtausend, mussten so bald wie möglich das Land verlassen, denn sie waren zur Verteidigung der Grenzen völlig nutzlos. Das, davon war Rutgar überzeugt, würde Alexios befehlen. Er verstand mühsam, was der kahlköpfige, heftig gestikulierende Übersetzer aussprach: »Mit Peter dem Eremiten aber will ich reden, denn ich halte den Seltsamen für eine Art wandelndes Wunder, für ein Mirakel dieser Jahre, in denen sich das Jahrhundert, wie es die römische Christenheit rechnet, gerundet hatte. Ich glaube mich zu erinnern, mit einem solchen Prediger vor etlichen Jahren geredet zu haben; ein Mann ähnlichen oder gleichen Namens hat mir von den Nöten der Christen in Jerusalem erzählt. Kann es derselbe Bruder Petrus sein?« Rutgar war nicht nahe genug am Thron des Kaisers und konnte längst nicht sicher sein, dass er jedes Wort verstand.

Peter von Amiens löste sich aus der Gruppe der Söldner, kam zu Rutgar zurück und sagte leise:

»Schreib auf, was du siehst und hörst, Bruder Rutgar.« Ein Leuchten, wie es Rutgar bisher nie gesehen hatte, überzog sein bärtiges Gesicht. »Dann glauben uns die anderen Pilger, was wir im Palast erlebt haben.«

Jean-Rutgar setzte sich auf den steinernen Rand des Brunnens und betrachtete die blitzende Messerschneide. Langer Gebrauch hatte sie dünn werden lassen, aber sie schnitt den Federkiel in der Glätte durch, die Rutgar brauchte. Er sah den treibenden Wolken über der asiatischen Küste zu, schließlich kratzte er sich im Nacken und murmelte:

»Was soll ich schreiben? Die Gedanken des Kaisers?«

Ein Windhauch bewegte die Vorhänge und wehte Blütenduft zwischen die weißen Mauern. Rutgar legte das Messer neben das Tintenfässchen, tunkte den Federkiel ein und begann unter den wachsamen Blicken der umstehenden Wachen zu schreiben.

Die Federspitze schien sich zu wehren und begann auf dem Pergament zu kratzen.

Jean-Rutgar aus Les-Baux schreibt an Herrn Neidhart im Kanonikerstift Sankt Marien zu Köln am Rhein:

Anno Domini 1096, am 2. Tag des Erntemonds. Ich, Jean-Rutgar aus Les-Baux, habe Herrn Neidhart von Sankt Marien versprochen, ihm und seinem Herrn Erzbischof Herrmann von Hochstaden zu schreiben, was ich an Seltsamem auf der Pilgerfahrt nach Konstantinopel gesehen habe. 100 Tage sind wir singend und betend durch die Lande gezogen. Heute hat es Kaiser Alexios gefallen, Peter von Amiens in seinen Palast und vor sein Angesicht führen zu lassen. Und ich, der zu Peters engstem Begleiter wurde, bin mit ihm durch die Stadt geritten, die ihresgleichen an Pracht und Größe sucht.

Rutgar hob die Schultern, und bevor er den Federkiel eintauchte, überlegte er, ob es nicht verlorene Mühe war, einen Brief an Neidhart zu schreiben.

»Aber wer soll das Schreiben nach Köln bringen?«, murmelte er und ließ die Hand sinken.

Im Audienzsaal, auf dessen Mosaiken und Teppichen mehr

als zwölf Dutzend Männer in prächtigen Roben warteten, hatte Peter vor Kaiser Alexios niedergekniet, sich von Warägern mit glattgeschabten Gesichtern, die nach Essenzen wie aus einer picardischen Baderstube rochen, aufheben lassen und gewartet, bis ihn Alexios anredete. Peter erschrak über den Blick der dunklen Augen, die unter buschigen, tiefschwarzen Brauen hervor uneingeschränkte Macht und starken Willen ausspühten.

»Ehrwürdiger Herr Kaiser Basileus, Hoheit«, erwiderte er, den Worten des Sprachenkundigen nachlauschend, »ich rede im Namen von dreißigtausend Pilgern, die Eure Großzügigkeit gerettet hat. Wie können wir Euch danken? Für so viel Gastfreundschaft und Essen und Lagerplätze?«

Der Kaiser, ein massiger Mann von knapp fünfzig Sommern, füllte wie ein sieggewohnter Krieger den Sitz des Throns aus. Er machte beschwichtigende Gesten und antwortete, ohne lange zu überlegen: »Erzähl mir, ehrwürdiger Anführer, von deinen Erlebnissen in Jerusalem. Man sagt, du warst vor etlichen Jahren in der Heiligen Stadt? Hast du mit dem Schwert oder mit dem Kreuz für den Glauben gekämpft?«

Peter zog den Kopf zwischen die Schultern, nickte vage, vergaß anscheinend den Prunk des Saales, die Umstehenden und die Wachen. Mit seinem inneren Auge schaute er das Bild Jerusalems, wie er es für sich und die Gläubigen aus tausend Träumen und Wachträumen geschaffen hatte: aus nie gesehenen Prunkbildern zusammengesetzt, fremdartig und dennoch wirklich, voller glühender Farben und durchtränkt von der Heiligkeit der Stadt Jerusalem, wo der Herr gelebt und gepredigt hatte und wo Christus gepeinigt und hingerichtet worden war, und von wo aus er aufgefahren war in den Himmel, das Ziel aller wahrhaft Gläubigen. Mit eindringlicher Stimme, von seiner inneren Bewegtheit geführt und gedrängt, begann Peter zu berichten. Jetzt verstand Rutgar jedes Wort.

»Es waren große Mühsal, Durst und Kämpfe. Nicht nur ich, o mächtiger Kaiser Ostroms, sondern viele von uns, die meisten, haben von den Türken viel Unbill erfahren. Wir kämpften mit der Kraft unserer Gebete! Aber Gott der Herr hat mich überleben lassen, im Gegensatz zu allzu vielen Pilgern, die elend zugrunde gingen.« Er richtete die Augen zur Decke und holte tief Luft. »Aber dann befahl mir der Herr mit seiner göttlichen Stimme, die durch mein Wachen und meine Träume hallte, dass ich ein großes Heer um mich versammeln solle. Meine Träume, während ich auf kargem Boden schlief, waren erfüllt von den Worten Jesu Christi. Ich fing an zu predigen, und siehe, viele schlossen sich mir an.«

»In der Tat. Es sind dir nicht wenige gefolgt. Zu viele, glauben wir; oftmals die Falschen«, sagte Kaiser Alexios bekräftigend und fügte, sorgsam seine Prachtgewänder ordnend, mit feinem Lächeln hinzu: »Und auch andere Anführer sind mit Haufen Volks über uns gekommen. Eine göttliche Stimme, sagst du?«

Die Würdenträger, hinter ihnen etliche Palastwachen, die Peter im Halbkreis umstanden, murmelten leise und, wie es schien, spöttisch miteinander. Rutgar hörte ihre Stimmen, die ihm wie der Wind vorkamen, der durch die Fenster strich und schneeweiße Vorhänge blähte.

»Es hat Gott in seiner unendlichen Weisheit gefallen, mich unwürdigen Knecht zu rufen. Ich gehorchte und kehrte nach Frankreich zurück. Dort fing ich zu predigen an und fand viele Anhänger, die mit mir zusammen in die *Terra Sancta*, das Heilige Land, pilgern und dort das Grab Christi von den Ungläubigen befreien werden.«

»Du glaubst, dass es euch gelingen wird? Mit wenigen Rittern, schlecht bewaffneten Gefolgsleuten und allzu vielen Schwachen, Alten und Kraftlosen, die Seldschuken zu bekämpfen?«

»Eure Gastfreundschaft sei über alles gerühmt, gnädiger Herrscher. Mit Gottes Hilfe werden wir siegen«, sagte Peter unerschütterlich. »Auch Graf Walter von Poissy kämpft mit uns. Viele Priester und Mönche wandern in meinem Heer. Und viele streitbare Ritter.«

»Streitbar sind sie, in der Tat«, antwortete der Kaiser. »Zu streitbar und wenig zuchtvoll. Deine waffenlosen, viel zu vielen Pilgerkrieger sollten auf das Heer der Fürsten warten, Peter Einsiedel.«

»Nicht lange, Eure kaiserliche Majestät«, antwortete Peter ehrerbietig, aber mit fester Stimme. »Wir sind entschlossen, für freie Straßen nach Jerusalem zu kämpfen – wenn Eure stolzen Schiffe uns nach Asien übersetzen.«

Kaiser Alexios dachte lange nach, nickte dann schwer und sagte mit feinem Spott, der Peter aber völlig entging:

»Ich habe wenig Vertrauen zu bedauernswerten, kampfungewohnten dreißigtausend Bauern, Frauen, Alten, Kindern und Kranken.«

Er ließ eine Pause eintreten und beobachtete die Mienen der Umstehenden. Sie pflichteten seinen Worten nickend, schweigend und mit lebhaften Gesten in aller Deutlichkeit bei. Er musterte den Eremiten, hob dann den Kopf und blickte zum Vorhof.

»Als Anführer frommer Pilger aber vertraue ich dir. Wie lange willst du dein furchterregendes Heer rasten lassen?«

»Vier, fünf Tage reichen.« Peter nahm Alexios Worte für die Wirklichkeit; der Kaiser erkannte sicherlich mit der Erfahrung seiner Jahre als Krieger und Feldherr, dass er einen wahrhaft Glaubenden vor sich hatte, mit dem Gemüt und dem granitharten Gottvertrauen eines störrischen Kindes. Peters Blicke glitten über die leuchtenden Mosaiken unter seinen Sohlen und über die Bilder an den Wandflächen zwischen den hochstrebenden Säulen. »Oder bis die Heere unseres Papstes vor

Euren Mauern lagern. Wenn uns Eure kaiserliche Güte den kurzen Aufenthalt erlaubt.«

»Wir erlauben es. Wir geben dir ein wenig Geld und etliche nützliche Geschenke, und wir sorgen für euren Proviant – auf dieser und auf jener Seite des Meeres. Man zahle ihm zweihundert Hyperpyrone, ein paar Krüge Tetarterone und einige Säckchen Trachis aus! In Nikomedia und Civetot werdet ihr auf das Heer warten, das Papst Urban zusammengerufen hat! Das ist Unser kaiserlicher Befehl!«

Peter dem Einsiedler, dem die Augen von der Pracht der Räume und vom Glanz des Bodens flimmern mussten, entgingen viele Bilder und deren Bedeutung; es war zu viel der strahlenden, nie gesehenen Schönheit, dachte Rutgar. Peter entging auch eine junge, dunkelhaarige Frau in ebenso kostbarem Gewand wie der Kaiser, die seinen Worten lauschte und ihn, jede seiner Bewegungen, mit großen Augen beobachtete. Sie schien, ohne auf das Pergament zu blicken, des Kaisers Worte mitzuschreiben. War sie etwa Irene Dukas, Alexios' junge Gemahlin?

»In der kurzen Wartezeit«, sagte der Kaiser, und seine Gesten bedeuteten, dass die Stunde der Gnade für Peter zu Ende ging, »sollt ihr die Schönheit unserer großen, alten Stadt kennenlernen. Drei Dutzend von euch und einige meiner Söldner, die eure Fragen beantworten werden, dürfen durch die Straßen wandern und unsere wunderbaren Bauwerke und die Hinterlassenschaften meiner Vorfahren bewundern.« Er erhob sich halb von seinem gepolsterten Sitz und wedelte mit der ringgeschmückten Hand. »Wenn die Flotte bereit ist, werden euch die Schiffe aufnehmen. Euch und das kleine Heer, das vor euch gekommen ist und das Graf Walter Habenichts anführt. Sage ihm, Peter von Amiens, dass ich erwarte, dass er und seine Ritter sich zügeln; der Basileus duldet nicht den geringsten Übergriff.«

»Er wird tun, was ich ihm sage«, antwortete Peter mit selbstsicherem Lächeln. »Denn er weiß so gut wie jeder Heerführer, dass mir Gottfried der Vierte, der Herzog von Niederlothringen, dazu den Befehl gab.« Er unterdrückte mit beiden Händen ein gewaltiges Rülpsen, das sich aus seinem Inneren den Weg zur Kehle hinaufkämpfte, verneigte sich und schlug langsam das Kreuzzeichen. Als er sich zurückzog, starrten ihn die Umstehenden wie eine dreiköpfige Seltsamkeit an; der Basileus redete leise mit einem seiner Würdenträger.

Die junge Frau, vielleicht war sie auch jene Prinzessin Anna, Tochter von Alexios, lächelte unergründlich, nicht anders als eine erfahrene Palastschönheit. Sie stand auf und verließ, von drei hünenhaften Wächtern begleitet, den Thronsaal. Neben Jean-Rutgar blieb sie stehen und sah einige Atemzüge lang zu, wie er Buchstaben aufs Pergament malte.

»Was schreibst du?«, fragte sie leise. Er blickte auf, als ihr Schatten auf sein Pergament fiel.

»Nicht mehr, als ich sehe und verstehen kann«, antwortete er und lächelte unsicher. Sie setzte sich neben ihn und tauchte die Hand in das ruhige Wasser. Die Wächter musterten Rutgar, die Hände an den Schwertgriffen.

»Deine Schrift ist deutlich und schön. Ich kann auch schreiben, Fremder. Wie ist dein Name?«

Er blickte in ein ovales Gesicht, mit großen dunklen Augen unter schwarzem Haar. Die Frau war kaum älter als zwölf, dreizehn Jahre und in Gewänder von erlesener Kostbarkeit gekleidet. Eine Wolke aus Wohlgerüchen umgab sie; Lichtfunken tanzten auf ihrem überreichen Schmuck.

»Jean-Rutgar aus der Provençe, einem Land, das du nicht kennst. So, wie ich euer Land nicht kenne.«

»Und – du bist der Gefährte des Eremiten? Wir nennen ihn Kukupetros, den ›Kapuzenpeter‹.«

»Ich schütze seinen Rücken, helfe ihm und bewahre ihn davor, in Gefahr zu geraten.«

»Schreibst du für Kukupetros?«

»Den einen oder anderen Brief habe ich für ihn geschrieben.«

»Und – das hier?« Sie deutete auf seine wenigen Zeilen. Ihre Finger waren schlank, mit langen Nägeln, und schienen einer viel älteren Frau zu gehören. Rutgar bewunderte drei goldene Ringe mit großen Edelsteinen, die das Sonnenlicht glühend farbig widerspiegelten. Er antwortete:

»Das schreibe ich für mich. Vielleicht, weil ich mich nicht mehr gut erinnern kann, wenn ich alt bin. Dann werde ich es lesen. Oder ein anderer.« Er zögerte. »Und wer bist du?«

»Ich wohne im Palast. Ich bin Anna Komnena und sehe und höre alles. Ich schreibe eine Chronik für meinen Vater, den Protosebastos.« Rutgar erschrak und wollte aufstehen, um sich vor ihr zu verneigen. Die schweigenden Palastwachen traten wachsam einen Schritt vor. Sie legte die ringgeschmückten Finger auf sein Handgelenk und lachte. »Bleib sitzen. Ich bin erstaunt, dass einer aus dem Haufen von eurem kleinen Petros schreiben kann. Sicherlich werdet ihr noch viel erleben auf dem Weg nach Jerusalem.«

Sie sprang auf, lachte, spritzte Wassertropfen in sein Gesicht und lief zu ihren Bewachern. Die Männer brachten sie zu einer der vielen Türen. Anna drehte sich halb um und zwinkerte Rutgar über die Schulter hinweg zu. Ihr schulterlanges Haar bewegte sich wie ein schwarzes Tuch im Wind; Jean-Rutgar empfand das Bild wie einen Stich ins Herz. Mit der gleichen Kopfbewegung hatte Ragenarda ihr Haar zur Seite gewirbelt.

Rutgar sah, dass andere Palastwächter und eine Gruppe Diener den Eremiten aus dem Thronsaal führten. Ein kleiner, weißhaariger Mann, ein anderer Übersetzer, redete auf Peter ein. Peter nickte mehrere Male und antwortete leise; es ging möglicherweise um die Geschenke, die der Kaiser Peter zu überreichen wünschte.

Wachen mit leise klirrenden Waffen, die wie Schmuck funkelten, geleiteten ihn zwischen Säulen hindurch und unter gemauerten Bögen, breiten Korridoren und duftenden Gärten voller Rosen und Wasserspiele hinaus, zusammen mit Rutgar, der silberne Sporen und ein Zaumzeug aus schwarzem Leder mit Silberstickerei geschenkt erhalten hatte. Die Reiter und die zwei Schimmel warteten am Palasttor. Die Männer stiegen auf und trabten schweigend auf einem anderen Weg zur Stadtmauer als auf dem, auf dem man sie hierhergeführt hatte.

Ein Söldner schilderte in einer Mischung aus Fränkisch und Latein, was die Fremden zu sehen bekamen. Einige Teile der Stadt gründeten ihre Mauern und Häuser auf Fundamenten, die einst zu Byzantion gehört hatten, einer Stadt der Urbewohner, die man »Alte Griechen« nannte. Sie ritten an der strahlend weißen Kirche der »Jungfrau von Blachernae« vorbei; das Kleid, der Mantel und andere Reliquien der Jungfrau Maria, Christi Mutter, wurden dort in kostbaren Schränken aufbewahrt. Innerhalb der Mauer, an der südlichen Küste entlang, zwischen riesigen Säulen mit eisernen, bronzenen und steinernen Standbildern darauf, an den hundert Gebäuden des Großen Palasts mit seinen zwanzig kleinen Kirchen entlang tänzelten die Pferde durch einen Teil der Stadt. Die rhomäischen Wachen beantworteten Rutgars Fragen; tausend Einzelheiten blendeten und verwirrten ihn. Der lange, aus hellen Quadern gemauerte Aquädukt, die breiten Straßen im Schatten alter Bäume, viele Paläste und unzählige Marmorstatuen und Triumphbögen, das riesige »Hippodrom«, ein steinerner Zirkus in der Nähe des Palasts, in dem dreißigtausend Menschen Platz fanden, Schiffe auf den Meeresarmen und die riesige, turmlose Kuppelkirche der heiligen Sophia blendeten den Wandermönch. Die gigantischen Stadtmauern, an denen er vorbeigeritten war, hielt Rutgar für unbezwingbar. Zum zweiten Mal in seinem Leben, sagte Peter zu Rutgar, sah er das Meer.

Im weißen Kirchlein der »Jungfrau vom Leuchtturm« wurden der Schrein mit dem Grablinnen Christi vor den Blicken der Neugierigen gehütet, ebenso das Schweißtuch der Veronika, die Heilige Lanze, die Dornenkrone Jesu sowie Nägel und ein großes Stück des Heiligen Kreuzes; ferner lagen dort die zwölf Körbe der wunderbaren Brotvermehrung, Gebeine der ermordeten Kinder Bethlehems und andere wundersame Reliquien. Man gewährte Peter aber keinen Eintritt und vertröstete ihn auf einen anderen Tag.

Erst am dritten oder vierten Tag in Konstantinopel, nach insgesamt vielleicht fünfzehn, zwanzig Stunden des Umherwanderns, Fragens, Staunens und ungläubigen Wunderns vermochte Rutgar die Größe, den Reichtum und die Schönheit der Stadt ein wenig zu verstehen.

Er saß neben Munsard, einem Waräger, auf der obersten Stufe eines Brunnenbauwerks im Schatten einer großen Palme. Munsard war erschöpft von seinen Antworten auf Rutgars Fragen. Der Anblick der vielen Menschen aus allen Teilen der Welt verwirrte Rutgar; noch nie hatte er schmuckbehängte Frauen und stolze Männer gesehen, deren Haut dunkelbraun oder sogar schwarz glänzte, und noch nie war er der Wirklichkeit seines Traums so nahe gewesen. Nie gekannte Laute, Wohlgerüche und Musik drangen aus jedem Haus. Der Basileus empfing Abgesandte von den Grenzen seines Reiches in drei oder vier Palästen; mit prunkvollem Gefolge zog er hierhin und dorthin. Der gemauerte, überdachte Basar, durch den ihn Munsard geführt hatte, war größer als jeder Markt, den er je gesehen hatte. Hier handelten die reichen Bewohner mit den kaum weniger begüterten Händlern um eine Flut von Waren, von denen Rutgar weder Namen noch Zweck kannte. Kostbare Stoffe, wahre Rankengirlanden aus Gold- und Silberschmuck, unbekannte, unbezahlbar teure Gewürze in mannshohen Tonkrügen, Fässern und Säcken verwirrten den Geruchssinn, und glänzendes Geschirr in vielen Farben, verziert mit staunenswerten Bildern, stapelte sich vor seinen Augen.

Unbekannte Früchte, unbekanntes Gemüse, Käse, Würste, Fisch und Fleisch, Brot und Zierbrote, Süßigkeiten, Wein und lebendes Geflügel, Rauch und Gerüche von Rosten über Glutbecken, tausend Rufe fremder Stimmen, Gelächter, schrille Schreie ... es war Rutgar, als wandere er durch einen Traum, dessen Farbigkeit und unaufhörliche Bewegung ihm den Atem raubte.

Konstantinopel war mit nichts zu vergleichen, was er kannte, und so glaubte er, was der Waräger gesagt hatte: Es war die größte und schönste, reichste und lebenswerteste Stadt der Welt.

Am späten Abend des nächsten Tages, als über den Flammen des Lagerfeuers das Wasser im Kessel zu summen anfing, führten die Jünger des Eremiten zwei Männer zu der Hütte, in der Peter und Rutgar hausten.

Rutgar erkannte einen Mönch aus dem Gefolge des Ritters Sinehabere. Er hatte ihn erwartet, denn Peter von Amiens hatte von Ritter Walter einen Bericht über jenen Zwischenfall verlangt, der im ungarischen Semlin den Tod von so vielen Pilgern und Kriegern verursacht hatte.

»Ich bin Frater Godehard«, sagte der Mönch und raffte seine Kutte, als er sich auf die wacklige Bank setzte. »Du bist Jean-Rutgar, der Beschützer des Predigers?«

»Der bin ich«, antwortete Rutgar und grüßte den hellhäutigen Bewaffneten, der schweigend neben dem Mönch stand. »Und wen hast du mitgebracht? Er scheint ein Wächter aus dem Kaiserpalast zu sein.«

Der hochgewachsene, flachshaarige Mann in glänzender

Rüstung, aber ohne Helm, schob die Daumen hinter den Waffengurt und nickte, dann sagte er:

»Ich heiße Roger. Hauptmann der Warägergarde. Wir schützen den Basileus Alexios. Ich spreche eure Sprache, denn ich bin Franzose. Einer von wenigen in der Garde, die anderen sind Engländer. Wir sind Botenreiter; Späher und Kundschafter, die vielleicht mehr wissen als du, Rutgar.«

»Das bezweifle ich nicht.« Rutgar grinste und deutete auf einen Steinblock im kniehohen Gras. »Ich weiß nämlich gar nicht viel. Aber lass erst Bruder Godehard berichten.«

Der hellhäutige, bartlose Waräger nickte, setzte sich und sah zu, wie sich eine Handvoll Pilger und Männer aus dem Gefolge der Ritter um das Feuer scharten. Einige setzten sich, andere warteten, bis die Helferinnen Peters den Kessel vom Feuer zogen und Honig in das Gebräu rührten. Als der süße Pflanzenaufguss aus den Bechern dampfte, begann Bruder Godehard zu erzählen. Peter und Rutgar hörten schweigend zu, ebenso die Helfer. Rutgar drehte das Schreibbrett ins unstete Licht der Flammen und schrieb das Wichtigste, das er der Erzählung entnahm, unter die Zeilen des angefangenen Briefes an Herrn Neidhart.

Ritter Walter Sans-Avoir, der einige Tage vor Peter dem Eremiten Köln mit fünfzehntausend Pilgern verlassen hatte, erreichte die Grenze des magyarischen Landes am 8. Tag des Weidemonds. Von Peter wussten die Pilger, dass der heilige Stephanus erst vor wenigen Jahren das Land Ungarn zum Christentum bekehrt hatte. Walter Sans-Avoir schickte, ehe er das Land betrat, Boten zu König Koloman. Er bat, mit königlicher Erlaubnis während des Weidemonds durch das Land zu wandern, und dass die Ungarn ihm beim Beschaffen von Proviant helfen sollten. König Koloman, erst 25 Jahre alt, wusste, dass Kaiser Alexios Komnenos in Konstantinopel auf Waffenhilfe gegen die Bulgaren, Serben und Seldschuken angewiesen war und auf ein stattliches Heer wartete. Auf ein Heer – nicht aber auf einen berittenen Haufen gewaltbereiter Plünderer.

Koloman ließ Walter dem Habenichts sein Wohlwollen ausrichten, denn auch das fränkische Heer, zehntausend Köpfe stark, bestand aus Christen. Die Boten Kolomans verpflichteten Walter und sein Gefolge, sich wie gläubige Christenmenschen zu benehmen und Ungarn in gesitteter Ordnung zu durchwandern. Und so durchquerten Walters ärmliche Truppen das Land, ohne dass es zu Gewalttaten kam. Am Ende des Weidemonds erreichten sie die Stadt Semlin, also die südliche Grenze Ungarns, setzten bei Belgrad über den Fluss Save und kamen so auf den Boden, der zum rhomäischen Reich des Kaisers gehörte, in die Provinz Bulgarien.

Der Befehlshaber von Belgrad wusste nicht, was er mit dieser halb siechen, halb verhungerten und schlecht bewaffneten Völkerschar tun sollte; er sah rasch, dass Walters Heer keine Ähnlichkeit mit einem Heer gepanzerter Ritter für Kaiser Alexios hatte. Boten galoppierten zum Statthalter Romaniens, Niketas, der in Nisch residierte. Auch er hatte keine klaren Befehle und schickte seinerseits Boten nach Konstantinopel.

»Lies vor, was du geschrieben hast.« Der Waräger-Hauptmann nippte am heißen Gebräu und nickte schweigend, als sei er dabei gewesen. Er schien wirklich viel zu wissen, dachte Rutgar, hörte aufmerksam zu, schrieb weiter und las jeden Satz den Umstehenden vor.

Walters Truppe begann zu hungern, denn die Ernte stand noch reifend auf dem Feld. Der Not gehorchend fingen Walters Gefolgsleute rund um Belgrad zu plündern an. Als sechzehn seiner Männer, die am anderen Ufer zurückgeblieben waren, einen Basar überfielen, wurden sie von ungarischen Wachen umringt, eingeschlossen und gepackt. Die Ungarn entwaffneten sie, zogen sie aus und peitschten sie nackt, wie Gott sie erschaffen hatte, zurück nach Semlin. Klei-

der, Rüstungen und Waffen hängten die Ungarn zur Abschreckung anderer Heißsporne über das Stadttor. Dort, wo Walters Mannen sich auszutoben begannen, wurden sie von den Soldaten der Garnison festgehalten; in Kämpfen, die daraufhin rasch ausbrachen, töteten die Ungarn einige Plünderer und verbrannten eine große Anzahl Pilger, ihrer hundertfünfzig, in einem Kirchlein.

Dann befahl man Walter Sans-Avoir, nach Nisch zu ziehen, wo Niketas ihn mit erzwungener Freundlichkeit und Verpflegung empfing, ihn und seinen Haufen aber festhielt, bis die Antwort aus Konstantinopel kam. Kaiser Alexios, so richteten es Walter die Boten aus, war überzeugt gewesen, dass das Christenheer sich nicht vor Mariä Himmelfahrt auf den Weg machen würde. Nun musste er rasch eine Änderung seiner Vorbereitungen treffen, und so befahl er, Walter und das Heer, von kaiserlichen Truppen begleitet, weiterzuschicken. Am Anfang des Heumonds kamen sie friedlich nach Philippopel. Dort starb Walters Oheim, der Alte von Poissy oder »von Poix«, und wurde begraben. Niketas aber, dem Walter von den nachfolgenden Heeren berichtet hatte, ritt ihnen entgegen nach Belgrad und tauschte mit dem ungarischen Statthalter Semlins Botschaften aus.

Bruder Godehard beendete seinen Bericht und sagte wehmütig: »Dieses Ungarn kam uns Rheinländern wie das Paradies vor. Fruchtbares flaches Land durchwanderten wir, voller Schafe, Rinderherden, Pferde und Weizenfelder. Vergesst nicht die ausgedehnten Wälder Romaniens, duftend von Beeren und Früchten! Niemand von uns brauchte Hungers zu leiden. Es gab auch genügend dunklen Wein aus König Kolomans Fässern, der die Sinne belebte.«

Der Mönch richtete seinen Blick auf den Eremiten. »Bruder Petrus. Ihr habt unchristliche Eile an den Tag gelegt. Du und deine Gläubigen, ihr müsst gerannt und gehastet sein. Ihr wart wohl alle von heiliger Glut erfasst. Eure Ungeduld trieb euch durch Ungarn. Aber ich vermag nicht zu glauben, dass die Bauern und Hirten von eurer schieren Menge begeistert gewesen sind.«

»Es gab zuletzt keine Plünderungen mehr«, antwortete Rutgar, »also gab es keine Kämpfe.« Peter hörte zu, die Hände gefaltet und den Kopf gesenkt. Rutgar dachte, innerlich schmunzelnd: Immerhin hat König Koloman mein frommes, tapferes Mönchlein ebenso wohlwollend empfangen wie Walter den Reichgewordenen, vormals ›Sinehabere‹.

Er schrieb im Licht der Flammen bedächtig weiter:

Bei Karlovici stießen diejenigen zu uns, die es vorgezogen hatten, die Donau hinunterzufahren. Und da waren wir vierzigtausend Köpfe. In Semlin sahen wir über dem Stadttor die Kleider und Waffen von Sans-Avoirs nackten Plünderern.

Rutgar grinste in sich hinein und ließ den Becher, den Bruder Godehard in den Fingern drehte, wieder füllen. Hauptmann Roger hob die Hand und sagte mit einer dunklen Stimme, die das Befehlen gewohnt war: »Die Boten schlechter Nachrichten reiten schnell. Sie berichteten dem Basileus von den Massakern, die Emicho von Leiningen unter den Juden, den ›Gottesmördern‹, angerichtet hatte. Die Nachricht erreichte wenig später König Koloman und seine Truppenführer; nachdem sich zwei große Heere über Ungarns nördliche Grenzen gewälzt hatten, nach den Ausschreitungen, Kämpfen und Verwüstungen, den brennenden Städten und den Toten, waren die Truppen gewarnt.

Priester Volkmar mit seinem verlotterten, gewalttätigen Haufen erreichte in der Mitte des Weidemonds eine Stadt namens Prag, die wir nicht kennen. Nach dem großen Massaker marschierte sein Heer, mehr als zehntausend Köpfe stark, über die Grenze Ungarns. Nitra war auf ihrem Weg die erste größere

Stadt im Land, aber je mehr sich Volkmars betender, grölender und singender Heerhaufen der Stadt näherte, desto schärfer sahen Kolomans Ungarn, dass kein Heer von gottesfürchtigen Rittern, sondern eine zerlumpte, zuchtlose und beutegierige Menge fremder Eindringlinge, von gewissenlosen Anführern und einem rattengesichtigen Prediger geleitet, ins Land eingefallen war wie eine ansteckende Krankheit.«

»Priester Volkmar«, warf Bruder Godehard ein und wies mit dem Becher auf den schweigenden Prediger, »ist in einem Dörfchen nahe Amiens zu Peter dem Eremiten gestoßen. Mit bannenden grünen Augen und in fließendem Kirchenlatein vermag er es mit jedem Angehörigen der *Sancta Ecclesia* aufzunehmen.«

»So war es wohl. Wir wissen auch nicht alles.« Auf dem hageren Gesicht des Hauptmanns erschien ein kaltes Lächeln. »In Nitra, wo seine Gefolgsleute lagerten, begannen sie bald zu plündern. Was sie den Bewohnern wegnahmen, bezahlten sie nicht. Die Ungarn brauchten nicht lange, um einsehen zu müssen, dass der dritte Pilgerzug von ebenso gewissenlosen Räubern angeführt wurde – beim ersten Kampf, bei dem es Verletzte und Tote gab, griffen die Ungarn rücksichtslos an.«

Die Söldner und die Petschenegen-Anführer hatten sich geschworen, den Fehler der Nachgiebigkeit und der Rücksichtnahme nicht zu wiederholen. Sie zersprengten Volkmars Haufen, nahmen Hunderte Männer gefangen und führten Kinder, Mädchen und Frauen in die Sklaverei. Ebenso viele Pilger wurden erschlagen. Die Überlebenden flüchteten in kleinen Gruppen und versteckten sich im fremden Land so gut, wie sie es verstanden. Zu den Überlebenden zählte auch Volkmar.

Zunächst gelang es vielen, den wütenden Reitern König Kolomans in die Wälder und in Verstecke in der Nähe kleiner Dörfer zu entwischen. Aber als die Ernte begann und die Felder gemäht wurden, entdeckten streifende Reiter die Flüchtigen und hieben sie nieder. Die aufgebrachten Bauern erschlugen sie mit Schmiedehämmern und Dreschflegeln, bemächtigten sich der geringen Habe und ließen die Leichen als Beute für Raben, Füchse und Wildsäue liegen. Vielleicht gelang es einigen aus Volkmars zersprengter Schar, über die Grenze zu entkommen; vielleicht war der Blutpriester Volkmar inmitten des Volks.

Roger spuckte Pflanzenreste ins Gras und redete weiter. Sein sonnenbraunes Gesicht war ohne jeden Schweiß, im Gegensatz zu allen Pilgern, die am Feuer in der Sommerhitze schwitzten.

»Unsere Botenreiter haben sich umgehört. Niemand in Ungarn, in jenem fernen Prag, im Rheinland oder in Konstantinopel wird jemals etwas von ihnen hören; es beliebte dem Herrn, sie nicht nur vom Antlitz der Welt, sondern auch aus der Erinnerung der Menschen zu tilgen. Denn man hat abgenagte Knochen gefunden, an denen die Ringe steckten, die Volkmar und andere trugen.«

»Die er anderen, Reichen, gestohlen hat. Oder den Juden«, sagte Rutgar leise. In der Stille hörte man nur das Kratzen seiner Feder. Roger zuckte mit den Schultern.

Eine große Handvoll Tage nach des Priesters Volkmar wüstem Haufen – an deren bleichenden Gebeinen die Füchse alles Fleisch abgenagt und die Ameisen längst ihr reinigendes Gewimmel begonnen hatten – walzte zur Erntezeit die vierte Rotte über die nördliche Grenze Ungarns: Priester Gottschalk führte viele Tausende an. Die Ernte war kaum eingebracht, da fielen die Pilger über die Bauern, ihr Korn und ihr fettes Vieh her. Sie vergaßen ob des schwellenden Reichtums des Landes das Heilige Grab und den Weg nach Jerusalem. König Koloman, dessen Geduld schon nach Volkmars Pilgerzug erschöpft war, schickte seine Truppen gegen die neuen Eindringlinge und überfiel sie zu einer Stunde, in der niemand an Kampf dachte. Gottschalks Heer gelangte nur wenige Tagesmärsche weit nach Ungarn hinein, ehe sie in erbarmungslose Kämpfe verwickelt und bis auf den letzten Mann niedergemacht wurden – dem Blutbad, das sich über viele Tage hinzog, entging keiner, nicht einmal Hartmann, der »Klopfer« von Dillingen, der lothringische Scharfrichter, dessen Bart- und Haupthaar, einst leuchtend rot, eine fahle Farbe angenommen hatte. Ihre Namen kennen wir von den wenigen Gefangenen, die überlebt haben.

»Ihr Waräger«, sagte Frater Godehard mit seltsamer Betonung, mit scheuer Bewunderung, »und die Petschenegen – ihr seid wahrlich Krieger, die jeder fürchten sollte.«

»Dafür bezahlt uns der Basileus«, bestätigte Roger und fuhr ungerührt fort: »Die Beute für die Ungarn war bedeutungslos – sie fingen wenige Knaben, die verschnitten werden konnten, und die meisten Frauen und Mädchen waren unansehnlich und daher nicht leicht zu verkaufen –, und auch Priester Gottschalks gewalttätige Spur hat sich in den Weiten des Landes verloren, wo die Bauern die Scholle für die Wintersaat umpflügten und den Pflug nicht hoben, wenn die Hufe der Ochsen und die eiserne Pflugschar die ausgedörrten Knochen zersplittern ließen. Nicht einmal die Späher König Kolomans und schon gar nicht der Kaiser in Konstantinopel ahnten, dass Volkmars und Gottschalks grausigen Haufen sozusagen auf dem Fuß noch eine fünfte Rotte folgte, die der Vicomte de Melun anführte.«

Die Grenzwächter König Kolomans von Ungarn wurden bald vor dem fünften Heerhaufen gewarnt und waren auf der Hut: Graf Emicho von Leiningen, der Judenschlächter, führte sein Heer um den Neusiedler See herum nach Ungarn; die Gefahr schien größer zu sein, als man sie von den vier vorhergegangenen Pilgerzügen kannte. Die Gerüchte, die dem Heer vorauseilten, wollten wissen, dass sich dreitausend Berittene und zweihunderttausend Franken zu Fuß näherten, aber so viele waren es indessen nicht; ungefähr nur ein Zehntel dieser Anzahl.

»Zuvor aber haben sie auf ihrem Weg mehr gewütet als die Heere vor ihnen, vor deren Verwahrlosung es den Ungarn grauste. Als Emichos Boten den König baten, den Durchzug des Heeres zu erlauben, verweigerte er ihn und befahl seinen Truppen, die Brücke über die Leitha, den Donauarm bei Mosony, zu sperren – bei Messburg oder Wieselburg, wie ihr Franken es nennt.«

Eineinhalb Monde lang kämpften Emichos Männer, der Vicomte de Melun und dessen Sohn Wilhelm, genannt »der Zimmermann«, gegen die Ungarn und um den Zugang zur Brücke, während sie versuchten, eine eigene Brücke zu schlagen.

In dieser Zeit verwüsteten sie auf der Suche nach Verpflegung, Wein und Weibern gründlich »ihre« Seite des Flusses und gelangten schließlich auf der neuen Brücke ans andere Ufer, vor die Mauern der Stadt. Mosony, wahrlich lange genug gewarnt, verschloss die Tore, bemannte die Mauern und Türme und verweigerte den Plünderern das Betreten der Stadt und jegliche Nahrungsmittel.

Die Franken begannen mit der Belagerung, aber die Belagerten wehrten sich mit dem rasenden Mut der Verzweiflung und töteten eine erkleckliche Anzahl der räuberischen Pilger, die mit Belagerungsmaschinen, Schleudern und Wurfgeräten wohl ausgerüstet waren. Bald schien es, als ob die Stadt verloren sei.

»Da streuten die von Mosony ein Gerücht aus: König Koloman nahe mit der Macht seines großen Heeres, um die Franken niederzumachen. Gleichzeitig wagten die Belagerten einen Ausfall ins Heerlager der Franken und zerstreuten die Truppen Emichos. Die letzte Schlacht dauerte nicht lange und wurde zu einer wahren Blutorgie; die meisten Franken wurden vor den Mauern Mosonys und in ihrem eigenen Lager getötet. Der Vater des ›Zimmermanns‹, Dietmar de Melun, geriet in einen Hagel aus Armbrustbolzen; als man ihn tot und verblutet fand, glich er dem Bild des heiligen Sebastian, von den Geschossen starrend wie ein vier Ellen großer Igel.«

Emicho und einige seiner verhassten Spießgesellen entkamen auf schnellen Pferden. Ebenso flüchteten, noch ehe man ihrer habhaft werden konnte, die französischen Ritter, der »Zimmermann«, Drogo von Nesle und Thomas von La Fére. Man will wissen, dass sie sich anderen Heeren anschließen wollten, zum Ritt ins Heilige Land.

»Keine Nachricht erzählt von anderen ›Heldentaten‹ oder Schändlichkeiten Emichos, des Grafen von Leiningen; er bleibt hoffentlich für immer verschollen.«

Frater Godehard wollte etwas hinzufügen, aber plötzlich begann Peter der Eremit zu sprechen. Mit prophetischer Stimme sagte er:

»Die Nachricht vom Untergang dreier Kreuzpilgerzüge wird mit den Geflüchteten rasch nach Deutschland und Frankreich dringen. Viele Christen den Verlust so vieler Menschenleben nicht als Schmach empfinden, sondern als furchtbare Strafe, die Gott über die Judenmörder ausgeschüttet hat. Besonnene Menschen werden in den Niederlagen erkennen, dass Gott selbst abweisend über den Aufruf zur Befreiung Jerusalems in Waffen und mit Kriegsgewalt urteilt; die zaghaften Stimmen der Gläubigkeit werden im Geschrei, in lauten Reden und Waffengeklirr untergehen, mit dem sich die Truppen unserer Fürsten sammeln.«

Kapitel VII

A. D. 1096, 15. Tag im Erntemond (August),
Mariä Himmelfahrt, Tertia, die dritte Stunde
Köln am Rhein, Stift St. Marien, Refektorium

»Alles Fleisches Ende ist vor mich gekommen; denn die Erde ist voll Frevels von ihnen, und siehe da, ich will sie verderben.«
(1. Mose 6,13)

Schweigend hatten die Mönche das Essgeschirr abgeräumt und ein Dutzend Kerzen gelöscht. Am Kopfende des weiß gescheuerten Refektoriumstisches saßen nur noch der Erzbischof Herrmann von Köln, Graf von Hochstaden, und sein Bibliothekar, der Chorherr Neidhart. Die unbewegte Luft roch schwach nach den Flammen und dem Wachs schwelender Dochte. Vor den Klerikern standen Krüge, ein silberner Pokal, Tonbecher und Schreibzeug, dazwischen lag ein vier Fingerbreit hoher Stapel loser, zugeschnittener Pergamente. Durch die Fensterschlitze unter den Rundbögen zuckten Sonnenstrahlen zu Boden und versanken in den dunklen Platten. Neidhart lehnte sich zurück und hob, als fürchte er, sich die Fingerkuppen zu versengen, ein eng beschriebenes Pergament in die Höhe.

»Es hat furchtbare Ausschreitungen gegeben unter unseren jüdischen Gemeindemitgliedern«, sagte Neidhart leise. »Nicht nur bei uns, auch andernorts. Dies hat Seine Heiligkeit, der Papst zu Clermont, sicherlich nicht bedacht gehabt.«

Der Bischof deutete auf die Pergamente und senkte den Kopf. »Haben wir zu befürchten, dass uns noch Nachrichten über weitere Pogrome erreichen? Nach den Freveln zu Neuss, zu Wevelinghoven, Althoven und Moers vor einundzwanzig Tagen?«

Langsam schüttelte Neidhart den Kopf und raschelte mit den welligen Schreibbögen.

»Nein, Euer Gnaden. Von Prag und Regensburg wissen wir bereits. Die Gewalthaufen haben sich aufgelöst; viele der Herren Raubritter sind in der Fremde getötet worden. Ich habe nachgerechnet – sie haben insgesamt zwölftausend Juden erschlagen, ertränkt oder verbrannt. Nur wenige von diesen haben sich ihr Leben erkaufen können, für einen hohen Preis. Nebst anderen Scheußlichkeiten, über die wir nicht reden und schreiben mögen.«

»Zwölftausend! Zeig her ...«

Während Bischof Herrmann las, erschienen vor seinem inneren Auge Gestalten und Erlebnisse aus seinen Erinnerungen. In viele Auseinandersetzungen war er selbst verstrickt gewesen; er hatte getan, was er konnte. Er hatte einen Teil der Juden auf sieben Dörfer verteilt und in seiner Stadtresidenz versteckt, aber die Marodeure, die von Mainz rheinab gekommen waren, hatten einige von ihnen dennoch aufgestöbert und sich an den übrigen für dieses Manöver gerächt.

»Wir wissen, dass der priesterliche Ritter Volkmar von sich sagte, er habe die Kunst des Redens und die richtige Wahl der Worte von Peter aus Amiens gelernt«, sagte Neidhart leise. »Jener Volkmar hat sich an die Spitze einer stetig anwachsenden Menschenmenge gesetzt, auf zehntausend Köpfe geschätzt, die zuerst rheinauf wanderte und sich dann ostwärts Böhmen zuwandte, auf der Straße nach Ungarn.«

Gottschalk, »falscher Schalk Gottes«, von Peter zurückgelassen, um Nachzügler zu sammeln, folgte einige Tage später dem Eremiten, mit einer Pilgerschar, die um tausend Köpfe mehr zählte als Volkmars Haufen. Seine Pilger benützten die

Straße, die Peters von Sehnsucht nach Jerusalem erfüllte Schar gewandert war; die Rheinländer schüttelten die Köpfe und sagten, dass Gottschalk wegen des stechenden Gestanks auch nachts bei Neumond im Fliegengesumm, seinen Ohren vertrauend, wandern könnte, ohne den Weg zu verfehlen. Der »Klopfer« von Dillingen, gräflicher Scharfrichter der lothringischen Herzöge, trabte an Gottschalks Seite.

»Die Juden von Speyer traf es zuerst«, erläuterte Neidhart. »An ihrem Passah-Fest; am zehnten des Ostermonds.«

Ein viertes Heer versammelte sich nahe Mainz um Graf Emicho von Leiningen, der behauptete, durch ein Wunder sei in seine Haut ein Kreuzzeichen eingebrannt, aber Gott habe ihm verboten, es fremden Augen zu offenbaren: Emicho, ein räuberischer, kleinwüchsiger Lehnsherr, dessen Heer aus deutschen und französischen Adligen – und einer Anzahl Gläubiger, die einer gottesgeistbeseelten Gans und einem Ziegenbock folgten – größer und besser bewaffnet war als Peters Pilger und die Volkmars oder Gottschalks. Salm und Viernenberger von Zweibrücken, Hartmann von Dillingen und Drogo von Nesle ritten mit Graf Emicho, dazu Archambaud von Vendeuille, Thomas von La Fére und der bärtige Wilhelm de Melun, dem man wegen seiner riesigen Streitaxt den Furchtnamen »der Zimmermann« gegeben hatte. An seiner Seite ritt sein Vater Dietmar, einst Kaplan des Gottfried von Bouillon und kaum weniger furchtbar in seinem Zorn.

Emicho hatte sieben Pfund Gold dafür verlangt, die jüdische Gemeinde zu Mainz zu verschonen. Er spornte seinen Schecken an der Spitze seiner Spießgesellen zu einem Beginn der Pilgerschaft, wie er ihn sich vorstellte: am 3. Tag des Weidemond griff er im Galopp die jüdische Gemeinde zu Speyer an. Der Erzbischof murmelte: »›Hep!‹ schrien er und seine Gewappneten. ›*Hierosolyma est perdita* – Jerusalem ist verloren!‹«

»Peter der Eremit, unterwegs zur Donau, ahnte davon nichts,«

Neidhart goss gemischten Wein in seinen Becher. Dann besann er sich und füllte den Pokal des Bischofs, dessen Miene ebenso wenig wie die Stimme erkennen ließ, was er fühlte.

»Ich wusste auch nichts vom Geldgeschenk des würdigen Oberrabbiners David Meerboim und seiner Juden an den Amtsbruder von Speyer. Für zweihundert Silbermark unterstellten sie ihm ihr Leben und ihren Besitz.«

Wohlwollend nahm Erzbischof Johann der Erste die Juden unter seinen Schutz. Die bewaffneten Pilgrime Emichos vermochten nur ein Dutzend Juden zu ergreifen; sie erschlugen und beraubten sie, angeblich, weil sie sich nicht zum wahren Glauben des Christentums bekehren wollten. Der Bischof ließ die Mörder ergreifen und strafte sie hart. Um ihre Tugend vor den brandschatzenden, raubenden und schändenden Franken zu retten, stach sich eine hoch geachtete Frau namens Sarah den Dolch ihres Vaters ins Herz. Die Gewappneten des Erzbischofs retteten die meisten Juden, nahmen einige der Mörder und Plünderer gefangen und hackten ihnen die Hände ab; einige köpfte man ohne viel Federlesens.

»Das ist die Botschaft des bischöflichen Schreibers aus Worms.« Neidhart zog das nächste Pergament vom Stapel und reichte es dem Bischof.

In Worms, wo Emicho und sein Tross, vom Gedanken an Beute erhitzter Trupp, am 18. Tag des Weidemonds einritten, ließ er das Gerücht ausstreuen, die Juden hätten die Brunnen durch eine faulende Christenleiche vergiftet. Der Pöbel, der diese Verleumdung allzu gern glaubte, stürmte das jüdische Viertel. Auch hier öffnete der Bischof dem Rabbiner Daniel Gildermann und den flüchtenden Juden die Tore seines Palasts, verteidigte das Bauwerk, aber Emicho und seine Schnapphähne sprengten am 20. Tag des Weidemonds die Tore, stürmten die Bischofsresidenz und töteten mehr als achthundert Juden in einem blutigen Massaker innerhalb der scheinbar sicheren Zuflucht.

»Und hier: Kunde aus Mainz.« Mit mühsam erzwungener Ruhe rollte Erzbischof Herrmann das Pergament zusammen, wickelte ein Band darum und griff nach dem nächsten Blatt.

Als Emicho und sein wüster Haufe, mit goldenem Raubgut wohl versehen, noch immer beutegeil, am 25. Tag des Weidemonds Mainz erreichten, waren ihm auf Befehl des Erzbischofs Rothard von Hartesberg die Stadttore verschlossen. Aber innerhalb der Mauern zettelten Emichos Anhänger Ausschreitungen gegen Juden an. Während der Kämpfe wurde ein Christ getötet. Daraufhin öffneten am 26. aufgestachelte Freunde des Emicho die Stadttore; die Juden suchten Schutz in der Synagoge, sandten zweihundert Mark Silber an die weltlichen Herren der Stadt und erwirkten gegen sieben Pfund Gold von Emicho das Versprechen, sie zu verschonen. Vergebens. Emicho und die zwei rotbärtigen Riesen von Melun griffen Rothards Palast an. Der Erzbischof und sein Gefolge flohen, zu Tode erschreckt von der wahnhaften Wildheit der Räuber, aus dem Palast, den Emicho einnahm, plünderte und alsbald anzündete. Die Insassen flüchteten aus den brennenden Mauern und Dachstühlen. Einige Juden schworen ihrem Glauben ab und retteten sich und ihre Familien, alle anderen wurden während eines Gemetzels, das achtundvierzig Stunden dauerte, umgebracht. Viele Juden nahmen sich das Leben, ein reicher Händler zündete, auf dass sie nicht entweiht werde, die Synagoge von Mainz an und entleibte seine Familie und sich selbst.

»Aus Rüdesheim kam dieses Schreiben.« Neidhart kannte den genauen Inhalt der meisten Berichte. Zwischen Ostern und dem Fest Mariä Himmelfahrt hatten sich Hass, Neid, Missgunst und schwarze Rohheit ausgetobt. Die Opfer, ausnahmslos Juden, galten als Mörder des Herrn, aber es war Frevel, sie zu berauben, zu töten und mit Gewalt zu taufen. Aber nur die Juden durften Geld verleihen, und am höchsten waren die Ritter bei ihnen verschuldet.

Oberrabbiner Abraham Kalonymos und ein halbes Hundert seiner Begleiter retteten sich nach Rüdesheim und baten den Erzbischof um Asyl. Als dieser versuchte, die Juden zu bekehren, stürzte sich der Rabbi, aufgebracht vor Verzweiflung, mit einem Messer auf den Gastgeber, was ihn und seinen Anhang bald das Leben kostete. Schweigend las der Bischof von den Gräueln.

»Als Emicho zu uns nach Köln weiterzog, hat man in Worms, Mainz und Rüdesheim viel mehr als tausend tote Juden gefunden. Vom geraubten Besitz sprach niemand, noch wurde er je gezählt oder geschätzt«, sagte Neidhart.

Bischof Herrmann nickte schwer.

»Nichts ist schneller als der Bote des Unheils«, sagte Herr Neidhart, als er die Nachricht über die Ereignisse zu Rüdesheim aufblätterte. »Den Heuschrecken des Peter von Amiens folgen nunmehr die Mörderfreunde des Emicho von Leiningen!«

Herr Neidhart und einige seiner weniger furchtsamen Confratres hatten, erschreckt von so viel ungezügelter Gewalt, einige Szenen in den rauchdurchzogenen Gassen des nächtlichen Köln miterlebt. Am Pfingstsonntag brannten Emichos rot bekreuzte Gefolgsleute die Synagoge nieder und verstreuten lachend die zerrissenen Thorarollen in den Straßen. Neidhart hatte alles mit angesehen. Durch die Gasse hallte das Geschrei eines in der Stadt verbliebenen jüdischen Paares, das sich weigerte, seinem Glauben abzuschwören. Als die Vorderfront der Synagoge mit knisternden Flammen brannte, stützte sich Emicho auf das Sattelhorn. Seine Blicke folgten den Flammen und dem Rauch, die aus den geborstenen Fenstern quollen; in seinen Augen irrlichterte es. »Gott spricht zu uns durch das Feuer. Wo es gebrannt hat, ist alles gereinigt.« Er sog den Brandgeruch genussvoll ein. »Unser Werk ist gottgefällig. Aber hier ist es beendet.«

»Setzen wir es also an anderen Orten fort.« Wilhelm de Melun an Emichos Seite wendete sein Pferd. Aus der Luft senkten sich große Rußflocken. »Unser Weg führt nach Ungarn.«

»Der größte Teil des Heeres wird mir folgen.« Emicho lauschte auf das Gelächter und die Schreie in den Gassen hinter der Synagoge. Seine Männer, denen der Pöbel Kölns half, erschlugen das jüdische Paar. »Morgen geht's mit frohem Sinn am Main entlang.«

Er ruckte am Zügel, setzte die Sporen ein und folgte dem »Zimmermann«.

Am nächsten Tag ritt Graf Emicho mit dem größten Teil des Heeres mainaufwärts auf Ungarn zu. Neidhart wusste, was Erzbischof Herrmann über Juden und Christen dachte. Er selbst hatte mit den Verängstigten in Herrmanns Pfalz geredet und sie zu beruhigen versucht. Murmelnd las der Erzbischof vor:

Aber die Hälfte seiner Truppen hatte zuvor geschworen, das Rheintal von den Nachkommen jener, die unseren Herrn gekreuzigt hatten, zu reinigen. Vom Haufen des Heeres abgetrennt, kamen sie am 1. Tag des Brachmonds zu Trier an und sahen erstaunt und ungläubig lachend zu, wie sich Juden vor Angst gegenseitig niederstachen und, mit Steinen beschwert, von der Römerbrücke sprangen und sich in der Mosel ertränkten, obwohl auch in Trier Erzbischof Egilbert ihnen Unterschlupf in seinem Palast gewährt hatte. Die Priester, welche Schande!, griffen nicht ein; sie baten nicht einmal um Gnade für die Brüder im mosaischen Glauben.

In Metz erschlugen sie zwei Dutzend Juden und beraubten sie. Sie ritten abermals nach Köln, wo der Erzbischof indessen jeden um sich versammelte, der Waffen trug. Dort wollte sich der Heerhaufe den Rittern um Emicho von Leiningen anschließen, aber da dieser längst andernorts wütete, mordeten sie in den letzten Tagen des Brachmonds viele Juden in Neuss, Althenar, Wevelinghoven, Aldenhoven, Eller und Xanten, in Moers, Dortmund und Kerpen. Danach waren sie's zufrieden und zerstreuten sich. Einige kehrten heim. Die meisten ritten zum Heer des Gottfried oder Godefroi von Bouillon, das sich zum Weg nach Konstantinopel zu sammeln begann.

»Auch haben wir Kunde aus dem fernen Prag«, murmelte Neidhart und leerte seinen Becher. »Volkmar und Gottschalk haben dorten und in Regensburg gewütet. Danach …«

Volkmar und sein Heer, nach den erfolgreichen Pogromen inzwischen in Böhmen angelangt, vernahmen die Kunde von den Heldentaten dessen von Leiningen, und sie fingen an, trotz der mutigen Gegenwehr des Bischofs Kosmas, die Reichen der jüdischen Gemeinde zu Prag zu berauben, ihre Frauen und Töchter zu schänden, Männer, Frauen und Kinder zu töten. Als sie, denen die Juden in Massen zum Opfer gefallen waren, endlich beutesatt waren, marschierten sie zur Grenze Ungarns und überschritten sie; das Geld für die lange Reise hatten sie den Juden geraubt.

Gottschalk und der entfesselte Zug der bewaffneten Pilger waren durch Bayern gewandert, trafen vor Regensburg ein und sickerten über die Brücke und durch die Tore in die Stadt ein. Ihr festes Vorhaben war, die Juden Regensburgs umzubringen. Dies gelang ihnen zwar nicht, und so blieben sie unzufrieden, weil man sie zum Weiterziehen zwang; einige Tage danach kamen sie bei Mosony zur Grenze Ungarns. Vor ihnen, erfuhren sie von schwer bewaffneten Grenzwächtern, waren an anderen Stellen der Grenze schon andere, ähnlich wie sie, ins Land hereingelassen worden.

»Und nun die letzte Botschaft«, sagte Neidhart in das lastende Schweigen hinein. »In seine ›Chronica regia Coloniensis‹ wird er's hineinschreiben, hat er uns gesagt. Von Rabbi Salomo bar Simeon. Hier, lest, Herr Erzbischof:«

Emicho, der Feind aller Juden – mögen seine Gebeine in eiserner Mühle zermalmt werden –, war der schlimmste aller Bedränger, der weder Greis noch Jungfrau schonte und nicht für Kind noch Säugling noch Kranke hatte Erbarmen, der das Volk Gottes zertrat wie Staub, der die Jünglinge schlug mit dem Schwerte und schlitzte schwangere

Frauen auf. Und die Frauen gürteten mit Kraft ihre Lenden und schlachteten ihre Söhne und Töchter und dann sich selbst; viele Männer stärkten sich und schlachteten ihre Frauen, ihre Kinder und ihr Gesinde; die zarte und weichliche Mutter schlachtete ihr Lieblingskind; alle erhoben sich, Mann wie Frau, und schlachteten einer den anderen. Die frommen Frauen boten eine der anderen den Hals dar zur Opferung für die Einheit des göttlichen Namens. Der Mann wurde geschlachtet von seinem Sohn oder Bruder, der Bruder von seiner Schwester, die Frau von ihrem Sohn oder ihrer Tochter, der Bräutigam von seiner Braut, der Verlobte von seiner Verlobten –, einer schlachtete, der andere wurde geschlachtet, bis Blut zu Blut zusammenfloss und sich vermischte; sie wurden geschlachtet um der Einheit des herrlichen und furchtbaren göttlichen Namens willen. Warum verdunkelte sich nicht der Himmel, warum zogen die Sterne ihren Lichtglanz nicht ein, und Sonne und Mond, warum verfinsterten sie sich nicht an ihrem Gewölbe, als an einem Tag, dem dritten des Siwan (d. i. der 25. Mai der Christen) tausendeinhundert heilige Personen ermordet und hingeschlachtet wurden, so viele Kleine und Säuglinge, die noch nicht gefrevelt und gesündigt, so viele arme und unschuldige Seelen! Willst du hierbei an dich halten, Ewiger?

Erzbischof Herrmann ließ das Pergament sinken und stützte seine Ellbogen schwer auf den Tisch. Schweigend starrte er die fleckigen Schreibblätter an. Nach einer Weile sagte er, ohne Neidhart anzusehen:

»Ob dieser Morde und Missetaten wird Gott strafen. Wir beten, dass er nicht uns straft; wir haben getan, was wir konnten. Der Aderlass unter den Juden war groß – wir können nur auf Seine Gnade hoffen, dass er unsere christlichen Heere verschont.«

Er stand auf und verließ in düsterem Schweigen, mit langsamen Schritten, das Refektorium.

Kapitel VIII

A. D. 1096, 6. Tag des Erntemonds (August), frühmorgens
Konstantinopel, Sankt-Georgs-Arm, offenes Wasser

»Wir sind in das Land gekommen, dahin ihr uns sandtet, darin Milch und Honig fließen, und das ist seine Frucht.«
(4. Mose 13,27)

»Auch in einem Land, das wir nicht kennen, hilft uns das Vertrauen in Gottes Willen!«, sagte Peter der Eremit, rülpste und betrachtete mit hochgezogenen Brauen das kostbare Zaumzeug des Esels; eines der vielen unnützen Geschenke des Basileus. Er würde es eines Tages gegen Nahrungsmittel oder ein paar Fässer Wein tauschen. Die ledergebundene Bibel mit goldenen Schließen aber, in der er nur einzelne Wörter zu lesen vermochte, schlug er in sauberes Tuch ein und schob sie in die Satteltasche.

Fünf lange Tage, nachdem »Kukupetros« – wie ihn Anna Komnena genannt hatte, der »kleine Petrus« – und seine Getreuen die zweihundert Hyperpyrone, die von Kaiser Alexios neu eingeführten Goldmünzen, und die Scheffel voller Tetarterone, Goldmünzen minderen Wertes, und kelchförmiger Trachis aus Elektron, einer mit Kupfer versetzten Gold-Silber-Legierung, in Empfang genommen hatten, ruhten sich die meisten Pilger aus.

Fünf Tage aber waren eine zu lange Zeit für Walter Sans-Avoir, Reinhold von Breis, Gottfried Burel, Walter von Breteuil und ihresgleichen. Die Grafen und ihre Kriegsknechte, die schon seit

Tagen im Norden der Stadt durch das Land streiften, überfielen einzelne Gehöfte, Dörfer und die Gutshöfe der Reichen, stahlen, was sie tragen konnten, und ritten davon. Die Waräger-Söldner kamen meist zu spät und konnten die Plünderungen nicht verhindern. Auch Pilger beteiligten sich an den Überfällen. Rutgar ritt hin und her, beobachtete schweigend alles und berichtete Peter, was er gesehen hatte.

Die Klagen im Palast wurden lauter und zahlreicher. Kaiser Alexios, der darauf wartete, dass sich seine Flotte vollzählig versammelte, schickte seine Petschenegen und Waräger-Söldner zum Schutz der Paläste aus. Die Ritter vermieden diese Fallen und plünderten Kirchen; ein Gerücht breitete sich aus, dass sie selbst das Blei von den Dächern gestohlen, eingeschmolzen an die Basarhändler verkauft haben sollten – aber Jean-Rutgar hatte nicht einen einzigen Bleibarren gesehen. Als Peter davon erfuhr, versuchte er den zuchtlosen Teil seines Heeres zur Ordnung zu rufen. Es war vergeblich: Die Ritter gehorchten ihm nicht, weder seinen Gebeten, Vorhaltungen noch dem Versprechen ewiger Qualen in der Hölle.

In der Nacht, in der Archambaud von Vendeuille aus Walter Sinehaberes Heerhaufen wimmernd im Fieberschlaf starb, ertönten Trompetensignale. Am Rand des Lagers der Franken tauchten Reiter mit lodernden Fackeln auf, deren blakende Flammen lange Funken- und Rauchspuren hinter sich herzogen. Es wurden der Lichter immer mehr; die Pilger erkannten, dass waffenstarrende Petschenegen die Fackeln schwenkten. Die kehligen Rufe gellten durch die Lagergassen.

Jean-Rutgar war vorbereitet. Er und der Prediger warteten vor der Hütte. Roger, der Sohn des französischen Gesandten Dagobert, zügelte sein Pferd vor den Resten des Lagerfeuers. Er trug einen Turbanhelm, eine Art spitzen Metallkessel über einem breiten Stoffwulst. Über seine Schulter ragte der Griff des Schwertes. Er winkte Peter und Rutgar und rief: »Seine Erhabenheit, Kaiser Alexios, will, dass die Fremden sich sammeln und aufbrechen. Wir geleiten euch zu den Schiffen.«

Zu Rutgar sagte er nicht weniger schroff:

»Haltet euch an die Befehle des Kaisers. Ihr dürft nie länger als drei Tage an einer Stelle rasten! Ihr sollt das Land des Kaisers nicht verwüsten! Für euch wird gesorgt werden – bei Sonnenaufgang sollt ihr auf dem Weg zum Hafen sein.«

Rutgar nickte. Dem verschlafenen Gesicht des Predigers war nicht anzumerken, ob er glücklich darüber war, seinen Pilgerzug wieder auf den Weg nach Jerusalem führen zu dürfen.

Die Nachricht verbreitete sich schnell durch die Lagergassen und schreckte viele Schläfer von ihren harten Lagern. Die Pilger sammelten sich und suchten ihre Habseligkeiten zusammen, die Ritter und ihre Trossknechte sattelten mürrisch die Pferde und beluden die Karren mit ihrem Kriegsgerät. Fackeln und Feuer flammten auf und beleuchteten das Durcheinander. Quälend langsam, fast widerwillig, setzten sich stockend weitaus mehr als dreißigtausend Männer jeden Alters, Ritter, Knechte mit ihren Pferden, einige Gespanne, die Grafen hoch im Sattel, Priester, Ordensbrüder und höhergestellte Geistliche mit knurrenden Mägen, Kinder und Frauen in stolpernde Bewegung. Nach und nach schienen alle Glocken Konstantinopels und der Kirchen in sämtlichen Vorstädten zu läuten. Alle Teilnehmer beider Heere begannen den Warägern zu folgen; unausgeschlafen, gähnend und mürrisch, polternd, stoßend, stolpernd und blinzelnd. In der ersten Helligkeit des Morgens, während die Fackeln stinkend zu rauchen begannen, erreichten die Ersten den Hafen.

Peter, die Hand am Zaum des Esels, führte einige Hundert seiner Gläubigen an. Rutgars Gruppe folgte. Im ersten Tageslicht sah er die verwirrende Menge der Fähren, die sich durcheinanderschoben, kleine und große Schiffe und Galeeren, die diesseits der dicken eisernen Kette im Hafen des »Goldenen Horns« lagen oder auf der im Zwielicht scheinbar reglosen Wasserfläche des schmalen Meeresarms warteten, dessen unberechenbare Strömung allen Pilgern als todverheißende Grenze zwischen Europa und Asien geschildert worden war.

Die ineinander- und umeinanderkreiselnden Wellen schienen nur wenige Handbreit hoch zu sein. Schwarze Schlieren durchzogen die unheildräuende Bläue des Wassers. Brüllende Gardisten des Kaisers geleiteten die Pilger auf die Schiffe, die von Nikolas Maurokatakalon, dem Befehlshaber der Flotte, überwacht wurden. Das erste Boot legte ab, das nächste, das dritte, auf dem einige Pferde Platz fanden.

Die mächtige rostrote Eisenkette, die den Nebenarm absperrte, war abgesenkt. Langsam stieg vor ihnen die Sonne auf und ließ die Türme und Mauern Konstantinopels rosenrot erglühen, als die Schiffe, gerudert oder unter Segeln, nach einer Fahrt von weniger als einer Meile das jenseitige Ufer erreichten.

Während der Überfahrt auf einer schwerfälligen Galeere betete Peter trotz seines grauen Antlitzes mit seinen engsten Anhängern. Rutgar auf demselben Schiff, den Arm um den Hals seines Pferdes, begann zu lächeln, als er verstand, dass er und die Pilger unwiderruflich die Grenze zwischen Europa und Asien überschritten und sich dem Herrschaftsgebiet des muslimischen Sultans näherten, der ein unermesslich großes Heer seldschukischer Türken befehligte.

Kaum hatten die Boote und Schiffe nahe der Buchten von Chrysopolis und Chalkedon ihre Fracht geleert, stießen sie wieder ab und bewegten sich in der Strömung zurück nach Konstantinopel. Peter führte seinen Esel einen flachen Hang hinauf, blieb am Rand eines von Dornenranken umwucherten Platzes stehen und sagte zu Rutgar:

»Nun sind wir in einem anderen Teil der Welt.« Er deutete nach Osten. Der Anführer der Waräger hatte ihnen gesagt, dass für das Heer unmittelbar neben der kleinen Stadt Nikomedia, einige Tagesmärsche östlich gelegen, Platz und Proviant vorbereitet worden sei; vielleicht hielt der Basileus sein Wort. »Wir müssen Waffenmeister Archambaud ein würdiges Grab bereiten.«

Rutgar führte den Rappen zur Seite. »Dort drüben, Anbetungswürdiger, graben sie schon. Reiten wir hin.«

Die Knechte des Ritters umstanden das Grab. Peter hielt eine kurze Rede und empfahl die Seele Ritter Archambauds von Vendeuille dem Herrn. Der Leichnam, in weiße Tücher gewickelt, wurde mit Sand bedeckt, und ein kleiner Hügel aus Steinen wölbte sich bald darüber; wieder einmal steckte Peter ein Holzkreuz zwischen kopfgroße Kiesel, stieg in den Sattel und winkte. Manchmal wünschte er sich, sagte er zu Rutgar, als Zeichen seiner Führung ein solches weißes Kreuz über seinen Kopf halten zu dürfen, aber Gott verbot diese Äußerung der Hoffart. Ausgeruht und folgsam trippelte der Esel im Gras neben der breiten Sandspur; rechter Hand erstreckte sich am Fuß eines Felsabsturzes unter weißen Wolken der tiefblaue Meeresarm des heiligen Georg, von den unzähligen Spuren der Schiffe gefurcht, die zwischen den Ufern hin und her fuhren.

Einige Stunden später überholten die Panzerreiter, der Italiener Ritter Rainaldo an der Spitze, gefolgt von Walter Sans-Avoir, den Grafen von Breis und Breteuil und Gottfried Burel, in einer mächtigen Staubwolke den Eremiten und die vordersten Gruppen seiner Leute. Hinter ihnen galoppierten auf leichteren Pferden die Knappen, die Kriegsknechte und einige Dutzende jener Männer, deren Übermut und Eigensinn mit dem Besitz von erbeuteten Waffen und Rüstungen gewachsen waren. Der Weg schlängelte sich an der Küste entlang; in der hitzeflirrenden, unbekannten Ferne des Südens würden sie Nikomedia und die Buchten des Marmarameeres finden.

Jeder Sonnenstrahl war wie eine Nadel aus flüssigem Silber. Die Hitze des Erntemonds trieb aus Blättern, Samenkapseln und der Rinde der hartblättrigen Pflanzen betäubende Gerüche, die mit dem Gestank der Vierzigtausend wetteiferten. Mitunter kam ein feuchtwarmer Hauch vom Meer herauf; diese träge Luft roch nach faulendem Tang, totem Fisch. Möwenkot und nassem Salz. In einer Staubwolke, die zwei Tagesritte weit zu sehen war, wälzte sich das Pilgerheer am Rand des Meeres und am Rand des rhomäischen Landes auf Nikomedia zu, das irgendwo dort liegen musste, wo die Sonne aufging.

Peter auf seinem Esel führte den Zug an. Etliche Schritte hinter ihm saß Rutgar im Sattel. Der Rappe trottete ohne Zügelhilfe dahin; jede schnelle Bewegung kostete Kraft und rief einen Schweißausbruch hervor. Peter drehte sich halb herum und sagte unvermittelt: »Bisher, viele Monde lang, warst du der Zuverlässigste, Rutgar aus der Provençe. Du kannst alles. Seltsame Bräuche pflegst du; unaufhörlich wäschst du dich, entfernst den Bart, schneidest dein Haar. Vielleicht kämpfst du besser als ein Ritter. Woher kommst du wirklich?«

Rutgar, der kurz vor der Überfahrt seinen Kinnbart hatte scheren lassen, war von den Fragen überrascht und trabte schweigend weiter, bis er fast an Peters Seite war. Er antwortete, ohne sonderlich lange nachzudenken.

»Wirklich, Herr Eremit! Aus der Provençe, aus einer Familie, der einst die Burg Beausoleil gehörte. Zerfallen, wie die Familie. Meine Eltern sind tot, mein Vater brennt – nach allem, was ich weiß – zu Recht im Höllenfeuer. Er hat meine Mutter, eine Magd, geschwängert, ein Jahr, bevor er starb. Sie ist bald nach meiner Geburt gestorben. Das weiß ich von anderen; meine Familie hab ich nie richtig kennengelernt, bis auf meinen Halbbruder Thybold.«

Eine Weile lang trabten sie in der kochenden Hitze schweigend nebeneinander. Peter nickte schwer und antwortete: »Es hat dem Herrn gefallen, dich in frühen Jahren schuldlos zu strafen. Vielleicht sollst du die Schuld deines Vaters sühnen. Und wie bist du aufgewachsen?«

Rutgar klopfte den Hals des Rappen. Ein Staubwölkchen wallte auf. »Man hat mich geduldet. Ein Kloster nahm mich später auf, ich befuhr die Rhône, fuhr, stolperte und ritt mit dem Tross von Papst Urban, da war ich siebzehn Jahre alt.«

»War es eine gute oder schlimme Zeit, Jünger Rutgar?«

Rutgar zögerte lange, bevor er antwortete: »Ich bin wild aufgewachsen, in einem Landstrich, der so karg ist wie dieses Land hier. Buschwerk, Steine und Felsenberge. Philbert, ein Mönch, hat mich schreiben und lesen gelehrt. Viel zu essen gab es nicht, aber ich hab nie richtig gehungert. Die Bauern und Handwerker, bei denen ich geschuftet habe, waren gut zu mir. Und auch im Kloster musste ich nicht darben.«

»Also kennst du alle Gebete und alle Heiligen.«

Rutgar lachte verlegen. »Vieles vom gelernten Latein hab ich vergessen. Aber nicht die fünfzehn Monde, die ich bei den Aussätzigen war. Ich hab gelernt, den Kranken zu helfen, ihre Launen zu ertragen, ihren Auswurf von meiner Haut zu waschen – erschrick nicht, Ehrwürdiger: Aber ich habe auch im salzigen Wasser des Meeres gebadet und werde es wieder tun. Ich hab das Schwimmen in der Rhône gelernt.«

Rutgar grinste; nicht allzu fröhlich, wie es Peters Blick auszudrücken schien. Der Eremit nickte schwer. Herkunft, Armut, Krankheiten: Dies war eine Welt, die Peter kannte. Aber freiwillige tägliche Waschungen? Er rülpste, spuckte aus und dachte wohl an einen großen, in Wein und Honig gesottenen Fisch.

»Zur Frömmigkeit, zur Demut im Herrn und zum Kampf für die Unversehrtheit des Heiligen Grabes haben dich die Mönche nicht erzogen?«

»Sie haben's hinreichend versucht.« Rutgars Blicke richteten sich auf die Schiffe, deren Bugwellen und Kielspuren, und auf die seltsamen Muster der Windmarken auf der Meeresoberfläche. »Ich bete leise, singe selten oder nie, aber Gott ist mein Freund. Ein alter Kapellan, ein Born der Klugheit, väterlicher als mein unbekannter Vater, hat mir vieles beigebracht. Reiten lehrten mich Freund und Halbbruder Thybold und Ragenarda; und so manch anderes Schönes und Gutes. Sie hat mich gelehrt, keine Gefahr zu fürchten, sie aber zu umgehen, wenn ich sie erkenne.«

»Viele verschiedene Wesen tummeln sich im Paradies des Herrn«, bestätigte Peter verständnisvoll. »Seine Liebe umfasst auch unbotmäßige Ritter, die von Stehlerei und Raub leben. Und ... Reiten, das Schwert, all das, das hat dich jener ritterliche Halbbruder gelehrt?«

»Wenig gefehlt, Herr Peter«, antwortete Rutgar zögernd. »Mehr als zwei Jahre lang hab ich auf den Booten der Schiffer geschuftet und ein wenig Geld verdient. Ich kann rudern, steuern, segeln und – wirklich! – schwimmen, und auch ... im Kampf überleben. In Les-Baux traf ich Ragenarda.«

»Die Mutter deiner Kinder, Rutgar?«

Rutgar begann schallend zu lachen, hustete und spuckte mit Staub gemischten Speichel ins dürre Gras. Er beruhigte den tänzelnden Rappen und wischte den Schweiß aus dem Gesicht.

»Von Ragenarda und meinen ungeborenen Söhnen erzähl ich Euch ein andermal, Ehrwürdiger. Für derlei Geschichten ist's heute viel zu heiß und staubig.«

Peter nickte verständnisvoll. Hinter ihm ritt ein Dutzend älterer Pilger. Sie waren bewaffnet, besaßen rostige Helme, mit den Kinnriemen am Sattel festgeknüpft, und Teile zerschrammter Rüstungen und verstanden, ebenso mit ihren Waffen wie mit den nachfolgenden Pilgern umzugehen. Sonnenhitze, Staub und schweißtreibende Bewegungen duckten die Menschen zu Boden; niemand sang, kein Pilger betete laut; in einer Stunde kamen sie in dem Land, das ihnen fremd blieb, weniger als zwei Meilen voran.

Dornige Ranken zerrissen die Haut und die Kleider der Wanderer und das Fell der Tiere. In der gnadenlosen Hitze schlief eine Hälfte der Säuglinge an der Mutterbrust, die andere Hälfte schrie und quäkte. Ihre verschwitzten Körper waren voller hochroter Hitzepusteln, weißer Schaum trocknete in ihren Gesichtern. Größere Kinder, die neugeborene Zicklein oder Lämmchen in den Armen trugen, stolperten zwischen den Erwachsenen umher und kamen viel zu oft den steilen Abhängen zu nahe; ihre Mütter riefen sie kreischend zurück in die staubige Prozession.

Zwischen den dahinschlurfenden Gruppen der Pilger trieben Jugendliche kleine Herden: Schafe und, wegen der Milch für die Kleinen, einige magere Ziegen und Kühe. Die halb erwachsenen Kinder hatten sich mit jenen Waffen ausgerüstet, die sie gefunden oder gestohlen hatten oder von den Älteren weggeworfen worden waren. Einige trugen zerbeulte Helme, die sich in der Sonne erhitzt hatten wie Kessel über einem Feuer, die Tiere blökten, meckerten und brüllten unwillig. Ihre Felle starrten vor Schmutz, und sie stanken mehr als die Pilger. In der Staubwolke surrten Hunderttausende goldfarbener Schmeißfliegen, sammelten sich zu Wolken und zerstreuten sich wieder, stürzten sich summend und sirrend auf Mensch und Vieh. Erschöpfte Pilger verließen den Zug, taumelten zur Seite und schliefen im kargen Schatten eines Busches ein; manche starben vor Entkräftung und blieben liegen, bis Geier und andere Aasfresser sich auf die Leichname stürzten.

Schlangen und Skorpione raschelten unsichtbar im Gras und im staubigen Blätterwerk niedriger Büsche. Weit und breit war kein Zeichen menschlicher Besiedlung zu erkennen, nicht einmal Rauchsäulen am heißen Horizont. Wo der Zug hindurchgewandert war, sah es aus wie vor der Erschaffung der Welt.

Peter der Eremit schüttete Wasser aus dem Ziegenbalg in die hohle Hand und versuchte sein Gesicht vom Staub zu reinigen. Seine Augen tränten in der Sonnengrelle, in den Augenwinkeln juckte der Staub, das lauwarme Wasser schmeckte brackig nach Leder. Ein kräftiger Wind, von dem hier oben nichts zu spüren war, füllte die Segel von Booten und Schiffen im Marmarameer. Es war zu heiß zum Singen, Beten und Denken; flüchtig fiel Rutgar auf, wie viele »Ritter« sich inzwischen im Heer tummelten. Ihre Menge schien wunderbarerweise gewachsen zu sein. Aber es gab einfachere Erklärungen hierfür.

»O Herr Jesus«, murmelte Peter zu sich und nahm einen zweiten Schluck. »Deine Prüfungen sind furchtbar. Aber der Ablass unserer Sündenstrafen wiegt schwerer als ein paar Meilen im Staub.«

Längst, spätestens seit Köln, wusste Rutgar, dass Mörder, Meineidige, Ehebrecher und Räuber, Schuldige und Unschuldige mit dem Eremiten und ihm wanderten, als könnten sie ihre Missetaten weit hinter sich zurücklassen. Auch sie wollten nichts anderes als ihr Seelenheil, den inneren Frieden und die Möglichkeit zu überleben; dafür nahmen sie alle Entbehrungen auf sich. Für die Stunde, in der ihr Traum Wirklichkeit werde, kämpften sie und krabbelten wie Ameisen über die versengte, scharfkantige Kruste des Türkenlandes.

Viele Männer hatten in den Kämpfen Pferde erbeutet, mitunter samt Sattel, Zaumzeug und gefüllten Satteltaschen. Auf der langen Reise mit ihren Kämpfen waren ihnen einige Rüstungen, Kettenhemden und Waffen aller Art in die Hände gefallen; dies galt auch für Rutgar.

Er trug sein Schwert auf dem Rücken, hatte den Helm am Sattelknauf festgebunden und hielt sein Kettenhemd ebenso wie die geschenkten silbernen Sporen und das kostbare Silberzaumzeug versteckt. Er wollte nicht, dass ihn die Pilger in Waffen sahen; inzwischen zählten die Bewaffneten im Pilgerheer viele Tausend Köpfe. Sie scharten sich um Fulk »Foucher« von Orléans, Hugo von Tübingen oder Walter von Teck, oder sie gehorchten einem der anderen Grafen. Etwa zwei Dutzend Ritter befanden sich nun in Peters Gefolge und bildeten innerhalb des Pilgerzugs eine eigene Gruppe. Peter winkte Rutgar, schloss gottergeben die Augen, lenkte den Esel zur Seite, stieg ab und tränkte das Tier, dessen Mähne nur noch zwei Fingerbreit maß – weil die Gläubigen dem Grautier immer wieder, trotz Peters Verboten, die »heiligen Haare« ausrissen, hatten Rutgar und Peters Getreue die Mähne gestutzt und den Schweif ausgekämmt.

Einige Karren, von hochohrigen Maultieren mit räudigem Fell gezogen, rumpelten an Rutgar und Peter vorbei. Auf einem gut genährten Rappen saß ein schlanker Mann, in dunkelbraunes Leder gekleidet, kerzengerade im Sattel und vermied den Staub, den die Pilger aufwirbelten. Weder Rutgar noch einer der Ritter kannte den Fremden. Rutgar blickte ihm nach, bis er hinter dem Buschwerk verschwand. Auch der Fremde trug ein Schwert; er hatte es ebenso wie Rutgar auf den Rücken geschnallt, mit dem Griff schräg über der rechten Schulter. Der Reiter wirkte auf Rutgar, als sei er Sieger in vielen Kämpfen geblieben, und seinen hellen Augen entging nichts davon, was rings um ihn geschah. Eine auffallende Gestalt, sagte sich Rutgar. Wahrscheinlich ein Waräger, Vertrauter des Kaisers, der ihm berichten sollte, ob sich die Pilger und Ritter friedlich verhielten.

»Wer ist das?«, sagte Peter zu Rutgar.

Dieser zuckte mit den Schultern. »Ich weiß es nicht. Er reitet erst seit der Landung in unserem Zug.«

Ein Karren, von zwei mageren Ochsen gezogen, knarrte schwankend vorbei.

»Segne uns, Kukupetros!«, schrie eine der alten Huren. Sie war, wie die anderen Hübschlerinnen, schweißübergossen und bot die verwelkte Haut der Sonne dar. Einige Kranke lagen zwischen ihnen im Stroh des Karrens. Peter senkte die Augen und entsprach schweigend ihrer Bitte.

Hochbeladene Esel trippelten in langer Linie über den Pfad. Ihre knochigen Körper verschwanden fast unter den Heubüscheln und Strohbündeln ihrer Traglasten. Staub wallte auf und verhüllte uralte Gebäudereste, durch die der Weg führte: moosüberwucherte Reste von Quadermauern, gestürzte und geborstene Säulen mit unlesbaren Schriftzeichen und verwitterte Ornamente aus gemeißeltem Stein, um die sich Beerenranken schlangen. Sie schienen aus einer Zeit zu stammen, die lange vor der Besetzung durch die Türken lag.

Rutgar hob den Kopf und sah sich um.

Er erkannte, vielleicht eine Meile weit entfernt, auf einem baumlosen Hügel die Ritter und deren Knechte, die vorausgeritten waren. Sie hatten angehalten und schienen das Ziel sehen zu können. Peter hustete im Staub, verteilte abermals Wasser über sein Gesicht und stieg ächzend in den heißen Sattel.

»Gott will es«, sagte er. »Wenn er die Hand über uns hält, wird es uns an nichts mangeln.«

Wieder knirschten die Felgen einiger Karren auf dem Sand und über splitterndes Geröll. Die Hufe der Maultiere klirrten auf den Steinen. Weit und breit gab es keinen Schatten. Die Tiere und die Menschen schleppten sich weiter, und da Peters Esel neben Rutgars Rappen eines der kräftigsten Reittiere zu sein schien, dauerte es nur eine Stunde, bis Peter wieder an der Spitze des Zugs ritt, außerhalb der ätzenden Staubwolken. Der Pfad senkte sich in ein Tal, wand sich auf dem gegenüberliegenden Hang wieder aufwärts, überquerte eine felsige Ebene und führte in ein wasserloses Bachbett voller Geröll und kopfgroßer Kiesel.

Einige Pfeiler und zwei Bögen einer Brücke aus seltsam glattem weißem Stein, vor Urzeiten zusammengebrochen, waren die einzigen Beweise dafür, dass hier einst Menschen gelebt hatten. Über dem Zug, der drei Meilen lang sein mochte und sich immer weiter auseinanderzog, kreisten Geier und Milane.

Die Sonne schien am Himmel stillzustehen, trotzdem schwanden die Stunden dahin. Walter der Habenichts und Walter von Breteuil kamen zurück und schwenkten ihre Lanzen. In das Fell ihrer Pferde, über und über voller Staub, hatten die Schweißbahnen bizarre Muster eingefressen.

»Noch drei Stunden!«, rief Graf Walter. »Ein Lagerplatz mit Wasser.«

»Ist es schon die Stadt Nikomedia, die auf uns Pilger wartet?«, rief Peter zurück. Seine Stimme war rau wie Sandstein. Graf Walter schüttelte den Kopf. Seine Haut war ebenso rot gebrannt wie die Gesichter und Körper aller anderen. Er warf einen neidischen Blick auf ein Schiff, das lautlos in östliche Richtung durch die Wellen stampfte.

»Nein. Von einer Stadt haben wir nichts gesehen. Aber der Platz taugt uns. Schatten und Wasser!«

»Deo gratias«, sagte Peter und bekreuzigte sich. »Wir sind nicht zum Sterben hierhergewandert.«

Die Nachricht der Vorausreitenden, einen kühlen, wasserreichen Platz gefunden zu haben, setzte sich langsam, murmelnd, anschwellend, hoffnungsvoll, zum Ende des Heerzugs fort, der sich unaufhaltsam durch Hitze, Staub und Fliegenschwärme weiterschob.

Angeblich, so hatten Kaiser Alexios' Waräger-Anführer gesagt, war dieses Grenzland voller Dörfer, in denen Christen lebten. Aber weder Nikomedia, Helenopolis, Kibotos, die Festungsstadt Nikaia noch eine andere Siedlung waren auch nur von fern zu erspähen gewesen. Aber in Nikomedia, einer Siedlung ohne Bewohner – oder schon in Helenopolis –, warteten Proviant und Wein, die der Kaiser geschickt hatte!

Rutgar hielt nach dem Fremden Ausschau. Er schien in der Menge verschwunden zu sein. Dann betrachtete er Peter, der die hornigen Fersen gegen den Bauch des Esels klopfte und, im Takt der Hufe, mit geschlossenen Augen sicherlich von kühlem Schatten, kaltem Wasser und einem langen Schlaf zu träumen begann.

Er schlief nicht wirklich, sondern hielt sich auf dem Rücken des unermüdlich trippelnden Esels fest. Rutgars Gegenwart schien ihn zu beruhigen. Das Geschrei seiner Begleiter schreckte ihn in dem Augenblick auf, als der Weg nach vorn zu kippen schien. Peter riss die Augen auf und zerrte am Zügel, dann machten er und seine Begleitung sich an den Abstieg.

Unter ihnen erstreckte sich im ersten Abendschatten ein ausgedehntes ebenes Tal, von großen Bäumen mit dichten grünen Kronen bestanden. Dazwischen blitzten Sonnenstrahlen auf einem Wasserlauf, der an einigen Stellen zu kleinen Tümpeln aufgestaut schien. Graf Walter winkte vom Ende des Pfades.

»Genug Wasser für alle!«, rief er. »Der Herr hat's geschickt. Und saftiges Gras für das Viehzeug!«

Die Pferde einiger Ritter waren schon abgesattelt, zur Tränke geführt und gestriegelt worden. Sie weideten unterhalb einer Felswand, die das Tal abschloss. Die Spitze des Pilgerzugs erreichte den Rand der Hochfläche, und plötzlich war alle Ordnung dahin.

Die Menschen begannen zu stolpern und zu rennen und

ließen ihre Traglasten fallen. Zwischen ihnen sprangen und hüpften die kleinen Herden den Hang hinunter. Die Zugtiere rissen an den Gespannen und konnten kaum gebändigt werden. Peter sah die Sturzflut seiner Anhänger heranrennen, sah Rutgar, der sie zur Seite lenkte, und ritt nach rechts, den Bach aufwärts, um nicht überrannt zu werden. Ein gewaltiges Schreien und Lärmen breitete sich aus und hallte von den Felswänden wider, die an drei Seiten das Tal absperrten. Peter und seine Männer hielten an, als sie das Bachbett voller übermannshohem Geröll erreicht hatten, in dessen Mitte das Wasser sprudelte.

Hinter ihnen stürzten sich Tausende, miteinander um einen Platz kämpfend, auf die kleinen Seen. Die Knechte der Ritter hatten mit Steinen und losgerissenen Ästen das Wasser zusätzlich gestaut, sodass es schien, es gäbe genug frisches Wasser für jeden. Die Karren rumpelten durch das Gras, die Räder walzten über alles, was in ihrem Weg kniete oder lag, die Zugtiere waren nicht mehr zu halten. Wenige Atemzüge später hatte sich das Tal gefüllt, und es sah aus, als ob Tausende mit verbissener Wut gegeneinander kämpften, und schon kurze Zeit danach war das kostbare Wasser voll aufgewühltem Schmutz.

Aus dieser unansehnlichen Brühe tranken die Menschen, versuchten ihre Gesichter zu waschen, rempelten triefend die Nachbarn an, und die Tiere drängten sich zwischen ihnen hindurch und tauchten die Köpfe in die schlammigen Pfützen.

»Gott schütze sie«, sagte Peter leise. Der Rand des Bachbettes war für ihn und Rutgar wie ein Schutzwall vor dem Gewühl der Halbverdursteten. »Sie fügen sich selbst Übles zu und vergessen alle Nächstenliebe.«

Er hob den Sattel vom schweißnassen Rücken des Esels, löste den Zaum und sah zu, wie das Tier sich einen Weg durch die klappernden Kiesel suchte. Unter einem Baum, der dicht neben dem Abhang wurzelte, schlug der Eremit sein Lager auf.

Dann erst stolperte er zum Wasser, trank sich satt und füllte den Ziegenbalg, nachdem er ihn gründlich ausgewaschen hatte.

Je mehr Menschen getrunken hatten und in den Schatten wankten, desto ruhiger und enger wurde es. Schließlich füllte die Menschenmenge das Tal, und die Ersten fingen an, Äste von den Bäumen zu schlagen.

Rutgar führte den Rappen zum Wasser, nahm die Trense aus dem Maul und schöpfte, während das Tier trank, Wasser über dessen Hals und Kopf. Als der Rappe an den Blättern eines Busches zu rupfen begann, sattelte er das Tier ab. Erst dann mischte Rutgar für sich und den Prediger heißen, sauer gewordenen Wein mit kaltem Wasser und schnitt ein drei Finger breites Stück vom getrockneten Fisch ab. Käfer und Bienen summten an der überwucherten Felswand, die Baumkronen färbten sich im Abendschatten goldrot.

Peter hockte auf seinem Sattel, neben Rutgar, der den umgedrehten Sattel und die gewaschene Satteldecke zum Trocknen ausgebreitet hatte, und sah eine Weile lang, am Fisch kauend, dem Esel beim Fressen zu.

»Wieder einmal«, sagte er leise, »hab ich auf Gott vertraut, und Gott hat mich und die Meinen zum Wasser und in den Schatten geführt.«

Er klagte Rutgar seine Beschwerden: Der fiebrige Schmerz, der seit Stunden in seinem Schädel pochte, wich langsam. Als Rutgar einen unversehrten Krug Wein öffnete, mischte Peter nur wenig Wasser in seinen vollen Becher und genoss den Wein, als sei es das Blut des Herrn.

Das Tal versank in frühnächtlicher Dunkelheit. Einige Fackeln und Feuer brannten. Das Reden und Hantieren der vielen Tausend wurde zu einem dumpfen Brummen und Brausen, und noch mehr vereinzelte Lichter erschienen. Das Wissen, dass das Heer noch innerhalb der Kriegsmacht Konstantinopels lagerte, ließ auch Peter den Eremiten bald in einen tiefen

Schlaf fallen. Rutgar saß vor der Glut des Feuerchens auf seinem gefalteten Mantel, dachte an den ledergekleideten Unbekannten mit den großen Satteltaschen und spürte, wie die Tageshitze aus dem Tal wich.

Er streckte sich aus, verschränkte die Hände im Nacken und kniff seine schmerzenden Muskeln. Der Schwertgriff und die Scheide neben Rutgars Lager bildeten auf den Kieseln ein Kreuz. Über dem Tal strahlten die Sterne über dem fremden Land unnatürlich hell. Rutgar starrte sie eine Weile lang an, in matten Gedanken versunken, und merkte nicht, wie er einschlief.

Irgendwann, um Mitternacht, wachte er auf und hörte in der Finsternis nichts anderes als das Plätschern des Wassers und die Geräusche der gewaltigen Menschenmenge. Er erinnerte sich an seinen Traum; einen Wirbel aus Gestalten, Bewegungen und Worten:

»Im Namen Allahs, des Allerbarmenden«, berichtete der erschöpfte Spion des Sultans Kilidsch Arslan ibn-Süleiman vor dessen Thron, »der Haufen jenes betrunkenen Derwischs, den die Ungläubigen Peter den Eremiten nennen und der auf einem Esel reitet, ist beim Kaiser der Rum eingetroffen, so wie wir es erwartet haben, edler Sultan. Sein großes Gefolge armseliger Kreaturen hat sich mit dem Gefolge desjenigen Mannes zusammengetan, der sich selbst Habenichts nennt. Diesem Giaur, den Allah mit Aussatz schlagen möge, folgen mehr Wegelagerer als ausgebildete Söldner. Es sind ausnahmslos große Räuber, die meisterlich plündern, schänden und mordbrennen können.«

Der Sultan, der auf einem edelsteinfunkelnden Thron inmitten marmorner Löwen, Adler und goldener Statuen kauerte, wirbelte ein blitzendes Krummschwert über seinem Kopf und spie Flammen und Rauch. Der Spion warf sich vor die Stufen des Throns und rief mit trillerndem Klagegeheul:

»Weil sie auch in des Kaisers Stadt stehlen und plündern, will der

Kaiser sie so schnell wie möglich in unser Land schicken, statt sie an Ort und Stelle für ihre Taten zu strafen! Der kaiserliche Hofmeister hat seinem Herrn berichtet – hier, o Sultan, ist die Abschrift deines unwürdigen Spähers vom Pergament eines schreibkundigen Ungläubigen namens Rutgar! –, wie groß die Schäden sind. Auch die Namen mancher Übeltäter findest du auf dem Pergament: Der Eremit und der Habenichts, dazu die Anführer der Ungläubigen: Burel, Breteuil, Rainald der Beutelschneider, Hugo Thüringen, Heinrich Schwarzenberg, Walter Teck; allesamt, sagt man, sind sie Sheiks der Ungläubigen, Grafen also, auch die beiden Räuber, Grafensöhne von Zimmern, Brandis, Wilhelm Poissy, viele Söhne jener Effendis, die auf dem langen Weg aus den Ländern der Ungläubigen viele der Ihren verloren haben. Allah in seiner unermesslichen Weisheit wird sie gerichtet haben, so wie er es auch mit jenem Gesindel tun wird, wenn es seine stinkenden Füße auf den geweihten Boden des Propheten setzt ...«

Rutgar setzte sich mit einem Ruck auf. Die Flammen des Traumbilds zerstoben, die Farben wichen der Schwärze, und er kehrte langsam, die bitteren Traumbilder verkostend und vergessend, in die Gegenwart der Nacht zurück. Er schob einen Ast in die Glut und wartete, bis das dürre Holz Feuer fing; am Ende der Schlucht sah er die Flammen zweier blakender Fackeln.

Ein weiteres wunderbares Zeichen des Allmächtigen, dachte Rutgar. Das Licht, das die Sonne mit blitzender Schärfe auf das fremde Land herunterstrahlte, war anders, heller oder weißer als im Norden. Selbst die harten Schatten erinnerten ihn an seine Heimat, ebenso die Gerüche, die das dornige Buschwerk verströmte. Nachts lag sternflirrende Finsternis über den Pilgern, und unbekannte Bilder aus strahlenden Himmelslichtern, durch die der Mond wanderte, erschreckten die Menschen. Die Milchstraße leuchtete wie ein funkelnder Strom, an dessen

Ufer, jenseits des Horizonts, das ersehnte Jerusalem lag. Die Nächte waren wolkenlos; von Tag zu Tag nahm die Sorge zu, in der Fremde zu sterben oder verloren zu gehen.

Das leere Land schien die tausendköpfige Menschenmenge geschluckt zu haben, ohne dass sie Spuren hinterlassen hatte. So schien es auf den ersten Blick, aber es war nicht schwer, entlang der Küste bedenkliche Zeichen der Zehntausenden zu finden. Als die Pilger das Tal verließen, hatten sie völlige Verwüstung hinterlassen; alle Fliegen, Asseln, Mücken und Käfer südlich Konstantinopels wimmelten zwischen dem Unrat, auf dem von Urin und Kot gesättigten Boden, in der Asche der Feuerstellen und auf den achtlos liegen gelassenen Häuten der Schlachttiere. Einige Gräber waren aufgeworfen und trugen Aststücke als Kreuze. Die Schafe, Ziegen, Maultiere, Esel und Pferde hatten jeden Grashalm gefressen; die Steinwälle der Tümpel waren eingerissen, das Wasser des Bächleins floss wieder kalt und klar. Nach wenigen Tagen hatten die Menschen, nur um ihren Hunger zu stillen, ein großes Stück Land leer gefressen, samt der Blätter und der Rinde an den Bäumen; diese Bilder vor Augen fühlten sich Ritter und Knappen aufgefordert, die Dörfer zu plündern.

Kapitel IX

A. D. 1096, ein Tag im Erntemond (August),
in der Mittagssonne
Nikomedia und Civetot, im Grenzland der Seldschuken

»Er wird die Heiden, seine Verfolger, fressen und ihre Gebeine zermalmen und mit seinen Pfeilen zerschmettern.«
(4. Mose 24,8)

Asien. *Terra incognita.* Die Pilger waren im unbekannten Grenzland, in heidnischem Land. Während sich der Pilgerzug entlang der schmalen Bucht dem Sonnenaufgang entgegenschleppte, erfuhr Peter der Eremit von einem seiner Begleiter, der neben ihm an der Spitze ritt, was es mit dem Ort Nikomedia auf sich hatte. Der junge Mann berichtete, was man ihm in Konstantinopel erzählt hatte: Vor fünfzehn Jahren hatten türkisch-seldschukische Truppen die Siedlung überfallen und ausgeraubt. Seit diesem Überfall lag Nikomedia am Golf gleichen Namens verlassen inmitten verwahrloster Felder und verkrauteter Äcker. Nur wenige Ölbäume trugen schwer an ihren prallen grünen Früchten. Schon am Morgen hatten sich drei Gruppen vom Zug gelöst. Konrad und Albert von Zimmern führten die Bewaffneten an, der dritte Trupp ritt mit Graf Rudolf von Brandis und dem hageren Walter von Teck. Sie waren in vollem Galopp verschwunden, ehe Peter sie zurückhalten konnte.

»Was soll das werden?«, fragte er Walter Sans-Avoir, der sein Pferd neben ihm im Schritt gehen ließ. »Warum galoppieren sie davon?«

»Vergiss nicht, Peter: Wir brauchen Proviant und einen Lagerplatz. Und hier soll's viele gastfreundliche Menschen geben, nicht nur diese Seldschurken.«

»Seldschuken. Mir und meinen Pilgern würde es schon guttun, ebenso wie Euch, wenn wir Unterkunft und Ruhe hätten«, antwortete Peter. »Einen Platz, an dem wir auf das große Heer der Fürsten warten.«

»Wer viel suchet, der findet etliches.« Sans-Avoir lockerte den Zügel. »Wir werden die Ungläubigen finden, und ein Feldlager auch. Bring du unsere Leute nach Nikomedia!«

Er sprengte davon, wendete in einiger Entfernung sein Pferd und wartete ungeduldig gestikulierend auf die Reiter, die ihn begleiten sollten. Peter zählte zwei Dutzend Bewaffnete zu Pferde und vier, fünf Dutzend Männer, die ihnen zu Fuß folgten. Peter atmete schwer ein und aus, senkte den Kopf und gestand mit abwehrenden Gesten seine Unfähigkeit ein, den Rittern Einhalt zu gebieten.

Die vielen Tausende bewegten sich von einer der seltenen Wasserstellen zur nächsten. Bislang war niemand verdurstet; auch die Tiere litten keine Not. Aber das karge, durchglühte Land gab kein Essen, keine Nahrungsmittel her, keine Wildtiere oder Herden, nur Beeren und unreife Ölbaumfrüchte. Also musste der Pilgerzug ständig in Bewegung bleiben, sonst verhungerten die Gläubigen. Durch Staub und gnadenlose Hitze schleppte sich der Zug der Gläubigen, stets das tiefblaue Wasser der Bucht im Blick, zur rechten Seite, nach Osten.

Im Heer gärte es wie frischer Most; wenn die Wanderer nicht so sehr von Durst und Hitze erschöpft gewesen wären, hätten selbst Peters Predigten den Ausbruch massenhaften Wahnsinns nicht verhindern können.

Es gab nur eine nahezu unkenntliche Straße, die zum verlassenen Ort führte, und auf diesem Schlängelweg, der mit Steinen und Geröll übersät, voller Löcher und halb zugewachsen war, näherten sich die Pilger Schritt um Schritt dem Städtchen. Die größte Anzahl Menschen, dachte Rutgar hilflos, die je dieses leere Land bevölkert hatte und erfolglos versuchte, sich aus diesem Landstrich zu ernähren.

Es ließ sich trefflich grübeln, während der Rappe müde im Schritt ging und seinen Pfad selbst fand. Jean-Rutgars Glaube an die Reden der Priester und Mönche, die sie mit brünstiger Gewissheit führten, war nicht erst während der letzten vier Monde stark geschwunden. Ob Christi Wiederkehr bevorstand, wie schier jedermann fest glaubte, fragte er sich spätestens seit seiner Zeit in Cluny. Es gab in seinem Leben wenig oder nichts Verwerfliches, was er getan hatte. Also hatte er auch keine Todsünden auf dem Gewissen, die durch die bewaffnete Pilgerfahrt abgebüßt werden könnten, und das Goldene Jerusalem war sicherlich nicht prächtiger als Konstantinopel. Seit er von Raubzügen und gottlosen Massakern an den Juden erfahren hatte, wusste er, was die meisten Ritter antrieb, sicherlich aber jene, deren Wirken er miterlebt hatte: Beute, Landbesitz und Lust am Kampf. Für ihn aber galt, unverletzt und unbeschadet zurückzukommen nach Beausoleil, nach Les-Baux, zur weißen Burg und einer Liebe wie mit Ragenarda.

Ragenarda, o Ragenarda!

Sie hatte ihn verführt, im Sommer, unter der Eiche im Burghof, in einer Nacht, in der er sich ein Dutzend Arme und hundert Finger gewünscht hatte, für ihren wissenden Körper. Atemlos hatte er zwischen den Umarmungen ihren Erzählungen gelauscht – so vieles, das er nicht gewusst hatte!

Sie lehrte ihn Leidenschaft, Neugierde und Nachdenklichkeit. Ihre ruhige Kraft war wie Wasser, das Steine schliff. Vieles, was er in leidenschaftlichen Sommernächten lernte, vom Flüstern in vom Mondglanz erfüllten Stunden, verstand er erst heute. Statt blind an das Schicksal zu glauben, das Gott ihm durch den Mund eines Priesters wahrsagte und alles hinzunehmen, begann er an sich zu glauben. Dass sein Leben mehr sein konnte als Anstrengung, ständiges Lernen und Abhängigkeit von Grafen, Lehensnehmern und klösterlichen Geboten, das hatte Ragenarda ihn gelehrt. Die Trennung von ihr, Liebe und Ziel seiner Jugend, von den Meeresstränden und Pinien, hatte ihm fast das Herz gebrochen. Nein. Nicht »beinahe«; sein Herz war geborsten. Gab es eine andere Ragenarda, die jene Splitter zusammenfügen und ihn zu jener ruhigen Gelöstheit in Ragenardas Armen zurückführen konnte? Nicht in Peters vieltausendfüßigem Tross.

Hier oder dort – nach ihr zu suchen, erschien sinnlos. Er lächelte schmerzlich. Hier im Land der Romania-Seldschuken würde er sie ebenso wenig finden wie in Cluny, den Hafenstädten der Rhône und der schiffbaren Nebenflüssen. Oder in Jerusalem.

Er schloss einige Atemzüge lang die Augen. Er wusste, dass er älter und erfahrener wirkte, als es seine Jahre zuließen. Der Rappe tänzelte im Schritt unter ihm, die Ohren des Pferdes spielten aufgeregt. Rutgar beruhigte das Tier mit leisen Worten, klopfte sacht den Hals und richtete sich auf; im Schutz der großen Menschenmenge war er bis hierher gekommen, und ihm war, als sei nur für ihn ein Tor in eine neue Welt voll unbekannter Erlebnisse und Gefahren weit aufgestoßen worden.

Erst am frühen Abend, als sich jenseits zugewucherter Felder zwischen Büschen und Bäumen die rußbedeckten Reste von Palisaden, Lehmziegelmauern und massigen Bohlenpfeilern zeigten, kamen erste Reiterhaufen zur Straße zurück: die Männer um Rudolf von Brandis.

Peter war abgestiegen und ließ die Pilger an sich vorbeiziehen, durch ein niedergerissenes und zersplittertes Stadttor, auf durchhängende Dächer zu. Die Pilgerschar bemächtigte sich des Ortes bis hinunter zum Strand und zu den salzverkrusteten Brettern eines Hafenstegs. Als die tief stehende Sonne ihn nicht mehr blendete, erblickte Rutgar Rauchsäulen am Horizont. Die Reiter zügelten die Pferde und warteten, bis ihr Tross herangelaufen kam. Sie hatten augenscheinlich einige Esel, Maultiere und Pferde geraubt und schwer beladen. Peter blickte genauer hin; er sah, dass die Pferde mit Beute bepackt waren. Sowohl die Ritter als auch ihre Reittiere trugen Blutspritzer.

»Sie reiten in der Schar Deiner Kreuzespilger, o Herr«, murmelte er. »Und für alle Sünden, die sie begehen, haben sie Deinen Ablass aller Höllenstrafen! Es ist nicht gut, was sie tun!«

Müde und mürrisch zogen die Pilger an ihm und Rutgar vorbei. Tausende Füße erzeugten ein gleichmäßiges Geräusch. Vor drei Stunden, während eines kurzen, kühlenden Regens, hatten sie noch gesungen und gebetet. Jetzt waren sie erschöpft und hatten nur noch ihr Lager im Sinn – Ausruhen, Essen und Schlafen. Das Fußvolk hatte die bewaffneten Reiter eingeholt; jeder Mann trug schwer an seiner Beute. Den Dörflern hatten sie alles gestohlen, was sie tragen konnten, und wieder war Blut geflossen. Peter schüttelte den Kopf und stützte sich schwer auf den Hals seines Reittiers.

»Es sind keine lässlichen Sünden«, murmelte er und warf Rutgar hilflose Blicke zu. »Sie sind ungebärdig und glauben, dass überall Schätze versteckt sind.«

Die Überfallenen hatten sich gewehrt und gegen die Reiter gekämpft und verloren; die Blutspritzer bewiesen es.

»Überall und zu aller Zeit gibt es Kampf«, sagte Rutgar, mehr zu sich selbst. »Die Kirche kämpft gegen den Kaiser, dieser wiederum gegen die Türken oder Seldschuken des Sultans, die Herzöge gegen die Grafen.« Und Christen kämpfen gegen andere Christen, fügte er in Gedanken hinzu, und gegen Sarazenen, Türken, Muslime, Mohammedaner, Seldschuken – welcher Name war der richtige, in welcher Sprache? Und ein Teil des Kampfes rührte daher, weil die Pilger, Leibeigenen und

Unfreien in ihrer Heimat, mit ihrer plötzlich gewonnenen Freiheit nichts anzufangen wussten. Was bedeutete diese Freiheit für die Rechtlosen, was geschah, wenn Schranken und Regeln fielen?

»Und Gott kämpft gegen den Satan«, brummte Peter der Eremit und stieg rülpsend in den Sattel.

Der Esel trug ihn vorbei an einem Mahlstrom aus einigen Tausend Gruppen, die versuchten, sich in den halb zerstörten und verfallenen Häusern einzurichten. Das Vieh weidete, fränkische Bauern mit krummen Rücken sichelten das hochgeschossene, halb verdorrte Gras ab, und Kinder rannten kreischend um einen Brunnen herum, den sie gefunden hatten und der nach einiger Zeit sauberes Wasser spendete. Hinter Peter schleppten die Ritter ihre Beute in die verwahrloste Stadt.

Als der Eremit und seine wenigen Getreuen ein Stück die zugewucherte Straße hinuntergeritten waren, sahen sie, dass drei Schiffe langsam ans Ufer und an den windschiefen Anlegesteg herangerudert wurden.

»Der Kaiser hat Wort gehalten!«, rief jemand. »Er schickt uns Essen und Wein!«

Rutgar fand abseits einer Gasse, am Rand Nikomedias, eine halb zusammengebrochene Hütte, in der er das Lager für sich und Peter aufschlug. Er versorgte mit der Hilfe einiger Jungen den Esel und seinen Rappen. Viele Pilger rannten hinunter zur Hafenbucht, um beim Entladen der Schiffe zu helfen und Neuigkeiten aus Konstantinopel zu erfahren; man würde Peter, dem Anführer, jede Botschaft unverzüglich überbringen.

Die anderen Ritter kamen von ihrem Raubzug zurück, trabten auf müden Pferden entlang der überwucherten Mauern und Fundamente durch die überfüllten Gassen und verteilten die verderbliche Hälfte ihrer Beute an die Pilger. Der Eremit breitete seine durchgeschwitzte Kukulle über einem Haufen zertrümmerter Bretter zum Trocknen aus, furzte laut und setzte sich ächzend auf einen Schemel. Schweiß tropfte aus seinem Bart.

»Nun haben wir wenigstens ein Dach über dem Kopf«, murmelte er und blickte durch die Löcher im Strohdach in die Wolken. »Der Weg nach Jerusalem ist wahrlich lang und beschwerlich.«

Rutgar brachte den Sattel und die Satteltaschen, ein anderer Pilger trug Becher, Wasser und den Weinschlauch. Peter leerte drei Becher und schloss die Augen. Er raufte seinen feuchten Bart und wartete, bis man ihm den nächsten Krug brachte. Rutgar rief sich die Namen der Städte ins Gedächtnis, die sich entlang des Pfades des Großen Wanderns reihten, bis das Heer Jerusalem erreicht haben würde: Helenopolis, Civetot, Nikaia, Dorylaion, Ikonion, Kaisareia, Germanikeia, Antiochia, Tripolis, Beirut, Tyros, Akkon, Jaffa ... Namen, fremd wie jene Rose-Blumen, die er in Konstantinopel zum ersten Mal gesehen und deren Duft er begierig eingesogen hatte. Er kannte die Namen auswendig; sie waren Teil der Erzählungen vom Heiligen Land, denen er seit dem Lager vor Konstantinopel gelauscht hatte. Sie waren aber ebenso Traumbestandteile der Reden und Predigten seines Schützlings; Namen, die Peter einst von Adhemar von Monteil genannt worden waren, als dieser noch nicht Bischof von Le Puy gewesen war. Als Peter seinen Becher wieder füllte, schien sein Entschluss festzustehen. Er setzte dreimal zum Sprechen an und sagte:

»Ich werde, während meine Pilger und die Grafen auf die waffenstarrenden Nachkömmlinge aus Konstantinopel warten, die Wankelmütigen aufrichten und die Ritter zurechtweisen – das Volk der Gläubigen wartet auf meine Predigten.«

Dieses Volk aber, das wie räuberische Ameisen oder Heuschrecken in den verlassenen Ort eingefallen war, hatte zehntausend rastlose Hände, die Holz sammelten und Feuer bereiteten, die Lasten aus den Schiffen schleppten, ungefüge Wasserttröge für die Tiere zimmerten, einen uralten steinernen Brotofen von Ranken und Wurzelwerk säuberten und anschürten, Kühe, Schafe und Ziegen molken, Korn für Brot mörserten und mahlten und so ungewollt einen Teil der Verwilderung und Verwüstung beseitigten.

Ein Pilger führte einen bärtigen Seemann in Peters Unterschlupf.

»Ich bin Abrahil, verehrungswürdiger Oberpriester, aus ... äh ... aus Konstantinopel. Ihr sollt warten, Herr Kukupetros«, sagte er, sah sich im halbdunklen, verrußten Raum um und schüttelte den Kopf. »Unser Kaiser Alexios hat keine Nachricht vom Heer eurer Fürsten. Keine Boten von ihnen selbst, keine Nachricht aus Ungarn.«

Peter zerfurchte seinen Bart mit beiden Händen und zuckte mit den Schultern. Sein Gesicht füllte sich mit Trauer und Niedergeschlagenheit. Plötzlich lächelte er, begann dann laut zu lachen und rief triumphierend: »Sie werden kommen! Mir wird es nicht schwerfallen, mit euch allen hier zu warten.«

Peter lief hinaus und sah sich um, als wolle er seine Pilger zählen. Rutgar bot dem Seefahrer einen Becher Wein an.

Der Eremit rief in die Hütte: »Den bedauernswerten Pilgern auch nicht. Aber ein Teil meiner vielen Pilger ist aufsässig geworden.«

»Der Basileus weiß es«, antwortete Abrahil gleichmütig. »Ihr solltet die Seldschuken ebenso fürchten wie er. Zieht ein paar Tage weit nach Westen. Dort steht ein Feldlager, in unserer Sprache heißt es Kibotos; einige von euch haben es Civetot genannt. Der Basileus hat es vor Jahren für seine englischen Söldner gebaut. Dort könnt ihr in größerer Sicherheit auf eure ritterlichen Kämpfer warten.«

Peter überdachte und begrübelte das Gehörte, rülpste leise

und sagte schließlich: »Ein günstiger Platz für so viele, wie wir sind?«

»Ihr habt fleißige Männer und könnt die Mauern verstärken. Das Land ist fruchtbar, unsere Schiffe haben gute Landeplätze. Meine Kapitäne und ich, wir können die Befehle des Admirals Maurokatakalon und des Basileus nur weitergeben, aber – willst du meinen ehrlichen Rat?«

Peter nickte und füllte die Becher.

»Erholt euch hier, zwei, drei Tage lang. Dann geht nach Westen, das Meer zur rechten Hand. Ein paar Männer, Wegekundige, die mit Schiffen gekommen sind, warten in Civetot auf euch; sie wissen, dass ihr kommt.«

»Ich werde sehen, was ich tun kann«, antwortete der Eremit. Rutgar kramte im Mantelsack und entzündete einige Kerzenstummel. »Aber meine Ritter sind begierig auf den Kampf und werden sich nur schwer zurückhalten lassen.«

Steuermann Abrahil zog die kantigen Schultern hoch und kratzte sich unter der Achsel. »Sag ihnen, dass das Land von Seldschuken wimmelt. Diese Türken, es gibt hundertmal oder fünfhundertmal, tausendmal mehr als deine adligen Ritter. Sie werden euch in Stücke hauen.«

»Das ist es, wovor ich mich fürchte«, bekannte Peter.

Rutgar zweifelte nicht einen Atemzug lang an den Worten des Seemanns. »Wie lange bleiben eure Schiffe?«

»Wir lichten vor dem Morgengrauen die Anker.«

»Mit Gottes Segen.« Peter leerte den Becher und lauschte auf das Knurren seines Magens. »Nicht jeder hat die Kraft des Glaubens. Dieses Land weckt das Böse, das sich im Herzen eines jeden Menschen verbirgt.«

»Davon versteh ich nichts.« Der Seemann warf Rutgar den leeren Becher zu. »Seht zu, dass ihr keinen Streit mit den Türken bekommt. Glaub mir – ihr zieht den Kürzeren. Haltet Frieden!«

Peter gönnte ihm ein breites, dankbares Lächeln und segnete ihn. »Auch du ziehe in Frieden. Wir danken dem Kaiser für die Wohltaten, den Proviant und alles andere, das eure Schiffe gebracht haben. Ich werde den Pilgerscharen predigen und danach inbrünstig beten; der Ratschlag eures Herrn Basileus soll nicht ungehört verhallen.«

Er begleitete den Seemann aus der Hausruine und durch den verwilderten Garten. Die Ziegen hatten jeden Grashalm gefressen, sämtliche Holztrümmer waren für die Feuer zusammengetragen worden. In der Gasse zwischen den Häusern, die nur drei Ellen breit war, hatte sein Esel eine Eselin besprungen und glitt keuchend und mit Schaum vor den Lefzen von ihrem Hinterteil. Der Seemann betrachtete grinsend das baumelnde Gemächt des Tieres, schlug Peter auf die Schulter und ging breitbeinig zum Platz im Mittelpunkt der Siedlung. Dort drehten sich etliche Braten über der Glut großer Feuer.

»Was glaubst du, Rutgar?«, fragte Peter, als er zurückkehrte. Der Prediger hatte sich die goldene Bibel hervorgeholt, die ihm der Basileus geschenkt hatte, und blätterte darin, wie um Trost zu finden. »Werden sie tun, was ich von ihnen verlange?« Seine Stimme klang ein wenig verwaschen. In letzter Zeit trank er den Wein meist mit nur wenig Wasser oder gar unvermischt, wie Rutgar festgestellt hatte. Die Unsicherheit, die den Pilgerzug befallen hatte, schien auch ihm mehr und mehr zuzusetzen, obwohl er es niemals offen zugeben würde.

Rutgar setzte sich zu ihm, holte Käse und Brot hervor. »Vielleicht zwei Drittel«, antwortete er schließlich, nach längerem Überlegen, auf die Frage. »Die Grafen und Ritter scheren sich vielleicht darum, was du von ihnen verlangst. Aber du müsstest sie verfluchen, den Bann auf sie herabbeschwören, müsstest sie mit Krätze, Aussatz und Lahmheit schlagen.«

»Ich kann keine Wunder wirken«, bekannte Peter.

»Das wissen wir, und die Herren Grafen wissen's auch.« Rutgar grinste, als wisse er mehr. »Daher kommt ihre rücksichtslose Vermessenheit.«

»Geh hinaus«, sagte Peter entschlossen. Er rülpste und wischte sich die Lippen trocken. »Rufe sie zusammen. Sag ihnen, dass ich predigen werde. Sag ihnen, dass Gott mit mir gesprochen und es mir befohlen hat.«

Rutgar wickelte die Reste von Brot und Käse in ein Tuch, verknotete es und stand auf. Nachdem er gekaut und geschluckt hatte, sagte er: »Ich gehe zu ihnen. Hier. Nimm die Fackel, verehrungswürdiger Einsiedel. Dann wird deine Rede wie eine Flamme in tiefer Nacht sein.«

Rutgar hatte die Teile seiner Ausrüstung, seinen Helm und den Schild an Holzzapfen aufgehängt. Er rüstete gähnend sein Lager aus Zweigen, Stroh und trockenem Gras und warf einen langen Blick auf Peter, der in Gedanken versunken dastand und schließlich, als wandle er im Schlaf, eine Fackel anzündete und die Hütte und den Bereich der schwachen Helligkeit verließ. Die Lieder, mit denen die Abendmesse endete, wurden leiser und verhallten. Rutgar zog die Stiefel aus und versteckte sie zwischen den Resten des Dachgebälks, nachdem er die verschwitzten Lederschäfte mit Gras ausgestopft hatte

Es war ein denkwürdiger Abend, dachte Rutgar, denn er kannte die Stimmung im bewaffneten Teil des Heeres ebenso wie unter den Pilgern. Der bedingungslose Glaube, der die Zehntausende bis heute vorwärtsgetrieben hatte, war schwankend geworden. Durst und Entbehrungen und die unüberschaubare Länge der Pilgerfahrt hatten die Einheit zwischen Peter dem Eremiten und seiner Gefolgschaft zerschlissen. Rutgar fluchte im Stillen, schnallte den Schwertgurt um, krempelte die Reiterhose bis zu den Knien hoch und folgte Peter bis zum Rand des von Menschen erfüllten Platzes.

Die Hitze des Tages war längst noch nicht gewichen. Die Feuer, von denen große Funken in die Höhe wirbelten, ließen die Menschen schwitzen. Sie wichen achtungsvoll aus, als sie Peter erkannten. Viele blickten zu Boden, als wollten sie vermeiden, ihn grüßen zu müssen. Rutger sah, dass er immer noch die kostbare Bibel in der Hand hielt und sie wie einen Schild vor sich hertrug.

Peter der Eremit ging durch die sich vor ihm bildende Gasse bis zu einer steinernen Terrasse, auf der die Trümmer einer Säule lagen. Sein Schritt war fest, seine Augen glänzten.

Er stieg auf den Säulenrest und ließ seinen Blick über die versammelten Pilger gleiten; am rechten Rand des Platzes standen die Grafen, die Ritter, ihre Knappen und die Kriegsknechte. Bevor er gekommen war, schienen sich die Menschen beraten zu haben. Einige Atemzüge später, als sich erwartungsvolle Ruhe ausgebreitet hatte, hob er das Buch der Bücher und sein Holzkreuz hoch über seinen Kopf.

»*In nomine Domini!*«, rief er. »Im Namen unseres Herrn Jesus Christus rede ich zu euch, meine Freunde. Aus unserer Heimat seid ihr mir bis hierher gefolgt, weil ihr geglaubt habt, was der Herr mir zu predigen aufgetragen hat. Er ist mein Hirte, sagt er, mir wird nichts mangeln, und bald wird er uns auf einer grünen Aue weiden. In eurem Blick sehe ich Zweifel, eure Leiber sind müde geworden, und Blasen martern eure blutenden Füße.« Lichtblitze zuckten von den goldenen Schließen der Bibel. »Vergesst die Plagen, die uns Gott schickt, um uns zu prüfen, denn für jede Mühsal schenkt er uns seine Liebe.«

Inbrünstige Rufe und Gebete unterbrachen ihn. Auch sie klangen müde und waren längst nicht so zahlreich wie noch vor einem Monat. Peter aus Amiens machte eine Pause, die ihre Wirkung nicht verfehlte, hob die Arme, das Buch in der Rechten, zum Sternenhimmel und rief:

»Der mächtige Kaiser Konstantinopels, der den Weg ins Heilige Land besser kennt als ihr, weiß von unserer Mühsal. Als Zeichen seiner Güte und seines Vertrauens an mich, der euch vorangeht, hat er uns dieses kostbare Buch geschenkt, das angefüllt ist mit den Worten der Heiligen Schrift. Der Basileus sagte, ich soll euch daraus vorlesen – was ich tun werde –, und er vertraut mir, dass ich euch nach Jerusalem führen werde.«

Peter ließ eine zweite Pause eintreten, senkte den Arm und machte abwehrende Bewegungen, als das Murmeln lauter wurde, als wieder einzelne Rufe zu hören waren, und als er spürte, wie das Vertrauen der Wankelmütigen zu seinen Worten stärker wurde.

»Ihr alle habt euch aus der Unfreiheit losgesagt! Ihr seid längst frei und müsst nur Gott gehorchen! Ich führe euch, sage ich, seit dem ersten Tag. Der Herr aber führt mich! Auf rechter Straße führt er mich zum frischen Wasser, und ob ich schon wanderte – so steht im Buch der Psalmen geschrieben – im finstern Tal, fürchte ich kein Unheil. Also führt mich, uns und euch alle der Herr auf dem richtigen Weg, und sein Stab tröstet uns, wenn wir im Schatten ruhen, hier in Nikomedia. Betet mit mir, stärkt euren Glauben an den rechten Weg, esst, trinkt und pflegt eure Glieder, ehe wir weiterziehen nach Civetot, wo uns abermals fruchtbares Land erwartet und ein Hafen für die Schiffe aus Konstantinopel, die uns Proviant bringen. Denen aber, die als gute Christen in den Dörfern der griechischen Christen am Wege räubern und brandschatzen, ruft der Herr zu: Lasst ab von eurem schändlichen Tun!«

Er stieß den Arm, die Finger ausgestreckt, in die Richtung des ritterlichen Haufens und sah sich nach Rutgar um. Er hielt das Buch an sich gepresst. Rutgar, deutlich für alle zu sehen, lehnte wachsam an einem Säulenstumpf, einen knappen Steinwurf entfernt, und blickte zu dem steinernen Podest, auf dem Peter im weißen und roten Licht der Flammen stand. Peter holte tief Luft und rief durch Murren und zustimmende Rufe mit seiner Predigerstimme, die mühelos bis zum Rand des Städtchens trug:

»Noch sind wir im Land des Kaisers. Wir müssen dem Kaiser geben, was des Kaisers ist, und seinem Gesetz gehorchen. Er hat uns befohlen, auf das ritterliche Hauptheer zu warten, bevor wir es wagen, die Ungläubigen anzugreifen. Sie sind zahlreich, sagt er, wie die Heuschrecken, wie Ameisen und wie Sandkörner am Meer. Erinnert euch, wie schnell wir hierhergelangten, schneller als die Heere, die sich in unserer Heimat sammelten. Doch diese haben sich nun gesammelt und reiten in Eilmärschen nach Konstantinopel. Es ist für uns ein Leichtes, sie zu erwarten.«

»Wir werden vor Langeweile das Heilige Land vergessen«, rief ein deutscher Ritter über den Platz. »Das reiche Land, von dem du redest, wartet auf uns. Das Land von Milch und Honig. Wo ist der Honig? Wir nehmen uns, was wir brauchen!«

Ein anderer, der unzweifelhaft Franzose war, antwortete ebenso laut: »Der Kaiser hat's verboten. Gott hat's untersagt. Peter soll uns nach Civetot führen!«

»Ich werde euch nach Civetot führen!«, rief Peter. »Am dritten Tag von heute an werden wir aufbrechen.«

Peter und Rutgar erkannten die Stimme des Ritters Reinhold, oft Rainaldo genannt, eines Italieners. Noch hatte Gottfried Burel, Peters Stellvertreter und Berater in den Belangen der Kämpfe und der Verteidigung, kein Wort gesagt. Rainaldo hob die Faust. Seine Stimme drang durch das Gemurmel. »Wir leiden Hunger und Durst! Wir brauchen Verpflegung! Wir werden die Türkenhunde angreifen und vernichten!«

»Nicht bevor die große Armee bei uns ist, mit vielen Tausend gepanzerten Rittern!«, antwortete Peter ebenso laut. »Wir, die gläubigen Pilger, lassen nicht zu, dass sich einige Wagemutige abspalten und mit Plünderung vergnügen, nur weil sie glauben, die besseren Waffen zu haben. Habt ihr die vielen Toten vergessen, die wir in Nisch zurücklassen mussten? Abermals sage ich: Es ist der Befehl des Kaisers, in dessen Land wir sind.«

»Noch sind wir es!«, rief warnend der französische Ritter. »Aber einen Bogenschuss neben der Straße beginnt das Land der Türken. Es sind nicht die silbernen Straßen im Heiligen Land! Hier fließen weder Milch noch Honig! Ihr Ritter, ihr seid alle voll Sehnsucht, durch türkische Pfeile zu sterben!«

»Ihr Pilger geht nach Westen, und wir, die Berittenen, sehen uns im Türkenland um!«, schrie einer aus dem Haufen um Reinhold von Breis. »In Wirklichkeit haben die Türken ihre Reichtümer nur gut versteckt. Du selbst, Peter, hast gepredigt, dass wir die Ungläubigen aufs Haupt schlagen sollen.«

»Aber im Geiste des Glaubens und nicht des Hochmuts! Nur dann wird Gott unser Schwert und Schild sein!«, rief Peter.

Ein kaltes Gefühl des Verlusts und des Versagens erfasste Rutgar; ohne dass er es gemerkt hatte, war die Entscheidung längst getroffen. Die italienischen und die deutschen Pilger und Ritter hatten sich gegen Peter entschieden. Er war als Anführer abgesetzt worden.

Die Franken taten nichts, um ihm zu helfen – der machtvolle, ausschließliche Auftrag Gottes versickerte wie der Schweiß der Wandernden in der Hitze des Landes. Peter senkte den Kopf. Rutgar verstand, dass er versuchte, den Schmerz in seinem Inneren zu besiegen.

»Der Teufel hat euch versucht!« Peter ging mit schleppenden Schritten zwischen ratlosen Menschen von der Terrasse hinunter. Die Umstehenden mieden seinen Blick. »Schaut auf den Herrn: Er hat der Versuchung des Satans widerstanden. Auch ihr werdet einsehen müssen, dass ihr besser auf mich gehört hättet.«

Peter der Eremit blieb abseits der Feuer im Dunkeln stehen.

Sein Bewusstsein, dachte Rutgar grimmig, versagt zu haben, wurde schmerzlicher. Das Schwert war in diesen Tagen und Nächten stärker geworden als der Glaube und das Wort.

»Jesus Christus«, murmelte Peter und suchte sich den Weg zu Rutgar, »verlass mich nicht. Sage mir, was ich tun kann, um die Verblendeten wieder auf den rechten Weg zu führen.«

Rutgar legte den Arm um Peters Schulter und führte ihn zur Seite. In der Menschenmenge glaubte er den Fremden erkannt zu haben, den in Leder gekleideten Reiter mit dem langen Schwert auf dem Rücken. »Warte ein paar Stunden, Verehrungswürdiger«, sagte er leise. »Gottfried Burel hat die Franken in seiner Hand. Auf dem Weg nach Civetot wird sich vieles ändern.«

Peter zuckte mit den Schultern und folgte Rutgar. Dunkelheit, spärlich unterbrochen durch schwelende Fackeln und flackernde Ölflämmchen, legte sich über Nikomedia. Es war windstill: in der dicken Wolke aus Rauch, Ruß und Staub, die sich übermannshoch ausbreitete, hörte man die aufgeregten Laute der vielen Tausende, die miteinander redeten. Die einen fürchteten die blutrünstigen Bewohner des fremden Landes, die anderen sprachen von Angriffen, Kämpfen, großer Beute und von Gottes Gebot, die Feinde zu bekämpfen, viele beteten, und von irgendwoher kam zögerlicher Gesang.

Als Peter nach einigen Bechern Wein in Schlaf gefallen war, verließ Rutgar die Hütte. Er stieß einen kurzen scharfen Pfiff aus. Der Rappe trottete auf ihn zu, Rutgar zog sich auf den Rücken des ungesattelten Tieres und griff in die saubere, weiche Mähne. Ross und Reiter verschwanden in der Dunkelheit, das Tier suchte sich selbst den Weg; Rutgar ritt hinunter zu den Schiffen. Am Ende des Stegs gab es mehr Helligkeit. Im Heck eines Lastschiffs brannten drei Laternen, zwei Fackeln steckten im Sand. Als Rutgar vom Rücken des Rappen glitt, sagte eine Stimme von rechts:

»Setz dich zu mir, Provençale Rutgar. Lass uns gemeinsam begrübeln, wo wir Honig, Milch und Minne finden können.«

Rutgar wirbelte herum, der Rappe erschrak und wieherte. Rutgar hob den Kopf über den Hals des Pferdes und sah den weißhaarigen Fremden, der am Ende des Stegs auf einem Holzkasten saß und den Arm grüßend halb erhoben hatte.

»Woher weißt du, dass ich aus der Provençe komme?«

»Ich weiß vieles über dich. Von Hauptmann Roger.« Der Fremde, dessen Lederhemd über der Brust weit offen stand, winkte mit den Fingern und grinste. »Wir sollten miteinander reden. Bring dein Pferd zum Trog und trink einen Becher Wein.«

»Ich komme. Gleich.« Rutgar nahm sein Pferd am Halfter und ließ den Rappen stehen, als er zu saufen begann. Langsam ging Rutgar zu dem Ledergekleideten, der einen metallenen Becher aus dem Tonkrug füllte. Rutgar setzte sich und sagte:

»Ich kenne nicht jedes Gesicht, aber die meisten Pferde. Es gibt nicht viele Rappen bei uns. Einen mehr seit der Überfahrt – deiner. Und wer bist du?«

»Hier, trink.« Der Fremde mit kurzem, fast weißem Haar und einem kurzen Gesichtsbart von gleicher Farbe hielt Rutgar den Becher hin. »Ich gehöre zu den Warägern der Garde. Berenger heiße ich, aus der Normandie. Der Basileus und Hauptmann Roger haben mich geschickt, um bei euch, nun ja, nach dem Rechten zu sehen und ein wenig zu beten.«

»Um zu sehen, was die Pilger tun?« Rutgar nahm einen Schluck. Der Wein war kühl und leicht. »Oder die Raubritter? Danke. Du kennst das Land der Seldschuken?«

Berenger war einen halben Kopf größer als Rutgar, schlanker und sehniger, aber mit breiteren Schultern. In der Dunkelheit erkannte Rutgar die Farbe von Berengers Augen nicht; er sah die Falten im Gesicht des Mannes. Wie alt mochte er sein, dreißig oder mehr? Das fahlblonde Haar ließ ihn älter erscheinen.

»Ich habe früher hier gekämpft und bin bis Antiochia geritten. Aber ich werde euch Pilger nicht führen.«

»Du wirst auch nicht mit den Rittern plündern und brandschatzen, vermute ich.«

»Keinen Schritt weit. Ich glaube, ich werde zusehen, wie sie von den Seldschuken erschlagen werden.« Berenger lachte rau.

»Trinken wir deinen eigenen Wein?«

»Jedes Schiff bringt einen Krug für mich. Ich weiß, dass du alles aufschreibst. Du schreibst es auf, ich lese dem Basileus die Nachricht aus dem Gedächtnis vor.«

»So ist das also«, sagte Rutgar leise.

»Deswegen will ich mit dir reden.« Berengers Blicke waren offen, er schien es ehrlich zu meinen. »Bisher bist du stets an der Seite des Predigers geritten. Den Rittern, die wenig mit Gesang und Gebet im Sinn haben, gehst du aus dem Weg. Bald wirst du deine Waffen brauchen, denn Nikomedia ist das Ende der Herrschaft des Basileus.« Er schenkte nach. »Dahinter beginnt das Land der ungläubigen Barbaren, die uns ungläubige Barbaren nennen.«

»Ich weiß, dass Nikomedia seit fünfzehn Jahren leer steht. Peter und Ritter Gottfried Burel werden hier auf das Heer des Papstes warten«, antwortete Rutgar. »Dafür lege ich aber meine Hand nicht ins Feuer.«

»Das solltest du auch besser bleiben lassen, Rutgar«, sagte Berenger grimmig und hob sein Schwert auf, das neben seinem linken Knie umgefallen war. »Deine schlanken Finger würden verkohlen. Einmal Plünderer, immer wieder Plünderer. In wenigen Tagen werden die Späher des Sultans erfahren haben, was in seinem Land geschieht.«

Hauptmann Roger und der Prediger hatten Rutgar in Konstantinopel berichtet, dass die Rum-Seldschuken, die südlich der Bucht lebten, eigentlich Vasallen Konstantinopels und romanische Christen waren. Noch hatte er keinen Türken gesehen, aber die Reiter kleiner schneller Pferde waren angeblich braunhäutig, gnadenlose Bogenschützen und flinke Kämpfer mit dem Krummschwert. Nikaia, die Hauptstadt des Sultans, war nicht weiter als zwölf Wegstunden zu Fuß entfernt.

»Dann werde ich auch meine Waffen anlegen«, sagte Rutgar und leerte den Becher. »Während wir reden, sind des Papstes Ritter bereits auf dem Weg hierher. Sie werden in Kürze hier sein.«

»So bald? Verlass dich nicht drauf.« Berenger schenkte nach und füllte nach kurzem Zögern auch seinen Becher. »Und wenn sie auf sich warten lassen, was werdet ihr dann tun, ihr frommen Pilger und räuberischen Grafen? Niemand weiß, ob euch die Türken durch ihr Land wandern lassen. Wenn ich ihre Späher sehe, sag ich's dir.«

»Der Prediger und ich werden dich in unser Gebet einschließen.«

Berenger begann zu lachen und schlug Rutgar auf die Schulter. »Du bist ein pfiffiger Bursche, Franzose. Der Hauptmann hat mich vor deinem Fürwitz gewarnt.«

»Gewarnt? Ich bin ein armer Fremdling, fremd im Land, fremd in der Sprache«, antwortete Rutgar unbewegten Gesichts. »Nur Gott weiß, ob ich jemals am Grab des Herrn beten werde.«

Berenger stand auf und drehte den Krug um. Nur einige Tropfen fielen auf die ausgedörrten Bretter. Er hängte den Schwertgurt über seine bloße Schulter, packte probeweise den Schwertgriff und sagte:

»Morgen reite ich nach Kibotos, im Westen. Ihr bleibt in Nikomedia?«

»So lange, bis die Pilger wieder hungern«, antwortete Rutgar. »Hunger oder nicht – ich werde morgen lange schlafen.«

Er packte Berengers Handgelenk, nickte ihm zu und fand sein Pferd zusammen mit anderen Reittieren an einer umgefallenen Säule festgebunden. Er zog sich auf den Rücken des Rappen und stieß ihm die Fersen in die Flanken.

Die meisten Pilger schliefen, als Rutgar durch die zerfallene Stadt ritt und, drei oder vier Stunden vor dem Morgengrauen, sich auf seinem Lager ausstreckte und mit zufriedener Miene einschlief, das Schwert neben sich.

Kapitel X

A. D. 1096, 15. Tag des Herbstmonds (September), später Morgen
Civetot, hinter den Palisaden

»Die Augen des Herrn schauen an allen Orten beide, die Bösen und Frommen. Des Gottlosen Weg ist dem Herrn ein Gräuel.«
(Spr 15,3 und 9)

Die Schiffe der kaiserlichen Flotte hatten abgelegt und waren nach Konstantinopel zurückgerudert worden. Der dreitägige Aufenthalt in Nikomedia hatte den Pilgern wohlgetan, die Menschen und die Tiere waren erholt, und vielleicht ein Drittel aller Pilger bekannte sich zu Peter dem Einsiedel als ihrem Anführer. Er ritt allen »seinen« Pilgern voran, scheinbar, als sei nichts geschehen; drei Schritt hinter ihm trabte der Rappe Rutgars. Rutgars Schild und sein normannischer Helm hingen am Sattelknauf, und das Kettenhemd, das inzwischen fast wie Silber glänzte, hing rasselnd quer hinter dem Sattel. Das Geräusch der Hufe und Schritte ging im Raunen und Murmeln des Gebets unter. Rutgars tief gebräuntes Gesicht war ernst, aber es ließ nicht erkennen, was er dachte.

Peters Schultern zuckten, seine Augen wurden feucht. Vom Wein der vergangenen Nacht, murmelte er, war nicht mehr geblieben als Schmerz in den Schläfen, und im Magen ein Gefühl träger Völle. Es schien eine Ewigkeit her zu sein, dass er verstanden hatte, ein Gefäß Gottes zu sein, der durch ihn redete und – *»Deus lo vult!«* – unumstößliche Befehle gab.

Peter zitterte, er weinte vor Enttäuschung und Zorn. Die Ritter und ihre Knechte gehorchten ihm nicht mehr, waren also von Gott abgefallen. Über göttliche Macht verfügte Peter nicht, und daher vermochte er über die weltliche Macht, manifestiert in den gräflichen Panzerrittern, nicht zu herrschen.

»Tröste dich«, riet ihm Rutgar. »Die Menschen sind wankelmütig. Sie werden, wenn es an der Zeit ist, wieder dir folgen.«

Die Segel der Fischerboote sahen von Land so klein und unschuldig aus, als hätten sich Schmetterlinge auf dem Wasser der Bucht niedergelassen. Hin und wieder ruderten oder segelten große Schiffe der Flotte des Kaisers Alexios schwerfällig am Horizont. Die Bilder beruhigten die unsicher gewordenen Seelen, aber sie machten auch deutlich, dass das Heer in der Fremde ganz allein auf sich gestellt war.

Die Morgensonne brannte im Rücken der Pilgerscharen. Peters Schatten lag vor ihm auf dem Weg und glitt nach Westen. Entlang der Küste des Golfs von Nikomedia wanderten die Teile der riesigen Schar in einem Bogen zurück in südwestliche Richtung. Zwischen den Franken und den Deutschen und Italienern senkte sich träge die gelbe Staubwolke, die Peters Pilger aufgewirbelt hatten. Der hügelige Küstenstrich schien ebenso menschenleer zu sein wie der erste Teil des Weges und war ebenso ausgedörrt und heiß.

Helenopolis, ein ausgestorbenes, sichtlich armes Fischerdorf, teilte sich mit Civetot, das die Boten des Kaisers *Kibotos* genannt hatten, einen schrundigen Hafen, der aus versinkenden Steinquadern und einem leidlich gut erhaltenen Steg bestand. Im Dorf und in dessen unmittelbarer Nähe gab es keinen Lagerplatz für die Pilger; es würde sich auch nicht lohnen, mit den Bewohnern nahe gelegener Dörfer, wenn es sie denn gab, Handel zu treiben, denn sie hatten nichts anderes als Fisch.

Das menschenleere, befestigte Lager normannisch-britannisch-kaiserlicher Söldner, von dessen überwucherten Palisadentürmen man die Umfriedung des Städtchens Helenopolis sehen konnte, verwandelte sich binnen eines Tages in den Lagerplatz eines großen Teils des Heeres. Die Brunnen spendeten gutes Wasser, aber man fand nur wenige alte Hütten. Die vielfach geflickten Zelte wurden aufgeschlagen, die Zeltschnüre an den Pflöcken gespannt. Wer kein Dach über seinem Kopf fand, schlief unter Schattendächern, aus Zweigen und Stroh geflochten, und zwischen den Mauern zugewucherter Fundamente, einst von Söldnern angelegt.

Aber auch Civetot war nicht groß genug für alle Pilger, und daher bauten die Gefolgsleute Gottfried Burels, Ritter Rainalds, Walter Sans-Avoirs und der anderen Fürsten ihre eigenen Lagerstätten, wenn auch dicht an den Wällen, so doch außerhalb der Palisaden, Gräben und Erdwälle. Peter ritt durch das innere Lager und predigte, betete mit den Pilgern und schwor einen großen Teil wieder auf sich und Gottes Gebot ein.

Ein sanfter, von Bäumen bestandener Hang führte zum Wasser. Die Kais und Stege des alten Hafens waren noch zu gebrauchen. Zwei Galeeren des Kaisers hatten angelegt. Rutgar zügelte den Rappen neben Peter und stieg aus dem Sattel.

»Du musst versuchen, Verehrungswürdiger, die Pilger hier versammelt zu halten«, sagte der Jüngere. »Die ersten Tage werden sie dir gehorchen, bis das Gras innerhalb der Wälle abgeweidet ist.«

»Die Ritter werden nicht auf mich hören«, antwortete Peter dumpf. »Ihre Sucht, das Land zu berauben, ist stärker als der karge Rest ihres Glaubens.«

Außerhalb der Gräben und der Palisaden breiteten sich Weiden und kleine Felder erntereifen Korns aus. Sie boten einen ebenso verwahrlosten Eindruck wie die Stadt. Die pilgernden Bauern sagten, dass es Felder wären, um die sich niemand kümmerte; zufällig wuchs und gediehen goldfarbenes Korn und graubraune Gerste. Rutgar hatte Obstbäume und Ölbäume gesehen; sie waren binnen zwei Stunden leer gepflückt. Er suchte für Peter und sich einen Unterschlupf und fand unter den dicken Ästen eines Baumes einen ruhigen Platz.

Er begann, den Esel abzusatteln, schnallte den Sattel seines Rappen ab und holte, als die Tiere im hohen Gras zu weiden begannen, Wasser vom Brunnen. Einige Hundert Pilger drängten sich an den löchrigen Holztrögen. Eine lange Kette junger Männer schleppten Säcke und Krüge vom Schiff durch ein schmales Tor bis zur Mitte des Feldlagers; Seeleute und Pilger entluden den Proviant, den der Kaiser geschickt hatte.

»Ich habe lange darüber nachgesonnen«, sagte Peter, als er und Rutgar auf den trocknenden Sätteln saßen und Wein mit Wasser mischten. Zwanzigtausend und mehr Hände rührten sich, um das Lager für das Heer einzurichten. Die Luft war voller Geschrei, Axtschläge, dem Geräusch von Sägen und anderem Werkzeug, das den Pilgern seit dem Verlassen des Rheinlands in die Hände gefallen war, und den vielfältigen Lauten der Tiere. »Sie sagen: Es kann ein Jahr dauern, bis die Grafen und Ritter des Gottfried bei uns sind.«

»Eine viel zu lange Zeit, um auf die Fürsten zu warten«, murmelte Rutgar und strich über seine harten Bartstacheln. »Rede nicht mit anderen darüber. Sie würden sich sonst den Plünderern anschließen. Oder würdest du hier zwölf Monde lang hausen wollen?«

»Sie sagen auch: Schließlich werden wir alle verhungern«, meinte Peter bekümmert. »Wir brauchen Wein und Verpflegung. Woher? Ein Jahr lang warten ... nein! Das ist zu lange. Ich bin überzeugt, dass das Ritterheer längst auf dem Weg ist. Seit Mariä Himmelfahrt.«

Rutgar zuckte mit den Schultern und beobachtete die schwitzenden Pilger, die sich in gewohnten Gruppen zusammengefunden hatten und auf der weiten Fläche des Lagers Laubhütten flochten, Stöcke aufstellten und Decken ausbreiteten, Stricke spannten und Holz für die Feuer zusammentrugen. Zwischen den erschöpften Menschen, schreienden Kindern und weidenden Schafen waren viele Frauen und alte Männer zu sehen, die Wasser in Kübeln und Ziegenbälgen schleppten.

»Ich hab auch lange nachgedacht, als wir dort draußen gewandert sind«, sagte Rutgar nach einiger Zeit. Er machte eine umfassende Geste. »Sie alle fühlen sich beschützt von den Wällen und Palisaden. Wohin flüchten wir, wenn die Türken angreifen?«

Peter schlug ein Kreuz und deutete zu den Schiffen. »Dorthin.«

»Und wenn keine Schiffe auf uns warten?«

Der Eremit zog die Schultern hoch. »Ich weiß es nicht.«

Beide dachten an das Land südlich des Lagers und an dessen Bewohner, an die unübersehbare Zahl von Hügeln, Wäldern und Schluchten, die sie von der Straße aus gesehen hatten. Hinter einer unsichtbaren Grenze lauerten die Feinde des Glaubens und des Pilgerheers.

Rutgar klatschte die Handfläche gegen die Wölbung seines Schildes und sagte nach einigen Atemzügen:

»Morgen, wenn die Ritter zu neuen Raubzügen ausschwärmen, reite ich mit einem der Herren.« Seine Stimme wurde rau. »Ich will nicht plündern, Ehrwürdiger, sondern lernen, wie das Land aussieht. Es mag sein, dass wir Verstecke brauchen: Höhlen, Schluchten, Pfade zu unentdeckten Buchten. Zwei, drei Tage lang werde ich ausbleiben. Sorge dich nicht um mich.«

Peter von Amiens nickte voll Verständnis.

»Ich werde zum Volk sprechen«, sagte er und betrachtete ausdruckslos das Durcheinander. »Bleibt hier, werde ich sagen, denn hier sorgt der Kaiser für euch.«

»Predige du dem Volk«, antwortete Rutgar und wickelte das

Tuch um den Dolchgriff fester. »Gottfried Burel und die anderen Ritter werden dir nicht mehr gehorchen.«

»Das ist gewiss.« Der Eremit füllte den Becher aus dem Schlauch und roch am Wein. »Wie soll das enden? Es ist noch so weit nach Jerusalem.«

»Wie du immer sagst, Verehrungswürdiger: Unser Schicksal ist in Gottes Hand.« Rutgar begann zu verstehen, dass nicht nur Beutegier, sondern auch ein gut Teil Ratlosigkeit die Ritter zu ihren Taten gegen wehrlose Dörfler trieb. »Ich will versuchen, die Gefahren zu erkennen; vielleicht hilft uns das weiter.«

Peter richtete den Blick über die morschen Spitzen der Palisaden in die Wolken des Abendhimmels. Sie stiegen auf und verschmolzen in augenbetäubender Farbpracht; ihre Umrisse zeigten in erschreckender Weise grausame Gesichter, Raubtiere und Ungeheuer, so schaurig, als sei der Sonnenuntergang die Vorbereitung auf Armaggedon.

»Vielleicht kommen wir trotzdem nach Jerusalem. Wenn Gott es will.«

Rutgar leerte den Becher und ging zum nächsten Feuer. Er versuchte, für sich und Peter etwas von dem Proviant zu bekommen, den die Schiffe gebracht hatten.

Mitten in der Nacht weckten laute Stimmen, Fackellicht und Waffengeklirr den Prediger. Gleichzeitig wachte Rutgar auf; er schlief, das Schwert neben sich, einige Schritte weit entfernt. Das Geschehen war wie eine Wiederholung jener Nacht in Konstantinopel, als der Basileus den Befehl gab, die Pilger zu vertreiben. Als Rutgar im Licht der knisternden Fackeln die Gesichter eines Dutzends gräflicher Heerführer erkannte, nahm er die Hand vom Schwertgriff.

Walter Sans-Avoir hob die Hand. Seine Miene war ernst; er sah auf Peter von Amiens mitleidig, aber entschlossen hinunter. Langsam richtete sich Peter auf und blinzelte im Licht der Flammen ratlos um sich.

»Wir haben lange beraten, verehrungswürdiger Prediger«, sagte Graf Walter und blickte, als suche er Hilfe, Reinhold von Breis und Fulk von Orléans an. »Wir sind entschlossen.«

»Wozu entschlossen, um Himmels willen?«, fragte Peter. Alle Grafen und Ritter des Heeres umstanden ihn im Halbkreis. Hugo von Tübingen, Walter von Teck, Konrad und sein Bruder Albert, die von Zimmern, Gottfried Burel und Reinhold, Walter von Breteuil und fast alle anderen Ritter.

»Du bist nicht mehr länger der Anführer von uns allen«, sagte Wilhelm von Poissy scharf. »Wir werden unser Heer anführen und warten nicht mehr länger. Du sollst schon morgen nach Konstantinopel gehen und dort unser Gesandter sein, im Palast des Basileus.«

»Ihr wisst nicht, was Ihr sagt!«, rief Peter erschüttert. »Ich führe abertausend Pilger. Was soll ich im Palast?«

»Du sollst, sage ich, an den Hof des Kaisers gehen, als unser Vertreter, und dort mit allen Kräften versuchen, uns zu unterstützen. Wir haben mit dem Kapitän dort geredet – er wird dich mitnehmen. Mitsamt deinem heiligmäßigen Esel.«

Peter war aufgestanden, blickte Rudolf von Brandis verständnislos ins graubärtige Gesicht und begann zu schwanken. Mit drei Schritten war Rutgar bei ihm und packte ihn an den Schultern. »Dass du an der Seite des Kaisers auf das Heer wartest und dich um unser Wohlergehen kümmerst, ist wichtiger als dein Predigen und die Messfeiern. Dafür haben wir noch andere Priester.«

Heinrich von Schwarzenberg funkelte Peter an. Der Eremit atmete schwer, seine Gesichtsfarbe wechselte ins Graue, sein Bart bebte. Wieder wanderte sein Blick, heftete sich zuerst fragend, dann verzweifelt nacheinander auf die Fürsten.

»Das Heer der waffenlosen Pilger«, brachte er hervor und

hob die Arme, »wird nur auf mich hören, Ihr Herren. Sie sind mir bis hierher gefolgt, weil Gott sie durch mich und meine schwachen Worte lenkt. Und sie werden mir ihre Gefolgschaft nicht aufkündigen.«

»Das war bisher richtig so, Prediger.« Walter Sans-Avoir stemmte die Fäuste in die Seiten. »Das ist nun nicht mehr dein Pilgerheer. So viele Pilger werden dich mit Dank überschütten, wenn sie dich als ihren Fürsprecher in Konstantinopel wissen, o Kukupetros.«

»Ich will keinen Dank!«, rief Peter und riss sich von Rutgar los. »Ihr werdet tun, was Ihr Euch vorgenommen habt, und nicht auf meine Worte hören. Nun gut, dann fahre ich morgen hinüber zum anderen Ufer und werde beim Basileus um Proviant und Waffen betteln.« Er zeigte den Grafen die Fäuste, starrte sie verwirrt an und öffnete die geballten Hände, dann rief er: »Mit den Edlen, die Gottfried von Bouillon begleiten, komme ich wieder und werde an der Spitze dieses Heeres reiten – auf meinem braven Esel!« Er nickte den Grafen zu, senkte den Kopf und drehte sich um.

Mürrisch, aber zufrieden sagte Walter Sans-Avoir: »Morgen wirst du uns verlassen, Peter von Amiens.«

Peters Schultern zuckten. Seine Finger nestelten unruhig am Knoten des abgenutzten Zingulums. Schritt um Schritt ging er aus dem Lichtschein der Fackeln ins Dunkel zurück. Im Lager war es totenstill geworden. Die Fürsten nickten einander zu und entfernten sich. Gottfried Burel, die Daumen vor dem Bauch im Waffengurt, betrachtete Peter und Rutgar. Es schien, als wolle er etwas Tröstendes sagen. Aus dem Halbdunkel ertönte Rutgars Stimme. »Ihr erlaubt, Herr Graf, dass ich morgen den verehrungswürdigen Prediger aufs Schiff geleite?«

»Nichts spricht dagegen. Gehst du mit ihm zum Kaiser?«

»Nein, Herr Graf«, sagte Rutgar. »Auf dem Schiff ist der Verehrungswürdige sicher. Aber …«

»Ja?«

»Wenn Ihr Eure Bewaffneten wieder anführt, um im unwegsamen Land den Feind unseres Glaubens zu suchen – darf ich in Eurem Tross reiten? Mit Schwert und Schild kann ich gut umgehen.«

Gottfried Burel antwortete ohne zu zögern. »Es erstaunt mich ein wenig. Aber wir sind um jedes Schwert und jeden Reiter dankbar. Jeder, der einen Türken erschlägt, stärkt uns im Kampf für den wahren Glauben.«

Er nickte, drehte sich um und stapfte mit rasselnden Sporen davon.

Ruhig, unbetont schloss Rutgar: »So sei es. Amen.«

Zwischen dem Nachtlager Peters des Eremiten und dem Tor, das sich zum Uferhang öffnete, hatte sich eine Gasse in der Menschenmenge gebildet. Priester und andere Getreue umstanden schweigend und mit verschlossenen Mienen den Prediger. Rutgar half ihm, die wenigen Habseligkeiten einzupacken, und knotete den Riemen um das Bündel. Peter streichelte den Hals seines Esels und sprach leise in dessen linkes, zuckendes Ohr. Endlich hob der Eremit den Kopf, strich mit den Fingern durch den Bart und wandte sich an seine Gefolgschaft.

»Ich habe kaum geschlafen«, sagte er und rieb seine Augen. »Ich habe nachgegrübelt, und dann schickte mir Gott wieder einen Traum. Vor dem Thron des Kaisers Alexios kann ich für euch zahlreiche Vorteile erbitten; hier können wir nur darum beten.« Er machte einige zögernde Schritte und gurgelte einen Rülpslaut in den ausgefransten Kukullenärmel. Ein Junge führte den Esel zur nächsten Grasfläche und auf den Durchlass zu. »Ich versprech's, und ich schwöre es: Mit dem großen Ritterheer komme ich wieder zu euch allen zurück und führe euch. *Deus lo vult!* Betet für mich.«

Rutgar nahm ihm die Bündel ab, hängte sie über die Kruppe seines Rappen und packte den Zügel dicht am Kopf des Tieres.

»Lasst uns gehen, Verehrungswürdiger«, sagte er.

Peter segnete die Umstehenden und begann die lange Gasse abzuschreiten. Die Pilger riefen ihm Bitten zu, beschworen ihn zu bleiben, hielten ihm Becher voll Wein entgegen. Ab und zu blieb er stehen, segnete, trank, redete ein paar Worte, tröstete und lächelte. Eine Stunde verging, ehe er und Rutgar durch den schmalen Spalt in den wiederhergestellten Palisaden auf den Hang hinaustraten.

»Warum kommst du nicht mit mir, Jean-Rutgar?«, sagte Peter nach einigen Dutzend Schritten. Er drehte sich um und winkte mit Tränen in den Augenwinkeln.

»Weil ich sehen und aufschreiben will, was sich hinter den Hügeln versteckt«, antwortete Rutgar. Er lachte kurz. »Keine Sorge, ich werde schon auf mich achtgeben. Ich bin längst nicht so vermessen und so tollkühn wie die Grafen.«

Eines der Schiffe hatte schon abgelegt, der Kapitän der anderen Galeere wartete. Rutgar hatte erfahren, dass einige Ritter und ihre Kriegsknechte einen Teil der Beute an die Schiffsbesatzungen verkauften oder gegen Dinge eintauschten, die sie brauchten: Wein, Pfeile oder Proviant. Rutgar hatte den guten Wein in Ziegenbälgen mit eigenen Tetarteronen von Seeleuten gekauft, vor wenigen Nächten, in der Bucht von Nikomedia. Die Hufe des Esels und des Rappen klapperten auf den Brettern des Stegs, als sich Peter und Rutgar der Planke näherten, die an Bord führte. Einige Seeleute standen an den Tauen, Kapitän und Steuermann lehnten auf der Bordwandkante und starrten die beiden mit unverholener Neugierde an.

Peter schulterte seine Bündel, segnete Rutgar und sagte: »Versprich mir, dass du dich nicht den Plünderern anschließt. Dass du keine der Gräuel begehst, mit denen sie prahlen.«

»Ich verspreche es dir.« Rutgar packte Peters Handgelenk

und schüttelte den Unterarm. »Ich versuche, alles zu sehen und nichts Unsinniges zu tun.«

»Und schicke Boten, oder komm selbst, wenn mein Pilgerheer Hilfe braucht!«

»Ich schwöre es!«

Peter schob sich Schritt um Schritt die schräge Planke in die Höhe. Das Holz federte unter seinen bloßen Füßen. Als er auf den Planken stand, setzte er die Bündel ab und grüßte Rutgar ein letztes Mal. Der Junge zog den Esel ins Innere des Schiffes und kam kurz darauf wieder herausgerannt. Kommandos ertönten, die Tauschlingen klatschten ins Schilf, die Ruderriemen klapperten und senkten zischend ihre Schaufeln ins Wasser. Als das Schiff sich vom Hafensteg entfernte, stand Peter im Heck und blickte starr auf den Hang, die Palisaden und die Rauchsäulen des entschwindenden Lagers von Civetot.

Rutgar zog sich auf den Rücken des Rappen und ritt den Hang hinauf, durch den Graben und durch die Lücke der zugespitzten Baumstämme. Später schärfte er seine Feder, verdünnte die Tinte im Krüglein und schrieb auf sein Pergament:

Jean-Rutgar aus Les-Baux schreibt an Bruder Rasso und Bruder Odo zu Cluny in der Grafschaft Mâcon:

Zur Mitte des Erntemonds, nachdem der erbärmliche Heerhaufe nach Asien gebracht worden war, traf ein schweres Zerwürfnis die Pilger aus drei Ländern. Ritter Rainald führte alle Bewaffneten der Deutschen und der Italiener an, und nach der Absetzung, die man Peter dem Einsiedel angedeihen ließ und sich all die vielen Zehntausend Pilger unter mancherlei Beschwer und Nöten von Nikomedia nach Kibotos begaben, besprachen sich die Franzosen untereinander und fragten Gottfried Burel, ob er die dritte Gruppe der Ritter und ihrer Kriegsknechte anführen wollte.

Kaiser Alexios hatte Peter, der alle Pilger anführte, den Befehl gegeben, ruhig im Land zu leben und auf die Heere des Papstes zu warten, aber weil ihm die Fremden nicht gehorchten, verließen sie die befohlene Ordnung und suchten den Gegner. Da sie auf kein Seldschukenheer trafen, verleitete ihre Beutegier sie dazu, Dörfer und Siedlungen zu überfallen, zu töten, zu plündern und zu brandschatzen. Zuerst führten sie ihre Beutezüge ins nahe Land, danach wurden sie kühner und gieriger und drangen in das Gebiet ein, das die Seldschuken besetzt hatten. Obwohl sie wussten, dass sie unsere griechischen Christen beraubten, kümmerte es sie nicht.

Als die Pilger nach einigen Tagen nach Kibotos kamen und es mit viel Fleiß und Anstrengung in Besitz nahmen, um nach Kukupetros' Befehl dort zu warten, hatten die Seldschuken in ihrer Hauptstadt Nikaia längst Kunde von dem Christenheer erhalten; und ihr Herrscher Kilidsch Arslan ibn-Süleiman rüstete sein Heer, die Eindringlinge zu bekämpfen.

Er brauchte kein Wort hinzuzufügen; so war es. Er ließ die Tinte trocknen und achtete darauf, das Pergamentblatt in seinem Gepäck ohne Beschädigung aufzubewahren. In Gedanken bereitete er sich auf den Ritt mit den Grafen vor. Er gehörte weder zu ihnen noch zu den Rittern. Niemand kannte in Wirklichkeit Rutgar aus Les-Baux, niemand erinnerte sich seines Vaters oder gar seiner Mutter. Innerhalb der Pilgerscharen achtete man ihn als Diener und Beschützer des heiligmäßigen Peter, und auf diese Weise, sagte sich Rutgar, kam er satt durch das Jahr und unverletzt durch einen Teil der Welt.

Er lag ausgestreckt im Schatten, halb im Schlaf; ein paar Jungen passten auf seinen Besitz und die Waffen auf, damit sie nicht gestohlen wurden. Erst morgen im ersten Frühgrau des Tages wollten die fränkischen Raubritter, von Gottfried Burel angeführt, zum nächsten Ritt wider die Ungläubigen aufbrechen.

Was wusste er von den Raubzügen?

In Friedenszeiten lebten die griechischen Christen in ihren Dörfern landeinwärts, südlich der Küste des Marmarameeres, mit dem Türkenstamm der Seldschuken in guter Nachbarschaft. Deren Sultan im stark befestigten Nikaia am See sah keinen Grund, die Dörfler zu vertreiben, und er fürchtete die kaiserlichen Truppen. Sie konnten, hatten sie einmal mit Alexios' Kriegsflotte übergesetzt, binnen weniger Tage bis Nikaia vordringen. Wenn sich Sultan Kilidsch Arslan bedroht sah, dachte Rutgar, würde er jeden bekämpfen, der sich in eindeutiger Absicht der Stadt näherte, die immerhin die erste Hauptstadt des türkisch-seldschukischen Sultanats geworden war.

Aber die Plünderer hatten bisher nur die Dörfer südlich der Uferwege überfallen, nicht mehr als einen knappen halben Tagesritt entfernt inmitten des fruchtbaren Landes. Rutgar erträumte sich wilde Bilder von Kämpfen, Rauben, Vergewaltigungen und Brandschatzung; in seinem Tagtraum vermischten sich seine Ängste mit dem Inhalt so vieler Erzählungen, die er an den Lagerfeuern gehört hatte.

Die Wahrheit würde er nur erfahren, wenn er im Gefolge von Gottfried Burel ritt, mit dessen Raubrittern und Kriegsknechten. Seine Gedanken wühlten in seinen Erinnerungen. In den Jahren, die ihn auf der Rhône in zahlreiche Stadthäfen geführt hatten, hatte er kämpfen gelernt: Auf dem Deck des Handelsbootes, am Ufer, beim Treideln und in zahlreichen Schänken. Kämpfe mit Fäusten, Dolch und Schwert – es gab stets einen, der besser kämpfte als er und von dem er lernte, sich zu verteidigen. Ein Dutzend Männer hatte er verwundet, die Messer ebenso vieler hatten ihn getroffen, und zwei hatte er in Notwehr töten müssen. Einige Narben waren ihm geblieben, aber auch die Bilder verblutender Gegner und die Frauen, die sich zum Sieger mit den grünen Augen drängten.

Keine Frau reichte in seiner Erinnerung auch nur von fern an Ragenarda heran, aber er nahm sie, wie sie sich darboten, lachend und leidenschaftlich, und flüchtete meist, bevor er gegen Buhlen oder Ehemänner kämpfen musste. Seit er an Peters Seite pilgerte, hatte er nur drei Frauen besessen, flüchtig, ohne Herzklopfen, denn die meisten zogen es vor, es sich im Gefolge der Ritter gut gehen zu lassen. Nur an den Namen der jungen Rothaarigen, Dorothea, in Nikomedia, erinnerte er sich.

Und plötzlich war sein Traum blutrot, brennend, voll mit toten Leibern. Sterbende und tote Aussätzige, Tote, aufgedunsen im Wasser eines Flusses oder der Rhône, verstümmelte Juden in ihren Ghettos, ausgeblutete Erschlagene in mehr Kämpfen, als er Finger und Zehen hatte, Tote und Sterbende auf jeder Meile entlang des Heerzugs durch fremde Länder und zwischen unbekannten Toten das bleiche Traumgesicht seiner Mutter, die er nie gesehen hatte; mit unumstößlicher Sicherheit wusste er, dass sie es war. Grüne Augen, wie die seinen. Das Lächeln der nie Gekannten begleitete ihn aus dem Halbtraum der Ermattung hinein in die schweißnasse Wirklichkeit des Nachmittags, in den Lärm des Lagers, als ein Knecht zwei Dutzend Pferde an Rutgars Schlafplatz vorbeitrieb.

Von Toten habe ich geträumt, dachte er verschwommen und richtete sich auf. Sterbende und Tote werde ich zurücklassen, wenn ich mit dem Grafen und seiner Horde reite.

Zuerst drängten sich Gottfried Burel, Walter Sans-Avoir und Fulk »Foucher« von Orléans durch das schmale Südtor der Festung. Ihnen folgten nacheinander vielleicht siebzig, achtzig Bewaffnete zu Pferde. Einer der Letzten war Jean-Rutgar. Er trug zum ersten Mal alle Waffen: Das fränkische Koller, das er immer wieder geputzt hatte und das ihm bis zum Knie reichte, schimmerte rötlich im Morgenlicht. Die Schwertscheide, die Gurte und der Dolch glänzten von Fett. Der Helm mit dem Nackenschutz aus Eisenplättchen schlug leise klirrend an den

Sattelknauf, an dem links der Rundschild eines toten Petschenegen hing. Rutgar hatte das Leder grün gefärbt und eingeölt.

Die Reiter trabten durch die Lager vor dem südlichen Eingang, in denen noch fast jeder schlief. Rutgar stand in den Steigbügeln, alle seine Sinne waren geschärft. Aus einigen Unterschlupfen aus Grasmatten, dürrem Laub und Astgeflecht hörte er trunkenes Lachen von Frauen und Männern, es roch nach kaltem Rauch. Die Pferdehufe schlugen dumpfe Wirbel auf dem Grasboden, als die Reiter zur Straße hinausritten, sie überquerten und hintereinander auf einem Weg, nicht breiter als ein Ziegenpfad, zum Waldrand an der Schlucht trabten. Die Anzahl der Pferde, die überall dort weideten, wo sich Gras ausbreitete, von Tautropfen benetzt, schien auf wunderbare Weise zugenommen zu haben; allein vor den Palisaden waren es kaum weniger als tausend. Sie hatten im weiten Umkreis alles kahl gefressen. Rutgar senkte den Blick auf den Pfad; die Grafen, sagte er sich, wussten genau, wohin sie reiten mussten.

Fulk von Orléans trabte in der nächsten Stunde entweder an der Spitze oder neben Gottfried Burel. Die Reiter schonten ihre schweren Streitrosse, waren nicht laut und schauten sich wachsam um.

Rutgar merkte sich, so gut er es vermochte, jede Einzelheit des Landstrichs, den sie rasch, aber ohne zu hetzen, in Hitze und Staub durchquerten. Plötzlich war er sicher, dass irgendjemand gut versteckt neben ihnen ritt und sie scharf beobachtete. In diesem Landstrich schlängelten und kreuzten sich, wie in der Provençe, viele Tierpfade und verborgene Wege.

Aus flachem Uferland erwuchsen im Süden kantige Hügel, deren Täler schmaler und tiefer wurden, von Wald und hartblättrigem, dornigen Gestrüpp bedeckt, aus Rissen und Schluchten, entlang deren Ränder sich zwischen nacktem Fels und Wald die Wege hinzogen. Rutgar sah Wasserläufe in der Tiefe der Einschnitte, hörte das Prusten der Pferde und das Plätschern kleiner

Wasserfälle, sah halb verfallene Brücken und sandige Straßen, die unvermittelt auftauchten und im Grün verschwanden und auf denen in diesen Morgenstunden niemand wanderte und keine Karren fuhren.

Die Raubritter unterlagen einer Täuschung, sagte sich Rutgar betroffen. So schnell, wie sie vorankamen, ohne sich einen Weg freimachen zu müssen, so schnell und unbemerkt konnten sich auch die Seldschuken bewegen – nach Norden, also nach Civetot an der Küste. Die Reiter riefen einander wenige kurze Befehle zu, ließen die Pferde an gefährlichen Stellen im Schritt gehen. Der Ritt ging nach Süden, länger als eine Stunde durch menschenleeres Land. Rutgar konnte nicht eine Rauchfahne entdecken, die irgendwo hinter den Wäldern zeigte, dass dort Menschen lebten.

Als die Sonne die Reiter zu blenden begann, sahen sie die ersten Felder und die Ölbäume in langen Reihen an den Flanken der Hügel. Schafe weideten entlang einer sich schlängelnden Straße. Bienen und Fliegen summten in der Stille, die nur vom Flüstern des heißen Windes unterbrochen wurde. In den wolkenlosen Himmel, in dem Fischadler oder Geier kreisten, stiegen dünne Rauchwolken, die von Dörfchen kamen, die sich weit hinter dem Wald verbargen.

»Es geht nach links!«, rief Fulk von Orléans und drehte sich im Sattel halb herum. »Ein kleines Dorf, das noch nie fremde Besucher gehabt hat.«

»Es wird ein Fest für sie werden!«, antwortete Gottfried Burel lachend. Die Kriegsknechte murmelten begeistert. »Lasst euch Zeit! Haltet nach Türken Ausschau. Setzt die Helme auf.«

Auch Rutgar löste den Helm vom Sattel, setzte ihn auf und schloss das Kinnband. Die Stoppeln seines Kinns kratzten. Die bärtigen, langhaarigen Männer neben ihm, gleichaltrig und älter, führten hier das Leben, das sie erträumt hatten – weitab aller Zwänge, Gebote, Verbote und Einschränkungen. Sie brauchten keinen Herrn zu fürchten, sondern sehnten sich anscheinend nach dem Kampf gegen die Ungläubigen, von denen sie bisher noch keinen gesehen hatten. Der Ritt ging weiter.

»Hier verstecken die Dörfler auch ihr weniges Gold!«, rief ein Reiter. »Sie sind nicht so reich wie die Bewohner von Konstantinopel!« Ein anderer Ritter spornte sein schäumendes Pferd und gab zurück: »Aber viel Wein, Öl und Würste.«

Und Korn, Mehl, Salz, Decken und Kleidung aus Fellen, die im kalten Köln ein Vermögen kosten würden, dachte Rutgar und folgte den Reitern. Aufregung hatte die Männer gepackt, und aus dem Trab wurde Galopp. Sie stoben auf dem Pfad geradeaus bis zu einer Gabelung, an der zwei Pfade mündeten und sich die Straße verbreiterte. Auf den Hängen jenseits der Schlucht sah Rutgar, wie einige Dörfler schenkelhohes Korn sichelten und Garben banden. Sie schienen die Reiter nicht bemerkt zu haben.

Die Hufe schlugen auf weichen Waldboden. Durch Schatten und Halbdunkel galoppierten die Reiter auf die ersten Hütten des Dorfes zu, die sich hinter den Baumstämmen zeigten. Flechtzäune säumten die Straße, Rinder schrien zwischen den Häusern, und Rutgar hörte, wie Schwerter raschelnd aus den Scheiden glitten.

»Ihr Herren!«, rief Fulk grinsend. »Nach rechts und links. Sichert die Flanken!«

Walter Sans-Avoir und Gottfried Burel mit ihrem Gefolge galoppierten mit gezogenen Schwertern auseinander. Rutgar entschloss sich im letzten Augenblick, dem von Orléans zu folgen. Zwei Frauen waren vor der ersten Hütte stehen geblieben, starrten die Reiter entsetzt an, rannten los und begannen gellend zu schreien. Die Ritter drangen auf drei Wegen in das Dorf ein, ihre Pferde trampelten durch Gebüsch und Kräutergärten, durch gackernd aufflatternde Hühnerschwärme und zwischen Ställen und Scheunen hindurch. Die angsterfüllten Schreie setzten sich fort, Männerstimmen fluchten, Menschen rannten aus den Häusern und kehrten jählings um, als sie die Gepanzerten sahen.

»Holt euch, was ihr braucht!«, erscholl Fulks Stimme durch den Wirrwarr. »Zeigt ihnen das Schwert, dann verstehen sie euch schon!«

Er zügelte sein Pferd, ließ es hochsteigen und sprang aus dem Sattel. Fünf seiner Männer scharten sich um ihn und drangen in eines der größeren Häuser ein. Die anderen ritten weiter, bis zum Ende des Dorfes, rissen die Tiere herum und trieben sie auf die Türen der Hütten zu. Frauen und kreischende Kinder flüchteten durch Gärten und unter Obstbäumen zu den Weiden und zum Wald. Aus dem Inneren der Häuser kamen klirrende Geräusche, Schreie, Flüche, die Laute brechenden Holzes, dumpfes Krachen und entsetzliches Wimmern.

Rutgar war in der Mitte der sandigen Dorfstraße zum Stehen gekommen. Plötzlich war er allein; sein Pferd keuchte. Das Dorf bestand aus nicht mehr als zwei Dutzend Hütten, weit auseinanderstehend, durch Baumreihen und niedrige Zäune voneinander getrennt. Die Türen einiger Häuser waren zerborsten und hingen schief oder lagen in Trümmern auf dem Boden. Er ritt zur nächsten Hütte, stieg ab, band den Rappen quer vor der windschiefen Tür fest, zog das Schwert und schob den Unterarm durch die Griffe des Schildes. Dann machte er vier schnelle Sprünge zum Eingang; es war eines der kleineren Häuser.

Der Garten vor dem Haus war noch nicht zertrampelt. Aus der Dachöffnung kräuselte dünner Rauch in die Höhe. Im nächsten Haus klirrten zerberstende Krüge, und Kinder schrien. Rutgar öffnete die Tür, stieß sie mit der Schwertspitze vollends auf und wartete, bis sich seine Augen ans Halbdunkel gewöhnt hatten. Er machte zwei Schritte und riss den Schild hoch, als er vor sich einen bärtigen, halbnackten Mann sah, der eine Gabel mit eisernen Zinken auf ihn richtete.

Rutgar senkte das Schwert und sagte: »Keine Angst. Gebt mir Wein. Tut so, als fürchtet ihr euch vor mir.«

Das Innere des Hauses war ärmlich, aber es blitzte vor Sauberkeit. Matten aus geflochtenem buntem Gras bedeckten den bräunlichen Lehmboden. Die Bewohner trugen helle Kleider; durch kleine Öffnungen des Daches fiel Sonnenlicht in den Wohnraum. Zwei Kälbchen und, neben einem Mutterschaf, zwei neugeborene Lämmer bewegten sich im Hintergrund der Hütte. Hinter einem Tisch drängten sich eine junge Frau, ein Mädchen und zwei Drei- oder Vierjährige. Rutgars Befehl war überflüssig gewesen; sie fürchteten sich und starrten ihn wie gelähmt an, sprachlos und voller Unverständnis. Rutgar zeigte mit dem Schwert auf die Frau und sagte drängend:

»Nimm deine Kinder, Frau, und renn hinüber zur Schlucht. Versteckt euch! Die anderen werden in wenigen Augenblicken hier sein.«

Mit zitternden Fingern hatte der Mann eine kinderkopfgroße Schale mit schwarzrotem Wein gefüllt. Rutgar schob das Schwert in den Gürtel, nahm einen Schluck und blickte in die Augen des Mannes, die aus einem schreckensbleichen Gesicht hervorstachen. Brandgeruch breitete sich zugleich mit dünnem Rauch aus.

»Dank. Du auch! Versteck dich im Wald. Nachher ... schickt Boten zu den anderen Dörfern, zu den Christen. Vergrabt euren Besitz, stellt Posten auf! Bringt die Frauen und Kinder weg.«

Er leerte den Napf zur Hälfte, zeigte auf einen Wasserkessel und ließ den Trunk auffüllen. Die Frau war zum hinteren Teil des Langhauses gerannt und hatte eine schmale Tür aufgestoßen.

»Wo ist das Mehl?«

Stumm deutete der Bauer auf eine Truhe neben der Feuerstelle. Auf einem Rost verbrannten rauchend dünne Brotfladen.

»Habt ihr Münzen? Gold? Viel Salz?«

Der Bauer schüttelte den Kopf. »Nein, Herr Ritter, aber ...«

Rutgar sah zu, wie die Frau, die Kleinen auf dem Arm, sich mit aller Gewalt durch die schmale Öffnung quälte. Das junge Mädchen folgte ihr. Rutgar hob das Schwert und sagte schroff:

»Hinter ihr her! Rennt, so schnell ihr könnt. Vergiss nicht, was ich gesagt hab!«

Der Mann hob die Gabel auf, sprang zum Durchbruch und sah sich, als er im Freien war, mit seltsamem Gesichtsausdruck um. Rutgar handelte, so schnell wie er konnte. Er kippte mit einem Fußtritt das halbverbrannte Brot in die Glut, packte ein Lamm, schmetterte es auf den Tisch und rammte das Schwert durch den Hals des Tieres. Er bückte sich, riss die unterarmgroße Mehltruhe hoch, streute Mehl und Schrot ins Feuer, über den Boden und den Tisch, hustete würgend im Rauch, im Dampf und in den Mehlschwaden, zerschmetterte den Weinkrug und warf den Napf hinterher. Dann schleuderte er die Truhe in die aufzüngelnden Flammen, riss sein Schwert an sich und rannte zur Tür hinaus, gefolgt von einer mächtigen Rauchwolke.

Sein Rappe scheute und riss am Zügel. Von Rutgars Schwert tropfte Blut, der Schild war blutbesudelt als er zu seinem Rappen sprang, ihn losband und neben dem Tier auf die erste Gruppe Plünderer zurannte.

»Der Einsiedel würde mich segnen«, sagte er zu sich und verschluckte ein Grinsen. Er drehte sich um und sah, dass aus dem Dach und der Türöffnung der Hütte dichter Rauch quoll. Das Schaf und das Kalb gaben jämmerliche Laute von sich. Rutgar konnte hinter den grauen Schwaden die Familie des Bauern nicht mehr in Sicherheit rennen sehen. Er achtete darauf, dass einige Raubritter das Blut auf dem Schild und der Schwertschneide bemerkten, schob die Waffe zurück, knotete den Zügel auf und zog sich in den Sattel. Zwei Reiter galoppierten auf ihn zu. Er hob den Arm mit dem blutigen Schwert in die Höhe und brüllte:

»Sie haben nichts gehabt!« Der Lärm aus den Häusern, in denen geplündert wurde, wuchs. »Und jetzt fehlt ihnen noch mehr – ihr Leben.«

»Wir sind noch lange nicht fertig. Sie haben ein paar Frauen zusammengetrieben ... dort hinten ...«

Ein Bauernhaus hatte Feuer gefangen. Aus allen Richtungen ertönten Schreie und Flüche und raues Gelächter. Die Reiter schleppten halb gefüllte Säcke aus den Häusern, schwere Krüge und prall gefüllte Bündel. Rutgar entdeckte an den Waldrändern Männer, Frauen und Kinder, die in Gruppen und einzeln geflüchtet waren. Ein Kriegsknecht warf zwei Schafe, denen Blut aus den aufgeschnittenen Kehlen spritzte, über den Rücken eines schrill wiehernden Pferdes und schnürte die Läufe der Beutetiere zusammen.

Rutgar wusste, was die Plünderer fast in jeder Hütte fanden: Salz, Wein und Öl, Mehl oder gutes Korn und Fleisch, eingesalzen oder an der Luft getrocknet, Nüsse und getrocknete Früchte, Honig und schöne, gegerbte Felle. Und wenn die Bauern lange genug bedroht und gequält wurden, zeigten sie auch die Verstecke ihrer wenigen Münzen und des wertvollen Schmucks.

Langsam ritt er in der Mitte der Dorfstraße auf die Stelle zu, an der die Häuser dichter beieinanderstanden. In seiner Kehle würgte ein saures Brennen, das auch Wein nicht weg spülen konnte.

Kapitel XI

A. D. 1096; 21. Tag im Herbstmond (September), Frühabend
Namenloses Dorf im Süden von Civetot

»Jene sind abtrünnig geworden vom Licht und kennen seinen Weg nicht und kehren nicht wieder zurück zu seiner Straße.«
(Hiob 24,13)

Zwei knebelbärtige Kriegsknechte bewachten die Pferde und ließen sie am steinernen Trog des Dorfbrunnens saufen. Ein anderer füllte die eigenen Ziegenbälge. Rutgar wandte den Kopf. Drei grölende Männer hielten eine langhaarige Frau, der sie die Kleider vom Leib gerissen und ein Tuch in den Mund gesteckt hatten, auf einem Schragen oder einem Tisch fest; der vierte, die Hosen bis zu den Knöcheln heruntergelassen, machte sich keuchend über die Frau her, die sich verzweifelt wehrte. Überall stank es nach brennendem Stroh, vergossenem Wein und warmem Blut.

Mit Schwertstichen zwang ein Reiter einen Bauern, Enten und Hühner an den Beinen zusammenzuschnüren und zum wartenden Pferd zu schleppen. Ein zweites Haus brannte. Der Wind trug den Rauch des schmorenden Strohdachs die Dorfstraße entlang. Kriegsknechte schleppten Käselaibe aus den Scheunen, stopften sie in die Sattelsäcke und hängten ihren Pferden dick geflochtene Zwiebelzöpfe um die Hälse. Die Reiter rannten lachend mit ihrer Beute zwischen den Pferden und den Hütten hin und her. Vom Hund umkläfft, rannte und sprang eine Schafherde über die Dorfstraße. Vor den Ställen verfolgte ein Reiter im Galopp einen jungen Stier und stach ihm, als das Tier herumfuhr und sich zu wehren versuchte, die Lanze in den Leib. Ein zuckender Menschenkörper hing über einem Zaun und verblutete aus einem Dutzend Wunden; aus einem Haus rannte ein Reiter und stopfte goldblitzende Schmuckketten in sein Hemd.

Dieses Dörfchen hatte keine Kirche, und so fehlten Turm und griechische Kreuze. Rutgar ritt zum Brunnen, stieg ab und nahm die Gebissstange aus dem Maul des Rappen. Während das Tier soff, blickte Rutgar sich um: Gottfried Burel hatte eine nackte, junge Frau an einen Balken des Vordachs gebunden und betastete ihre blutigen Brüste. Sie warf wimmernd den Kopf hin und her, ihr langes Haar flog um ihre Schläfen, als die Hände des Grafen sich zwischen ihre Schenkel zwängten.

Ja, dachte Rutgar, es war so, wie Peter der Eremit es trotz seiner Einfalt vorhergesehen hatte. Binnen kurzer Zeit hatten Habsucht, Geilheit und Abenteuerlust die Furcht vor dem ewigen Höllenfeuer besiegt. Für ein paar Münzen des Basileus hätten sie von den Bauern alles kaufen können, was sie geraubt hatten, ohne jede Gewalt, aber der Teufel in den Herzen der Ritter wollte es anders. Er selbst hatte in der vergangenen Stunde gehandelt, ohne viel zu denken – er war frei von der Krankheit der Unvernunft, die er um sich herum erlebte.

Er nickte den Reitern zu, die mit ihrer Beute, darunter einem Amboss und Schmiedewerkzeug, einige geraubte Esel und Maulesel beluden und, Walter Sans-Avoir an der Spitze, davontrabten. Als sich der Rappe sattgesoffen hatte, füllte Rutgar seinen Wassersack und trank selbst, brachte das Zaumzeug in Ordnung und wollte aufsitzen.

»He, Grünauge!«, rief ihm ein Knecht zu. »Lass uns nicht alles von dem Zeug schleppen. Mitgeritten, mitgeschleppt!«

»Gib her«, antwortete Rutgar und füllte seine Sattelsäcke

mit Käselaiben, einem Arm voll scheibenförmigen, warmen Brotes und zwei versiegelten Krügen. Dann schob er die Fußspitzen in die Steigbügel und ruckte am Zügel. Das schwerbeladene Tier folgte in kurzem Trab den Reitern, die hinter Sans-Avoir unter den Obstbäumen verschwanden.

Rutgar blickte über die Schulter zurück, sah die Brände und die Verwüstungen und schwor sich, in Zukunft die rastlosen Überfälle der Grafen aus sicherer Entfernung zu beobachten und, wenn er es rechtzeitig schaffte, die Dörfler zu warnen. Es stand für ihn fest, dass die gräflichen »katholischen« Raubritter zuerst die Dörfer der rechtgläubigen »orthodoxen« Christen in der Nähe überfallen und daraufhin ihre Raubzüge immer weiter ausdehnen würden, bis zu dem Tag, an dem das eigentliche Heer Urbans II. in Nikomedia landete. Aber er würde nicht tatenlos bleiben; wenn es ihm glückte, das Heilige Land zu erreichen, wollte er sich nicht vorwerfen müssen, dies mit dem Blut armer Bauern erkauft zu haben.

Er löste das Kinnband und hob den Helm vom Kopf. Sein Haar klebte schweißnaß auf der Schädelhaut. Er wischte den Schweiß mit dem Handrücken aus den Augen und achtete darauf, dass er auf dem richtigen Pfad ritt.

Mehr als zwei Stunden später erreichten die ersten Plünderer das Lager vor den Palisaden. Rutgar behielt den kleineren Teil der Beute, verteilte die Nahrungsmittel, sattelte ab, versorgte den Rappen und zog sich an seinen Platz im Schatten zurück.

Kaum weniger als zwanzigtausend Pilger drängten sich innerhalb der Mauerreste und Palisaden Civetots. Rauch, Geschrei, Flüche und Gelächter, Schweiß und Bratengeruch mischten sich zu einer Wolke aus Gestank und Lärm, die stundenlang nicht vom Lager wich. Kinder und Frauen, Alte und Kranke,

Priester und Bewaffnete, Schafe, Ziegen und Rinder bewegten sich durcheinander wie eine riesige Menge bunter Käfer auf einem Aas. Die Pilger trieben die Tiere aus dem Lager auf die kümmerlichen Weiden ringsum. In zwei, drei Tagen würde alles Grün verschwunden, jedes Blatt weggefressen sein.

Zwei schwere Gewitter waren die Südküste entlanggezogen und hatten die Festung mit ihren Bewohnern ebenso durchnässt wie die Segel der heimkehrenden Fischerboote, die man aus der Ferne sah. Stunden danach trieb die stinkende Hitze die wabernden Nebel der letzten Tage aus dem Boden und den Baumkronen.

Civetot war auf einem niedrigen Hügel gebaut worden. Mauern aus Bruchstein und Quadersteinen, seit eineinhalb Jahrzehnten von Gestrüpp überwuchert, erhoben sich in mehreren Stufen, darüber starrten die zugespitzten Palisaden. Die meisten Hölzer waren halb morsch, die runden Türme neben dem Tor würden einem Angriff kaum lange standhalten können. Das Tor hing schief in den Angeln, von den eisernen Beschlägen blätterte Rost. Die Dächer kleiner Hütten, die halb ins Erdreich hineingebaut waren, zeigten Löcher und waren von Moos bedeckt; an vielen Stellen hatten die Pilger angefangen, Dächer und Palisaden auszubessern und die Büsche zu roden. Überall herrschte drangvolle Enge, mit beißendem Rauch verbrannten unter den Wasserkesseln Äste und Blätter. Die Menschenmenge versuchte, innerhalb der Palisaden ihr Lager einzurichten; es schien, als fasse die morsche Festung die Tausende nicht.

Die Gruppen der Raubritter vergrößerten sich mit jedem Überfall und blieben länger aus. Von jedem Beutezug brachten sie Pferde mit, auch Frauen und Reitpferde. Ihre Beute änderte sich, und die Plünderer schienen sich ebenfalls zu verändern. Nun sahen sie, in Helmen und mit Waffen, für jedermann wie Räuber und Plünderer aus. Sie trugen ihre Vorstöße, nachdem sie Späher ausgeschickt hatten, in die Teile des Landes, die von den Seldschuken beherrscht wurden. Mitunter brachten die Plünderer Herdenvieh mit: Rinder, Schafe und Ziegen.

Je weiter die Dörfer von Civetot oder Nikomedia entfernt waren, desto reicher waren deren Bewohner. Die Raubritter kamen mit Silber, Gold und Schmuck zurück; was sie nicht behalten wollten, verkauften sie den griechischen Besatzungen der Schiffe aus Konstantinopel.

Rutgar folgte bisweilen den Plünderern, entdeckte Weggabelungen und Pfade, die in die Tiefe der Schluchten führten; Straßen, die niemand zu kennen schien und die im Nirgendwo endeten. Uralte, zusammengebrochene Brücken und die Stümpfe runder Türme. Von den Schiffern erfuhr er, dass Nikaia und die Festung Civetot, in der die Priester jeden Tag mehrere Messen lasen, nicht mehr als dreißig Meilen voneinander entfernt und die Straße zwischen ihnen breit genug für Seldschukenheere war.

Mit größter Behutsamkeit ritt Rutgar zwei Tage lang allein auf den versteckten Teilen der Straße – jenen Abschnitten, auf denen die fränkischen Plünderer noch nicht geritten waren. Er wagte nicht, in den Nächten Feuer zu machen. Am dritten Abend trabte Rutgar zum Strand, wo, ein gutes Stück vom Lager entfernt, ein kleiner Fluss ins Meer mündete, in dem er sein Pferd striegelte, bis zum Bauch im Wasser. Ein kurzer Pfiff: Berenger, nur das Schamtuch um die Hüften, ritt auf seinem ungesattelten Pferd an Rutgars Seite und sprang in die Wellen.

»Du hältst dein Wort, Franke!«, rief Berenger und tauchte prustend unter. Er schüttelte sich, strich das Wasser aus dem Gesicht und grinste Rutgar an. »Hast nicht mit den Plünderern gewütet. Was tust du ohne deinen Prediger?«

Rutgar fuhr fort, seinen Rappen zu striegeln, und antwortete:

»Ich hab so getan, als wäre ich ein schrecklicher Franke. Aber was ich hier soll – eigentlich weiß ich es nicht.«

»Du reitest umher und merkst dir Weg und Steg, wie?«

»Die beste Weise«, sagte Rutgar und klaubte eine Klette aus dem Schweif seines Rappen, »das Land kennenzulernen. Und du? Du bist unsichtbar dort, wo die Raubritter hausen.«

»Das hat der Kaiser so verlangt«, bestätigte Berenger und begann sein Reittier mit Wasser zu überschütten und zu striegeln. Rutgar sah unter seiner sonnenbraunen Haut die Muskeln spielen und erkannte, dass der Waräger offenbar ein gewaltiger Krieger war; ein Dutzend Narben auf Brust, Rücken und Schultern schien Berengers Stärke zu beweisen. Zum ersten Mal sah er das strahlende Blau von Berengers Augen. »Und mit Mühe bin ich einem Dutzend türkischer Lanzenreiter entkommen.«

»Sie wissen also, dass wir in ihrem Land sind.« Mit einem Holzstäbchen stocherte er eine Zecke aus dem Fell des Pferdes. »Bald wird's auch ihr Sultan wissen. Das bedeutet Kampf, Berenger.«

»So ist es. Als Festung taugt Civetot nicht viel.« Berenger deutete auf die Rauchsäulen, die in der Ferne vom Lager in den Abendhimmel stiegen.

»Und unsere Pilger sind schlechte Verteidiger.«

Sie nickten einander zu und fuhren schweigend damit fort, die Tiere zu versorgen. Nebeneinander führten sie die Pferde zum Strand, leerten die ledernen Eimer mit Quellwasser über die Köpfe der Pferde, rieben sie trocken und entließen sie auf die Weide. Berenger setzte sich auf das halb auseinandergebrochene Fischerboot, auf dem beide Sättel trockneten.

»Es gibt keine Nachricht von dem Heer, auf das du wartest, Rutgar«, sagte Berenger. »Und es ist weit nach Antiochia. Und viel weiter bis nach Jerusalem.«

Er trocknete seine Brust und die Arme und wedelte das

Lederhemd, um die Feuchtigkeit daraus zu vertreiben. Rutgars Leibtuch war nass und schmutzig, nachdem er seine Beine damit abgerieben hatte. Er träufelte Öl in die Handfläche und rieb es in die Haut.

»Es ist seltsam«, sagte er leise. »Die Raubgrafen und ihr Gesinde tun, als fürchteten sie weder das weglose Land noch die Türken, noch den Tod. Sie kämpfen wie der Satan; ich hab's ein paarmal miterlebt. Aber ungefähr zwanzigtausend Pilger haben sich selbst in Civetot eingesperrt und verhungern, wenn der Kaiser kein Essen schickt. Ob sie je ihr Ziel erreichen ... ich vermag's nicht zu glauben.«

»Und du? Welches Ziel hast du im Blick?« Berenger entschied sich, ein dünnes Wollwams anzuziehen. »Jerusalem?«

»In Köln wusste ich es«, antwortete Rutgar. »Jetzt bin ich klüger, aber ratlos. Alles, was mich reicher macht und mich nicht umbringt an Leib und Seele, das will ich haben. Wenigstens etwas von allem.« Er lachte unwillig. »Kein Königreich hier in der Fremde. Ein gutes Auskommen in der Provençe, irgendwann.«

»Normandie, Provençe – dahin sind's ein paar Tausend Meilen. Ob wir jemals dorthin zurückkommen?«

»Man wird sehen«, sagte Rutgar. »Niemand kennt sein Schicksal. Gott antwortet nicht. Deuten wir seine Zeichen richtig? Oft beneide ich den Eremiten um seinen unerschütterlichen Glauben.«

»Wenn Peter zurückkommt, dann mit dem großen Heer des Papstes. Oder gar nicht mehr.« Berenger stieg in die Hose und schloss die Gürtelschnalle. »Eines ist gewiss: Wenn Sultan Arslan ergrimmt, seid ihr alle verloren.«

Rutgar nickte langsam und wägte seine Wort ab, während die Männer die Sättel in den Schatten eines Baumes schleppten. »Um seinem Grimm zu entfliehen, reite ich durchs Land. In Les-Baux hat mich auch keiner gefunden, wenn ich es nicht wollte. Ich werde notfalls auch einen Fischer finden, der mich nach Konstantinopel übersetzt.«

»Wenn Hauptmann Roger oder der Basileus selbst keine anderen Befehle haben, werde ich nach dir suchen, Rutgar.« Berenger nickte. »Trotzdem rate ich dir: Wage nicht zu viel. Bald wimmelt es hier von Türken.«

»Danke für deinen Rat«, antwortete Rutgar und holte sein Essen, das in Tücher eingeschlagen war, aus dem Sack. »Die Pilger brauchen mich nicht, mit den Räubern reite ich nicht mehr, und ich will mich nicht langweilen. Ein Stück Käse?«

»Ja, danke. Es liegt bei dir, was du tust.«

Berenger mischte frisches Wasser in den Wein, schüttelte den Krug und nahm einen Schluck. Dann hielt er den Tonkrug Rutgar hin und nickte auffordernd.

Berenger teilte sein Wissen mit Rutgar: Viele unbekannte Pfade führten zu winzigen Orten, Weilern und Dörfchen, deren Namen keiner kannte. Wie groß war das Land der Heiden? Stieß es weiter im Süden an ein anderes Meer? Und wo verbargen sich die Seldschuken, vor deren Kampfeskraft die Pilger so oft gewarnt worden waren? Noch schienen die Truppen des Sultans, bis auf Späherreiter, sich in Nikaia und im Land südlich der Stadt aufzuhalten. Milch und Honig, so viel stand für Rutgar fest, flossen andernorts; nicht hier. Das Tor zu fremden Ländern, dessen Bild er im Herzen trug, hatte ihn bisher nur zu Dornenranken, Felsen, grausamer Hitze und noch grausamerer Notzucht und Brandschatzung geführt.

Rutgar wusste selbst nicht genau, warum er die Umgebung der Festung Civetot durchstreifte. Nicht nur deshalb, weil ihn Langeweile plagte. Er fand verschwiegene Buchten am Meeresarm, in denen er schwamm und das reinigende Salzwasser genoss. Die Wälder waren voller Wild, das so scheu war, dass

Rutgar die Tiere nur hörte, aber kaum jemals sah. Bäume und Büsche beherbergten unzählige Vögel. Nach vielen Stunden geduldigen Reitens kam er in die Helligkeit des Tages zurück, zuletzt am Rand eines Pfades, auf dem einige Hundert Normannen und Franken johlend an ihm vorbeigaloppierten. Der Ausdruck ihrer Gesichter erschreckte ihn. So hatten die Raubritter wohl gelacht, als sie die Juden in Mainz, Speyer und Prag gejagt und totgeschlagen hatten.

Er zügelte den Rappen und wartete, halb verborgen zwischen Baumstämmen und Gebüsch. Niemand beachtete ihn. Sie hatten also wieder mit Raub, Mord und Schändung unter ihren eigenen Glaubensbrüdern gewütet, dachte Rutgar, und jedes Wort Peters des Eremiten darüber, was geschehen würde, wenn er ihnen nicht Einhalt gebot, war auf furchtbare Weise richtig gewesen. Der Menschenhaufe war in zwei Teile zerfallen, in Pilger und Raubritter; wenn sich der Seldschuken-Sultan entschloss, dem Treiben Einhalt zu gebieten, würden Unschuldige für die Schuldigen leiden.

»Ich werde an diesem Tag hoffentlich weit genug davongeritten sein«, murmelte Rutgar. »Was könnte ich gegen ein Dutzend Fürsten ausrichten?«

Er sah den Reitern nach und wartete, bis ihr Johlen und das Hufgetrappel verklungen waren.

»*Festina lente!*«, sagte er und kitzelte das Tier mit den Sporen. »Eile mit Weile. Aber weile nicht zu sehr, Jean-Rutgar.«

Er trabte durch den Staub, den der wilde Haufe des Grafen Rolf von Brandis aufgewirbelt hatte, zum südlichen Palisadentor, durch die Menschenmenge in der Festung und den Hang hinunter zum winzigen Hafen. Auf Rosten über der Glut und auf Stöcken aufgespießt rauchten und brieten Fische und stank das Holz. Am Steg lagen eine Galeere und sieben Fischerboote; die Fischer hatten ihren Fang an die Pilger verkauft.

Nächtlicher Sturm hatte die schmale Meereszunge aufgewühlt; Wellen und Dünung schüttelten, hoben und senkten das große Schiff, das vor Anker und an den Festmacherbohlen lag. Rutgar fühlte die bebenden Planken unter seinen Sohlen und wurde an die Strudel der Rhône erinnert. Kapitän Elekteus lehnte an der Bordwand und blickte prüfend zu den Haltetauen und den knarrenden Fendern hinunter.

»Euer Gesicht, Herr Ritter, ist wie drei Nächte Nordsturm. Wollt Ihr mich vor Sturzseen, Meeresungeheuern oder verderblichem Schiffbruch warnen?«

Rutgar schüttelte den Kopf und setzte sich auf eine mächtige Truhe, deren Oberfläche wie Glas poliert war.

»Ihr befehligt ein schönes Schiff, Herr Kapitän«, sagte er ruhig. »Von diesen drei Übeln weiß ich nichts. Ich bin kein Ritter, nur der Vertraute des Kukupetros. Ich bitte Euch, eine Botschaft in Konstantinopel auszurichten. Es geht um die Ungeheuer, die in den Menschen hausen wie ... wie ein Incubus.«

»Eine Botschaft über Ungeheuer, Ritter ...«

»Rutgar von Les-Baux. Diener und Beschützer von Peter Venerabilis, dem mönchischen Einsiedel, der jetzt am Hof des Basileus lebt und Salzfisch für uns Pilger erbettelt.«

»Ihr macht mich neugierig.« Der Kapitän grinste zustimmend. »Einen Becher Wein, wenn's gefällt?«

»Einen leichten, bitte. Der Tag ist noch lang, Herr der Wogen.«

Kapitän Elekteus winkte lachend einem jungen Seemann und machte unmissverständliche Gesten. Zwei Fischerboote legten vom Steg ab; das Wasser um sie herum war von Fischabfällen übersät. Kreischend stritten sich Möwen um die schwimmende Festtafel. Rutgar glich die Bewegungen seines Körpers denen des Schiffes an und begann sich wohlzufühlen wie auf einem schwerbeladenen Rhôneschiff. Nach dem ersten Schluck kühlen, hellroten Weins aus einem Tonbecher begann er zu berichten, was er erlebt hatte. In maßvollem Schweigen hörte der Kapitän zu, wühlte in seinem kurzen weißen Bart, und je länger Rutgar berichtete, desto finsterer wurde Elekteus' Miene.

»Ein Haufe von tausend Reitern«, wiederholte Elekteus heiser. »Schändung, Mord, Plünderei. Es ist Euch nicht möglich, diese Horde Halsabschneider im Zaum zu halten?«

Rutgar stellte den Becher ab, breitete die Arme aus und richtete den Blick zum Himmel. »Wie denn? Sollen die Greise und die Frauen, die ihre Säuglinge schleppen, ihnen die Schwerter aus der Hand winden? Peter der Eremit hat sie hundertmal beschworen, hat inbrünstig gebettelt und gebetet – sucht ihn, Kapitän Elekteus, und sagt ihm, er soll zum Kaiser gehen und ihn auffordern, mehr Krieger zu schicken. Sie müssen dem Plündern und Morden Einhalt gebieten!«

Der Blick des Kapitäns glitt über das Tauwerk, huschte die Masten entlang und verkroch sich in den Falten der Stützsegel; schließlich schenkte er nach und sagte, mit flacherer, böserer Stimme als zuvor: »Ich sage dir, Ritterlein, was der Basileus – der Herr möge ihm und seinem Töchterlein Anna unbeschwertes Leben gönnen – und der Befehlshaber unserer Schiffe, Maurokatakalon, denken. Was Alexios deinem Peter sagen wird. Worauf er hofft, wenn ihn nachts üble Träume plagen.«

Sie warteten, bis das wütende Schreien und Jammern der hungrigen Möwen erträglicher für ihre Ohren geworden war.

»Sagt es mir, Kapitän!«

»Er denkt an Nikaia, wo der große Konstantinus vor Urzeiten ein Konzil hat abhalten lassen. Eine uneinnehmbare Stadt mit den höchsten Mauern und zweihundertvierzig Türmen. Und doch hat Sultan Kilidsch Arslan, der Unverwüstliche, sie erobert. Bald, so denkt der Basileus, ist des Sultans Geduld erschöpft und dahin. Dann wird er seine Türkenheere, zahlreich wie Fischschuppen«, er zeigte auf die Fischer, deren Boote mit schlaffen Segeln davontrieben, »gegen euch schicken. Eine Woche später bleichen eure Knochen in einer Schlucht irgendwo in den Bergen. Die Säuglinge: zertreten unter Pferdehufen. Die Knaben: verschnitten und Beute seldschukischer Schändung, ebenso die Mädchen. Die Alten und Kranken: totgeschlagen. Die Frauen: Sklavinnen beim Teppichknüpfen. Und all das Geraubte kehrt im Kreislauf der Dinge zurück, woher es kam: zu den Beraubten. Das denkt der Basileus: Ihr werdet Nikaia nie erreichen. Er hat recht. Wäre ich er, ich würde nicht anders denken.«

»Ich wehre mich, wenn ich angegriffen werde. Aber ich bin kein Mann von Gewalt«, sagte Rutgar leise und dachte an Berengers Worte. »Peter auch nicht. Man mag über ihn sagen, was man will, aber er ist ein aufrichtiger Mann. Gott hat ihn mit gläubiger Einfalt geschlagen; er will und hat keine Macht, versteht sich als Gefäß voller Gottesworte, will nichts anderes, als mit seinen bedauernswerten Pilgern in der Grabeskirche zu Jerusalem zu beten.«

»Ich glaube Euch, Herr Kukupetros-Ritter«, sagte der Kapitän, zwirbelte Löckchen in seinen Bart und blickte in die Kielspur des letzten Fischerbootes, das mit Westwind in die Richtung des Sankt-Georgs-Arms davonsegelte, verfolgt von einem Schwarm rotäugiger Möwen. »Ich werde die Botschaft weitergeben. Erwartet nichts, denn es wird keine Hilfe kommen, es sei denn, Euer päpstliches Heer ist am Goldenen Horn. Und zu Euch, edler Ritter: Bringt Euer feines Pferd an Bord und kommt mit mir nach Konstantinopel.« Er leerte den Becher. »Nur so werdet Ihr überleben.«

Hundert Herzschläge lang dachte Rutgar über das Gesagte und dessen Bedeutung nach, nippte am warm gewordenen, süßen Rotwein und lauschte auf das unirdische Rumpeln und Poltern aus dem Schiffsbauch.

»Ich kenne inzwischen fünf Dutzend vorzüglicher Verstecke«, sagte er und suchte den forschenden Blick des Kapitäns. »Ich werde schon mit dem Leben davonkommen, wenn der Sultan angreift. Wie lange dauert es, bis Eure Schiffe vom Goldenen Horn bis hierher segeln oder gerudert werden?«

»Bekomme ich im Morgengrauen einen klaren Befehl, bin ich vor Sonnenaufgang hier – am folgenden Tag. Spätestens.«

»Gut, dies zu wissen, Herr Elekteus. Es geht um die Unschuldigen.«

Der Kapitän nickte. »Schon verstanden, junger Ritter«, sagte er.

Elekteus winkte abermals und ließ die Becher füllen. Er stand auf und zog Rutgar nach Steuerbord. Sie blickten in den leeren Hafen hinunter. Nur vier oder fünf Möwen schwammen in den Wellen. Der Rappe wartete geduldig am Ufer und rupfte Blätter von einem Strauch.

»Gott oder die Götter, das Schicksal, das Paradies oder die ewige Verdammnis im satanischen Feuer – alles droht uns armen Menschlein. Wer möchte es uns verübeln, wenn wir uns wehren? Wir sind trotzdem klein wie Ameisen unter der Sohle Eures teuren Stiefels.«

»Die Sohle ist dünn und löchrig geworden, Kapitän«, sagte Rutgar grinsend. »Ihr erlaubt, dass ich von Bord gehe?«

Der Kapitän schlug Rutgar auf die Schulter und stieß ein meckerndes Gelächter aus. »Denkt daran: Je näher Eure Raubritter an Nikaia gelangen, desto baldiger wird ihr Ende kommen.«

»Ich denke daran. Meinen Dank für alles, Kapitän Elekteus. Wann legt Ihr ab?«

»Wenn Ihr an Land seid.« Sie packten einander mit harten Griffen an den Handgelenken und schüttelten sie. »Seid vorsichtig. Seht Euch um. Wenn erst einmal der Kiel eines Schiffes Sprünge zeigt, brechen bald Spanten und Planken.«

»Ich werde Eure Warnung gebührend lange begrübeln«, sagte Rutgar und ließ sich hinunter zum Steg begleiten, an dessen Ende Berenger stand und ihm unbewegten Gesichts entgegenblickte. Der Kapitän rief Rutgar hinterher: »Seid versichert: Der Basileus wird morgen oder einen Tag später erfahren, was Ihr mir berichtet habt!«

»Dann wünsche ich Euch guten Wind«, antwortete Rutgar.

Er saß auf und ritt zum Hufschmied, der das Horn der Pferdehufe beschnitt und die vier neuen heißen Eisen mit kurzen Nägeln befestigte. Eine Stunde später sah Rutgar weit draußen auf dem Meeresarm die geschwollenen bräunlichen Segel der Galeere; das Schiff entfernte sich mit schäumender Bugwelle, die aufblitzenden Riemen bewegten sich im Takt wie die Glieder eines Tausendfüßlers.

Rutgar klackte mit der Zunge und hielt das Pferd an, als die Vorderhufe auf den Steinen der Brücke polterten. Er beugte sich weit aus dem Sattel, grinste und schüttelte den Kopf. Er lenkte den Rappen rückwärts, vom Anfang der uralten Brücke und schräg in die Kiesel des Bachbetts hinunter.

Noch immer war Rutgar allein auf dem Weg, der sich in Schlangenlinien abseits derjenigen Straßen versteckte, die den Franken bekannt waren. Von Nikomedia nach Nikaia gab es eine ausgebaute Straße; aber er, der einsame Reiter, hatte Wildpfade gefunden, die nicht miteinander zusammenhingen und durch verwuchertes Eichengestrüpp zu Quellen und Schlammsuhlen führten.

An diesem Vormittag, mehr als zwei Tage nach dem Gespräch mit dem Kapitän, hatte sich Rutgar mit seinem Pferd und gefüllten Satteltaschen, das Kettenhemd mit Riemen verschnürt vor sich im Sattel, ungesehen bis auf drei Meilen Nikaia genähert. Er war an neun Dörfern vorbeigeritten, die unverkennbare Spuren der Plünderung und Brandschatzung trugen – geplündert und gebrandschatzt von gräflichen Panzerrittern.

Der zweite Tag des Herbstmonds war drei, vier Stunden alt. Rutgar, der sich geradezu ängstlich nur in der Deckung und versteckt nach Süden gewagt hatte, war nahe daran, die fränkischen Fürsten und deren Wagemut zu bewundern. Obwohl sie das Land nicht kannten, ritten sie mit schier untrüglicher Sicherheit zu den Plätzen, an denen sich ein Überfall lohnte. Die Franzosen waren die Rücksichtslosesten. Die Spuren, die Rutgar fand, stammten von Gottfried Burel und seinen Anhängern. Ritter Rainald mit seinen deutschen und italienischen Rittern schien im Wettstreit mit Gottfried Burels Rotte jene Ziele gefunden zu haben, die zu berauben lustvoller und beuteträchtiger war.

Rutgar lenkte den Rappen mit losem Zügel auf dem fast unkenntlichen Pfad zur Furt durch den Bach, der wenig Wasser führte. Als er am dritten Bogen der Brücke vorbeiritt, fielen kleine Splitter und weißer Staub zwischen den Steinen heraus in die sprudelnden Wellen. Der Wallach kletterte mit einiger Anstrengung den gegenüberliegenden Hang hinauf und auf dem Weg in kühle Schatten hinein. Hinter den Bäumen wieherte ein Pferd.

Rutgar zuckte zusammen, aber sein Rappe wieherte nicht zurück. Mit angespannten Sinnen lauschte Rutgar, ritt langsam weiter und zog mit der Rechten das Schwert über die Schulter. Die Straße am Boden der Schlucht lag im Halbdunkel, folgte den Windungen des Bächleins und war feucht vom Tau. Die Huftritte waren kaum zu hören.

Je mehr er sich der schmalen Sandstraße näherte, desto heller wurde es um ihn herum. Wieder wieherte das Tier; es war ein Schmerzenslaut. Dann hörte Rutgar das Stöhnen eines Menschen und ritt durch den Bewuchs neben dem harten Sand des Weges. Ein Dutzend Geier begann krächzend und flügelschlagend in alle Richtungen aufzufliegen; Staub sprühte aus dem Gefieder. Der Hufschlag wurde leiser, fast unhörbar. Statt alter Bäume säumten bald nur Büsche, von stacheligen Ranken umschnürt, den Weg neben der Furt.

Einen Bogenschuss voraus sah Rutgar eine Wegkreuzung. Er hielt das Pferd an und lauschte wieder, hörte Fliegenschwärme summen und versuchte etwas zu erkennen. Er sah hinter einem Felsblock nur einen Pferdelauf, dessen Huf zuckend den Sand aufscharrte. Nach einigen Schritten weitete sich eine lang gezogene Lichtung; sie war vor kurzer Zeit Schauplatz eines Kampfes gewesen. Mit gespannten Sinnen ritt Rutgar näher.

Er trabte zwischen reglosen Gestalten, Pferden und Männerkörpern, die auf der Fläche verstreut lagen, auf den Körper zu, der sich schwach bewegte. Ein Zug am Zügel, ein Schenkeldruck; der Rappe drehte sich einmal im Kreis. Ein Teil der Aasfliegen schwirrte mit zornigem Geräusch in die Höhe.

»Sie sind alle totgeschlagen worden«, flüsterte Rutgar, ließ den Schild los und sprang aus dem Sattel. Um die Kreuzung herum lagen tote Pferde und tote Krieger. Das Blut aus den tiefen Wunden war versickert und längst getrocknet. Er trat hinüber zu dem zuckenden Pferd, dessen Haut an mehreren Stellen von den Geierschnäbeln aufgerissen war. Mit einem schnellen Stich des Schwertes tötete Rutgar das Tier und wich dem letzten Zucken der Läufe aus.

Er bewegte sich schnell von einem Toten zum anderen. Ihm fiel auf, dass die getöteten Pferde keine Sättel und kaum eines mehr Zaumzeug trug. Auch die Männer waren ausgeplündert worden; ihre Waffen fehlten. Er zählte rasch. Siebzehn tote türkische Reiter oder Späher. Dann hörte er ein leises Geräusch, wie das Schluchzen eines Kindes.

Das leise Wimmern kam aus Rutgars Rücken; zwischen zwei

Felsbrocken fand er einen Mann, der sich dorthin verkrochen hatte. Es war ein Seldschuke. Rutgar sprang zu seinem Pferd, knüpfte den Wasserschlauch ab und hastete zu dem Verwundeten zurück. Er kniete neben dem Oberkörper des Fremden nieder und versuchte, ihm gemischten Wein einzuflößen.

»Ihr seid auf die Ritter gestoßen? Oder seid ihr überfallen worden?«, sagte er leise. »Wer war es?«

Der Stoff des silberbestickten Hemdes und der Beinkleider klebte im trocknenden Blut tiefer Wunden. Mühsam schluckte der Sterbende, der Blick seiner Augen klärte sich ein wenig. Er starrte Rutgar an, suchte in dessen Gesicht nach Milde oder Hass und hustete. Blut und Wasser spritzten Rutgar entgegen.

»Die Franken. Deine Leute.«

Rutgar schob den Arm unter den Nacken des Sterbenden und fühlte, wie der Seldschuke zitterte. Blut war im verklebten Schnurrbart geronnen, aus den Mundwinkeln liefen Blut und dünnes Wein-Wasser-Gemisch. Mit einem qualvoll langen, rasselnden Geräusch holte der Fremde Luft und atmete aus. Rutgar schlug der faulige Odem des Todes entgegen.

»Meine Leute brandschatzen die Dörfer und berauben andere Christen«, sagte Rutgar und hoffte, der andere würde jedes Wort verstehen. »Du und deine Männer – ihr kommt aus Nikaia? Von Sultan Kilidsch?«

Mit den Augenlidern gab der Sterbende ein Zeichen. Ja, aus Nikaia. Dann hob er Rutgar die zitternde rechte Hand entgegen. Er flüsterte: »Sie sind so viele. Wir haben uns gewehrt, aber ... sie sind auf dem Weg nach Nikaia ... vorbei an Drakon. Danke, Fremder ... Nimm. Der Ring ...«

Rutgar nickte schwer. Drakon – das war der Name einer Siedlung, den er einmal aus dem Kreis der Raubritter gehört hatte.

»Ich kann es nicht verhindern«, sagte Rutgar und hob das

Mundstück des Schlauchs an die Lippen des Sterbenden. »Die Franken sind im Blutrausch.«

»Allah ...« Der Seldschuke trank, zuckte zusammen, hauchte zitternd den letzten Atemzug in Rutgars Gesicht und streckte sich. Der Blick richtete sich starr in den Himmel. Rutgar ließ den Kopf des Toten nach hinten sinken und verschloss den Wassersack, ehe er sich halb aufrichtete und die Lider des Fremden hinunterdrückte.

»Geh in Frieden«, murmelte er und fühlte, wie sich die Finger des Toten in seiner Hand verkrampften. Vorsichtig, als bereite die Bewegung dem Toten Schmerzen, drehte er den schweren Ring vom blutigen Finger und steckte ihn in seine Gürteltasche.

Warum dieses Geschenk des Sterbenden? Hatte der Ring eine bestimmte Bedeutung? Er säuberte das Schwert, schob es in die Scheide und befestigte den Trinkschlauch. Über dem Wegekreuz kreisten die hungrigen Geier, auf dem Sand bildete sich eine Straße schwarzer Ameisen; Rutgar dachte an das Pilgerheer und nahm den Zügel auf.

»Wohin?« Seine Stimme klang unnatürlich laut. Er zog sich in den Sattel und ritt, halb unschlüssig, zurück nach Norden, in den Schatten. Dort hielt er den Rappen an, stützte sich mit beiden Händen auf den Sattelknauf und dachte nach. Eine Horde Männer unter Gottfried Burel – sie waren jetzt vielleicht schon, wenn sie sich nicht lange mit dem Brandschatzen aufgehalten hatten, in Sichtweite der Mauern Nikaias am Westufer des Askanischen Sees. Dreißig Meilen entfernt von Civetot. Sobald die Deutschen die Beute der Burel'schen Horden sahen, würden sie unter Ritter Rainalds Anführerschaft aufbrechen. Fünftausend, sechstausend Männer. Oder weniger? Genug indessen, um die Bewohner dieses Landes das Fürchten zu lehren.

Das bedeutete Kämpfe und Krieg gegen die Seldschuken.

Kämpfe? Der Hass der Seldschuken und der christlichen Bewohner Nikaias würde sich in einem tödlichen Gewitter entladen, und da die Pilger fremd in diesem Land waren, kannten sie nicht einmal die Wege, auf denen sie fliehen konnten.

»Das soll nicht für mich gelten«, murmelte Rutgar zu sich selbst und setzte die Sporen so leicht ein, als wolle er die Flanken des Rappen streicheln.

In schnellem Trab ritt er auf seinen Spuren Richtung Civetot zurück. Mit jedem Atemzug fühlte er sich leichter und besser. »Aber ... wohin sollen wir flüchten? Ich und die vielen Pilger, die an den Beutezügen unschuldig sind?«

Er hob den Zügel und lenkte den Rappen einen steinigen Hang zum Bach hinunter, der sich durch das baumumstandene Tal schlängelte. In der Mitte eines breiten Bettes aus Sand und Kies plätscherte der Wasserlauf, drei Ellen breit. Als der Rappe den Kopf senkte, sah Rutgar rechts von sich die uralte Brücke. Der Bogen war unversehrt, aber aus den Seiten waren Blöcke herausgebrochen, über deren bemooste Flanken das Wasser lief. Aus den Fugen wuchsen Sträucher. Die Gebissstange klirrte gegen einen Kiesel, und gleichzeitig hörte Rutgar Hufgetrappel und Schreie in der fremden Sprache. Er zuckte zusammen, zog am Zügel und duckte sich. Der Lärm kam von dem Pfad, auf dem er eben noch geritten war.

»Türkische Reiter!«, flüsterte er und lenkte den Rappen im Bachwasser zur Brücke. Die Hufe versanken im Sand, manchmal schlug Eisen an einen Stein. Rutgar drehte sich und blickte zu der Lücke im Gebüsch, durch die er heruntergeritten war. Dort, im hellen Sonnenlicht, preschte eine Reihe Reiter vorbei; ihre Waffen blitzten und klirrten.

Rutgar duckte sich in den Schatten unter dem Brückenbogen. Der Hufschlag wurde lauter, die Reiter kamen näher. Rutgar hatte auf seinen Ritten oft die Ruinen kleiner Türme, Mauerreste und Teile von gepflasterten Straßen gesehen. Er war überzeugt, dass das Land vor langer Zeit von viel mehr Menschen bewohnt gewesen war. Deren Städte hatten viele Straßen und Brücken miteinander verbunden, die jetzt bedeutungslos geworden waren. Nicht aber dieser Pfad und diese Brücke.

Er hielt den Atem an und spürte das Pochen seines Herzschlags. Der erste Reiter erreichte die Brücke, das Geräusch der Hufe änderte sich. Aus den Fugen rieselte körniger Gesteinsstaub in Rutgars Nacken. Er streichelte den Hals des Rappen und hoffte, dass er nicht scheute oder wieherte. Nacheinander ritten die Türken im Schritt über die Brücke und riefen sich auffordernd klingende Wörter zu. Die Pferde wieherten, das Klirren der Waffen und die Rufe wurden leiser; Rutgar glaubte, ein Dutzend Reiter gezählt zu haben. Er wartete, bis das Hufgetrappel nicht mehr zu hören war, und drängte den Rappen rückwärts unter der Brücke hervor.

»Die Türken«, murmelte er, »sie haben die Pilger in Civetot entdeckt.«

Die heruntergekommene alte Festung war weniger als eine Stunde entfernt, wenn er auf der breiten Straße ritt. Er stieg ab und legte, einer dunklen Ahnung folgend, das Kettenhemd an und zog dessen Kopfteil bis in die Stirn. Rutgar ritt einige Hundert Schritte langsam im Bachbett und folgte dem Lauf des Wassers, ließ den Rappen den Hang hinaufklettern und beschloss, auf den größten möglichen Umwegen in das Lager zurückzureiten, in den fragwürdigen Schutz der Palisaden.

Im Trab folgte er einem Pfad, den er schon einige Male geritten war. Als er um einen dreimal mannshohen Felsen bog, an dessen Flanken rankenüberwucherte Mauerreste zerfielen, sah er an der Gabelung drei türkische Reiter. Sie waren nicht weiter als einen Bogenschuss entfernt und sahen ihn in demselben Augenblick wie er sie. Er stieß einen Fluch aus, zog das

Schwert und hob den Schild. Ihm war nicht bewusst, dass er in seiner Muttersprache geflucht hatte, im Languedoc.

Die Türken stießen trillernde Schreie und scharfe Rufe aus und ritten an. Rutgar wusste binnen weniger Herzschläge, wie er zu kämpfen hatte. Zwei der braunhäutigen Krieger hatten die Krummschwerter gezogen, der dritte zog einen Pfeil aus dem Rückenköcher, als Rutgar sein Pferd spornte und auf die Türken zugaloppierte. Mit jedem Sprung wurde sein Rappe schneller. Rutgar stemmte die Füße in die Steigbügel und duckte sich neben den Hals des Pferdes, den Schwertarm schräg hinter sich ausgestreckt, die Augen knapp über dem Schildrand. Sein Pferd war schwerer und größer als die Tiere seiner Gegner, und da er früher angeritten war, auch schneller. Er galoppierte auf die Schwertkämpfer zu, beobachtete aus dem Augenwinkel aber auch den Bogenschützen, der sich, sein Ziel im Auge, langsam im Sattel drehte. Die Schwerter hoch über den Spitzen der Helme, drangen die Türken auf ihn ein. Sie waren offenbar sicher, dass er zwischen ihnen durchzubrechen versuchte. Kurz vor dem Zusammenprall lenkte er den Rappen nach rechts, ließ den Angreifer rechter Hand an sich vorbeigaloppieren und stieß in vollem Galopp mit dem anderen Türken zusammen.

Er duckte sich, riss den Schild in die Höhe und schlug mit voller Wucht, mit halber Körperdrehung, mit dem Schwert zu. Der Pfeil schlug mit trockenem Krachen in den Schild. Als Rutgar den Schild nach rechts herumschwenkte, traf die Spitze des gegnerischen Schwerts dessen Rand. Rutgars Schlag prellte den Schild des Türken an dessen Körper, rutschte über die metallenen Buckel und traf den Krieger zwei Handbreit unter der Halsgrube quer über die Brust. Von der Wucht des Schlags, den Rutgar bis in seinen Rücken hinein spürte, wurde der Türke aus dem Sattel gerissen. Sein Oberkörper schlug auf die Kruppe des Pferdes, das Krummschwert wirbelte schräg in die Luft, und der nächste Galoppsprung des Pferdes hebelte den

Türken aus dem Sattel. Er schlug in voller Länge, obwohl er sich in der Luft schreiend zusammenkrümmte, mitten in die Felsen neben dem Pfad. Sein Schrei riss jäh ab.

Rutgar ritt in die linke Abzweigung der Pfade hinein, zügelte das Pferd und wendete. Er galoppierte zurück und griff mit ungezügelter Kraft an. Ihm war, als habe ein unhörbarer Sturm in seinem Inneren eine schäumende Woge aufgetürmt, die sich über ihm und den türkischen Reitern brach; das Tier zwischen seinen Schenkeln bewegte sich, als spüre es die Entschlossenheit seines Reiters. Neben seinem rechten Ohr zischte ein Pfeil vorbei. Der zweite Schwertkämpfer versperrte ihm, sein schäumendes Pferd quer über dem Pfad zügelnd, den Weg. Der Bogenschütze setzte den nächsten Pfeil auf die Sehne. Rutgar polterte heran, das Schwert tief neben dem Pferdebauch fest im Griff, alle Muskeln gespannt und die Klinge des anderen beobachtend.

Er ritt mit seiner ungeschützten Seite an den Schwertarm des Türken heran, schützte seinen Kopf mit dem Schild und riss das Schwert in einem Halbkreis nach vorn und nach oben. Beide Waffen klirrten in Schulterhöhe gegeneinander. Aus den Schneiden schienen Funken zu stieben. Jeden Augenblick konnte Rutgar der nächste Pfeil des Bogenschützen treffen, aber der Schütze zögerte, um nicht seinen Mitkämpfer zu treffen. Als die Waffe des Türken mit schauerlichem Klirren zur Seite geprellt war, stand Rutgars Pferd mit eingestemmten Vorderfüßen. Rutgars Schwert beschrieb eine Art Halbkreis, so schnell, dass er die Klinge selbst nicht sah, und traf den Türken im Nacken. In einer Blutfontäne kippte der Türke aus dem Sattel und wurde von seinem Pferd drei, vier Mannslängen weit mitgezerrt, ehe das Tier mit bebenden Flanken stehen blieb; der Zügel hatte sich um das Handgelenk des Toten gewickelt.

Wieder sauste ein Pfeil dicht an Rutgars Ohr vorbei. Aber als er sich, viel zu spät, aus der Bahn des Geschosses werfen wollte, sah er, dass der Pfeil unter dem Kinn des türkischen Bogenschützen steckte und der Krieger mit verwundertem Gesichtsausdruck aus dem Sattel kippte. Sein Mund war aufgerissen, sein Schrei erstarb in der zerfetzten Kehle.

Rutgar zog am Zügel und drehte sich herum. Zwischen zwei Büschen saß Berenger im Sattel seines Rappen, hielt mit der Linken den Bogen über den Kopf und vollführte mit dem rechten Arm eine seltsame Geste; gleichermaßen Anerkennung und Überheblichkeit.

»Gut gekämpft, Provençale!«, rief er. »Drei sind zu viele für einen! Wir treffen uns bald wieder.«

»Warte …!« Berenger beachtete Rutgars Ruf nicht. Er ritt zum Pferd des ersten Toten, einem dunklen Schecken, griff nach dem Zügel und trabte auf dem linken Pfad davon. Nach fünf Atemzügen war er außer Sicht.

»Was tun?«, murmelte Rutgar, klopfte den Hals seines Pferdes, und zum ersten Mal wusste er mit Sicherheit, dass er zufällig ein Tier gekauft hatte, das ein erfahrener Ritter, allerdings auf rücksichtslose Art, als Schlachtross zugeritten hatte. Er lauschte, bemerkte, dass seine Hände zitterten, und stieg steifbeinig aus dem Sattel.

Er wischte die Klinge am Umhang eines der Toten ab und schob das Schwert mit einiger Mühe in die Scheide. Dann entschloss er sich, die Waffen, den Bogen und den gefüllten Köcher der toten Türken an sich zu nehmen. Er band alles mit einem langen Stoffstreifen zusammen, der dem Bogenschützen als Leibgurt gedient hatte, tauschte seinen zerhauenen Schild um, fand einige Lederbeutel voll silberner und goldener Münzen und eine fingerdicke goldene Kette um den Hals des Reiters, dessen Rückgrat von den messerscharfen Felsen zerbrochen worden war.

Die Schilde schleuderte er zwischen die Büsche. Noch immer war es ruhig; das plötzlich einsetzende Zwitschern der

Vögel und der zirpende Chor Hunderter Grillen bewies, dass sich niemand näherte.

»Ich hab es nicht gewollt«, murmelte er und zog die ausgeplünderten Leichname zwischen die Büsche. Sein rasender Herzschlag beruhigte sich nur langsam. Berenger! Ein Geheimnis umgab diesen Mann; er hatte vielleicht sein Leben gerettet. Rutgar schlug den Kopfteil des Kettenhemdes zurück und stiefelte zu den beiden Pferden, die friedlich Gräser und frische Blätter fraßen, band den Zügel des Braunen an den Sattel des Schecken und zog die Tiere zu seinem Pferd. Er saß auf; die schlanken, wendigen Tiere mit den klugen Augen folgten ihm willig.

»Wenn Berenger vor mir reitet, ist der Weg frei«, sagte er leise und trabte an. In den Satteltaschen der Türken hatte er nur fellbezogene, metallene Wasserflaschen gefunden, halb gefüllt, die er an sich genommen hatte, aber keinen Proviant – ein verstecktes seldschukisches Lager war also nicht fern. Berenger und der Kapitän hatten recht gehabt. Die Gefahr lauerte unsichtbar auf Ritter und Pilger. Hier, zwischen dem Saum des Meeres und der Stadt Nikaia.

Einige Schritte vor dem Lager der Ritter stieg Rutgar ab. Er winkte einige ältere Pilger herbei, übergab ihnen die Zügel der Pferde und sagte:

»Sie sind euer. Behandelt sie gut. Auch die Sättel gehören euch. Ich hab sie redlich erkämpft – wenn Kukupetros zurück ist, werdet ihr sie brauchen.«

»Ihr habt gegen die Türken gekämpft, Herr Jean-Rutgar?«

Er nickte und deutete auf die erbeuteten Sättel. »Und es scheint, dass ich meinen Kampf überlebt habe. Macht euch keine Mühe; es sind schwerlich Schätze in den Satteltaschen.«

Sie führten die Beutetiere weg. Rutgar nahm die Gebissstange aus dem Maul des Rappen und hielt das Tier am Zügel.

Reinhold von Breis wurde auf Rutgar aufmerksam, stand von seinem Hocker auf und ging ihm entgegen.

»Um Vergebung, Herr Graf«, sagte Rutgar und verbeugte sich, »ich bin gekommen, Euch und die anderen Herrn zu warnen.«

»Warnen? Wovor?« Die Blicke Reinholds schienen Rutgar durchbohren zu wollen. »Du bist der Franzose, der unseren Kukupetros bedient und beschützt hat.«

»So ist es, Herr Graf. Ich habe, zwei, drei Stunden vor Nikaia, die toten Seldschuken gefunden. Einer hatte noch ein wenig Leben in sich und redete von einem Kampf gegen fränkische Ritter.«

»Wir haben sie überrascht. Ihre wunderbaren Bogen und die schnellen Pferde haben ihnen nichts genützt. Deine Warnung?«

»Zwei Stunden Trab von hier, im Süden, neben der breiten Straße, habe ich ein Dutzend Späher auf Pferden gesehen; ich konnte mich gerade noch rechtzeitig verstecken. Ich will damit sagen: Die Türken wissen, dass wir hier lagern. Kurz darauf musste ich gegen drei Männer kämpfen, die genau wussten, wie ein Ritter zu töten ist. Dass Ihr, Herr Ritter, die Dörfer verwüstet – das weiß inzwischen auch ihr Herrscher, der Sultan ibn-Süleiman.«

»Selbst wenn er es weiß – wir sind dreitausend Gewappnete!«

Zögernd näherten sich einige Gefolgsleute und hörten zu. Rutgar hob die Schultern und starrte ins Gesicht seines Gegenübers. »Man sagt, die Türken seien so zahlreich wie Sandkörner am Ufer.« Er beruhigte den Rappen und blickte in Reinholds gerötetes Gesicht. »Ich fürchte um das Leben der vielen Pilger, die ohne ihren Anführer sind. Sie verstehen nicht zu kämpfen.«

»Civetot ist stark befestigt. Und notfalls können wir aufs

Meer hinaus ausweichen«, sagte ein Ritterknecht im eisengeschuppten Lederwams. »Aber wir werden die Türken in Stücke hauen, wenn sie es wagen, uns anzugreifen.«

»Peter von Amiens hat sie kämpfen gesehen. Ihre Pfeile sind wie Hagelwolken«, antwortete Rutgar. »Je mehr Ihr Euch Nikaia nähert, desto mehr werdet Ihr sie reizen. Ich bin nicht der Mann, der euch beraten will, aber seid gewarnt, Herr Graf.«

»Wir halten stand, bis die Heere Gottfrieds von Niederlothringen übersetzen«, erwiderte der Graf von Breis mit sichtlichem Unwillen. »Dennoch: Wir danken für die Warnung.«

»Ich tat's für Peters Pilger und für Eure Sicherheit.«

Rutgar verbeugte sich abermals und führte sein Pferd zur Tränke. Er glaubte nicht daran, dass seine Warnung die Ritter von weiteren Plünderungen abhielt; da sie keinen Widerstand spürten und nicht an die Überlegenheit der Türken glaubten, blieben sie starrsinnig und beutegierig.

Zwei Tage lang fand Rutgar, obwohl er Berenger suchte, seinen Lebensretter nicht. Inzwischen hatte er sich zu einem Pilger durchgefragt, der sich auf Schmuck, edle Steine und Gold verstand: die Glieder der Kette des Türken, erklärte der Greis, hatte ein Meister geschmiedet, der schwerlich sein Geschäft nördlich der Donau betrieb, sondern vielleicht in Konstantinopel. Den Ring hatte Rutgar von Blut und Schmutz befreit. Er war aus weißem Gold, fast zwei Finger breit, und auf einem viereckigen Feld sah man Linien und Wirbel, die fremde Schriftzeichen sein mochten, einen Turm, einen Löwenkopf und ein Krummschwert, das schräg über die Fläche graviert war und Zeichen und Bilder durchschnitt. Der Versuch, die Zeichen zu entziffern, machte alle ratlos, die Rutgar fragte. Dank Ragenarda wusste er, dass die Schrift muslimisch war – nicht mehr.

Er zögerte, ob er den Ring und die Kette um seinen Hals tragen sollte, entschied sich aber, sie in den Tiefen der Fächer seines Münzengurtes zu verstecken.

Am 16. Tag des Herbstmonds zügelte die Vorhut des fränkischen Heeresteils die schweißnassen Pferde an der Stelle, wo der Weg den Wald verließ. Hinter den gepanzerten Rittern drängten sich die Haufen der Fußkämpfer. Eine große, flache Senke breitete sich vor den Augen der Reiter aus. Die Sonne des frühen Nachmittags leuchtete auf Felder, Weiden und kleine Siedlungen und, drei oder vier Stunden scharfen Ritts entfernt, auf den Mauern der Stadt Nikaia. Sie lagerte sich hinter Wäldchen und einem Taleinschnitt vor den Wolken am Horizont, die sich im See vor der Stadt spiegelten. Gottfried Burel wies mit der Spitze des Schwertes auf die strahlenden Flächen und den Askanischen See, der sich im Westen der Stadt erstreckte und in dem sich auch ein Teil der Mauern spiegelte, ebenso wie in dem breiten Graben, der das Wasser des Sees um einen Teil der Stadt herum leitete. Ein Fluss entsprang dem See und mündete ungefähr zehn Meilen weiter in einer felsigen Bucht des Meeres.

»Da! Jetzt kennen wir den Weg nach Nikaia!«, brüllte er. Sein Gesicht war schweißüberströmt und hochrot. »Zweihundertvierzig Türme stehen in der Mauer!«

»Das sagt man«, meinte Fulk von Orléans lachend, »und ob wir sie umwerfen können, werden wir herausfinden.«

Auf ihren Plünderzügen hatten die Ritter von dem flussartigen Ablauf des langgestreckten Sees erfahren. Auf diesem Weg brachten die Türken Verpflegung und frische Truppen in die Stadt, aber auch die Schiffe des Kaisers konnten diese Wasserstraße stromauf befahren. Eine Stadt dieser Art, von Türken bewohnt, schien schnell und ohne eigene Verluste zu erobern zu sein.

»Zuerst sehen wir in den Dörfern nach, ob es sich für uns lohnt!«

Gottfried Burel ritt an und gab seine Zeichen und Befehle. Der Heerhaufen teilte sich, als sei er eine Hand mit fünf gierigen Fingern, und polterte den Hang hinunter; die wenigen Reiter auf schweren Pferden voraus, die Bewaffneten auf leichten Tieren dahinter, immer schneller; hinter ihnen rannten die Fußkämpfer, zwischen ihnen trippelten aufgeregt die beladenen Esel. Noch ahnte keiner der Bewohner in diesem weiten Talkessel, dass einige Dutzende gierige Ritter und deren hundertfaches Gefolge sich rücksichtslos auf jede Beute stürzen würden.

Die Ziele des Heeres, das trotz der mittlerweile erworbenen reichlichen Bewaffnung und der Fähigkeit zu kämpfen noch immer eine Armee der Armen war, lagen offen und schutzlos vor den Reitern. Niemand hatte die Bewohner der wehrlosen Dörfer gewarnt. Dutzende Reiter galoppierten in die Umgebung hinaus und verjagten oder erschlugen die Hirten. Sie trieben die Herden auf den Weiden zusammen; das Fußvolk der Grafen zog und zerrte Rinder und Schafe über die abgefressenen Felder zur Straße, und auf Fulks Befehl fingen die Männer an, die Tiere nach Süden zu führen.

Schließlich erreichten die Reiter und die hinterherrennenden Ritterknechte die Dörfer. Sie drangen in die friedlichen Siedlungen ein, ohne auf bewaffneten Widerstand zu stoßen. Einigen Bewohnern gelang es, sich in die Kirchen zu flüchten und die Glocken in den Türmen zu läuten. Auch als das Geläut über die Felder hallte, wussten die Bewohner der weiter entfernt liegenden Weiler nicht, dass sie von christlichen Pilgern überfallen wurden. Der Rauch der ersten brennenden Dächer quoll vor dem Bild der Stadt in die heiße Luft.

Die wehrlosen Siedler waren den Franken ausgeliefert. Die Ritter stürzten in den Häusern das Unterste zuoberst, erschlugen die Männer, zerbrachen Truhen und Krüge, zerrten Frauen und Mädchen aus den Türen und überließen sie den Fußkämpfern; schnell waren sie gefesselt und auf dem Kirchplatz zusammengetrieben.

In den schönsten Häusern, in den Trümmern der Verwüstung, schlugen die Franken ihr Lager auf. Die Ritter zwangen die Bewohner, ihre Weinfässer heranzurollen und die Krüge zu öffnen. Wer nicht gehorchte, starb unter Schwerthieben. Über der Glut briet das Fleisch der geschlachteten Rinder. Mit Pfeilen schossen die betrunkenen Franken nach den Hühnern, es stank nach schmorenden Schaffellen und dem Federvieh, das im Feuer verbrannte.

Die Betrunkenen zwangen die Frauen der Bauern, sich ihnen hinzugeben. Aus den Häusern drangen Grölen, Geschrei und Klirren; die Eroberer hatten Musikinstrumente gefunden und suchten nach Christen, die spielen und singen konnten. Bis spät in die Nacht, während die erbeuteten Herden nach Civetot getrieben wurden, zechten die Ritter und schändeten die Bauersfrauern und ihre Töchter, sangen schauerlich und laut zur Musik ihrer Gefangenen, löschten aufflackernde Brände mit Wasser, Wein und Urin und stolperten lachend aus den Häusern, wenn die Flammen um sich griffen und Dächer aufloderten.

Betrunken, satt und überheblich, die Taschen voller Beute, schliefen die Ritter in den Betten und auf den Strohlagern der Überfallenen. Niemand wagte es, sich ihnen entgegenzustellen. Nachts gelang einigen der geschundenen Frauen und Töchtern die Flucht; sie zerstreuten sich und versuchten, die Stadttore Nikaias zu erreichen.

Zwei, drei Tage lang wüteten die Franken; die Herren Grafen trieben es am schlimmsten. Zwei Dutzend Häuser brannten bis zum Boden nieder, die aufgedunsenen Leichen der Erschlagenen begannen zu stinken. Wenn die türkische Besatzung der Stadt oder streifende Seldschuken-Reiter die Gräuel sahen oder von Flüchtlingen davon erfuhren, so unternahmen sie nichts, um die Franken zu vertreiben – die Zahl der Angreifer war zu groß.

Nacheinander räumten sie die Dörfer und ließen sie ausgeplündert, verwüstet, halb verbrannt und voller Leichen und tödlich Verwundeter zurück; die schönsten weiblichen Gefangenen wurden gezwungen, ihnen zu folgen. Auf dem Weg zurück nach Civetot verließen manche Ritter den Zug, zerrten ihre schluchzende Beute ins Gebüsch und vergewaltigten sie. Über dem Weg von den Dörfern zum Meeresufer schwebte der Ruch von Verzweiflung und dem Zorn eines Gottes, der sein Antlitz abgewandt hatte.

Seit einigen Stunden versuchte Rutgar abseits der Straße, wo vor einem Tag das Fußvolk der Franken seine vielköpfigen Beuteherden geräuschvoll vorbeigetrieben hatten, den richtigen Pfad durch die Felsen, die Eichenwirrnis und das Gebüsch zu finden. Als er auf der jenseitigen Seite des Tales in gleicher Höhe mit der Straße war, hörte er das Lärmen der zurückkehrenden gräflichen Reiterei.

Er drängte den Rappen in den Schutz hinter moosüberwucherte Baumstämme, vergewisserte sich, dass kein Sonnenstrahl sich auf einem Stück Metall seiner Ausrüstung spiegelte, und beruhigte das Pferd. Seine Satteltaschen waren prall gefüllt; er hatte gelernt, nur das Wichtigste zum Überleben mit sich zu führen, was aber jede scheinbar unbedeutende Kleinigkeit einschloss. Wein und Wasser gluckerten in gefüllten Ziegenbälgen hinter seinem Sattel.

Er wartete unruhig, während das dumpf dröhnende Poltern

von Hunderten Pferdehufen lauter wurde und den Boden erschütterte. Dann sah er die ersten Reiter zwischen den Krüppeleichen hervorkommen. Er wünschte sie alle in die tiefsten Feuer der Hölle. Sie ritten hintereinander, manche drängten sich auf dem schmalen Weg paarweise zusammen, und er erkannte Gottfried Burel und Fulk von Orléans an den Bildern auf den Schilden.

Dahinter kauerten andere Ritter in den Sätteln; einige von ihnen zügelten die Pferde, und Rutgar sah mit halb ungläubigen Blicken, dass vor ihnen über dem Sattel oder hinter ihnen sich verzweifelt festklammernde, halb bekleidete Frauen festgebunden waren.

»Meine schlimmen Träume werden hier zur Wirklichkeit«, murmelte er. Und wo war Berenger? Vier oder fünf Ritter, von den Reibungen ihres Gemächts auf dem Sattelleder geil geworden, rissen ihre Pferde an der Stelle zur Seite, an der sich der Pfad verbreiterte. Sie hielten die Pferde roh an, die Tiere bäumten sich auf und tänzelten auf den Hinterläufen; Reiter und Beute rutschten vom Pferderücken. Die Reiter sprangen zur Seite, knoteten die Zügel an Äste und zerrten die Frauen zu sich; einer schlug mit der Hand im Kettenhandschuh ins Gesicht eines kreischenden Mädchens.

Eine Frau stolperte und taumelte zum Rand des Abhangs, rutschte aus und kippte zur Seite. Sie überschlug sich zwischen Zweigen und niedrigem Buschwerk, wirbelte Haufen alten Laubs hoch und schrie gellend. Der Reiter stierte ihr hinterher, zuckte mit den Schultern und öffnete seine Hose. Er schlug sein Wasser neben einem Busch ab und sah grinsend zu, wie sich die anderen Ritter über die Frauen hermachten. Am Boden der Schlucht blieb die Frau scheinbar regungslos im Schilf liegen. Rutgar sah, als er genauer hinblickte, dass ihr Körper zuckte.

Ein Ritter hatte sein Pferd wieder gezügelt, ließ die Frau, die er zu Boden geschlagen hatte, liegen und stieg aus dem Sattel. Die Frau, sie schien jung zu sein und trug ihr schwarzes Haar hüftlang, sprang auf, rannte zwischen den wirbelnden Beinen der Pferde zum Gebüsch, wich geschickt den Reitern aus und hüpfte mit einem Schrei über die Kante. Sie rutschte hinunter, überschlug sich, schrie wieder und landete mit dem Kopf voraus in einem nassen Laubhaufen, der im Kehrwasser des Bächleins angeschwemmt worden war. Rutgar rührte sich nicht, klatschte nur beruhigend gegen den Hals des Rappen. Er durfte nicht wagen, sich den trunken rasenden Rittern entgegenzustellen. Auch wenn es ihn in der Seele schmerzte, er musste warten.

Schließlich, als die Kette der galoppierenden Ritter dünner wurde und sich die Gruppe derer, die angehalten hatte, aufgelöst hatte, stieg er aus dem Sattel. Jeder zweite Reiter schwankte betrunken auf dem Pferderücken.

»Gott hat sie verflucht«, knurrte er. »Er wird sie alle vernichten. Sie wissen's nur noch nicht.«

Er begann in die Schlucht hinunterzuklettern. Er hielt sich an Ranken, freiliegenden Wurzeln und krummen Stämmen fest. Je näher er den beiden Frauen kam, desto deutlicher hörte er ihr Wimmern und Stöhnen. Er stieg durch das zwei Handbreit hohe Rinnsal, achtete nicht auf seine Stiefel und beugte sich über die zitternde Frau, die zuerst gefallen oder gesprungen war. Er versuchte sie aufzurichten, auf die Füße zu ziehen. Bei jeder Bewegung stöhnte und ächzte sie; ihre Augen waren geschlossen, über ihre Stirn liefen zwei breite Blutfäden.

Rutgar nahm den Helm ab, schöpfte ihn voll Wasser und leerte ihn behutsam über den Kopf der Frau. Er machte einige Schritte und hob dann die Langhaarige auf. Sie riss die Augen auf, starrte ihn furchtsam an, stemmte sich auf den Ellbogen hoch, aber erholte sich langsam. Er hielt ihre Hände fest, legte dann den Finger an die Lippen und sagte beschwörend: »Ich bin einer von denen. Aber kein Mörder und Schänder.«

Er schöpfte wieder Wasser in den Helm und gab ihr zu trinken. Dann deutete er auf den Abhang und sagte: »Ich bring euch zurück in eure Dörfer. Versteckt euch mit mir, bis alle vorbeigeritten sind.«

Die ältere Frau kam stöhnend langsam auf die Füße. Sie schien Rutgar zu vertrauen und nahm, als er ihr helfen wollte, seinen Arm. Über ihnen galoppierten lautstark, aber außer Sichtweite die letzten Reiter auf dem Sandweg nach Norden. Mit viel Mühe schleppte Rutgar die Frauen im Zickzack den jenseitigen Hang hinauf und blieb neben dem Rappen stehen, als sie sich erschöpft zu Boden gleiten ließen und sitzenblieben.

»Ich weiß, was die Franken getan haben«, sagte er.

»Du weißt gar nichts, Fremder!«, stieß die Ältere hervor. Sie begann ihr Gesicht und die Arme mit dem Ärmel ihres zerrissenen Gewandes zu trocknen. »Der Herr straft uns durch die fremden Ritter! Für Sünden, die wir nie begangen haben!«

Rutgar betrachtete sie schweigend; schließlich näherte sich die Jüngere und lächelte ihm mit schräg gelegtem Kopf zu.

»Mag sein«, antwortete er. »Sie tragen Mord in sich, Plünderei, Schändung, Brand, Raub und alles Übrige. Ihr solltet Gott auf Knien danken, dass ihr noch lebt.«

»Sie sind schlimmer als alles, was ich bisher erlebt habe, Fremder.« Die Ältere funkelte ihn an. Breite graue Strähnen mischten sich mit ihrem wirren schwarzen Haar. »Willst du mich oder die da auch vergewaltigen?«

»Nein«, sagte Rutgar und lehnte sich an die Flanke des Rappen. »Ich will von euch genau wissen, was die Franken getan haben.«

Er nahm den Weinschlauch vom Sattelhorn, trank einen Schluck und reichte den Ziegenbalg weiter. Die Frauen zögerten zuerst, dann riss ihm die Ältere den Trinkschlauch aus der

Hand und schluckte wie eine Verdurstende. Die Frauen blickten mit Tränen in den Augen wild um sich, als könnten sie nicht glauben, dass sie nicht mehr in der Gewalt ihrer Peiniger waren. Sie zitterten und verschütteten Wein. Rutgar wartete, bis sie sich beruhigt hatten und ihn anblickten, sah in ein junges Gesicht, dessen Schönheit vom Erschrecken überdeckt war, und sagte dann:

»Wir sind viele Tausende, alle sind fremd in eurem Land. Wir wollen ins Heilige Land pilgern. Ein Teil von uns, ein Drittel vielleicht, sind Schänder und Brandstifter. Ich bin ein einfacher, unbedeutender Reiter, der die Gewalt scheut.«

»Ihr seid Christen, wie wir!«, stieß die Ältere hervor. Die Jüngere starrte ihn schweigend an und gab ihm den schweren Ziegenbalg mit beiden Händen zurück.

»Wir sind gottgläubige Christen auf dem Weg nach Jerusalem«, antwortete er und verschloss das Mundstück. »Die meisten von uns. Aber überall finden sich Männer, die den Geboten des Herrn nicht gehorchen. Diese Gottlosen haben eure Dörfer überfallen.«

»Sie waren schlimmer als Seuchen, Mörder und Räuber!«

Nach einigen Schlucken Wein hatten die Frauen mehr Zutrauen gefasst. Ihre Hände hörten zu zittern auf; es flossen keine Tränen mehr. Er nahm einen Schluck aus dem Weinschlauch, verschloss ihn und knotete ihn neben dem Helm an den Sattel.

»Die Ritter sind nicht aufzuhalten.« Er hob die Schultern. »Ihr Drang, euch auszuplündern und zu erschlagen, ist größer als ihre Gottesfurcht.«

»Sie haben uns mit ihren Dolchen gequält und geschnitten«, rief die jüngere Frau. Sie versuchte, ihr Haar zu einem Zopf zu flechten, aber die nassen Strähnen glitten aus ihren unruhigen Fingern. »Unsere Männer – sie haben sie mit Schwerthieben durch die Häuser getrieben – so viele sind erschlagen. Und dann …«

»Einmal habe ich ihnen zusehen müssen«, sagte Rutgar leise. Mit hängenden Schultern standen die Frauen vor ihm und blickten sich immer wieder furchtsam um. »Ich glaube euch.«

»Sie sind grausam. Sie haben ... kleine Kinder getötet. Unschuldige Säuglinge ...!«, rief die jüngere Frau.

»Zerhackt haben sie die Kinderchen!«, schrie die Ältere und rang die Hände. Die junge Frau hielt sich am Sattel fest, als Rutgar nach dem durchhängenden Zügel griff. »Auf den Rosten und am Spieß haben sie das Fleisch gebraten.«

Das Grauen schüttelte Rutgar, als er sich vorstellte, wie Gottfried Burel und Fulcher von Orléans gehaust hatten. Er vermochte es nicht zu glauben.

»Du sagst, dass sie Menschenfleisch gegessen haben?«, fragte er entsetzt.

Beide Frauen nickten. Die Ältere rief unterdrückt: »Dann sind Seldschuken aus der Stadt gekommen. Es hat viele Kämpfe gegeben. Aber die Türken sind schließlich geflohen.«

»Vor der rasenden Wut deiner Sippschaft, Fremder!« Die junge Frau bekreuzigte sich. Ihre Haut war um eine Spur heller als die Ragenardas. »Sie haben gekämpft wie die Engel des Satans!«

»Und sie haben euch alles Wertvolle weggenommen«, sagte Rutgar.

Er senkte den Kopf und führte das Pferd zwischen den überhängenden Zweigen zum Pfad. Der schmale Weg zwang sie, hintereinanderzugehen. Nach hundert Schritten verließen sie die Schatten und blieben neben einer aufragenden Felsplatte stehen. Rutgar fühlte, wie der Schweiß ausbrach und zwischen seinen Schulterblättern hinunterrann.

»Geht zurück in eure Dörfer«, sagte Rutgar leise. »Ich kann euch nur sagen, was ich den anderen Dörflern geraten habe: Stellt Wachen auf und flüchtet euch in Höhlen oder in Täler, wenn die Franken kommen. Solche Täler wie dieses hier.«

»Wir sind nicht aus demselben Dorf, Fremder.«

»Wie lange müsst ihr laufen?«

»Bis morgen. Die ganze Nacht. Ich bin Landina aus dem Dorf…« Die ältere Frau nannte einen Namen, den Rutgar nicht verstand. Ihre Augen suchten die Umgebung ab, aber auch Rutgar sah weder fränkische Ritter noch Hirten oder andere Bewohner des Landes.

»Ich bin aus Drakon und heiße Chersala.« Die junge Frau schlang einen Knoten in das dünne Ende ihres Zopfes, den sie endlich zu Ende geflochten hatte. »Ich habe im Nachbardorf den Freund meines Bruders gepflegt. Jetzt ist er tot.«

»Ich weiß, dass Drakon … »Rutgar blickte nach der Sonne und deutete ungefähr nach Nordwesten. »… dass es dort drüben liegt, fast am Meer.«

»Soll ich dich hinführen, Fremder?«

Er überlegte einen Moment. Ihr Vertrauen in ihn hatte etwas Rührendes. Woher wollte sie wissen, ob er nicht den Horden der Plünderer den Weg zu ihrem Dorf verraten würde?

»Ich heiße Rutgar. Ja. Führe mich nach Drakon.«

Er nickte und blickte in das Gesicht Landinas. Er erkannte nur die Spuren des harten Lebens, die Falten und die dunkle Bräunung der Sonne; die Misshandlungen durch die Ritter schienen keine sichtbaren Zeichen zurückgelassen zu haben, trotz der Dolchschnitte, von denen sie gesprochen hatte. Aber der Blick ihrer Augen war hart und verwirrt zugleich.

Landina hob die Schultern und sagte: »Ich kann nicht bleiben, Ritter Rutgar. Ich muss ihnen helfen, die Toten begraben – in meinem Dorf.«

»Du findest den Weg, Landina?«

»Ich bin hier aufgewachsen. Danke, Ritter.«

Sie berührte sein Handgelenk, strich über Chersalas Wange und wandte sich ab. Dann machte sie einige schnelle Schritte, drehte sich zu Rutgar herum und hob lächelnd die Hand. Sie rannte davon; Chersala und Rutgar sahen nur noch ihre bloßen Füße, die Sandkörner vom Pfad hochstauben ließen.

»Wir reiten nach Drakon, Chersala«, sagte Rutgar. »Sitz hinter mir auf.«

Er stellte den Fuß in den Steigbügel und zog sich in den Sattel. Dann streckte er den Arm aus, um der jungen Frau heraufzuhelfen. Sie setzte sich hinter dem Sattel zurecht und hielt sich an Rutgar fest, als der Wallach sich in kraftvollem Trab in Bewegung setzte.

Kapitel XII

A. D. 1096, 20. Tag im Herbstmond (September),
Strasse nach Drakon, Abend

»Wehe den Heiden, die mein Volk verfolgen! Denn der allmächtige Herr richtet sie und sucht sie heim zur Zeit der Rache.«
(Jdt 16,20)

Rutgar dachte schweigend nach, während das Pferd auf dem kaum erkennbaren Pfad tastend Huf vor Huf setzte, sich und seinen Reitern den Weg ohne Zügelhilfen suchte. Die Ritter und ihre Haufen waren mit ihrer Beute nach Civetot zurückgeeilt, in ihr Lager. Es würde mit dem Teufel zugehen, wenn der Sultan nicht ein Heer zusammenriefe, das größer und mächtiger war als jene Teile des Pilgerheeres, die das Land des Seldschuken verwüstet und dessen Bewohner erschlagen hatten, Untertanen des Basileus ebenso wie Muslime.

Nur wenige Tage würde es dauern, bis die türkischen Truppen von Sultan Arslans Hauptstadt Nikaia nach Norden vordrangen und die gräflichen Ritter straften; die Krieger würden keinen Unterschied machen zwischen Rittern und harmlosen Pilgern. Die einfachen Leute, die Peter dem Eremiten gefolgt waren, um der Gewalt in der Heimat zu entgehen, würden von größerer Gewalt hier in der Fremde wieder eingeholt und vernichtet werden.

»Wenn der Raubzug einträglich war«, sprach Rutgar vor sich hin, »gibt es Braten für die Pilger. Was die Räuber nicht brauchen, verkaufen sie den Seeleuten von den kaiserlichen Schiffen.«

Chersalas Unterarm presste sich gegen seine Brust, ihr Kopf lag an seiner Schulter. Im scharfen Licht des kühlen Morgens war Rutgar fast erschrocken; Chersalas junge Schönheit, die goldfarbenen Augen und die makellose Haut schienen nicht zu einem Bauernmädchen zu gehören, ebenso wenig wie die Sicherheit aller ihrer Bewegungen.

Undeutlich sagte die Frau: »Warum seid ihr gekommen? Wir haben so lange Frieden und Ruhe gehabt.«

»*Deus lo vult*. Das heißt: Gott will es so.« Er zuckte mit den Schultern. »Ob du es glaubst oder nicht: Es hat Gott so gefallen. Wir sind in seiner Hand. Ich und du ebenso wie alle anderen Menschen.«

Sie antwortete nichts. Ohne zu reden, ritten sie weiter. Erst nach einiger Zeit, als aus dem Pfad ein beschreitbarer Weg geworden war und sich dieser Weg gabelte, sagte Chersala:

»Nimm den Pfad zur rechten Hand, Ritter Rutgar. Sag mir: Euer Lager ist in Kibotos?«

»Ja. Wir nennen es Civetot. Dort warten wir auf Fürsten und Krieger, die den Raubrittern Zucht und Gehorsam beibringen werden.«

»Dort wartet ihr auf den Tod, wenn der Sultan erfährt, was ihr in seinem Land anrichtet.«

»Ich hoffe, du behältst nicht recht«, antwortete Rutgar und sagte sich, dass jeder andere Heeresführer an der Wildheit, dem Übermut und der gottlosen Gier der Ritter gescheitert wäre; dass sie Peter dem Einsiedel so lange gehorcht hatten, war wie ein Wunder.

Das Dorf Drakon versteckte sich hinter Tälern und Hügeln, deren Bewaldung undurchdringlich zu sein schien. Aber Chersala kannte einen Weg in dieses Versteck; Rutgar betete still, dass die Pilger noch nichts von Drakon wussten und das Dorf niemals fanden.

Er wandte den Kopf und sagte über die Schulter: »Bald wird

es dunkel. Kommen wir vor Anbruch der Nacht noch nach Drakon?«

»Nein, es ist ein Weg von fünf, sechs Stunden«, antwortete Chersala unbeeindruckt. Sie roch ein wenig streng nach Minzblättern und einem Öl aus Blüten und Wurzelöl. »Ich bring uns an einen Platz, wo wir rasten können. Dort findet uns keiner.«

»Wohin also?«

»Siehst du die drei hohen Bäume? Die Wipfel mit den vielen Vögeln?«

»Ich sehe den Vogelschwarm um die Bäume«, sagte Rutgar und spornte den Rappen an. Er trabte in Schlangenlinien auf den Spalt in einem der nächsten Hügel zu, scheuchte kleine Tiere auf, die unsichtbar durchs Gestrüpp raschelten. »Du fürchtest dich nicht vor mir?«

Er spürte, dass sie mit den Schultern zuckte.

»Es geschieht, Ritter, was geschehen soll. Der Starke schlägt den Schwachen. Die Frau verliert immer, wenn der Mann gewinnt. Es ist Gottes Wille, predigen die Priester.«

»So war es … *ist* es auch dort, wo ich herkomme«, antwortete er nach einigem Nachdenken. Der Rappe wurde müde und stolperte. Rutgar bekreuzigte sich. »Dass Gottes Wille auch in deinem Land die Armen arm hält und die Mächtigen salbt, hab ich nicht erwartet. Aber vielleicht versteh ich das alles nicht, weil ich zu jung bin.«

»Vielleicht«, sagte leise die Frau in seinem Rücken. Ihr warmer Atem streifte seinen Hals. »Wer weiß!«

In der beginnenden Dämmerung erreichten sie ungesehen einen Schlupfwinkel, in dem eine winzige Quelle murmelte und das Tier genug Gras fand. Im Grün und an lehmigen Stellen neben dem Rinnsal sahen sie nur frische Spuren von Rotwild oder Gazellen. Rutgar sattelte den Wallach ab, während Chersala Feuer schlug und den Proviant aus Rutgars Satteltaschen auspackte. Er breitete den Reitermantel über raschelndem Laub aus und ließ sich aus dem schweren Kettenhemd helfen.

In dem halb kopfgroßen Kupfergefäß, das sie in Rutgars Gepäck fand, bereitete Chersala einen Aufguss aus Kräutern, die sie im Gebüsch unter den Eichen pflückte. Rutgar ordnete seine Waffen und entschloss sich, weil nur das Gezwitscher der Vögel die Ruhe unterbrach, die Stiefel von den Füßen zu zerren. Er warf lange Blicke auf Chersala, sah ihre Haut, heller als die Ragenardas, und bemerkte ihre Geschicklichkeit. Er schätzte ihr Alter auf sechzehn, vielleicht achtzehn Jahre. Als sie den heißen Sud in den Krug seihte, öffnete Rutgar den Honigkrug und reichte ihn der Frau, zog sein Schwert aus der Scheide und rammte es neben seinem Lager zwischen Eichenwurzeln in die Erde. Das letzte Sonnenlicht schwand.

Schweigend aßen und tranken die junge Frau und er im Licht des winzigen, rauchlosen Feuers, von Mückenschwärmen umtanzt, was Rutgars karge Vorräte hergaben. Das Leben, in dem er aufgewachsen war, hatte ihn nicht gelehrt, mit einer Frau umzugehen, die vor seinen Augen beinahe geschändet worden wäre. Er lehnte sich gegen den Sattel, der stechenden Geruch nach Pferdeschweiß verströmte, und sah in Chersalas schmales Gesicht. In ihren Augen, groß und ein wenig mandelförmig, spiegelten sich die Flämmchen.

»Werden die Franken weiterreiten?« Chersala blickte in den Holzbecher in ihrer Hand. Der halbe Mond zwischen den Wipfeln übergoss die winzige Lichtung mit kaltem Licht. »Andere Dörfer überfallen? Beute nehmen? Bauern erschlagen?«

»Sie werden so lange wie die Wahnsinnigen hausen, bis unser großes Heer eintrifft oder die Seldschuken des Sultans sie niedermachen«, antwortete Rutgar. »Ein göttliches Wunder, wenn sie's nicht täten.«

»Und du, Ritter Rutgar?«

»Ich werde mich verstecken. Im Schutz des großen Heeres, so denke ich, werde ich ins Heilige Land und nach Jerusalem reiten.« Er machte eine vage Geste. »Oder auf dem Weg verstümmelt, versklavt oder erschlagen werden.«

»Ein Schicksal, schlimmer als vergewaltigt zu werden.« Sie leerte den Becher und stand auf. »Hast du ein Tuch? Ich muss den Dreck ihrer Finger von mir abwaschen. Ich will nicht, dass mich ein Mann anfasst, wenn ich es nicht erlaube.«

Rutgar zog ein leidlich sauberes Tuch aus dem ledernen Beutel und warf es ihr zu. Chersala streifte das Hemd von ihrer Schulter, drehte sich um und ging einige Schritte weit in der Dunkelheit zur Quelle. Rutgar hob den Kopf und betrachtete die dunklen Flecken des Mondes und den Weg des Gestirns hinter dem Geäst. Die Geräusche sagten ihm, dass sich Chersala wusch; dabei summte sie leise eine unbekannte Melodie.

In dieser Nacht träumte er von den Rittern, die um hoch lodernde Lagerfeuer saßen und deren Gedanken um den nächsten Beutezug kreisten.

Rainald, der Normanne aus Italien, starrte in die Flammen und spürte die Hitze des Feuers auf der Haut. Die Nacht unterhalb der Palisaden von Civetot war fast windstill; gewaltige Schwärme Funken wirbelten in die Dunkelheit. Ritter Rainald ließ die kostbaren Steine in seinen Ringen funkeln und sagte widerstrebend:

»Ihr habt recht, meine Herren. Wir haben gesehen, dass Eure ... bewaffneten Erkundungsritte ins Land der Heiden ertragreich waren. Viel Proviant gelangte so in unser Lager.«

Heiseres Gelächter antwortete ihm. Krüge und Becher klapperten, als die Knechte den Rittern Wein nachschenkten. Aus einigen Zelten drang unterdrücktes Stöhnen.

Rainald, der wie alle anderen Kettenhemd und Stiefel abgelegt hatte, nickte und fuhr fort: »Ihr habt Euer Mütchen gekühlt. Aber jetzt ist es an uns, in Augenschein zu nehmen, wie das Land unserer Durchreise beschaffen ist.«

»Da gibt es viele Straßen und wohl noch hundert Dörfer«, sagte Fulk »Foucher« von Orléans. Aus seinem Bart tropfte Wein auf seine Zehen. Sein Haar reichte bis zum Gürtel. »Werft Ihr uns vor, allzu habgierig gewesen zu sein?«

»Gott bewahre, Graf Foucher«, sagte Walter Sans-Avoir. »Ich warne nur vor allzu großer Kühnheit. Ihr habt erlebt, dass die Ungläubigen wahrlich gute Kämpfer sind.«

»So ist es. Wir haben sie trotzdem in Stücke gehauen.«

Die Heerführer saßen fast vollzählig um das große Feuer. Die herbeigetriebenen Herden und der Proviant hatten die Pilger, deren Zahl fünfundzwanzigtausend nur wenig unterschritt, satt und zufrieden gemacht; das Land an der Küste war binnen zweier Wochen von den Tieren des Pilgerzugs und den Zehntausenden kahl gefressen worden. Unzählige große Büsche und Bäume waren zu Feuerholz zerhackt und zersägt worden. Die Priester hatten Dankesmessen für die Berittenen und das nimmermüde Fußvolk gelesen.

Das frische Holz knackte, spie Funken und brannte zischend. Rudolf von Brandis bat mit erhobenem Becher, aus dem tiefroter Wein schwappte, um das Wort.

»Wenn Ihr prophezeit, dass wir bald von den Türken belästigt werden, müssen wir wissen, auf welchem Schlachtfeld wir kämpfen werden!«

»Da gibt es kein Schlachtfeld!«, rief Walter Sans-Avoir. »Nur Wildpfade, Ziegenpfade, Herdenwege, drei Ellen breite Sandstreifen, die wir hochfahrend als Straßen bezeichnen, Schluchten, Hohlwege, undurchdringlicher Wald – kaum etwas anderes.«

»Nur um die Dörfer herum ist das Land glatt und eben«, fügte Reinhold von Breis hinzu. »Und überaus fruchtbar.«

»Und auch am Seeufer, vor den dicken Mauern Nikaias!«

Gottfried Burel schlug sich klatschend auf die Schenkel. »Da haben wir noch viele Dörfer und Weiler gesehen, die auf unseren Besuch warten.«

Hugo von Tübingen winkte zu Ritter Rainald hinüber und rief:

»Wenn wir die Männer zusammenrechnen, die uns gehorchen – und das hab ich getan –, sind wir sechstausend Pilger in Waffen! Wer könnte uns widerstehen?«

Unaufhörlich war die Zahl derjenigen Pilger angewachsen, die eigene Waffen besaßen, von den Schmieden und Schwertfegern instand gesetzt und geschärft. Ebenso gab es seit den ersten Kämpfen, in denen Beute gemacht worden war, mehr Berittene; aber viele Reiter besaßen zwar ein Pferd oder einen Maulesel, aber keinen Sattel. Der Normanne Rainald antwortete wohlgelaunt:

»Wenn wir uns einig sind – niemand kann uns besiegen.«

»Warum berennen wir nicht die Stadt? Nikaia, groß und reich?«, rief Walter von Teck. »Dort sollten wir in Ruhe auf das Heer der hohen Herren warten! In den prunkvollen türkischen Häusern und Palästen, verwöhnt von den Sklavinnen!«

Die Anführer lachten, stießen einander in die Rippen und schlugen sich auf die Schultern. Ohne eigene Verluste, im Land der verhassten Ungläubigen, konnten sie erleben, dass ihre Träume von Freiheit, Reichtum und gutem Leben wahr wurden.

Albert von Zimmern, der mit seinem Bruder Konrad am Feuer saß, hob den Becher und versuchte, die Gesichter der Ritter auf der anderen Seite des Feuers zu erkennen.

»Wir wollen das Land von den Ungläubigen befreien«, meinte er mit schon etwas schwerer Zunge. »Aber hier wohnen Christen, Ihr Herren! Zwar sind's griechische Christen, aber sie glauben an denselben Gott. Wir müssen sie schonen, dürfen sie nicht ausrauben!«

Walter von Breteuil, breitbeinig auf dem Sattel schwankend, spuckte ins Gras.

»Niemand gebietet uns, sie auszuplündern und zu töten!«, rief Wilhelm von Poissy in die Runde. »Wo wir Kirchen und Kreuze sehen, reiten wir weiter, nach kurzem Gebet.«

Über dem Lager und dem Meeressaum wölbte sich der südliche Himmel mit fremden Sternen und der halben Scheibe des Mondes, der auf unaussprechliche Weise drohender wirkte als über dem Rheintal oder dem Frankenland. Die schnarrenden Laute der Grillen und Zikaden, das Rauschen der niedrigen Brandung, die unzählbaren Fledermäuse, die unter den Ästen durch die Dunkelheit zuckten, und das unausgesprochene Gefühl, sich in Stunden der Gefahr nicht mehr ins Sichere retten zu können, hockten wie Dämonen der Angst in den Herzen der Grafen und ihrer Waffenknechte. Aber viel Wein und laute Reden, Kampf und die willenlosen Körper der weiblichen Gefangenen konnten die Dämonen bezwingen. Der Lärm um das Feuer drang über die Palisaden und weckte die schlafenden Pilger.

»Es geht also gegen Nikaia!«, rief Heinrich von Schwarzenberg. »Ich bin dabei! Wann brechen wir auf?«

»Nicht schon morgen in aller Frühe!«, antwortete Rudolf von Brandis, der Wein aus dem Krug trank und auf seine Knie schüttete. »Wir fallen ja schon hier von den Sätteln, und sie liegen auf dem festen Boden. Vom Pferd stürzen ...« Seine Rede endete in wirrem Gurgeln.

Friedrich von Zimmern blickte zu seinen Brüdern hinüber und gab einen lauten Rülpser von sich.

»Mit Kreuz und Schwert gegen die Heiden!«, rief er. »Welch ein schönes Land, durch das wir streitend reiten. Vergessen wir's nicht: *Deus lo vult!*«

Von den Zelten her ertönten kleine Trommeln, Querflöten und die Saiten einer Laute; eine Frau schluchzte mit rauer

Stimme dazu entsetzlich falsch ein Lied, dessen Worte niemand verstehen konnte.

Zwischen Mitternacht und Morgengrauen hatten Vogelschreie Rutgar aufgeweckt; der Halbmond war weitergewandert und schien in sein Gesicht und auf sein Lager. Neben ihm lag Chersala halb zusammengerollt, einen Arm auf seiner Brust; sie atmete tief und ruhig, wie in einem schönen Traum. Rutgar schloss die Augen und drehte den Kopf zur Seite.

In seinen Gedanken erschienen Orte, Schluchten und Straßen, die er auf seinen Ritten kennengelernt hatte. Er versuchte, einige Namen und das wenige, was er von Drakon oder andern Siedlungen wusste, dem Bild des Landes zuzuordnen, und wünschte sich wieder einmal, er könne wie ein Adler oder ein Geier hoch darüberschweben. Er dachte an den Kampf, seine türkischen Gegner und an Berenger; es würde ihn nicht überraschen, wenn der geheimnisvolle Waräger plötzlich mit einer brennenden Fackel zwischen den Büschen auftauchen würde.

Die Ahnung, die er schon seit Tagen in sich spürte, gebar verstörende Vorboten der Furcht. Bilder suchten ihn heim: Das offene Tor seines Lebens. Ein Land, in dem Frauen wie Ragenarda aufwuchsen? Eine Karte dieses unbekannten Landes? Da war keiner, der ihn führte, bis er die Straße nach Jerusalem unter den Hufen seines Pferdes erkannte! Er blieb allein, wenn er sich nicht den gräflichen Schändern, Plünderern und Brandschatzern anschloss und ihrem Befehl gehorchte. Ein Stück Land in dieser Fremde, ein Lehen fern von der Burgruine? Auch er war in der Hand des Herrn, gehorchte dem Wort eines Gottes, der größere Gräuel zuließ als der Jahwe der Juden, von dem er wusste, dass er ein Gott ohne Barmherzigkeit war. Was sollte er, Rutgar, tun?

Er zuckte zusammen, als er Geräusche hörte. Er spannte seine

Sinne an, lauschte und hörte zwischen Chersalas tiefen Atemzügen, dass Tiere zur Quelle gekommen waren und sich um das Wasser stritten. Chersala schlief wie jemand, der sich geborgen fühlte. Ein Vogel schrie im Schlaf. Rutgar sah das Mondlicht auf der Klinge des Schwertes und lächelte. Chersalas Finger bewegten sich, sie murmelte, die warmen Finger krochen wie die Beine eines großen Käfers zwischen die Säume seines Hemdes und auf der Haut tiefer, bis sie den Widerstand des Gürtels trafen.

Rutgar blickte in ihr Gesicht. Einige Atemzüge später öffnete sie die Augen, sah ihn an, blickte zu ihren Fingern an seiner Gürtelschnalle und flüsterte heiser:

»Willst du mich, Grünauge?«, murmelte sie. Ja, dachte er, oder besser nicht? Etwas an ihr erinnerte ihn an Ragenarda; nur ein wenig, als sei sie deren unwissende Tochter. »Oder warum nimmst du mich nicht? Bin ich hässlich? Oder hab ich den falschen Glauben?«

Er schüttelte den Kopf. Im Mondlicht änderten ihre Augen wieder die Farbe. Sie richtete sich halb auf und griff nicht nach ihrem Kittel, als er von den Schultern rutschte. Das Nebellicht des Gestirns legte sich auf ihren Hals und auf die vollen Brüste. In der nächtlichen Kühle hatten sich die Spitzen aufgerichtet.

»Du bist nicht hässlich; du bist eine schöne Frau«, sagte er. »Ich nehme keine Frau gegen ihren Willen.«

»Ich will dich. Ich hab's an deiner Art gesehen. Eine gute Frau hat dich alles gelehrt«, sagte sie leise und öffnete seinen Gürtel. »Ich will es, Ritter Grünauge. Es wird ganz anders sein als ...«

Sie neigte sich nach vorn, zog den Kittel über den Kopf und schob sich, fast nackt und mit gekreuzten Schenkeln, halb auf ihn und schleuderte den Zopf über die Schulter. Chersalas junge Brüste bebten, ihre Lippen trafen sich, aus ihrer Kehle kam ein erwartungsvoll gurrender Laut. Rutgars Hände schoben sich zu den Spitzen ihrer prallen Versuchungen, ihre unkundige Hand glitt liebkosend zu seinem aufgerichteten Glied.

Fledermäuse umflatterten lautlos den Halbmond, während Rutgar ihre heiße Ungeduld mäßigte. Bedächtig entkleidete er sie und sich selbst vollends, bevor seine Finger ihren Körper erkundeten und in Besitz nahmen; sie wand sich keuchend unter ihm, biss in seine Schulter und drängte ihm ihren Schoß entgegen. Er fühlte, dass in ihren Achselhöhlen und ihrem Schoß kein Haar wuchs – wie an Ragenardas Körper! Als ein plötzlicher Wind von fern her die Blätter aufrauschen ließ, nahm Chersala ihn in sich auf, lächelnd und mit einem tiefen Seufzer.

Rutgar zwang sich dazu, trotz seiner Erregung, an die leidenschaftlichen Nächte und an all das Angenehme, Richtige zu erinnern, was ihn Ragenarda gelehrt hatte. Chersala zitterte und zuckte unter ihm, schien ungläubig seine Ausdauer zu genießen, drängte ihn und drückte die Fingernägel tief in seine Haut. Sie warf den Kopf hin und her, stieß unverständliche Worte aus und bäumte sich auf wie ein Füllen; schließlich, als er sich verströmte, lag sie still und schien für lange Atemzüge die nächtliche Welt vergessen zu haben.

Rutgar hielt seine Arme um sie, bis sie sich von ihm löste und einige Male schluckte, ehe sie zum Reden ansetzte.

»Du hast seltsame Künste mit dir gebracht ... schöne Künste«, flüsterte sie. Sie schloss die Augen und atmete schwer. »Du musst bei mir bleiben und mir alles zeigen, was du kannst.«

»Das ist nicht viel«, sagte er leise und kam auf die Knie. »Eine schöne, kluge Frau hat es mich gelehrt. Vor langer Zeit, in einem anderen Leben, wie mir scheint.«

»Ich muss die ferne Schwester loben. Ihr danken. Geh nicht weg, Grünauge.«

Sie stand auf und tastete sich zum Wasser. Nach einer Weile kam sie zurück, den Zopf aufgelöst und das nasse Haar auf den

Brüsten klebend. Wassertropfen glänzten im Mondlicht überall auf ihrer Haut. Rutgar hielt sie an den Schultern fest, küsste sie auf die Stirn und ging, um sich zu waschen. Eine Handvoll Laub flammte in der Glut auf und gab lange genug Licht, um Rutgar den Weinschlauch und den Becher zu zeigen. Er lehnte sich gegen den Sattel, Chersala lag an seiner Schulter, und während sie leise redeten, strichen seine Finger die dicken Haarsträhnen zur Seite. Der Mond sank hinter die Felsen, und der falbe Widerglanz seines Lichts auf der Schwertschneide verging.

Vier oder fünf Stunden nach Sonnenaufgang sah Rutgar das Dörfchen Drakon. Am höchsten Punkt des schroffen Hügels hatte er den Rappen angehalten, und sie waren vom Pferderücken gestiegen. Von Civetot, das Chersala und Rutgar am Rauch der frühen Feuer vor dem Graublau des Meeres erkannten, führte der gewundene Weg, den Rutgar schon einige Male geritten war, durch ein Tal bis zu einem niedrigen Pass. Der Einschnitt des Tals, mit dichtem Knüppelgebüsch und Wald bewachsen, wurde in der Nähe des Bergpasses tiefer und, in den Frühschatten, schwärzer, drohender. Das Rauschen des Flusses, den Chersala ebenso Drakon genannt hatte, drang bis hierherauf.

»Vielleicht zehn Meilen sind es von hier bis Civetot, nicht mehr«, meinte Rutgar und drehte sich um. Nikaia versteckte sich weit hinter dem Horizont, Nebel erhob sich aus den Schluchten und Klammen. »Mich wundert, dass die Ritter das Dorf nicht längst gefunden haben.«

»Wir hören und sehen sie, lange bevor sie uns sehen können«, antwortete Chersala leichthin und zuckte mit den Schultern. »Reiten wir nach Drakon, Grünauge! Zum Mittagessen sind wir im Dorf.«

»Ja«, knurrte er. »Reiten wir.«

Auf den Hügelrücken, den Windungen des Flusses folgend, näherten sie sich abseits der Straße nach Nikaia dem Dörfchen. Bald darauf erreichten sie einen Weg, in dem sich Räderspuren von Karren eingedrückt hatten.

Chersala klatschte die flache Hand auf die Kruppe des Rappen und rief: »Die Straße führt geradewegs ins Dorf. Vater Gautmar wird sich freuen, dass er mich unversehrt wiederhat. Reite schneller, Rutgar.«

Aber Rutgar ließ das Pferd im Schritt gehen; die doppelte Last war zu schwer für eine schnellere Gangart. Rechts und links des Dorfes erstreckten sich bis zum Waldrand Weiden, Äcker und Felder. An einigen Stellen waren viereckige Lichtungen herausgefällt worden. Die Ernte war bereits weitgehend eingebracht; nur wenige Garben standen noch auf den Kornfeldern. Auf der Hügelflanke wuchsen Weinreben, zwischen denen Kinder die Vögel verscheuchten.

Drakons Häuser, Hütten und Scheunen duckten sich in das Tal. An einigen Stellen waren die Straßen zwischen den Häusern gepflastert. Hinter einer Mauer leuchtete die weiße Kirche. Ein Hund sprang bellend und knurrend auf den Rappen zu und wedelte mit dem Schwanz, als ihn Chersala scharf anrief. Verwundert sahen einige Dörfler, Sicheln und Rechen über den Schultern, dem Ritter und der jungen Frau nach, die zu einem lang gestreckten, niedrigen Haus mit Rieddach ritten, aus dem die Laute von Hammer und Amboss klangen. Einige Frauen winkten Chersala zu. Sie glitt zu Boden, nahm den Zügel und winkte den Dörflern zurück. Unter dem Vordach der Schmiede hielt sie den Rappen an. Sie rief lachend:

»Erschrick nicht, Vater – ich bringe einen Fremden zu Besuch! Einen fränkischen Ritter.«

Rutgar stieg ab. Auf den ersten Blick wirkte Drakon klein und ärmlich, aber gut gegen den kommenden Winter gerüstet.

Die Häuser hatten dicke Wände und schwere Dächer, und einen Steinwurf entfernt sah er Heuhaufen, Kaminholz und das Loch einer Zisterne. Das Hämmern hörte auf, ein halbnackter, graubärtiger Mann, den Hammer in der Hand, trat unter das Vordach und blinzelte im Sonnenschein.

»Einer von den Christen, die im Land morden und plündern? Hat er dir etwas ...?«

Rutgar führte den Rappen in den Schatten und verbeugte sich knapp. Misstrauische Blicke aus braunen Augen trafen ihn. Chersala umarmte den Vater und zeigte auf Rutgar.

»Er ist mit dem Heer der Christen gekommen. Aber er hat mich und eine andere Frau vor ihnen gerettet. Unterwegs hat er Brot, Salz und Wein mit mir geteilt. Und noch mehr.«

Die letzten Worte flüsterte sie; nur Rutgar verstand sie. Vater Gautmar ließ den Hammer zu Boden fallen und sagte deutlich: »Willkommen, Fremder, in unserem Dörfchen. Es wird dich nicht wundern zu hören, dass wir euch seit Langem beobachten. Hinter dem Haus findet dein Pferd frisches Gras und Wasser.«

»Jean-Rutgar heiße ich. Danke, Schmied Gautmar. Ich erzähle dir nachher, was mich in euer Land gebracht hat.«

Gautmar blickte nach dem Stand der Sonne. »Hilf deiner Schwester, Chersala. Im Haus, im Kühlen – nicht nur die Fremden in Kibotos sind hungrig und durstig.«

Rutgar nickte, band die prallen Taschen und den Schild vom Sattel und sattelte den Rappen ab. Gautmar blickte seiner Tochter nach, als könne er an ihrem Rücken ablesen, was sie erlebt hatte, dann nahm er dem Pferd den Zügel und die Trense ab und führte es zum Brunnen.

Rutgar goss kaltes Brunnenwasser zum Wein, rührte um und lehnte sich zurück. Mit einem tiefen Schluck feuchtete er die Lippen an. »Jetzt weißt du alles, Schmied Gautmar, was ich weiß; eigentlich sollten die Menschen ordentlich wie ein Christenheer durch euer Land ziehen und niemandem etwas zuleide tun.«

Die Glut des Schmiedefeuers war kalt geworden. Gautmar hatte meist schweigend zugehört und wenige kluge Fragen gestellt. Seine Blicke schienen Rutgar und Chersala durchbohren zu wollen. Er füllte seinen Becher mit Wein und drehte ihn in den kräftigen Fingern. »Wir warten auf unsere Jäger und deinen Bruder, Chersa. Sie lauern an der Straße wie Falken darauf, was die Fremden tun. Wenn sie Nikaia angreifen, wird der Sultan über sie kommen wie das Jüngste Gericht.«

Rutgar nickte; er war sicher, dass auch die Landbewohner das Heer seit Langem beobachteten. »Ich werde kaum bei den Belagerern kämpfen. Ich verstecke mich, bis die Gefahr vorbei ist. Zuvor muss ich noch einen Fischer finden.«

»Fischer? Brauchst du Salzfisch für den Weg nach Jerusalem?«, fragte Chersala spöttisch. Rutgar schüttelte lachend den Kopf und erklärte, warum er den Rat des Kapitäns befolgen musste. Vater und Tochter wechselten einen langen Blick, dann sagte der Schmied: »Wenn du von Kibotos nach Helenopolis reitest und weiter am Ufer, nach Sonnenuntergang, kommst du zu einem Wall aus Steinen und Quadern, aus Erde und dicken Pflöcken. Vor vielen Jahren lebten dort Menschen, wie in Kibotos. Jetzt ist die ... Burg verfallen. Zwei Stunden zu Fuß, und schon seid ihr von Kibotos dorthin gerannt.«

»Und dort finde ich die Fischer?«

»Der alte Faroard macht dort nachts fest. Ihm gehören drei Boote und die Fischhütten; ein Boot ist meines. Wenn du ihm sagst, dass ich dich schicke, tut er, was du willst.«

»Mit ein wenig Gold fällt's ihm leichter«, murmelte Rutgar und sah zur Scheune hinüber. »Ich danke dir, Gautmar. Habe ich heute ein Nachtlager unter deinem Dach?«

»Wir teilen mit dir, was wir haben«, versicherte der Schmied würdevoll und säuberte seine rußigen Finger. Er beschlug nicht nur Pferde und schmiedete Äxte, sondern war, wie er erzählte, auch ein geübter Zimmermann, der Truhen herstellte und selbst Boote instand setzte.

Während sie redeten, kamen die Jäger zurück. Ein junger Mann hängte eine erlegte Gazelle an die Sparren des Vordachs, trat ein und begrüßte Gautmar fast ehrfürchtig; der Schmied war offenbar ein geachteter Mann im Dorf.

»Sie sind aufgebrochen, Ältester!«, berichtete er dann voller Aufregung. »Wir haben das Zählen aufgegeben, aber es waren sechsmal tausend Fremde. Dein Bruder ist noch im Versteck, Chersa.« Er sah Rutgar an, stutzte und kam, die Hand am Dolchgriff, langsam näher. Gautmar schob einen frisch gefüllten Becher über die Tischplatte und sagte:

»Setz dich. Das ist Rutgar, der zwei Frauen gerettet hat. Meine Chersala und eine Frau aus der Umgebung von Nikaia. Er darf alles wissen.«

»Mehr als zweihundert Reiter, nicht wahr?«, sagte Rutgar. »Und etwas weniger als sechstausend zu Fuß.«

»Das könnte stimmen«, sagte der Jäger und setzte sich zögernd. »Wir konnten sie nur aus dem Versteck beobachten. Uns hat niemand gesehen. Sie ritten auf der Straße nach Nikaia.«

»Nach längstens zwei Tagen sind sie vor den Mauern.« Rutgar wusste jetzt, dass Drakon ein Grenzdorf und das Flüsschen Drakon der Grenzfluss zwischen dem Reich des Basileus und dem Sultanat der Rum-Seldschuken war. Zu abgelegen und von der Straße kaum zu sehen, war Drakon im vergangenen halben Jahrhundert niemals ernsthaft geplündert worden. Die Bauern und Handwerker der Grenzdörfer waren dem Basileus abgabenpflichtig; seine Steuereintreiber waren, bestätigte der Schmied, keine Unmenschen. Seit Civetot vom Pilgerheer besetzt worden war und die räuberischen Ritter andere Dörfer verwüstet hatten, waren die Bewohner Drakons bereit, jederzeit zu flüchten und sich zu verstecken, aber bislang war es noch nicht erforderlich gewesen.

»Weit und breit war kein Türke zu sehen«, fuhr der Jäger fort. »Nicht einmal eine Spur von ihnen.«

»Die ritterlichen Pilger haben einen türkischen Trupp niedergemacht.« Rutgar berichtete von seinem Erlebnis unter der Brücke und von seinem Kampf. Als Gedalsi, Chersalas jüngere Schwester, einen gefüllten Weinkrug brachte, setzte sie sich neben ihren Vater und hörte stumm zu.

»Es ist keiner entkommen«, schloss Rutgar, »also haben sie vermutlich in Nikaia keine Nachricht darüber.«

»Glaub mir, Rutgar.« Gautmar stützte sich schwer auf den Tisch. »Die Anführer der Seldschuken wissen, was in diesem Land geschieht. Sie haben ihre Späher überall.«

Rutgar nickte schwer. »Wenn das so ist, dann stehen die Truppen von Sultan Kilidsch Arslan schon mit frisch geschliffenen Krummschwertern bereit.«

»So ist es«, bekräftigte der Schmied. »Aber sie warten wohl noch in der Nähe Nikaias auf ihre Befehle.«

Rutgar nahm einen Schluck Wein und schloss die Augen. In seinen Gedanken kämpften sechstausend Deutsche und Lombarden gegen ein Heer von zehntausend oder mehr Seldschuken, an deren Spitze der Sultan ritt. Wie die Kämpfe enden würden, stand für ihn fest: Danach würden sich die Seldschuken auf die Überlebenden stürzen, also auf die Frauen und Kinder im Lager in Civetot.

»Die Sieger stehen bereits fest«, flüsterte Rutgar heiser. »Aber sie heißen nicht Rainald, Foucher von Orléans und Walter Habenichts!«

»Ich zeige dir den Weg zu unserer Fluchtburg am Meer.« Chersala legte die Hand auf Rutgars Unterarm. Ihr Lächeln wurde bedeutungsvoll: »Morgen! Jetzt solltest du schlafen. Du hast so lange Wache gehalten in der Nacht.«

Er holte tief Luft, gähnte und deutete das Funkeln in ihren Augen richtig. Ihre Zehen kitzelten seine Wade. »Das ist wohl wahr.«

Ein Dutzend Kriegsknechte trabten auf dem Weg nach Nikaia voraus. Sie hatten die Kinnbänder der Helme festgezurrt, trugen Schilde und Lanzen, an denen Fähnchen knatterten. Pferdehufe, Karrenräder und die Schritte von etlichen Tausenden Männern hatten den Sandweg breitgetrampelt. Im Abstand von einem Steinwurf folgte ihnen Ritter Rainald, behelmt und im Kettenhemd; ihm hatten sich mehr als zweihundert Reiter angeschlossen. In schnellem Trab, aber ohne erkennbare Eile, ohne zu schreien oder zu jubeln, drangen sie im Süden Civetots in die bewaldeten Hügel und Täler ein.

In Haufen, die aus dreihundert oder fünfhundert Männern bestanden, stapften mehr als fünftausend Pilger hinter den Staubwolken her, die von den Pferdehufen hochgewirbelt worden waren. Alle Angehörigen des Pilgerheers, selbst Priester und andere Gottesdiener, bewaffnet und mit allerlei Seilen und leichtem Belagerungsgerät leidlich gut ausgestattet, kamen aus der Menge, die seit Ostern zu Köln dem Peter von Amiens gefolgt waren. Vielleicht zwei Dutzend Maulesel trugen gefüllte Wassersäcke.

Eine Stunde verging, bis alle Fremden in südöstlicher Richtung an den seldschukischen Reitern vorbeigezogen waren, die unsichtbar und abseits der Straße lauerten, und bis der Morgenwind die Gerüche und den Staub fortgeweht hatte. Dann folgten die Reiter auf überwachsenen Pfaden dem Zug der bewaffneten Pilger.

Nikaia war dreißig, fünfunddreißig Meilen von Civetot entfernt. Wenn die Pilger rasten würden, so rechneten die seldschukischen Späher aus, mussten die Dörfer um den See mit den ersten Überfällen am nächsten Tag rechnen, gegen Mittag. Diejenigen Pilger, die zu jung, zu alt, zu schwach oder zu krank zum Marschieren und Kämpfen waren, blieben in Civetot zurück, zugleich mit einigen Dutzend Grafen und Rittern und deren Gefolge; die Verpflegung, die von den Raubzügen übriggeblieben und von kaiserlichen Schiffen angeliefert worden war, reichte noch für einen Zehntag aus.

Rutgar aß und trank, schlief im weichen Stroh, schabte seinen Bart und wusch sich am Brunnen, striegelte seinen Rappen und hielt die Fesseln des Tieres, während Vater Gautmar die Hufe und Hufeisen nachsah und einige Nägel ersetzte. Die Männer redeten leise miteinander; beide erwarteten Schreckliches.

»Die Mühlen unseres Herrn mahlen langsam«, sagte Gautmar und deutete mit einer Kinnbewegung auf das stillstehende Mühlrad unterhalb des Dorfes. »Aber sie werden die Räuber zermalmen. So lange hatten wir Frieden, Rutgar.«

»Es wird erst wieder Friede sein, wenn das Heer durchgezogen ist«, antwortete Rutgar. »Im Regen des späten Herbstes. Und im Winter.«

»Und wenn die Türken, die zahlreich sind wie Ameisen, sich an den Mördern und Brandschatzern rächen.«

Die Sünden der Bewaffneten des Pilgerheers wogen schwer, aber Absolution und Vergebung aller Sünden verscheuchten das schlechte Gewissen und erleichterten die Rettung derer, die im Heiligen Land darbten und unter der Willkür der Ungläubigen litten. Das Höllenfeuer schien im Land südlich Konstantinopels jeglichen Schrecken verloren zu haben. Gautmar, der ein schweres Lederwams ohne Ärmel, aber mit silbernen Knöpfen trug, ritzte mit einem Stock die Linien von Straßen und Wegen in den schmutzigen Sand, zeichnete an den Stellen von Siedlungen Kreise ein und nannte Namen und Begriffe. Rutgar prägte sich jede Einzelheit ein.

»Die Pilger sind meist arme Bauern und Handwerker«, meinte Rutgar bekümmert. »Nackte Not trieb sie hierher und die Hoffnung auf ein besseres Leben. Mitunter ist es leicht, an Gott zu glauben und dem eifernden Wort seiner Diener zu lauschen.«

»Gott hat ihnen nicht befohlen, zu plündern und zu schänden! Deinen Grafen auch nicht. Sie tun's aus eigenem schwarzem Herzen«, sagte der Schmied stirnrunzelnd.

Rutgar schüttelte den Kopf.

»Ich weiß nicht mehr, was ich glauben soll. Ich hoffe, er straft mich nicht dafür, dass ich nicht von glühendem Eifer für den Heiligen Krieg beseelt bin.«

»Gott, sagen die Priester, ist mit den Sanftmütigen«, brummte Gautmar und warf die Hufeisenzange auf einen klirrenden Haufen erkaltetes Werkzeug. »Auch wenn ihr Lohn auf Erden gering ist.«

Rutgar senkte den Kopf, zog die Schultern hoch und wusste nichts darauf zu antworten. In der Gemeinschaft der Dörfler Drakons fühlte er sich geschützt und geborgen, und er zauderte nicht mehr, wenn er an die nächtlichen Wonnen mit Chersala dachte, deren dankbare Leidenschaft er geweckt hatte. Vor ihrem Liebesspiel in der Nacht hatte sie ihm geschworen, nicht schwanger zu werden; wie dies gehen mochte, hatte ihm nicht einmal Ragenarda erklären können.

Aber das war kein Geheimnis des Glaubens, sondern eines der Frauen.

Kapitel XIII

A. D. 1096, 29. Tag des Herbstmonds (September),
im 2. Monat des griechischen Jahres 6605, Mittag
Vor Xerigordon

»Deine Bosheit ist zu groß, und deiner Missetaten ist kein Ende.«
(Hiob 22,5)

Auf dem Sandpfad, der Straße der Dörfler zur Küste, blieb Chersala hinter Rutgar auf dem Pferderücken; wenn der Pfad anstieg oder schwierig zu begehen war, stiegen beide ab und führten den ausgeruhten Rappen, dessen Ohren erregt zuckten und spielten, am langen Zügel. Grillengezirp war überall, und in den Büschen sägten Zikaden. In den Baumkronen fauchte und summte der Wind vom Meer; Rutgar glaubte Möwenschreie hören zu können und von fern den Gesang der Pilger, die in Civetot ein frühes Messopfer feierten. Aber die Rauchsäule vom Lager her schien kleiner zu sein als zuvor. Über den Buchten und dem offenen Meer im Westen türmten sich mächtige Wolken, die, wenn der Nordwind anhielt, ein Gewitter bringen konnten. Falken jagten rüttelnd entlang des Ufersaums.

Chersala legte den Arm um Rutgars Hüfte und sagte: »Vater Gautmar vertraut dir.« Sie lachte. »Mir vertraut er auch. Er hat es mit seiner widerspenstigen Tochter nicht leicht.«

»Ich werde dich sicherlich nicht fragen«, antwortete Rutgar ausweichend, »ob du mit mir ins Heilige Land wandern willst.«

Sie lachte noch lauter und länger. »Du machst dir zu viele Sorgen, Grünauge.«

Er zuckte mit den Schultern, warf ihr von der Seite einen Blick zu und duckte sich unter überhängenden Ästen. Wenige Straßen, die ohne Schwierigkeiten begangen werden konnten, und offensichtlich sehr viele Wege und Pfade, die nur die Einheimischen benutzten, durchzogen das Küstenland. Rutgar hatte so viele überwucherte, halb verfallene und rätselhafte Spuren gefunden, Hinterlassenschaften früherer Bewohner; vielleicht wusste Berenger mehr darüber. Selbst der Schmied kannte weder deren Namen noch deren Bedeutung.

»Wenn ich sorglos wäre«, meinte er, »hätte ich bald Grund, mich zu fürchten. Ich kämpfe nicht für Beute und Land oder gegen die Türken.«

Der Wind winselte und jaulte stärker und begann nach Salz und Feuchtigkeit zu riechen, die Wolken ballten sich zu mächtigen Türmen über dem Meer. Sie mussten lauter reden, um einander verstehen zu können; der Weg führte in Schlangenlinien in einen schütteren Wald, an dessen Ende die Sonne eine Wand schrundiger Felsen anstrahlte.

»Hinter den Felsen wirst du die Burg sehen können«, sagte Chersala. »Bald wird der Weg besser.«

Am Fuß des Hügels kletterten sie auf den Rücken des Pferdes und ritten über den weichen Waldboden auf die Felsen zu. Die Wolkengebirge begannen ihre Farbe zu ändern; die Ränder glänzten wie flüssiges Metall oder geschliffene Schwertklingen. Das Sonnenlicht färbte sich schweflig. Unter den Wolken breitete sich über dem Meer ein schwarzes Band aus.

Der Rappe trabte zwischen verkrüppelten Stämmen. Die Felsen wurden schroffer, je näher Rutgar ihnen kam. In ihrer Mitte entstand ein wirrer Torbogen, ein Durchgang im Gestein, so hoch und breit, dass die Krüppelbäume des Waldes hindurchwucherten. Als Rutgar auf den Felsenbogen zuritt, riss der

Rappe den Kopf hoch, spreizte alle viere und blieb ruckartig stehen. Er wieherte erschreckt, während Rutgar und Chersala sich an der Mähne und am Sattel festklammerten. Rutgar gab den Zügel frei, beruhigte das Pferd und deutete nach rechts.

»Ein feiner Willkommensgruß«, sagte er mit rauer Stimme. »Ob er für dich und mich gedacht ist?«

»Nein. Sieh hin, Ritter: Die Knochen sind uralt.«

Zu beiden Seiten des Durchgangs hingen menschliche Skelette. Verrostete Ketten wanden sich um Hälse und Brustkörbe. Wie Bündel aus Gebeinen oder Beutetiere, deren Fell und Fleisch die Aasfresser abgenagt hatten, hingen vielleicht ein Dutzend Skelette da, die Knochenfinger an rostblattrigen Waffen. Sechs Skelette an jeder Seite des Tors. Chersala und Rutgar sahen bis zur Unkenntlichkeit zerrostete Helme, einige Fetzen Kleidung, zernagtes Leder und die unergründlichen Blicke aus den Augenhöhlen, in denen verschiedenfarbige Kiesel steckten. Rutgar glaubte die braunen Zähne in den Kiefern rattern zu hören.

»Fremde Helme«, sagte Rutgar, riss kurz am Zügel und setzte die Sporen ein. Ihn schauderte, Chersala presste zitternd beide Arme um ihn. Plötzlich schien die Luft eiskalt zu wehen und die Eichenblätter welken zu lassen. Auf verwitterten Schilden, die wahllos verstreut zwischen den Gerippen hingen, erkannten sie undeutlich die Zeichen des Kreuzes. Jetzt bekreuzigte sich Rutgar und lenkte den Rappen durch das Felsentor. »Keine fränkischen Helme, keine Krummschwerter von Türken.«

Einige Dutzend bockiger Galoppsprünge, dann fiel der Schwarze in Trab zurück; Chersala und Rutgar atmeten tief ein und aus, als sie wieder die Wärme der Sonnenstrahlen spürten.

»Vor vielen Jahren, Rutgar, sind hier Ritter und Pilger durchgezogen, ohne dass es Streit gab. Das haben uns die Alten im Dorf erzählt.«

Rutgar ließ den Schwertgriff los und streichelte Chersalas gespreizte Finger auf seinem Kettenhemd.

»Es gab anscheinend doch Streit«, murmelte er. »Aber er geht uns nichts mehr an.«

Die Wolken hatten sich, wie gierige Hände, nach rechts und links ausgebreitet und stiegen anwachsend und lautlos brodelnd der Sonne entgegen. Das Band unter ihnen war schwarz wie Ruß, von Blitzfeuern hinter unsichtbaren Barrieren durchzuckt. Die Hitze der frühen Mittagssonne nahm zu und wurde unerträglich; das Summen der Fliegen und Hummeln klang wie weiß glühende Wut.

Ein Rund tat sich auf, das aus Schlingpflanzen, kleinen Büschen mit welken Blättern und vielen Felsen bestand, die wie zersplitterte Zähne aussahen. Dahinter erhoben sich auf einem Felssockel die Reste wuchtiger Mauern aus Quadern und Gesteinsbrocken; das uralte Gebäude ohne Dächer erinnerte Rutgar an die Burgruine in der Provençe.

»Das ist die Burg ohne Namen«, sagt Chersala. »Auf der anderen Seite ist der Hafen. Ein riesenhaftes Bauwerk.«

»Weißt du mehr darüber als dein Vater?«

»Nein«, antwortete sie. »Man hat die Burg gebaut, als der Vater meines Großvaters jung war.«

Es gab keinen erkennbaren Weg. Der Rappe tänzelte zwischen Dornenranken, Grasbüscheln und unzähligen verwelkten Blumen von einem Felszahn zum anderen. Heruntergefallenes Geröll hatte vor dem Felssockel zufällig einen schmalen Pfad geschaffen, dem Rutgar folgte. Er umrundete Mauern, Erker, Turmschäfte und Vorsprünge zur Hälfte und erreichte ein Stück Weg, das zu einem Tor führte, dessen Flügel längst vermodert waren. Aber von hier aus überblickten er und Chersala ein langes Stück felsiges Ufer und einige Strände. Ein Wellenbrecher aus Steinen, Felsbrocken und eingerammten Baumstämmen krümmte sich in den niedrigen Uferwellen. Am Rand eines Platzes, der unterhalb der Mauern einige Handbreit über dem Wasser vorsprang, standen windschiefe Hütten. Rauch schwelte aus einem Schilfdach.

»Dort ist das Boot von Faroard«, sagte Chersala und zögerte; das Sonnenlicht wich mit erschreckender Plötzlichkeit. Schatten krochen über die Mauern und Turmreste. »Wir sind am Ziel.«

»Es ist ein Gemäuer, das schwer anzugreifen, aber auch schlecht zu verteidigen ist«, antwortete Rutgar, lenkte den Rappen in die verfallene Hafenanlage und stieg ab. Er half Chersala herunter und schaute sich um. »Ihr wisst wirklich nicht, wer die Burg gebaut hat?«

Chersala schüttelte den Kopf, ihr fast hüftlanges Haar flog im Uferwind.

Das Fischerboot war leer und mit vier Tauen an hölzernen Pollern festgemacht. Die Burg erhob sich in der Mitte einer halbkreisförmigen Bucht, in der schaumgekrönte Wellen gegen das Ufer anrollten. Die Wolken, die von Sonnenuntergang bis Sonnenaufgang den Himmel bedeckten, schienen zu brennen, zu rauchen und zu schmelzen. Wetterleuchten zuckte über dem Horizont. In das Geräusch der Wellen, die gegen das Ufer klatschten, mischte sich fernes Grollen. Rutgar führte das Pferd zu der Hütte aus Lehmziegeln und Flechtmatten, aus deren Dach grauer Rauch sickerte. Die Dunkelheit unter den Wolken nahm zu.

»Es wird ein schweres Gewitter geben«, sagte Chersala.

Rutgar sah im Geschiebe der Wolken ein Sinnbild für den Kampf des reinen Herzens gegen das Böse. In Abständen, die dem Herzschlag glichen, erhellte fahles Licht die Mauern und die schwarz gähnenden Fensteröffnungen. »Willst du uns einen trockenen Unterschlupf suchen?«

Chersala streckte die Hand aus und ergriff den Dolch in Rutgars Waffengurt. Die fadenscheinigen Stoffstreifen hatten sich gelöst. Nach kurzem Nachdenken wickelte Rutgar den Stoff ab, schleuderte ihn zur Seite und gab Chersala den verzierten, dick vergoldeten Griff der Stichwaffe in die Hand. Sie deutete mit der nadelfein geschliffenen Spitze zur Fischerhütte und sagte: »Vergiss nicht zu sagen, dass uns Vater Gautmar geschickt hat.«

Sie lief nach links auf einen Durchlass zu, Rutgar näherte sich der Hütte. Er spähte durch den Eingang und sah einen muskulösen weißbärtigen Mann, der inmitten dichter Rauchwolken Fische zerschnitt, blutige Gräten zur Seite schabte, die Fischhälften in körniges Salz warf und mehrmals wendete. Große Stücke Fisch schwankten, auf einer Schnur aufgefädelt, unter dem Dach der Hütte.

»Du bist der Fischer Faroard, nicht wahr? Gautmar, der Schmied von Drakon, schickt mich!«, rief Rutgar. »Seine Tochter hat mich hergeführt. Wahrscheinlich werde ich dir etwas Gold für deine Hilfe geben müssen.«

Faroard rammte das Messer, das länger als sein Unterarm war, in einen Holzblock und wischte Fischschuppen von den Unterarmen und Händen. Er schob ein Stück Treibholz in die Glut und kam aus dem Halbdunkel seiner Hütte, in der Salzfisch im heißen Rauch hing, ins Freie hinaus. Er starrte Rutgar und dann die dräuenden und kämpfenden Wolken an und sagte:

»Gold ist schwerer als Fisch. Gold ist immer gut. Was willst du, Fremder?« Er hustete kernig und spuckte geräuschvoll aus.

»Hier übernachten, ohne dass mir und Gautmars Tochter die Hälse durchgeschnitten werden.« Rutgar begegnete den misstrauischen Blicken des Fischers. »Alles andere erzähl ich dir später.«

»Wenn Vater Gautmar schon seine Tochter mit dir schickt ...«

Es dauerte weniger als eine halbe Stunde, bis der Rappe in einem trockenen Unterstand frisches Gras fraß, ein zweites Feuer zwischen zerbrochenen Mauersteinen und einer zerbrechlichen Balkendecke im Mittelpunkt eines einstigen Saales brannte und Rutgar, Chersala und der Fischer Wein tranken und Fisch aßen, in gewürztem Öl gebraten. Chersala buk Fladenbrot auf einem flachen Stein. Die Wolken über dem Meer kamen näher und wurden blauschwarz; aus Wolkenlöchern zuckten Balken glühenden Lichts zu Boden, und harte Sturmstöße warfen gischtende Wellen am Ufer auf.

Die Furt durch das Rinnsal, das im See mündete, hielt die Pilger nicht auf, ebenso wenig wie die Zeichen am sich verdunkelnden Himmel in der Ferne. Als Rainalds Truppe durch das erste Dorf gezogen war, das die Franken geplündert und halb niedergebrannt hatten, teilte sich die Menge in verschiedene Haufen und schwärmte aus.

Entlang der Ufer des Askanischen Sees, weit vor den Mauern Nikaias, galoppierten und rannten die bewaffneten Pilger. Hätten sie nicht schon gewusst, dass in den Dörfern seit vielen Generationen griechische Christen lebten, so hätten sie sowohl die Kirchen und die Kreuze als auch die Priester vor übermäßiger Grausamkeit gewarnt. So verschonten sie zumindest die Bewohner. Dennoch starrten die Dörfler den Pilgern hinterher, als wären Heuschreckenschwärme, gewaltige Ziegenherden und hungrige Nachtwesen über ihr Land gezogen. An den Ufern schwenkten die Plünderer zur Seite und warfen begehrliche Blicke auf die Türme Nikaias am östlichen Ende des Sees, die sich im Wasser spiegelten.

Von Seldschuken unbelästigt, durchstreiften die Horden die Dörfer, kauften, stahlen, tauschten und raubten, bis ihre berittenen Späher eine Grenzburg entdeckten. Sie lag auf einem stattlichen Hügel, zwei Stunden Fußmarsch östlich von Nikaia. Von einem der Landbewohner erfuhr Rainald den Namen: »Xerigordon. Mit geringer Besatzung.«

»Auf nach Xerigordon!«, rief Rainald. »Ein guter Platz, um zu rasten.«

Die Pilger sammelten sich und drangen über die Straße hinweg ins Hügelland vor.

»Ein Lager für uns. Wir können Nikaia von dort gerade noch sehen. Von Xerigordon aus beherrschen wir das Land.«

Die Reiter preschten voraus, das Fußvolk hastete hinterher. Xerigordon besaß dicke Steinmauern und Aufbauten aus altersschwarzen Balken, an einigen Stellen sogar mit Stein gedeckt. Als die Bewacher der Festung die riesige Menschenmenge sahen, verließen sie ihre Posten und flüchteten. Binnen einer Stunde war Xerigordon erobert; es half den Anstrengungen der Belagerer, dass am Fuß des Hügels, in einem kleinen Nebental, eine reichlich sprudelnde Quelle entsprang und die Seldschuken unterhalb der Festungsmauern einen Brunnen gegraben hatten.

Noch während die Kreuzfahrer die Festung in Besitz nahmen, merkten sie, dass die altersschwachen Gebäude bis an die Decken angefüllt waren mit Vorräten und Verpflegung jeder Art, aber dass es innerhalb der Mauern selbst keinen Brunnen gab. Augenblicklich fingen sie an, am Brunnen und der Quelle die Ziegenbälge und alle anderen Behältnisse, in denen man Wasser aufbewahren konnte, zu füllen und in die Festung zu schleppen.

»Wir sollten uns mit den Vorräten beladen«, schlug Rainalds Begleiter vor. »Mit dem Wichtigsten, das wir tragen können. Und gleich morgen früh zurück nach Civetot.«

Der Ritter blinzelte in die Sonne, die inmitten farbiger Wolken, die zu kochen schienen, sich über dem Askanischen See senkte.

»Nichts da!«, sagte er. »Wir haben ohne Kampf große Beute gemacht. Wir genießen, was wir haben – hier, auf dem Hügel!«

»Du gibst die Befehle«, sagte der andere und zuckte mit den Schultern. »Sag nicht, dass ich dich nicht gewarnt hätte.«

Ein Teil des Pilgerheeres war noch immer damit beschäftigt, sich mit Wasser zu versorgen. Die Pferde soffen sich an der Quelle die Bäuche voll, die Männer schleppten Ziegenbälge und Krüge.

Als es dunkelte und die ersten Lichter die Umrisse der Mauern und Gebäude in vage Helligkeit tauchten, erreichten die geflüchteten Wachen die Stadt. Nun würde es den Seldschuken klar sein, wenn sie es ohnehin nicht schon wussten, wie viele Köpfe der Feind vor ihren Toren zählte.

Rainald, dem die Bedeutung eines Grenzkastells nicht fremd war, ließ die Tore schließen und stellte in Erwartung eines Angriffs überall bewaffnete Wachen auf.

Über dem Meer im Westen erhellten Blitze die Nacht, gefolgt von grollendem Donner.

Nur für Augenblicke tauchte die Scheibe des wachsenden Mondes zwischen den jagenden Wolken auf. Das Gewitter hatte die Felsenburg erreicht, und um die zitternden Mauerreste und Säulen kreischte der Wind. Er hatte draußen auf dem Marmarameer zwei Fischerboote gepackt, sie durch Wellen, Gischt und weiße Kronen aus prasselndem Schaum gejagt und sie auf der Fahrt quer durch die Bucht beinahe kentern lassen; die letzte Brandungswelle warf sie nebeneinander auf den Strand und schob sie mit knarrenden Masten hoch hinauf. Durch den Regen rannten die Fischer heran, und einer schrie: »Wir haben euer Feuer gesehen! Sonst wären wir verloren gewesen.«

»Dann setzt euch ans Feuer und trocknet euch.« Faroard zuckte zusammen, als ein Blitz in ihrer Nähe einschlug. »Wird eine wilde, nasse Nacht!«

Der Rappe war am anderen Ende des nassgeregneten Raums unter einem löchrigen Dach angebunden und riss jedes Mal, wenn das unirdische Licht eines Blitzes aufflackerte, grell wiehernd den Kopf in die Höhe. Rutgar lehnte an der Mauer, hielt die Augen geschlossen und versuchte, seiner Furcht Herr zu werden. In seinem Herzen rangen Vorstellungen, Prophezeiungen und wüste Bilder des qualvollen Unterganges miteinander. Was unterschied ein Gewitter über Drakon von einem gleich grausigen Ereignis in Les-Baux? Die nächsten Donnerschläge ließen die Erde und die Burg erzittern; Chersala klammerte sich an Rutgar, und die Männer verbargen die Köpfe in den Armen.

»Die Welt geht unter«, sagte jemand mit heiserer Stimme in die nachfolgende Stille hinein. Regentropfen verzischten im Feuer. »Am Himmel kämpfen fremde Heere gegeneinander.«

Blitz folgte auf Blitz, die gewaltigen Donnerschläge lösten einander ab und ließen Splitter zwischen den Quadern herausfallen. Die Männer vermochten nur in den wenigen Pausen des Lärmens miteinander zu reden. In der Zeit zwischen dem Entstehen der schwarzen Riesenwolke und dem Ausbruch des Gewitters hatten sich am Himmel bestürzende, gewaltige Vorgänge abgespielt. Die Bilder, die Rutgar sah, schienen nur ihm zu gelten, verwirrten ihn, drangen bis in die Tiefe seiner Seele: Bilder vom Kampf des Lichts gegen das Dunkel, des Guten gegen das Böse, der himmlischen Engel gegen die Dämonen der Hölle.

Ohne dass er etwas dazutat, widerspiegelten die Sonnenstrahlen, die quälenden Farben der Wolken, die Finsternis und die flackernden Spiegelungen des Wetterleuchtens die Erlebnisse seiner Jahre, die Zweifel an der Richtigkeit seiner Entscheidungen. Er verstand die Gleichnisse nicht, glaubte aber fest daran, dass ihm eine Warnung zuteil wurde. Sprach der Herr aus den Blitzwolken? Ertönten die Stimmen der Engel aus dem Donner? Bedeutete das Feuer über dem aufgewühlten Meer, dass er im Fegefeuer oder in der Hölle brennen würde? Je länger er verwirrt in sich hineinlauschte, desto drohender erschienen ihm die nächste Stunde, der kommende Tag und all die Zeit, die ihm folgte. Er holte tief Luft und zwang sich dazu, die Augen zu öffnen. Der nächste vielverzweigte Blitz blendete ihn, nach einem Atemzug schmetterte der Donner in seine Ohren, und als er wieder sehen konnte, schüttelte er sich.

Die Fischer starrten ihn an. Chersala bohrte ihre Fingerspitzen in seine Oberarme. Er blickte von einem Gesicht zum anderen, dann sah er die tanzenden Flammen. Seine Gedanken an die Gefahren zerstoben wie Gischt im Sturm.

»Die himmlischen Heere«, sagte er langsam und löste Chersalas Finger von seinem Arm. Er deutete in den Regen, dessen Tropfen im Feuerschein wie hart gespannte Schnüre aussahen. »Sie kämpfen nicht für uns, nicht gegen uns – aber wir werden andere Heere im Kampf miteinander erleben. Ich bin kein Prophet, aber ich weiß es.«

»Das Heer deiner Pilger?«, sagte Faroard. Der Donner schien leiser zu werden, mit längeren Pausen. Rutgar nickte.

»Der Sultan wird sie alle vernichten«, meinte ein Fischer. »Zuerst die Plünderer, die nach Nikaia geritten sind, wie du uns erzählt hast, Fremder.«

Rutgar sagte dumpf: »Aber ich werde nicht dabei sein.«

Er legte den Arm um Chersalas Schultern und lauschte einige tiefe Atemzüge lang dem abziehenden Gewitter. Blitz und Donner schienen sich zu weigern, die Bucht zu verlassen. Der Regen war schwächer geworden, das Pferd hatte sich beruhigt. Rutgar beschloss, später in Ruhe über die Bilder nachzudenken, die seine Furcht hervorgerufen hatten.

Faroard stand auf und murmelte: »Ich hole Essen und Wein.«

Rutgar stemmte sich in die Höhe und sah zu, wie die Fischer salzverkrustetes Holz ins Feuer schoben.

»Das Schlimmste ist vorbei«, sagte er leise. »Es wird Zeit. Jeder von uns hier muss seine Aufgabe kennen.«

Er ging zu seinem Sattel, trennte mit der Dolchspitze eine Naht auf und zog drei goldene Hyperpyrone hervor. Als er zum Feuer zurückkam, warf ihm ein Fischer ein Stück Lederschnur zu und meinte mit einem langen Blick auf den funkelnden Dolchgriff: »Versteck die Waffe, Franke. Ist nicht gut, in dieser Zeit, seinen reichen Besitz zu zeigen.«

»Danke«, antwortete Rutgar, gab jedem Fischer eine Goldmünze; die dritte war für Faroard, der einen vollen Korb heranschleppte.

»Dafür, Freunde, sollt ihr mir helfen. Beobachtet die Küste hier. Wenn die Seldschuken die unbewaffneten, schutzlosen Pilger angreifen – ich meine nicht die Ritter, Knappen und Kriegsknechte –, müsst ihr nach Konstantinopel segeln. Zum goldenen Horn, zum Palast des Kaisers Alexios. Dort werdet ihr jemanden finden, der euch zu einem Prediger führt, zu Peter dem Eremiten. Wollt ihr das tun?«

»Wann?«

»Wenn es hier von Seldschuken wimmelt. Der Basileus wird seine Flotte schicken; ihr kennt die großen Galeeren und Trieren. Es sind Kinder, Jungen und Mädchen, Unschuldige, Kranke und Alte, die gerettet werden müssen.«

»Verlass dich auf uns«, sagte Faroard, stellte den schweren Korb ab und schlug Rutgar auf die Schulter. Rutgar gab ihm die Münze. Faroard biss darauf, verzog das Gesicht und schob sie in den Gürtel. »Wenn uns Vater Gautmar bittet ...«

»Er hat es dem Grünäugigen versprochen!«, rief Chersala.

Der alte Fischer nickte schwer. »Heute Nacht kommen weder deine hungrigen Ritter noch die blutgierigen Seldschuken.« Faroards dunkle Stimme klang beruhigend. »Setzt euch. Lasst uns essen, trinken und erzählen.«

Das Gewitter zog mit Donner und Wetterleuchten widerstrebend nach Süden ab. Die Mauern begannen zu dampfen, der Wind vom Meer blies die Burg trocken. Bis spät in die Nacht saßen Chersala und die Männer am Feuer und leerten, während sie über Höllenfeuer, Schuld und Sühne, Fischfang und die Stürme im Herbst redeten, zwei Krüge hellroten Weins.

In einer Kammer, deren Außenwand weggebrochen war, fanden Rutgar und Chersala nächtlichen Unterschlupf. Sie sahen die Sterne des Nordens und später, als sie sich leidenschaftlich paarten, den Mond und den Glanz seines Lichts auf den Wellen, die leise ans Ufer plätscherten und die schaukelnden Boote gegen die Quader und Holzpflöcke des Stegs poltern ließ.

Die Nacht blieb ruhig. Die Stille schien zu beweisen, dass die Küste menschenleer war. Rutgar lag nicht lange mit offenen Augen da; die Müdigkeit war zu groß, und so kam er nicht dazu, über die dräuenden Bilder am Gewitterhimmel und seine Furcht nachzudenken. In der Stunde zwischen dem Erlöschen der Sterne und dem ersten Grau im Osten legte Rutgar die goldene Kette, die er dem gefallenen Türken abgenommen hatte, um Chersalas Hals; sie schlief fest und spürte nicht, wie er das Lederbändchen in ihrem Nacken verknotete.

Kurz nach Sonnenaufgang standen Rutgar und die Fischer bis zu den Hüften im Wasser, hoben einen Fisch nach dem anderen aus dem Boot und schlitzten die schuppigen Leiber von den Kiemen bis zum Schwanz auf. Über dem Gedärm, das ins Meer gespült wurde, und den Fischköpfen, die von der Strömung durch die Bucht gezogen wurden, flatterten kreischend die Möwen. Rutgar tauchte den Dolch ins Wasser, warf zwei schlenkernde Fischhälften in den Weidenkorb und rief: »Fahrt ihr schon heute wieder hinaus? Oder tragt ihr den Fisch nach Drakon?«

Einer der beiden Fischer, Simeon mit Namen, hob den tropfenden Korb auf seine Schulter. »Wir fischen. In ein paar Tagen holen sie ihren Fisch selber.«

Kaum ein Fisch des gestrigen Fanges war kleiner als eine Elle. Aus dem Dach von Faroards Hütte quoll dichter Rauch. Die Möwen versuchten, Fischadler und kreisende Falken zu vertreiben; zwei Dutzend der aufdringlichen Vögel schwammen zwischen dem blutigen Abfall. In einer Öffnung des halb zerfallenen Turms, an der höchsten Stelle der Burg, hielt Chersala Ausschau. Unter dem Horizont glitten zwei Frachtschiffe auf die Anlegestelle von Civetot zu. Jeder Seemann wusste, wo das Lager der Pilger war, aber jenseits von Helenopolis waren die Palisaden nicht mehr zu erkennen. Nahe am Ufer war das Meer noch sommerlich warm. Rutgar traf eine Möwe mit einem Fischkopf, den er mit aller Kraft geschleudert hatte, und langte nach dem nächsten Fisch, der ihm zweimal durch die Hände glitschte und ins Boot zurückfiel, auf dessen Holz ein schleimiger Überzug stank.

»Wisst ihr, wann der Herbstmond zu Ende geht?«, fragte er in einer Arbeitspause.

Andreas, der andere der beiden Fischer, meinte: »In drei Tagen fängt der Weinmond an. Dann gibt's überall in unseren Dörfern schöne Mostfeste.«

Rutgar nickte und glaubte, abermals ein Zeichen zu erkennen: Ihm und Chersala blieben nur noch wenige Nächte bis zum Abschied. So war es abgemacht. Aber wenn er auf Kukupetros und das Heer von Papst Urban wartete, gab es wohl keinen Abschied, denn er war in Drakon gut aufgehoben. Dachte er an Civetot, die Plünderer vor Nikaia und die Armee des Sultans, bildete sich in seinem Magen ein Stein, größer als eine Faust. Sein Blick glitt zu den Möwen und der breiten Bahn des Geschlinges der Fischschwänze und -köpfe im blutrot gefärbtem Wasser der Bucht.

Simeon begann den größten Fisch abzuschuppen und mit Sorgfalt zu entgräten.

»Den hier, den Vater aller Schwimmer, werden wir heute braten und mit gutem Öl, frischem Brot und feinen Oliven essen. Bist ein fleißiger Zerschneider von Fischen, Fremder.«

Rutgar grinste schief und antwortete: »Ich bin zu fast allem gut zu gebrauchen.«

Kapitel XIV

A. D. 1096, 6. Tag im Weinmond (Oktober), Sonnenaufgang In Xerigordon

»Und ihre Leichname werden liegen auf der Gasse der großen Stadt.« (*Offb 11,7*)

Im Morgengrauen weckten Jean-Rutgar gellende Pfiffe und das Wiehern eines Pferdes. Er packte das Schwert und rannte barfuß zu der Stelle der Turmruine, von der aus zwei Pfade zu überwachen waren. Auf dem östlichen Weg näherte sich ein Reiter auf einem Rappen mit einem zweiten, gesattelten und schwer bepackten Pferd. Einige Atemzüge später erkannte Rutgar Berenger, der eines der früher erbeuteten Pferde, den Apfelschimmel, als Saumtier hinter sich herzog.

Rutgar winkte und rief: »Hierher, Berenger! An den Mäuerchen entlang, bis zur zerbrochenen Säule!«

»Bist du unter die Fischer gefallen, Ritterlein?«, gab Berenger laut zurück und hob den Arm. »Mach dich bereit! Gürte deine schlotternden Lenden! Wir müssen nach Xerigordon!«

»Auf wessen Befehl?«, rief Rutgar. »Ist Kukupetros nach Civetot zurückgekommen?«

»Nein. Ich erklär's dir gleich.«

Rutgar kletterte hinunter, beruhigte die Fischer und Chersala und begrüßte Berenger. Zu seinem Erstaunen sah er im ersten Licht des Tages, dass Berenger halbwegs wie ein Seldschuke gekleidet und bewaffnet war. Am Sattelhorn hingen der Köcher und ein Türkenbogen in einer dreieckigen Lederhülle.

»Du hast also herausgefunden, dass ich hier bin«, sagte Rutgar. Er war nicht im Mindesten überrascht. »Was gibt es aus den Dörfern um Nikaia und aus Civetot zu berichten?«

»Hilf mir. Dann – hört zu. Ihr alle.«

Er nickte den Fischern zu und verbeugte sich knapp vor Chersala. Die Steigbügel waren am Sattel des Saumpferdes, einer schlanken Stute, hochgebunden, in den schweren Mantelsäcken waren Proviant, türkische Kleidung, darunter zwei »Jaseran«-Rüstungen aus Leder mit aufgenähten Eisenschuppen, das Kettenhemd, zwei türkische Helme und Krummschwerter. Als die Tiere am Wassertrog standen, rieb sich Berenger die Augen und begann zu berichten.

»Die Würdenträger und der Basileus haben erfahren, dass ein Heer die Grenze von Ungarn erreicht und König Koloman um freien Durchzug gebeten hat. Godefroi oder Gottfried von Bouillon, der Herzog von Niederlothringen, sagen die Boten, führt das Ritterheer an. Jedermann trägt ein rotes Kreuz auf seinem Kleid oder dem Mantel. Gottfried hat seine Gattin Godevère von Tosni, eine Normannin, und ihre kleinen Kinder bei sich. Ungefähr zur gleichen Zeit hat ein Bote in Konstantinopel berichtet, dass Ritter Reinhold oder Rainald, der Italiener, von Civetot aus die alte Festung Xerigordon ohne viel Gegenwehr erobert hat. Das weiß inzwischen auch Kukupetros.

Über Hugo, den Grafen von Vermandois und Bruder des Königs von Frankreich, hat der Basileus inzwischen erfahren können, dass er sich im italienischen Hafen Bari einschiffen will, zusammen mit dem Normannen Wilhelm, einem Enkel des Robert Guiscard. Alexios Komnenos, der nur wenige eigene Truppen befehligt, wird von furchtbaren Albträumen heimgesucht, sagt man.«

Berenger fasste mit beiden Händen eine Schale Sud, den

Chersala aus dem Kessel geschöpft hatte, warf ihr einen strahlenden Blick zu und sagte: »Danke, Schönste«, und nahm einen durstigen Schluck.

»Die Waräger-Garden des Kaisers«, fuhr er fort, »aus Angelsachsen, und die Petschenegen-Truppe haben zwar die Paläste und die Stadt Konstantinopel gegen die kaum bewaffneten Pilger des Kukupetros schützen können; gegen ein Heer aus kampfgewohnten Fürsten sind sie machtlos.

Die Nachrichten aus dem Grenzland und aus Kibotos sind verwirrend.« Berenger lachte laut und leerte durstig die Schale. »Die Gelehrten des Basileus vermuten, dass weiterhin Wirrwarr herrschen wird, denn nach alter Rechnung hat für die rhomäischen Christen am ersten Tag des Herbstmonds das Jahr 6605 nach Erschaffung der Welt begonnen, und das muss irgendein besonderes Datum sein – in unserer Heimat rechnet man mit anderen Zahlen. Weil Alexios erfahren will, was in Nikaia und Xerigordon und Civetot und überhaupt geschieht, muss ich dorthin reiten.«

Er grinste und deutete auf das erbeutete Reittier.

»Und weil du ein schneller Reiter und ein leidlich guter Krieger bist, habe ich dich als Begleiter erwählt.« Plötzlich wurde er ernst. »War ein guter Kampf, Ritterlein. Bitte, hilf mir. Reite mit mir nach Xerigordon.«

»Alles ansehen? Nicht kämpfen?«, sagte Rutgar.

»Kämpfen nur, wenn wir müssen. Alles aus dem Versteck mit ansehen.«

»Ich komme mit dir«, sagte Rutgar.

Faroard und die Fischer hatten schweigend zugehört. Jetzt sagte der alte Fischer stockend: »Der Sultan zögert, die Franken zu bekriegen. Wenn seine Anführer sicher sind, die Ritter töten zu können, werden sie's tun. Im Land gibt's hundert Stellen, wo sich die Seldschuken verstecken können.« Er deutete auf Berenger, Chersala und Rutgar und fuhr fort: »Wollt ihr den

Rat eines alten Mannes? Ja? Haltet euch fern von den Raubrittern und ihren Spießknechten. Sonst sterbt ihr mit ihnen.«

»Ein guter Rat«, antwortete Rutgar. »Für mich hab ich mich entschlossen. Ich reite nicht mit dem wüsten Haufen.«

»Und für mich hat sich der Basileus etwas anderes ausgedacht.« Berenger grinste kalt. »Ich soll in Konstantinopel darüber berichten.«

»Soll ich mich im Wald verstecken?«, sagte Chersala und zuckte mit den Schultern. »Ich weiß es nicht.«

»Am besten bleibst du hier«, meinte Rutger. Bis hierher werden die Franken kaum kommen.«

Ritter Rainald kniete in einer der letzten Reihen der Versammelten und nahm am morgendlichen Messopfer teil. Seine Gedanken kreisten um die Frage, ob es klüger sei, Xerigordon besetzt zu halten oder mit einem Teil der Beute nach Civetot zurückzureiten. Als die andächtige Schar, die im Halbkreis um den Maueraltar kniete, das *»Ite, missa est!«* anstimmte, antwortete er mit einem grob gemurmelten *»Deo gratias!«* und stand auf. Vor Kurzem hatte das Gewitter mit Regengüssen und Donner gehaust; Baumkronen, Gras, Büsche und Mauern glänzten vor Nässe. Andächtig bekreuzigte er sich, wandte sich ab und stapfte zur Leiter, die zum halb zerfallenen Turm hinaufführte. Er blieb neben dem Späher stehen, stützte sich schwer auf die Brüstung aus frischen Balken und schlug Waffenmeister Willem auf die Schulter.

Zwischen dem Tor, das die Berittenen wiederhergestellt und verstärkt hatten, dem Brunnen und dem Quertal, in dem die Quelle sprudelte, spannte sich eine ununterbrochene Kette schwitzender Männer, die gefüllte Ziegenbälge, Ledereimer, fette Korngarben und frisch gesicheltes Gras hangaufwärts in die Festung wuchteten. Leere Behältnisse wanderten ebenso rasch von Hand zu Hand abwärts. Ein breiter Streifen Gras und zertrampelter Boden, vom Wasser durchtränkt, zog sich vom Brunnen bis zum Tor.

»Vielleicht hätten wir mit der Beute nach Civetot ziehen sollen«, sagte er brummig.

Der Alte schüttelte den Kopf. »Wir hätten nicht einmal ein Drittel mitnehmen können – und der Proviant wäre unterwegs verdorben. Jedenfalls das meiste.«

»Hast recht. Alles ruhig im Land?«

Längst mussten die berittenen Boten in Civetot eingetroffen sein und dort berichtet haben, wie leicht Xerigordon erobert worden war. Zwei Dutzend Späher Rainalds versteckten sich in den Wäldern ringsum, und wahrscheinlich ebenso viele seldschukische Reiter.

»Hinter der Stadt bewegt sich etwas.« Willem hob den Arm. »Die Sonne, sie spiegelt sich auf Metall. Und auf dem Wasser des Sees.«

»Ich kann nichts sehen«, sagte Rainald. »Wo sind sie?«

»Links neben den Stadtmauern. Auf der freien Fläche.«

Rainald schirmte seine Augen mit den flachen Händen ab und blickte mit angehaltenem Atem zu der angegebenen Stelle. Jetzt sah er es auch: Sonnenlicht funkelte von Metall, und bunte Farben bewegten sich zwischen ameisenhaft kleinen Gestalten.

»Du hast recht, Meister Willem«, sagte er knurrend, »Das sind die braunhäutigen Ungläubigen. Die Seldschuken auf ihren schnellen Pferden. Gute Bogenschützen, sagt man. Sind sie einmal in Nikaia, kommen sie auch hierher.« Er holte tief Luft und rief: »Also – zu den Waffen!«

Der Graubärtige lüpfte seinen Helm und spuckte über die Brüstung. »Mit Gottes Hilfe! Zu den Waffen, Herr Ritter. Wir locken sie in einen feinen Hinterhalt und hauen sie in Fetzen.«

Rainald drehte sich um, lehnte sich zum Festungshof hinunter und brüllte seine Befehle. »Ein Türkenheer steht vor Nikaia! Zu den Waffen! Holt die Sättel, sattelt die Pferde. Tausend Männer sollen sich bewaffnen. Pfeile und Bogen, Schwerter und Lanzen! Gott hat uns Xerigordon geschenkt – er will, dass wir unseren Besitz verteidigen.«

Begeistertes Geschrei stimmte ihm zu. Ein Lärmen und Rennen brach aus; Pferde wieherten, Männer schrien und fluchten. Rainald kletterte hinunter und stapfte zu seinem Quartier, dem abgetrennten Teil eines gemauerten Gebäudes mit löchrigem Dach. Seine Knappen halfen ihm, sich zu wappnen. Die Kriegsknechte, die sich um ihn versammelten, führten sein Streitross herbei.

Rainald ritt als Erster durchs Tor. Er zügelte das Pferd und rief die Wasser schleppenden Männer an.

»Es geht gegen die Ungläubigen! Hört auf und rennt in die Festung, wenn sie kommen – weg vom Brunnen und von der Quelle.«

»Wir haben Wachen mit scharfen Augen an der Brücke.«

»Gut so!«, rief Rainald und ritt ohne Eile zur Straße. Er wartete, bis sich sein kleines Heer gesammelt hatte. Die Späher, die sich auf abgehetzten Pferden zu ihm durchdrängten, berichteten aufgeregt von einer riesigen Zahl berittener Seldschuken, die sich unaufhaltsam näherten.

»Der Herr ist mit uns!«, rief Rainald. »Folgt mir!«

Er und seine Ritter verhielten vor der schmalen Brücke, teilten sich in zwei Gruppen und ritten in die Schlucht hinein. Die Fußkämpfer folgten und besetzten die Hänge des steilen Tals.

Eine halbe Stunde danach lagen Straße und Brücke wieder verlassen da. Die Sonne stieg, die Wolken warfen riesige Schatten über das Land, die nach Osten huschten. Die Besatzer Xerigordons wussten, dass sie einer Belagerung ohne ausreichend Wasser nicht lange würden standhalten können. Sie fuhren fort, jedes brauchbare Behältnis innerhalb der Mauern mit Wasser zu füllen, und die Späher hielten in steigender Besorgnis Ausschau nach der Streitmacht des Sultans.

Rainald kannte die Umgebung Xerigordons inzwischen gut genug. Er wusste, dass jenseits der Enden der Schlucht vielleicht einzelne Krieger durch die Wirrnis aus Felsen und Gebüsch zu den Mauern vordringen konnten. Aber keineswegs ein berittenes Heer. Überdies verhinderten Felsschroffen einen Angriff auf die Festung. Der einzige Weg, der ohne große Mühe zu begehen war, führte über die Brücke. Sie spielte im Plan Rainalds eine bedeutende Rolle.

Ungeduldig warteten er und seine Männer, bereit, mit den Reitern von beiden Seiten das fremde Heer anzugreifen und, die Unordnung ausnutzend, die Türken von Fußkämpfern niedermachen zu lassen.

Mit gellendem Feldgeschrei galoppierte eine Abteilung von mehr als zwölf Dutzend Seldschuken auf die Brücke zu. Ihre Bogen waren gespannt, Pfeile steckten auf den Sehnen, die Spitzen der turbanumwickelten Helme blitzten. Als der Hufschlag der ersten Reiter auf den Brückenbohlen dröhnte und zu beiden Seiten die Anführer ihre Schwerter zum Angriffsbefehl in die Höhe rissen und die Pferde spornten, hielten alle türkischen Reiter fast gleichzeitig an, wendeten die Pferde, warteten einige Atemzüge und galoppierten langsamer zurück.

Die fränkischen Reiter brachen aus dem Versteck hervor, sahen die Seldschuken nur einen Bogenschuss weit an sich vorbeireiten, rissen ihre Pferde herum und verfolgten sie. Hinter ihnen sprangen die Fußkämpfer zwischen Büschen und Felsen hervor. Die türkischen Reiter flüchteten schreiend auf Nikaia zu, galoppierten auf dem Bogen des Sandwegs nach rechts und ritten in die Gassen hinein, die in einer Mauer wartender Bogenschützen aufsprangen. Hinter den Reitern schloss sich der Wall schussbereiter Bogenschützen. Einige scharfe Schreie gellten vor den Mauern. Hunderte Pfeile heulten durch die Luft, kamen scheinbar aus der Sonne, hagelten auf Rainald und seine Reiter nieder und hämmerten in die Schilde. Getroffene Pferde wieherten kreischend und warfen ihre Reiter ab.

»Zurück!«, brüllte Rainald und ließ sein Pferd aufsteigen, riss es herum und schützte sich mit dem Schild. »Es sind zu viele!«

An den Rändern der Kampflinie versuchten fränkische Fußkämpfer, Seldschuken aus dem Sattel zu reißen und zu erschlagen. Sultan Arslans Bogenschützen schossen ihre Pfeile mit bestürzender Treffsicherheit aus sicherem Abstand oder aus ihren Verstecken. Die christlichen Ritter, manche blutend auf dem Pferderücken, bildeten eine Verteidigungslinie; jeder seldschukische Reiter, der den Gepanzerten zu nahe kam, starb durch das Schwert oder die Lanze. Die Verwundeten und ein Teil der Fußkämpfer rannten zum Tor Xerigordons.

In Viererreihen galoppierten die Seldschuken über die Brücke. Nur das Kampfgetümmel vor den Schilden der zurückweichenden Ritter schützte die Flüchtigen und ermöglichte den Fußkämpfern, sich kämpfend zurückzuziehen. Die ersten Reiter, an denen sich Verwundete festhielten, trieben ihre Pferde den Hang aufwärts; auf den Mauerkronen brüllten und schrien die Verteidiger und versuchten, mit Pfeilschüssen die Türken zu treffen. Auf manchen Pferden saßen zwei Reiter, am Boden keilten verwundete Tiere dumpf wiehernd mit den Läufen. Ritter Rainald sprengte als Hinterster seiner Reiter hin und her, sein Schwert hob und senkte sich blitzschnell, sein Schild starrte von abgebrochenen Pfeilen. Immer wieder gelang es kleinen Gruppen der Franken, sich zu sammeln und Widerstand zu leisten, und zur gleichen Zeit konnten sich ebenso viele in die Festung retten; keuchend, schweißüberströmt, blutend, mit zerbrochenen Waffen.

Rainald sah sich um, stieß sein blutiges Schwert senkrecht hoch und schrie, so laut er konnte:

»Ein letzter Angriff! Danach zurück hinter die Mauern!«

Vielleicht sechzig Ritter sammelten sich zu einem wirren Haufen, bildeten einen Kreis, senkten die Schilde und hielten die Lanzen stoßbereit. Sie spornten die Pferde und galoppierten Schulter an Schulter auf die Seldschuken zu, deren Pfeile ihnen nichts mehr anzuhaben schienen. Die Türken erschraken vor der rasenden Wut der Reiter. Pferde, Schilde und Kettenhemden waren blutbespritzt. Aus den Maschen der Hemden hingen zerbrochene Pfeile. Die Wunden der Männer und der Pferde bluteten, aber weder das Wiehern noch die anfeuernden Schreie der Männer waren leiser geworden. Schwertschneiden klirrten auf Helme, spalteten Schilde, prallten von Krummschwertern ab oder bohrten sich zwischen die Eisenplatten von Halbrüstungen.

Die Ritter griffen blind und brüllend an, kämpften furchtlos, schienen sich für unbesiegbar und unverwundbar zu halten.

Einige Seldschuken wurden niedergehauen, die größere Anzahl ihrer Reiter in den vorderen Reihen wich zur Seite aus. Rainalds Männer hasteten den Pfad zum Tor hinauf; Fußkämpfer hielten sich stolpernd an Sätteln und Steigbügelriemen der Reiter fest. Die Frankenritter zersprengten die türkische Reiterei, kehrten wild um sich schlagend um und galoppierten zur Festung zurück. Ein Reiter nach dem anderen preschte den Hang hinauf und verschwand zwischen den Tortürmen. Als Rainald sah, dass sich alle seine Männer, die noch rennen konnten, in die Festung gerettet hatten, kehrte er selbst um. Er ritt, vor Blutverlust und Erschöpfung im Sattel schwankend, das Pferd mit dem flachen Schwert antreibend, in die Sicherheit Xerigordons. Hinter ihm schlug die schwere Balkenwand des Tores zu.

Er sprang aus dem Sattel und taumelte durch die Menge der Geflüchteten zur Leiter, kletterte zum Torturm und blickte hinunter auf das Heer der Angreifer. Er stöhnte auf. »So viele! Gottes Barmherzigkeit!«

Zwischen der Stelle, an der sich die Straße hinter das Wäldchen krümmte, und dem Fuß der Festungsmauern lagen einige Dutzend bewegungslose Körper; Männer und Pferde. Aus der Richtung Nikaias kamen Dutzende, Hunderte, Tausende reitender Bogenschützen. Das Heer teilte sich in der Nähe des steinernen Brunnentrogs, und die Türken ritten ohne Eile nach rechts und links und begannen, einen Ring um den Hügel Xerigordons zu bilden. Schweigend starrte Rainald die Streitmacht an, die in endlosen Reihen über die Brücke kam und sich verteilte. Er brauchte nicht lange nachzudenken: Xerigordon war schon jetzt eingeschlossen, und der Gegner war in einer gewaltigen Überzahl.

»Wenn ich einen Ausfall wage«, sagte er knirschend vor sich hin, »bringen sie uns um. Zu viele Feinde! Und ... vom Wasser abgeschnitten.«

Zuerst waren die Verwundeten zu versorgen. Als er die Leiter hinunterkletterte, verspürte er starken Durst; es gab noch mehr als genug Wasser für alle auf dem Festungshügel.

Das Durcheinander zwischen den Mauern und Türmen klärte sich binnen weniger Zeit. Die Verwundeten wurden versorgt; die Kundigen erleichterten etlichen Schwerverletzten mit Dolchstichen ins Herz den Weg in die ewige Seligkeit; die Pferde, noch gesattelt, band man in den Ställen fest. Ohne auf Befehle zu warten, schleppten Ritter und Fußkämpfer Waffen auf die Mauern hinauf und stellten sich wartend auf die Wehrgänge.

Die Sonne schien am höchsten Punkt ihres täglichen Bogens bewegungslos zu verharren. Die Wolken waren fortgezogen; Windstille breitete sich aus. Sengende Herbsthitze waberte zwischen den Mauern Xerigordons; bei jedem Schluck Wasser oder gemischten Weins dachten die Männer an die schwindenden Wasservorräte.

Rutgar stand in den Steigbügeln und trieb den Rappen in leichtem Galopp, der die Kräfte des Tieres schonte, auf dem feuchten Strand nach Süden, hinauf zur Straße nach Nikaia und nach Civetot. Die Hufe ließen eine deutliche Spur tiefer Eindrücke zurück. Die Fischerboote, zur linken Hand, waren nur winzige Punkte im tiefblauen Wasser des Golfs.

Seit Tagen, seit dem Ende des verstörenden Gewitters, stach die letzte Hitze des Sommers oder die erste des Herbstes auf das Grenzland herunter. Durch das Rauschen der Brandung glaubte Rutgar die Pilger singen zu hören; in Civetot feierten die Priester eine späte Morgenmesse. Rutgar hatte Chersala und Berenger in der Burg zurückgelassen und geschworen, so bald wie möglich zurückzukommen. Er näherte sich Civetot mit großer Vorsicht – er erwartete dort Ritter Rainalds Heer mit gewaltiger Beute aus den Dörfern um Nikaia anzutreffen.

Gestern hatte er vom Turm der Burg aus das Frachtschiff von Civetot ablegen und fortsegeln sehen. Der Kaiser hatte Verpflegung geschickt, die schweren Ballen, Kisten und Fässer waren ausgeladen; das Schiff lag hoch im Wasser. Er zügelte den Rappen am Ende des Strandes und lenkte das Tier auf den Schlängelpfad, der am Uferhang Civetots endete.

Plötzlich überkam ihn wie eine Woge ein Gefühl der Sinnlosigkeit. Er zügelte den Wallach, stieg ab und nahm die Gebissstange aus dem Maul des Tieres, klopfte dessen Hals und sah zu, wie es friedlich zu weiden begann. Rutgar, der nur seinen Kittel und das Schwertgehänge trug, ging zum Spülsaum des Strandes und setzte sich auf einen feuchten Stein.

»Was soll ich tun?«, murmelte er. »Was ist richtig, was ist falsch?«

In seinen Lenden spürte er wohlige Schwäche. Chersala schien zu wissen, zu fürchten, dass ihre gemeinsame Zeit endete, und sie war nicht nur in den Nächten unersättlich und voll überströmender Liebe und Leidenschaft. Er vergaß, wenn er bei ihr lag, jeden Gedanken an Ragenarda. In der Trägheit der heißen Herbsttage schienen die hungernden Pilger in Civetot, der Angriff der Plünderer auf Nikaia, das bange Warten auf das Heer der Fürsten und Grafen und die Gefahr, die von den Seldschuken ausging, bedeutungslos zu werden. Ein Teil seiner Träume, in der Fremde eigenes Land und Untertanen zu besitzen und mit einer Frau über ein Lehen, auch wenn es so klein war wie Les-Baux, gebieten zu können bis ins hohe Alter hinein, hatte sich verflüchtet; wollte er zurück in die Provençe? Oder vorwärts nach Jersusalem? Oder wartete er darauf, dass ihn das Schicksal an einen ganz anderen Platz verschlug? Eines wusste er so genau, als habe Gott zu ihm gesprochen:

»Ich will nicht als Krüppel enden. Weder hier noch andernorts. Wegen ruchloser Taten anderer werde ich nicht in der Hölle brennen. Vielleicht ist mir der Herr gnädig, wenn ich Werke vollbringe, die ihm wohlgefällig sind.«

Aber welche? Wusste er mehr, würde er sinnvoll handeln können. Seine Bedeutung glich der eines jener Sandkörner, die er in der hohlen Hand aufschöpfte und durch die Finger rieseln ließ. Zu jung, um Weisheit erlangt zu haben, zu wenig gefestigt im Glauben, um flammenden Herzens in den Krieg zu ziehen, zu gering, um mit dem Schwert Heldentaten vollbringen zu können – was blieb ihm?

»Nach Civetot«, murmelte er und fuhr mit den Fingerkuppen die Form einer Muschelschale nach. »Zu den anderen. Fragen, was sie wissen. Sie warnen, ihnen einen Fluchtweg zeigen. Auf Peter den Eremiten warten. Und unerkannt flüchten, wenn die Seldschuken kommen.«

Er stand auf, ging zu seinem Pferd und zerrte es von den Grasbüscheln weg. Im langsamen Kantergalopp ritt er nach Civetot, trabte den Hang hinauf und durch das Tor und zu einer Gruppe aus Priestern und Rittern, die in hitzige Gespräche vertieft waren.

Das Innere der Festung hatte sich abermals verändert: Es gab mehr aus Zweigen geflochtene Hütten zwischen den Zelten, breitere Lagerstraßen und kleine Plätze, auf denen Altäre standen. Als sich Rutgar innerhalb der Palisaden befand, genügten wenige Blicke, um ihm den Zustand der durcheinanderdrängenden Menschenmenge zu zeigen: Es herrschte helle Aufregung: Zwei seldschukische Bogenschützen waren in der Nähe des Lagers aufgegriffen worden.

Sie berichteten, dass die furchtbaren Franken das schwach verteidigte Nikaia berannt, belagert, erstürmt und besetzt hatten; ihre Beute, sagten sie unter der Folter, sei unvorstellbar groß, und jeder Ritter oder Fußkämpfer sei schwer mit Gold behängt und fülle seine Taschen mit Edelsteinen, Geschmeide und Münzen. Mädchen und Frauen aller Stände gäben sich jauchzend den Siegern hin und hofften, unter Strömen des besten Weins, die Fremden würden die zukünftigen Herrscher des Landes sein.

»Nach allem, was ich weiß und erlebt hab«, sagte Rutgar zu Gansbold, einem der treuen Priester Peters, »verabscheuen uns die Bewohner des Landes, und als Herrscher Nikaias hätten wir ein kurzes Leben! Das sagt auch Berenger, der Waräger, der den Weg bis Antiochia kennt. Die Gefangenen lügen. Sei es aus Furcht oder weil sie uns aus dem Lager locken wollen.«

»Warte, Rutgar, bis wir mehr wissen.«

»Ich warte.« Rutgar nickte und sah hinunter zum Strand. »Und ich zeige dir und deinen Mitbrüdern den letzten Weg, auf dem ihr euch retten könnt.«

»Wir? Retten? Wovor?«

»Vor den Seldschuken. Vor Kampf, Verstümmlung, Sklaverei, Mord und Tod«, sagte Rutgar mit einem Gefühl nahenden Unheils. »Ich erkläre dir den Weg zu einer Stelle am Ufer, an der die Schiffe des Basileus dich und uns alle retten können. Komm mit mir, und danach kannst du den anderen zeigen, wohin sie sich flüchten sollen; Peter würde es nicht anders wollen!«

»Wenn du meinst ...« Der Kuttenträger starrte Rutgar an, als habe er einen Geist vor sich – oder einen Engel Gottes. »Aber schaden kann es nicht. Die Maus merkt sich die Wege, auf denen sie den Zähnen der Katze entkommt.«

»Bald stürzen sich tausend türkische Katzen auf uns«, sagte Rutgar schroff. Er wandte den Kopf. »Und was soll dieses Geschrei dort oben bedeuten?«

Gansbold runzelte die Stirn. »Das sind welche von unseren Reitern.«

»Vielleicht erfahren wir jetzt, was wirklich in Nikaia geschehen ist.«

Den Rappen am Halfter führend, ging Rutgar mit Gansbold zum südlichen Tor Civetots. Drei verwundete Reiter wurden von ihren erschöpften Pferden gehoben; es waren Männer, die mit Rainald geritten waren. Als sie sich erholt hatten, berichteten sie.

Rainalds Heer hatte zwar Verpflegung in den Dörfern geraubt, und die Festung Xerigordon war ohne Gegenwehr in die Hände der Christen gefallen; ein Ort, der gut zu verteidigen war. Die drei konnten mit Gottes Hilfe lebend dem Kampf gegen die Übermacht entkommen – Rainald hatte sich in Xerigordon verschanzt, mit mehr als fünftausend Männern, und von den Mauern sahen sie den Belagerungsring, den Brunnen und den Weg zur Quelle.

»Dann müssen wir sofort aufbrechen!«, rief ein Bewaffneter. Rutgar drehte sich um; er erkannte Gottfried Burel. »Die Besatzung von Nikaia verstärken, Xerigordon befreien und an der Beute teilnehmen!«

»Halt! Langsam!« Walter Sans-Avoir drängte sich in den Kreis. »Zuerst nachdenken und alles bereden. Warum diese verderbliche Eile?«

Es ging wie ein Lauffeuer durch die Menge der Ritter und der Pilger. Viele jener Männer, die reitend oder zu Fuß das Land auf der Suche nach Proviant durchstreift hatten, rotteten sich zusammen und feuerten sich gegenseitig an. Sie wollten augenblicklich, in einigen Stunden oder erst morgen beim ersten Lichtschein aufbrechen. Die Worte der gefangenen Seldschuken machten immer noch die Runde. Die Aussicht auf Beute war schwer aus den gierigen Herzen zu verdrängen.

»Wenn ihr auf den bekannten Straßen nach Nikaia reitet«, rief einer der drei verwundeten Reiter beschwörend, »werdet ihr auf die Türken stoßen! Wir haben Nikaia nicht angegriffen, geschweige denn erobert. Das Heer des Sultans ist riesengroß!«

»Wir müssen Xerigordon entsetzen! Ritter Rainalds Männer verdursten, und wir leben hier in Prasserei!«, schrie Borel.

Rainhold von Breis und Walter Sans-Avoir überstimmten ihn.

»Ruft den Heeresrat zusammen, schnell; alle Ritter! Deutsche, Franzosen und Italiener!«

»Noch heute. Um Mittag!«

Gansbold und Rutgar ließen sich schweigend von der Menge mitziehen und hörten zu, was die schmerzhafte Befragung der gefangenen Seldschuken erbrachte. Logen die Türken trotz der Schmerzen? Wo blieb die Wahrheit?

Angeblich verhielt es sich so: Sultan Kilidsch Arslan hatte seinen besten Heerführer an die Spitze des riesigen Heeres gesetzt. Die Truppen hatten sich gesammelt und waren nach Nikaia gezogen, hatten den Hinterhalt Rainalds durchschaut und belagerten Xerigordon. Ein Teil des Heeres hatte den Belagerungsring verlassen und war mit unbekanntem Ziel und mit neuen Befehlen davongeritten. Die türkischen Späher kannten dieses Ziel angeblich nicht.

Rutgar legte die Hand auf die Schulter des Priesters und

sagte: »Die Türken besuchen nicht die Grenzdörfchen, sondern sie suchen uns. Wohin reiten sie wohl?«

»Vielleicht hierher?«, sagte Gansbold düster. »Nach Civetot.«

»Wenn sie erst einmal Xerigordon zurückerobert haben, wird auch die andere Hälfte ihres Heeres ihnen hierher folgen.«

»Gott wird uns schützen.«

»Er schützt nur die Mutigen«, antwortete Rutgar, »die erkannt haben, wohin sie flüchten können. Also: Komm mit. Ich zeige dir den Weg.«

Er führte den Priester zum nördlichen Tor, zog Gansbold auf den Pferderücken und ritt langsam bis an die Stelle, von der aus zu sehen war, wie Faroards Boot winzig klein zwischen die Quader des halb überfluteten Hafens einfuhr. Das gelbbraune Dreieckssegel fiel zusammen.

»Siehst du's?«, sagte Rutgar. Der Priester nickte, blickte danach aufs Meer hinaus, musterte den gestrüppüberwucherten Felshang und murmelte ein Gebet. »Nun weiß ich Bescheid, Rutgar. Wenn doch nur Peter wieder bei uns wäre und uns führen würde. Ein Bote, der auf dem Schiff war, hat es versprochen. Binnen einer Woche will Peter in Civetot sein.«

»In sieben Tagen kann viel geschehen«, sagte Rutgar, wendete das Pferd und ritt zum Nordtor zurück. Er verbrachte die Stunden bis zum frühen Nachmittag damit, Fragen zu stellen; was der Heeresrat beschließen würde, dem alle Grafen und Ritter angehörten, erfuhr er nicht. Es schien, als würden die Ritter auf Kukupetros warten, denn sie hofften, er käme mit dem Heer der Fürsten aus Konstantinopel, auf den großen Schiffen des Basileus.

Eine Stunde später lenkte Rutgar den Rappen auf dem Weg, den er hierhergeritten war, zur Festungsburg zurück. Er ritt zwischen den Mauern und unter den Torbögen hindurch, zum einzigen Teil des Bauwerks, in dem verstecktes menschliches

Leben möglich war und wo Chersala und Berenger auf ihn warteten.

Bei flackerndem Kerzenlicht, in der Schwärze der dritten Belagerungsnacht, leerte Ritter Rainald den Becher. Dies war, er wusste es mit der Genauigkeit eines Todgeweihten, der letzte Schluck Wasser in Xerigordon. Rainald war nahe daran, das Wasser aus Trotz und als Zeichen seines ungebrochenen Muts auszuspucken, aber dann schluckte er die abgestandene, laue Flüssigkeit hinunter.

»*Fortes Deus adiuvat!*«, murmelte er. »Uns, den tapferen Streitern, wird Gott beistehen!«

Der heiße Nachtwind war kaum mehr als ein Hauch. In Xerigordon bewegten sich Hunderte kleiner Lichter: Männer irrten umher auf der Suche nach Wasser und Wein. Andere, größere Feuer und die Fackeln der Seldschuken, die Xerigordon belagerten, ohne sich von der Stelle zu rühren, zeichneten einen großen Halbkreis in die Nacht; die Enden verschwanden zwischen Felsen und hinter Wäldern, wo weitere Teile des Heeres lagerten und sich auf einen Ausbruch der verzweifelten Franken vorbereitet hatten. Bisweilen hörten die Eingeschlossenen am Brunnen oder an der Quelle Wasser plätschern, und ihre Verzweiflung nahm zu. Über die Festung hatte sich eine unbewegte Haube schrecklichen Gestanks gestülpt, die das Atmen erschwerte und die Vögel vertrieben hatte. Fast sechstausend Männer, die sich seit dem Ende des Kampfes nicht hatten reinigen können, und zahlreiche Tiere litten alle quälenden Durst.

Zuerst hatten die Dürstenden die Adern ihrer Pferde, Maultiere und Esel geöffnet und das Blut getrunken; zwei Dutzend Tiere waren inzwischen daran verendet. Viele Dutzende Männer hatten dort, wo das Erdreich feucht war, Gruben ausgeschaufelt und sich selbst sowie Tücher in die kühle, nasse Erde gelegt; später wrangen sie die Stofffetzen aus und fingen die Tropfen mit der Zunge und den Lippen auf. Die Zisterne, die sich während des letzten Regens gefüllt hatte, war längst wieder leer, die Wände und der Boden knochentrocken. Warf man Steinchen hinein, ertönten nur klappernde Geräusche und höhnische Echos. Viele Pilger schlugen ihr Wasser in Becher oder in die Hände ihrer Kampfgenossen ab, und sie tranken die heiße gelbe Brühe gemeinsam.

Die Priester und Mönche, die ihre Waffen abgelegt hatten und ebenso vom Durst gequält wurden, irrten durch die von Fliegenschwärmen eingehüllte Menge und versuchten sie zu trösten; bald würden Ritter aus Civetot kommen, die Seldschuken in die Flucht jagen und den Weg zu Brunnen und Quelle freimachen.

Ritter Rainald und seine Getreuen waren in dumpfes Grübeln verfallen. Die ausgetrockneten Körper wurden von Krämpfen heimgesucht; immer wieder packten Männer schreiend ihre Waden oder Arme und drückten sie, bis der stechende Schmerz verging. Sollten sie einen Ausfall wagen? Zum Feind überlaufen? Mit den Seldschuken verhandeln?

Wieder verging eine furchtbare Nacht. Vor dem Morgengrauen fiel Tau, dessen Tröpfchen die Eingeschlossenen von den Blättern, Gräsern, von Hölzern und selbst von ihren Schilden leckten. Zuerst färbte sich der Himmel grau, und die Eingeschlossenen konnten ihr Elend sehen, ihre staubigen Bärte und schmutzigen Gesichter und den Schorf auf ihrer Haut. Dann zuckten die ersten Sonnenstrahlen über das Land. Schon jetzt verschwanden die blitzenden Tautröpfchen. Eine oder zwei Stunden später kamen grelles Licht und zunehmende Hitze aus dem Himmel und schienen den Kessel zwischen Xerigordons Mauern kochen zu wollen; ein stinkender Sud, in dem sich Vernunft, Geduld, Glaube, Hoffnung und Mut auflösten. Rabenvögel, Geier und andere Aasvögel erschienen und begannen, heiseres Geschrei ausstoßend, über Xerigordon zu kreisen. Nur der peinigende Durst blieb, und die Verzweiflung.

Berenger glich einem reitenden Bogenschützen am meisten, und vielleicht hielten die Türken auch Jean-Rutgar auf den ersten Blick für einen der Ihren. Aber trotz ihrer Verkleidung würde niemand Chersala für einen türkischen Späherreiter halten. Sie trabte einen Steinwurf vor den beiden auf der Straße nach Nikaia. Zwei Bogenschüsse vor der Gabelung, von der aus der See und die turmbewehrten Mauern der Stadt zum ersten Mal zu sehen waren, hob sie den Arm und zügelte ihr Pferd.

»Hinunter. In die Schlucht der tausend Säulen. So haben wir sie früher genannt, als Kinder.«

»Wir und die Pferde – wir werden jeden einzelnen unserer Knochen brechen«, sagte Berenger und ritt an die Felsen heran, die den Weg säumten. Als Erster sah er den Sims, fasste die Zügel mit zwei Fingern und lenkte seinen Rappen mit Schenkeldruck von der Straße. Chersala folgte, Rutgar sicherte nach allen Seiten, ehe er sich an den Abstieg wagte. Der felsige Pfad, der sich in die Tiefe wand, war kaum breiter als drei, vier Ellen. Zwischen verkrüppelten Bäumen, den Resten eines Buschfeuers, breiten Vorhängen aus Dornenranken und Mooszöpfen ging es zwischen Krüppeleichen abwärts bis unter die dichten Kronen der Bäume. Schritt um Schritt wurde es stiller und dunkler. Auf dem Boden, den Wildschweine aufgewühlt hatten, lagen, als wären sie vor wenigen Tagen zerbrochen, viele Säulenstücke aus hellem Stein.

Chersala ritt in Schlangenlinien um die Bruchstücke herum. Winzige Quellen gluckerten in der dunkelgrünen Finsternis. Es waren, sagte sich Rutgar, sicherlich nicht tausend Säulen, aber wie die steinernen Brücken, auf die er mehrere Male gestoßen war, schienen auch sie Zeugen einer längst vergangenen Zeit zu sein. Eine kleine Herde wilder Ziegen flüchtete zwischen das Unterholz und die Felsen. Schweigend folgte Rutgar und duckte sich unter den dicken Eichenästen.

Der Boden der Schlucht stieg nach Süden leicht an; die Huftritte waren in der dicken Schicht aus Erde und moderndem Laub kaum zu hören. Ein paar Atemzüge lang schloss Rutgar die Augen. Er fühlte sich in der Dunkelheit einer Falle, umzingelt von einer unübersehbaren Übermacht gnadenlos kämpfender Türken, die im Sonnenlicht ritten. Die Beklemmung wich, als Chersala die Reiter auf einen Pfad führte und aus dem Sattel glitt.

»Absteigen«, sagte sie leise. »In einer halben Stunde sehen wir Xerigordon.«

Berenger und Rutgar schwangen sich aus den Sätteln und zogen die Pferde an den Zügeln hinter sich her. Der Pfad wendelte sich einen schmalen Hang hinauf. Ziegenkot lag verstreut auf dem sandigen Geröll und im vergilbten Gras, Herbstlaub raschelte im Dornengestrüpp. In sechzig, siebzig Tagen, dachte Rutgar, um Weihnachten herum, würde das Land in Schnee, Sturm und Kälte versunken sein. Das Ende des Pfades, auf der Kuppe eines der zahlreichen Hügel, verlief sich zwischen Felsen und windzerzausten Bäumen, die den Föhren der Provençe glichen. Die Reiter ließen die Pferde auf einer winzigen Lichtung stehen, und Chersala ging ihnen durch einen Felsspalt voraus.

Die Luft war voll vom lauten Schnarren der Zikaden. Die Wurzeln der Bäume krallten sich in winzige Felsfugen. Vorsichtig hoben die Reiter ihre Köpfe über eine Barriere aus Felstrümmern und verwitterten Ästen. Vor ihnen, vielleicht eine halbe Stunde zu Fuß entfernt, sahen sie die Festung.

Ähnlich wie Civetot war Xerigordon auf einem Hügel errichtet worden. Die alten, aus Quadern errichteten Mauern waren gut erhalten; aus den Fugen wuchsen kleine Büsche. Einige ehemals stattliche Türme und ein schmales Tor ließen erkennen, dass die Türken die Burg besetzt und instand gehalten hatten. Chersala deutete nach links und flüsterte:

»Im Tal gibt es eine Quelle, die das ganze Jahr hindurch sprudelt. Den Brunnen seht ihr – dort, am Fuß der Mauer.«

»Ich sehe es«, murmelte Rutger. Er sah aber auch, wie Berenger und Chersala, einen großen Teil des türkischen Heeres. Die Seldschuken hatten einen Ring um Xerigordon gezogen, machten aber keine Anstalt, die Festung zu berennen. Nach einer Weile sagte Berenger: »Sie haben die zwei mächtigsten Verbündeten, mit denen sie die Franken vernichten.«

»Den Durst und die Zeit«, antwortete Rutgar. Berenger nickte.

»Die Zeit und das Fehlen von selbst einem Tropfen Wasser«, bestätigte er und zeigte zum Himmel. Herbstwolken trieben durch das helle Blau des beginnenden Tages. »Nur ein langer Herbstregen könnte sie retten.«

»Es wird keinen Regen geben«, sagte Chersala. »Heute nicht, und morgen auch nicht.«

Sechstausend Mann und Rainald, Ritter, Priester und etliche Bischöfe waren in Xerigordon eingeschlossen. Entweder ergaben sie sich, oder sie starben eines grässlichen Todes. Wenn sie sich ergaben ... Rutgar weigerte sich, den Gedanken zu Ende zu denken. Er beobachtete weiter, wie das türkische Heer außerhalb der Reichweite der fränkischen Bogenschützen in aller Ruhe den Belagerungsring zu schließen begann.

Kapitel XV

A. D. 1096, 8. Tag im Weinmond (Oktober), am Morgen
Xerigordon

»Wenn jemand mit dem Schwert tötet,
der muss mit dem Schwert getötet werden.«
(Offb 13,9)

Der neunte Morgen dämmerte über Xerigordon. Ritter Rainald, der neben seinem Waffenmeister auf der Plattform des Torturms eine Nacht aus Durst und Albträumen verbracht hatte, fühlte, wie das Fieber stieg. Er steckte den Ärmel zwischen die rissigen Lippen, begann den Stoff zu kauen und entlockte seiner Zunge und dem Rachen so viel Feuchtigkeit, dass er krächzend zu sprechen vermochte.

»Da, Herr«, röchelte Meister Piero und deutete mit zitternden Fingern zum Pfad, der vom Brunnen zum Tor führte. Ein Mann in schmutzigen Binden, eine Krücke unter der Achsel, offensichtlich ein Pilger, stand vor dem Tor. Als er winkte, brach eine Kopfwunde auf und blutete durch den Stirnverband.

»Hört, Ritter Rainald«, verstanden die Männer auf den Wehrgängen. »Der Anführer ist gnädig. Er schenkt uns das Leben – kommt herunter.«

»Hören wir uns an«, sagte Rainald mit Mühe, »was er zu sagen hat.«

Das Tor wurde geöffnet, der Pilger humpelte näher und lehnte sich schwer atmend gegen die Bohlen.

»Wer dem wahren Christenglauben abschwört, bleibt am Leben. Das beschwört der Herr der Truppen. Wer dem Glauben treu bleiben will, mag kämpfen, sagt er, aber niemand von denen wird überleben.«

»Hast du Wasser bei dir?« Rainald starrte über die Schulter des Mannes, der den Kopf schüttelte und zu taumeln begann, zum Brunnen. Dort tränkten die Seldschuken, ohne die Männer am offenen Tor zu beachten, aufreizend gleichgültig ihre Pferde.

»Nein. Abschwören und leben, Herr Graf, oder sterben?«, sagte der Gefangene stöhnend. »Er will es in zwei Stunden wissen.«

Waffenmeister Piero zuckte zusammen und starrte Rainald mit flackernden Blicken an, als der Ritter antwortete:

»Sag ihm, ich schwöre ab. Die Männer, die mit mir aus der Festung kommen, wollen ebenso ... überleben.«

»Ich sag's ihm.«

Der Herold humpelte den Hang hinunter. Zwei Türken packten ihn, bevor er fiel, unter den Armen und schleppten ihn weg.

Die Verzweifelten, die sich am geöffneten Tor drängten, hatten verstanden. Rainald wiederholte die Antwort, die er dem Verwundeten gegeben hatte. Dann zog er sein Schwert, hob es an der Schneide wie ein Kreuz hoch und wartete, bis die meisten Eingeschlossenen ihn und das heilige Zeichen anblickten. Dann sagte er so laut, wie er konnte:

»Gott kennt die Seinen. In seinem herrlichen Namen! Wir brechen keinen Eid, wenn wir die Heiden täuschen. Sattelt die Pferde, bewaffnet euch – wir verlassen die Festung so stolz, wie wir sie erobert haben.«

Mit müden Bewegungen legten die Pilger die Sättel auf die Rücken der ausgemergelten Pferde, jene, die den Durst der Eingeschlossenen überlebt hatten, zerrten die Bauchgurte fest, schlossen die Schnallen ihrer Schwertgehänge, setzten die Helme auf und hoben die Schilde und Lanzen. Rainald versuchte dreimal vergeblich, sich in den Sattel zu ziehen. Erst als Willem ihm half, schaffte er es, und er ritt als Erster durchs Tor. Als er sich am Fuß des Hügels umdrehte, sah er, dass sich ungefähr die Hälfte seines Heeres ihm angeschlossen hatte. Die Männer stolperten und schwankten, hielten sich aneinander fest, taumelten und starrten hohläugig auf den Brunnen.

Die Seldschuken schienen vor den elenden, drecküberkrusteten Männern mit den fiebrigen Blicken zu erschrecken. Sie wichen zurück und öffneten eine Gasse zu den steinernen Trögen.

Einige Atemzüge danach fingen diejenigen unter den Kreuzfahrern, die noch kräftig genug waren, zu rennen an. Die Pferde drängten keuchend und gurgelnd zum Trog. Rainald ließ sich aus dem Sattel gleiten und schöpfte mit beiden Händen Wasser, trank keuchend, fühlte kaltes Wasser auf der Haut und in den Haaren und achtete nicht auf den grauen Schleim, der aus seinem Bart lief. Seine Männer rempelten einander zur Seite, die Pferde keilten aus, ein furchtbarer Wirrwarr entstand. Durch den Lärm hörten die Christen die Befehle des Anführers.

»Packt sie! Entwaffnet sie. Macht sie zu Sklaven – der Sultan verkauft sie nach Aleppo, Antiochia und Khorassan!«

Von allen Seiten drangen die Seldschuken auf die Pilger ein. Die Christen dachten nicht daran, sich zu wehren. Sie kämpften miteinander um einen Platz am Brunnen und tranken, schluckten, verschluckten sich, prusteten, gurgelten und husteten, tauchten die Köpfe ins Wasser und begriffen kaum, dass die Reise nach Jerusalem hier und jetzt endete; die Türken nahmen ihnen die Waffen und die wertvollen Stücke der Beute ab, fesselten sie und trieben sie in Sklavenpferche.

Türkische Reiter sprengten schreiend, mit gespannten

Bogen und geschwungenen Krummschwertern, zum Tor Xerigordons hinauf, ritten die Verteidiger nieder und töteten jeden Christen, den sie innerhalb der Mauern fanden. Waffenmeister Piero und ein Priester versuchten, voller Wunden und Blut, sich totzustellen; die Seldschuken entdeckten Piero, der dem Glauben abschwor und dadurch, anders als der Priester, der Axt des Scharfrichters, nicht aber der Sklaverei entging.

Rutgar dachte daran, was er auf sein Pergament schreiben würde, wenn ... ja, wenn was? Wenn er in Civetot oder im fragwürdigen Schutz der Burg am Meer war. Vielleicht so:

Aus dem Dorf Drakon, in vorwinterlicher Ruhe, schreibt Jean-Rutgar aus Les-Baux an Herrn Neidhart im Stift Sankt Marien zu Köln:

Zu Beginn des Weinmonds A. D. 1096 oder nach dem seltsamen Kalender der rhomäischen Jahre im zweiten Mond des Jahres 6605: Der Befehlshaber der Deutschen, Ritter Rainald der Italiener, ist zum Feind geflüchtet, seinen Glauben verratend. Die Überlebenden aus der Burg Xerigordon wurden umgebracht, wenn sie nicht bereit waren, Gott zu verraten. Sie wehrten sich, aber der Feinde waren zu viele. Andere der sechstausend Christen, die lebendig gefasst worden waren, wurden wie Schafgetier unter die Feinde verteilt; die einen wurden als Zielscheiben aufgestellt und mit Pfeilen erschossen. Diese Männer waren die Ersten, die im Namen des Herrn Jesus das selige Martyrium erlitten, wie ihre Priester und Bischöfe uns beweisen wollten. Andere wurden verkauft oder wie Vieh verschenkt.

Das Gemetzel dauerte einige Stunden und forderte nahezu dreitausend Opfer. Die Türken verzichteten darauf, die Toten genau zu zählen. Sie plünderten die Leichen aus und überließen sie den

Raben, Geiern, Füchsen und Wölfen. Später, schrien sie lachend, wenn der Verwesungsgestank vergangen war, würden Arbeiter aus Nikaia die Festung wieder aufräumen.

Bis auf eine kleine Besatzung sammelte sich das Heer der Türken, zog mit zweieinhalbtausend versklavten Christen nach Nikaia und brach von dort, ohne die Sklaven, neu verpflegt und mit neuen Befehlen, nach Norden, Richtung Civetot auf.

»Es ist vorbei«, sagte Berenger und betrachtete nachdenklich den Mond, der wie eine zerbrochene Silbermünze in der Dämmerung hing. »Es ist zu spät zum Reiten.«

»Und wir werden kein Feuer machen«, sagte Chersala. »Gehen wir zu den Pferden.«

Sie zogen sich auf die Lichtung zurück, tränkten die Tiere aus den Wassersäcken und teilten sich den kargen Proviant. Nicht viel später holte Berenger Zunder und Feuerstein und zündete einen Kerzenstummel an, der ruhig in einer Felsnische brannte. Als das Morgenlicht es zuließ, sattelten sie die Pferde und ritten zurück; Berenger trabte nach Civetot, Chersala und Rutgar ritten zur Felsenburg der Fischer.

Es geschah etwas Geheimnisvolles im Land zwischen der Küste und Nikaia. Rutgar hoffte, dass er die winzigen Zeichen richtig deutete. Die mörderischen Ereignisse bedurften keiner Deutung: Ein großer Teil aller wehrfähigen Männer war schwer verwundet und starb, war getötet oder versklavt worden. Rutgar nahm die Hände von Chersalas Brüsten und richtete sich auf. Über seinem Kopf zuckten Fledermäuse durch das Gemäuer, das in der nächtlichen Kühle knackte. In der Ferne schrie ein Käuzchen ohne Unterlass.

»Ich weiß, dass unsere unbeschwerte Zeit bald enden muss«, sagte er leise. »Aber ich kenne den Tag nicht, an dem wir uns trennen werden.«

In den Ritzen einiger Quader steckten brennende Kienspäne. Ihre Flämmchen verbreiteten in dem windgeschützten Winkel des Unterschlupfs kärgliche Helligkeit. Gestern waren aus Drakon ein Dutzend Männer mit Wein und Verpflegung gekommen und hatten die Vorräte an getrocknetem und eingesalzenem Fisch abgeholt; ein Teil davon würde als Zehent an die Steuereintreiber des Kaisers abgeführt werden müssen. Tag und Nacht schwirrten Schwärme schwarzer Vögel über den Wäldern der Umgebung, und mitunter schien es, als würde mit leisem Donner der Boden zittern. Chersala spielte mit den Gliedern der Kette und flüsterte etwas von einem unsichtbaren Heer des pferdefüßigen Gottseibeiuns, das durch die Schluchten streifte.

»Da ist jemand«, flüsterte Chersala.

Eine Schattengestalt kam durch das Unterholz herauf. Rutgar griff nach seinem Schwert. Doch als er sich aufrichtete, wurden im roten Schein des heruntergebrannten Feuers die bekannten Umrisse Berengers erkennbar, der von Civetot zurückkehrte. Er ließ den Zügel des Pferdes einfach fallen und setzte sich schwer auf einen der Steine, die das Lagerfeuer umgaben.

»Habt ihr Wein?« Seine Stimme klang erschöpft, erfüllt von einer Müdigkeit, die weit über das rein körperliche Maß hinausging.

Rutgar knüpfte den Weinschlauch von der Astgabel; der Ziegenbalg hing an einem Strauch, der im Gemäuer Wurzeln geschlagen hatte.

»Hier, nimm«, sagte er.

Chersala kam ebenfalls herbei, setzte sich ans Feuer und fachte die Glut an.

»Was ist geschehen?«, fragte sie.

Berenger setzte den Weinschlauch ab und wischte sich den Mund.

»Wie sieht es im Lager der Pilger aus?«, fragte Rutgar drängend.

»Gestern Abend«, sagte Berenger mit brüchiger Stimme, »hat sich ein Dutzend bemitleidenswerter Pilger nach Civetot gerettet. Im Getümmel konnten sie den Seldschuken entkommen. Wollt ihr hören, was sie zu berichten hatten?«

Rutgar sah zufällig und aus dem Augenwinkel, wie die Lichtbahn eines Sternsplitters über dem Meer aufflammte.

»Sie kamen aus Xerigordon. Acht Tage und Nächte lang haben die Türken die Festung belagert. Nach einem Tag oder zwei gab's kein Wasser mehr. Sie waren alle halb wahnsinnig vor Durst und haben das Blut ihrer Tiere und ihre eigene Pisse getrunken – wir konnten ihr Elend nicht sehen, weil wir nicht bei ihnen waren.«

Chersala starrte Berenger mit weit aufgerissenen Augen an.

»Dann ließ der Anführer der Seldschuken ausrufen, dass er diejenigen, die ihrem Glauben abschwören, am Leben lassen würde. Ritter Rainald und etliche zweieinhalbtausend Männer überlebten, wurden versklavt und weggeschafft. Ein riesiges Heer hat der Sultan zusammengerufen, sagen die Geflüchteten.«

»Und die anderen …?«

»Die anderen«, antwortete Berenger und schüttelte sich, »die anderen sind tot. Vielleicht sind noch ein paar entkommen. Die Seldschuken haben alle getötet – sie haben sich für die niedergebrannten Dörfer und die erschlagenen Bauern gerächt.«

»Und was bedeutet das für die Pilger im Lager?«, fragte Rutgar, obwohl er die Antwort schon kannte.

»Letzten Endes«, sagte Berenger und nahm einen weiteren Schluck Wein, »bedeutet es, dass es zwischen dem Pilgerheer in Civetot und den Seldschuken zum Kampf kommen wird.«

»Wann?«

»Bald. Das unsichtbare Heer nähert sich«, sagte er und versuchte ein aufmunterndes Grinsen; es missriet ihm. »Bald werden die Truppen des Sultans hier sein, durchaus sichtbar und ohne rechte Mildtätigkeit im Herzen.«

»Wir müssen uns verstecken«, flüsterte Chersala und wischte Weintropfen von ihrem Schenkel. »Sonst töten sie uns auch.«

Rutgar zeigte aufs Meer hinaus. Eine seltsame Schwermut hatte ihn ergriffen. Über dem Meer und dem Grenzland wölbte sich der Nachthimmel voller erbarmungsloser Sterne. »Im Boot von Faroard bist du sicher.«

»Und du?«

»Ich finde ein anderes Versteck. Ich und mein feines Pferd.«

»In Drakon würdest du sicher sein, Grünauge.«

»Ich weiß. Ich denke an den Winter. Für die Gastfreundschaft deines Vaters würde ich arbeiten. Aber ich warte auf Kukupetros und die Ritter des Papstes. Ich hab's versprochen. Aber noch haben wir alle die Türken zu fürchten.«

Die Blätter und Nadeln der Baumwipfel raschelten, die Brandung rauschte auf dem Strand und schlug plätschernd gegen Quader und halb versunkene Säulen. Die Geräusche, die sonst Rutgar und Chersala in den Schlaf begleitet hatten, klangen in diesen Herbstnächten geheimnisvoll, angefüllt mit dräuenden Gefahren.

»In Drakon, bei uns, sollst du dich in Sicherheit bringen«, wiederholte Chersala. »Komm mit! Wir reiten zusammen. Morgen schon. Und wir bleiben zusammen, Ritter. Ich und du.«

Er mischte Wein und Wasser im Krug und füllte die Becher. Berenger lehnte ab und zog sich abseits vom Feuer zum Schlafen zurück.

Faroard und die Fischer schliefen in ihren dümpelnden Booten, ein paar Pfeilschüsse vom Ufer entfernt am steinernen Anker. Rutgars Waffen und der Sattel lagen bereit, die Pferde fraßen Gras, das Rutgar am frühen Abend geschnitten hatte. Weit und breit waren keine Lichter zu sehen; die wenigen Laute der Tiere bewiesen Rutgar, dass sich kein Riesenheer im Schutz der Nacht der Burg näherte.

»Das Sultansheer wird Civetot angreifen?«, sagte Chersala nach einer Weile und legte den Arm um seine Schultern. Sie fürchtete sich in der Stille dieser Nacht, deren Weben und Säuseln für die Frau eine unirdische Bedeutung hatte.

»Die Christenritter, die in Civetot lagern, werden Nikaia angreifen«, antwortete er und spürte Chersalas kalte Fingerkuppen auf seiner Haut. Seine Begierde begann ein zweites Mal zu erwachen. »Sie wollen die Toten von Xerigordon rächen!«

Zwei Zehntage im Weinmond waren vergangen. Das unbeschwerte Leben, dachte Rutgar, das Chersala und er bei den Fischern geführt hatten, war unwiderruflich vorbei. Die große Gnade des Herrn hatte ihnen schöne Tage und Nächte voller Leidenschaft beschert, aber sie galt keine Ewigkeit lang. Rutgar zog Chersala auf seinen Schoß, strich ihr das Haar aus dem Gesicht und näherte seine Lippen den dunklen Spitzen ihrer Brüste.

Sie atmete schwer und begann zu zittern; ihre Lippen schmeckten nach Wein, als sie ihn leidenschaftlich küsste und unverständliche Worte murmelte.

In Civetot, mühsam versorgt durch die Schiffsladungen aus Konstantinopel, gärten Unzufriedenheit, Angst und Angriffslust. Schließlich hatte sich im Heeresrat Gottfried Burel mit lauter, schneidender Stimme gegen Walter Sans-Avoir und die anderen durchgesetzt. Am frühen Abend waren die Anführer des Rates zusammengekommen, und schon vor Mitternacht herrschte Einigkeit: Töricht, gegen den selbstgewählten Auftrag und überdies ein Zeichen von Feigheit sei es, sagten am Ende der aufgeregten Zusammenkunft alle Fürsten, dem Feind nicht den Kampf anzubieten und ihn im Zeichen des Kreuzes in die Flucht zu schlagen.

Reinhold von Breis, Fulk von Orléans, Hugo von Tübingen und Walter von Teck erteilten ihren Knappen und Kriegsknechten den Befehl, sich ohne Lärmen zu rüsten und bei den Unterführern zu versammeln. Noch in der Nacht hub in Civetot fieberhaftes Tun an. Kienspäne und Fackeln brannten, Lichter bewegten sich in verknäuelten Spuren durch das Gewimmel aus einigen Tausend Männern. Die Pferde wurden gesattelt und getränkt, alle Waffen, Helme, Panzer und Kettenhemden zusammengetragen, angelegt und geschnürt. Ein Trupp nach dem anderen scharte sich um die Anführer und verließ so leise wie möglich die Umzäunung. Im Fackellicht blitzten Lanzenschneiden, Dolche und die Waffen aus Sensen, Sicheln und abgebrochenen Schwertern, die an langen Stangen befestigt waren.

Gottfried Burel wusste, dass ihm fast zwanzigmal tausend Männer folgten; Kinder, Frauen, Kranke, Alte und hinfällige Priester blieben im Lager, schliefen weiter, wälzten sich auf harten Lagern oder beteten, Gott möge sie erlösen.

Die Sterne blinkten kalt und verschwanden vom Himmel, das erste Tagesgrau erschien im Osten über dem Land. Ringsherum lärmten wie an jedem Morgen die Vögel.

Es dauerte lange, bis die Berittenen die Festung durch das Südtor verlassen und sich an die Spitze der Wartenden gesetzt hatten. Walter von Breteuil und die Brüder von Zimmern reihten sich mitsamt ihrem Kriegsgefolge den gepanzerten Berittenen an; Wilhelm von Poissy und Rudolf von Brandis folgten ihnen. Man schrieb den 21. Tag im Weinmond; der Morgen war kalt und versprach einen kühlen Tag.

Die Reiterei bog auf den von Gestrüpp gesäumten Weg ein,

der den Namen »Straße« kaum verdiente. Tausend Schritte jenseits der Palisaden hatte sich der Heerwurm schon in zwei Teile gegliedert – die Reiterei ritt vorweg, dann war eine Lücke entstanden, und Heinrich von Schwarzenberg mit seinem zahlreichen Gefolge führte die Fußkämpfer an.

Der Pfad war schmal, mehr als drei Männer vermochten nicht nebeneinanderzugehen. Nur zwei konnten nebeneinanderreiten. Über den Baumkronen hatte sich der Himmel fahlblau gefärbt. Noch vermochten die waffenstarrenden Pilger keine Farben zu unterscheiden; alles verschmolz zu Schwarz, Grau und dünnem Nebel, der schmutziger Milch glich.

Inzwischen bildete das Heer sechs Kolonnen, an deren Spitze zerschlissene, ausgebleichte Fahnen geschwenkt wurden. Auf dem Weg, tiefer in die Schlucht hinein und der Passhöhe entgegen, von deren Bäumen schwere Tropfen fielen, regte sich die Furcht in den Herzen der Männer. Als einzelne Bewaffnete ihre alten Lieder anstimmten, begannen viele Marschierer mitzusingen. Hin und wieder stieß ein Fanfarenbläser in sein Rohr.

Das Lärmen hatte Berenger, Chersala und Rutgar geweckt. Sie glaubten sicher zu wissen, was es zu bedeuten hatte. In aller Eile sattelten sie die Pferde und ritten zu einem ihrer Verstecke an der Drakon-Schlucht. Dort, wo die Straße nach Nikaia aus dem bewaldeten Tal wieder in die Höhe führte, sahen sie die Hinterhalte der Türken.

Bevor sie die Straße im Galopp überquerten, rief Berenger: »Seht nach links! Es ist zu spät, sie zu warnen!«

Die Berittenen, vom Geschrei und Gesang der Volksmenge vorangetragen, hatten den tiefsten Punkt der Straße erreicht und ritten in Schlangenlinien die leichte Anhöhe herauf. Rutgar erhaschte einen Blick auf Lanzen, Fahnen, Schilde und Rüstungen, auf nickende Pferdeköpfe und eine schier unübersehbar große Menschenmenge, dann war er im Schutz des Waldes.

Als er die Angriffsschreie der Türken hörte, drei Meilen von Civetot entfernt, war das Verhängnis bereits nicht mehr aufzuhalten.

Die sechs Marschsäulen, angeführt von den fünfhundert Männern zu Pferde, schoben sich singend, lärmend, unter dem Dröhnen der Trommeln und dem Schmettern der Trompeten unaufhaltsam nach Süden.

Nach tausend Schritten auf dem Schlängelweg, als die Straße sich gegen das Schluchtende zu weitete, noch immer zwischen Wald und Felsen, erspähte Graf Gottfried Burel unter der Stirnblende seines Helms hervor einen goldfarbenen Blitz, schräg oberhalb des taufeuchten Hanges, an dem er entlangritt. Ein Sonnenstrahl fing sich auf glänzendem Metall.

Der Ritter holte tief Luft, seine Hand fuhr zum Schwertgriff. Er zog am Zügel, sein Pferd blieb stehen und senkte den Kopf. Noch bevor Gottfried eine Warnung schreien konnte, sah er eine zweite, dritte und plötzlich viele Spiegelungen; der Feind verbarg sich an den Rändern der Schlucht.

»Die Türken!«, brüllte Gottfried, riss das Schwert aus der Scheide und drehte den Kopf hin und her. Überall sah er halb schattenhafte Gestalten. »Hoch die Schilde!«

Seine Worte gingen in einem schrecklichen Geräusch unter. Jedermann im Heer kannte und fürchtete es. *Pfeile!* Die Geschosse zuckten einzeln durch die Luft, in Gruppen, in Schauern und pfeifenden kleinen Wolken. Sie kamen heulend von allen Seiten, zugleich mit den trillernden Angriffsschreien der Seldschuken. Der Anprall von unzählbar vielen Sehnen an die ledernen oder metallenen Armschutze war wie ein fernes Tagesungewitter und lauter als das plätschernde Murmeln des

Flusses, an dem das Heer seit einer Stunde entlanggezogen war.

Die Bewaffneten waren in den Hinterhalt der Seldschuken geraten. Langsam und unerbittlich schloss sich die Falle.

Pfeile töteten und verwundeten Männer, bohrten sich in Baumstämme und in den Boden, trafen die Pferde, die sich aufbäumten und deren Wiehern in grelle Schmerzenslaute überging, hämmerten in Schilde und gegen Helme oder blieben in den Maschen der Kettenhemden stecken.

Unbeschreiblicher Lärm brach aus. Die Ritter sprengten auseinander, aus tiefen Wunden lief Blut über die Körper der Reittiere. Einen Atemzug später – gerade genug Zeit für einen Bogenschützen, einen weiteren Pfeil auf die Sehne zu setzen und zu zielen – kam der nächste Pfeilhagel. Es war sinnlos, einen Angriff zu reiten; die Hänge waren zu steil, und ständig veränderten die meist unsichtbaren Bogesnchützen ihren Standort.

»Zurück!«, schrie Gottfried Burel. Drei Pfeile steckten in seinem Körper, aber er spürte noch keinen Schmerz. Er riss am Zügel und setzte die Sporen tief ein. Auch im Hals des Pferdes federten zwei lange Pfeile. »Ins Lager! Nach Civetot!«

Die gesamte Straße entlang rannten Männer hin und her, die Schilde voller abgebrochener Pfeile. Pferdekörper lagen da; die Tiere schlugen mit den Läufen, und die auskeilenden Hufe zerschmetterten die Beine der rennenden Krieger.

Die Trommeln schwiegen. Die Trompeter bliesen angstvolle Signale zur Rückkehr, zum Abbruch des Kampfes. Gottfried Burels Pferd setzte über die Körper einiger Toter hinweg. Ein rasender Schmerz traf ihn in die Schulter, ein Pfeil schlug in seinen Oberschenkel, ein zweiter prallte dröhnend vom Helm ab. Überall war Blut, waren Stöhnen, Wimmern, Geschrei und Heulen.

Abgeworfene Reiter versuchten, wieder in den Sattel zu

kommen, und wurden von Pfeilen getroffen. Die Bogenschützen schienen ihre Plätze zu verlassen und stiegen durch das Gebüsch, das ihre Körper verbarg, zum Boden der Schlucht ab. Aber die Ritter sahen noch immer keinen Gegner, den sie angreifen und niederreiten konnten. Die Fußtruppen hörten die Signale und das Geschrei und stürmten nach vorn, um den Reitern zu helfen.

Die Reiter, die noch genügend Platz fanden, waren umgekehrt und galoppierten auf dem Weg zurück, ins eigene Fußvolk hinein. Rechts und links des Pfades drangen sie durch Gebüsch, prallten gegen Felsen, Baumstämme und niedrige Äste, wurden abgeworfen und von Pfeilen aufgespießt. Die ersten Reiter, also die letzten der anführenden Gruppe, sprengten halbblind durch die Reihen und Gruppen der entsetzten Fußkämpfer.

Die Seldschuken schossen Pfeile senkrecht in den Himmel. Dort, wo kein Wald den Weg schützte, fielen sie wie Hagelkörner herunter und schlugen furchtbare Wunden; niemand erwartete sie, niemand sah sie aus der Helligkeit des Himmels fallen.

Es hatte keine tausend Herzschläge lang gedauert, bis die überlebenden Reiter und das Fußvolk in einer grauenhaften Unordnung ineinander verknäuelt waren. Die Schlucht widerhallte von Lärmen und Geschrei. Durchgehende Pferde trampelten über die Körper von Toten, Verwundeten und solchen, die sich nach einem Gegner umsahen.

In den Massen der zusammengedrängten Pilger traf fast jedes Geschoss. Zwei weitere Pfeile bohrten sich durch die Maschen des Kettenhemdes in Walter Sans-Avoirs Rücken; er fühlte, wie seine Schwäche zunahm, und schwankte im Sattel seines Pferdes, das sich nur noch vom Willen des Reiters, dem Schmerz der Sporen und einem brodelnden Instinkt getrieben vorwärtsbewegte. In Sans-Avoirs Schild schlugen krachend einzelne Geschosse ein; ein Pfeil durchbohrte seinen Hals oberhalb der Halsberge des Kettenhemdes, und ein zweiter, der durchs Auge in seinen Schädel drang und den er nicht mehr spürte, beendete sein Leben. Ross und Reiter bildeten ein Knäuel, das sich zweimal überschlug und auf einige Männer prallte, die gerade einen Kameraden unter einem Haufen Toter hervorzogen.

Reinhold von Breis und Fulk von Orléans sahen durch Zufall um sich herum freien Raum. Sie spornten ihre Pferde und ritten entgegen der Richtung aller Flüchtenden auf dem Pfad weiter; noch fast unversehrt, auf kaum verwundeten Pferden. Sie schützten sich mit den Schilden, schwangen die Schwerter und galoppierten nebeneinander auf eine Gruppe türkischer Lanzenreiter zu, die auf dem Pfad heranfegten.

In rasender Kampfeswut griffen sie an. Ihre Rüstungen und Waffen klirrten, als sie heranritten, vom Pfeilhagel nicht aufgehalten, schreiend und Furcht erregend. Während sie die Strecke bis zum Gegner zurücklegten, zielten und schossen die Bogenschützen nur auf die beiden Männer, deren Tiere binnen weniger Galoppsprünge von Pfeilen starrten. Zwischen den Büschen flogen Wurfspeere hervor, verfehlten oder trafen die Ritter. Noch bevor die Ritter, von Pfeilen gespickt und mit tiefen Speerwunden, die Lanzenreiter erreichten, starben sie, sanken von ihren verendenden Streitrossen links und rechts das Pfades ins niedergetrampelte Gebüsch.

Tausend Schritte in ihrem Rücken begann der letzte Teil des Kampfes, der verloren schien, noch ehe er richtig begonnen hatte. Das gesamte Heer stolperte, hastete, rannte und galoppierte zurück nach Civetot.

Walter von Teck und sein Gefolge, gerade noch kampffähig, durchquerten eine zweifache Wolke aus Pfeilen und überholten verzweifelt schreiende Fußkämpfer, ritten einzelne Männer nieder und spornten die schäumenden, blutenden Reittiere. Walters Pferd stolperte, ging in die Knie, riss sich wieder in die

Höhe und versuchte, einem Felsblock auszuweichen. Mit aller Wucht prallten beide gegen den Felsen. Walter wurde nach vorn aus dem Sattel gerissen, verlor aus den schlenkernden Armen und Händen Schild und Schwert und brach sich das Genick.

Die Angstschreie, das Angriffstrillern der Seldschuken, der Lärm der Waffen und andere Geräusche, die niemand zu deuten vermochte, erfüllten die Luft. Für die letzten Männer des Fußvolks, die nach Civetot flüchteten, kamen die vertraute Straße und die obere Kante der Palisaden in Sicht. Viele Kämpfer warfen ihre Waffen weg, um schneller rennen zu können.

Eine unübersehbar große Anzahl Seldschuken, zu einem Drittel im Sattel, bildete eine Schlachtordnung, die einem krummen Hufeisen ähnelte. Sie stiegen in die Tiefe der Schlucht hinunter und töteten jeden, der sich noch bewegte oder jammerte. Auf dem Weg von Nikaia her kamen noch mehr Reiter, und auch der letzte von ihnen würde noch vor Mittag die Wälle Civetots erreicht haben.

Das Töten und Morden war zu Ende. Berenger senkte den Kopf und sagte leise: »Auch ohne göttliche Eingebung und ohne seherische Fähigkeiten war das alles letztendlich vorhersehbar. Oft genug sind sie alle gewarnt worden.«

»Oft genug und drängend genug, weiß Gott, und in aller Deutlichkeit«, fügte Rutgar hinzu. »Was tun wir jetzt? Was können wir noch tun?«

»Die Türken sind zwischen uns und Civetot«, sagte Chersala. »Und hinter uns, von Nikaia her, sind noch mehr Türken.«

Sie hatten ohnmächtig zusehen müssen, wie zwanzigtausend Pilger dem Hinterhalt der Seldschuken zum Opfer gefallen waren. Nur wenige hatten entkommen können und befanden sich jetzt in wilder Flucht auf dem Weg nach Civetot. Einige

Male war Rutgar nahe daran gewesen, den Rappen zu spornen und sich in den Kampf zu stürzen, aber ebenso wie Berenger hielt ihn der Gedanke an den sicheren eigenen Tod im letzten Atemzug davon ab. Vorsichtig zogen sie sich aus dem Versteck zurück und trabten in die Richtung der Felsenburg.

Rutgar wandte sich dreimal um, blickte in die Richtung Civetots und sah große Vogelschwärme, die sich niederzulassen versuchten und jedes Mal wieder von etwas Unsichtbarem aufgescheucht wurden.

»Es ist so weit!«, sagte er und legte seine Hand auf Chersalas Schulter. Er deutete auf die Rauchsäulen der Feuer innerhalb der Civetot-Palisaden im Osten. »Sie kämpfen nicht mehr. Reite zur Fischerfestung, Schönste.«

»Ich höre und sehe nichts vom Kampf um Civetot, Rutgar«, sagte sie. Er starrte in ihre flirrenden Augen und antwortete:

»Die Vögel, Chersala! Und auch wenn es zu früh sein sollte – bring dich in Sicherheit.«

»Nach Drakon. Zu Vater Gautmar?«

»Es ist besser so. Zuerst aber zu den Fischern. Wir sehen nach, ob wir helfen können.«

Sie galoppierten an und blieben erst stehen, als sie freien Blick auf das Meer hatten. In achtungsvoller Entfernung dümpelten die Boote der Fischer. Rutgar rollte den Reitermantel auf und begann ihn zu schwenken, Chersala hielt das scheuende Pferd. Nach viel zu langer Zeit sah einer der Fischer das Signal und zog das Segel auf, ließ es augenblicklich wieder herunter.

»Faroard hat unser Zeichen gesehen. Sie segeln nach Konstantinopel, nicht wahr?«, sagte Chersala leise. »So wie ihr es ausgemacht habt?«

Die höchsten Teile der Ruine waren in gleißende Sonnenstrahlen getaucht. Die Vogelschwärme waren nach Osten abgezogen, aber in weit größerer Höhe näherten sich, ebenso winzig wie beharrlich, schwarze, sichelförmige Schattenrisse. *Aasvögel!*

»Sie haben es versprochen«, sagte Rutgar und half Chersala auf den Pferderücken. »Wir dürfen den Seldschuken nicht in den Weg kommen …«

Rutgar stellte den Fuß in den Steigbügel, stieg auf und lenkte den Wallach auf den Weg, auf dem sie hierhergekommen waren. Berenger folgte schweigend. Rutgars Herz hämmerte vor Aufregung, auf seinem Rücken sammelte sich kalter Schweiß.

Die vielen Blätterhütten und die wenigen Zelte außerhalb der Palisaden Civetots waren menschenleer. Die ersten Gläubigen sammelten sich auf dem Platz vor dem Altar in der Mitte der Festung. Es war unnatürlich still. Mit gewohnter Trägheit begann das Tagewerk; noch schliefen die meisten Zurückgelassenen. Gefüllte Wasserkessel wurden zu den Feuern geschleppt, die Priester bereiteten die erste Messe des Tages vor.

Kinder liefen umher, eine Gruppe Frauen ging zum Strand, um Decken und Kittel im Meerwasser einzuweichen und zu waschen. Schafe, Ziegen und Kühe wurden von alten Frauen gemolken. Ein paar Greise sägten und hackten Treibholz für Feuer, das sie aus der Bucht geholt hatten; Vögel zwitscherten in den Baumkronen.

Zuerst hielten die alten, schlecht bewaffneten Torwächter in ihren Reden inne und setzten die Becher ab, die sie eben mit Morgenaufguss aus wildwachsenden Kräutern gefüllt hatten. Sie hoben die Köpfe, spähten blinzelnd nach Süden und sahen nichts außer blendendem Sonnenlicht.

»Hört ihr's nicht?«, fragte einer und hielt die offene Hand hinter sein Ohr. Einige Atemzüge später vernahmen sie undeutlichen, von Gefahren schwangeren Lärm. Sie vermochten nicht zu erraten, woraus sich dieses Malmen zusammensetzte. Aber es wurde lauter und schärfer, unterscheidbar, und das bedeutete, dass es näher kam. Sie hörten deutlich die Rufe der

Priester und die Gebete; die morgendlichen Messopfer hatten angefangen.

Einen schauerlichen Atemzug später sahen die Wachen eine Schar rennender Bewaffneter hinter den Felsen und dem kahlen Eichengestrüpp auftauchen, von denen die Straße gesäumt war. Hinter den Männern, die in großer Furcht vor etwas Unsichtbarem flüchteten, erkannten sie einen einzelnen Reiter und dessen Fahne. Ritter Hugo von Tübingen.

Abermals einige Herzschläge danach blinkte ein Speer durch die Luft und bohrte sich tief in Ritter Hugos Rücken. Der Reiter ließ die Zügel los, breitete die Arme aus, riss sie in die Höhe und kippte über die Kruppe des Pferdes, das schäumenden Mauls weitergaloppierte und einige Flüchtende umrannte. Hugo von Tübingen fiel auf den Rücken und rammte sich selbst die Lanze durch den Leib, sodass sie mitten auf der Brust in einem gewaltigen Blutschwall hervorkam.

Jetzt begannen die Torwachen in großem Entsetzen zu schreien. Die Priester hörten zu singen auf; einige Kinder kreischten. Der Gesang einer frommen Gruppe verstummte jäh.

Kapitel XVI

A. D. 1096, 21. Tag des Weinmonds (Oktober),
später Morgen
In Civetot

»Alles Fleisches Ende ist vor mich gekommen;
denn die Erde ist voll Frevels, und siehe da,
ich will sie verderben.«
(1.Mose 6,13)

Die erste Welle der flüchtenden Fußkämpfer brandete gegen den Durchlass des südlichen Tors. Zwischen der nächsten Horde sah man einige Ritter und Kriegsknechte zu Pferde. Hinter der kaum überschaubaren Menge erschienen die ersten Reihen der berittenen Seldschuken, vor denen Hagelschauer aus Pfeilen zu wüten schienen; einzeln und reihenweise fielen die Fußkämpfer unter den todbringenden Geschossen.

Die Flüchtenden zwängten sich durch die Engstelle des Tors. Ohne zu wissen, was vor sich ging, rannten Kinder, Mädchen und Frauen zum Strandtor und hetzten den Hang hinunter zum Wasser.

Bald stauten sich Tausende vor dem nördlichen Tor. In dieser schreienden Masse, in der sich Menschen gegenseitig fluchend und kreischend zu Tode traten, schufen sich Berittene ein wenig Raum und versuchten, sich den nachdrängenden Seldschuken entgegenzuwerfen. Walter von Teck sah man, die Brüder von Zimmern, Albert und Konradt, Gottfried Burel, vom Nasenbein bis zu den Pferdehufen von geronnenem Blut bedeckt, und Wilhelm von Poissy. Sie kämpften wie die Rasenden, wurden aber von der Menge eingeschlossen und zum Tor gedrängt. Walter von Teck starb durch mehr als ein Dutzend Pfeile, die fast gleichzeitig in seinen Körper einschlugen, und ein aufblitzendes Krummschwert trennte den Kopf seines Pferdes vom Rumpf, noch bevor der Ritter tot zu Boden gesunken war.

Unzählbar, unüberschaubar groß war die Zahl der Angreifer, die von der Straße nachdrängten und mit wildem Kampfgeschrei an Hunderten Stellen gleichzeitig aus dem Wald hervordrangen; Reiter und fußkämpfende Bogenschützen, deren Pferde man ihnen hinterherführte.

Von blutenden Wunden bedeckt sank Rudolf von Brandis innerhalb der Palisaden vom Pferd. Seine Knechte und Knappen schleppten ihn in einer ledernen Decke, aus der das Blut tropfte, zum Südtor und von dort, in lebensgefährlichem Galopp, den Strand entlang nach Sonnenuntergang; dort sollte man, hatten manche Priester verbreitet, sich verstecken können.

Unzählige wütende und blutige Einzelkämpfe brachen an ebenso vielen Stellen der Mauern und Palisaden aus. Es dauerte keine halbe Stunde, bis die Menge vor dem Südtor von einem Halbkreis der Feinde eingeschlossen war. An drei Stellen brannten die ausgedörrten Palisaden der Brustwehr.

Friedrich von Zimmern, der mit den meisten seiner Getreuen von der Masse der Verfolger schon nach Civetot hineingepresst worden war, ließ, stöhnend und fluchend, Gott anrufend, im Sattel, ungeduldig die schlimmsten seiner Wunden verbinden und versuchte, im letzten Aufflammen seiner Kräfte, eindringende Seldschuken niederzuhauen.

Seine Mannen, allesamt schwer gezeichnet, zwangen ihn nach nutzlosen Waffengängen, sich mit ihnen im Pinienwald vor Helenopolis zu verstecken. Überall im Rund blitzten die langen Krummschwerter der Seldschuken auf, von überall her ertönten Kreischen und Heulen. Soldaten, Frauen, alte Männer und junge Kämpfer wurden niedergemetzelt, als genügend Seldschuken eingedrungen waren und Feuer an die Tortürme gelegt hatten. Aber jetzt hackten die Alten brennendes Holz aus den Türmen und dem Tor und schleuderten es, der eigenen Verbrennungen und der dichten Rauchwolken nicht achtend, auf die Türken.

Die Raserei wütete weiter. Kranke wurden auf ihren Lagern erschlagen oder von den Hufen der Pferde zertrampelt. Das Geschrei machte selbst die Furchtlosesten zu zitternden, winselnden Bündeln der Angst. Wie ein Keil bohrten sich die Seldschukenkrieger in das Rund des Lagers, schwärmten nach beiden Seiten aus und trieben Kinder und Heranwachsende beider Geschlechter rücksichtlos mit Geschrei und Schlägen zu Gruppen zusammen.

Auch Graf Heinrich von Schwarzenberg, brüllend, verwundet und blutend, wehrte sich verbissen. Seine Leute schleppten ihn als tot zum Südtor und retteten sich, während die Festung sich mit Eindringlingen füllte. Noch immer ergossen sich vom Bergpass herunter Teile des seldschukischen Heeres zum Fuß der Festung und zum Tor, drangen ungehindert ein und wüteten unter den Männern, die sich zu verteidigen wagten.

Als die Sonne im Mittag brannte, schien alles vorbei zu sein. Die Seldschuken rissen den Kindern die Kleidung herunter. Diejenigen, deren Äußeres ihnen gefiel, ließen sie am Leben und peitschten sie aus Civetot hinaus, wo sie, nach Geschlecht getrennt, in Sklavenpferche gesperrt wurden. Viele andere wurden erschlagen, erdolcht oder erdrosselt, nachdem die Krieger sie im Siegesrausch missbraucht hatten. Der Boden Civetots, verdorrtes Gras und nackter Sand, war blutgetränkt. Bald waren alle Frauen und Männer, die so aussahen, als würden sie arbeiten können, als Sklaven gebrandmarkt und weggebracht.

Niemand wusste, wie viele Christen dem Ansturm der Türken hatten entfliehen können.

Am frühen Nachmittag war Civetot fest in der Hand der Truppen des Sultans. Innerhalb der Palisaden lebte kein Christ mehr. Die Gefangenen marschierten mit einem Teil der Truppen nach Nikaia; im weiten Umkreis der Festung lagen Hunderte Tote und reglose oder zuckende Sterbende im staubbedeckten Gras. Vom Eingang der Schlucht bis zur höchsten Stelle im Tal des Drakon herrschte das Schweigen tausendfachen Todes. Über die bewegungslosen Körper der Erschlagenen, Erstochenen, von Pfeilen Durchbohrten, Ausgebluteten und den Wenigen, die noch nicht tot, aber tief besinnungslos waren, machten sich Ameisen, Käfer und schillernde Fliegen her. Aus dem Nachmittagshimmel, aus dem eine messingfarbene Sonne glühte, senkten sich die ersten Aasgeier.

Sie ritten weit im Westen auf dem verborgenen Pfad zur Uferfestung. Berenger schwieg, und Rutgar deutete die Richtung an. Als sie eine Stunde lang im Schritt und Trab geritten waren, endete der furchtbare Lärm aus Civetot. Der graue und schwarze Rauch schwerer Brände stieg auf und wehte nach Westen. Einen Steinwurf vor ihnen gabelte sich der Pfad; links führte er zum Dorf.

»Der Herr liebt uns, meine Schöne«, sagte Rutgar und glaubte, schon den Rauch des Schmiedefeuers und den Geruch schmorenden Horns aus Gautmars Werkstatt riechen zu können. »Wir leben noch. Oder Er, der alles sieht, hatte seinen Blick nicht auf uns gerichtet. Wir kommen nach, Chersala.«

Sie hob den Arm, setzte sich im Sattel zurecht und galoppierte an. Wenige Atemzüge später waren nur noch die Hufschläge und das Schnauben ihrer Stute zu hören. Berenger und Rutgar trabten zur Uferburg, vergewisserten sich, dass keines der Fischerboote mehr festgemacht hatte, und ritten, so gut wie möglich in Deckung, entlang des Strandes auf Civetot zu.

Schon nach einem Fünftel des Weges kamen ihnen die ersten Flüchtenden entgegen und erschraken vor den Verkleideten, bis Rutgar und Berenger sich zu erkennen gaben. Es kamen Dutzende, Hunderte, fast ohne jedes Hab und Gut; schließlich glaubten Berenger und Rutgar, dass sich ungefähr dreitausend Verwundete, Kranke, Alte, Frauen und Kinder gerettet hatten. Im Lauf der nächsten Stunden stießen noch überlebende Ritter und Männer aus deren Gefolge dazu.

»Mit und ohne unsere Hilfe«, sagte Berenger, nachdem er aus dem Turmausguck hinuntergeklettert war, »werden sie die Burg gegen die Seldschuken halten müssen.«

»Also im letzten Tageslicht nach Drakon? Das schaffen unsere Pferde gerade noch.«

»Einverstanden.«

Die Männer waren ebenso müde wie die Tiere, aber im Schritt und bisweilen Trab erreichten sie das Dorf in der Abenddämmerung. Im langsamen Trab ritten sie in Drakon ein. Sie konnten weder Schafe noch Rinder sehen, es brannte kein Herdfeuer, und nur einige Hühner flüchteten gackernd vor dem Schatten eines Habichts.

»Sie haben sich versteckt. Alle«, meinte Rutgar und ließ sich zu Boden gleiten. »Sie sind in Sicherheit, und sie beobachten die Pilger und die Seldschuken. Vater Gautmar hat sie gelehrt, sich zu verbergen.«

»Wir sollten es ihnen gleichtun.« Berenger stieg unter dem Vordach der Schmiede ab und hielt die Hand über das Feuer neben dem Amboss. Der Reiter tat, als wäre er hier zu Hause. Die Glut unter der dicken Lehmschicht strahlte kaum noch Wärme ab; die Werkzeuge des Schmieds fehlten. Die Männer tranken kaltes Wasser und versorgten die Rappen.

»Sie sind geflüchtet. Recht getan«, sagte Berenger. »Es müsste mit dem Teufel zugehen, wenn deine schöne Liebste nicht mit einem Essen und einem Krug Wein auf uns wartet.«

Wie als Antwort wieherte ein Pferd hinter der Schmiede. Eine Tür knarrte, schwacher Lichtschein fiel ins Freie. Chersala stand im Türrahmen und winkte lächelnd.

»Bringt die Pferde hinters Haus«, sagte sie leise. »Wir sind allein im Dorf.«

Sie versorgten die Tiere, lockerten die Sattelgurte, nahmen die Sättel aber nicht ab. Als Chersala Rutgar erleichtert umarmte und küsste und sich seine Augen ans Dämmerlicht des Wohnraums gewöhnt hatten, sah er, dass ein einfaches, aber reichhaltiges Mahl auf ihn und Berenger wartete. Während sie aßen, berichteten Berenger und Rutgar, wie es um Civetot und die Uferfestung stand.

Berenger streckte die Beine aus, lehnte sich gegen die Wand und hob den Becher.

»Dass sich euer Dorf samt Schafen und Kühen versteckt hat, ist gut. Die Türken, glaube ich, haben anderes zu tun, als in Drakon nach Christen zu suchen, denen sie die Hälse durchschneiden können. Trotzdem – wir sollten wachsam bleiben. Du bringst uns in ein Versteck, Schönste?«

Chersala nickte stumm.

»Also: Die Pferde gesattelt lassen. Ich setze mich neben den Pfad und halte Wache. Bis Mitternacht.« Er grinste behaglich. »Dann hole ich dich vom Liebeslager herunter, Ritterlein. Geschworen?«

»Versprochen!«

»Es war ein langer Tag, voll mit Tod und Blut«, murmelte Berenger und trank von dem ungemischten Wein. »Wir haben überlebt und warten nun auf die Schiffe des Alexios. Denn an keinem Fleck vieler Länder ist dein Prediger so unnütz und überflüssig wie hier.«

»Und du gehst zurück nach Kostantinopel?«, fragte Chersala.

»So ist es mir befohlen worden«, lautete die Antwort. »Aber nicht, bevor die verbliebenen Pilger entweder in Sicherheit gebracht oder abgeschlachtet worden sind.«

Rutgar starrte ihn kopfschüttelnd an. Berenger stand auf, hängte seinen zusammengerollten Mantel über die Schulter und blinzelte in die Kerzenflammen. Er ging, einen Weinkrug in der Hand, zur Tür und sagte: »Bis Mitternacht, Ritterlein!«

Die schwere Bohlentür schloss sich leise hinter ihm.

Später, nachdem sich Rutgar lächelnd hatte verführen lassen, saßen sie im Mondlicht auf dem Rand des Brunnentrogs. Chersala hatte ihre Hände bis halb zu den Ellbogen ins Brunnenwasser gesenkt, ihre unruhigen Finger riefen kleine Wirbel hervor. Die Härchen ihrer Oberarme hatten sich aufgerichtet, die Adern am Hals pochten in der Erinnerung an die leidenschaftliche Umarmung. Ihr Blick forschte zwischen den Schatten in Rutgars Gesicht, als sie leise fragte: »Werden wir uns wiedersehen, Grünauge? Wenn alles vorbei ist?«

»Wenn das Schicksal, das uns Gott zugedacht hat, gnädig ist«, entgegnete Rutgar zögernd. »Eine Frage, die niemand beantworten kann. Vielleicht. Warte nicht auf mich. Ich kann schon morgen Abend tot sein.«

»Ich weiß.« Sie hob die Hände aus dem Brunnentrog und kühlte ihr Gesicht. »Nichts ist ungewisser in der Zeit der Kriege als die Liebe.«

»Und nichts anderes muss mehr Gefahren fürchten.«

Chersala legte die Arme um seinen Nacken und versenkte ihre Blicke in seine Augen. Sie hatten darüber geredet, was er morgen und in den nächsten Tagen tun musste. Nur wenn es fehlschlug und er den Türken entkam, würde sie ihn wiedersehen.

»Gib auf dich acht, Rutgar aus Les-Baux«, flüsterte sie. »Mit dir kämpfend und betend bis nach Jerusalem zu ziehen, dazu bin ich nicht geschaffen.«

»Das haben wir oft besprochen. Halte dich fern von den Pilgern, wenn das Große Heer durchzieht. Du hast erlebt, welches Übel sie mit sich bringen.«

»Sie haben Übles gebracht, aber auch du bist mit ihnen gekommen.« Sie löste sich von ihm, stand auf und warf ihr Haar in den Nacken. »Geh zu ihnen zurück und lass dich nicht von ihren Übeln anstecken.«

»Das will ich tun«, sagte er und nahm ihre Hand. »Und nun küsse ich dich zum ersten Abschied.«

Chersala schüttelte den Kopf, riss sich los und ging mit weiten Schritten zum Haus. Über die Schulter rief sie: »Du sollst nicht sehen, wie ich um dich weine, Grünauge! Komm im Dunkeln auf mein Lager!«

Sie begann zu rennen; Rutgar hörte dumpf eine Tür ins Widerlager fallen. Der Rappe oder ein anderes Pferd wieherte leise hinter dem Haus. Eine Stunde später ging Rutgar ins Haus und tastete sich in völliger Finsternis zu Chersalas Lager.

Nur ein Kerzenrest in einem schmiedeeisernen Leuchter brannte mit ruhigem Flämmchen. Der Raum war voller Schatten und dem Geruch trocknender Kräuter. Chersala lag mit einem Laken halb zugedeckt; sie war wach, und ihr Haar breitete sich über die Kissen aus. Sie hatte geweint. Rutgar setzte sich auf das Bett, ein helles Viereck im Halbdunkel, und küsste ihr tränennasses Gesicht.

»Ich will dich nicht verlassen«, sagte er leise. »Ich will dich nicht allein zurücklassen. Aber ... was soll ich tun?«

Sie blickte ihn aus großen, glänzenden Augen an und schwieg. Er zuckte mit den Schultern und wiederholte:

»Ich hab dem Eremiten versprochen, ihn und die Pilger zu schützen. Ich bin fremd in eurem Land. Und ich will dich nicht anlügen.«

Chersala richtete sich auf. Ihr Schatten vereinigte sich mit Rutgars Schatten an der Wand. Sie streckte den Arm aus und zog Rutgar zu sich auf das Kissen herunter. »Bleib bei mir, Liebster.«

»Um Bauer oder Schmied in Drakon zu werden«, sagte er unschlüssig, »bin ich nicht aus meiner Heimat fortgelaufen. Hätte ich dort ein Lehen, würde ich sagen: Reite mit mir dorthin. Aber ... ich bin nichts, habe nichts und kann kaum etwas.«

»Hier bekämst du alles«, flüsterte sie.

»Wir wären ein bettelarmes Paar. Ärmer als viele meiner Pilger.«

»Vater Gautmar würde gut für uns sorgen.«

Rutgar vermochte sich vieles vorzustellen. Ein Zusammenleben mit dieser jungen, schönen Frau, der es gelungen war, das Bild Ragenardas zwar nicht verschwinden, aber zu einer von vielen schwankenden Erinnerungen werden zu lassen, würde alle Tage und Nächte bereichern. »Ich glaube dir. Aber draußen wartet Berenger. Wir haben eine Aufgabe zu erfüllen.«

Sie nickte langsam und hielt sich an seinem Arm fest. Dann schlug sie das Laken zurück und streckte sich aus, verschränkte die Hände im Nacken und zog ein Knie zu sich heran. Ihr dunkler Körper lag zwischen den Falten des Leinens wie Adams Verführerin Lilith.

»Ich warte auf dich, Grünauge«, sagte sie herausfordernd und räkelte sich, als sie ihr Haar zusammenfasste und die Strähnen zwischen die Brüste legte. Rutgars Begehren wurde stärker als seine verzweifelte Unsicherheit. »So warte ich auf dich.«

»Du musst nicht lange warten«, antwortete er und schlüpfte aus Wams, Hemd und Hose. »Vielleicht umarmst du mich zum letzten Mal. Die Seldschuken ...«

Sie legte die Finger auf seine Lippen, dann küsste sie ihn und öffnete langsam ihre Schenkel. Ihr Körper schien zu glühen; sie liebten sich gierig, zerquält und in keuchender Besessenheit, als wüssten sie beide, dass das Schicksal keine Wiederholung zuließ.

Rutgar saß wieder vor dem Haus, als Berenger, leise wie eine Wildkatze, sich der Schmiede näherte und ins Halbdunkel hineinsprach: »Kein Lärm. Keine Fackeln. Keine Seldschuken in der Nähe. Der Herr segne meinen Schlaf. Schläft die Schöne?«

Er las die Antwort in Rutgars Gesicht, blickte in die Sterne und ging zur Scheune; schon nach einem Dutzend Schritten hörte Rutgar sein Schnarchen.

Nur ungefähr dreitausend Überlebende sammelten sich während des Restes des Tages und in den ersten Nachtstunden in der Ruinenburg westlich von Helenopolis. Priester führten diejenigen, die den Weg nicht kannten, zur namenlosen Stelle am Ufer. Die überlebenden Flüchtigen erkannten einander trotz der ausgestandenen Schrecken wieder: Kinder, Frauen, Männer, Krieger, die wenigen Grafen, die Unversehrten und die Verwundeten hatten sich verschanzt, indem sie alles, was sie tragen konnten, zur Verstärkung der Mauern benutzt hatten.

Während sie, halbwegs ratlos, sich auf eine grausige Belagerung einrichteten, suchten einige ihrer Reiter entlang der Küste einen Fischer zu finden, der ihren Hilferuf nach Konstantinopel brachte.

Rutgar ritt durch eine Landschaft, über die sich die Stille des Todes gelegt hatte. Vorsichtig, im Schritt, lenkte er den Wallach an einer Wegegabelung nicht zum Schleichpfad weiter, sondern hinüber zur Höhe des Passes. Er warf einen langen Blick in die Schlucht, schloss die Augen und schlug die Hände vors Gesicht. Aus allen Richtungen strichen schwarze Vögel heran.

Er vermochte nicht weit in die Schlucht hineinzusehen, aber was er erkannte, erfüllte ihn mit eisigem Entsetzen. Hunderte, Tausende toter Körper lagen nebeneinander, aufeinander und übereinander, zum Teil ihrer Waffen beraubt, wie in einem See trocknenden Blutes. Rutgar bekreuzigte sich langsam und fühlte, wie er innerlich erstarrte. Er schüttelte sich; plötzlich fror er. Stockend, fast flüsternd, formte er Worte, die für ihn kaum Sinn ergaben:

»O Herr! Du bist ein grausamer Gott – und uns hast du so schöne Zeit geschenkt. Haben sie alle für uns büßen müssen?«

Aus seiner Kehle löste sich ein seltsamer Laut; halb Keuchen, halb Aufschrei. Alle jene Toten, die Pilger ebenso wie die Ritter, hatten inbrünstig geglaubt, Gott sei mit ihnen, bis in alle Ewigkeit. Dieser Glaube hatte ihr Leben beherrscht; er besiegte jede Widrigkeit und ließ Wunder alltäglich erscheinen, und da sie alles diesem Glauben unterstellten, hielten sie ihre Wünsche und Vorstellungen für Gottes Willen: *Deus lo volt!* Und nun hatte ihr Glaube ihnen den Tod gebracht. Ob sie wirklich jetzt bei Gott im himmlischen Paradies waren?

Rutgar riss das Pferd herum und trabte zurück, ritt mit äußerster Vorsicht durch den kleinen Abschnitt des Grenzlandes zur Uferburg. Sicher würden Drakons Bewohner später die Toten ausplündern, nachdem die Seldschuken abgezogen waren; sie würden wenig finden außer schartigen Waffen und ein paar Münzen – vielleicht einige Pferde, die sich verlaufen hatten, zerbrochene Lanzen und Sättel. Es würde vor dem ersten Schneefall geschehen, und niemand würde die Mühe auf sich nehmen, eine so große Zahl Toter zu begraben.

Wieder hielt er auf dem felsigen Stück einer Wegkehre an,

bog einen Ast zur Seite und blickte hinunter zur Burg und auf das nachmittägliche Meer. Die Boote der Fischer waren verschwunden. Auf dem Meer war kein Segel zu sehen.

Ich beschwöre euch, Faroard und ihr anderen, dachte er in steigender Verzweiflung, betrügt mich nicht, und lasst uns nicht im Stich. Holt Schiffe und Truppen des Basileus!

Aber zwischen den Mauerresten, auf dem schütteren, vergilbten Gras und hinter den schartigen Höhlen der Fenster und Durchgängen bewegten sich Gestalten zwischen den Säulenstümpfen. Rutgar zwang sich, das Bild aus dem Tal der Leichen zu vergessen, und blickte genauer hin. Es waren keine Seldschuken. Auch sah er ein paar Pferde und zwei Esel. Ein Mann auf schwarzem Pferd ritt langsam durch die Menge. Berenger!

»Also sind offensichtlich alle Überlebenden aus Civetot hierhergeflüchtet«, murmelte er. Der Rappe bewegte unruhig die Ohren. Rutgar hob die Augen zum Himmel. »Es war ein großes Sterben, Herr. Hast du das gewollt?«

Er lenkte das Tier in einem weiten Halbkreis durch die Wildnis, hielt sich im Schutz der Gewächse und versuchte zu erkennen, ob die siegreichen Truppen des Sultans auf dem Weg zur Ruinenburg waren oder sie schon zu belagern begannen.

In der Festung der Fischer schienen alle Anführer versammelt zu sein, die von den Türken verschont geblieben waren: Sechs Ritter hatten, schwer verwundet, den kurzen Kampf überlebt. Gottfried Burel, Walter von Breteuil, Wilhelm von Poissy, der von Schwarzenberg, Friedrich von Zimmern und Rudolf von Brandis – Feldscher und Heiler versorgten ihre Wunden. Alle anderen Grafen waren tot. Von den mehr als fünfhundert Berittenen hatten die meisten ihre Pferde eingebüßt. Unter moosüberwucherten Steinbögen und Dächern aus vermorschten Eichenbalken lagen Verwundete im Schatten, entkleidet, vom

Blut gereinigt und von den Heilkundigen versorgt. Die Flüchtenden wagten nicht, Feuer anzuzünden, um ihr Versteck nicht zu verraten.

Einige Reiter versuchten noch immer, einen Fischer zu finden, der nach Konstantinopel segelte und um Hilfe rief. Aber alle Fischer dieses Küstenstreifens blieben unauffindbar, und es war auch keines der Frachtschiffe zu erspähen, die bisher Verpflegung nach Civetot gebracht hatten.

Nach den wenigen Befehlen der Ritter und mit dem Einfallsreichtum und der Kraft der Verzweifelten verwandelten die Pilger den innersten, höchstgelegenen Teil der Ruine in ein Bauwerk, das sich einige Zeit verteidigen ließ; denn auf der Landseite umgaben steile Hänge, Mauerreste, Felsen, Gräben und fast undurchdringlicher stacheliger Bewuchs die Burg. Es schien unmöglich zu sein, dort Belagerungsmaschinen aufzustellen oder in größeren Gruppen anzugreifen.

Rutgar kannte drei oder vier Wege durch den Irrgarten aus zersplitterndem Fels und ebenso viele entlang des Ufers. Er ritt zur Burg; die Priester der Pilger erkannten ihn und brachten ihn ins Innere. Eine halbe Stunde später stand er am Krankenlager der Grafen Gottfried Burel und Walter von Breteuils. Die Männer waren wach und erkannten, was um sie herum vorging. Berenger lehnte schweigend, mit verschlossenem Gesichtsausdruck, an einem Pfeiler und grüßte Rutgar mit einem kurzen Nicken.

»Mit Gottes Hilfe, Ihr Herren«, sagte Rutgar langsam und betont deutlich, »sind die großen Schiffe des Kaisers schon auf dem Weg zu uns. Mit dem Gold, das mir Peter von Amiens gab, hab ich sie bezahlt, die Fischer, die sonst hier anlegen.«

»Warst du in … der Schlucht?«, ächzte Gottfried, nachdem er Rutgars Gestalt lange gemustert hatte und sich, offensichtlich mit Mühe, Kukupetros' Begleiters entsann. »Hast du die Krieger gesehen? Unsere Toten?«

»Ja«, sagte Rutgar. »Ich habe sie nicht gezählt. Sie sind alle tot. Alle!«

Eine Zeit lang schwiegen sie. Dann fragte der Graf von Breteuil: »Zwanzigtausend? Fünfundzwanzigtausend, mit den Toten in Civetot.«

»Vergesst Xerigordon nicht, Ihr Herren«, sagte Rutgar und bemühte sich, weder verächtlich noch belehrend zu wirken. »Die bewaffnete Reise nach Jerusalem ist hier zu Ende. Gott hat sie nicht gewollt.«

»Er hat es uns wahrlich deutlich genug gezeigt«, keuchte Burel und schloss die Augen.

Rutgar verbeugte sich knapp und verließ die offene Halle, in der es nach Verzweiflung und Sterben roch. Berenger folgte ihm schweigend, holte ihn im Innenhof ein und fragte, den Arm um Rutgars Schulter:

»Wie viele Türken haben sich in der Umgebung versteckt? Bereiten sie sich vor, die Burg anzugreifen? Was hast du gesehen? Du bist später gekommen als ich.«

»Da sie sich versteckt haben«, antwortete Rutgar und wandte den Kopf ab; Berengers Atem roch nach saurem Wein, »hab ich schwerlich alle gesehen. Aber es sind mindestens so viele wie beim Sturm auf Civetot.«

»Dann wird's uns allen schlecht ergehen«, sagte Berenger und wies auf ein Feuer. »Vielleicht können wir sie ein wenig versengen, indem wir das Gestrüpp anzünden, wenn sie stürmen. Hab ich einmal gesehen. Hundert Steppenreiter in einem brennenden Schilfwald. Alle tot. Leider auch die schönen Gäule.«

»Du bist wahrlich eine Zierde deiner Warägertruppe. Seid ihr alle so voller Güte und Barmherzigkeit?«

»Nur wenn es die Not gebietet.« Wieder hatte Berenger sein wölfisches Grinsen im Gesicht. »Eigentlich bin ich freundlich, gerecht und verträglich.«

»Gebe Gott«, sagte Rutgar, »dass wir Freunde bleiben. Oder wenigstens gemeinsam für die gute Sache kämpfen.«

Berenger lockerte seinen Griff und schlug ihm die flache Hand zwischen die Schulterblätter. »Gebe Gott, dass wir die gute Sache recht erkennen, Ritterlein.«

Während des Tages und der ganzen Nacht griffen die Seldschuken die Burg nicht an. Aber in weitem Halbrund sahen die zum zweiten Mal Eingeschlossenen die Lagerfeuer des Heeres, hörten die Schreie der menschlichen Beute, das Johlen und Gelächter der türkischen Bogenreiter. Am Morgen, davor fürchteten sie sich alle, würden die Truppen des Sultans angreifen und beenden, was die christlichen Ritter angefangen hatten.

Rutgar saß unweit der verwaisten Räucher- und Salzhütte Faroards, trank Brunnenwasser und lehnte an einem Quader. Die erschöpfte Besatzung der Burg schlief, nur die Wachen redeten leise miteinander. Lang gestreckte Wolkenbänke zogen im Mondlicht vor die starrenden Sterne. Auf der Uferseite des Kastells brannten wenige Holzscheite und Kienspäne; im Halbdunkel erkannte Rutgar den Waffenmeister Gottfried Burels, der einen Tonkrug trug.

»Ein Krug Wein.« Giovan setzte sich neben ihn und stieß ein kehliges Lachen aus. »Das ist alles, was von der Beute geblieben ist.«

»Mehr werden wir diese Nacht nicht trinken können«, sagte Rutgar. »Lebt Graf Burel noch?«

»Er wird's vielleicht überleben, Jünger Rutgar.« Giovan nahm einen Schluck, wischte über den schartigen Krugrand und gab Rutgar das schwere Gefäß. »Der alte Hitzkopf ist nicht totzukriegen. Tot sind nur die anderen alle.«

Er rülpste. Rutgar dachte an Peter den Eremiten und grinste verzweifelt in der Dunkelheit. Im Mondlicht zeichneten sich weit draußen die weißen Wogenkämme ab. Peter würde, ebenso wie der Kaiser, die Nachricht vom Untergang des Pilgervolkes schon gehört haben.

»Und morgen Abend sind wir auch tot – und im Reich Gottes, mit etwas Glück.«

Beide wussten, dass im Morgengrauen sich unzählbar viele Seldschuken, Mann um Mann, der Burg nähern würden. Jede noch so lange Verteidigung würde den Tod nur hinauszögern können. Siebenundsiebzig lange Tage hatte die riesige Schar in Civetot gelagert; in drei Tagen war alles vorüber.

»Peters Glaube war groß und echt«, sagte Rutgar. Langsam ging der Krug hin und her. »Aber darüber hinaus hat so vieles gefehlt, Waffenmeister: Gehorsam und Klugheit, Demut und ein klares Ziel.«

»Wer hätt's uns zeigen sollen?«

Sie tranken schweigend weiter. Hin und wieder bewegten sich Lichter im Gemäuer, hörte man mitunter Husten und Schnarchen.

In unregelmäßigen Abständen schlichen Lichter im Halbkreis um die Uferburg; Seldschuken mit lodernden Fackeln ritten hin und her, Gruppen sammelten sich und zerstreuten sich wieder, Schatten schienen zu wandern, fremde Stimmen hallten durch die Nacht. Ab und zu klirrten Waffen; man hörte raues Gelächter und das Wiehern und Prusten von Pferden. Die Seldschuken hatten mit der Belagerung der Uferburg begonnen.

Mühsam, Schritt um Schritt, tastete sich Rutgar durch das Halbdunkel und kletterte zu seinem Ausguck hinauf. Mondlicht lag auf dem Meer und sprenkelte Wald und Felsen um das Gemäuer. Obwohl der Wind, der von Nord wehte, nicht stärker geworden war, sah Rutgar weit draußen große Wellen mit breiten Schaumkronen. Sie schienen auf die Ufer von Helenopolis zuzukriechen.

Er kniff die Augen zusammen. Aus den hellen Streifen lösten sich einzelne Punkte. Er glaubte Lichter zu erkennen, Segel. Schließlich bestand kein Zweifel mehr. Es waren Schiffe, die übers Meer auf die Küste zuhielten. Viele Schiffe, eine ganze Flotte.

Rutgar verließ seinen Platz und suchte nach dem Waffenmeister, der neben dem halb erloschenen Feuer döste.

»Die Flotte des Kaisers! Sie helfen uns, sie holen uns ab.« Rutgar packte das Handgelenk des Alten. »Still! Kein Geschrei. Sie brauchen noch vier, fünf Stunden.«

»Die Seldschuken – glaubst du, sie sehen die Schiffe auch?« Aufgeregt kam der Waffenmeister auf die Beine und blickte wild um sich.

»Vielleicht früher als wir«, antwortete Rutgar. »Wenn es kein Trugbild ist, sind wir bei Sonnenaufgang gerettet.«

Langsam verging die Zeit, der Krug leerte sich, und später mischte Rutgar Brunnenwasser mit dem letzten Wein. Giovan schlief wieder ein und rutschte zu Boden, wo er friedlich schnarchend liegenblieb. Das Glucksen der Wellen und die Brandung, die auf dem Sand zischelte, verwandelten sich für Rutgar in die Musik der Cherubim und den Gesang der Engel.

Aus der schwindenden Dunkelheit leuchteten die langen Ruderriemen des ersten Schiffs wie die Strahlen eines Heiligenscheins, der Widerschein vieler Lichter in den Segeln war wie der Himmel über dem Goldenen Jerusalem.

Als das Geschrei anhub – die Wachen hatten die Flotte des Kaisers gesehen –, fuhr Rutgar aus Halbträumen auf, die vom Tod durch hundert seldschukische Pfeile, von Chersalas bebendem Körper und einer Straße erzählten, die jenseits des Horizonts im Himmel endete.

Das erste Schiff legte im Morgengrauen an.

Während sich die Flotte auseinanderzog, den Steg von Helenopolis ansteuerte und an den verfallenen Kai der Uferburg heranfuhr, suchte Rutgar nach Berenger. Er fand ihn auf der steinernen Fläche der Anlegestelle, umgeben von einigen Knappen und Priestern. Berenger hielt zwei Fackeln in die Höhe, schwenkte sie und brüllte Befehle. Kaum waren die Planken auf die Quader und in den Sand gekippt, rannten schwer bewaffnete Waräger an Land.

»Dorthinüber!«, hörte Rutgar Berenger schreien. Seine Stimme klang wie Peitschenknall. »Und nach links! Die Seldschuken sind in einem Halbkreis vor den Mauern!«

Die Pilger, von Angst erfüllt, hasteten durcheinander. Hunderte kaiserlicher Söldner formierten sich und drangen in die Wildnis an den Flanken der Uferburg vor. Ein Keil Bewaffneter folgte Berengers Zeichen, bahnte sich einen Weg durch die Menschenmenge und besetzte die Stellen hinter den Mauern, an denen Ritterskneche bisher Wache gehalten hatten. Überall starrte die Uferburg von Helmen, Schilden und Lanzen; das Licht der Fackelflammen mischte sich mit dem der rötlichen Morgendämmerung. Die Mauern der Ruine, mit aufgeregten Menschen angefüllt, tauchten aus den nächtlichen Schatten auf. Fragen prasselten auf Rutgar nieder, wenn ihn die Pilger erkannten.

»Nehmt eure Habseligkeiten«, wiederholte er immer wieder, »und geht zu den Schiffen. Sie lassen niemanden zurück.«

»Werden uns die Türken nichts mehr tun können?«

»Ich glaube nicht, dass sie angreifen«, antwortete er, während das Durcheinander um ihn herum zunahm. »Seht ihr nicht, wie viele Waräger uns der Kaiser geschickt hat?«

Berenger stand auf einem Quader der halb versunkenen Kaimauer und rief einigen besonnenen Männern Befehle zu. Sie sammelten Pilger um sich und führten sie zu den Schiffen. Dort halfen ihnen Seeleute über die schrägen Planken an Deck. Inzwischen hatten alle Soldaten, auch drüben in Helenopolis, die Schiffe verlassen und drangen entlang der Mauern in die Landschaft aus Felsen und Gestrüpp vor. Die ersten waagrechten Sonnenstrahlen erreichten den Turm und die bröckelnden Zinnen und ließen die Rüstungen und Waffen der Söldner aufblitzen.

Rutgar sah zu, wie die Überlebenden von Civetot in langen Reihen die Burgruine verließen und gehorsam hinter den Anführern zu den Schiffen stolperten. Sie drängten sich der Rettung entgegen wie eine Herde; noch immer waren sie die Schäfchen des Eremiten Peter.

»Es wird Zeit, Jean-Rutgar«, sagte Rutgar leise zu sich selbst und ging zurück durch die dachlosen Säle bis zu dem Winkel, in dem er seine Waffen und die Sattelsäcke zurückgelassen hatte. Auf dem Weg dorthin entschied er sich, zu seinem Ausguck hinaufzuklettern. In der Nische des Turms, auf der steinernen Brustwehr, standen fünf Waräger und starrten hinunter auf den Strand und ins Gestrüpp.

»Ich bin Berengers Freund«, sagte Rutgar. »Und der Beschützer von Kukupetros. Was seht ihr dort unten?«

Einer der Söldner zeigte mit der Hand im eisengeschuppten Handschuh auf das Gewirr vor den Mauern. »Viele Seldschuken, Ritter. Sie sammeln sich und reiten fort. Deine Pilger und die Grafen müssen sich nicht verteidigen.«

»Es wäre eine kurze Belagerung gewesen«, gab Rutgar erleichtert zu. »Die Pilger können nicht kämpfen, und die Ritter sind mehr tot als lebendig. Gott ist gnädig.«

Der andere lachte. »Und wir waren rechtzeitig zur Stelle. Bist du der Mann, der die Fischer nach Konstantinopel geschickt hat?«

»Ja. Ich hab ihnen meine letzten Münzen dafür gegeben.«

»Lass sie dir von Kukupetros zurückgeben!«, rief ein anderer Waräger. »Er trinkt guten Wein in der Stadt und wartet auf das Wunder von hunderttausend gepanzerten Rittern.«

Unter ihnen leerte sich die Burg. Die lärmende Aufregung griff jetzt auf den Schiffen um sich. Im Buschwerk und zwischen den Felsen, zur Straße nach Nikaia hin, erkannte Rutgar im zunehmenden Sonnenlicht einzelne Reiter, kleine und große Gruppen, die von ihren Lagerplätzen auf die Straße hinausritten und davontrabten. Gleichzeitig näherten sich von den Flanken der Uferburg die Söldner des Kaisers mit funkelnden Lanzenspitzen und Helmen. Je weiter sie vordrangen, desto mehr Seldschuken verließen lärmend das Gebiet vor der Burg.

»Keine Belagerung«, sagte Rutgar erleichtert. »Kein Kampf. Nicht noch mehr Tote.«

Er nickte den Söldnern zu und kletterte hinunter. Er holte seinen Rappen, zäumte und sattelte ihn, suchte seine Ausrüstung, schnürte und rollte sie zusammen und band Schild und Helm an den Sattelknauf. Zwischen erloschenen Feuern und Abfall, Lumpen und blutigen Binden führte er den Schwarzen aus der Burg hinaus und blieb auf dem Strand stehen. Die Schiffe waren kaum mehr als zweihundert Schritte entfernt. Berenger war weder im Heck einer der Galeeren noch am Strand zu sehen.

Ruhig betrachtete Rutgar das Bild, das sich ihm bot. Noch immer warteten Pilger am Rand des Strandes, vor den auslaufenden Wellen. Vier Männer trugen einen Ritter auf der Laufplanke ins Schiff. Einige Waräger kamen von Helenopolis her; zwei Reiter trabten heran. Geschrei und Seemannsflüche hallten von den Schiffsdecks. In wenigen Stunden, vielleicht am Abend, würde er zusammen mit den Pilgern irgendwo bei Konstantinopel an Land reiten.

»Ritterlein! Träumst du noch?«

Rutgar drehte sich um. Berenger, im Kettenhemd, ohne Helm, eine Lanze in der Rechten, trabte auf ihn zu. Zwei Dutzend Waräger folgten ihm mit langen Schritten; schweigend, mit verschlossenen Gesichtern und selbst jetzt noch von beeindruckender Kampfbereitschaft. Den Lanzenschaft als Hilfe benutzend, sprang Berenger aus dem Sattel. Er lachte, winkte die Waräger zum nächsten Schiff und schlug Rutgar leicht auf die Schulter.

»Die Seldschuken reiten zurück nach Nikaia, in verständlicher Eile. Sind wahrscheinlich genauso hungrig wie wir. Das siegreiche Heer des Sultans wird sich bald aus dem Grenzland zurückgezogen haben.« Berengers blaue Augen strahlten Rutgar an, als habe er selbst den Kampf gewonnen. »Im Grenzland wird einige Zeit lang wieder Ruhe herrschen.«

»So lange, bis die Heere der Ritter übergesetzt werden«, antwortete Rutgar. »Du gehst zurück nach Konstantinopel?«

»Meine Befehle. Es gibt hier nichts mehr zu tun.« Berenger machte eine einladende Armbewegung und ging auf das Heck des Schiffes zu. Nach kurzem Zögern folgte ihm Rutgar. »Und du darfst wieder den Esel deines Predigers striegeln.«

Rutgar gab keine Antwort. Das Gefühl, das ihn erfasst hatte, nachdem er nicht mehr an die Verteidigung der Burg zu denken brauchte, vermochte er sich nicht zu erklären. Ratlosigkeit mischte sich mit Erleichterung, Verwirrung mit den Gedanken eines unwiderbringlichen Verlusts. Noch immer stiegen Pilger und kaiserliche Söldner die hölzerne Schräge hinauf und wurden zwischen Bug und Heck der Galeere verteilt; keiner von ihnen sang oder betete laut.

»Komm!«, sagte Berenger und blickte prüfend in Rutgars Gesicht. »Wir finden schon eine sinnvolle Aufgabe für dich, in Konstantinopel.«

Rutgar nickte und führte den Rappen hinter Berengers Pferd auf den Quadern bis zur Rampe. Berenger zog das Tier auf den nassen, ausgetretenen Brettern aufwärts. Die Hufe rutschten und fanden nur an den Querlatten Halt, die eine Art flache Leiter bildeten. Als das Tier im Bauch des Schiffes verschwunden war, klopfte Rutgar beruhigend den Hals des Schwarzen, packte den Zügel kürzer und zog das Tier die Schräge hinauf. Er sah auf seine Füße und die Vorderhufe und bemühte sich, nicht zu rutschen. In der Mitte der Planke blieb er stehen.

Im selben Atemzug war ihm, als hielte auch die Zeit an. Eine rasende Flut aus Gedanken und Empfindungen wirbelte vor seinem inneren Auge vorbei. Wenige Gedanken vermochte er zu erhaschen und festzuhalten. Wenn mich morgen ein Seldschukenpfeil tötet, wird von meinem Leben nichts geblieben sein, an das sich auch nur ein Mensch erinnert. Nein. Chersala wird um mich weinen. Ich will nicht zurück in den maßlosen Prunk der Großen Stadt, der mir nichts bedeutet.

»Halt!«, sagte er, zog am Zügel und führte den Rappen rückwärts. Das Tier rollte wild mit den Augen, die Steigbügel schlenkerten umher, aber der Rappe gehorchte, bis sie beide wieder auf festem Boden standen. Rutgar wartete einige Atemzüge lang und stieg erst in den Sattel, als die Hufe und seine Stiefel im groben Sand einsanken. Langsam ritt er die wenigen Schritte bis zum festgetretenen Burgweg und wartete. Er hatte seinen plötzlichen Entschluss noch nicht bedacht, aber er wusste, nein, er ahnte, welche Bedeutung er für sein Leben haben konnte.

Einen Atemzug später war er sicher. Er wollte, um jeden Preis, Chersala haben, bei ihr sein, sie an seiner Seite wissen.

Kurze Zeit später stellte sich Berenger ins Heck, legte die Unterarme auf das Schanzkleid und blickte Rutgar einige Zeitlang schweigend an. Dann grinste er. »Die schöne Grobschmiedtochter, nicht wahr, Ritterlein?«

»Auch sie«, bekannte Rutgar. »Aber vieles andere ebenso, Freund Berenger. Das alles hier«, mit dem rechten Arm beschrieb er einen Halbkreis, »ich muss es erst verstehen können. Denn so viel Töten und Sterben muss einen Sinn haben. Dazu brauche ich Zeit.« Er wusste es selbst nicht besser.

Berenger nickte und sagte: »Zeit genug wirst du haben im Winter. Ich sag dir etwas, Ritterlein ...«

»Ja? Ich höre.«

»Sicherlich finde ich dich in Drakon, bei der Langhaarigen. Ein schönes Weib, meiner Seel. Der Basileus, dein Kukupetros und du, ihr wartet auf das Große Heer. Wenn ich genug weiß, dass es sich lohnt, komme ich zu dir und erzähl, was ich weiß. Und du erzählst mir – oder wirst es aufschreiben –, was sich zwischen Helenopolis und Nikaia tut. So haben wir beide etwas davon. Beschworen?«

»Versprochen!«, rief Rutgar. »Nein, besser: Beschworen, Berenger!«

Berenger hob grüßend die Hand und winkte. Ein Waräger kam zu ihm und gab ihm einen kleinen Krug in die Hand. Berenger schielte hinein, nickte und nahm einen langen Schluck. Dann bedeutete er Rutgar, noch zu warten.

Ein junger Söldner kam die Planke hinunter, lief auf Rutgar zu und hob einen gefüllten Trinkschlauch zu ihm hinauf.

»Schickt dir unser Anführer Berenger«, sagte er atemlos. »Guter Wein aus Konstantinopel.«

Rutgar stützte den schweren Balg auf seinen Schenkel, öffnete den Verschluss und trank. Der dicke, süße Wein fuhr wie heißes Blei seinen Schlund hinunter. Ein zweiter Schluck, dann rief Berenger:

»Mehr davon gibt's nicht in den nächsten Monaten! Ich halte mich an mein Versprechen. Werde Kukupetros von dir grüßen. Leb wohl, Ritterlein!«

»Leb wohl! Du weißt, wo du mich findest, Berenger!«

»Dort, wo man Eisen schmiedet.«

Sorgfältig band Rutgar den Ziegenbalg am Sattel fest und wartete. Die Planke wurde eingezogen und hochgeklappt, die Leinen glitten spritzend um die glitschigen Festmacher, der Anker wurde eingeholt. Dann schoben sich die Riemen ins Wasser, und das Segel glitt am Mast hoch. Schwerfällig legte das erste Schiff ab und glitt zur Seite, bis das Segel zu knattern aufhörte und die Riemen ins Wasser stießen. Rutgar grüßte, winkte und sah die Menschen im Heck kleiner werden.

»Der Basileus wird die Herren Grafen und ihren Tross entwaffnen«, murmelte Rutgar und wendete das Pferd. »Es war dennoch eine wunderbare Rettung. Dreitausend? Und wie viele waren es zuvor? Dreißigtausend oder mehr? Hat Gott es wirklich so gewollt?«

Auch seine innere Stimme wusste keine Antwort. Während er das Meer vergeblich nach den Booten Faroards und der Fischer absuchte, erinnerte er sich daran, was er über das Wüten einiger Ritter unter den Juden am Rhein, in Regensburg und Prag erfahren hatte. Der Wein, auf leeren Magen getrunken, half, die trüben Erinnerungen zu vertreiben.

Rutgar sah die Umrisse des Schiffs kleiner und unbedeutender werden. Das Tor in seinem Leben, mit weit aufgestoßenen Flügeln, war noch immer geöffnet. Aber unmittelbar hinter der Torschwelle waberten undurchdringliche Nebel der Zukunft.

»Nun«, murmelte er und trieb den Rappen mit den Fersen an, »Faroard findet auch ohne mich nach Drakon. Auf zu Chersala!«

Eigentlich, sagte er sich, als er auf einem der versteckten Pfade nach Süden ritt, war alles, was er tat, gleich viel oder wenig wert. Ob hier oder wieder bei Peter Venerabilis – er war niemand, konnte nichts, war arm wie eine Kirchenmaus, oder doch nicht: Er besaß Kleidung, gute Waffen, ein Pferd und etwas Silber und Gold, konnte kämpfen und hatte unverwundet überlebt – plötzlich zuckte er zusammen, hielt den Rappen an und stellte sich in den Steigbügeln auf. Er hatte die Seldschuken völlig vergessen; viele Krieger auf dem Rückzug konnten sich hier noch versteckt halten.

Er blickte um sich, lauschte und wusste nach einiger Zeit, dass er der Einzige war, der den Frieden des Vormittags störte. Im Ostwind, unter hurtigen weißen Wolken, lärmten und flatterten rings um ihn Vögel; er hörte die gewöhnlichen Laute im Wald und im Unterholz, und nirgendwo wieherte ein Pferd oder blitzten Sonnenstrahlen auf Metall. Nur über der Schlucht, die zum Pass führte, kreisten Schwärme schwarzer Aasvögel.

Eine Stunde später hielt Rutgar an der Weggabelung an und überlegte, ob er zu der Schlucht und dem Pass reiten oder den Weg nach Drakon einschlagen sollte. Die Herbstsonne brannte in sein Gesicht, aber der Wind war kühl und trug den Geruch von Schnee und Kälte von Osten her. In diesen Geruch mischte sich, als würden Blutstropfen in Wasser in Schlieren verdünnt, Schwaden aus dem grausigen Ruch von Aas, Fäulnis und Verwesung. Rutgar schüttelte den Kopf, zog am Zügel und trabte nach Westen.

Kapitel XVII

A. D. 1096, Nach dem Windmond (November)
Drakon

»Hilf deinem Nächsten, so viel du kannst, und sieh dich vor, dass du nicht selbst darüber zu Schaden kommst.«
(Sir 29,27)

Noch bevor er das Dorf sah, hörte er den Hufschlag eines im Galopp gehenden Pferdes. Er hielt an, trieb den Rappen rückwärts zwischen die windbewegten Büsche und zog das Schwert. Der Pfad, den er schon einige Male benutzt hatte, war zu schmal und gewunden, sodass schnelles Reiten für Ross und Reiter gefährlich war. Er duckte sich unter einen Eichenast und erwartete den Angriff eines seldschukischen Späherreiters, der sich von rechts näherte.

Zwischen raschelndem Gebüsch ritt Chersala ins Freie. Sie stand vorgebeugt in den Steigbügeln des Apfelschimmels. Ihr tiefbraunes Haar wehte hinter ihr wie ein kurzer Mantel. Sie ritt an ihm vorbei, ohne ihn zu bemerken. Rutgar schob das Schwert in die Scheide, gab den Zügel frei und schrie:

»Halt an! Es ist niemand mehr in der Burg!«

Sie zuckte zusammen. Nach drei, vier Galoppsprüngen hatte Chersala den Sinn seines Zurufs verstanden. Sie zügelte hart die Stute, sank in den Sattel zurück und hielt mitten auf dem Pfad an. Suchend blickte sie sich um und sah schließlich Rutgar, der auf den Weg hinausritt und den Arm hob. Das Pferd wendete auf der Stelle. Chersala lenkte es zu Rutgar. Sie lachte, aber aus ihren Augen liefen Tränen. Sie begann zu reden und stockte; zweimal versagte ihr die Stimme.

»Du bist zurückgekommen ... zu mir zurück, Liebster.«

»Bis zum letzten Augenblick hab ich nicht gewusst, was ich tun soll«, sagte er. Sie lenkten die Pferde dicht aneinander und umarmten sich unbeholfen. Rutgar stieg ab, hob Chersala aus dem Sattel, und sie umarmten sich ein zweites Mal lange und so heftig, dass Chersalas Atem stockte.

»Du bist hier«, sagte sie schließlich und ließ die Arme hängen. »Wir sind wieder zusammen. Was hast du gerufen – es ist niemand mehr in der Uferburg?«

»Der Kaiser hat eine Flotte geschickt, voller Söldner. Die Seldschuken sind ohne Kampf abgezogen.« Rutgar wischte mit dem Handrücken die Spuren der Tränen aus ihrem Gesicht. »Berenger ist auf der Fahrt nach Konstantinopel, aber er will mich besuchen.«

»Ich hab es nicht mehr ausgehalten, das Warten ... auf dich.«

»Du und ich, wir wissen nicht, was im Winter und Frühling sein wird«, sagte Rutgar und schluckte. Die Pferde zerrten an den Zügeln. »Wahrscheinlich wird's hart. Aber zum ersten Mal, ganz zuletzt, hab ich gewusst, was ich wirklich will.«

»Glaub mir. Vertrau mir. Ich bin ganz sicher«, sagte sie mit einer Stimme, die ihn ihre Willensstärke erkennen ließ, und legte die Hand auf seinen gegürteten Bauch. »Ich höre deinen Magen rumpeln. Reiten wir zu Vater Gautmar.«

»So einfach ist es also, wenigstens heute und morgen.« Er hielt den Steigbügel und half ihr in den Sattel. Sie strahlte ihn an und antwortete: »Dein riesiges Ritterheer kommt nicht im Schnee und Eis. Im Winter haben wir viel Zeit. Für uns, zum Reden, Schlafen, Begrübeln ... für alles.«

»Für alles«, murmelte er und stellte den Fuß in den Steigbügel. »Was immer das bedeuten mag.«

Er setzte sich im Sattel zurecht, gab die Zügel frei und folgte Chersala auf dem Weg nach Drakon.

Die meisten Dörfler waren aus ihren Verstecken in ihre Häuser zurückgekehrt; fast alles Vieh stand wieder in den Pferchen und Ställen oder weidete zwischen den Häusern. Von der Schmiede her hörten sie Gautmars Hammer auf dem Amboss. Der Erste, den Rutgar und Chersala trafen, war Fischer Faroard. Er winkte und rief ihnen zu: »Wir haben die Pilger und die Seldschuken gesehen und die Galeeren aus der Großen Stadt. Die Boote sind in einer Bucht versteckt, die nur wir kennen.«

»Ihr Fischer habt die Pilger gerettet.« Er lenkte den Rappen zur Schmiede. »Wir reden noch darüber.«

Das Hämmern hatte aufgehört. Gautmar stand starr da, die Fäuste in die Seiten gestemmt, und blickte Rutgar mit offenem Mund entgegen. Als er Chersala herantraben und absteigen sah, schüttelte er wortlos den Kopf und hob den Hammer auf, den er fallen gelassen hatte. Rutgar schwang sich aus dem Sattel, ließ den Rappen am Brunnentrog stehen und ging zu Gautmar. Er verbeugte sich knapp und legte die Hand auf die Brust.

»Von deiner Tochter weiß ich, dass ich willkommen bin.« Der Schmied sah ihm abwartend in die Augen. Rutgar fragte leise: »Habe ich auch deine Gastfreundschaft in Drakon? Bis die Ritter, von denen wir alle reden, sich auf den Weg nach Jerusalem machen?«

»Wenn du uns hilfst, Plünderer und anderes Gesindel vom Leib zu halten«, sagte Gautmar und hob den Hammer wie eine Waffe. »Wenn du dein Essen und das Futter für das Pferd verdienst. Und wenn du meine Tochter nicht schlägst.«

»Du wirst dich nicht beklagen müssen«, antwortete Rutgar lachend und hielt dem Schmied die Hand entgegen. »Ich kann hart arbeiten. Deine Tochter ist stark und mutig. Hoffen wir, dass sie mich nicht schlägt.«

Sie packten ihre Handgelenke und schüttelten die Arme. Chersala lehnte sich an Rutgars Schulter, lächelte ihren Vater an und suchte den Druck seiner Finger. »Wir werden uns nicht schlagen, Vater. Wenn Rutgar und ich das Haus und den Stall drüben, beim Felsen, fertig bauen ...?«

Gautmar zog die Brauen hoch und schob das erkaltete Eisen in die Glut zurück. »Kannst du das, Ritter?«

»Ich bin kein Ritter, aber ich kann's. Mit deinem Werkzeug.«

»Dann fang damit an, in Gottes Namen. Bis das Dach fertig ist, kannst du in der Scheune schlafen; du kennst den Platz. Faroard und ich, wir helfen euch – redet mit den anderen, damit sie wissen, woran sie bei dir sind, Rutgar.«

»Das will ich tun«, versprach Rutgar. Chersala nahm seine Hand und zog ihn zur Tür.

»Aber erst, nachdem du keinen Hunger mehr hast.«

Auf den großen Tisch hatte sie von allem, was sie in der Küche gefunden hatte, eine viel zu große Menge herangeschleppt: Milch, Schinken, Fladenbrot, Fisch, Käse und Mus, Honig und Bratenscheiben, Nüsse und getrocknete Früchte. Rutgar ließ sich auf die Bank fallen, füllte einen Becher mit Milch und leerte ihn in drei Zügen.

Die folgenden Tage und Wochen waren leichter, als Rutgar befürchtet, aber anders, als er es erwartet hatte. Die Kinder begafften Kettenhemd und Waffen und wollten damit spielen, die Erwachsenen halfen, wo es nötig war, ohne großes Aufheben zu machen. Rutgar stemmte und zog Quader über schlüpfrig gemachte Balken, hantierte mit nassem Lehm und luftgetrockneten Lehmziegeln, schlug Balken zurecht und flocht

Wände aus Ruten und dünnen Ästen, die er mit Lehm ausfüllte, unter den er Sand und Strohhäcksel mit bloßen Füßen hineingewalkt hatte. Beim Zimmern des Dachgestühls half ein Drittel des Dorfs, auch dabei, das Dach mit flachen Strohbündeln und Schilf zu decken und einen Kaminschacht aus gebrannten Ziegeln zu mauern. Sie schafften es vor dem ersten Herbstregen, der nur einen Teil der trocknenden Lehmziegel zerstörte; Rutgar hatte alle anderen unters Dach geschleppt, bis zur Erschöpfung.

Die Jäger berichteten, dass sich weder fremde Ritter noch Seldschuken in weitem Umkreis des Dorfes aufhielten; es gab zudem wenig Wild in diesem Herbst. Rutgar nahm an den kleinen Festen des Dorfes teil: Wildbraten am Spieß, ein Weinfest, zwei Hochzeiten, einige Kindstaufen, Begräbnisse, Erntedank.

Niemals hatte Rutgar daran gedacht, dass in einem anderen Land die Bewohner nicht nur in einer ihm unbekannten Sprache reden, sondern dass deren Lieder und Musik ganz anders klingen würden als die Gesänge der Pilger, die sie aus ihrer Heimat mitgebracht hatten. Mit schrillen Flöten, kleinen und großen Trommeln, seltsam schnarrenden Drehleiern und Widderhörnern, mit klirrenden Metallplättchen spielten die Dörfler zu ihren Festen; die alten Lieder, deren Worte Chersala ihm manchmal übersetzte, waren entweder trunken, wild und erregend oder langgezogen, erfüllt von klagender Traurigkeit, und sie entsprachen dem harten Leben der Dörfler und ihrer Furcht vor der Natur und dem Tod.

Während die Tage kürzer und die Nächte kälter wurden, die Flammen und die Glut der Feuerstelle das Haus trockneten, hämmerte Rutgar lange Holznägel durch Rindenschindeln, mit denen er die Wetterwände des Hauses verkleidete. Auch dies war eine Arbeit, während der er viel Zeit für seine Gedanken hatte – und die hilfreiche Gründlichkeit der Langsamkeit erkannte; zum ersten Mal in seinem Leben. Diese Wahrheit wurde ihm nachts zum ersten Mal bewusst, als er schlaflos neben Chersala lag und auf ihre gleichmäßigen Atemzüge lauschte.

Er brauchte sich nicht um Essen zu sorgen und nicht um heißen Sud oder Wein, war sicher und geschützt vor Kälte, Regen und Schnee, trug warme, reinliche Kleidung und festes Schuhwerk, das seine Füße nicht peinigte. Er hatte ein besseres Leben als jeder andere, der mit Peter von Amiens gewandert war. Die Unbequemlichkeit täglicher Gebete, Gesänge und Messen war vergessen; erstaunt stellte er fest, dass sie ihm nicht fehlten. Eine seltsame Ruhe hatte ihn überkommen. Er vermisste auch nicht das Geschrei der Eiferer, der ritterlichen noch weniger als der Priester und Mönche. Aus Rutgars Gedanken schien Kukupetros halbwegs verschwunden zu sein wie eine Gestalt aus kindlichen Träumen, aber Rutgar war sicher, ihm bald wieder zu begegnen. Das Leben, warm wie ein weicher Pelz, das er während etlicher Mondwechsel führte, gab ihm Stärke und Gewissheiten; verborgen von Wäldern und Felstälern, weitab von Kriegslärm und Waffengeklirr, lebte er als Fremder in einem fremden Land, in dem ihm nur Chersala wirklich vertraut war.

Nachts schmiegten sich ihre Körper aneinander, nach der Lust, und im Halbschlaf spürten sie an den scheuen Berührungen ihrer Finger und ihrer Haut, dass sie zusammengefunden hatten und einander gehörten. Dieses Tasten und Festhalten, bis der Schlaf sie löste, geschahen ohne Absicht, ohne Willen. Sein Herz, wusste Rutgar mit unumstößlicher Gewissheit, würde brechen, wenn diese Inniglichkeit aufhörte.

Aber jenseits des sanften Gebens und Nehmens gab es die andere Welt, die Straße nach Civetot, Nikaia und Antiochia. Und in dieser Welt war die Sanftheit Chersalas verschwunden; sie wandelte sich zu einem Wesen, das sich emsig und störrisch darauf vorbereitete, wie ein Ritter zu kämpfen, zu lernen, wie Waffen zu gebrauchen waren, wie sie verletzen und töten konnten. Manches übte sie, um sich selbst schützen zu können, anderes ahmte sie ihm nach.

Er konnte es ihr nicht ausreden und dachte, dass es besser sei, wenn sie sich nicht schutzlos aus der fragwürdigen Geborgenheit ihres Dörfchens hinausbegab; auch Chersalas Zukunft lag in der Hand des Herrn. So arbeitete er ruhig weiter, bis ihn abends die Müdigkeit übermannte und der Schlaf sich wie eine Decke lautlosen Schneefalls dämpfend und schlichtend auf seine Gedanken legte.

Chersala und er übten mit dem Bogen und den Pfeilen, die Berenger den toten Seldschuken abgenommen hatte. An manchen Abenden, wenn er nicht zu müde war, pflegte er seine Waffen, besserte den Sattel aus und wickelte endlich das Zaumzeug und die silbernen Sporen aus, das Geschenk aus dem kaiserlichen Palast. Die Pferde standen wohlgenährt und gut gepflegt in Gautmars Stall. Nur manchmal schirrte Rutgar die Tiere ein, um Baumstämme aus dem Wald ins Dorf zu ziehen.

Zwei Mal, nachdem der erste Schnee weggetaut war, ritten er und Chersala zur Schlucht des Drakon-Passes und starrten fassungslos die lang gezogenen Haufen der Knochen, Schädel und Skelette an; nur noch wenige Fetzen Stoff hingen an den Gebeinen.

Rutgar hätte die Tage falsch gezählt, aber der Priester und Gautmar kannten auch den Neujahrestag des Kalenders, nach dem die rhomäischen Christen rechneten. Das neue Jahr kam, während die Stürme über Drakon hinwegfegten und lange Schneewehen zwischen den Häusern auftürmten. In einem solchen Wetter würde kein Schiff das Meer überqueren, und kein Ritterheer würde an Land gehen.

Rinde, Holzkloben, armlange Äste und Zapfen waren stundenlang in einem mächtigen Feuer verbrannt. Jetzt, um Mitternacht, lag ein großer Haufen Glut auf der Feuerstelle, der sich an den Rändern dunkelrot und grau färbte. Der Wohnraum war bis in den hintersten Winkel und bis unter das Dach wohlig warm. Rutgar wachte auf, schob das Leinen und die Felldecke zurück und richtete sich auf. Nach vielen Nächten, in denen er tief und traumlos geschlafen hatte, war er von einem Traum geweckt worden.

Er erinnerte sich, von Thybold geträumt zu haben, seinem blauäugigen, scharfnasigen Halbbruder mit den gleichen blauen Augen wie Berenger. Im Traum waren beide Männer miteinander verschmolzen, einmal war es der eine, der sich einem Ritterheer in der Provençe angeschlossen hatte, einmal hatte er den anderen hoch zu Ross in Rüstung und Waffen gesehen. So wartete Rutgar halb im Traum also auf beide, im Fauchen des Windes und im Knacken der trocknenden Balken. Der Glaube Peters des Eremiten mag aus solchen Träumen gespeist werden, dachte Rutgar, und er fragte sich, ob die Traumbilder eine Wirklichkeit spiegelten, wie sie andernorts galt. Indes, warum sollte Thybold nicht entschlossen sein, sich einem Grafen aus Südfrankreich anzuschließen?

Rutgar stand auf und tappte nackt zum Tisch, füllte den Becher mit gemischtem Wein und warf eine Handvoll Hackspäne in die Glut. Sie flammten auf und tauchten den Raum in flackernde Helligkeit.

Er setzte sich aufs Bett, trank und betrachtete die schlafende Chersala. In den wenigen Monden, seit sie ihn zum ersten Mal verführt hatte, schienen ihr Aussehen und ihr Inneres eine Veränderung erfahren zu haben, die zumindest ihm aufgefallen war. Dass sie ihr Haar um drei Handbreit abgeschnitten hatte, hielt er nicht für einen Beweis eines Wechsels oder einer neuen Sicherheit. Aber ihr schmales Gesicht zeigte nun deutlicher ihren starken Willen und ihre Entschlusskraft. Sie war schöner geworden. Wie Ragenarda kannte auch sie das Geheimnis, nicht schwanger zu werden; sie wich aus, wenn er sie fragte. Nur an den Tagen ihrer Blutung schlief sie im Haus ihres Vaters, alle anderen Nächte teilte sie mit Rutgar. Er hatte begonnen, sie schreiben und lesen zu lehren, und sie begriff mit erstaunlicher Schnelligkeit. Alles war anders als damals: Er war älter geworden; sie war jünger als Ragenarda damals gewesen war. Aber er würde den gleichen herzzerreißenden Schmerz spüren, wenn er sie verlassen musste. Sie war zur Vertrauten geworden, zur liebenden Frau – aber war dieses einzigartige Gefühl, wenn er sie ansah und ihren heißen Körper in den Armen hielt, Liebe?

Auf diesen Augenblick des Wissens, der plötzlichen Erkenntnis, wartete er. So wie er auf Berenger und das Ritterheer wartete. Und vielleicht auf Thybold. Er trank den Wein, trug den Becher zurück, streckte sich aus und schob seinen Arm unter Chersalas Kopf. Die Flammen aus den Axtspänen wurden kleiner, die Schatten, die ihn schaudern ließen, hörten mit ihrem Tanz auf.

An einem der Abende, als wieder der Schneesturm in anschwellenden Stößen um die Mauern winselte und Funken aus der Feuerstelle durch den Kaminschacht in die Nacht hinausgewirbelt wurden, verdünnte Rutgar die Tinte, spitzte die Feder an und begann zu schreiben.

Im Hornung, Anno Domini 1097 schreibt Jean-Rutgar an Herrn Neidhart zu Köln:

Noch bevor der Schnee zum zweiten Mal fiel, denn der erste ist rasch geschmolzen, kamen manche Bewohner Drakons und aus jenen Dörfern, die von den Rittern geplündert und verwüstet worden waren, mit Pferden, Eseln und Karren. Sie sammelten in den unvor-

stellbar großen Haufen Gerippen, einem Berg von abschreckender Oberfläche, in der Schlucht des Drakonflusses bis zum Pass, die Schädel und Knochen, von denen alles Fleisch verschwunden war. Aus Lehm und Sand und eben diesen Knochen bauten sie um ihre Felder hohe Mauern wie um eine Stadt. Ihrer dreißigtausend waren es in Köln, und dreitausend von ihnen haben ihr Leben behalten. Ich war dort und weiß, dass jene sonnengebleichten Knochen noch viele Jahre dort liegen werden, zum Schrecken der Grenzlandbewohner. Es sind zu viele. Ein wahrlich großes Zeugnis von Kukupetros' Zug nach Jerusalem. Deus lo vult! *Selig, die im Herrn sterben.*

Während eines Nachmittags, als er halbnackt und schweißüberströmt mit Gautmars schwerer Axt aus einem Baumstamm einen Balken zurechtschlug, traf ihn wie ein Blitz eine Erkenntnis. Er schlug die Klinge tief ins Holz und stützte sich keuchend auf den Stiel. Hier, in dem kleinen Dorf, fühlte er sich zufrieden und sicher, obwohl er nicht lange bleiben würde. Warum?

Es war in Wirklichkeit die wachsende Angst gewesen, die ihn inmitten der riesigen Zahl der Pilger gefangen gehalten hatte, für ihn nicht erkennbar, aber von Woche zu Woche deutlicher hervortretend. Angst oder auch unbestimmbare Furcht, weder der einen noch der anderen Gruppe anzugehören, weder den Frommen noch den Gepanzerten, weder denen, die inbrünstig sangen, beteten, Messen feierten, beichteten oder die Beichten abnahmen, noch den Männern, die im Zeichen des Kreuzes schutzlose Menschen bedrohten, angriffen und töteten. Hier in Drakon herrschte Klarheit, hier galt nicht mehr die Zauberkraft der Worte des Eremiten, die Bilder vom Zorn und der Güte Gottes erschufen; Rutgar war ein fremder Mann, der arbeiten und kämpfen konnte und das Wohlwollen des Schmiedes und des Priesters besaß. Obwohl man ihn beobachtete, fühlte er, dass er eine Antwort auf viele Fragen gefunden hatte: Er war frei.

Das Leben, das Schicksal und Gottes unerforschlicher Wille würden ihn weiterhin fordern. Aber er war, sagte er sich und zerrte am Axtstiel, kein Diener oder Leibeigener von jemandem, sondern trug nur für sich Verantwortung.

»Und für Chersala«, murmelte er und holte weit aus. Er summte vergnügt, als er die Schneide in den Stamm trieb. Große Hackspäne flogen nach allen Seiten, der Stamm dröhnte wie eine Kriegstrommel.

Eine Stunde lang hatten sie die Pferde ohne Sattel, nur mit einer Satteldecke, in der Kälte geritten. Durch die Schneewolken leuchtete ein kleiner, matter Sonnenkreis. Jeder Atemzug dampfte, die Kälte begann durch die Pelze zu beißen. Am Rand des Dorfes, an einem der schmalen Mauerdurchgänge, hielt Rutgar den Rappen an und sagte mit kältestarren Lippen:

»Das war lange genug. Zurück in den warmen Stall!«

Die Pferde schüttelten sich unwillig, aber gehorchten dem Zügel. Aus dem Augenwinkel sah Rutgar zwischen den Mauern aus Knochen, Lehm und Feldsteinen, die dick von Eis bedeckt und voller Eiszapfen waren, einen Reiter auf einem Rappen mit einem schwerbeladenen Saumpferd. Der Wind wehte eine spiralige Schneewolke in die Höhe und auf den Ankömmling zu, machte ihn für einige Atemzüge unsichtbar. Die Pferde trugen Felldecken, der Reiter einen langen Fellmantel mit einer weiten Kapuze. Das kurzbärtige Gesicht und die strahlenden Augen hätte Rutgar unter Hunderten erkannt.

Er lenkte das Pferd herum, schrie »Berenger!« und ritt auf den Freund zu. Berenger hob langsam den rechten Arm, nickte und antwortete müde, in abgehackten Worten: »Schönes Willkommen, Ritterlein! Bring uns rasch ins Warme!«

»Komm!« Rutgar beugte sich hinunter, nahm den Zügel des Rappen und zog Berenger im letzten, kurzen Trab zur Schmiede. Wortlos luden und sattelten sie ab. Chersala führte die Tiere zur Rückseite des Hauses, und vor der Tür schälte sich Berenger aus seinem unförmigen Kapuzenmantel, auf dem der Schnee zu schmelzen begann.

»Hinein!« Er stieß die Tür ins Halbdunkel des Wohnraums auf und winkte Gautmar. »Berenger ist hier, mit zwei Pferden, Gepäck und Nachrichten aus Konstantinopel. Habt ihr einen Becher Würzwein für ihn?«

»Einen Kessel voll. Für dich auch«, knurrte der Schmied, stand auf, schob dürres Holz ins Feuer und packte Berengers Unterarm.

»Rutgar hat viel von Euch erzählt, meine Tochter kaum weniger. Willkommen in meinem Haus.«

Einige Zeit lang kämpfte das Feuer gegen die Kälte an, die Berenger mit sich gebracht hatte. Schneewasser tropfte aus dem Mantel, den Rutgar neben der Feuerstelle ins Gebälk gehängt hatte. Berenger ließ sich vorsichtig, als könne er auseinanderbrechen, auf die Felle und Kissen der Bank nieder, zerrte mit Rutgars Hilfe die Stiefel von den Füßen und umklammerte den Tonbecher.

»Danke für das Willkommen, Schmied ... Gautmar, nicht wahr?« Er schlürfte genussvoll den warmen, mit Honig und Kräutern versetzten Wein. »Du hast ein warmes, schönes Haus.«

Chersala kam herein und drückte die Tür gegen den Wind zu. »Sorgt euch nicht um die Pferde. Ich habe sie in den Stall gebracht. Sie sind ruhig und trocken.«

»Der schönste weibliche Pferdeknecht im Land«, sagte Berenger. »Und sie wird immer schöner. Hast du das verschuldet, Ritterlein? Herr Schmied, Ihr habt eine schöne, mutige Tochter.«

»Das ist mir wohl bewusst«, antwortete Gautmar würdevoll, dann grinste er. »Aber wenn ich je einen Mann gesehen hab, der Schlaf nötig braucht, dann seid es Ihr, Ritter Berenger.«

»Daran ist viel Wahres. Noch einen Becher, ja?«

Chersala sprang lächelnd auf und füllte den Becher aus dem kleinen Kessel am Feuer. Berenger nahm ihre Hand und strich über ihre Finger. Müdigkeit machte seine Stimme heiser. »Danke. Habt ihr ein nicht zu kaltes Lager für mich? Eine Dromone, ein Schnellruderer hat mich hierhergebracht, zur Uferburg.«

Chersala deutete in den dunklen Hintergrund des Raumes. Gautmar nickte und brummte: »Bringt den Ritter in Gedalsis Schlafecke.«

Chersalas jüngere Schwester half einer Nachbarin beim Fellnähen. Der Wasserkessel, bis zum Rand gefüllt, hing wie stets Tag und Nacht über dem Feuer. Berenger leerte schläfrig drei Becher, schwankte bis zum Bett und begann sich auszuziehen. Rutgar mischte in einem Holzschaff kaltes und heißes Wasser, und Chersala brachte frische Tücher, huschte hinaus und schloss den dicken Ledervorhang. Eine halbe Stunde später lag Berenger unter einigen Schichten Decken und Fellen, und als Rutgar in den Wohnraum zurückkam, schnarchte er bereits laut vor sich hin.

»Es war kein leichter Weg von einem der alten Stege bis nach Drakon«, sagte Rutgar und nickte Chersala dankend zu, als sie einen gefüllten Becher vor ihn hinstellte. »Er hat sein Versprechen gehalten. Also wird er uns vieles von den Heeren berichten können.«

»Und davon«, Gautmar nickte schwer und zupfte an seinem Bart, »wie sie im Frühling wieder unser Land verwüsten werden.«

Rutgar wusste nichts darauf zu antworten; er würde einen geistlichen Ritter wie Bischof Adhemar von Monteil nicht daran hindern können, zu tun, was ihm beliebte. Schweigend leerte er den Becher.

Noch standen die schneebedeckten Wände aus Riedgeflecht und Stroh, die vor der Esse Feuer und Schmied vor der schneidenden Kälte der Winde geschützt hatten. Es war Mittag des nächsten Tages, eines sonnigen, windstillen Tages, an dem es wärmer zu sein schien, als es wirklich war. Berengers Kopf lugte aus dem Kapuzenkragen des schenkellangen Mantels hervor; trotz des dichteren Bartes und des längeren Haars wirkte er wie ein frierender Habicht.

»Auch Euch, Gevatter Grobschmied und Herr Priester, wird's angehen, wenn die mächtigen Heere hier durchziehen. Und alle anderen auch. Hört alle zu. Mehr als ich erzähle, weiß auch der Basileus nicht.« Er wärmte seine Finger am Tonbecher, aus dem heißer Sud dampfte. Zwei Dutzend Dorfbewohner hatten sich versammelt und hörten ihm zu. In der Esse verbrannten schenkeldicke Holzkloben in halb armlangen Flammen. »Oder nur ein wenig mehr. Also: Fünf Heere sind auf dem Marsch hierher! Fünf! Nicht weniger.«

Briefe, Späher, Nachrichten von König Koloman von Ungarn, Gerüchte und Königsboten aus den Küstenstädten – was der Hof von Konstantinopel wusste, hatte Berenger berichtet, kam aus vielen verschiedenen Quellen. Und nicht für jede Nachricht konnte er die Hand ins Feuer legen. »Da ist zuerst Ritter Gottfried oder Godefroi von Bouillon, ein hochgewachsener Mann heller Hautfarbe, mit flachsgelbem Bart und gleichfarbenem Haar, der Herzog Niederlothringens, geboren als dritter Sohn des Grafen Eustachius II. von Boulogne, und Ida, Tochter des Herzogs Gottfried II., genannt ›der Bärtige‹, und ob treuer Dienste vom französischen König mit den Grafschaften Antwerpen und Verdun belehnt – dir,

Rutgar, sagen die Namen mehr als mir und dem Basileus. Er nimmt zusammen mit seinen Brüdern Eustachius und Balduin am Zug teil. Eustachius, sagt man, ist träge und kampfunlustig, und Gottfried selbst, obwohl erst sechsunddreißig Jahre jung, ist nur ein selten siegreicher Ritter. Balduin, mehrfach studierter Ehrgeizling, ist von anderer Statur; groß, mit schneeweißer Haut und schwarzem Haarwuchs. Er besitzt nichts und will irgendwo auf dem Weg nach Jerusalem ein eigenes Reich erobern.«

Die Dörfler schwiegen und merkten sich das Gesagte. Berengers strahlende Blicke glitten von einem Gesicht zum anderen und hefteten sich zuletzt auf Rutgar.

»Balduin nimmt seine Frau Godehilde von Tosni, eine Normannin, und seine Kinder mit. Auch Bruder Gottfried hat verkündet, dass er im Geist seine Heimat verlassen hat und niemals zurückkehren wird, also gab er seine Besitztümer auf und rüstet für eine Reise, die mit dem Vorhaben des Papstes wenig oder nichts zu tun hat.«

Berenger zog aus seinem Fellwams ein mehrfach geknicktes Röllchen Pergament, klappte und rollte es auseinander und las einen Augenblick lang darin. »Eigentlich wollten die drei Brüder Mitte des Ostermonds aufbrechen, aber wegen Geldschwierigkeiten hat's bis Mitte des Erntemonds gedauert, also bis Mariä Himmelfahrt. Selbst jüdische Gemeinden stifteten Gelder. Gottfried verkaufte Rosay und Stenay, Maas-Städte, an einen Richter von Verdun. Viertausend Pfund Silber und ein Pfund Gold bekam er vom Bischof zu Lüttich als Pfand für sein Schloss Bouillon. Mehr als zwei Dutzend Ritter aus Lothringen und Wallonien begleiten ihn, dazu Eremitenmönche der Abtei Orval. Sie ritten im Erntemond los, auf demselben Weg wie der Zug des Peter von Amiens. Nach einem kleinen Krieg um die Stadt Selymbria – ich war noch nie dort – hat Gottfried unserem Basileus ein feines Geschenk gemacht: einen Tag vor dem fränkischen Christfest kam sein Heerhaufen vor den Mauern von Konstantinopel zum Stehen.«

Die Dorfbewohner konnten mit dem fremden Begriff nichts anfangen. Rutgar wusste, dass die Gläubigen der von Rom abgespaltenen »alten« Kirche das Weihnachtsfest am 6. Tag des Hartung feierten; ihr Jahr begann am 1. Tag des Herbstmonds. Er hörte Berenger sagen:

»Mit wenig frohen Gefühlen hat der Basileus die Ritter und den Tross erwartet und gehofft, dass dieser Kelch an ihm vorübergehen möge. Aber sie lagern noch immer dort, auf dem Land zwischen zwei Kirchen, wie es sich's gebührt, und werden aus dem kaiserlichen Vermögen gespeist und gefüttert.«

Rutgar schwieg weiterhin. Berenger wartete, bis Chersala die Becher wieder mit heißem Sud gefüllt hatte, dann warf er einen Blick auf seinen Pergamentfetzen und fuhr fort:

»Der Heerwurm Nummer zwei: Der Bruder deines französischen Königs Philipp, Hugo Le Maisné, schon vierundfünfzig Jahre alt, genannt ›der Große‹, Graf von Vermandois dank seiner reichen Heirat, von glänzender Abkunft und ehrenhaftem Betragen, schrieb an den Basileus einen Brief herausfordernden Inhalts; er möge mit Ehrerbietung empfangen werden. Ende des Erntemonds ritt er nach Italien, sogar nach Rom, zum Papst, denn der Hafen von Bari war sein Ziel. Unterwegs hat sich ihm der Abschaum angeschlossen, dessen Namen wir von Graf Emichos Untaten kennen: Graf Wilhelm von Melun, der ›Zimmermann‹, Drogo von Nesle und andere Frankenritter. Der ›Zimmermann‹ und zwei Dutzend Ritter kamen in Dyrrhachion an, das sie Durazzo nennen. Dort baten sie den Statthalter um gebührenden Empfang. Nun will es das Schicksal, dass der Sohn des Kaisers, Johannes Komnenos, dieser Statthalter ist. Aber die Flotte Hugos kam in einen Sturm – nur Narren segeln in diesen Monaten –, und viele Schiffer, Ritter und Knappen, leider auch die Pferde, sind ertrunken. Hugo selbst, mit ein paar anderen, strandete in der Nähe der Stadt, ritt als nasser Schiffbrüchiger auf geliehenem Pferd zu Johannes und bekam trockene Kleider und einen warmen Empfang. Auch Hugo von Vermandois ist in Konstantinopel angekommen und gießt zusätzliche Bitternis in den Kelch von Alexios.

Dein Papst Urban, der in der Lombardei reiste, nahm Hugo den Treueid ab und gab ihm das Kreuz, das Banner des Petrus – womit nicht dein Prediger gemeint ist, Ritterlein.«

Der Blick des Waräger-Anführers fiel auf die beiden prallen Ledersäcke, die sein Saumpferd getragen hatte und die jetzt auf den Stufen des Hauses lagen. Er schüttelte kaum merklich den Kopf und sah wieder auf das Pergament.

»Aber schon erfahren wir vom dritten Teil eines Heeres, das angeblich so zahlreich ist wie ein Heuschreckenschwarm und ebenfalls die Sonne verdunkelt.« Berenger lachte und machte eine abschätzige Geste. »Unser einziger Trost kann sein: Wenn Seldschuken und Ritter gegeneinander kämpfen, erspart sich der Basileus, vielleicht, die Mühen, ein Heer gegen den Sultan Kilidsch aufzustellen … Also: der dritte Zug, von dem wir wissen. Der vierundfünfzigjährige Graf Raimund von Toulouse, nach seiner Lieblingsburg Graf von Saint-Gilles geheißen, nahm auf seinen Zug Elvira, seine dritte Gattin, mit, die Tochter einer Konkubine des Königs von Kastilien und Léon, samt ihrem Sohn Alfons.

Erst im Weinmond des vergangenen Jahres, der Umstände und des Geldes halber, nachdem er seine Länder verpfändet und verkauft hatte, hatte er trotz seiner verrufenen Sparsamkeit einen mehr als zehntausend Menschen zählenden Menschenhaufen versammelt. Auch Frauen wollten in einem bewaffneten Heer mitziehen. Daraus wurde nichts, aber die Zahl frommer Männer, vom Mönch bis zum Bischof, soll allgemein erstaunt haben. Aber wir wissen, dass Kirchenmänner mit den Waffen der Ritter ebenso gut umgehen wie mit denen des

Glaubens. Tausend Berittene, meist Grafen aus deinem Land, Ritterlein.

Auch Adhemar von Le Puy, von dem du mir erzählt hast, der geistliche Führer aller eurer Heere, mitsamt seinen Brüdern François-Lambert und Wilhelm-Hugo von Monteil, reitet mit Raimund von Toulouse oder Saint-Gilles.« Wieder las er ab. »Aus Burgund kommen sie, aus der Auvergne, der Gascogne, aus Gothien und deiner Provençe. Sie sind über das Alpengebirge zum nördlichen Ufer des Adriatischen Meeres geritten und haben Durazzo gegen Anfang des Hornung erreicht. Seither fehlt jede Nachricht, aber elftausend Menschen verschwinden nicht spurlos. Nicht einmal am Pass von Drakon.«

Schmied Gautmar stand auf und reckte sich. Er schüttelte den Kopf und blickte sinnend auf das schneebedeckte Land. Die Dörfler warteten darauf, dass Berenger mit seinem Bericht fortfuhr, und ihre Blicke gingen immer wieder zu den Ledersäcken. Aber auch Berenger stand auf, blickte traurig in seinen leeren Becher und sagte:

»Genug für heute. Ich will jetzt mit meinem Kampfgefährten in sein Haus gehen und mit ihm ganz andere Dinge bereden. Morgen Mittag seid wieder hier, ja? Dann erfahrt ihr vom wilden Bohemund und seinen italischen Normannen.«

Er legte die Arme um Gautmars und Rutgars Schultern und blinzelte Chersala zu.

»Ich bin mehr ein Mann der Tat als der Rede«, murmelte er. »Obwohl mir das keiner glaubt. Kommt, zeigt mir euer hoffentlich warmes Liebesnest, Ritterlein.«

Er verbeugte sich vor dem Priester und den Dörflern, flüsterte eine Weile in Gautmars Ohr und raffte, als er Chersala und Rutgar folgte, seinen schweren Mantel über der Brust zusammen.

Er ging einmal ums Haus herum, nickte beifällig und zog neben der Feuerstelle den Mantel aus. Um den Hals trug er einen Ledergurt, in dessen Enden vor den Hüften zwei lederne Beutel hingen, so groß wie Kinderköpfe. Er knüpfte die Knoten auf und stellte die Beutel, in denen es klirrte und klingelte, auf den Tisch. Mit plötzlichem Ernst redete er weiter, während sein Blick zwischen Chersala und Rutgar wechselte.

»Der Kaiser ist reich, ohne Zweifel. Sein Reichtum kommt auch von den Dörfern, die regelmäßig von Steuereintreibern heimgesucht wurden. Verwüstete Dörfer, tote Bauern – keine Steuern. Hauptmann Roger hat eine Aufgabe für dich, Ritterlein.«

»Eine Aufgabe, hm«, stellte Rutgar fest und hob die Beutel an. Sie waren unerwartet schwer. »Was soll ich tun?«

»Sattle dein Streitross, Rutgar, wenn im Frühling die Wege wieder gut sind. Chersala oder jemand, der die Wege und die Dörfer kennt, soll mit dir reiten. Warne die Dörfler vor fünf Ritterheeren, vor vielleicht hunderttausend Pilgern, die meisten davon in Waffen. Die Dörfer sollen Späher aufstellen und in die Wälder flüchten, in Höhlen oder Schluchten, mitsamt dem Vieh und so vielen Vorräten wie möglich, Saatgut und allem.«

»Das kann ich verstehen«, sagte Chersala leise und begann einen Beutel aufzuschnüren. »Und das viele Gold? Für uns? Glaube ich nicht.«

Berenger schüttelte den Kopf. »Für die Priester und Dorfvorsteher und, natürlich, auch für euch. Das meiste sind Trachis, Münzen aus Silberlegierung, denn kaum jemand kann eine Goldmünze wechseln. Gold macht neidisch. Verteilt es, wie es euch nützlich erscheint.«

»Wann wird der Basileus die Heere übersetzen lassen?«, erkundigte sich Rutgar. Berenger zog die Schultern hoch und versuchte eine Erklärung.

»Also: Kaiser Alexios kennt die Absichten der Franken. Sie wollen Besitz und Länder, Grafschaften und Fürstentümer im Osten ihrer Welt erobern. Es würde ihm helfen, denn die meisten Ländereien würden sie von den Türken zurückerobern, die sie dem Kaiser geraubt haben. Aber er will auch über diese Länder herrschen. Also will er, dass die Anführer ihm den Treueid leisten. Hugo von Vermandois, von der Großzügigkeit des Basileus überwältigt, hat schon eingewilligt. Gottfried von Bouillon hat den Lehenseid bisher verweigert. Im Palast rechnet man mit viel Streit und noch mehr Misshelligkeiten – fünf Heerführer oder einige mehr, dem Papst verpflichtet oder auf andere Art abhängig, ehrgeizig und machtbesessen. Das wird ein hartes Stück Arbeit. Und sie werden sich auch nicht an die Vorgabe halten, niemals länger als drei Tage an einer Stelle zu rasten.«

»Der Basileus fürchtet also, dass sein Reich dort, wo sie durchziehen, zur Wüste gemacht wird.« Rutgar begann Asche zusammenzuschieben und die Glut freizulegen. »Wir haben es erlebt. Wo Ritter und Pilger hausen, da wächst lange nichts mehr.«

»Manuel Butumites, ein romanischer Heerführer, begleitet mit Karren, schweren Pferden und Belagerungsmaschinen den Zug. Es ist noch nicht sicher, Ritterlein, aber ich und ein paar von uns sollen mit den Kriegshandwerkern reiten und sie schützen.«

Rutgar hob den Kopf und starrte verblüfft in Berengers Gesicht. »Sie begleiten also. Nach Nikaia, vermute ich?«

»Nein«, antwortete Berenger. »Bis nach Antiochia. Aber sag's den anderen nicht.«

Jemand klopfte an der Tür, sie knarrte auf, und Vater Gautmar trat ein, legte ein frisches Brot, Rotwildbraten, Käse und Butter auf den Tisch und entledigte sich seines schneebedeckten Umhangs.

»Hab mich selbst eingeladen, Ritter Berenger. Wir haben noch vieles zu bereden, und ich hab viel zu begrübeln«, sagte er und setzte sich. Zwei der dicken neuen Kerzen brannten mit zitternden Flammen. »Aber mit leerem Bauch ist schlecht grübeln.«

Sie setzten sich auf die Bank und auf die Felle der knarrenden Scherensessel, die Rutgar gezimmert hatte, an den weißgescheuerten Tisch. Berengers Wein hatte sich mittlerweile erwärmt; Chersala mischte ihn mit süßem Aufguss vom gestrigen Tag und nahm die wertvollen glasierten Tonbecher vom Wandbrett.

»Wahr gesprochen«, antwortete Berenger. »Ihr habt von den furchtbaren fränkischen Schlächtern Stunde um Stunde schaurige Berichte gehört. Trotzdem beherbergt Drakon einen fremden Ritter, der es dazu auch noch mit deiner Tochter hat. Gevatter Schmied – wie passt das zusammen?«

»Dies ist, Herr Ritter, eine lange Geschichte«, entgegnete Gautmar und zog ein doppelt handlanges Messer aus dem Stiefelschaft. Er begann das Brot in Scheiben zu schneiden und rammte das Messer in die Platte. Er wies mit dem Kinn auf Chersala.

»Mein Weib, ihre Mutter, ist vor Jahren gestorben. So kam es, dass sie sich, mit meiner Hilfe, selbst erzogen hat; ihre Schwester war nicht so halsstarrig. Hätt ich sie schlagen sollen, nur weil sie mir ihren Lebensretter hergebracht hat? Grüne Augen, das haben nur fremde Teufel, aber er ist ein guter Mann.«

»Aberglaube, Vater!«, sagte Rutgar. »Ich bin grünäugig, gläubig und harmlos.«

»Ich rede. Iss! So, wie ich es einem Pferd ansehe, ob's mich beim Beschlagen umbringen will, hab ich gesehen, dass sie ihn will, dass er stillhält, und welche Schmiedtochter kann schon schreiben und lesen? Und dass er sie glücklich macht, sieht jedermann.«

»Ihr Dörfler rührt mich zu Tränen«, sagte Berenger kopfschüttelnd und stieß Rutgar den Ellbogen in die Rippen. »Und die andere Tochter kriegt deinen Halbbruder Thybold, Ritterlein?«

»Davon weiß ich noch gar nichts«, murmelte Gautmar grinsend und begann den Braten zu schneiden, der von braunen Speckstreifen starrte.

»Von Thybold erzähl ich dir«, sagte Rutgar, »wenn die liebenswerten Ritter aus der Provençe vorbeireiten.«

Sie saßen, redeten und tranken bis spät in die Nacht und diskutierten ausführlich die Einzelheiten dessen, was Berenger den Dorfbewohnern berichtet hatte. Arm in Arm stapften Berenger und Gautmar durch dichtes Schneetreiben zur Schmiede. Rutgar befestigte das dicke Fell über der Tür und legte einen Holzkloben in die Glut.

Chersala leckte ihre Fingerkuppen nass und löschte die Kerzenflammen. Sie setzte sich aufs Bett und knotete die Riemen der Fußfelle auf. Rotes Halbdunkel füllte den Raum unter den Dachbohlen, als Rutgar die Reste des Essens in die Truhe räumte.

»Er bleibt noch ein paar Tage bei uns«, sagte er leise und setzte sich neben Chersala. »Und er sorgt sich um uns. Mich und dich, glaube ich, hat er ins Herz geschlossen.«

»Besonders dich, mein Ritterlein. Im Frühling – wir reiten zusammen, nicht wahr? Ich kenne fast alle Dörfer in der Umgegend.« Sie flocht das Haar zu einem dicken Zopf und knotete ein Lederbändchen um dessen Ende. Dann öffnete sie die Schnüre des Leinenhemdes und legte den Kopf in den Nacken, sodass sich die Brüste hoben. Sie schob die Hand unter die Kette, bis sie vor ihrem Kinn hing und flüsterte: »Deine Kette werde ich immer tragen. Immer. Bis ich ...«

Sie starrte erschreckt auf die dicken Kettenglieder. Das Gold färbte sich blutrot wie alles andere im Raum.

»Immer trag ich sie.« Sie atmete tief ein und aus. »Vater wird mich gehen lassen. Oder willst du es nicht?«

»Würden die Bewohner der anderen Dörfer mehr Vertrauen zu Gautmar oder Faroard haben oder zum Priester?« Er streifte die Kleidung ab und zog das dünne Wollhemd über den Kopf. »Oder glauben sie auch einer jungen Frau? Vielleicht. Lass uns bis morgen warten, wenn Berenger uns mehr über die Ritter des Kreuzes erzählt hat.«

Sie streckte den Arm aus und zog ihn an ihre Seite. Als sich Rutgar ausstreckte und Chersalas Körper fühlte, fragte er sich, ob er nun das Leben führte, so wie er es sich immer gewünscht hatte.

Seltsamerweise zögerte er, laut »Ja!« zu rufen.

»Ihr wisst vielleicht, dass die besten und treuesten Krieger, die den Basileus schützen und jedem seiner Befehle bedingungslos gehorchen, normannische Waräger sind. Ich bin auch ein Normanne, aber schon seit meiner Jugend nicht mehr in der Heimat, sondern im Dienst des Kaisers.« So begann am nächsten Mittag Berenger vor zwei Dutzend Zuhörern seinen zweiten Bericht. »Auch Bohemund von Tarent, einer der Söhne des Robert Guiscard in Süditalien, ein vierzig Jahre alter Hüne, ist ein störrischer Normanne. Er ließ sich von französischen Rittern bei der Belagerung von Amalfi vom Ruf nach Jerusalem anstecken, zerriss seinen Purpurmantel zu Kreuzesstreifen und schrie mit ihnen *»Deus lo vult!«*, bevor er sich voll Machtgier und Unrast samt seinem Neffen Tancred und einem kleinen Heer über das Meer aufmachte, nach Durazzo, das schon einmal von Normannen erobert worden war. Dort sammelte sich das Heer am ersten Tag des Windmonds und ist durch Eis und Schnee nun auf dem Weg nach Konstantinopel.«

Als Berenger nach einer Pause fortfuhr, brauchte er nicht auf sein Geschriebenes zu sehen. Sein Gesicht zeigte Ärger und eine Spur von Überdruss.

»Erst im Weinmond hat, wie ich euch schon erzählte, Graf Raimund IV. von Toulouse, Graf von Saint-Gilles, sich auf den Weg machen können, um über Mailand und Aquileia den Weg am Ostufer des Adriatischen Meeres entlang zu nehmen.

Robert II., Graf von Flandern, vier Jahrzehnte alt, mit viertausend Mann Fußvolk und sechshundert Reitern, und Herzog Robert von der Normandie, der sich ihm anschloss, ein paar Jahre jünger, mit einem etwas kleineren Heer, überquerten das Alpengebirge weiter südlich, trafen in Lucca den Papst Urban und zogen von dort weiter nach Kalabrien, wie dieser Teil von Süditalien heißt. Robert von Flandern fuhr zu Schiff von Bari nach Avlona und ist inzwischen auf dem Weg zum Kaiser. Robert von der Normandie und sein Freund Stephan von Blois schädigen im milden Winter die Küste von Italien; wann sie aufbrechen, vermag ich nicht zu sagen. Das fünfte Heer also; hoffentlich das letzte für alle Zeiten.«

Er machte eine Pause und sagte, leiser und schärfer:

»Rechnet man sie zusammen, sind es trotz Schiffsuntergangs und vieler Kämpfe mit Ansässigen mindestens siebzig-, vielleicht hunderttausend Mann. Hauptmann Roger und auch die Höflinge im Palast glauben, dass die Heere erst im Ostermond hierher übersetzen werden. Also in zwei, drei Mondwechseln von jetzt an.«

Faroard, Gautmar, der Priester, die Übrigen – die Dörfler verstanden, ohne fragen zu müssen. Rutgar hob die Hand und warf ein: »Auch wenn ein Heer aus Rittern hier hindurchzieht, die keine Plünderer sind und vielleicht auch für ihre Verpflegung, Brot, Käse und Fisch, bezahlen, für Heu oder Schlachtvieh, werden sie große Schäden verursachen.«

»Auch unter einer langen Belagerung von Nikaia dürften die umliegenden Dörfer leiden. Die Stadt hat hohe, dicke Mauern und zwanzig Dutzend Wachtürme«, sagte Faroard. »Sie wird sich nicht so leicht ergeben.«

»So ist es«, bekräftigte Berenger. »Nikaia, wie jedermann weiß, ist die Hauptstadt der Seldschuken. Die wichtigste Straße für Heere und Händler führt hindurch. Die Franken brauchen die Straße für ihren Nachschub; von Civetot, Pelikanon, Nikomedia oder Helenopolis ist es nicht weit dorthin. Die Spione haben berichtet, dass Sultan Kilidsch Arslan weit im Osten, in Militene, an der Spitze seines Heeres kämpft. Seine Gemahlin, die Kinder und alle Schätze aber sind in Nikaia. Als Erstes werden die Fremden Nikaia belagern und erobern wollen. Kilidsch wird es verhindern müssen – dort in der Nähe also wird die erste Schlacht sein, Rutgar.«

»Ich verstehe, was du damit sagen willst«, antwortete Rutgar. Berenger stand auf, packte die Säcke und setzte sich schwer, während er die Knoten langsam öffnete, auf die Stufen.

»Ein paar unbedeutende Geschenke aus dem Palast«, knurrte er und zog ein Paket nach dem anderen heraus. »Guter Wein für den Schmied und den Priester.« Er verteilte in Stroh gewickelte Krüge. »Einige Leckereien für meinen Gastgeber. Stoff für die Kirche und die schönen Frauen. Noch mehr Kerzen zur Erleuchtung eurer Seelen. Zwei Barren bestes Eisen und Bronze für das ganze Dorf. Bogensehnen, gute Messer, Garn und Nadeln, allerlei, was sonst die Händler bringen. Hier, alles für euch. Der Rest ist mein eigener Proviant.«

Jeder, der ein Geschenk bekam, bedankte sich; die Männer zögerten, den Platz vor der Schmiede zu verlassen. Als sich die Säcke geleert hatten, sagte Berenger:

»Ich falle euch noch ein paar Tage lang zur Last. Wenn ihr Fragen habt, redet mit mir. Oder mit Jean-Rutgar. Und du, Faroard, kennst du den See Nikaias und den schiffbaren Abfluss?«

»Wir haben oft dort gefischt.«

»Dann habe ich mit euch Fischern noch zu reden. Ich glaube, für heute habe ich euch genug erschreckt. Merkt euch alles – es geht um euer Leben.«

»Wenn ich dir noch eine Weile zuhöre, verliere ich den Glauben an jegliche Ernsthaftigkeit der Züge nach Jerusalem und der Notwendigkeit, das Heilige Grab zu befreien«, sagte Rutgar nach einer Weile, während der alle schwiegen.

Gautmar legte die Barren neben das Feuer, behielt die Bronze in der Hand und sagte: »Es wird kalt. Gehen wir ins Haus. Sonst nimmt der Wein Schaden in der Kälte.«

Er blickte den Dörflern nach und schob Berenger und Rutgar zur Tür.

Von Sonnenuntergang her trieben niedrige Wolken heran und tränkten den Schnee mit feinem, kaltem Regen. Der Schnee wurde weich und klebrig, aber die Pferdehufe rutschten kaum. Chersala und Rutgar begleiteten Berenger auf dem Pfad bis zur breiteren Straße, die nach Helenopolis und zur Uferburgruine führte. Berenger hielt an und schlug die nasse Kapuze zurück.

»Die Kriegshandwerker des Butumites werden nicht die Ersten sein. Ich habe nachgedacht – reite erst zu den Rittern, wenn du deine Sprache hörst und die Fahnen deiner Leute siehst, Ritterlein.«

»Das hab ich schon bedacht, Freund Berenger.« Sie umarmten sich kurz; Wasser tropfte aus den Mänteln. »Wenn ich Thybold suche, dann nur unter den Provençalen.«

»Gib auf ihn acht, Schönste«, sagte Berenger. »Er ist noch jung, aber bis Jerusalem hat er alles gelernt, was er können muss.«

»Keine Sorge, Warägerfürst«, gab Chersala lachend zurück. »Ich helfe ihm dabei.«

Berenger ruckte am Zügel, berührte die Flanken seines Rappen mit den Sporen und hob den Arm. Langsam ritt er in der Mitte der Straße nach Norden und drehte sich nicht ein einziges Mal um.

Westwind, Südwind und Regen schmolzen den Schnee, ließen alle Quellen, Rinnsale, Bäche und den Drakon anschwellen. Zuerst begannen kleine weiße Blüten das Land wieder schneeweiß zu färben, dann blühte zum ersten Mal überall der Ginster, wie in der Provençe. Das Gebüsch unter den Föhren und Krüppeleichen wechselte die Farbe in ein leuchtendes Gelb. Die wärmende Sonne des Frühlings kletterte höher und erschien an jedem Morgen einige Fingerbreit weiter im Osten.

Unter Rutgars Aufsicht und mit seiner Hilfe, mit den Ratschlägen des Priesters, Faroards und Vater Gautmars schrieb Chersala auf gekalktes Zickleinleder die Namen oder, wenn sie keinen wusste, den Weg nieder, auf dem Rutgar und sie die Dörfer oder die Weiler finden konnten. Entlang der Straße nach Nikaia und um die Stadt herum gab es etwa zweieinhalb Dutzend Siedlungen; nur vier davon kannte Rutgar von den Beutezügen der Plünderer.

Rutgar hatte die zwölf Hyperpyrone, die in Berengers Beuteln enthalten gewesen waren, ausgesondert und ließ zehn davon in den Gurt, in seine Stiefel und in seinen Sattel einnähen. Zwei gab er Gautmar. Die Scheidemünzen verteilten sie in sechs kleine Ledersäckchen, drei für ihn, drei für Chersala. Lange dachte Rutgar darüber nach, ob er als verkleideter Seldschuke oder als fränkischer Ritter die Dörfler weniger erschrecken würde; er entschied sich für unauffälliges Leder und versteckte das Kettenhemd, nicht aber das Schwert. Chersala trug den Bogen und den gefüllten Köcher.

Als die Pfade und Wege zu trocknen begannen, ritten sie los. Sie waren in den ersten Stunden allein; keine Händler, keine Jäger, kein Wanderer – um sie gab es nur Sonnenschein, hellgrün wuchernde Pflanzen und der Frühlingstaumel aller Geschöpfe unter dem leuchtenden Himmel.

Dreiundfünfzig Tage und einige Nächte lang saßen sie im Sattel.

In jedem Dorf – in einigen sahen sie noch die Spuren der räuberischen Ritter – berichteten sie von den Heeren und wiederholten Berengers Warnungen. Viele Dörfler glaubten ihnen; manche vermochten sich nicht vorzustellen, was hunderttausend bewaffnete Pilger anrichten konnten. Viele hielten Nikaia für uneinnehmbar und begannen sich schon jetzt vor dem Seldschukenheer zu fürchten.

Rutgar berichtete, und Chersala übersetzte, wenn er nicht mehr weiterwusste: von Xerigordon, von der Schlucht, die voller Gebeine lag, von Civetot und von den Fremden, die das Land und die Sprache nicht kannten, aber den Hunger ihrer Tiere und den eigenen Hunger nur aus dem Land, den Herden und den Vorräten der Dörfer stillen konnten. Als alle Geldgeschenke des Basileus verteilt waren, ritten Rutgar und Chersala zurück nach Drakon; alles, was gesagt werden konnte, war gesagt worden.

Ein erster Sommersturm wütete über dem Grenzland, bevor sie Drakon erreichten. Er brach Äste aus den Baumkronen, peitschte Büsche und Felsen und riss Herbstlaub und Blüten in die Höhe. Auf dem Meer und dem Wasser der langgezogenen Bucht türmten sich Wellen mit mächtigen Schaumkronen auf.

Die Pferde und noch mehr die reitenden Boten waren erschöpft und brauchten Ruhe und Erholung, die nur in Drakon zu finden waren. Rutgar fiel in einen tiefen Schlaf, der fast einen ganzen Tag und eine ganze Nacht dauerte. Dann begann er, seine Kleidung und seine Habseligkeiten wieder instand zu setzen; vielleicht waren alle Warnungen zu früh ausgesprochen worden, denn von den Heeren der Kreuzfahrer war weit und breit nichts zu sehen.

Zweites Buch

Von Nikaia bis Jerusalem

Kapitel XVIII

A. D. 1097, 3. Tag im Weidemond (Mai),
zwischen Morgen und Mittag
Drakon-Pass, Strasse nach Nikaia

»So wirst du kommen, von den Enden gegen Mitternacht,
du und großes Volk mit dir, alle zu Pferd,
ein großer Haufe und ein mächtiges Heer.«
(Hes 38,15)

Am ersten Tag des Weidemonds hockte Rutgar, einen guten Bogenschuss weit über jenem Teil der Straße, die sich nach der Passhöhe nach Süden hin wieder senkte, zwischen Felsbrocken und Büschen versteckt. Vor einem Tag war das Heer, von Pelekanon kommend, aus Nikomedia hinausgeritten, wo sich der erste Heerzug mit zwei anderen Heeresteilen vereinigt hatte. Die Fischer und die Jäger des Dorfes hatten berichtet, dass ein Zug aus Menschen und Tieren, so unermesslich groß, dass sie nicht hatten zählen können, sein letztes Lager in Civetot verlassen und die Straße nach Nikaia betreten hatte.

Zwischen Rutgars Unterschlupf und der Straße erstreckte sich die Schlucht des Drakon, der zwar kein Hochwasser mehr führte, aber noch keine Furt zuließ. Obwohl Rutgar sich geschworen hatte, geduldig auszuharren, wartete er in steigender Unruhe auf die Spitze des Heeres – vielleicht erkannte er die eine oder andere Standarte oder Fahne. Wahrscheinlich erkannte er nichts und niemanden, zumal aus dieser Entfernung.

Gottfried von Bouillon hatte den Überlebenden von Civetot offensichtlich gut zugehört und handelte wie ein erfahrener Heerführer. Seit zwei Stunden ritten und kletterten Späher und Männer in landesüblicher Kleidung und Rüstung auf beiden Seiten des Engpasses durch Buschwerk und Wald; bisweilen rammten sie Kreuze aus weißem Holz als Wegweiser in den Boden und als Zeichen, dass jenseits der Knochenwälle keine Seldschuken lauerten.

Vieles, was Rutgar und Chersala auf ihrem beschwerlichen Ritt erfahren und gesehen hatten, war Rutgar völlig unbekannt gewesen. Es waren Nachrichten aus einer anderen Welt, in die er mit kleinen, tastenden Schritten eindrang. Gott, der Herr der Muslime, wurde von ihnen »Allah« geheißen. Vor vier Jahrhunderten hatte ein Prophet namens Mohammed im fernen Arabien die Gotteslehre verkündet, und ein Buch, dessen Text im Himmel hinterlegt war, das die Mohammedaner oder Muslime »Al-Kitab« nannten oder »Al-Qur'ān«, den »Koran«, war die Heilige Schrift derjenigen, die von den Christen als »Ungläubige« bezeichnet wurden. Das also waren die Feinde der Christenheit, die das Goldene Jerusalem besetzt hielten. Sie beteten fünfmal am Tag und waren ebenso gläubig wie jeder gute Christenmensch.

»Und ihr Reich soll viel größer sein als alle Länder der Christenheit zusammen«, murmelte Rutgar, als er zwischen den Bäumen schattenhaft die erste Gruppe der Ritter sehen konnte, die den Zug anführte. »Hat Papst Urban mit so vielen Feinden des wahren Glaubens gerechnet?«

Welch ein Unterschied zu dem wilden Haufen Peters des Eremiten!, dachte er und beugte sich weiter vor, um besser sehen zu können. Eine Wurzel des Busches, an dem er sich festhielt, lockerte sich, und eine Handvoll Geröll prasselte abwärts und riss ein paar größere Brocken aus dem Felshang. Rutgar presste sich an den Boden und wagte lange Zeit nicht, den Kopf zu heben; das Poltern und Krachen der fallenden Steine hallte von den Wänden der Schlucht wider. Zwei Dutzend Atemzüge, nachdem die letzten Brocken zur Ruhe gekommen waren, schob Rutgar die Zweige vor seinen Augen zur Seite.

Hundert Lanzen mit funkelnden Spitzen reckten sich senkrecht zum Himmel. Hundert schwere, breitbugige Pferde mit prächtigem Zaumzeug und farbigen Schabracken stapften paarweise oder zu dritt nebeneinander. Ihre Hufe schlugen tief in den Sand des Weges. Hundert Ritter mit großen dreieckigen Schilden, in Helm und Kettenhemd, mit eisenbeschuppten Handschuhen und langen Reitermänteln über den Schultern saßen in den kantigen Kampfsätteln und folgten einem Standartenträger. Auf jedem Mantel und jedem Umhang leuchtete ein großes rotes Kreuz.

Jenseits der Passhöhe weitete sich die Straße. Es war wie im offenen Tor in Rutgars Träumen, wie die Große Pforte der Bibel, wie der Rachen des Tieres aus der Offenbarung, der ein Heer hervorwürgte. Rutgar fühlte, wie er sich verkrampfte, wie er alle seine Sinne anspannte, um alles sehen und sich jede Einzelheit merken zu können. Aus dem Rinnsal weniger Ritter, einem Gemenge aus Farben und Sonnenblitzen auf Metall und glänzenden Pferdeleibern, wurde ein breiter Strom, der sich kraftvoll und unaufhaltsam gen Nikaia wälzte.

Wahrscheinlich, sagte sich Rutgar, war es die Gruppe, die Gottfried von Bouillon anführte, denn er glaubte das Wappen vor Jahren in Lothringen gesehen zu haben. Der Mann ohne Lanze an der Seite Gottfrieds konnte Manuel Butumites sein, in dessen Gefolge vielleicht Berenger ritt; mehr war nicht zu erkennen.

Rutgar grinste in sich hinein. So wie ihn Berenger oft beobachtet hatte, betrachtete jetzt er die Waräger und die Kriegshandwerker. In guter Ordnung, ohne Geschrei und mit der Würde eiserner Waffen ritten die Gewappneten ins Sonnenlicht hinaus und nach Süden. In der Ordnung dieser Legionen war etwas Grimmiges, eine drohend-anmaßende Selbstherrlichkeit, die zugleich etwas seltsam Mechanisches hatte.

Hochbordige, zweirädrige Karren folgten, von mächtigen Pferden gezogen, wie sie aus dem Donauland nördlich Ungarns kamen. Teile von Belagerungsmaschinen und Bündel dicken Tauwerks lagen auf den Karren, neben Fässern und Säcken und Ballen. Zwischen den Karren, deren Felgen ein schauerliches Knirschen und Mahlen erzeugten, ritten Waräger und schritten kräftig aussehende Männer. Dies also waren die Truppen des Basileus, die den christlichen Rittern halfen. Wieder folgten hundert, zweihundert Ritter und Kriegsknechte, deren Lanzen sich reckten wie die wippenden Rückenstacheln eines Igels.

Dann kamen Pilger, Mönche, Kuttenträger und Frauen und Männer, Halbwüchsige, Kinder, zu Fuß, Milchziegen und Schafe, und Priester, die Kreuze trugen und, als sie aus dem Dunkel des Passwaldes hervorkamen, zu singen und laut zu beten begannen. Dies alles, sagte sich Rutgar schaudernd, war zu gewaltig für ihn. Abermals folgten einige Hundert Ritter und Knappen hinter mehreren Fahnen und Bannern; schließlich lachte Rutgar leise.

»Kukupetros!«, murmelte er überrascht.

Peter der Eremit auf seinem Esel, den überlebenden Pilgern seiner Reise nach Jerusalem vorausreitend; ein Bild, dessen Anblick Rutgar schmerzte und zugleich mit einem Quäntchen Bedauern erfüllte. Eigentlich wäre sein Platz dort unten gewesen, neben oder schräg hinter Kukupetros, als dessen Betreuer und Chronist.

Die Sonne stieg, die Stunden verstrichen, die Tageshitze nahm zu und brachte den Geruch von vielen Tausend Menschen und Tieren bis hinauf zu Rutgars Felsenversteck. Das Heer zog waffenklirrend, polternd, betend, knarrend vorbei, und noch immer kamen neue Reiter, Pilger, Waffenträger, Ritter und Karren aus der Schlucht, Schritt um Schritt, Fuß um Fuß, Pferd um Pferd und ein hoch bepackter Esel nach dem anderen. Also hatte sich Peters fromme Pilgerschar mit Gottfrieds Heer vereinigt, und nun kamen, unverkennbar, die Normannen mit ihren langen Bogen und den spitzen Dreieckschilden. Bohemund und Tancred also! Ritt vielleicht auch sein Halbbruder Thybold dort inmitten der Menge?

Und abermals Wagen voller Heu, Fässern, Balken, Leitern, und Fahnen, Lanzen, noch mehr Reiter, Pilger, und nicht einer von den unzählbar vielen, von schwerlich weniger als zehntausend Seelen, schien zu hungern, sich zu fürchten oder Anstalten zu treffen, aus der kriechenden, rasselnden und hufklappernden Schlange auszubrechen, um zu plündern. Die Schlucht und die Straße waren feucht von den letzten Regengüssen; nicht einmal Staub wallte auf wie vor einem halben Jahr. Einige Nachzügler folgten. Eine Gruppe leicht bewaffneter Reiter im Galopp. Wieder hundert Pilger, die Verwundete oder Kranke auf drei Gespannen mit sich führten. Und jeder Einzelne, Kind, Mann oder Frau, war stundenlang an bleichenden Totenschädeln, auseinandergerissenen Gerippen, Brustkörben und Gebein vorbeigeritten, vorbeigeschritten, vorbeigefahren ... Rutgar schüttelte sich.

Die Schatten waren länger geworden, und der Nachklang des Gesangs und das Peitschenknallen hatten sich längst mit den Lauten des Waldes und dem Gellen der Felsensegler vermischt, als Rutgar sein Versteck verließ. Mit langen Schritten eilte er durch die hereinbrechende Dämmerung nach Drakon. Er trank am Brunnen, wusch sich flüchtig und ließ sich auf die hölzernen Stufen neben Gautmars Esse nieder.

»Was du gesehen hast«, sagte Gautmar abwartend, »hat dich nicht glücklich gemacht. Ich seh's dir an.«

Rutgar berichtete vom schier endlosen Zug der Ritter und Pilger und schloss: »In ein, zwei Tagen, spätestens in dreien, steht das Heer vor den Mauern von Nikaia. Wenn ich mich nicht sehr täusche, fehlen noch die Heere von Raimund von Toulouse und von Robert aus der Normandie.«

»Sie werden sicherlich auf dem gleichen Weg nach Nikaia, nach Süden, ziehen«, antwortete Gautmar und häufte Asche auf die Glut des Schmiedefeuers. »Unsere Hirten werden uns wieder warnen – glaubst du, dass für heute alle am Dorf vorbeigeritten sind?«

Rutgar deutete in den dunklen Himmel und hob die Schwurfinger.

»Dieser Kelch«, sagte er und sah sich nach Chersala um, »ist an uns vorübergegangen. Heute. Auch Kukupetros und seine Leute, die Civetot überlebt haben, sind mit dem Heer gezogen.«

»Er also auch. Was wirst du tun? Ihm folgen?«

»Ich weiß es nicht, Vater Gautmar«, sagte Rutgar bekümmert. »Ich weiß es wirklich nicht.«

Die Holzpflöcke, an denen das Kettenhemd, der Helm, der Schild und die Waffen Rutgars hingen, hatte er selbst geschnitzt und in die Wand geschlagen. Jeden Tag sah er seine Ausrüstung schweigend an und dachte an Chersala und Kukupetros; an das ruhige Leben, das er in Drakon genoss, als eine unter dreihundert Seelen in einer friedlichen, fast weltentrückten Umgebung; an seinen Traum, reich und mächtig nach Les-Baux zurückzukehren; an den Weg nach Jerusalem; an die Schwierigkeiten der unermesslichen Entfernungen in Ländern, die ihm von Woche zu Woche fremder werden würden; an Durst, Hunger und zahllose Kämpfe. Er würde sich entscheiden müssen, aber er verschob diesen Augenblick von einem Tag zum nächsten. In den Nächten, in denen er nicht schlafen konnte, sagte er sich, dass er nichts anderes tat, als auf ein Wunder zu warten.

Der Herr wirkte kein Wunder, aber es schien, als habe er einen Boten geschickt.

Am 23. Tag des Weidemonds ritt Berenger, erschöpfter noch als sein schwitzender, staubbedeckter Rappe, zur Mittagsstunde in Drakon ein. Er rutschte neben dem Brunnen aus dem Sattel, tauchte Kopf und Schultern ins Wasser und trank wie ein Verdurstender. Dann erst löste er den Zaum vom Kopf des Rappen und drehte sich triefend herum.

»Gautmar! Rutgar! Wo seid ihr alle?«, rief er krächzend, hustete und stolperte auf das Haus zu. Rutgar erkannte die Stimme, sprang vom Mittagstisch auf, war mit einigen Schritten an der Tür, stieß sie auf und rief:

»Bist du verwundet, Berenger? Oder zu schnell geritten? Brauchst du …?«

»Pflege und Schlaf und ein Bad und – ach, nur Ruhe. Einen Happen zu essen. Und Futter für mein tapferes Pferd.«

Er taumelte vor Müdigkeit. Gautmar drängte sich an Rutgar und Berenger vorbei, der sich an Rutgar festhielt und zur Bank stolperte.

»Ich sorge für dein Tier«, sagte der Schmied. »Gib ihm zu essen, Rutgar. Hilf ihm, Chersala.«

Berenger setzte sich schwer auf einen Schemel, zerrte die Handschuhe von den Fingern und packte die Schale, die ihm Chersala hinschob, mit beiden Händen. Er trank die kuhwarme Milch in langen Schlucken, holte tief Luft und wischte den weißen Schaum aus dem Bart.

»Habt Dank«, sagte er leise. »Ich komme vom Basileus, aus Pelekanon. Großes Durcheinander, sage ich. Gottfried von Bouillon, dein Kukupetros und Bohemunds Heer, das Tancred anführt, stehen mit Raimund von Toulouse und Adhemar von Le Puy vor Nikaia. Vor zwei Tagen gab es die erste Schlacht zwischen dem Sultan und den Rittern vor den Mauern.«

»Und – ist Nikaia gefallen?«, fragte Chersala. Berenger

kaute auf einer Scheibe Braten, schüttelte den Kopf und sagte undeutlich:

»Nein. Die Mauern sind schier unbezwinglich. Über den See bringen die Türken Nachschub in die Stadt. Es ist dem Basileus gelungen, mit Wagenladungen kostbarer Geschenke und listiger Redekunst, letztlich alle Heerführer zu einem Vasalleneid zu überreden. Also wird ihm gehören, was sie erkämpft haben, wenigstens für eine Zeit lang.«

Während Berenger aß und trank, berichtete er von abenteuerlichen Zwischenfällen, ausgedehnten Raubzügen, Unglücken und Kämpfen der verschiedenen Ritterheere, von Gottfrieds Angriff auf Konstantinopel, vom Streit zwischen den Rittern und den Petschenegen, die eigentlich die Ritterheere führen und schützen sollten, und davon, dass in fast allen Heeren Dutzende Ritter, als »Feiglinge« und »Abtrünnige des Wahren Glaubens« gebrandmarkt, mitsamt ihrem Tross enttäuscht wieder den Heimritt angetreten hatten, und von vielen hasserfüllten Angriffen der Bevölkerung, durch deren Länder sich die Züge gequält hatten. *Bellum omnium contra omnes*. Krieg aller gegen alle.

»Hast du meinen Bruder Thybold getroffen? Oder etwas von ihm gehört?«, fragte Rutgar hoffnungsvoll. Berenger zuckte mit den Schultern und machte ein ratloses Gesicht. »Unter so vielen Männer in Rüstung und Waffen? Ich hab in Raimunds Heer gefragt. Es sind Grafen von Orange, Béarn, Montpellier, Monteil darunter. Von einem aus Les-Baux weiß niemand. Aber ... ein paar Knechte aus dem Tross des Bischofs von Le Puy haben einen falkennasigen, jungen und ärmlichen Reiter gesehen, der solche Augen wie ich hat und so spricht wie du. Mehr hab ich nicht herausfinden können.«

»Es klingt, als könnte es Thybold sein«, murmelte Rutgar und schloss die Augen. Nikaia, dachte er und beschwor ein Bild seines Ritts mit Chersala bis zum See herauf, vier Meilen gewaltige Mauern im Fünfeck, zwanzig Dutzend Wachttürme, eine Art Hafentor im seichten Ostende des Sees, besetzt von einer großen Zahl Türken. Und nun hatten die Ritter die Stadt an Land vollständig eingeschlossen. Nach der Schlacht gegen das Heer des Sultans, die einen Tag lang gedauert und viele Opfer auf beiden Seiten gefordert hatte, hatten die Ritter den erschlagenen Türken die Köpfe abgeschnitten und sie über die Mauern in die Stadt geschleudert.

Rutgars Blicke irrten ziellos umher; leise sagte er: »Wenn alle Schlachten geschlagen sind, wenn alles vorbei ist – sie werden uns hassen bis in alle Ewigkeit.«

»Du und ich, Ritterlein«, erwiderte Berenger bedächtig, »wir sollten vorher weit weg von jedem Kampf, jeder Schlacht sein. Aber meine Erfahrung sagt, dass dies alles andere als leicht sein wird.

Weiter in meinem Bericht: Schließlich schickten Manuel Butumites und die Ritter Boten zu Kaiser Alexios, um von der Schlacht zu berichten und ihn zu bitten, mit der Hilfe seiner Flotte den Nachschub der Türken abzuschneiden. Ob der Basileus dieser Bitte nachkommt, wird allein er entscheiden.«

Berenger war also Butumites' Bote nach Pelekanon gewesen.

»Der Rat der Fürsten hat indes beschlossen, auf die letzten Heere zu warten und, so Gott will, am 19. Tag des Brachmonds den Sturm auf die Stadt zu beginnen, mit aller Kraft und allen Männern. Also, wenn ihnen Kilidsch Arslan nicht zuvorkommt, in siebenundzwanzig Tagen.«

Berenger nickte, beschloss sein Mahl mit einem Becher Wein und stützte die Hände auf seine Schenkel. Aufmerksam musterte er Rutgar und schien zu wissen, woran Rutgar in diesem Augenblick dachte: wie er in prächtiger Rüstung, eine sieben Ellen lange Lanze in der Rechten und in einem weiten Mantel, der über die Kruppe des Schlachtrosses hing, mit dem

Schild am Sattel und einem edelsteingeschmückten Schwertgehänge ins Feld ritt, hinter einem Banner mit dem Bild der Sonne, dessen Farben im Wind knatterten, neben Thybold, der ebenso strahlend und kampfbereit war wie er; zwei Edle der Provençe.

»Sie sagen, dass sie nach dem Fall der Stadt in fünfzig Tagen nach Jerusalem reiten werden.«

»Das können wir glauben oder nicht«, sagte Gautmar, der Berengers Worte gehört hatte und sich zu ihm setzte. »Ein hochfahrender Vorsatz! Bleibst du bei uns? Dein Pferd ist versorgt; du bist ein guter Reiter. Andere hätten's zuschanden geritten.«

»Danke, Gevatter Schmied.« Berenger genoss das Lob des Schmiedes. »Zwei, drei Tage, wenn ich darf – nicht länger.«

»Wir alle sind froh, dass wir ungeschoren davongekommen sind«, sagte Chersala. »Und wie steht es mit den anderen Dörfern? Weißt du etwas, Berenger?«

»Ich weiß, Schönste, dass ihnen von den Pilgern und Rittern nichts geschehen ist. Der Basileus schickt genügend Proviant. Sie sind zügig und stur geradeausgeritten.«

»Und wohin musst du reiten, wenn du ausgeschlafen hast?«

»Wieder zu Butumides. Aber ohne allzu große Hast.« Berenger streckte die Hand nach dem Becher aus. »Sonst wäre ich nicht hier, und«, nach einem Blick in Gautmars bärtiges Gesicht, »der Gaul hätt's nicht überlebt.«

»Ein Kerl, der sein Pferd liebt«, sagte Gautmar und füllte den Becher, »kann gar nicht so schlecht sein. Steck dein grindiges Gebein in ein Bad, Waräger, und schlaf dich aus. Du weißt, wo dein Lager ist.«

Berengers Gesicht, grau und verfallen, zeigte seine Erschöpfung. Er stemmte sich in die Höhe und murmelte:

»Im leeren Bett deiner schönen Schwester, Chersala. Dank für alles – euch allen.«

Er wankte in den hinteren, dunklen Teil des Hauses und warf dabei Schüsseln und Krüge um. Seufzend stand der Schmied auf und folgte ihm.

Am ersten Tag des Brachmonds, in einem wolkenlosen Sonnenaufgang, warteten Rutgar, Chersala und Berenger auf dem freien Stück der Straße, an der höchsten Stelle des Drakon-Passes. Vor einer Woche, berichteten Fischer und Hirten, waren die Heere Stephans von Blois und Roberts von der Normandie übergesetzt worden und näherten sich jetzt von Nikomedia her dem Pass.

»Es sollen tausend Reiter und siebentausend Mann zu Fuß sein«, sagte Berenger und ließ den Zügel los. Der Rappe streckte prustend den Hals. »Aber das erscheint mir übertrieben.«

Sie waren allein auf der Straße. Rutgar trug seine wenigen Waffen und seinen gesamten Besitz. Sein Kettenhemd funkelte wie geputztes Silber; zum ersten Mal hatte er mit einigem Stolz und ebenso großer Berechnung die silbernen Sporen umgeschnallt. Chersala saß im Sattel des erbeuteten Apfelschimmels, in einer Kleidung, in der man sie in der Dämmerung halbwegs für einen glattgesichtigen Knappen halten konnte, dazu Berengers türkischen Bogen und den Köcher auf dem Rücken. Ihr Haar versteckte sie unter dem Seldschukenhelm, dessen bunter Stoffwulst von den Webrahmen Drakons stammte.

»Nun gilt's, Ritterlein!« Berenger schwang sich aus dem Sattel. Auch Chersala und Rutgar stiegen ab. Die Sonne, schon zwei Handbreit über den Baumwipfeln, leuchtete einen Steinwurf weit in den Wald der Passhöhe hinein. »Die reiche Stadt Nikaia wartet darauf, von dem Heer geplündert zu werden, das von den Türken das ›kaiserliche‹, das Heer des Basileus, genannt wird.«

»Nicht von uns, Warägerfürst«, sagte Chersala.

Von Drakon aus war Berenger mit neuen kaiserlichen Befehlen zu Butumites nach Nikaia geritten, wo Raimunds und Adhemars Männer einen der südlichen Türme untergraben und in dem Stollen ein mächtiges Feuer entfacht hatten. Zwar war ein Teil des Bauwerks eingestürzt, aber die Verteidiger zogen nachts die Mauer wieder hoch, sodass sie unbesteigbar blieb. Der Sultan mitsamt seinem Heer hatte sich in die Berge zurückgezogen und wartete, worauf auch immer. Berenger hatte eine Gruppe fränkischer Anführer nach Pelekanon geführt und war nun mit neuen Botschaften wieder auf dem Ritt nach Nikaia. Unterwegs hatte er, wie zuvor vereinbart, Rutgar und Chersala abgeholt. Er hatte nicht versucht, sie zu überreden, sondern sie hatten es selbst so gewollt. Wenn er über ihren Entschluss verwundert war, so zeigte er es nicht.

»Sie haben in Civetot gelagert?«, fragte Rutgar und deutete zur Passstraße.

»So ist es«, antwortete Berenger. »Aber nur über Nacht. In einer Stunde hören und sehen wir sie.«

Sie warteten geduldig. Es dauerte nicht so lange. Die bewaldete Schlucht veränderte alle Laute, doch unverkennbar blieb, dass es die Geräusche von tausend Männern auf tausend Pferden und vieler weiterer zu Fuß, von Karren und Wagen, Lasteseln und aufgeregt kläffenden Hunden waren. Die Letzten des Zuges verließen wohl gerade das halb zerstörte und verbrannte Civetot. Die ersten, die dem Bannerträger und einer Gruppe berittener Waräger folgten, erschienen dort, wo die Straße um eine Felskanzel herumführte.

»Da sind sie«, sagte Berenger. »Hast du dein Sprüchlein gelernt, Ritterlein?«

»Die ganze Nacht hab ich's mir vorgesagt.« Rutgar grinste und nahm den Helm von Sattelknauf. »Immer und immer wieder.«

Berenger begrüßte die Waräger mit einigen unverständlichen Worten und ebensolchen Gesten. Das Dutzend ritt ruhig an ihnen vorbei; prüfende Blicke trafen Rutgar, erstaunte Blicke richteten sich auf Chersala. Die drei führten die Pferde an den Straßenrand und wieder, während die Gepanzerten näher kamen, konnte Rutgar an nichts anderes denken, als dass ein solches Heer, so wie die furchtbaren Reiter der Apokalypse, unverwundbar und unbesiegbar war. Dennoch, sagte er sich und blickte auf die Knochenwälle an den Flanken der Straße, war dem nicht so. Er hatte es selbst mit angesehen.

Als der Bannerträger den Weg für die Nachkommenden freigemacht hatte und ungefähr zwei Dutzend Ritter die Pferde zügelten, trat Rutgar vor und sagte laut:

»Die Herren Ritter, um Vergebung. Herr Graf. Ich bin Jean-Rutgar von Beausoleil. Mein Halbbruder Thybold von Les-Baux ist, wie wir hoffen, im Heer des Herrn Bischofs Adhemar, der Nikaia belagert. Kaiser Alexios hat durch seinen Boten Berenger befohlen«, er deutete auf ihn; Berenger verbeugte sich und legte die Rechte auf die Brust, »dass wir Euch nach Nikaia geleiten sollen. Ihr seid sicherlich die Herren von Blois und Chartres und von Lothringen?«

»Ihr kennt das Land? Wie kommt Ihr hierher?«

Rutgar antwortete selbstsicher, ohne aufschneiden oder trotzig wirken zu wollen:

»Ich stand in der Menge, als Papst Urban zu Clermont zu diesem Zug aufrief. Ich habe Peter von Amiens, genannt Kukupetros, von Köln am Rhein bis Civetot begleitet und geschützt.« Er wies nach Norden. »Ich habe geholfen, eine Handvoll hoher Herren und dreitausend schutzlose Pilger zu retten.« Rasselnd und knirschend war der Zug ins Stocken geraten. »Ich bin arm, aus der Provençe, kein Herr und frei, niemandes Knecht. Aber ich – und das gilt auch für meine zwei Freunde hier – kenne das Land bis weit jenseits von Nikaia.«

»Weit herumgekommen und wortgewandt«, antwortete

einer der Ritter, dessen hellblaue Augen unter schweren Lidern hervorsahen; er redete bedächtig, mit tiefer Stimme aus einem grau-weiß gefleckten Bart hervor. »Ich bin Robert von der Normandie. Ich vertraue mich dir an. Was meint Ihr, Stephan?«

»Reiten wir nach Nikaia«, sagte sein Nachbar, der einige Jahre jünger schien, einen Kopf kleiner war und schneller, auch schärfer redete, »und nicht zu langsam, denn die vielen edlen Herren unserer Begleitung entraten oft der Tugend der Geduld.«

Das also ist Stephan von Blois, der Mann, der die Tochter Wilhelms des Eroberers geehelicht hatte, durchfuhr es Rutgar. Er verbeugte sich abermals.

»Voller Ungeduld warten die trefflichen und entschlossenen Belagerer von Nikaia auf Euch«, sagte er. »In zwei Tagen, wenn nicht über Gebühr gesäumt wird, können wir dort sein.«

»Dann los, im Namen Gottes!«, rief Herzog Robert.

Sie griffen in die Zügel und trabten an. Kurze Zeit später erreichten sie die Waräger, die ihnen bereitwillig und schweigend auswichen und einen Platz in der Gruppe frei machten.

Berenger, dem die Männer voller Achtung den Vorritt ließen, meinte grinsend zu Rutgar: »›... treffliche, entschlossene Belagerer ... wenn nicht über Gebühr gesäumt wird ...‹ Wenn dein Schwert so scharf ist wie deine französische Zunge, Ritterlein, ist mir um uns nicht bange.«

»*Deus lo vult*. Halten wir's weiterhin so«, antwortete Rutgar mit ebenso breitem Grinsen. »Du kämpfst, ich rede und schreibe. Dann kommen wir heil durch den Sommer.«

»Und ich, ich schweige besser!«, rief Chersala. Beim Klang ihrer Stimme zuckten einige Waräger zusammen und schienen erst jetzt zu erkennen, dass sie kein junger Knappe war.

So ritten Rutgar und seine Begleiter an der Spitze von fast zehntausend Fremden durch fremdes Land auf eine fremde Stadt zu, die angefüllt war mit goldener Beute und den unermesslichen Schätzen des Sultans.

Im Sattel des kraftvoll und willig trabenden Rappen, unter dem blauen Himmel und im strahlenden Sonnenschein des frühen Sommers, unter Wolken wie in der Provençe, war Jean-Rutgar sich völlig sicher: Er war auf der richtigen Straße. Er hatte sich für den rechten Weg entschieden. Er fühlte sich stark und geschützt an Berengers Seite. Er lächelte in Chersalas Augen. Wohin der Weg führte, wer konnte es wissen – bis Nikaia, Antiochia und bis vor die Tore Jerusalems?

Kapitel XIX

A. D. 1097, 3. Tag des Brachmonds (Juni), Mittag
Strasse vor Nikaia am Askanischen See

*»Auch wenn sie schon in der Feinde Land sind,
habe ich sie gleichwohl nicht verworfen.«
(3. Mos 26,44)*

Jean-Rutgar aus Les-Baux schirmte die Augen mit der Hand und hob den Blick zu den Mittagswolken. Entlang des Heereszuges, der sich aus dem Tal heraufquälte, jagten Schwalben und Felssegler mit gellenden Pfiffen. Hoch über ihnen zogen Geier ihre geduldigen Kreise und warteten auf den Abfall der Reiter und Fußwanderer.

An der Spitze von ungefähr eintausenddreihundert Reitern und achttausendfünfhundert Männern zu Fuß und auf Gespannen ritt Herzog Robert von der Normandie. Neben seinem braunen Streitross ging der Schimmel des Grafen Stephan von Blois und Chartres ruhig im Schritt. Stephan, Roberts Schwager, stolz, großsprecherisch und fromm, hatte sich seit dem frühmorgendlichen Aufbruch nur dreimal zu seinem Gefolge umgewandt oder mit dem Mönch Fulcher von Chartres geredet, seinem schreibkundigen Chronisten. Vor Robert ritt unbewegten Gesichts, stark und schweigsam, sein Bannerträger, der Ritter Pain Peverel.

Drei Pferdelängen hinter dem Schatten der Ritter fragte sich Jean-Rutgar im Sattel seines Rappen mit der Stirnblesse zum sechzigsten Mal, was er eigentlich zwischen den schwer gerüsteten Herren verloren hatte. Sein Helm war am Sattelhorn festgebunden, das Kettenhemd raschelte leise, und Rutgar hing mit offenen Augen seinen Gedanken nach. Am dritten Tag des Rittes nach Süden wusste der Zwanzigjährige, dass der normannische Herzog jedes Stück Land mit dem Hungerblick eines zukünftigen Fronherrn betrachtete. Seine Kraft und sein Jähzorn würden kein Blutbad scheuen; denn jedem bewaffneten Pilger waren alle Sünden vergeben, und jede Strafe war verbüßt. Schicksal? Bestimmung? Freier Wille? Vielleicht war es ein kleines Wunder: Er, Rutgar, ritt an der Spitze einer Unzahl ritterlicher Grafen, Fürsten, Würdenträger und Vasallen nach Süden, in ein Land hinein, das nicht nur ihm zunehmend fremder wurde. Er war Teil jenes gewaltigen Heerbanns, der sich nach dem Clermonter Konzil und dem glühenden Aufruf des Papstes gesammelt hatte.

In der Menschenmenge des Heeres hatte er weder seinen Halbbruder Thybold noch andere Provençalen wiedergefunden. Mit jedem Tagesritt wuchs in Rutgars Herz die nagende Ungewissheit: Hatte er, als er den Schutz des Dorfes Drakon verließ, einen schrecklichen Fehler begangen? Civetot war, bis auf eine Handvoll Tage, ein volles Jahr her. Er sah ein, dass er die Heilige Stadt nur mit Berengers und Gottes Hilfe unversehrt und lebend erreichen konnte.

Alle Wälder, Täler und Dörfer zwischen Civetot und Nikaia, durch die sich die alte romanische Handels- und Heerstraße schlängelte, über niedrige Pässe und entlang tiefer, schwarzer Schluchten, schienen bis auf wenige dürftige Zeichen ausgestorben zu sein. Die schüsselförmigen Münzen des Kaisers Alexios und die eindringlichen Warnungen, die Rutgar und Chersala, seine spracherfahrene Geliebte, den Dörflern vor dem Wintereinbruch überbracht hatten, zeigten ihre Wirkung. Nur wenige Einheimische boten an der Straße, die nicht mehr war als eine Schneise durch Niederwald, Proviant, Wein und Wasser an, das die Heerführer auch bezahlen ließen.

Der Kaiser, Basileus Alexios Komnenos, *Autokratōr en Christō*, blickte noch immer verstört, aber von Tag zu Tag mit größerer Erleichterung, aus seinem Zeltlager zu Pelekanon den fünf Heeren und deren mehr als siebzig, achtzig Tausendschaften nach. Seit dem Christfest der Franken hatten sie wie Wolken gepanzerter Heuschrecken sein Land kahl gefressen und in ungeduldiger Gier selbst Konstantinopel nicht geschont. Aber sie waren die Feinde seines Feindes, des seldschukischen Sultans.

In Rutgars Gedanken drangen undeutlich die Stimmen seines Freundes Berenger und der Gepanzerten.

»Wird der Sultan noch ein weiteres Mal angreifen, vor Nikaia – was glaubt Ihr?«, fragte Herzog Robert. Er redete über die gepanzerte rechte Schulter hinweg mit dem weißhaarigen Warägergardisten. Heißer Westwind wehte über die offene Passstraße und trieb den Reitern und den Marschierenden den Schweiß aus der Haut.

Raimund von Saint-Gilles hatte Arslans berittene Bogenschützen schon in der ersten Woche im Weidemond zurückgeschlagen. Und vierzehn Tage später hatte Gottfried, Bohemund und Robert von Flandern die Sarazenen in Fetzen gehauen. Auch der Bischof von Le Puy war dabei gewesen. Seit dem sechsten Tag im Weidemond lagerte Gottfried von Bouillon vor der Hauptstadt des Seldschuken-Sultans.

»Wie Ihr, edle Herren, seit Langem wisst, würde der Weg nach Jersusalem Euch versperrt bleiben.« Berengers Antwort klang kühl und selbstbewusst, aber ehrerbietig. »Für alle Zeit, wenn Nikaia nicht in Eurer Hand ist. Der Sultan weiß dies so gut wie Ihr.«

»Also wird er um Nikaia kämpfen!« Graf Stephan schien der bloße Gedanke daran zu erschrecken.

»Gott ist mit uns!«, rief Herzog Robert und lachte. »Wir müssen siegen. Und wir werden siegen.«

»Deus lo vult«, murmelte Rutgar und klopfte den Hals seines Rappen. Er würde nur kämpfen, wenn er sein Leben verteidigen musste. Der Sieg der hohen Herren war nicht sein Sieg.

Die Straße, deren Ränder von der Drakon-Schlucht an mit den weißen Kreuzen und geschälten Ästen der Vorhut des ersten Heeres gesäumt waren, senkte sich zwischen einen Wald hoher Bäume. Die Anführer ritten in Schlangenlinien abwärts. Dumpfer Trommelschlag kam aus der Mitte des Zugs; aus einer Schlucht drang feuchtkalte Luft bis auf den Weg und kühlte Rutgars Schweiß. Er musste einsehen, dass er ein Teil des Heeres geworden war, eine Panzerheuschrecke unter Unzähligen, und er flüsterte: »Gott will es so. Berenger und ich wissen es anders.«

Von den Menschenmassen der vier fränkischen Heere, die seit dem Beginn des Weidemonds vor Herzog Robert und Graf Stephan nach Süden gezogen waren, war das Land geprägt worden. Noch im Herbst ein schmaler, aber brauchbarer Wagenpfad, war die Straße zu einer breiten Spur freigehauen worden. Der Weg glich der Verwüstung, die Kukupetros' Zug zwischen Nikomedia und der verbrannten Festung Civetot zurückgelassen hatte: kahlgefressen, besudelt, von Resten der Feuerstellen gesprenkelt. Und auch die Lieder, die das Fußvolk anstimmte, erinnerten an die brünstigen Litaneien und Gebete der Pilger.

Chersala und Rutgar waren bemüht, sich weder den Rittern noch dem Tross mehr als nötig anzuschließen; sie wussten aber, dass sie sich spätestens im Lager vor Nikaia würden entscheiden müssen. Stürzten sich die Reiter des Sultans in die Schlacht, galt nur: kämpfen und töten, um nicht getötet zu werden.

Am frühen Abend, in wenigen Stunden, würde sich das Heer ins Tal Nikaias und zum See hinunterwälzen, wo das Lager von Manuel Butumites auf Berenger wartete. Auf Chersala und Rutgar wartete niemand.

Erst vor zwei Tagen hatten Chersala und Rutgar von Berenger erfahren, welch kluge und weit reichende Übereinkunft Kaiser Alexios erreicht hatte, durch Lehenseide besiegelt: Gott blieb der oberste Lehnsherr aller christlichen Heere. Wenn Basileus Alexios die Heerzüge selbst befehligte, würden sie willig unter ihm dienen und Leben und Ehre des Kaisers achten, der den Aposteln gleichgestellt und dessen Wille Gottes Wille war, obwohl das Heer ursprünglich unter dem Petrus-Banner des Papstes gegen die Ungläubigen hätte kämpfen sollen. Bis auf Tancred, der sich bis zum Schluss geweigert hatte, waren sie alle zu Söldnern des Basileus geworden. Die Grafschaften und alles Land, das sie eroberten, würden kaiserliches Lehen und somit Teil des oströmischen Reiches werden.

Tief in sich spürte Rutgar ein Unbehagen, das er mit Berenger teilte. Sie kannten den Hochmut, den Jähzorn und die Eifersucht der fränkischen Herren, und obwohl viele dieser Herzöge, Grafen und Fürsten zeitweilig in der Furcht des Herrn lebten, blieb ihr Tun roh und blutig, eigennützig und hochfahrend. Die Streitereien, die Urban II. beim Konzil von Clermont als überwundene Sündenfälle bezeichnet hatte, trugen die Fürsten weiterhin mit sich, und sie würden sich hüten, sie abzustreifen.

»Und was habe ich damit zu tun?«, fragte sich Rutgar und schrak aus seinem Sinnieren hoch, als er verstand, was Berenger zu Stephan sagte: »Der Sultan hat schon die Ritter besiegt, die mit Peter dem Einsiedel gezogen waren.« Berenger zauste die Mähne seines prustenden Rappen. »Die Späher des Basileus berichten, dass der Sultan und sein Riesenheer bei Melitene kämpfen, einer Stadt weit im Osten des Landes. Er führt Grenzkriege gegen die Danischmenden.«

»Also brauchen wir sein Sarazenenheer vor Nikaia nicht zu fürchten?«, sagte Stephan von Blois. Berenger warf ihm einen abschätzenden Blick zu und antwortete:

»Er wird in Eilmärschen gen Nikaia ziehen, seine Hauptstadt. Sie sind schnell, die Seldschuken. Jetzt weiß er, dass ein Frankenheer seine Stadt umstellt hat, in der die Sultanin und riesige Schätze warten.«

Fulcher von Chartres, dem Rutgar in den zwei vorangegangenen Nächten beim Schreiben seiner Aufzeichnungen zugesehen hatte, lenkte sein Pferd zur Seite und stieg ab, um sich zu erleichtern.

»Wir werden nicht nur Gräber für die Sarazenen ausheben müssen!«, rief er über die Schulter und zog sein Pferd am langen Zügel hinter sich her. »Seit fünfzehn Jahren besitzt der Sultan die Stadt. Seine Hauptstadt! Sein gewaltiger Reichtum! Meint Ihr gar, dass er dies alles freiwillig aufgibt?«

Das Gleiche fragten sich nicht nur Berenger und Rutgar.

Niemand antwortete dem Geistlichen. Nach einer Weile trabte er zurück an die Seite des Bannerträgers.

Chersala ritt an seine linke Seite heran und sagte leise, kaum lauter als der Hufschlag und das Knarren des Leders:

»Wo werden wir heute rasten, Rutgar? Bei diesem wüsten normannischen Herzog?«

»Nicht bei ihm«, gab Rutgar ebenso leise zurück. »Ich suche noch immer meinen Halbbruder, wie du weißt. Wenn ich Thybold zwischen den Zehntausenden finde, dann bei den Franzosen. Bei Raimund von Saint-Gilles. Er befehligt die Burgunder und die Provençalen.«

Sie nickte. »Also im Süden. Vor dem Yenisehir-Tor, wie die Reiter uns berichtet haben.«

»Oder im Lager von Butumites, zusammen mit Berenger«, sagte Rutgar. Er wollte nach Chersalas Hand greifen, wagte es aber nicht angesichts der Blicke derer, die hinter ihm ritten. »Wir müssen uns niemandem anschließen, nur den Spähern des Generals. Noch nicht.«

»Berenger wird für uns sorgen«, schloss sie. Rutgar nickte, stellte sich in den Steigbügeln auf und setzte sich ächzend zurecht. »Bei seinen Leuten bekommen wir auch Essen und Wein.«

Berenger hatte seinen Rappen gezügelt, hob den Arm und deutete nach vorn. Der schüttere Wald rechts und links der freigehauenen Straße und die sandige Fläche bildeten vor der Weite des Horizonts eine Mauer aus staubgeflecktem Dunkelgrün, von einer hellbraunen Lücke durchbrochen. Abendschatten verdunkelten die Waldränder und die Straße; es war, als sähe man durch die Augenöffnungen eines Helms. Dann rief der Waräger:

»Dahinter geht's hinunter ins Tal! Zwei Stunden, dann sind wir im Lager!«

Jeder Reiter und alle, die den Berittenen folgten, verhielten an dieser Stelle. Ein Bild, bedeutungsvoller und größer als jede Vorstellung, füllte das Talbecken. Die Sonne, zwei Handbreit über den westlichen Bergen, spiegelte sich ebenso wie die langgezogenen purpurschwarzen Wolken im Askanischen See und beleuchtete rötlich-golden einen Teil der Mauern. Dutzende Störche kreisten im Sonnenlicht über dem Wasser und dem Ufersumpf, durch den sich das Rinnsal des Seeauslaufs zum Meer wand. Zwischen den Tausenden Zelten um die Landmauern und hinter dem Schilf des Ufers, ebenso wie jenseits der Mauern und Türme stiegen dünne Rauchsäulen schräg in den Himmel, der sich vorabendlich gefärbt hatte. Einige Boote segelten langsam auf die Stadt zu.

In einem lückenhaften Dreiviertelkreis waren von den Heeren Bohemunds, Tancreds, Gottfrieds, Raimunds von Toulouse und des Bischofs Adhemar von Le Puy die Zelte vor den Mauern aufgeschlagen worden; die Lagerplätze für Robert den Normannen und Stephan von Blois lagen im Südosten der Stadt, deren Umwallung ein unregelmäßiges Fünfeck bildete.

Nikaia, das wuchtige Bollwerk auf dem Weg nach Antiochia, lag vor den Blicken der Streiter in Christo. Rutgar wäre nicht erstaunt gewesen, wenn sich aller Rauch zu einer leuchtenden, kreiselnden Säule vereinigt hätte und dieses Wunder den Heeren, wie es in den Schriften zu lesen war, auf dem Weg nach Antiochia vorausgezogen wäre; als schwarzer Rauch bei Tag und als leuchtende Wolke in der Nacht.

Kapitel XX

A. D. 1097, 6. bis 18. Tag im Brachmond (Juni)
Vor Nikaias Mauern

»Wir schickten nicht ein Heer vom Himmel oder sonst ein Zeichen der Bestrafung, wie früher, sondern es bedurfte nur eines einzigen Donnerwortes, und sie waren vernichtet.«
(Al-Qur'ān, 36. Sure [»Ya Sin«], Vers 29, 30)

Ein Schilfgürtel endete zwischen einigen bemoosten Felsen auf der Seeseite der Stadt. Der Weg, den Zehntausende Füße, Räder und Hufe geschaffen hatten, bog nach Sonnenuntergang ab. Rutgar und Chersala lenkten ihre Pferde aus der Kolonne hinaus und warteten auf Berenger. Das Heer walzte dröhnend weiter, die altersdunklen Mauern ragten in achtungsvollem Abstand rechts von den Bewaffneten auf.

Die drei kannten die Umgebung Nikaias: Selbst wenn die Stadt völlig umschlossen gewesen wäre, konnte sie über das Wasser durch das Seetor versorgt werden.

Einige Reiter kamen den Ankömmlingen entgegen und winkten. Berenger zügelte sein Pferd und deutete nach links.

»Da vorn sehe ich die Fahnen des Butumites. Sein Lager; dorthin, Ritterlein!«

Rutgar kannte von Konstantinopel höhere Mauern, aber zum ersten Mal sah er die verwirrenden Merkmale einer Belagerung, die länger als fünfzehn Tage andauerte. Je mehr Einzelheiten er erkannte und, halb ungläubig, zu deuten vermochte, desto tiefer bohrten sich Verständnislosigkeit und Erschrecken in sein Herz. Als er und Chersala weiterritten, war es, als gefriere im Schatten der Mauern sein Schweiß. Hier drohte ihm, unausweichlich, das Verhängnis: Er würde kämpfen müssen.

Hinter Wagen voll Wasserfässern standen Bogenschützen. Sie zogen die Sehnen ihrer riesigen normannischen Langbögen zum Kinn und zielten sorgfältig auf Krieger der seldschukischen Besatzung, die sich zwischen den Zinnen bewegten. Armbrustschützen spannten die Waffen und jagten surrende Bolzen zu den Zinnen hinauf. Fackeln brannten auf der Mauerkrone; am Rand der Zeltlager loderten rauchend die ersten Feuer. Ein Schrei auf der Mauerkante, ein Körper überschlug sich im Fallen und prallte schwer auf Sand und Kies. Die Schilde über den Köpfen und Schultern, rannten Kriegsknechte auf den sterbenden Verteidiger zu und zerrten ihn vom Fuß der Mauer weg. Außerhalb der Reichweite der seldschukischen Bogenschützen, zwischen Trümmern hölzerner Leitern und Gesteinsbrocken, ließen sie den Körper zu Boden fallen. Während einige Männer dem Sterbenden die Rüstung und die Kleider herunterrissen, hackten andere mit Beilen und Schwertern seinen blutüberströmten Kopf vom Rumpf.

Zögernd, wie es schien, setzte Rutgars Rappe Huf vor Huf. Seine Ohren spielten und zuckten aufgeregt. Nikaias Mauern, vier Meilen lang, begannen mit der Dunkelheit zu verschmelzen. Von überall her erscholl seltsamer Lärm, der von den steinernen Flächen zurückprallte. Es roch nach tausenderlei Dingen, nach gerinnendem Blut, Lauch und kaltem Schweiß, nach Kot, Pisse und dem weißlichen Schwamm auf den Quadern. Brandpfeile sirrten, grell wie Sternsplitter, durch den Himmel, dessen Tiefblau sich schwärzte. Verwundete und Sterbende schrien, von anderen Stellen ertönten Gebete und Gesang. Berenger ritt heran, eine lodernde Fackel in der Hand.

»Zum Lager, ihr zwei«, sagte er und ritt ihnen voraus. Er

schien von dem, was ihn umgab, nicht beeindruckt zu sein, obwohl er alles sah. Verwirrt gestand sich Rutgar, dass er seinen Freund zu bewundern begann; daran, ob er ihn jemals richtig zu verstehen vermochte, wagte er nicht zu glauben. Berenger schwenkte die Fackel und rief: »Die blutigen Wunder der Belagerung siehst du morgen deutlicher, Ritterlein!«

Die Geschäftigkeit des Lagers, tausend fremde Gesichter und, als ihnen Berenger jenseits der Palisaden durch eine Lagergasse vorausritt, das plötzliche Gefühl, eine Insel unsicherer Friedlichkeit zu betreten, verwischten die Bilder hinter Rutgar und Chersala.

Zwei Bogenschuss weit, vielleicht vierhundert Schritte entfernt, wuchteten sich die Mauern und Türme, von Rauch umwallt, vierzig, fünfzig Ellen hoch in die dunklen Wolken. Die Morgensonne war noch nicht über die Hügel gekrochen. Der Platz zwischen dem nächsten Lager und dem Fuß der mächtigen Quader, bedeckt von kümmerlichem Gras und dürren Büschen, von Räderspuren und tief eingetretenen Pfaden gefurcht, war menschenleer; in vielen Quaderritzen wuchsen, wie Vogelnester oder Mistelbüschel, schwarzgrüne Pflanzen, in denen Schmutzfäden baumelten. Graue und schwarze Regen- und Dreckspuren zeichneten im Licht des späten Morgens lange Linien in den Stein. An manchen Stellen sah Rutgar gemeißelte Rundbögen, winzige Fenster und Tränenlöcher, aus denen braune Tropfen fielen.

Er hielt sich gähnend an den Spannseilen des Zelteingangs fest und betrachtete Berengers schmutziges, verschwitztes Gesicht. Der Dreißigjährige, einst als Knabe aus dem normannischen Britannien verbannt, hockte breitbeinig auf einem Schemel und ölte seine Stiefel. An einem Holzgestell vor dem Zelt hingen Kettenhemden, Waffen, Schilde und Helme. Eine gespannte Leinwand schützte sie vor Regen und Sonne. Die Pferde standen gestriegelt und versorgt bei den Tieren der Butumites-Söldner im Schatten und fraßen Heu.

Die Byzantiner lagerten jetzt schon seit einem Mond unter den Mauern Nikaias. Kaiser Alexios hatte General Manuel Butumites, den Vorgesetzten Berengers, mit Fuhrwerken, *Katabolē*-Belagerungsgerät und ausgebildeten Mauersturm-Kriegern, die sich »Engingneure«, also »Geräte-Erbauer«, nannten, zur Unterstützung des ersten fränkischen Heeres mitgeschickt.

Zwar gab es in der Nähe der Zelte, der Wagen und der Belagerungsgeräte kaum Lärm oder Geschrei, aber die vielen Tausende brachten vor den Toren Nikaias ein ständiges Geräuschgemenge hervor, das nur in den Nächten leiser war.

»Sie warten alle auf den nächsten Angriff des Sultans«, sagte Berenger, als wäre es ihm gleichgültig. »Die Mauern werden sie wohl nicht stürmen können, in diesem Durcheinander. Proviant wird knapp. Gottlob ist genug Futter für Pferde und das andere Getier da.«

»Es scheinen viele Seldschuken in der Stadt zu sein«, sagte Rutgar und hob den Kopf. Seit drei Tagen arbeitete und schlief er im Süden der Stadt. Der nächste wuchtige Belagerungsturm, zweihundert Schritte rechter Hand, wuchs Elle um Elle seiner Vollendung entgegen. »Man hat sich, wir draußen und die in der Stadt, hab ich gehört, auf eine lange Belagerung eingerichtet.«

»Das sagt auch Butumites. Allein schon wegen der Sultanin, der Emire und des Goldschatzes.«

Die Franken wussten, dass der Sultan in den Bergen lauerte. Als sich die Truppen Arslans zum ersten Mal mit schweren Verlusten zurückgezogen hatten, hatte der Befehlshaber den rhomäischen General in die Stadt eingeladen, um die Bedingungen der kampflosen Übergabe zu besprechen. Aber als bekannt wurde, dass Kilidsch Arslan mit seinem gesamten vielköpfigen

Heer herannahte, brachen die Seldschuken die Verhandlungen ab. Am 21. Tag des Weidemonds schlugen die Franken mit Hilfe Bischof Adhemars einen Angriff blutig zurück; der Sultan, der sich nachts mit schweren Verlusten geschlagen geben musste, hatte nicht mit der Entschlossenheit und der Kampfesstärke seiner gepanzerten Gegner und deren geschliffenen Lanzenspitzen gerechnet. Aber der Angriff hatte die Franken viele Verletzte und etliche Tote gekostet. Unentwegt schafften Boote und kleine Schiffe Proviant und Ausrüstung über den See und die Lagune herbei.

Rutgar wischte den Schweiß von seiner Stirn und deutete auf eine Schleuder, deren Wurfarm gespannt wurde. Berenger folgte Rutgars Blicken. Sie sahen, wie Waffenknechte ein Dutzend abgeschlagener Köpfe in den Lederkorb schichteten.

»Einige der Herren langweilen sich«, sagte Berenger anscheinend gleichmütig. »Die anderen wollen den Gonates-Turm umwerfen.«

Der Gonates-Turm nahe des Südtors wurde von den Provençalen Adhemars von Le Puy und Graf Raimunds im Schutz eines Balkendaches untergraben. Links von Adhemars Zelten landeten Boote des Kaisers Nahrungsmittel und Wein für die Belagerer an. Zwischen dem See und den Lagern der Christen fuhren zu jeder Stunde des Tages Karren hin und her und luden Fässer voll Frischwasser ab. Berenger hängte gerade die Stiefel über ein Spannseil und betrachtete seine schlammbedeckten Füße, als der Schleuderarm in die Höhe schnellte und die Steingewichte der Ballisten schwer krachend anschlugen.

Die Köpfe der gefallenen Seldschuken flogen wie ein Schwarm fetter Krähen steil in die Höhe und über die Mauerkrone, die an dieser Stelle höher als fünfzig Ellen war. In schweigendem Entsetzen sah Rutgar dem Flug der seltsamen Geschosse zu, die bräunlich wässerige Tropfen umherspritzten. Sie verschwanden jenseits der Mauer; die Kriegsknechte an der Schleuder stimmten lautes Gelächter und Geschrei an. Aus der Stadt erscholl trillerndes Wutgeheul. *Deus lo vult?* Rutgar fragte sich, was er empfinden würde, wenn Chersala und Schmied Gautmar in dieser Stadt lebten. Er war erleichtert, dass Chersala im Zelt schlief, das sie beide mit Berenger und einem jungen Seilschläger teilten.

»Langeweile!«, murmelte er und schluckte. Der Geschmack würgte seinen Gaumen. »Sie schleudern Köpfe und Körper hin und her, als wären es Bälle. Ein grausiges Spiel, Berenger.«

»Nur weil du's nicht kennst, Ritterlein«, antwortete Berenger, als wäre es eine Erklärung. Sein Gesicht blieb ausdruckslos. »Morgen, vor Mittag, schickt uns Butumites ins Land hinaus. Als Späher.«

»Einverstanden«, sagte Rutgar. »Wir essen sein Brot, trinken seinen Wein und reiten für ihn.«

»Besser, als vor den Mauern zu verrecken.«

Chersala tappte in die Helligkeit, hielt gähnend die Hand vor die Augen und stieß gegen eine Zeltstange. Sie versteckte ihre weiblichen Rundungen unter einem langen, brandnarbigen Wams aus dickem Leder, das sie einem Schmied aus dem Tross abgekauft hatte. Berenger begrüßte sie mit Kopfnicken und einem breiten Grinsen. Rutgar blickte in ihre verschlafenen, goldbraunen Augen, lächelte und erkannte, dass ihre Blicke einen Atemzug später über seine Schulter zuckten und sich auf etwas hefteten, das vor dem Tor geschah.

Steine, Felsbrocken, zersplitterte Balken und abgebrochene Lanzen waren mannshoch von der Turmmauer zum nächsten Vorsprung geschichtet und aufgetürmt. Die Belagerer fürchteten einen Ausbruch der seldschukischen Besatzung, dachte Rutgar. Und sie schaffen es nicht, die Tore aufzubrechen. Allein von seinem Platz aus sah er drei Dutzend Stellen, an denen die Christen die Mauern zu stürmen versuchten.

Die christlichen Truppen umgaben Nikaias Befestigungen in

der Form eines zerbrochenen Hufeisens, und viele Tausend Männer wimmelten mit Leitern, Waffen und allen Arten von Werkzeug in diesem lebenden Wall. Jede größere Gruppe schien für sich zu handeln und zu schuften; anscheinend gab es kein zentral organisiertes Vorgehen. Ein Brandpfeil pfiff funkensprühend und mit langer Rauchspur von der Mauerkrone durch die Luft und blieb siebzig Schritt vor ihrem Zelt im Boden stecken. Irgendwo schrie jämmerlich ein Tier; Köche und Küchenhelfer rannten mit blitzenden Messern durch die Lagergasse.

Rutgars Bart, in dem trocknender Schweiß sich mit Staub und Schmutz vermischt hatte, begann widerwärtig zu jucken. Er nickte Chersala und Berenger zu und schleppte einen vollen Kessel zum nächsten Feuer, hängte ihn in die Ketten des Dreifußes und wartete. Inmitten der Bewaffneten fühlte sich Rutgar zwar fremd, aber sicher im Schutz der erfahrenen kaiserlichen Söldner. Bisher hatte er vergeblich in Hunderte fremder Gesichter gestarrt; Thybold mit den strahlend blauen Augen und der Falkennase suchte er noch immer. Zu seinem Erstaunen, fast Entsetzen, hatte Rutgar den Ritter Wilhelm von Melun, den »Zimmermann«, wiedererkannt, ebenso weitere Ritter aus den letzten Wochen von Peters Pilgerzug wie Clarambald von Vendeuil und Thomas von La Fére. So viele Tausend Gesichter – er würde noch viele Fragen stellen müssen.

Mit seinem Dolch, etwas Öl und heißem Wasser schabte Rutgar seinen Bart und reinigte sich, so gut es ging, in der Nähe des Feuers. Peter von Amiens, die Reise von Köln nach Konstantinopel, die Hitzewanderung von Nikomedia bis Civetot – dies alles schien in einem früheren Leben stattgefunden zu haben. Er spürte kein Bedürfnis, den Eremiten in der Masse der Heere zu suchen und mit ihm zu reden. Vielleicht in ein paar Tagen. Vielleicht war Thybold auf dem Weg aus der Provençe bis Nikaia umgekehrt, krank geworden ... umgekommen ...

Nein! Eine innere Stimme befahl Rutgar, nicht daran zu denken, dass sein Halbbruder tot sein könnte.

Wieder wurde er aus seinen Gedanken gerissen, als fast gleichzeitig zwei Ballisten krachten und Holztrümmer, groß wie Firstbalken, mit eisengeschmiedeten Spitzen versehen, in flachem Bogen über die Mauern schleuderten. Er wrang die Tücher aus, ging zum Zelt und hängte sie an das Spannseil, umarmte schweigend Chersala und zog sie mit sich, zu den Pferden und zum Sattelplatz; er zwang sich dazu, daran zu denken, wie sie in der Umgebung der Stadt, was immer geschah, überleben konnten: er, Chersala, Berenger und, vielleicht, Thybold.

Am Hang eines niedrigen Hügels abseits vom Lager des Generals, unter den weit spreizenden Ästen großer Bäume, deren Namen weder Berenger noch Rutgar kannten, war das halb offene Beratungszelt aufgeschlagen worden. Der kaiserliche Befehlshaber Butumites, sein Schreiber Arkadios und die Unterführer des Generals erwarteten die fränkischen Fürsten zur Beratung. Berenger, der von Butumides seine Befehle erhalten hatte, trabte hinter den Palisaden des Lagers zur Straße hinunter und winkte seinen Reitern und Rutgar. Sie ritten nach Süden, zu den Hügeln und den Wäldern, in die sich – so hatte man es von Hirten und Jägern erfahren – der Sultan und seine Krieger nach der Schlacht um Nikaia geflüchtet hatten.

Die Pferde Rutgars, Chersalas, Berengers an der Spitze und eines Dutzends romanischer Reiter, Untergebenen des Generals, fielen aus dem Galopp in Trab und ein Dutzend Atemzüge später in Schritt. Die Gruppe war in voller Bewaffnung vom Lager aus aufgebrochen und zunächst am Ufer des Askanischen Sees entlanggeritten. Auf der Seeseite, hinter dem Gürtel gilbenden Schilfs, boten die Mauern Nikaias einen anderen Anblick als auf der hügeligen Landseite. Hier war kaum mehr zu sehen als ein mächtiger Torturm und einige kieloben verrottende Fischerboote.

Eine seltsame Frage flirrte durch Rutgars Kopf: *Jerusalem*, Ziel der vielen Tausenden: War jene Stadt so prächtig und groß wie das strahlende, goldstrotzende Konstantinopel? Kleiner oder größer als Nikaia? Mit höheren Mauern? Oder wie das heilige Köln, nur anders, weil in einem anderen Land?

»Während die Fürsten und unserer Anführer beraten«, rief Berenger, hob den Arm und vollführte mit den Fingern im ledernen Handschuh trillernde Bewegungen, »lassen wir unsere Blicke schweifen und suchen die Krieger des Sultans! Vergesst nicht, die Franken, unter denen wir auch ehrliche Kämpfer finden werden, sind dem Basileus verpflichtet – aber viele der Herren glauben nicht so recht daran. Das darf nicht unsere Sorge sein; wir warnen den General, die Fremden, die rhomäischen Bewohner der Stadt und unsere Freunde.« Er setzte sich im Sattel zurecht und prüfte den Knoten, mit dem der Schild am Sattelknauf festgebunden war. »Die Freunde, die mit uns an der Seite der Franken kämpfen. Du, ihr zwei – dorthinüber. In der Dämmerung zurück im Lager. Ich, Cherso und Rutgar, ihr fünf – wir reiten zu den Bergen. Und ihr sieben ... nach Sonnenuntergang.«

Cherso, das war der Name, auf den sie sich für Chersala geeinigt hatten. Zwar mochten die einen oder anderen der Waräger Vermutungen über Chersalas wahres Geschlecht haben, aber wenn sie es taten, behielten sie es für sich, und Rutgar und Berenger hielten es für besser, die Sache im Ungewissen zu belassen.

Die Gruppe trennte sich. Jenseits des Schilfs und des erkennbar flachen Wassers der Lagune ragten unvermittelt und bestürzend machtvoll die Mauern der Seeseite Nikaias auf. Weißliche, schwärzliche, tiefgrüne und unterbrochene waagrechte Linien zeigten die unterschiedlichen Höhen des Wassers an. Fahles Moos wucherte auf den Quadern und verhüllte die

Fugen zwischen den Steinen. Vor einer Ewigkeit, dachte Rutgar, waren diese steinernen Würfel aufeinandergetürmt worden, atmeten und keuchten feuchte Jahrhunderte aus; jetzt saß er hier und betrachtete einen Ausschnitt einer Ewigkeit, deren Bedeutung er nicht begriff.

Er ließ den Arm fallen, ritt an Chersalas Seite und griff nach ihren Fingern. Sie und Berenger waren die einzigen festen Säulen, an die er sich klammern konnte. Unvermittelt, als sie in den Hohlweg hineinritten, zog vage und nicht greifbar, wie Nebel aus dem Schilf, Furcht in sein Herz ein.

Es hatte eine Zeit gegeben, in langen Stunden und Nächten, in der Rutgar sich vor der Strafe für seine Sünden gefürchtet hatte, für Taten, von denen er nicht wusste, dass sie sündig waren. Lange hatte er mit Peter dem Eremiten darüber geredet. Den Sinn vieler Worte hatte er nicht verstanden. Jetzt, vor Nikaia, so weit wie nie von der Heimat entfernt, angesichts des riesigen Heeres und der täglichen Gräuel, an einer Stelle angelangt, von der aus der Weg nach Jerusalem seinen Anfang nahm, begann er innerlich zu zittern. Er konnte nicht mehr umkehren; die Mauern versperrten ihm den Weg zurück, und die unzähligen Krieger und Pilger rissen ihn mit sich wie ein angeschwollener Strom. Er dachte an das Dörfchen Drakon und sein ruhiges Leben mit Chersala, und wieder fand er sich im Mahlstrom der vielen Tausenden, die ihn mit sich zogen und zerrten und nicht gehen lassen würden. Nur für seinen Traum und einen Beutel goldener und silberner Münzen? Wohin auch würde er fliehen können?

»Hast du den Teufel gesehen?«, sagte Berenger, als sie ihn eingeholt hatten. »Dein Gesicht ist weiß wie Schnee.«

»Ich habe verstanden«, antwortete Rutgar, »dass ich ein Teil vom dem allen hier bin. Ein kleiner Teil, unbedeutend. Sie ziehen mich mit sich, wie mit Sporen, Peitsche und Zügel.«

Chersala starrte ihn entsetzt an. Berenger schlug ihm auf die

Schulter und klatschte die Hand auf die Kruppe von Rutgars Pferd. »Wenigstens führst du nicht ständig den göttlichen oder päpstlichen Auftrag im Mund. Wir reden heute Nacht darüber, Ritterlein«, sagte er. »Im Zelt. Jetzt suchen wir nach den Reitern des Sultans. Auch wenn dir die Furcht ins Gesicht geschrieben steht.«

»Es ist nicht … ich fürchte mich nicht vor den Seldschuken.« Rutgar ruckte am Zügel. Berenger hob den Arm, und im Poltern der Hufe blieben die Geräusche der Belagerung zurück und wurden leiser.

Die Kriegsknechte des Generals hatten das geräumige Ratszelt auf einer ebenen Fläche des Hügels hochgezogen. Im Mittagswind bewegten sich träge die Stoffbahnen der kaiserlichen Fahnen. Tränken, roh gezimmerte Tische und Bänke umstanden das Zelt, es roch nach Wein, nach Kräutersud, Heu und gesicheltem Gras und dem Rauch kleiner Feuer.

General Butumites, umgeben von Söldnern, Übersetzern und Anführern seiner Mauerbrecher, stand unter den mächtigen Ästen einer Kastanie und blickte zum Lager und zur Stadt. Er trug eine Halbrüstung und darunter die wertvolle Kleidung, die ihn als Vertreter des Kaisers auswies. Das Poltern von Hufschlägen wurde lauter.

»Es ist Gottfried von Bouillon, General«, sagte Arkadios, sein Schreiber, und deutete auf eine Gruppe von ungefähr einem Dutzend Reitern, die auf den Hügel zuritten. Hinter ihnen reckten sich die Spitzen der Zelte, von Staub und Rauch umbrodelt, ins Sonnenlicht. Der Lärm der Belagerung war kaum zu hören. »Der reiche Herzog von Niederlothringen und seine ungleichen Brüder.«

»Ich werde mit allen so zuvorkommend und höflich reden, wie es mir der Basileus aufgetragen hat.«

Ein doppeltes Viereck aus hundert schwer gerüsteten Ehrenwachen umstand das Zelt. Arkadios blickte prüfend um sich und nickte zufrieden. »Seit den ersten Tagen im vergangenen Monat belagert Gottfried die Mauern mit vielleicht elfeinhalbtausend Männern und wenig Erfolg im Osten.«

»Erfolglos und zu lange. Auch Gottfried weiß nicht, was wir wissen. Bei ihm ist dieser entsetzliche Eremit, nicht wahr?«

»Mit wenigen Pilgern. Aber er predigt leise und nicht oft.«

Manuel Butumites hatte die fremden Heere und deren Anführer lange und meist zu seinem Missvergnügen in Konstantinopel und am Hof des Kaisers erlebt. Er verfügte über Berichte, die ihm das Wesen und die Eigenarten eines jeden Grafen und Ritters und ihrer priesterlichen Vasallen schilderten. Nachdem fast alle Fürsten, nach langen Verhandlungen und mit kostbaren Geschenken überhäuft, ihre Lehenseide auf den Basileus abgelegt und Konstantinopel verlassen hatten, lautete sein Befehl, sie nach Antiochia zu führen und zusammen mit General Tatikios an ihrer Seite zu kämpfen; sie belagerten Nikaia auf eine Art, die ihre Unfähigkeit bestätigte, sich klug miteinander zu verständigen. Ihr erwählter Anführer Gottfried V. von Niederlothringen und seine beiden Brüder waren nicht in der Lage, so viele Männer mit harter Hand zu führen.

Gottfried, um die vierzig, hochgewachsen, mit langem, strähnigem, flachsgelbem Haar und ebensolchem Bart, hielt seinen schweren Schimmel an. Langsam ging ihm Butumites entgegen. Eustachius III. von Boulogne, der Ältere der Brüder, war Gottfrieds Aufruf nur widerwillig gefolgt; Balduin, der Jüngere, eine Handbreit größer als Gottfried, auffallend weißhäutig, mit wildem schwarzem Haar und Bart, schien das Gegenteil Gottfrieds zu sein. Butumites kannte ihn als hochfahrend, kalt, wollüstig und keineswegs fromm; seltsam war, dass ihn seine Gattin und ihre kleinen Kinder begleiteten.

Butumites winkte die Pferdeknechte zu den Reitern, verbeugte sich tief und begrüßte die Franken mit wenigen Worten in ihrer Sprache. Dann richtete er das Wort an den Dolmetscher, der in wohlgesetzten Worten zu reden begann.

»Basileus Alexios, Ihr Herren, bittet Euch durch mich, bei einem Becher Wein beieinanderzusitzen und zu bereden, wie die Stadt schnell und ohne Verluste zu berennen ist.«

»Danke, Heerführer«, antwortete Herzog Gottfried, packte Butumites' Handgelenk mit festem Griff und schüttelte es heftig. Der Franke roch nach Pferdeschweiß und ungewaschener Kleidung; übel riechender Atem entfuhr seinem Mund. »Es gibt viel zu besprechen. Was wisst Ihr über den Sultan und sein Heer?«

»Weniger, als mir lieb ist«, sagte der General. »Ihr habt ihn in die Flucht geschlagen. Später, wenn alle Eure Fürsten friedlich an meinem Tisch sitzen, reden wir darüber.«

Butumites grüßte das Gefolge des Herzogs und nickte dem Mundschenk zu. Die Franken wurden einzeln ins Zelt geleitet und bewirtet. Der General hasste es, Fragen beantworten zu müssen, auf die er nicht vorbereitet war. Er kannte kein Erbarmen seinen Untergebenen gegenüber, wenn sie ihn stotternd mit unvollständigen Berichten und Nachrichten belästigten. Jeden wichtigen Fürsten des Frankenheeres, ungefähr drei Dutzend Männer, glaubte er bis ins innerste Mark zu kennen. Einige von ihnen verachtete er, andere hasste er. Lange genug hatten er und seine Zuträger die Fremden beobachtet. Er wusste mehr über sie, als sie ahnten, aber er war klug genug, zu erkennen, dass es da in seinem Wissen große Lücken gab. Diese Fremden waren ihm, anders als viele andere große Krieger, fremd geblieben.

Während die Männer um Gottfried die Becher hoben, sprengte Bohemund von Tarent heran. Der Nächste, der anscheinend vom Teufel besessen ist, dachte der General. Sein Lächeln hinter dem tiefschwarz gefärbten Bart blieb unbewegt.

Bohemund sah aus wie ein bleicher Riese aus einem Land, in dem kaum jemals die Sonne schien; der italienische Normanne, Sohn Robert Guiscards, war weißhäutig und fast so weißhaarig wie Manuel Butumites' bester Späher Berenger. Sein weizenfarbenes Haar, von einer goldenen Spange zusammengefasst, hing bis zwischen seine Schulterblätter; alle Anwesenden überragte er um mehr als eine Elle. Er strahlte die ungezügelte Kraft eines großen Wildtieres aus; seine Schultern waren breiter als der Bug seines Schlachtrosses. Muskeln spannten sich unter dem Wappenrock; der Ausdruck seines Gesichts versprach jedem Gegner Niederlage und schnellen Tod.

Er sprang aus dem Sattel, als müsse er mit gezogenem Schwert zwischen einem Dutzend Angreifern wüten. Seine Kraft schien größer zu sein als die dreier Männer. Seine wasserhellen Augen blitzten, als er mit langen Schritten auf den Gastgeber losstürmte und den Arm grüßend nach vorn stieß.

»Mein Pferd war schneller als der Gaul Raimunds!«, rief er. Auch der ranzige Geruch seines riesigen Körpers mischte sich mit dem Balsamduft, den Butumites verströmte. »Vetter Tancred ist dicht hinter mir.«

»Wir haben keine Eile, Herr Bohemund.« Der General deutete ins Innere des Zelts. Die Knechte schlugen eine Seitenwand in die Höhe und knoteten die Seile an Baumstämme. Goldschillernde Fliegen summten auf. »Nehmt einen Schluck Wein und setzt Euch bequem.«

Der Graf von Toulouse und Saint-Gilles erschien als Letzter des Quadrumvirats. Über der Höhle des fehlenden Auges trug er eine silberne Platte, in der Sonnenlicht und Schatten spiegelnd wechselten. Ihm folgte der Bischof Adhemar von Monteil, der seinen Chronisten Raimund, den Kaplan von Aguilers, mitgebracht hatte. Der Mönch Guibert von Nogent, aus einem halbvergessenen Ort namens Flay, nickte ihm mit ausdrucksloser Miene zu. Rutgar glaubte, in den Zügen und im Gebaren

Guiberts einen kühlen, klugen Abstand zu allzu tiefem Glauben und christlicher Besessenheit zu erkennen. Er schloss die Augen halb und beobachtete Raimund de Agulilers und Guibert ebenso aufmerksam wie deren fürstliche und bischöfliche Herren.

Butumites, der die Uneinigkeit der Fürsten allzu gut kannte, hatte ein Dutzend Platten auf Böcke dergestalt aufstellen lassen, dass sie einen runden Tisch bildeten, an dem sich keiner der Sitzenden benachteiligt fühlen konnte. Weiße Tücher mit goldgestickten Borten hingen bis zum Bretterboden.

Er blieb im Eingang stehen und wartete, bis die Heerführer, silberne Becher in den Händen, in den ächzenden Scherensesseln Platz genommen hatten. Nacheinander begrüßte Butumites mit gleichbleibender Höflichkeit Tancred von Tarent, den Neffen Bohemunds, Hugo von Vermandois und Robert von der Normandie.

»Seit dem sechsten und siebenten Tag im Weidemond, jetzt im vierzigsten Tag, ist Euer Heer vor der Stadt«, hub Butumites an und griff nach einem Becher mit gemischtem Wein. Zwischen den Zeltpfosten schwelten Duftholzspäne in Tonkrügen und vertrieben das Geschmeiß. »Zwar sieht der Basileus Nikaia lieber unzerstört, denn einst gehörte die Stadt zu seinem Reich. Aber seine Geduld schwindet Stunde um Stunde.«

»Wenn der Turm gefallen ist«, antwortete Raimund von Toulouse mit der bestimmenden Festigkeit des wahren Gläubigen, »stürmen wir Nikaia.«

Raimunds tausend Berittene und zehn Tausendschaften und Bohemunds zweihundertfünfzig Ritter und siebenmal so viele Streiter ohne Reittiere hatten unter Tancreds Führung die nordöstliche Mauer Nikaias und das Konstantinopeltor zu belagern begonnen. Bohemund war erst am 14. Tag des Weidemonds selbst zu seinem Heer gekommen.

Raimund der Einäugige und sein Heer schlugen ihr Lager am

16. Tag des Weidemonds am mächtigen Tor vor der Südmauer auf, nachdem Gottfried, der vom 6. Tag im Weidemond an der Ostmauer, links von Tancreds Heer, die Zelte seines Gefolges aufgerichtet und Palisaden eingerammt hatte. Der General, Bohemund, Gottfried und der Graf von Saint-Gilles würden gemeinsam einen Beschluss fassen müssen. Von ihnen hing es ab, ob und wann die Stadt fiel.

»In vier Tagen und Nächten sind alle meine Belagerungstürme fertig, alle Geschütze bereit«, sagte Butumites, musterte die Fürsten der Reihe nach und hob den Becher. »Jeder einzelne Mann, nicht nur meine Söldner an den Wurfmaschinen, muss zum Sturm bereit sein. Das Gleiche gilt für Tatikios' Männer. Das erwartet der Basileus von uns.«

Gottfried von Bouillon hatte Anfang des Ostermonds Konstantinopels Gyrolymne-Tor angegriffen, das zu Kaiser Alexios' Blacherna-Palastgebiet führte, und schließlich, blutig zurückgeschlagen und mühsam besänftigt, am Ostersonntag den Eid auf Basileus Alexios abgelegt. Ihm war, das hatte der General erfahren, die Höhe der Beute recht gleichgültig, denn es ging ihm um den Vorteil der pilgernden Ritter des Herrn und die Befreiung Jerusalems.

»Die Sarazenen halten die Stadt besetzt und wehren sich wie die Rasenden«, sagte Bohemund und leerte den Inhalt eines Kruges in seinen leer getrunkenen Becher. »Sie verteidigen, sagt man, unermessliche Beute und die umfängliche Familie des Sultans. Es müssen ihrer Unzählige sein!«

»Zuerst waren Eure Heere nicht vollständig.« Butumites schüttelte den Kopf und redete beschwichtigend weiter. »Daher erhielt die Seldschuken-Besatzung fast ungehindert Nachschub mit Booten, die den See befuhren. Nachdem Graf Raimund einer Vorhut des riesigen Heeres des Sultans am 21. Tag im Weidemond eine furchtbare Niederlage bereitet hat, scheint die ganze Gegend frei von heidnischen Kriegern zu sein. Tag um Tag suchen meine Späher die feindlichen Reiter. Bisher vergebens.«

»Ihr meint also, der Augenblick sei günstig, mit vereinten Kräften die Stadt zu stürmen?«, fragte Gottfried.

Butumites nickte. Schon der Umstand, dass die einzelnen Heere und einige Fürsten in so langen Abständen von Konstantinopel nach Nikaia gezogen waren, hatte ihn verärgert. Es war nicht Feigheit, das sie so handeln ließ, sondern verletzter Stolz und Eifersucht aufeinander. Der General setzte sich, stützte die Arme schwer auf die Platte und blickte in Gottfrieds bartumrahmtes Gesicht.

»Wenn die Seldschuken der Garnison erfahren, dass wir einen Sturmangriff durchführen, werden sie sich vielleicht ergeben«, führte er aus. »Wenn nicht der Sultan vom Süden her wieder angreift. Auch wenn es den Anschein haben mag, sind innerhalb der Mauern nicht so viele heidnische Krieger, dass sie uns lange widerstehen könnten.«

»Die meisten Bewohner der Stadt sind romanische Christen, keine Ungläubigen, nicht wahr? Sie haben Kreuze und Kirchen in der Stadt?«, sagte Adhemar und verschränkte die Finger.

Butumites' Blicke glitten über die Hände der Fürsten an den Bechern. Die Finger, ausnahmslos kräftig und derb, trugen zersplitterte, schmutzige Nägel; auf verstörende Weise glichen sie dem Ausdruck der Gesichter vieler Ritter, deren kleine Wunden entzündet waren und denen manche Zähne fehlten. Butumites betrachtete stirnrunzelnd seine gepflegten Finger und die glänzenden Nägel. Als Einzige trugen er und Adhemar wertvolle Ringe. Abermals nickte der General bedachtsam.

»Sie waren einst treue Untertanen des Basileus, und wenn Nikaia eingenommen ist, werden sie es wieder sein. Ihr werdet mir zustimmen, edle Herren, dass es sinnlos und verlustreich wäre, Euer Leben für alte Mauern zu opfern, die Ihr auf dem Weg nach Jerusalem ohnehin verlassen müsst.«

»Und die Schätze des Sultans in der Stadt?«, rief Tancred. »Die vielen Sarazenen? Die Weiber der Emire?«

»Das wird sich zeigen«, antwortete Butumites. »Wie ich schon sagte, die Emire und ihre Soldaten sind nicht so zahlreich, wie Ihr befürchtet. Die Gefallenen unter den Verteidigern hat bislang keiner gezählt, ebenso wenig wie die unter dem christlichen Heer, die auf dem Weg hierher und unter den Mauern von Nikaia gestorben sind.«

»Das ist Gottes Wille und daher nicht zu ändern«, warf Bischof Adhemar streitlustig ein. Der Kaplan von Aguilers nickte emsig. »Wenn erst einmal der Hauptturm gefallen ist, ändert sich alles.«

»Wann rechnet Ihr mit diesem gottgefälligen Zusammenbruch?«, erkundigte sich Butumites unbewegten Gesichts.

»Morgen noch. Vor Anbruch der Nacht. Oder einen Tag später.«

»Wenn dies gelingt«, sagte der General und versuchte kaiserliche Bedeutung in seine Stimme zu legen, »könnten wir in die Stadt eindringen. Die Seldschuken werden es eilig haben, sich zu ergeben.«

»Seid Ihr dessen sicher, General Butumites?«

Die Mauern Nikaias waren fünf Jahrhunderte alt; Kaiser Justinian hatte sie auftürmen lassen. Butumites zweifelte daran, dass der Einsturz eines einzigen Turms die Verteidiger in Furcht und Schrecken versetzen würde. Was Nikaia anging, so hatte der Basileus andere Pläne.

»Ich habe Boten geschickt. Wir verhandeln mit den Emiren in der Stadt. Ihr wisst, dass der Basileus befohlen hat, Boote und Schiffe zum See zu schaffen. In einigen Tagen ankern sie in der Lagune und können das Seetor sperren. Kampferfahrene Waräger und petschenegische Söldner werden an Bord sein.« Butumites machte eine Pause. Seine Mundschenke füllten die Becher mit kühlem, gemischtem Wein. »Der andere General meines Kaisers, Tatikios, trifft mit zweitausend Bewaffneten hier ein, um uns zu helfen. Alexios hat ihm befohlen, in Eurer Nähe zu lagern, Bischof Adhemar.«

»Dort schuften meine Männer an den Fundamenten des Gonates-Turms.«

»Tatikios wird Euch dabei helfen«, meinte Butumides.

»Wann sind wir so weit?«, rief Bohemund. Er schien den Sturm und das Gemetzel nicht abwarten zu können.

»Ich schlage vor, in acht Tagen. Am 19. Tag des Johannismonds. So sollten wir es beschließen«, sagte der General rasch. »An mir und Tatikios soll's nicht liegen. Mit Gottes Hilfe werden wir es vollbringen.«

Längst hatte er Spione hinter den Mauern. Von den Stadtbewohnern wusste er, welche Schätze der Sultan in seinem Palast hortete. Er hatte das Einverständnis des Basileus, die Fürsten an der Beute reich zu beteiligen, aber dieses Versprechen würde er erst nach den Verhandlungen machen – und er dachte daran, es zu halten, selbst dem hitzköpfigen Tancred gegenüber.

Während die Heerführer berieten, ging die Belagerung weiter. Aus den Wäldern wurden Bäume herangeschleppt, und die Belagerer brachten sämtliche Türme, Steinschleudern, Manganen und Ballisten, die noch nicht völlig zusammengesetzt waren, in Stellung und vollendeten die Kriegsmaschinen. Schwitzende Mönche schleppten Steinbrocken, die Zimmerer schlugen große Pfeile zurecht, die Feuerkugeln, die in die Schleuderkörbe passten, wurden mit Öl und Pech getränkt und mit Strohseilen umwickelt. Unentwegt schossen die Normannen mit den Tzangra-Bögen, die sie von den Arabern auf Sizilien übernommen hatten und die weiter trugen als die Waffen der Seldschuken, auf die Verteidiger, die mit allen Kräften von den Mauern und Türmen antworteten.

Vom Fuß des Gonates-Turms, tief aus dem nassen Erdreich, ertönte seit Tagen ununterbrochenes gedämpftes Klirren und Krachen. Die Knechte schleppten Steine, Erdreich und Felsbrocken in Körben aus den Fundamenten des mächtigen Turms und zerrten auf dem Weg nach unten Stroh, Äste, Tonkrüge voller Öl und klafterweise trockenes Holz mit sich. Armbrustschützen, gedeckt von Schilden und eingerammten Bohlen, versuchten die Männer zu schützen, die den schrägen Schacht bis an die mächtigen Fundamente des Turms vorangetrieben hatten. Das sandbedeckte Schutzdach über dem Gang, durch den sich die halbnackten Männer wühlten, war von Steinbrocken, verschmorten Brandpfeilen und anderen Geschossen übersät. Butumites war mit seinen Unterführern zwei Mal zu dem schrägen Schacht geritten und hatte zweifelnd den Turm angestarrt; er schien so wenig zu erschüttern wie ein Felsenberg.

»Mit Gottes Hilfe«, wiederholte der General, »und mit nimmermüdem Bemühen. Erhofft Euch, Ihr Herren, nicht zu viel vom Fall eines Turms. Wir haben zwanzig Dutzend Mauertürme gezählt.«

»Es ist nicht der Turm. Es ist die Bresche, durch die wir eindringen werden.«

Bohemund schlug mit der flachen Hand auf den Tisch. Die leeren Becher begannen klirrend zu tanzen, aus den gefüllten Gefäßen spritzte Wein und tränkte die Tücher. Butumites deutete mit missbilligendem Lächeln zur Stadt und sagte:

»Es wird schwerfallen, über die Steintrümmer zu reiten. Wie dem auch sei – reden wir darüber, dass wir Nikaia nicht brandschatzen und möglichst unversehrt in Eure Hände und in die des Kaisers legen.«

»So will es Gott«, sagte leise der Kaplan und machte sein Schreibzeug zurecht.

Krieger Christi nannten sich die Heere und deren Angehörige, dachte Butumites. Auf dem Weg nach Jerusalem würden sie vor keinem Hindernis, keiner Beute, keiner Strapaze zurückschrecken. Ihr Glaube, ihre Gier und der Hass auf die Muslime, gespeist vom Staunen und den Erfahrungen eines ganz anderen Lebens, trieben sie unaufhaltsam vorwärts. Auf zahlreiche Beweise dieser unbekannten, reichen Schönheit stießen sie auf ihrem dumpfen Weg, und ein gutes Stück des mörderisch schweren Weges würde er sie auf Befehl des Basileus begleiten müssen.

Am frühen Nachmittag erreichten die Reiter den Pfad, der sich am Berghang hinaufwand und zwischen Buschwerk und Bäumen verschwand. Auf diesen Berg hatten sich der Sultan und der größte Teil seines Heeres nach den Angriffen der gepanzerten Lanzenreiter zuerst geflüchtet. Ein kaum mehr wahrnehmbarer Geruch nach erkalteten Feuerstellen wehte den Reitern entgegen. Ein Fuchs mit rotem Fell schnürte über den Weg, verharrte und flüchtete dann ins Unterholz.

»Still!«, mahnte Berenger. »Langsam! Haltet Augen und Ohren offen!«

Langsam ritten sie weiter, schweigend und voller Wachsamkeit. Sie kamen an einem langgezogenen Acker vorbei, der wie frisch umgebrochen aussah und feucht-erdig roch; ein Rudel Wildsäue hatte sich in der Nacht darüber hergemacht. Ein gutes Zeichen, sagte sich Rutgar. Die Pferdehufe zertraten mitunter trockene Äste; trotz des hallenden Knackens geschah nichts Auffälliges. In den Zweigen lärmten Vögel und Grillen, im Duft unbekannter Kräuter und tropfenden Baumharzes summten Fliegenschwärme. Chersala und Rutgar, beide in leeren, sonnendurchglühten Ländern aufgewachsen, hoben die Köpfe, hielten den Atem an und lauschten. Ein einsamer Bussard oder Falke zog über der Hügelkuppe seine Kreise. Die Pferde waren ruhig und prusteten bisweilen; sonst gab es keine verräterischen Laute.

»Sie sind weg, Berenger«, flüsterte Rutgar. Er hörte, weit entfernt, einen Hund bellen.

»Ein Schäfer?« Berenger zuckte mit den Schultern. Boten aus dem Dorf Leuce, einen Tagesritt südlich Nikaias, hatten berichtet, dass die Seldschuken in großer Eile ihre Pferde getränkt, die Ziegenbälge gefüllt und durch das Dorf geritten waren. Jeder, der ihnen zusehen konnte, war sicher, dass sie und der Sultan die Flucht ergriffen hatten. »Wäre ich der Sultan, würde ich mein Heer im Süden sammeln und die Belagerer immer wieder nachts angreifen.«

Rutgar kitzelte seinen Rappen mit den Sporen und ritt auf dem Pfad weiter. Bisher hatten sie seit drei Tagen nichts gefunden außer erkalteten Feuerstellen, abgebrochenen Ästen, entwurzelten Grasbüscheln und Büschen und etlichen unbedeutenden Dingen, die Seldschuken auf der Flucht verloren hatten. Wieder hörte Rutgar aus der Ferne Hundegebell, dann eine harsche Stimme.

»Du bist nicht der Sultan«, sagte Rutgar leise. »Er mag andere Pläne haben. Der Weg nach Jerusalem ...«

»Wir wissen's. Er ist lang, beschwerlich und wird reich an Opfern sein.«

Berenger nickte. Die Späher folgten ihm auf dem Pfad bis zur Kuppe des Hügels. Zwischen Baumstämmen hielt Rutgar sein Pferd an und sprang aus dem Sattel. Als er das Gebüsch teilte, konnte er in ein breites Tal hinein und auf die gegenüberliegenden Hänge anderer Hügel sehen. Eine große Schafherde weidete friedlich auf der gegenüberliegenden Seite; ein vertrauenserweckendes Bild. Berenger kam an seine Seite und ließ seine Blicke schweigend über die Landschaft gleiten.

»Würden sich hier hungrige Bogenschützen verstecken, hätte der Schäfer die Herde längst in Sicherheit gebracht«, sagte er leise. »Nirgendwo Feuer und Rauch, keine aufgeregten Vögel, kein Pferd wiehert – sie sind im Süden, nach Dorylaion hin.«

Rutgar deutete auf das Rinnsal in der Talsohle und auf einige schmale Ziegenpfade.

»Prüfen wir es nach«, schlug er vor. »Wäre ich der Sultan, hätte ich ebenso Späher ausgeschickt wie Butumites und Tacitus.«

»Tatikios heißt er. Klug und immer misstrauisch, Ritterlein. Gut so!«, murmelte Berenger und stieg in den Sattel.

Sein Gefolge wendete die Pferde und war bemüht, keinen Lärm zu machen. Langsam ritten sie in langer Reihe den Pfad abwärts, auf die Straße hinaus und im kurzen Galopp zum nächsten Hügel. Im weiten Bogen näherten sie sich dem Schäfer und versuchten, die blökenden Schafe und Lämmer nicht auseinanderzuscheuchen. Zwei scharfe Pfiffe riefen den kläffenden Hirtenhund zurück. Berenger und Chersala ließen sich aus den Sätteln gleiten und gingen auf den Hirten zu, während die anderen Reiter den Waldrand sicherten und Rutgar die Zügel hielt.

»Ich bin aus Drakon, Hirte«, sagte Chersala. »Und die anderen Bewaffneten gehorchen dem Mächtigen in Konstantinopel. Haben dir die Reiter des Sultans übel mitgespielt?«

»Sie haben ein paar Hammel und Schafe geraubt. Es waren nicht die fetten«, antwortete der Hirt grinsend und zupfte an seinem verfilzten Kinnbart. »Sie sind alle fort. Sonst würden sie da nicht kreisen.«

Sein Finger wies zu den Wolken. Über den Hügeln drehten ein Dutzend Störche ihre Kreise. Rutgar sah weder Geier noch andere Aasvögel.

»Alle Seldschuken-Reiter sind geflüchtet?«

Der Hirt pfiff seinem Hund und zeigte zum Rand der Herde. Der Hütehund sprang davon. »Nach Süden, im Galopp. Der Sultan und seine Emire – sie treffen das Heer dort, wo die Fremden vorbeireiten. Sie haben's mir nicht gesagt, aber ich kenne ihre Sprache.«

Rutgars Arm beschrieb einen Halbkreis, der den Wald und die Hügel jenseits der leer gefressenen Weiden umfasste. Langsam zogen die Schafe stoßend, blökend und Gräser abweidend auf der Flanke des Hügels nach Osten. In weiter Ferne, hinter dem Hügel, krähte ein Hahn.

»Wir finden also keine Seldschuken hier im Land und um die Stadt?«, fragte Chersala und starrte in das bärtige, wettergegerbte Gesicht des Schäfers. »Bist du sicher?«

»Vielleicht eine Handvoll Späher. So wie ihr«, antwortete der Schäfer. Er wirkte auf Rutgar, als könnte nicht einmal der Weltuntergang seine Ruhe und Unbeweglichkeit erschüttern. »Sonst wäre meine Herde längst an den Bratspießen geendet.«

»Das ist eine Antwort«, sagte Chersala und nickte lächelnd, »die wir glauben können. Wachstum und reichen Lämmersegen, Hüter der Herde! Wenn du guten Käse hast – bring ihn nach Nikaia. Dort zahlen die Franken gut.«

»Ich will's mir merken.«

Der Schäfer hob grüßend die Hand, blickte sinnend auf die Rücken seiner Tiere und sah zu, wie die Reiter aufsaßen und am Waldrand entlang zur Straße ritten. Berenger hatte im Schatten angehalten und betrachtete die abgeweidete Fläche. Die dunkelgrünen Grasflächen, leblose Muster zwischen den Büschen des Waldrandes, taten den Augen wohl; so nahe der Stadt und der wütenden Belagerung breiteten sich bäuerliche Ruhe und ungestörte Landschaft aus, als habe sich der Himmel mit dem Land zu ewigem Frieden verbunden. Berenger zügelte, als die Straße zu sehen war, sein Pferd und zeigte auf die Sonne.

»Noch drei Stunden, Freunde!«, rief er unterdrückt. »Weiter nach Süden. Wenn wir keinen fremden Reiter sehen, wissen wir, dass Sultan Kilidsch an anderer Stelle auf uns lauert.«

Berengers Reiter blieben tausend Schritte lang auf der Straße, teilten sich dann und folgten schmalen Ziegen- oder Wildpfaden, die zwischen dem kargen Wald oder dem dornigen

Buschwerk verschwanden. Die Stille hielt an; auch hier sahen sie Spuren eines hastigen Aufbruchs, aber keine seldschukischen Reiter. Von Berenger wusste Rutgar, dass viele oder die meisten Krieger des Sultans Nomaden waren, die es verstanden, sich im weglosen, menschenleeren Land zu bewegen wie Füchse oder scheues Rotwild; aber hier ging es um ein ganzes Heer, das sich nicht zur Gänze unsichtbar machen konnte.

Berenger wählte den Weg, der links von der Straße abzweigte, galoppierte durch das nächste Tal und zur Kuppe des höchsten Hügels. Eine halbe Stunde lang hielten sie, verborgen im Halbdunkel des Rhododendrongebüschs, angespannt Ausschau nach versteckten Seldschuken. Nicht ein Laut war zu hören, kein verräterisches Blitzen von Metall, kein Pferdewiehern.

»Außer uns gibt es noch zahlreiche versteckte Späher des Generals«, sagte Berenger am frühen Abend. »Wenn der Sultan angreift, haben wir einen halben Tag, um uns aufzustellen.«

»Zurück ins Lager?«, sagte Cherso und leerte den Wassersack in den ledernen Futterbeutel. Ihr Pferd steckte das Maul tief in den Beutel und soff. »Oder suchen wir weiter?«

»Butumites wartet auf unseren Bericht«, antwortete Berenger und zog sich in den Sattel. »Zurück. Ohne Eile. Schont die Pferde.«

So leise und schnell wie möglich ritten sie zur Straße zurück; ab und zu fielen die Tiere in einen matten Galopp.

Viertausend kaiserliche Söldner, die beiden kleinen Heere der Generäle Butumites und Tatikios, halfen den fränkischen Kriegern. Die Stadt war nun vollständig eingeschlossen. Bisher hatten die Seldschuken nur einen Ausfall gewagt und keinen zweiten mehr. Die Verteidiger unter den Fahnen des Sultans zeigten keine Müdigkeit, keine Erschöpfung. Aber sie erkannten, dass sich die Belagerer auf einen Sturm vorbereiteten.

Von den Zelten der Heeresführer, die von Bediensteten umwimmelt wurden, rannten und ritten Kriegsknechte hierhin und dorthin, kamen zurück, überbrachten neue Botschaften und hüteten sich, in die Reichweite der Pfeile und Schleudersteine der Mauerbesatzungen zu kommen. Die Wälder rund um Nikaia lichteten sich; mehr und mehr Baumstämme wurden von den Zugpferden, Ochsengespannen und von vielen Männern herbeigeschleift. Die Felder, noch vor fünfzig Tagen hoch in der Erntereife stehend, waren leer und zertrampelt, aufgewühlt, kotbedeckt oder voller frischer Gräber.

Rutgar war erleichtert, im Lager des Butumites zu wohnen. Längst hatte er den Unterschied dieser Heere zu Peters ungestümen Pilgerscharen erkannt. Jene Fürsten, die sich als *Militia Christi* bezeichneten, scharten einen vielköpfigen Kreis aus Helfern um sich: Mundschenke, Köche und Zimmerleute, Schwertfeger und Pferdeknechte, Sattelmacher, Schmiede und Gespannführer, Seilschläger und Fleischhauer, Kornschroter, Bäcker und Schreiber, Sprachkundige, Mönche, die als Einzige vorlesen und schreiben konnten, Berater, Chronisten, Pfeilmacher, Wundärzte und Bartscherer – ihm, Peters Bewacher von einst, schien es, dass die wenigsten, die er sah, unbewaffnete Pilger waren. Keiner von denen bemühte sich um Sauberkeit; jeder stank und war voller entzündeter Wunden. Und noch immer blickte er in jedes Gesicht und fragte unzählige Male, wenn er Franzosen traf, nach seinem blauäugigen Stiefbruder. Indes – niemand schien Thybold zu kennen.

Tatikios und Butumites, deren befestigte Lager sich zwischen denen Bohemunds und Tancreds erstreckten, belagerten unmittelbar das Nördliche Tor, das sie »Konstantinopel-Tor« nannten. Zwischen ihren Zelten und Palisaden erstreckte sich ein breites Stück Fahrweg mit längst geplünderten Fruchtbäumen an beiden Rändern, das sich mit der Straße nach Civetot kreuzte.

Zwei Tage nach der Rückkehr der Späher sah Rutgar, dass Berenger ihm winkte und auf vier Gespanne wies, die mit Männern, Holz und Werkzeug beladen waren. Berenger saß im Sattel und zog Rutgars gesattelten Rappen am langen Zügel hinter sich her.

»Der General schickt seine besten Männer zum Gonates-Turm«, sagte Berenger, als Rutgar stehen blieb und sich am Sattel festhielt. »Zu deinen Landsleuten. Du musst mit ihnen reden.«

»Wenn sie mit sich reden lassen«, antwortete Rutgar, tätschelte die Stirnblesse seines Pferdes und stellte seinen Stiefel in den Steigbügel. »Um was geht es?«

»Um den kopflosen Belagerern zu helfen. Dem Le-Puy-Bischof und dem tolosanischen Raimund.«

Berenger und Rutgar trabten zum ersten Gespann, das ihnen folgte und auf die lehmige Spur einbog, die den Weg entlang der Mauern, aber außerhalb der Geschosse der Verteidiger markierte. An einigen Stellen war der Untergrund mit Sand, Kies, Sägespänen oder zerbrochenen Knüppeln notdürftig befestigt. Über der Mauerkrone wirbelte mit klatschendem Flügelschlag ein großer Taubenschwarm. Jedes Mal, wenn sich die Vögel irgendwo niederlassen wollten, wurden sie aufgescheucht. Schon jetzt, am frühen Morgen, stank es nach verderbenden Dingen, und je mehr sich die Gespanne der Mauer näherten, desto lauter wuchs der Lärm der vieltausendköpfigen Menge und ihrer Maschinen an, von denen die Stadt berannt wurde. Jeder Einzelne schien von einer Erregung gepackt zu sein, die Rutgar bisher noch nicht bewusst wahrgenommen hatte.

Rumpelnd und knarrend schob sich ein schwankender Belagerungsturm auf die Mauer zu. Polternd drehten sich die kleinen Holzräder auf untergelegten Bohlen und Brettern. Von den Türmen wirbelten Felsbrocken und krachten gegen die nassen Holzwände der Turmseiten.

»Wobei sollen deine Leute den Provençalen helfen?«, fragte Rutgar.

Berenger führte die Gespanne dicht an den Palisaden vorbei, die das Lager Gottfrieds schützten, und antwortete: »Beim verdammten Gonates-Turm, der nicht fallen will.«

Die Reiter und die Wagen rumpelten am Kreuzweg vor dem Östlichen Tor vorbei, dann am Lager Roberts von Flandern und bewegten sich durch Lärmen und Gewimmel in weitem Bogen nach Süden, zu den Zelten und Wurfmaschinen Raimunds und Adhemars.

Rutgars Blicke glitten über alles, was er sah, und hefteten sich auf besondere Bilder: Zwischen manchen Türmen gab es breite Mauerabschnitte, an denen niemand kämpfte oder Leitern anlegte. Auch auf den Mauerkronen sah Rutgar nur wenige wachsame Verteidiger. Berenger richtete sich im Sattel auf und zeigte auf eine Wurfmaschine, an der ein Dutzend Männer hantierten. Mehr als die Hälfte von ihnen waren Bewaffnete aus Butumites' Lager.

»Deine Landsleute haben keine Erfahrung darin, wie man Schleudern und Türme baut!«, rief er unterdrückt. »Von uns haben sie's gelernt.«

»Ich sehe, dass sie es gut verstanden haben«, gab Rutgar zurück. »Sie geben sich alle Mühe.«

Es waren sicherlich mehr als hundert Gruppen, die sich um vier große Türme versammelten, die mächtigen Schenkel der Schleudern spannten und Wurfarme herunterzogen. Steinmetze meißelten und hämmerten Brocken aus einem Block, der aus einem Fels aufragte. Pilger in abgerissener Kleidung schleppten die Steintrümmer zu einer Schleuder und schichteten sie auf. Als sich der Zug der Mauerkante im Süden näherte, die nach Osten zum südlichen Tor abknickte, rannten normannische Armbrustschützen an Rutgar vorbei. Linker Hand erstreckten sich hinter einem Erdwall, der mit zugespitzten

Pfählen gespickt war, das Lager der Normannen und Stephan von Blois' Zelte.

»Wir halten hinter den Baumstämmen!«, rief Berenger dem Führer des ersten Gespanns zu. »Achtet auf die Geschosse von den Mauern.«

Der Raum zwischen einem halben Dutzend verwüsteter Bäume war mit einem Palisadenwall aufgefüllt worden. In unregelmäßigen Abständen prallten Steine und Felsbrocken gegen die Stämme, die von zerbrochenen Pfeilen und Schleuderlanzen starrten. Die Wagen knarrten schwankend bis hinter die hölzerne Schutzmauer, und die Handwerker der Butumites-Truppe sprangen zu Boden. Ein Mann in Helm und Harnisch, das rote Kreuz auf dem Wappenrock, stapfte auf die Reiter zu.

»Ich bin Gerhard von Roussillon und befehle den Arbeitern am Turm. Wer schickt euch?«

»Die Herren Gottfried und Bohemund haben beschlossen«, antwortete Berenger laut, während er abstieg, »Euch die besten Umstürzer und Zusammenbrecher von Türmen zu schicken, Herr. Ich bin Berenger, Anführer im Heer des Generals – sicherlich habt Ihr mich gesehen, als wir hierherritten.«

»Du musst weit hinter uns Rittern geritten sein«, antwortete der Herr von Roussillon. Nur Rutgar bemerkte, als er aus dem Sattel glitt, dass Berenger zusammenzuckte. »Sag deinem General Dank. Ich hab schon gespürt, wie der Turm gezittert hat.«

Rutgar führte sein Pferd näher heran. Butumites' Männer luden ihre Werkzeuge ab und schulterten Hämmer, unterarmlange Meißel und Krüge voll mit griechischem Feuer. Sie warteten unschlüssig auf Berengers Befehle. Rutgar sagte in der Sprache der Provençe:

»Um Vergebung, Herr von Roussillon. Ich bin Jean-Rutgar von Les-Baux, der Kampfgenosse Herrn Berengern, und mit Pierre de Amiens ins Land gekommen. Kämpft an Eurer Seite, vielleicht, mit Gottes Hilfe, mein Halbbruder Thybold?«

Berengers ausgestreckter Arm wies auf den Eingang zum überdachten Tunnel, der schräg hinter den Baumstämmen begann. Unaufhörlich hasteten Männer und Frauen daraus hervor, die Steinbrocken und Erdreich in Körben auf den Schultern schleppten. Vor dem Lager Raimunds von Toulouse entstand quer über einen Weg, durch fast bis zur Unkenntlichkeit zerstörte Gärten und Zierhecken, eine grobe Aufschüttung. Graf Gerhard von Roussillon schüttelte langsam den Kopf; in sein halb verhülltes Gesicht, über das der Schweiß rann, kam ein wachsamer Ausdruck.

»Einige Hundert arme Rittersöhne aus der Provençe und aus dem Burgund reiten mit uns«, sagte er und musterte Rutgar vom Kopf bis zu den Stiefelspitzen. »Aber diesen Namen hab ich nie gehört. Alt oder jung?«

»Dreißig Sommer. Fünf Jahre älter als ich. Kühn und ehrlich. Große blaue Augen, schwarzes Haar, Falkennase.«

Das Kopfschütteln blieb. Rutgar zuckte mit den Schultern und sah zu, wie Berenger seinen Männern Befehle erteilte. Einer nach dem anderen schloss sich den Trägern an, die zusätzlich zu den leeren Körben Wasserkrüge und Brotfladen hinab ins Halbdunkel des Stollens trugen. Im Boden verschwelten Brandpfeile und die Reste von Feuerkrügen; träge zog schwarzer Rauch über die Grasreste.

»Ich werde trotzdem weitersuchen«, sagte Rutgar und führte sein Pferd zur Seite, als die Wagen wendeten und durch das Gewühl davonschaukelten. Er betrachtete missmutig seine verdreckten Stiefel und die lehmverklebten weißen Fesseln seines Pferdes und versuchte sich in all dem Lärm, dem Hin und Her der verschiedenen Geschosse, der hastenden Menschen und des Waffengeklirrs zurechtzufinden. Berenger schlug gerade dem Letzten seiner Männer auf die Schulter und sah ihm nach; der Turm, dessen Flanke zernarbt war von Brandspuren und Einschlaglöchern, stand drohend und dunkel und scheinbar unverrückbar, ohne zu zittern, rechts und links von Mauern gehalten.

Länger als vierundzwanzig Stunden arbeiteten Butumites' Handwerker in der Höhle der Turmfundamente. In allen Lagern rüsteten sich die Ritter; morgen Nacht, hatte der General versprochen, würde der Gonates-Turm fallen. Sein Lager war zu zwei Dritteln leer; die Verbliebenen konnten sich eigenen Bedürfnissen widmen. Die meisten schliefen, satt und kaum gestört.

Als Letzte zogen Chersala, Berenger und Rutgar ihre Pferde aus dem flachen Wasser der Lagune. Sie hatten die Tiere getränkt, gewaschen und gestriegelt und waren in der beginnenden Dämmerung mit einem Boot zwei Bogenschüsse weit auf den See hinausgerudert. Auch noch an dieser Stelle der Lagune fanden ihre Zehen Halt im Sand; vor Wohlbehagen stöhnend wuschen sie sich den Schmutz und den Schweiß vieler Tage von den Körpern.

Chersala hatte sich notdürftig verhüllt; als sie auf dem Rand des Bootes hockten, die Füße im kühlen Wasser, sagte Berenger leise: »Hast du deinen Bruder gefunden, Ritterlein?«

»Nein«, antwortete Rutgar, der den Arm um Chersala gelegt hatte und mannhaft sein Begehren unterdrückte. Chersala lehnte an seiner Schulter, und ihr Körper strahlte Jugendlichkeit, Hitze und Bereitschaft aus. »Aber ich suche weiter. Eine innere Stimme sagt mir, dass er nicht weit ist.«

»Hoffentlich nicht gerade dann, wenn es Turmquadern hagelt.« Berenger ließ sich ins Wasser gleiten. »Ich wate zu den Pferden und zu unserem Zeug. Eine halbe Stunde nach Mondaufgang am Ufer, Knappe Cherso!«

»Eine Stunde danach im Zelt«, murmelte Rutgar. »Ich zahl's dir heim, Berenger, auf gute Art. Danke. Lass dich nicht von den Mücken zerstechen.«

Berenger hob den Arm aus dem Wasser und schwamm langsam zum Ufer. Nur sein Kopf mit dem langen weißen Haar tauchte aus den fingerhohen Wellen auf.

Chersala schwang die Beine ins Boot und breitete die gefalteten Decken über den nassen Planken aus. Das Tageslicht war längst geschwunden, aber hundert Fackeln auf der Krone der Seemauer, einige Dutzend Feuer in den Lagern rechts und links des schwarzen Umrisses der Stadt und ein paar umherirrende Lichter am Ufer, wo sich die Pferdeknechte sammelten, spiegelten sich in der Wasserfläche. Rutgar starrte Chersalas nackten Körper an, als sähe er ihn zum ersten Mal. Er glaubte, Sternenglanz auf ihrem Hals und der breiten Goldkette funkeln zu sehen. Die Lichter schufen erregende Spiele auf der nassen Haut.

Rutgar und Chersala bewegten sich lautlos aufeinander zu und verschmolzen in der Höhlung des Bootes wie Wachs am Fuß einer tropfenden schwarzen Kerze. Warmer Südwind kräuselte bisweilen große Felder des askanischen Sees, doch von den beiden Liebenden hatte keiner Augen für dieses gewaltige Bild. Sie umarmten und küssten sich, und die Leidenschaft kam jäh über sie wie Sturzregen aus übersatten Wolken. Chersalas tiefer Kuss erinnerte Rutgar an die Nächte im schneeumtosten Häuschen am Rand Drakons, an den Glutkreis der Feuerstelle und an ein anderes Leben, das weit hinter ihnen lag.

Ihre Körper schienen zu glühen und pressten sich aneinander. Sie sanken ins Boot, Rutgars Knie prallte hart gegen die Ruderbank, seine Finger wanderten gierig über Chersalas Haut. Schwer atmend öffnete Chersala die Schenkel und bohrte die Finger in Rutgars Oberarme. Sie liebten sich wortlos, keuchend und heftig; das Boot begann zu schaukeln, immer heftiger, bis Chersalas leiser Lustschrei das Plätschern durchbrach. Er klang wie der Ruf eines Nachtvogels. Chersala legte ermattet die Arme um Rutgars Hals und zog sich halb in die Höhe.

»Endlich!«, flüsterte sie. Aus ihrem kurzen Haar liefen Tropfen über Hals und Brust. »Ich war halb verdurstet, halb verhungert und gierig ... nach dir. Wenn uns jemand sehen könnte – jetzt würde er wohl sehen, dass ich nicht Cherso, dein Knappe, bin.«

»Bisher haben wir's gut versteckt«, antwortete Rutgar und hielt sie heftig atmend fest, »ob es so bleibt bis Jerusalem – wer weiß?«

Er streichelte ihre Brüste, deren Spitzen sich aufgerichtet hatten. Über dem See, zwischen den schwarzen Hängen, flammten die ersten Sterne auf und spiegelten sich im Seewasser. Zwei Fackeln, winzige Lichter am Seeufer, bewegten sich langsam hin und her. Rutgars Blicke und seine rechte Hand wanderten über Chersalas ausgestreckten Körper, während sie leise miteinander redeten, sich gegenseitig halfen und ins Wasser rutschten, um sich zu reinigen.

Er spürte ihre Arme um seine Schultern, als sie ihn wieder zu sich ins Boot zog und die Beine um ihn schlang. Sie vergaßen die Nacht um sich herum, überließen sich abermals willig der Leidenschaft und liebten sich begierig und weniger hastig auf den feuchten Decken. Das Boot begann zu schaukeln, ohne dass sie es merkten. Keuchend löste sich Rutgar von ihr, strich das nasse Haar aus Chersalas Gesicht und streckte sich neben ihr aus. Aus der Stadt flogen rauchende Brandgeschosse in flachen Bögen durch die Nacht, wie Sternsplitter, dann erklang dumpfes Poltern. In den Lagern schrien wirre Chöre der Angreifer durcheinander.

»Berenger wird nichts sagen«, flüsterte Chersala. »Aber irgendwann werden sie im Lager wissen, dass ich deine Liebschaft bin.«

»Im Durcheinander der Belagerung«, antwortete Rutgar, sprang ins Wasser, packte das Seil und begann das Boot herumzudrehen, »achtet keiner darauf. Und danach ziehen wir alle weiter.«

»Bis dahin dauert's noch.« Chersala kauerte sich ins Heck des Bootes und trocknete sich ab. Rutgar schwamm langsam zum Ufer, das Seil um den Unterarm geschlungen, bis er Boden unter den Zehen fühlte. Er drehte sich um und sah zu, wie sich Chersala in Cherso verwandelte. Ein junger Pferdeknecht hielt drei ungesattelte Pferde und schwenkte die Fackel.

»Hierher, Ritter Rutgar!«, rief er und wartete, bis Rutgar sich angekleidet hatte. »Herr Berenger wartet im Lager.«

»Danke«, sagte Rutgar, zog das Boot auf den Sand und streckte den Arm aus. »Er hat es uns versprochen. Reite uns mit dem Licht voraus.«

»Folgt mir, Herr.«

Rutgar half Chersala aus dem Boot und auf den Rücken ihres Pferdes, zog sich selbst am Hals des Rappen hoch und wartete, bis der Junge aufgestiegen war. Der Halbmond, dessen Licht auf Chersos glattem Scheitel glänzte, hing zwei Handbreit über den Hügeln. Durch das vage Dunkel folgten Rutgar und Chersala der blakenden Fackel an den Lagern Bohemunds und Tancreds und an den verlöschenden Lagerfeuern vorbei bis zu den Zelten des Generals Butumites.

Die Wurfmaschinen schleuderten in langen Abständen während aller Nachtstunden schwere Feldsteine, Krüge voll brennendem Öl und Felsbrocken über die Mauern und gegen die Brüstung des Gonates-Turms. Im Untergrund, in verwüsteten Gewölben und Fundamenten, wühlten, hämmerten und hackten die Belagerer im Licht von Talglichtern und Kerzen.

Tausend Körbe Schutt und Brocken waren hinausgeschafft und Holz in die Höhlung eingebracht worden, die in der Nacht wuchs und am späten Morgen ihre größte Ausdehnung erreicht hatte. Eine Stunde vor Mittag legten die Belagerer Feuer an die Holzstöße. Bald loderten Flammen aus dem Eingang, grauer und schwarzer Rauch quoll daraus hervor, und das wachsende Feuer sog pfeifend Luft durch Schächte und holzgezimmerte Zuführungen. Rauch drang durch Spalten und Fugen, auch auf der Stadtseite des Turms und aus den Mauern, die an das steinerne Viereck grenzten. Boten hasteten hin und her, und im Norden, Osten und Süden Nikaias bereiteten sich Ritter und Bewaffnete darauf vor, über die heißen Trümmer des Turms in die Stadt einzudringen; dies war kein Kampf für Ritter zu Pferde.

Auf jeden, der sich dem Umfeld des Turms näherte, schossen die Verteidiger wahre Pfeilhagel ab. Normannische Bogenschützen und Armbrustschützen versuchten die Seldschuken zwischen den Zinnen zu treffen. Ein Holzbalken, von einem Katapult geschleudert, traf die Mondsichel-Fahne und zersplitterte den Schaft an der Turmecke. Es dauerte nur zwei Dutzend Atemzüge, bis zwei neue Fahnen im Mittagswind flatterten. Ein Taubenschwarm kreiste über dem Turm und verschwand nach Norden.

Rutgar hatte Chersala und sein Pferd im Lager zurückgelassen und war zu Fuß aufgebrochen, im Kettenhemd, mit dem Schwertgehänge auf dem Rücken. Er brauchte länger als eine Stunde, bis er im Halbkreis um die Mauern gewandert war. Durch eine breite Lagergasse brachten ihn seine Schritte an den westlichen Rand der Zeltstadt, in der Raimund von Toulouse und sein Gefolge sich ausgebreitet hatten. An vielen Stellen ertönte schon jetzt der Schlachtruf der Gewappneten von Burgund, Aquitaine, dem Languedoc und der Provençe: »Toulouse, Toulouse!« Überall sah er Rüstungen, Kettenhemden und Waffen. Staubwolken schluckten das Sonnenlicht, und der stinkende, atembeklemmende Rauch aus dem unterhöhlten Turm breitete sich nach allen Richtungen aus.

An einem halb gefüllten Brunnentrog blieb Rutgar stehen, trank und kühlte Gesicht und Hände. Als er ausspuckte, war sein Speichel gelb und mehlig. In der lärmenden, krachenden

Aufregung, die im Lager herrschte, achtete niemand auf Rutgar, dessen Blicke in den Gesichtern aller Männer forschten, die ihm begegneten. Ein Reiter stob an ihm vorbei, und Rutgar brachte sich mit einem Sprung in Sicherheit. In der Lücke eines Walls aus Holz, Steinbrocken und schiefen Palisaden blieb er stehen und sah zum Turm hinüber, der, von Rauch umwallt, vielleicht zwei-, dreihundert große Schritte entfernt hochragte. Das Prasseln und Fauchen des Feuers war lauter als die Geräusche der beiden Lager, Raimunds und Bischof Adhemars.

Kleine Gruppen sammelten sich zwischen den Zelten. Sprachfetzen, Flüche und Rufe in Rutgars Muttersprache wirbelten aus den Zelten durch die Lagergassen. Niemand wusste, wann endlich das riesige Gemäuer zusammenbrechen würde. Eines war sicher: Die Lücke würde breit genug für einen Sturmangriff sein.

Berenger hatte Rutgar und Cherso geraten, sich von den Verlockungen eines nächtlichen Kampfes fernzuhalten. Von Arkadios, Butumites' Schreiber, schien er geheime Neuigkeiten erfahren zu haben, oder beachtenswerte Gerüchte sickerten aus der Nähe des Generals in dessen Umgebung – es ging um die Übergabe der Stadt oder den Tag des Erstürmens. Obwohl die meisten jungen Männer, die Rutgar beobachtete, ihre Helme noch nicht trugen, hatte er auch heute Thybold nicht gesehen und auch niemanden, der seinem Halbbruder ähnlich sah.

Die Unruhe, die in allen Lagern vor Nikaia zu spüren war, nahm zu: Mehr brodelnder Lärm, eine größere Zahl Meldereiter und drängendere Gebete und Lieder der Pilger und Geistlichen. Rutgar dachte weder an Sünden, Buße oder Vergebung; tief in ihm nagte ein biblisches Tier, das Kukupetros »Gewissenswurm« genannt hatte. Rutgar starrte kopfschüttelnd die Mauern an und fühlte sich als Teil des großen Menschenstrudels. Aber bisher hatten er und Chersala sich am Rand des

Mahlstroms bewegt, geschützt und sicherer als andere. Er wich einer Gruppe vorbeihastender Knechte aus und lehnte sich an einen zerfetzten Baumstamm, in dessen Rindenresten abgebrochene Pfeile steckten. In langen Abständen fuhren tosende Flammen aus der Öffnung im Turmfundament durch den Rauch. Es war, als atmeten die Gewölbe lange Feuerzungen aus, die knallend vergingen.

»Toulouse, Toulouse!«, hörte Rutgar. Am späten Morgen hatte es Regen gegeben, jetzt sengte die Nachmittagssonne senkrecht herunter und verstärkte die Hitze, die der Turm verströmte. An den Mauern verschwanden die letzten Spuren der Nässe. Unablässig fuhren Gespanne gefüllte und leere Wasserfässer zwischen dem Seeufer und den Lagern hin und her. Die Angriffsschreie der Truppen des Grafen von Saint-Gilles hatten wenig zu bedeuten; die Männer feuerten sich gegenseitig an. Sie sammelten sich und fieberten danach, in die Stadt einzudringen und die unerträgliche Erregung austoben zu können, aber ihre Fürsten schienen sich endgültig für das Warten auf den 19. Tag des Brachmonds entschieden zu haben.

Rutgar hob ratlos die Schultern und sagte sich, dass er in Butumites' Lager am besten aufgehoben war. Als er seinen Platz verlassen wollte, sah er am Ende der Lagergasse, am Rand des Ölbaumwäldchens, eine Gestalt, die er augenblicklich erkannte. Peter der Eremit in der braunen Kutte ritt auf seinem Esel vorbei, den Arm segnend erhoben. Rutgar wollte ihn anrufen, begann zu laufen, aber der Eremit verschwand hinter den Spitzen von Zeltstangen, hochgereckten Kreuzen, Lanzenspitzen und einer Staubwolke, zwischen den entferntesten Zelten des Feldlagers.

»Später«, murmelte Rutgar. »*Deus lo vult*, Kukupetros.«

Er warf einen langen Blick auf die Wand des Turms. Aus Quaderritzen zogen Rauch- oder Dampffahnen in die Höhe und vermischten sich mit dem Qualm aus den unterhöhlten

Fundamenten. Rutgar bahnte sich einen Weg durch Teile der Lager, vorbei an Trümmern und Arbeitern, zurück zum Kastanienwald im Mittelpunkt des Butumiteslagers.

Nur noch die obersten Zinnen des Turms glänzten im Sonnenlicht; es schien, als wolle an diesem Tag das rote Abendglühen des Gestirns nicht weichen. Das Brausen und Knattern des unterirdischen Feuers war vor mehr als zwei Stunden vergangen. Nur noch dünner Rauch und Dampf kamen aus Rissen und Fugen und lösten sich auf. Im weiten Halbkreis um den Turm warteten Ritter und ihre Kriegsknechte in Rüstung und Waffen. Trompeten schmetterten Signale, dumpfer Trommelschlag rollte durch die Zeltreihen. Unablässig strömten einzelne Bewaffnete und kleine Gruppen herbei und sammelten sich um die Fahnen der Anführer. Sie bereiteten sich darauf vor, über einen zerklüfteten Berg heißer und zerbrochener Quadern, zwischen den bröckelnden Seiten der Mauern, in die Gassen der Stadt einzudringen. Die Sarazenen würden sich todesmutig wehren; jeder Belagerer trug seinen Schild zu allen seinen Waffen.

Auf der Mauerkrone rechts und links des Turms bewegten sich Fackelflammen. Ihr Licht und die letzten Sonnenstrahlen funkelten auf Helmspitzen und Waffen. Eine beängstigende Ruhe und Starre hatten sich ausgebreitet. Darin waren nur die Laute der zwei- oder dreitausend Männer zu hören, deren Blicke über die Mauern glitten, die sich von Atemzug zu Atemzug dunkler färbten, bis sie, schwarz wie die Nacht, mit der Masse der Stadt und der Umgebung verschmolzen. Auf dem Turm waren weder Lichter noch Verteidiger zu sehen; seine Mauern gaben eine ungeheure Hitze ab, wie ein glühender Brotofen. Zwischen den wartenden Rittern wurden Holzstöße angezündet, und Knappen brachten frische Fackeln.

In dem Augenblick, als der letzte Widerschein aus den Wolken verschwunden war, erscholl aus dem Inneren des Turms ein langgezogenes, knirschendes Seufzen wie ein unterdrücktes Todesröcheln. Es hatte noch nicht geendet, als eine Folge krachender Schläge ertönte, gleichzeitig mit peitschendem Knistern und Poltern, und im vagen Licht sahen die Ritter und alle anderen, wie sich fünfzehn, zwanzig Ellen über dem Boden die Vorderwand des Turms in zahllosen weißen Sprüngen, aus denen Staubfontänen geschleudert wurden, unendlich langsam nach vorn wölbte. Mit grauenvollem Knirschen zerbrachen Steine und Quadern, die hellen Spalten rissen auf, wurden breiter und verzweigten sich. Einige Ritter lösten sich fluchend aus den Gruppen und stapften mit klirrenden Waffen zurück ins Lager. Aus dem Poltern und Knirschen, dem Splittern und steinernen Klirren wurde ein unirdischer Lärm, als aus dem unteren Teil des Turms einzelne Steinwürfel herauskippten, gegeneinanderprallten, sich in der Luft drehten, auseinanderbrachen und in den Boden einschlugen. Armlange Splitter und scharfkantige Brocken wirbelten und flogen durch die Luft, mit schauerlichem Getöse sackte der Turm in großen Rucken in sich zusammen und löste sich in einen Felsrutsch auf, der die Trümmer nach drei Seiten streute und Mauerteile in die Gassen der Stadt kippte.

Der Boden bebte, die Mauern schienen zu schwanken, aus der Stadt ertönte schrilles Geschrei. Das Dröhnen setzte sich rund um die Stadt fort; Flüche, laute Gebete, Schreie, lärmend aufflatternde Vögel, wiehernde Pferde und die erschreckten Laute anderer Tiere verwandelten die Nacht in ein Gebiet höllischer Aufregung. Staubwolken, in denen die Fackelflammen erstickten, breiteten sich aus; aus der Stadt kamen abermals Entsetzensschreie und laute Befehle in fremden Sprachen.

Dumpf polternd, kaum zu sehen in der Finsternis, rollten auseinanderbrechende Quader über den Boden und trieben die

Wartenden auseinander. Während die Ritter zur Seite rannten und stolperten, liefen Knappen mit lodernden Fackeln herbei. Von der Mauerkrone an den Seiten des Durchbruchs heulten Brandpfeile herunter und blieben im Erdreich stecken. Ihre Flammen verbreiteten zuckendes Licht und schienen als Warnung gedacht zu sein. Der Lärm und das Poltern verebbten, der Staub senkte sich allmählich. Aus dem Dunkel ertönte eine laute, herrische Stimme:

»Toulouse, Toulouse!« Graf Raimund von Toulouse und Saint-Gilles trat in den Lichtschein. Er hob den Arm im Kettenhemd und deutete mit dem Streitkolben auf den Bischof von Le Puy.

»Sinnlos!«, rief der Einäugige. Saint-Gilles' Stimme klang hohl aus dem seltsamen Helm heraus. »Sie würden jeden von uns treffen. Und wir sehen nicht, auf welchen Trümmern wir uns Füße und Arme brechen.«

»Was schlagt Ihr vor?«, fragte Bischof Adhemar laut. Auch er war in voller Rüstung. Seine Hand lag auf dem Schwertgriff. »Keinen Angriff?«

»Lest uns eine Messe, Herr Bischof!«, rief Raimund und zerrte den Helm vom Kopf. Flammen spiegelten sich auf seiner Augenklappe. »Wohlversehen mit Gottes Segen dringen wir beim Morgengrauen ein.«

Bohemunds mächtige Stimme ließ sich vernehmen. Der riesenhafte Normanne schob sich durch die Versammlung seiner Gepanzerten. »Ihr habt recht, Herr Raimund. Auch Tancreds Männer werden sich anschließen. Beim Morgengrauen!«

Die Fürsten und ihr Gefolge starrten durch die Bresche, die breit wie eine Schlucht zwischen den Mauerkanten klaffte. Hinter dem dünnen Staub waren Lichter zu erkennen: Die Flammen wandernder Fackeln und Kerzen und Helligkeit, die durch kleine Fenster der Gasse hinter dem halb verschwundenen Turm fiel und das Gitterwerk von Mauerbrüstungen undeutlich erscheinen ließ. Der Kegel aus geborstenen Quadern und Schutt war noch immer ein Drittel so hoch wie eben noch der Turm.

»Es ist so, wie er sagt.« Adhemars Brüder Franc-Lambert und Wilhelm Hugo traten an die Seite des Bischofs. »Wir würden uns nur selbst opfern, wenn wir in der Schwärze der Nacht dort eindringen und kämpfen.«

Als hätten die Verteidiger die Einwände verstanden, flog in steiler Bahn ein Feuerkrug durch die Luft, zerschellte an der Vorderkante des Schuttkegels und verspritzte brennendes Öl nach allen Seiten. Bischof Adhemar schwenkte die Fahne, drehte sich zu den schweigenden Wartenden herum und rief mit seiner Predigerstimme:

»Wir werden uns zurückziehen, denn über diesen Wall wagen die Sarazenen keinen Ausfall! Vor dem Morgengrauen, nach der Frühmesse, sammeln wir uns hier zum Angriff. Mit Gottes Segen beten wir die Mittagsandacht in Nikaias großer Kirche. Geht mit Gott, ihr Streiter des Herrn!«

Langsam, ohne zu murren, meist in guter Ordnung, zerstreuten sich die Krieger. Die Fürsten warteten, bis man ihre Pferde herangeführt hatte, und saßen auf. Graf Hugo von Vermandois spähte ins Halbdunkel, schirmte seine Augen und sagte, ehe er angaloppierte, zu Balduin von Bouillon:

»Seltsam. Sonderbar. Diese Nächte in der Fremde – mir war, als habe ich ein Wunder gesehen. Wunderbar, wie sich die Trümmer bewegen. Als ob unsichtbare Mächte am Werk wären.«

Alberich von Grandmesnil lockerte die Zügel, setzte die Sporen ein und rief:

»Eure Augen spielen Euch einen Streich, Le Maisne! Schattenspiele. Lasst uns reiten!«

Sie trabten an den Feuern vorbei, an Wällen und Palisaden entlang und an einem Gatter aus Fackeln und Öllichtern zurück zu den Zelten ihrer Lager. Murmeln, Klappern und der

Klang fremder Worte, die den Weg aus der Stadt herausfanden, ließen erkennen, dass in Nikaia zu dieser Stunde niemand schlief.

General Manuel Butumites hatte zwanzig Dutzend seiner Männer befohlen, zwei Stunden vor Anbruch des Tages am Gonates-Turm zu sein und den Franken beim Sturm zu helfen; mit Leitern, Holzstegen, Schildwänden und tragbaren Dächern, auf die nasse, mit Essig getränkte Felle genagelt waren. Berenger, Rutgar und vier andere Späher, denen die Sprachen der Fremden ein wenig geläufig waren, führten die Männer an; sie hatten Berengers Befehlen zu gehorchen.

Die sechs Reiter, mit Schwert, Schild, Bogen und Pfeilen bewaffnet, führten die Pferde am Zügel, und Rutgar, der in Mondlicht und wabernden Schatten im Seenebel sich auf dem halbwegs vertrauten Weg durch die schwindende Nacht seine Gedanken machte, vermisste in Butumites' Befehl und der halbwegs nachlässigen Art der Männer die entschlossene Ernsthaftigkeit. In den Lagern begannen sich die Männer auf den Sturm vorzubereiten; überall hörte man fahles Wispern, gemurmelte Gebete und die unverständlichen Sätze der Mönche und Priester.

Als er sich an Berenger wandte, flüsterte er in dessen Ohr: »Mich dünkt, Freund Berenger, dass dein General mehr vom Verhandeln als vom Kampf hält.«

»Richtig dünkt es dich, mein Ritterlein«, flüsterte Berenger grinsend zurück. »Er will unserem Basileus eine unzerstörte Stadt übergeben. Heere kommen und gehen – Städte und Straßen bleiben bestehen. Wir warten ab, was geschieht.«

Die Sterne verlöschten lautlos nacheinander, der schwellende Mond hatte sich längst hinter die Hügel gesenkt. Im Schilf und im Sumpfgürtel des Sees lärmten die Frösche; frühe Vögel zwitscherten und zerteilten die Stille in der Stunde zwischen Nacht und dem Ende unruhiger Träume. Selbst Berenger schien einen Hauch von Furcht oder Betroffenheit zu spüren. Er legte, die Zügel in der anderen Hand, den Arm um Rutgars Schultern und sagte leise: »Die Trümmer des Turms, Rutgar, sie scheinen sich bewegt zu haben. Kannst du etwas erkennen?«

Die Reiter hatten die Stelle erreicht, an der Rutgar vor kurzer Zeit gewartet hatte. Berenger bedeutete seinen Männern, abzusitzen und zu warten. Bis auf wenige Lagerwachen und ein Dutzend heruntergebrannter, schwelender Fackeln waren sie allein.

»Noch nicht. Alles ist dunkel, schwarz, ohne Bild und Form«, antwortete Rutgar ebenso leise.

Sie starrten die Mauern und die ungefähr fünfzig Ellen breite Lücke zwischen deren Kanten an. Die Reiter hinter ihnen wurden unruhig. Die Laute, mit denen die Lager aus der morgendlichen Kühle erwachten, wurden gröber und erkennbarer. In der kleinen Ewigkeit, die es dauerte, bis sich der Himmel zu färben begann, erschien in undeutlichen Umrissen ein Bild, das keiner der Männer zu sehen erwartet hatte.

Der Anblick war wie ein Wunder. Am oberen Saum der dreieckig aufgehäuften Masse erschienen aus der Dunkelheit breite Reihen aus Quadern.

»Gott ist mit den Sarazenen«, murmelte ein Reiter.

Im dunklen Grau des Himmels waren alle Farben verschwunden; als aus der Richtung des Sonnenaufgangs ein Windhauch aufkam, wehte der Gestank aus den Abtrittgruben heran, zugleich mit Weckrufen, zaghaftem Glockengeläut und Geschrei. Kanten und Flächen der Quader wurden deutlicher, der weißliche Mörtel in den Fugen zeigte sich als Gitterwerk. Aus dem wirren Haufen der Steine war eine neue Mauer herausgewachsen. Sie spannte sich quer über die Lücke zwischen den Kanten der Stadtmauer und bestand aus Blöcken, die wenig zerbrochen schienen. Das Grau des Firmaments wurde heller, die Gegenstände ringsumher traten schärfer hervor, und wenige Atemzüge später erschienen fahle Farben.

Schwarze und graue Flächen, viereckig und rechteckig, gelbliche Gitter aus Füllsel, kleinere und größere Steine, die an den Bruchstellen eingesetzt worden waren, zeigten sich den Blicken. Anstelle des Turms war eine leicht vorspringende Mauer entstanden, weniger hoch als die Stadtmauer selbst, um vielleicht zehn Ellen niedriger.

»Ein Wunder!«, ächzte einer der Bewaffneten, die sich aus dem Lager genähert hatte. Er starrte mit aufgerissenen Augen und weit geöffnetem Mund die Mauer an.

Berenger sagte leise: »Kein Wunder, Franke. Ein Beweis für wütenden Fleiß und große Baukunst der Seldschuken. Allah war mit ihnen.«

An beiden Ecken des Turms waren schmale Teile des Mauerwerks stehengeblieben. Mit gewaltigen Anstrengungen hatten die Seldschuken im Schutz der Nacht einzelne Quader aus dem Haufen herausgewuchtet, zwanzig oder dreißig Fuß weit geschleppt und auf einem neuen Fundament aufgeschichtet. Dieses Fundament war nicht zu sehen, aber im zunehmenden Licht bemerkten Berenger und Rutgar zerbrochene Stangen und zerrissene, zusammengeknüllte schwarze Stoffbahnen. Berengers Lachen klang fast verständnisvoll.

»Sie waren leise und schnell, die Bauleute der Emire. Ihr Licht haben sie hinter schwarzen Tüchern vor euch versteckt.« Er blickte zu den Mauerkronen hinauf. Dort ringelten sich Rußfäden von gelöschten Fackeln in den graublauen Himmel. Aus den Lagergassen und zwischen den Zelten der Franzosen und des Bischofs ertönte das Klirren und Rasseln von Waffen.

Pferde wieherten grell. »Ihr werdet es kaum schaffen, die Mauer umzuwerfen.«

Aus dem Lager strömten die ersten Belagerer. Botenreiter galoppierten heran, betrachteten einige Atemzüge lang entsetzt den Steinhaufen und die Mauer über dessen oberem Grat und rissen ihre Pferde herum. Berenger blickte in die Gesichter seiner Männer, grinste Rutgar an und winkte.

»Seit fünfzehn Jahren hält der Sultan die Stadt besetzt. Warten wir mit dem Erstürmen bis zum 19. Tag.«

Butumites' Männer hatten ihr Belagerungsgerät noch nicht ausgeladen. Ohne Eile kehrten sie um, und während Bewaffnete, Kriegsknechte und Mönche zwischen den Zelten hervorströmten und das Wunder der neuen Turmmauern bestaunten, folgte ihnen Rutgar. Er wusste nicht, was er von dieser seltsamen Wendung der Dinge denken sollte.

In der Ruhe des Nachmittags fand er zum dritten Mal Zeit, an dem Brief weiterzuschreiben, den Bruder Odo zu Cluny wahrscheinlich niemals lesen würde.

Jean-Rutgar aus Les-Baux schreibt seinen Freunden Odo und Rasso im Kloster Cluny, Grafschaft Mâcon an der Saône:

Alle Kriegsmaschinen, mit denen wir die Stadt sturmreif schießen wollten, Sturmböcke und Leitern, Türme und Steinschleudern, stehen bereit. Die Besatzung der Stadt hat sich mit allen Kräften gewehrt. Viele Seldschuken oder Sarazenen, wie man sie allgemein nennt, kamen im Kampf und im Widerstand um; ich weiß nur, dass die Zahl unserer eigenen Verletzten groß ist; auch liegen viele an unbekannten Krankheiten darnieder. General Tatikios mit seinen zwei Tausendschaften schlug sein befestigtes Lager vor dem zusammengebrochenen und wiederaufgebauten Gonates-Turm auf, der allen unseren Angriffen trotzte, und jeder Mann rüstete sich, um mit Gottes Hilfe an jenem Tag die Mauern und Tore Nikaias endgültig zu berennen, den die Fürsten und General Butumites festgesetzt hatten.

Die Hitze des sechsten Monats marterte das Land, die Stadt und alle Belagerer. Immer wieder fehlte es an Proviant, an Korn, Mehl, Salzfisch, Trockenfleisch oder Wein, bis ein Zug aus dem Norden Nachschub brachte, der meist für die vielen Tausende zu wenig war. Chersala und der junge Seilschläger Wigbert versorgten die Besatzungen von sieben Zelten mit Brotfladen und Sud, so gut sie es vermochten. Bisher hatten Tod, Verletzungen und Krankheiten das Lager des Generals verschont.

Rutgar schrieb nach einigem Nachdenken weiter:

Es ist nicht anders als auf dem Zug des Eremiten Peter. Die Fürsten und deren Gefolge sind ebenso gläubig wie kriegerisch. Zwar habe ich nur wenige arme, waffenlose Pilger gefunden, denn jeder im Heerbann dient seinem Grafen, seinem Herrn, und dieser hat für Priester, Mönche, Knechte und Handwerker zu sorgen. Man will die Zahl aller »Franken« auf achtzig-, gar hunderttausend und mehr festgelegt haben, aber ich glaube, es sind weniger. Aber auch ich konnte sie nicht zählen; wie denn auch! Den fünf Fürsten, die dem Ruf des Papstes gefolgt sind, und den Ehefrauen, Vertrauten und Verwandten, deren Zelte im Mittelpunkt des Lagers stehen, ergeht es gut. Sie verfügen über alles, was sie brauchen. Je weiter man aus der Mitte hinausgeht zu den Zelten und Unterständen am Rand, desto mehr erinnert es mich an die ärmlichen und von Schmutz starrenden Unterkünfte der darbenden Pilger des Kukupetros. Die Furcht des Herrn und der unbändige Drang, die müden Häupter in der Heiligen Stadt zur Ruhe zu betten, und auch die Hoffnung auf die Herrschaft über reiche Grafschaften, sie vereinen all die sechzig oder siebzig Tausende. Mich erstaunt, dass etliche Adlige mit dem christlichen Heer reiten, die den Zug Peter des Eremiten überlebt haben, auch Wilhelm der Zimmermann und Thomas La Fére. Werden sie wieder schänden, brandschatzen und plündern? Ich zweifle nicht daran. Nun ist die Festungsstadt Nikaia von allen Seiten umzingelt. Die Seldschuken wehren sich verzweifelt, aber wenn jeder von uns, der eine Waffe führen oder an den Leitern und Belagerungstürmen hantieren kann, die Türme und die Mauern berennt, wird Nikaia binnen eines Tages fallen. Am Morgen des zweiten Tages werden die Anführer der Heere dazu die Befehle geben. Aber die Fürsten wissen, dass viele romanische Christen in Nikaia leben. Es wird ein großes Kämpfen und Töten sein, wenn wir eindringen, die Tore aufstoßen und die Seldschuken niederhauen. Dies sagt auch General Butumites, in dessen Lager ich mich sicher fühle. Jeder redet von der großen Beute, die wir machen werden. Sie wird aus armen Fürstensöhnen wie mir reiche Gotteskrieger machen.

Die Federspitze war leer, die Tinte trocknete rasch in der Hitze. Rutgar dachte an den Kampf der kommenden Tage, und daran, dass mindestens drei andere Männer ihre Erlebnisse niederschrieben – Fulcher, der von Agulilers und Guibert von Nogent –, rollte das knisternde Pergament zusammen und verwahrte das Schreibzeug.

Kapitel XXI

A. D. 1097, 18. Tag im Johannismonat, Morgengrauen
Die Tore von Nikaia

»Darum soll das Schwert über ihre Städte kommen und soll ihre Riegel aufreiben und fressen um ihres Vornehmens willen.«
(Hos 11,6)

Noch standen die Sterne am Himmel. In der Stunde vor dem Ende der Nacht mischten sich Tausende Vogelstimmen in den Gesang. *»Ite, missa est!«* Die Gebete und Lieder der nächtlichen Messen, die in jedem Lager gefeiert wurden, verhallten. Trompetensignale und Trommelschläge riefen die Bewaffneten zusammen; die Zahl brennender Fackeln wuchs auf scheinbar wunderbare Weise. Binnen kurzer Zeit bildeten die Lichter einen offenen Ring, der sich Schritt um Schritt um die Mauern zu schließen begann. Von drei Seiten näherten sich Kriegsknechte, Ritter, Handwerker und Helfer den Schleudern und Türmen. An einigen Dutzend Sturmleitern machten sich die Bewaffneten zu schaffen, an Ballisten, Manganen und Wurfmaschinen. Ein Belagerungsturm bewegte sich mit knarrenden Rädern auf untergelegten Bohlen durch die Dunkelheit.

Aus dem Lager des Generals kamen Reiter, angeführt von Berenger und einigen anderen Warägern. Rutgar und Chersala, ebenso in Waffen wie alle anderen, wussten halbwegs, worum es ging; aber auch die Söldner des Generals Tatikios kannten nicht alle Befehle. Reiter und Fußtruppen umrundeten im Licht weniger Fackeln am östlichen Rand das Lager Tancreds, das sich halb geleert hatte, und näherten sich leise auf der Straße dem Konstantinopel-Tor. Die Torflügel waren mit Eisen beschlagen, das im zuckenden Licht schwach schimmerte. Voller Misstrauen sah sich Rutgar um und glaubte zu erkennen, dass viele Reiter und Fußkämpfer der Generale fehlten. Sie waren auch nicht im Lager zurückgeblieben. Auf den Türmen und Mauern war niemand zu sehen, aber als Berenger an Rutgars Seite heranritt und nach oben zeigte, glaubte Rutgar große Schatten erkennen zu können, die sich vor den Sternen bewegten.

»Was geht dort oben vor?«, sagte Rutgar leise. Berenger zuckte mit den Schultern und wedelte den Rauch einer Fackel von seinem Gesicht weg.

»Ich weiß nur, was in der Stadt und hinter dem Tor vor sich geht. Warte noch eine halbe Stunde.«

Wandernde Lichter und viele Geräusche, die kaum noch zu unterscheiden waren, näherten sich der Stadt. Noch war kein einziger Brandpfeil abgeschossen worden. Die Männer der Generale bildeten zwischen den Bäumen eine doppelte Reihe an den Rändern der Straße, die bis zu dem Tor reichte. Langsam wich die Dunkelheit. Im Osten bildete sich hinter den Hügeln ein heller Streifen. An den Stellen, an denen sich die Anführer und ihr Gefolge trafen, nahm die Zahl der Fackeln zu, obwohl in weniger als einer Stunde die ersten Sonnenstrahlen die Mauerbrüstungen treffen würden. Chersala fasste nach Rutgars Hand; ihre Finger waren kalt und zitterten. Vom Pferderücken aus sahen sie eine gewaltige Masse aus Leibern und Köpfen, Helmen und Schilden, auf denen ein schwacher Abglanz der Flammen zuckte und die zwischen den Balken, Brettern und Seilen, hochgereckten Kreuzen und Lanzenspitzen wogte. Ungewöhnlich leise, in unerbittlicher Langsamkeit, schloss sich der Ring um die dunklen Mauern.

»Die Hälfte der Krieger aus Konstantinopel«, sagte Berenger, als sie ihre Pferde in Steinwurfweite vor dem Tor anhielten, »sind heute Nacht durch das Seetor eingelassen worden. An ihrer Spitze Manuel Butumites.«

»Dann glaube ich zu wissen, was hinter dem Tor ist«, antwortete Rutgar. Chersala blickte von ihm zu Berenger, dann heftete sich ihr Blick wieder auf das Tor.

»Du bist ein kluges Ritterlein«, sagte Berenger. In seinem Gesicht, glatt geschabt und ölglänzend, glaubte Rutgar wieder einmal ein größeres Wissen zu erkennen als das, über das er selbst verfügte. Offensichtlich war Berenger wirklich einer der engsten Vertrauten des Generals. »Ich hoffe, dass der General Erfolg hatte. Nun – wir werden es gleich erleben.«

Im Halbrund um die Stadtmauern kam die Menschenmenge zum Stehen. Rutgar drückte Chersalas Hand und murmelte: »Kein Grund zur Furcht. Andere, Mächtigere, entscheiden für uns. Und über uns entscheidet Gott.«

Überraschend leise öffneten sich die Torflügel nach außen. Rutgar hatte Knarren und Quietschen erwartet. Der kleine Platz zwischen den Mauern, den der sich weitende Spalt den Blicken freigab, war hell erleuchtet. Ein Dutzend seldschukischer Reiter trabte heraus, ein knappes Dutzend Kamele folgten, auf deren Rücken große Kästen aus Holz und Leinwand schwankten; Reiter zogen die Tiere mit den langen Hälsen hinter sich her. Dann erschienen Manuel Butumites und einige Männer seiner engsten Umgebung; der General rief:

»Wir haben verhandelt. Freier Abzug für die Emire und ihre Familien – Befehl von Alexios Komnenos, unserem Basileus. Zur Seite! Berenger: Ihr sichert die Straße nach Norden.«

»So wird es geschehen, General!«, rief Berenger. »Schwerter heraus, Männer!«

Bisher hatten die Belagerer noch nicht gesehen, dass sich das Tor geöffnet hatte. Im Laufschritt kamen hinter den schwankenden Kamellasten einige Hundert seldschukische Bogenschützen aus der Stadt und folgten den Reitern, die auf der Straße nach Norden trabten. General Butumites, der einen schweren Schimmel ritt, bog ab und zügelte sein Pferd zwischen seinen bewaffneten Männern. Seine Stimme fuhr mühelos durch die geräuschvollen Chöre, und Rutgar verstand:

»Die seldschukische Besatzung hat die Stadt übergeben und zieht ab. Die Familien der Emire sind geachtete Gäste des Basileus. Die Stadt ist voller petschenegischer Söldner – es wird weder geplündert noch gebrandschatzt. Dafür sorgt ihr, meine Getreuen.«

Inzwischen hatten sich Tausende Belagerer den Mauern genähert. Leitern wurden angelegt, der Nachthimmel färbte sich grau und in fahles Blau, die Belagerungstürme knarrten und ratterten völlig ungehindert an den Fuß der Mauern. Rutgar blickte den General von der Seite an und sah, dass er lächelte.

»Im Sonnenlicht werden wir die Fahnen des Kaisers auf den Türmen sehen!«, rief Butumites. »Zwar gibt es keine Beute, ihr Tapferen, aber der Kaiser wird euch allen hochherzige Geschenke machen!«

Armaggedon ist abgewendet, dachte Rutgar erleichtert. Kein Lösegeld für die seldschukischen Edelleute! Keine goldgefüllten Schatztruhen. Sie werden sich grämen, die christlichen Fürsten!

Er lachte und sagte zu Chersala: »Jeder von uns sollte heute Gott auf Knien danken! Es wird keine Belagerung geben, keine Verwundeten, keine Toten, weder hier noch dort.«

Vielleicht tausend Fremde – Reiter, zweirädrige, schwer beladene Karren, Fußkämpfer, hoch bepackte Esel und Kamele, abermals Reiter – zogen durch die Gasse zwischen den Lagern, bogen auf die Straße nach Civetot und Drakon ab und verschwanden hinter den Bäumen und dem Schilfgürtel des Seeufers. Krachend klappten die Vorderteile der Belagerungstürme nach vorn und entließen brüllende, schwertschwingende

Angreifer. Niemand stellte sich ihnen entgegen. Von den obersten Leitersprossen sprangen an mehr als hundert Stellen die Belagerer auf die Mauern. Im strahlenden Licht der ersten Sonnenstrahlen sahen sie, wie sich Dutzende kaiserliche Fahnen im müden Morgenwind wellten. Butumites brüllte:

»Berenger! Attikas! Rutgar! Begleitet und beschützt die Frauen und Kinder auf dem Weg nach Pelekanon!«

Berenger riss den Arm in die Höhe, vollführte kreiselnde Bewegungen und schrie: »Zu mir, mit mir zur Straße! Wir sichern den Weg der Sultan-Kilidsch-Leute!«

Er bedeutete Rutgar und Chersala, kurz zu warten. Es dauerte kaum länger als zweimal den zehnten Teil einer Stunde – während die Sonne hinter den Hügeln aufstieg und das Land mit kühler Helligkeit überschüttete –, bis die letzten Muslime Nikaia verlassen hatten. Ungefähr zweihundert Reiter flankierten den Zug und schlossen hinter seinem Ende auf. In mäßiger Schnelligkeit bewegten sich einige Tausend Menschen auf der Straße nach Norden, während die fränkischen Fürsten und ihr Anhang begriffen, welchem Trugschluss sie aufgesessen waren. Rutgar und Chersala, die in der letzten Gruppe an Fuhrwerken vorbeiritten, die Wasserfässer zum Lager brachten, hörten die enttäuschten Rufe und die unchristlichen Flüche, die hinter ihnen herschallten.

Zehn Meilen weiter nördlich, am Feuer eines flüchtigen Lagers, schrieb Rutgar, was ihm Berenger vorsagte:

Ich weiß aber erst seit wenigen Stunden, dass der Kaiser im Geheimen mit der seldschukischen Besatzung verhandelt und allen freien Abzug, mitsamt den Familien und den Schätzen, zugesichert hatte. Nachts öffneten sie das Seetor einen Spaltbreit, und die bewaffneten Petschenegen-Söldner der Generale Tatikios und Butumites schlichen sich nach Nikaia hinein. Sie gehorchten dem Befehl, Plünderungen und Gewalttaten zu verhindern. Mit ihren Pferden, ihrem

Besitz, ihren Frauen und Kindern, die sie in eckigen Zelten auf Kamelrücken versteckten, haben die Seldschuken die Stadt durch das Konstantinopel-Tor verlassen, ohne dass sie angegriffen wurden. Auch die Sultanin, eine Tochter des Emirs Tschaka, sollte mit ihren Kindern des Basileus Gast zu Konstantinopel sein. Die Truppe des Generals schützte sie, und wir begleiteten sie zwei Tagesritte weit auf der Straße nach Pelekanon.

Als unsere Boten den Kaiser erreichten, der zu Pelekanon sein Lager aufgeschlagen hatte, schickte er vorbereitete Reiter mit Botschaften und viele Gespanne mit Proviant, Wein und Lebensmitteln. Jeder Belagerer sollte reiches Essen erhalten und auch Münzen; die Fürsten und ihre engsten Vertrauten lud Alexios Komnenos nach Pelekanon ein. Als wir durch eine frische Söldnertruppe abgelöst wurden, lagerten wir einen Tag lang und ritten daraufhin nach Nikaia zurück.

Alle Tore standen nur halb offen. Die Fahnen des Kaisers wehten auf den Türmen. Viele Kranke und Verwundete waren in die Stadt getragen worden, wo sich Heiler und Wundärzte ihrer angenommen hatten. Leben und Gesundheit der Bewohner waren unversehrt geblieben. In der Zeit, die inzwischen verstrichen war, hatten die fränkischen Herren ihr Erstaunen und ihre Enttäuschung überwunden, und Stephan von Blois, Raimund von Toulouse und Tancred ritten nach Pelekanon, wo sie, wie wir erfuhren, mit Haufen von Gold beschenkt werden sollten. Die Ritter, wegen des scheinbaren Betrugs vom Groll gegen die Rhomäer beseelt, die in den Lagern geblieben waren und die Stadt meist nur in kleinen Gruppen und zu den Messen in den christlichen Gotteshäusern betraten, drängten einander, zum Aufbruch zu rüsten und den Marsch nach Antiochia zu beginnen. Söldner des Basileus sorgten für Ordnung und Ruhe. Man wolle auf die drei Anführer warten, die Lager abbrechen und sich auf den Weg machen. Die Mönche schrieben Briefe, die Anführer siegelten sie, und Sendboten brachten die Nachricht vom Fall Nikaias in alle Welt.

Tagelang hatte Jean-Rutgar schwitzend und keuchend geholfen, die Belagerungstürme und die Wurfmaschinen auseinanderzunehmen, dünne und dicke Seile und Tauwerk aufzurollen und sicher zu verschnüren und die Fuhrwerke zu beladen. Er und Chersala hatten Dutzende Gerüchte gehört und hundert verschiedenen Fragen nachgegrübelt, Verwundete in die Stadt getragen und miterlebt, was die Befehle des Basileus bewirkten: Jeder Pilger und jeder Bewaffnete, der in Nikaia siedeln wollte, und jeder, der die verwüsteten Haine, Felder, Äcker und Weiden pflegen und pflügen wollte, durfte bleiben, als neuer Untertan des Basileus in einem fruchtbaren Land. Viele Menschen blieben, weil auch sie wussten, dass der Weg nach Antiochia gefährlich und beschwerlich werden würde – im Süden lauerte der Sultan Kilidsch Arslan mit seinem Heer, das seit der Niederlage vor Nikaia eher größer und entschlossener sein würde als je zuvor.

Berenger hatte seine Habseligkeiten in zwei Ledersäcken untergebracht, die er hinter den Sattel binden konnte. Acht Tage nach der Öffnung der Stadttore war Butumites' Lager bis auf wenige Zelte und Feuerstellen abgebaut; der General hatte seine Residenz in der Stadt aufgeschlagen. Der Waräger ließ sich, einen Krug und etliche Becher in den Händen, schwer auf den Schemel fallen.

»Noch geht's uns gut, bei Gott! Nicht wahr?« Er zwinkerte Chersala zu, die einen Ziegenbalg umgestülpt hatte und über einem Wasserschaff reinigte. Rutgar nahm die Becher und stellte sie auf ein Brett, das er über beide Sättel gelegt hatte.

»Noch freuen wir uns über das Nichtstun«, sagte er. »Aber was ich über die Wege nach Antiochia gehört habe, macht mich ängstlich. Durch ein Land, das nicht einmal du kennst.«

»Auch ihr sterbt nur einmal«, sagte Berenger, lachte herausfordernd und füllte die Becher. »Hast du gesehen, wie wenig die Belagerung in der Stadt angerichtet hat?«

»Es gab nicht viele schwere Schäden«, antwortete Rutgar. Er war mit Chersala vier Mal durch das Stadttor gegangen, hatte an zwei Gottesdiensten in den kaum beschädigten Kirchen in der Stadtmitte teilgenommen und Nikaias Häuser, Gassen und Plätze mit jenen Städten verglichen, die er kannte: Sie ähnelten anderen steinernen Häusern und schienen doch ganz anders zu sein – farbiger, kunstvoller, mit vielen sinnreichen Verzierungen und, nun ja, schöner; es musste eine Wohltat sein, darin wohnen zu dürfen. Palmen, Kastanien- und Nussbäume säumten die Plätze, Wasser sprudelte aus vielen Brunnen, aber die Bewohner waren sicherlich weniger reich als die Konstantinopels. Sie trugen aber Gesundheit und die ruhige Gewissheit zur Schau, die Besatzung der Seldschuken ebenso ertragen zu können wie die erneute Herrschaft Konstantinopels. Die Spuren der Geschosse waren nur an den Hausfronten und Dächern unmittelbar jenseits der Mauern und Türme zu sehen.

Stadtbewohner und Bauern, die sich in den Schutz der Mauern Nikaias geflüchtet hatten, betrachteten hilflos und erschreckt die Schäden ihrer Gärten, Haine und Äcker, die umgehauenen Bäume und die schiefen, versengten Palisaden. Scharen von Handwerkern arbeiteten daran, die Schäden auszubessern, Ochsengespanne pflügten die Felder um.

»Sie hätten die Belagerung noch lange aushalten können. Aber dem Basileus …«

»… war an einer unzerstörten Stadt gelegen«, beendete Berenger und füllte vier Becher. »Wein aus Fässern in Nikaias Gewölben. Wohl bekomm's.«

Die Heere hatten sich zum Aufbruch gesammelt. Am 26. Tag des Johannismonds waren, von wegkundigen Söldnern des Kaisers unter dem Befehl des Generals Tatikios angeführt, einige Hundert Ritter als Vorhut losgeritten. Die letzten Zelte wurden abgebrochen und auf Karren und die Rücken der Tragtiere geladen. Bischof Adhemar und Raimund von Toulouse ritten um eine schiefe Palisadenwand herum und betrachteten schweigend, wie eine Reihe Karren, von Ochsen gezogen, zur Straße schaukelte. Eine Gruppe Reiter, die schwer beladene Saumtiere hinter sich herzogen, folgte den Gespannen. Rutgar sah, dass die Tiere ungewöhnlich viele Wasserbehälter trugen.

»Als erstes Heer haben sich die Normannen auf den Weg gemacht«, sagte Berenger und leckte sich die Lippen. »Stephan von Blois hat seiner Gattin einen Brief geschickt; in fünf Wochen, schrieb er, würde er bis Jerusalem reiten. An der Brücke über den Geuksu-Fluss, den wir ›Blauer Fluss‹ nennen, warten sie auf die anderen.«

»Das Ziel aller Bewaffneten ist Dorylaion«, antwortete Chersala. »Und dann Antiochia. Reitet General Butumites mit den fränkischen Herren?«

»Nein. Er bleibt in Nikaia. Knapp dreitausend Männer«, sagte Berenger und schenkte nach. »Die Hälfte von uns, die andere von Tatikios, reiten mit Tatikios. Der Basileus geruht, durch uns die Fürsten machtvoll an ihre Eide zu erinnern.«

Ein Teil der Heere nach dem anderen verließ das Weichbild Nikaias und zog zur alten rhomäischen Heerstraße weiter, in die jene Straßen mündeten, die von Nikomedia und von Helenopolis heranführten. Das Land bis nach Dorylaion war voller Täler und Hügel; hervorragende Verstecke für die Späher des Sultans. Butumites hatte keinen Zweifel daran, dass Arslan Kilidsch von der Übergabe Nikaias wusste und davon, dass seine Familie mit königlichen Ehren in Konstantinopel festgehalten wurde. Butumites vermutete nicht zu Unrecht seldschukische Späher, die alle Schritte der Frankenheere beobachteten. Die beiden Fürsten wendeten ihre Pferde und trabten zu den Resten ihrer Lager zurück.

»Meine Reiter werden die Nachhut stellen«, sagte Berenger,

als ein neuer Trupp hinter dem aufgewirbelten Staub verschwand. »Damit sich keiner verirrt und alle den Dorylaion-Pass erreichen.«

»Sind wir ... ich hoffe es, bei deinen Reitern?«, fragte Chersala. Berenger nickte dreimal. »Butumites hat uns befohlen, euch bis nach Antiochia zu begleiten. Anordnung des Basileus. Mit Tatikios und allen Belagerungsmaschinen.«

»Weil der Basileus alle wichtigen Städte von den Franken zurückerobern lassen will«, murmelte Rutgar. »Und alle Straßen, Brücken, Pässe und Brunnen sollen die fremden Krieger für ihn sichern.«

»So ist es«, antwortete Berenger und legte die Hände auf das ölige Leder seiner Reiterhose. »Hört, ihr zwei – bis Nikaia waren es leichte Kämpfe. Euch haben nur Mückenstiche verletzt. Hinter dem Pass seid ihr wirklich in der Fremde. Grausamer Durst! Kälte und Regen, keine guten Wege, und hunderttausend mordgierige Seldschuken. Hitze, Hunger, Wunden, Krankheit und Tod!« Er leerte den Rest Wein aus dem Krug in die Becher und bohrte seine Blicke in Rutgars und Chersalas Gesichter. »Warum gehst du, Ritterlein, nicht mit deinem unzüchtigen Knappen zurück nach Drakon, und dort lebt ihr zufrieden bis an euer Ende?«

Rutgar starrte den Freund betroffen an. Berenger hatte seine Finger in Rutgars offene Wunde gelegt. Unbewusst suchte er in seinem Gürtel und fand den Ring, den ihm der sterbende Seldschuke gegeben hatte. Er drehte das schwere Schmuckstück verlegen zwischen Daumen und Zeigefinger. Wenn die christlichen Heere den Zugvögeln glichen, die in Schwärmen südwärts flogen, so fühlte er sich wie einer von ihnen; die Menge zog ihn mit sich. »Was du fragst, Freund, hab ich mich selbst oft gefragt. Ich bin zu unerfahren, hab nur wenige Antworten. Die Heere aus meinem Land ziehen mich mit; du weißt, dass ich noch immer Thybold suche.« Er hob ratlos die Hände. »Heute, mit den Münzen des Basileus, bin ich reicher als jemals zuvor. In fünf Wochen stehen wir vor Jerusalem – der Weg dorthin ist kürzer als die Reise zurück in die Provençe. Bin ich sicher, das Richtige zu tun? Nein, Berenger. Aber vielleicht kann ich erst mit meinem Anteil an der Beute von Antiochia ein steinernes Haus in Les-Baux bauen.« In den Blicken Chersalas und Berengers sah er die gleiche Unsicherheit, wie er sie spürte. Gedankenlos spielte er mit dem Ring, hielt ihn in die Sonnenstrahlen, blinzelte halb geblendet. Dann sprach er zögernd weiter: »Ich werde nie zu den hohen Herren gehören. Manche Gedanken sagen mir: Geh zurück nach Drakon oder Les-Baux. Viele Stimmen flüstern: Reite mit ihnen und versündige dich nicht im Kampf. Also?«

»Also werde ich auf euch zwei unmündige Geschöpfe weiterhin mein Auge richten müssen«, antwortete Berenger nach langem Schweigen. »Ihr sollt wissen: Für jeden von uns, für jeden Einzelnen, wird es ein Ritt, auf dem ein Drittel aller Pilger verderben, verdursten, verkommen.«

»Ich sorge dafür, dass wir nicht zu denen zählen«, sagte Rutgar und versenkte den Ring wieder in die Tasche im ledernen Gürtelfutter.

Von Tatikios' Mannen geführt, zwei beschwerliche Tage lang, ritten und fuhren, schritten und stolperten vielleicht fünfzig-, sechzigtausend Menschen auf einer unbefestigten Straße nach Süden, von der man sagte, sie sei tausend Jahre alt oder gar älter. Bohemund und Raimund, der Graf von Toulouse, die Normannen aus dem südlichen Italien und dem nördlichen Frankreich, angeführt von Stephan von Blois und Robert, dem Grafen von Flandern, vor denen romanische Söldner und die Truppe des Generals Tatikios ritten, unterstützt von Kundschaftern, Wege- und Sprachkundigen, schnellen Reitern auf leichten Pferden, so wanderten die Heere unaufhaltsam, in guter Ordnung wie ein ruhiger Fluss nach Südosten und Süden.

General Tatikios führte die vielen Tausende an. Es gab, dank kleiner Bäche und Quellen, in den Tälern genug Wasser. Über dem Zug, der sich in glühender Hitze entlang der Hügelflanken wand, kreisten Geier, aber sie warteten vergeblich auf verendete Tiere oder die Leichen von Pilgern. Leere Karstebenen, auf denen Fliegenschwärme und Mücken wimmelten, wechselten mit Bergwäldern ab, in deren Schatten sich Mensch und Tier erholen konnten. Kundschafter meldeten, dass sich seldschukische Reiter in den Wäldern versteckten. Hin und wieder scheuchten sie Vogelschwärme auf, die in großer Entfernung vom Heerwurm kreisten. Rutgar und Chersala ritten mit vielleicht vier Dutzend Männern, die sie kannten. Auf einigen Karren saßen und lagen Pilger und Kriegsknechte mit wundgelaufenen Füßen und stöhnende kranke Gefolgsleute. Das Land glich den Hügeln und Tälern südlich von Drakon und der Küste, die Rutgar zur Genüge kennengelernt hatte. Stundenlang waren weder Herden noch Menschen zu sehen; weit im Süden zerfaserten Rauchsäulen in der Sonnenglut.

Nach zwei Tagen senkte sich die Straße zwischen hochragenden, zerklüfteten Felswänden in das Tal des Sangarios-Flusses. Bei einem Dorf, berichteten die Späher, führte eine Brücke über das seichte Gewässer. Trompetensignale und Boten riefen Fürsten, Grafen, Barone und Ritter zur Beratung zusammen, während sich die Späher untereinander und mit Tatikios verständigten.

Bohemund, Adhemar von Le Puy und Gottfried von Bouillon entschlossen sich, den riesigen Heerbann zu teilen. Zwei Heere konnten sich mit Proviant, Wasser und Hilfsmitteln versorgen und leichter vorankommen. Bohemund wollte einen Heerzug anführen, der aus süditalienischen Normannen bestand, aus Nordfranzosen, aus den Bewaffneten des Stephan von Blois und des Grafen von Flandern. Ihnen sollte sich eine Abteilung von Kundschaftern und Spähern des Generals anschließen.

Das andere Heer sollte aus den Provençalen des Grafen von Toulouse und den Lothringern Gottfrieds bestehen und aus einer Gruppe Franzosen, die Hugo Le Maisné anführte. Bohemund schien von vielen einflusslosen Adligen und Grafensöhnen als der wahre Anführer angesehen zu werden; Bischof Adhemar von Le Puy versammelte seine Getreuen um sich und schien zu zögern, sich dem einen oder anderen Heerbann anzuschließen.

»Wir werden mit General Tatikios reiten«, sagte Berenger, nahm Chersala und Rutgar die Zügel ab und führte die Pferde zum Flussufer. »Helft den Frauen an den Feuern und beim Verbinden.«

»Teilst du die Wachen ein?«, rief Rutgar dem Anführer nach. Berenger wies auf die Fahnen und die Karren, die Tatikios' Zelt umstanden.

»Später! Er weiß schon längst, dass wir beobachtet werden.«

Die Dörfler brachten Brot und Milch, Käse und Futter für die Tiere; es war gut, aber zu wenig für alle. Entlang der Flussufer entstand um eine Reihe kleiner Feuer ein flüchtiges Nachtlager. Nacheinander marschierten Wachen in alle Richtungen und verständigten sich mit lauten Rufen. Zu keiner Zeit wäre es für den Sultan und sein Heer leichter gewesen, die Fremden zu überfallen, aber die Nacht blieb ruhig. Berenger und Rutgar hatten die letzte Wache.

In der Morgendämmerung ritten sie auf der Straße zurück zur Wagenburg, die der General hatte zusammenfahren lassen. Rutgar dachte an die wüsten Nachtlager Peters zwischen Köln und Civetot; zwar würde, so wusste inzwischen selbst Stephan von Blois, der Ritt nach Jerusalem weit länger als nur fünf

Wochen dauern, aber viele der Gepanzerten wunderten sich, warum die Reiter des Sultans nicht angriffen.

Bohemund, Fürst von Tarent, verließ mit seinen Truppen an der Spitze des größeren Heeresteils als Erster das Dorf und überquerte den Fluss. Einige Erdhügel, in denen Kreuze aus geschälten Ästen staken, zeigten flussabwärts den Rand des weit auseinandergezogenen Lagers. Dorylaion lag nicht weiter als zwei Tagesmärsche entfernt, aber die Straße schlängelte sich bergan und bergab, in zahllosen Windungen, und wenn die Reiter und die Fußsoldaten einen Hügel überwunden hatten, erhob sich vor ihnen der nächste. Der General hatte seinen Männern befohlen, alle Waffen mit sich zu führen, denn nur ein Narr würde glauben, dass die Berghänge und Hügelwälder menschenleer waren. Kundschafter hatten herausgefunden, dass des Sultans Vasall Hassan mit seinen Türken und das Heer von Danischmend Ghazi zu Kilidsch Arslan gestoßen waren – eine Menge berittener Krieger, die niemand mehr zählen konnte.

Aber die Seldschuken und Türken hatten sich vorbildlich versteckt. Das Heer Bohemunds erreichte das weite Tal, die fruchtbare Umgebung der Stadt Dorylaion, ohne dass ein einziger Pfeil abgeschossen wurde.

An der Spitze des zweiten Heeres, das in kurzem Abstand auf einer anderen Straße folgte, ritten »Einauge« Raimund, der Graf von Toulouse, und Gottfried von Bouillons Lothringer Gefolgsleute. Hugo von Vermandois folgte mit seinem kleinen Heer wohl gerüsteter Lanzenreiter. Odo von Bayeux und die Brüder Alberich und Ivo von Grandmesnil führten ihre Vasallen und Gefolgsleute an. Mit zwölf Dutzend Reitern, Kundschaftern und Spähern aus dem Haufen General Butumites' folgten Berenger, Chersala und Rutgar dem Heer des Grafen von Toulouse, in dem auch die Karren mit den Teilen der Belagerungsgeräte mitgeführt wurden.

Als Bohemund das Tal, eine Stunde Fußmarsch von der Stadt entfernt, erreicht hatte, hielt er inne und ließ an den Quellen, die inmitten kleiner Baumoasen sprudelten und zum Teil in Brunnen gefasst waren, sein Lager errichten. Ringsherum breiteten sich Haine niedriger Bäume, Weiden und Felder aus. Gespanne und Vorräte, Frauen und Unbewaffnete wurden in einem Viereck untergebracht, Holzstapel für die Feuer herbeigebracht, die Pferde abgeschirrt und die Kessel gefüllt. Bohemund lief durch die Zeltreihen – nur ein Drittel der Zelte wurde aufgestellt, wie vor zwei Tagen – und vergewisserte sich, dass Waffen und Rüstungen bereitgehalten wurden. Seine riesige Gestalt mit der klirrenden Rüstung rief gleichermaßen Erschrecken und die Gewissheit hervor, dass man mit seiner Kraft und Entschlossenheit gegen das Sultansheer würde bestehen können.

Das zweite Heer und die Reiterei des Bischofs waren mindestens einen Tagesritt weit entfernt, jenseits der Passhöhe. Das Lager kam nur für Stunden zur Ruhe, es blieb genug Zeit, zu essen, zu beten, die Tiere zu füttern und zu tränken. Als die Feuer in der Ebene brannten, wagten sich die ersten Reiter aus den Mauern Dorylaions heraus.

Bohemund ermahnte seine Mitstreiter zur Wachsamkeit. Er warnte vor den Pfeilregen der Sarazenen und vor deren Schnelligkeit im Kampf, weckte Schläfer, ließ Erschöpfte weiterschlafen und ermutigte jammernde Pilger, auf ihn, Bohemund, Gott und die Schärfe der christlichen Waffen zu vertrauen. Aber jedermann wusste, dass sich die Wanderer im Land der Muslime befanden, seit sie von Nikaia aufgebrochen waren.

Die Hitze des Tages war einer kühlen, sternklaren Nacht gewichen. Der Mond verbarg sich hinter den Hügeln und Bergen. Die Schritte, die wandernden Fackellichter, der Hufschlag und die Rufe, mit denen sich die Wachen verständigten, im weiten Ring um das Lager, beruhigten die Pilger; sie begannen sich sicher zu fühlen wie hinter einer Stadtmauer. Um Mitternacht, als das Gelb des Mondes zu kalkigem Weiß gebleicht war und das Gestirn die Sterne zu überstrahlen begann, zogen leuchtende Nachtwolken auf. Fünfzehn- oder zwanzigtausend Menschen erzeugten ein mächtiges, undeutliches Summen, einen dumpfen Chor aus tausend verschiedenen Lauten. Es war wie der Atem eines riesigen Tieres, der Hauch des Tieres der Schrift. Im Mondlicht bot das Tal den Anblick einer unbewegten, missfarbenen Fläche, eines Menschensees, aus dem Dutzende grauer Rauchfäden senkrecht zu den Sternen aufstiegen wie lautlose Gebete.

Das Mondlicht zeigte den Scharfäugigen auch die Bewegungen von Sträuchern, Büschen und den Kronen kleiner Bäume im Süden der Talebene. Niemand hörte die Bewegungen vieler Tausender Sarazenen, niemand sah, wie Metall oder andere Dinge in den Mondstrahlen matt aufblinkten. Es herrschte ebenso Windstille wie seit dem Morgen; kein Kundschafter, kein Wächter dachte in diesen Stunden daran, dass sich an den Hängen die Reiter des Sultans mit ihren Reittieren sammelten. Zum Ende der Nacht wehte trügerische Kühle von den Hängen herunter; der erste Tag im Heumond versprach heiß zu werden wie alle jene Tage im fremden Land. Der Mond senkte sich hinter die schwarzen Zacken der Berge, die Sterne verschwanden aus dem tiefen Grau des Firmaments.

Im Morgengrauen, als die einzigen Farben noch den Wolken im Osten gehörten und sich erste Unruhe im Lager regte, näherte sich aus der Richtung des Sonnenaufgangs das harte Poltern von Pferdehufen. Einige Reiter kamen in scharfem Galopp auf das Lager zugesprengt. Schreie gellten auf:

»Die Sarazenen! Das Heer des Sultans!«

Lärm erhob sich, zuerst zögerlich, ungläubig, stockend, dann anschwellend und immer lauter. Etliche Atemzüge später stießen Trompeter in ihre Instrumente, und im schwindenden Zwielicht zerschnitten die Schreie und die schmetternden Töne endgültig den Morgen und die Hoffnung, den Kampf vermeiden zu können. Denn es würde eine furchtbare Schlacht werden.

Das Morgenlicht enthüllte ein erschreckendes Bild. Von den Hängen aller Hügel im Süden, über die wenigen Pfade und Wege, durch die Einschnitte der Täler kamen die sarazenischen Reiter in langen Reihen, in Zweierreihen, in Haufen, zu dritt oder viert oder fünft nebeneinandertrabend. Es waren Hunderte, dann Tausende, schließlich so viele, dass es unmöglich war, ihre Anzahl auch nur zu schätzen. Binnen des vierten Teils einer Stunde, als die Sonnenscheibe die Hügel überstieg und das Licht die Ebene ausfüllte, als die Schatten länger waren als die Stoßseufzer und Gebete, schien es, als würde das Wasser eines Stroms auf den südlichen Rand des Lagers zuwogen. Helme, Schilde, Fahnen, Pferdeleiber, Turbane und die Enden der Bogen, hochgereckte Krummschwerter und Lanzenspitzen bildeten ein gewaltiges Gedränge und Gefunkel. Gekrümmt wie eine Mondsichel, an den Spitzen die Fahnen, alle südlichen Hügel umfassend, kam das Heer des Sultans heran. Ein Dröhnen und Brausen wie Sturm und Erdbeben zugleich erfüllte die Luft. Schreckensstarr blickten die Franken auf die Flut aus Tier- und Menschenleibern, die sich unaufhaltsam näher heranwalzte. Und plötzlich begannen die Sarazenen zu schreien, die Pferde fielen aus dem Trab in Galopp. Der Angriff begann auf einer Breite von vielleicht eineinhalb, zwei Meilen. Die Franken glaubten »Allachibar!« zu verstehen, oder auch »*Allāhu akbar!*«.

»›Gott ist groß!‹, schreien sie!«, riefen die sprachkundigen

Späher. Die Spitzen der Sichel wurden durch den Zustrom von Reitern größer und krümmten sich weit nach vorn. Es schien, als würde binnen einer halben Stunde das Lager der Christen völlig umzingelt sein. Aber noch während das Kampfgeschrei über die Ebene gellte, während unter Zehntausenden Pferdehufen Staub aufwallte und eine halbkreisförmige Wolke zu bilden begann, blitzten zwischen den Zelten und den Bäumen an den Quellen die Lanzenspitzen der Ritter auf. Trompetensignale riefen zum Sammeln.

Kapitel XXII

A. D. 1097, 1. Tag des Heumonds (Juli)
Talebene bei Dorylaion

»Lasset Reiter aufsitzen, setzt die Helme auf und schärft die Spieße und ziehet Panzer an!«
(Jer 46,4)

Einige Reiter verließen in gestrecktem Galopp das Lager, erreichten unangefochten die Straße und ritten dem zweiten Heer entgegen, das sich wahrscheinlich zur Stunde zum Aufbruch rüstete, um die Kühle des Morgens zu nutzen. Die Boten sollten Graf Raimund und Gottfried zur Hilfe herbeirufen; diese Befehle hatte ihnen Bohemund gegeben.

Er selbst ritt im tosenden Lärm, riesengroß, gepanzert und die Fahne in der Rechten, durch das Lager und rief die unbewaffneten Pilger und die Frauen zusammen; sie sollten sich im Mittelpunkt sammeln. Während die Ritter in die Sättel stiegen und durch die Lagergassen zum Rand der Zeltstadt trabten, erkannte auch der Letzte, dass die Sarazenen den Ring um die Franken zu schließen begannen.

Bohemund schien an vielen Stellen gleichzeitig zu sein. Seine Befehle schrie er mit der Stimme eines Dämons; aus dem grässlichen Wirrwarr formte sich mit jedem Atemzug mehr eine gewisse Ordnung. Die Gepanzerten fanden sich zu Gruppen zusammen und strebten dem Rand des Lagers entgegen. Noch waren die Sarazenen nicht auf Pfeilschussweite herangekommen, aber Teile ihres Heeres kamen noch immer in langen Reihen über die Hügel herunter, als gäbe es Hunderttausende von ihnen.

Wieder flatterte eine Fahne durch die Luft, abermals sammelten sich einige Dutzend Ritter zu Pferde und trabten mit donnerndem Hufschlag und mit klirrender Rüstung in Dreierreihen durch die Lagergasse. Die Spitzen der langen Stoßlanzen schwankten vor dem kühlblauen Himmel. Wieder gellten Trompetensignale und mischten sich in die Schreie der Angreifer, deren Menge sich geteilt und das Lager fast völlig umschlossen hatte.

Als die Ritter sich zu einer spitzen Angriffsgruppe formiert hatten und ihren Pferden die Sporen gaben, rissen die Schreie der Sarazenen ab. Sie zügelten ihre Reittiere, zogen die Bogensehnen aus und schossen einen Pfeil nach dem anderen schräg in die Luft. Einige zielten auf die heransprengenden Ritter, die ihre Lanzen senkten und die Schilde hoben, während die schweren Pferde prustend zu galoppieren begannen. Einen Herzschlag später bildete sich eine Wolke aus Pfeilen, so groß und so dicht wie ein großer Schwarm kreischender Stare.

Ebenso dunkel und mit dem gleichen metallisch zwitschernden Geräusch senkten sich tausend und mehr Geschosse auf die Gepanzerten. Die Sarazenen waren hervorragende Reiter. Sie standen in den Steigbügeln und federten die Bewegungen des Pferderückens mit den Knien ab, sodass ihr Oberkörper fast unbeweglich und gerade aufgerichtet blieb. Auf diese Weise vermochten sie ruhig zu zielen und trafen meistens ihre Ziele; ihre Pfeile flogen zweihundertfünfzig oder gar dreihundert Schritte weit.

Sie schossen zweimal, dreimal, dann rissen sie die Pferde herum und galoppierten seitwärts davon. Zwischen ihre Reihen schoben sich andere Reiter mit gespannten Bögen und lösten ihre Schüsse aus. Die Pfeile prasselten, dicht wie Hagel, in die Schilde, prallten von den Helmen ab, verfingen sich in den

Maschen der Kettenhemden oder blieben im Leder der Gurte stecken. Sie trafen die Pferde an den Köpfen und an den Schenkeln, bohrten sich tief in die Körper, fielen zwischen den Hufen zu Boden und schlugen in die Schenkel der Reiter. Die Pferde wieherten vor Schmerz, stiegen hoch, keilten aus und warfen ihre Reiter ab, rissen sich los und galoppierten mit Schaum um die Trensen und blutenden Fellen in alle Richtungen. Polternd schlugen die hölzernen Lanzenschäfte gegeneinander, die Berittenen fluchten und schrien, wälzten sich auf dem Boden und versuchten, den Pferdehufen auszuweichen und sich aufzurichten.

An einigen geschützten Stellen gelang es den Rittern, dem ärgsten Pfeilhagel auszuweichen und weiterzugaloppieren. Sie fällten ihre Lanzen, hoben die Schildränder bis unter die Augenschlitze und preschten dröhnend und schreiend auf die Sarazenen zu, stießen sie aus den Sätteln und rammten die Speere in die Körper. Leiber wirbelten durch die Luft und schlugen mit schlenkernden Gliedern zwischen die Läufe ihrer Pferde. Gruppen von drei Dutzend oder mehr Rittern folgten der Fahne ihres ritterlichen Herrn, stoben in wildem Galopp zwischen den fallenden und ausweichenden Sarazenen aus dem Lager und griffen den nächsten größeren Haufen der Bogenschützen an.

Ein weiterer Hagel aus Pfeilen, von links und rechts abgeschossen, ging auf sie nieder; der Ritter neben dem Fahnenträger wurde fast augenblicklich von fünfzehn oder mehr Pfeilen getroffen und sank im Sattel zusammen.

An zehn, dann zwanzig, schließlich vierzig oder fünfzig Stellen, rund um das Lager, gingen die Wolken aus Pfeilen auf die Ritter nieder. Nach zwei oder mehr Dutzend Atemzügen ertönte Bohemunds Gebrüll: »Aus den Sätteln! Rettet die verfluchten Gäule vor den Pfeilen!«

Lärm, Geschrei, Wiehern, Waffenklirren, das sirrende Heulen der Pfeile, das Jammern der waffenlosen Pilger und der

Frauen, die Laute von zehntausend Pferden, brechende Lanzen und das zischende Hämmern von Schwertern, die dumpfen Hiebe der Morgensterne und das unaufhörliche Trommeln, das vom Auftreffen und Einschlagen der Geschosse und Waffen auf die Schilde herrührte, alle Laute und Geräusche von hunderttausend Menschen vereinigten sich zu einem misstönenden Malmen, welches das Tal füllte. An hundert und mehr Stellen wurde gekämpft.

Sarazenen ritten in weiten Kreisen um das Lager und sandten unzählbar viele Pfeile zu ihren Zielen. Pferde verendeten, Männer starben, Kreise und Wirbel bildeten sich, und die Kämpfe splitterten sich in zahlreiche Gruppen auf. Die Zahl der Angreifer schien unübersehbar groß zu sein; sie wimmelten wie Ameisen oder Heuschrecken in einem breiten Gürtel um das Lager der Christen, als ob sie die Fremden erwürgen wollten. Noch immer heulten Schwärme und Wolken aus Pfeilen auf die Franken nieder. Mutige Knechte zerrten die Pferde, die störrisch vor Schmerz und in wilder Furcht waren, aus der Kampfzone zurück.

Eine Stunde nach dem ersten Angriff kämpften alle Gepanzerten und Bewaffneten zu Fuß gegen die Sarazenen. Sie versuchten, nicht einen Fußbreit zurückzuweichen. Bohemund ritt als Einziger durch das Lager und brüllte mit Sturmstimme seine Befehle. Die Ritter gehorchten ihm, obwohl seine Befehle klangen wie aus lärmerfüllter Ferne. Einige Pilger wagten sich zwischen den Zelten hervor und trugen die schreienden Verwundeten zurück in die fragwürdige Sicherheit des Lagers. An einigen Stellen, an denen das Schwirren der Bogensehnen und das Surren der Armbrustbolzen leiser wurde oder ganz aufhörte, kämpften die Ritter mit Schild und Schwert gegen die Krummschwerter der Angreifer. Reglose und zuckende Körper lagen auf dem zerwühlten Boden, Blut lief aus tief geschlagenen und gerissenen Wunden.

»Bringt Wasser zu den Kämpfern!«, dröhnte Bohemund.

Die gepanzerten Ritter, geschützt durch ihre Schilde, wüteten mit abgebrochenen Lanzen, Schwertern und Morgensternen unter den Sarazenen, deren Pferde getötet worden waren und die zu Fuß zu kämpfen wagten. An wenigen Stellen gelang es den Bewaffneten, zwischen den Körpern der eigenen Toten einige Dutzend Schritte vorzudringen und die berittenen Sarazenen zurückzudrängen. Aber kaum schienen die Christen um sich herum Platz geschaffen zu haben, drangen Hunderte schneller Reiter vor und spickten erneut die Bewaffneten mit ihren Pfeilen.

Beide Heere wogten in hochwehenden Staubwolken hin und her, drangen vor und wichen zurück, konnten weder siegen noch verlieren. Reiterlose Pferde galoppierten keilend und mit kreischendem Wiehern durch die Masse der Kämpfenden, mit grauenhaften Wunden in den Kruppen und Hälsen oder mit halb herausgerissenen Därmen. Ihre Hufe teilten furchtbare Hiebe aus. Die Christen wehrten sich mit rasender Verbissenheit und meist schweigend, in unerschütterlicher Kampfordnung. Es gab kaum einen Ritter, der nicht verwundet war, aber keiner schien den Schmerz und den Blutverlust zu spüren. Worunter sie am meisten litten, war von Stunde zu Stunde größerer und peinigender Durst.

»Wasser! Bringt ihnen Wasser!«, erscholl ein Schrei.

Junge Frauen und Knappen wagten sich ins Gewimmel und schleppten Krüge und Ziegenschläuche zu den Kämpfenden. Während die Schilde der Sarazenen unter den klirrenden Hieben der Schwerter in Stücke geschlagen wurden, tranken einige Ritter, andere rissen die Helme herunter und schütteten sich Wasser über die Köpfe, wieder andere starben durch Pfeile, als sie die Krüge mit beiden Händen zum Kinn hoben. Hitze und Staub machten die schweißüberströmten Männer halbblind, der Staub verklebte Nasen und Augen und legte sich gallebitter auf Lippen und Zungen.

Die Sarazenen waren in der Übermacht. Die Reiter, die sich um die Fahnen ihrer Emire scharten und ihre Pfeilköcher füllten, ritten zurück ins Getümmel und schossen Pfeil um Pfeil auf ihre Ziele. Mitunter schien es, als würde die unerschütterliche, fast selbstmörderische Beharrlichkeit der schwer gepanzerten Ritter die leichtfüßige Reiterei an sich abprallen lassen, aber als Tancreds Bruder Wilhelm fiel, konnte auch Tancred selbst nicht zu dem Sterbenden vordringen und wenigstens die Fahne retten. Die kampferfüllten Augenblicke schienen sich zu qualvoll langen Stunden zu dehnen. Die Sonne kletterte in die Höhe, und die Schatten wurden kürzer.

»*Allāhu akbar!*« Die Schreie kamen von überall her. Schritt um Schritt drangen die Türken tiefer in das Lager ein. Zelte brannten, der Dampf des Löschwassers brodelte auf. In den Herzen der Ritter entstand die Überzeugung, als Märtyrer sterben zu müssen; die Frauen ahnten, dass das Schicksal für sie nur noch Sklaverei und Schändung übrig hielt, bevor der Abend kam. Auf der Seite des Lagers, die an einem flachen Bach lag und scheinbar im Schutz von dichtem Schilf und schlammigem Boden, walzten die sarazenischen Reiter das Schilf nieder und griffen den Tross an.

Es waren einfach zu viele; ihrer Übermacht waren die Franken nicht gewachsen. Die Talebene hallte wider von den Schreien der Angreifer und der Verteidiger. Es würde nicht mehr lange dauern, bis das unüberschaubar große Heer des Sultans den letzten Widerstand trotz vieler eigener Verwundeten und Toten niedergekämpft hatte.

Seit dem gestrigen Sonnenaufgang hatten die Kundschafter nicht einen einzigen »Sarazenen« ausspähen können; nicht einmal Zeichen dafür, dass hier die Reiter des Sultans durchgezogen waren. Die Nacht verlief völlig ungestört. Die Ritter und ihr Gefolge fühlten sich sicher wie in Abrahams Schoß. Berenger, Rutgar und einige von Butumites' Reitern, unter ihnen der Schreiber Arkadios, hatten die Morgenwache übernommen und ritten abseits der Straße zum Anfang des Lagers, nach Südosten also.

Die Pferde setzten Huf vor Huf. Von den Zweigen tropfte Tau; die Dunkelheit wich und wurde vom Rauch einiger Feuer abgelöst, der entlang der gewundenen Straße dicht über dem Sand dahinkroch. Rutgar hob den Zügel und setzte sich kerzengerade im Sattel auf. In der halben Stille vor dem Morgengrauen, trotz des ununterbrochenen Geräusches, das die vielen Menschen und Tiere verursachten, hörte er ungewohntes Trommeln, aus weiter Ferne. Schlagartig wich die Müdigkeit aus seinem Körper. Er hielt den Atem an, nickte und sagte nach einer Weile drängend:

»Berenger! Reiter vor uns. Im Galopp ... leichte Pferde. Wahrscheinlich Seldschuken.«

Berenger und Arkadios hielten die Hände hinter die Ohren, lauschten und trieben dann ihre Pferde an.

»Wir reiten ihnen entgegen«, bestimmte Berenger und winkte seinen Kundschaftern. »Arkadios! Sag dem Tatikios Bescheid, schnell! Haltet die Waffen bereit.«

Der Schreiber des Generals wirbelte sein Pferd herum und hetzte davon. Die Reiter drängten sich aus dem Gebüsch zur Straße, bildeten eine Linie und folgten dem weißhaarigen Anführer, der den Zeltpflöcken und Spannseilen auswich und an den angepflockten Pferden eines Teils von Raimunds ritterlichem Gefolge. Das Trommeln des Hufschlags wurde lauter und warf in der Waldschneise Echos. Fahl zeichnete sich das Morgengrauen ab. Einzelne Bäume standen unbeweglich davor wie schwarze Schnitzereien. Die Reiter trabten, der nunmehr leeren Fahrspur folgend, nach rechts, dann in die Gegenrichtung, schließlich bogen sie auf das gerade Stück ein. Das schnelle Hufpoltern vor ihnen war lauter geworden, die Tiere keuchten, und die Sättel knarrten, als die Reiter aus dem Zwielicht hervorstoben. Der zweite Reiter stand in den Steigbügeln und hielt die Fahne Bohemunds, die abgehetzten Pferde schäumten und dampften.

Berenger und Rutgar ritten den Ankömmlingen scharf entgegen, zügelten die Pferde und hoben die Arme.

»Langsam!«, rief Berenger. »Haltet an! Ihr galoppiert in unser Lager hinein …«

»Die Sarazenen!«, rief der Anführer und riss am Zügel. Sein Pferd bäumte sich auf und sank mit zitternden Vorderläufen zurück. »Bohemund schickt uns. Wir sind in Not! Tausende und Abertausende! Ihr müsst uns helfen, um der Gnade Gottes willen!«

Schrecken durchfuhr die Kundschafter. Sie ritten auseinander, bildeten zwei Reihen und ließen die Ankömmlinge weitergaloppieren. Binnen weniger Schritte fielen die keuchenden Tiere in Trab. Berenger fragte laut und aufgeregt: »Wie lange seid ihr geritten?«

»Gut fünf Stunden, vier-, fünfmal im Galopp. Dann war's zu dunkel.«

Berenger packte den Fahnenträger am Arm, Rutgar zog den Anführer des kleinen Trupps zur Seite, ritt an und rief:

»Dort vorn gibt's Wasser! Wir bringen euch zu Raimund und Le Maisné. Hinter uns her, Freunde!«

Hundertfünfzig Schritte weiter auf der ansteigenden Straße stießen sie auf Wachen, die ihnen mit gezogenen Schwertern entgegenrannten. Berenger galoppierte weiter und schrie: »Herr Bohemund und seine Vasallen brauchen Hilfe! Sattelt die Pferde! Wacht auf, legt die Rüstungen an! Trompeter! Signale blasen!«

Boten und Kundschafter ritten lärmend an den Seiten des lang gestreckten Lagers, an Hugo von Vermandois' und Hartmann von Dillingens Zelten vorbei. Halbnackte Männer rannten herum und brüllten Befehle.

In gewohnter Schnelligkeit waren Tatikios' übrige Kundschafter und die Männer des Butumites auf den Beinen. Berenger winkte einen Anführer heran.

Binnen kurzer Zeit herrschte Wirrwarr. Trompetensignale weckten die Langschläfer. Die Kriegsknechte stolperten fluchend zu den Pferden, schleppten Sättel und halfen den Herren in die Kettenhemden. Aber das Chaos dauerte nur so lange, bis sich die Gepanzerten zu Gruppen zusammenfanden, bis die Fahnenträger im Sattel saßen und Berengers aufgeregtem Winken folgten.

»Drei, vier von euch reiten zum Bischof von Le Puy!«, schrie Berenger. »Sagt ihm, dass die Christen in Not sind. Es eilt! Er soll seinen Tross zurücklassen und mit allen Bewaffneten nach Dorylaion eilen!«

Vier Männer sattelten ihre Pferde, rafften Schild, Bogen und Köcher an sich, saßen auf und bahnten sich einen Weg durch die umherhastenden Frauen und Männer, die ihre Habe zusammenpackten. »Rutgar! Her zu mir!«, rief Berenger.

Seite an Seite sprengten Godefroy von Bouillon und Hugo von Vermandois im Zickzack durch das Lager. Ihre Fahnenträger folgten ihnen, noch halb verschlafen; mehr und mehr Männer stiegen auf die Pferderücken und schlossen sich ihnen an. Die Zahl der Lanzenspitzen, die im Morgenlicht funkelten, wuchs an, und eine knappe halbe Stunde danach hatte Berenger alle seine Reiter um sich versammelt. Er deutete auf Chersala und sagte streng: »Wir folgen den Rittern. Du und Arkadios – sammelt den Tross und kommt uns nach. Kehrt um und verbergt euch, wenn ihr seht, dass die Seldschuken siegen.«

Arkadios nickte heftig und lenkte sein Pferd durch die aufgeregten Menschen, Chersala und Rutgar sahen ein, dass es zwecklos war, ihrem Anführer widersprechen zu wollen. Drogo von Nesle und ein Dutzend gepanzerter Reiter trabten mit hochgereckten Lanzen an den Kundschaftern vorbei und ritten in Dreierreihen auf der Straße außer Sicht. Das Tal war erfüllt von den schrillen Trompetensignalen und vom Lärm des Ausbruchs. Die Zahl berittener Männer nahm zu, im Gewimmel bildeten sich Gassen, durch die noch mehr Ritter trabten. Das Trommeln der vielen Hufe schwoll an und wurde leiser, als vom Ende des Lagers die Brüder Grandmesnil und Odo von Bayeux mit ihren Vasallen durch die Gasse geritten und hinter der Biegung verschwunden waren. Viele Reiter trugen die langen normannischen Bögen und mehrere volle Köcher auf dem Rücken. Ein einzelner Kundschafter galoppierte heran und rief:

»Alle Reiter sind fort, Berenger! Hinterher?«

»Holt eure Waffen und – hinter uns her! Wir sind schneller als die auf den schweren Gäulen!«

Rutgar war bereit; er wusste Chersala im Schutz des Trosses. Er knotete den dreieckigen Schild, den er seit der Belagerung Nikaias trug, an den Sattel und trieb seinen Rappen mit den Sporen an. Berengers Pferd fiel in schnellen Trab, und seine Männer schlossen sich ihm an.

Kurze Zeit danach kam das halbe Hundert Reiter aus der Waldschneise ins Freie. Die Sonne stand am wolkenlosen Himmel eine Handbreit über den Hügeln. Wieder begann ein greller, heißer Tag.

Rutgar und Berenger waren ebenso wie die anderen Kundschafter in die Staubwolke eingehüllt, die ein paar Tausend Pferdehufe aufgewirbelt hatte. Die Ritter schonten ihre Tiere und ließen sie nur für kurze Zeit galoppieren. Weit vor den Söldnern auf ihren schnellen Pferden schien ein unsichtbares Gewitter zu toben. Das Dröhnen begleitete das Heer Herzog Gottfrieds und des einäugigen Raimund, und noch Rutgar, zwei

Pfeilschüsse hinter dem Letzten des Ritterheeres, glaubte das Beben der Erde zu spüren.

Erst weit hinter dem Trupp der berittenen Kundschafter kamen die bewaffneten Fußkämpfer, deren Fahnenträger ab und zu eine kurze Wegstrecke rannten, um die Geschwindigkeit der Marschierenden zu vergrößern. Rutgar saß vornübergebeugt im Sattel. Zahllose Gedanken kreisten in seinem Kopf; nutzlose, hoffnungslose und einige, die ihn an schönere Tage erinnerten. Der Helm drückte, unter dem Kettenhemd tränkte Schweiß die Kleidung, und der Schwertgriff schlug in rohem Takt gegen seine linke Schulter.

Sein Halbbruder Thybold war nicht im Heer der Provençalen. Ein Mönch und ein Knappe aus dem Heer Raimunds von Toulouse hatten auf seine Fragen geantwortet, dass sie den Namen Thybold gehört hatten: Ein junger Ritter im Gefolge Adhemars von Le Puy, sagten sie, wurde so gerufen. Aber sie wussten nichts von leuchtenden blauen Augen und einer Falkennase und nichts von Les-Baux. Aber Rutgars Hoffnung war nicht geringer geworden. Verhielt es sich so, dann war Thybold zwischen den Rittern, die Adhemar auf der südlichen Straße nach Dorylaion anführte. Aber auch in diesem Haufen wusste jeder, dass ein Späherreiter des Generals seinen Halbbruder suchte …

Ungefähr eine Stunde vor dem höchsten Stand der sengenden Sonne erreichten die Reiter des Generals den Hügelkamm, von dem aus sie den größten Teil der Talebene überblicken konnten. Zwischen dem Rauch einiger Brände und den verwehenden Staubwolken erkannten Rutgar und die Kundschafter zwischen den Bäumen ein unregelmäßiges Viereck aus Wagen und Trümmern, das an einigen Stellen durchbrochen war. Das Heer Raimunds und Gottfrieds hatte sich am Rand des unübersichtlichen Schlachtfeldes getrennt und ritt mit gefällten Lanzen und hochgereckten Schilden in den Ring aus seldschukischer Reiterei hinein. Von links hörte man die Rufe: »*Allāhu akbar!*«

Rechts drang »Toulouse! Toulouse!« durch den infernalischen Kampflärm. Berenger stellte sich in den Steigbügeln auf und brüllte: »Galopp! Zu den brennenden Zelten an der Straße! Schützt euch vor den Pfeilen!«

Er setzte sich zurecht, zog sein Schwert und galoppierte an, den Schild vor Brust und Schulter. Seine Reiter folgten durch den Staub der schmalen Straße und versuchten zu erkennen, was sie erwartete. Die Fahnen der christlichen Schlachthaufen flatterten mitten im Gewimmel. Die Ritter und ihre gepanzerten Vasallen galoppierten auf den schweren Pferden, sich zu spitzen Keilen formierend, mitten in die dichtesten Gruppen der Seldschuken hinein. Immer wieder drangen die Schreie »Toulouse! Toulouse!« durch das Dröhnen und Klirren.

Nicht eine einzige Lanzenspitze reckte sich über die Helme der Berittenen; die Gepanzerten sprengten mit gefällten Stoßlanzen die Kampfordnung der sultanischen Reiterei auseinander und bogen scharf ab, als sie den Rand des Lagers und die wirren Linien der Verteidiger erreicht hatten. Nach einer vollkommenen Verwirrung, die einige Atemzüge lang anhielt, erkannten die Seldschuken die neue Gefahr und zogen sich etliche Dutzend Galoppsprünge weit zurück. Abgeworfene Reiter hetzten hin und her und fingen die Pferde ein.

Im Tal hallten ohrenbetäubendes Geschrei und Lärm, von den Hügel erschollen tosende Echos. In dem Augenblick, an dem Berengers Reiter mit gezogenen Schwertern und Kampfäxten auf eine Schar Bogenschützen eindrangen, hatten die bedrängten Verteidiger erkannt, dass ihre Hilferufe das Heer

Gottfrieds erreicht hatten. Vereinzelt erhob sich triumphierendes Geschrei. Und mit jedem Atemzug kamen mehr waffenstarrende Reiter hinter ihren Fahnen zwischen den Hügeln hervor und stürzten sich in die Schlacht.

Rutgar hatte während des Anritts die unübersehbar große, durcheinander wirbelnde Menge der Reiter und die dichten Schauer der Pfeile gesehen. In seinem Herzen verknäuelten sich Wut und Angst, Bereitschaft zur Gegenwehr und zum Töten und die Sorge um Chersala, die Hoffnung, die nächste Stunde zu überleben, und das Gefühl, als würden sich die Muskeln seiner Arme spannen und ihre Kraft verdoppeln, als wäre er unverwundbar und die Überzeugung, keiner könne ihn sehen. Er ritt geradeaus weiter, das Schwert schlagbereit in der Rechten, so gut wie möglich durch den Schild gedeckt, fest im Sattel und vornübergebeugt. Von der gleißenden Spitze des frisch geschliffenen Schwertes über den Griff, seine Hand, den Ellbogen und das Schultergelenk verwandelten sich das Metall und das Fleisch und die Knochen in eine selbstständige Einheit, die zwar seinem Willen gehorchte, deren Kraft aber nicht aus seinem Körper zu stammen schien.

Sein Rappe sprang in Galopp, fast ohne Zügelhilfe, in einer Zickzacklinie durch die Gruppe der seldschukischen Reiter. Das Schwert hob und senkte sich; Rutgar glaubte, das Pfeifen der Klinge durch die Luft hören zu können. Tief in seinem Inneren strömte ein heißer Strahl in seine Arme, seine Hände, seine Muskeln; blitzschnell hob und senkte sich die Waffe, schneller und machtvoller, als er je geahnt hatte. Die Klinge knirschte und schnitt in weiches Fleisch, spaltete das Metall von Helmen, schlug breite Ecken aus Rundschilden, stach zu, löste sich blutig von zuckenden Körpern, wurde von einer nie gekannten Stärke in die Höhe gerissen, umhergewirbelt und nach unten geschlagen, traf auf funkensprühendes Metall, schmetterte Pfeile klirrend zur Seite, verharrte einen Atemzug lang neben Rutgars Bein, neben dem Bauch des Rappen, zuckte wieder hoch und beschrieb blutspritzende verwundende, tötende und knochenzerschmetternde Halbkreise.

Pferd und Reiter schienen, wie Dutzende anderer Kämpfer rechts und links von Rutgar, in vollkommener Lautlosigkeit durch das Geschrei, Geheule, Klirren, Wiehern, Kreischen und den Staub zu galoppieren. Er nahm den dröhnenden, malmenden Rausch nicht wahr, der ihn unverwundbar und rasend schnell machte. Nach zehn Herzschlägen oder einer kurzen Ewigkeit, in der er nichts anderes spürte als die Wirkung einer ungeheuren Kraft, die ihn beseelte, sah er vor und neben sich nur fahle Staubschleier.

Der Rappe machte noch fünf, sechs Galoppsprünge, dann schüttelte er sich, riss den Kopf in die Höhe und wendete, ohne dass Rutgar die Zügel eingesetzt hatte. Blutiger Schaum flockte von der Trense. Rechts und links des Ritts durch die Menge der Bogenschützen lagen Tote und Verwundete, hatten sich Pferde losgerissen, schlugen andere Bewaffnete auf die Überlebenden ein, starben Männer im Sattel oder auf dem Boden. Rutgar holte tief Atem, Schweiß klebte auf seiner Haut; sein Blick klärte sich. Sein Schwert war bis zum Heft voller Blut, der Schild halb zerhauen und voller abgebrochener Pfeilschäfte. Rutgars Atem ging wild und heiß. Er blickte um sich und versuchte sich zurechtzufinden.

Um ihn herum, einen Steinwurf weit, tobte der Kampf. Eine Schar Seldschuken hatte ihre Köcher geleert und sprengte zurück in die Menge der Nachrückenden. Ein großer Haufe, vielleicht hundertfünfzig Reiter, galoppierte, die Bogen spannend, auf die kämpfenden Ritter zu. Rutgar winkte mit dem Schwert hinüber zu Berenger und versuchte, ihm durch Gesten verständlich zu machen, was er vorhatte. Trotzdem brüllte er aus Leibeskräften:

»Nahe heran! Unter den Pfeilen hindurch!«

Berenger und die anderen schienen verstanden zu haben. Rutgar setzte die Sporen ein, hob den Schild halb über den Hals des Rappen und galoppierte an, schräg auf die näher kommenden Seldschuken zu. Die Pfeile schwirrten heulend in hohem Bogen zum Schlachthaufen der Ritter, bildeten wieder eine jener tödlichen Wolken und fuhren fast senkrecht hinunter. In vollem Galopp drang Rutgar, gefolgt von Berenger und einem schreienden, heulenden Haufen Reiter, auf die Seldschuken ein. Der Pferdekörper unter ihm schien die Kraft der Muskeln und Knochen auf Rutgars Körper zu übertragen. Rutgar sah die Pfeile, die auf ihn zukamen und ihn trafen, als ritte er unantastbar neben sich und nähme alles Geschehen wie in seinen Träumen wahr, in denen er unsichtbar war. Vor ihm gab es plötzlich keinen Gegner mehr. Sein Schädel dröhnte, sein rechter Arm zitterte, der Rappe senkte unwillig den Kopf und drehte sich wild auskeilend auf der Stelle. Rutgars Blick glitt über zuckende, blutüberströmte Pferdeleiber, losgerissene Sättel, über tausend Pfeile, die überall steckten, scheinbar unversehrt oder abgebrochen, über tiefe Wunden in leblosen Körpern, über die Kruppen der Pferde, deren Reiter flach auf deren Hälsen lagen und flüchteten, auf die bewegte Mauer der Ritter, die anscheinend im Kreis um ihn und die anderen rhomäischen Söldner herumritten, und schließlich auf Berenger, der mit dem gepanzerten Arm die Pfeilschäfte auf seinem Schild in einer einzigen, wilden Bewegung knickte.

Jeder, den Rutgar erkannte, war vom Helm bis zu den Knien von Blut und Blutspritzern bedeckt. Er atmete keuchend, sah fliehende und angreifende Seldschuken, verwundete und angriffslustige Söldner und ritt auf Berenger zu.

»Wir haben sie in die Flucht geschlagen!«, schrie er.

»Es ist noch nicht zu Ende!«, brüllte Berenger. »Zurück! Zu unserer Fahne!«

Die Söldner gehorchten den befehlenden Gesten, die er mit dem blutigen Schwert gab, und ritten aus der Kampfzone hinaus. Sie sammelten sich in einem engen Kreis und spähten nach dem nächsten Gegner aus. Sie waren erschöpft, nicht weniger als die fränkischen Ritter, die sich zum dritten Mal gesammelt hatten, eine neue Angriffsspitze bildeten und mit Geschrei, sich gegenseitig anfeuernd, waffenklirrend, mit abgebrochenen Pfeilen gespickt und mit gefällten Lanzen auf die Angreifer losritten. Unter Tausenden trommelnder Hufe wallten mächtige Staubwolken auf.

Sonnenstrahlen zuckten durch den Staub und blitzten von Helmen und Schilden. Die langen Lanzen, an denen kleine Wimpel flatterten, reckten sich den Horden der schnellen Reiter entgegen. Der Hufschlag einiger Hundert schwerer Streitrosse glich näher kommendem Donner. Durch die Staubwolken prasselten Steine und Erdbrocken. Schwerthiebe hämmerten auf die Seldschuken nieder, Streitäxte klirrten, Streitkolben schlugen donnernd auf Schilde und in Körper.

Die kleinen Schilde der Bogenschützen brachen und splitterten. Berengers Reiter teilten tödliche Hiebe aus und dachten nicht an die Pfeilschauer, die sie zuvor gefürchtet hatten. Während verwundete und sterbende Reiter aus den Sätteln stürzten, während zuckende Körper unter die Hufe durchgehender Pferde gerieten, Schilde und Schwertschneiden gegeneinanderklirrten, retteten sich die überlebenden Seldschuken in alle Richtungen.

Sobald sich Berengers Krieger wieder gesammelt hatten, rissen die Seldschuken Pfeile aus den Köchern, spannten die Bogensehnen und lösten erneut Schuss um Schuss. Pfeilschauer stiegen steil in die Höhe, schienen dort viele Herzschläge lang unbeweglich zu schweben und kippten dann mit den Spitzen nach unten. Senkrecht schlugen sie wie schwere Hagelschlossen ein; unterschiedslos in Schilde, auf Helme, in Schultern, Sattelränder, Pferdehälse, Kruppen und die Rücken der Reiter, in den Boden, gegen Schwerter, durch die Maschen der Kettenhemden und in ungeschützte Oberschenkel. Ein einziger tosender Schmerzensschrei brach sich Bahn, durchgellt vom kreischenden Wiehern Dutzender und Hunderter Pferde, von denen viele, ebenso wie ihre Reiter, von Pfeilen starrten. Jede Bewegung ließ die bunte Befiederung der Geschosse schwanken und wippen. Die Tiere keilten aus, schüttelten sich und katzbuckelten, warfen die Reiter ab und wälzten sich blutend und sterbend auf dem Boden. Knurrende und geifernde Hunde sprangen zwischen den Kämpfern umher und versuchten ihre Zähne in Pferde und Reiter zu schlagen. Hin und wieder sah man einen Hundekörper mit zerschmetterten Gliedmaßen nach einem Hufschlag aufjaulend durch die Luft wirbeln.

Berenger und Rutgar, die an der Spitze ihrer Reiter gekämpft hatten, waren von schweren Verwundungen im Pfeilregen verschont geblieben. Ihre Schilde starrten wider von abgebrochenen und gesplitterten Geschossen, die Helme waren von harten Einschlägen getroffen worden, im Fell der Pferde bluteten lange Schnittwunden. Einige Pfeile hatten sich im Schwanz und in den Mähnen verfangen.

»Zur Seite, Berenger!«, brüllte Rutgar, riss einen baumelnden Pfeil aus der Mähne seines Pferdes und setzte die Sporen ein. Er preschte neben Berenger dicht vor der Linie seldschukischer Reiter nach links, auf die Phalanx der gepanzerten Ritter zu.

Eine Handvoll Armbrustschützen kauerte hinter einem Karren und jagte Bolzen um Bolzen in die Körper der Bogenschützen. Die Seldschuken bewegten sich kaum, während sie ihre Pfeile abschossen, und boten dadurch gute Ziele. Pferdeschädel barsten in Blut, Hautfetzen und Knochensplittern, wenn die schweren Geschosse mit den geschliffenen Eisenspitzen trafen.

Scheinbar ohne jeden Widerstand durchschlugen die Bolzen und die Pfeile der Langbogen die leichten Panzerungen der sarazenischen Bogenschützen; manche Geschosse verwundeten und töteten Männer, die hinter den zuerst Getroffenen vorbeiritten.

An vielen Stellen des Lagers, meist in einem breiten Streifen vor dem Viereck der Wagenburg, lösten sich die kämpfenden Gruppen in unzählige Einzelkämpfe auf. Gepanzerte Ritter trieben ihre Rosse in enge Kreise oder zwangen sie, sich wie wild zu drehen und auszukeilen. Vom Sattel aus teilten sie wilde Schwerthiebe aus, zerschlugen Schilde der Sarazenen, spalteten Schädel und zertrümmerten Brustkörbe, kreuzten brüllend ihre Schwerter mit den geschweiften Klingen der Angreifer und rissen, wenn sie keinen Gegner mehr neben sich sahen, die Lanzen aus dem Boden und sprengten weiter.

Von der einen Seite kamen in breiten Angriffswellen frische Seldschukenreiter heran, von der anderen donnerten gepanzerte Keile von Kreuzfahrern mit stoßbereiten Lanzen in die Haufen der Bogenschützen hinein. Wie riesige Hornissen surrten Pfeile und Armbrustbolzen durch den Staub. Von überall her klirrten die Schneiden von Blankwaffen aufeinander. Schreie, Flüche und Anrufungen mischten sich mit dem Wiehern und Prusten der schäumenden Pferde zu einem grässlichen Tosen. Und immer wieder senkten sich Wolken aus Pfeilen auf die Franken und erzeugten auf Schilden und Rüstungen knatternde, pochende und hämmernde Geräusche. Wieder Schmerzensschreie und Flüche aus Hunderten Kehlen! Wieder Kampfrufe:

»*Allāhu akbar!* Toulouse! Toulouse! Jerusalem! Gott mit uns! *Deus lo vult!*«

Mitunter tauchte aus dem Gewimmel der riesenhafte Bohemund von Tarent auf, der unverletzlich zu sein schien und offenbar über die Kräfte mehrerer Männer verfügte. Er mähte blutige Gassen durch die Reihen und Ballungen der leichten

Reiter. Hinter ihm galoppierte sein Fahnenträger einher, dessen Schild mehr als hundert abgebrochene Pfeile spickten. Über das Getümmel ertönten, laut wie die Stimmen der Engel, langgezogene Trompetensignale. Rutgar, der mit der flachen Hand einige Pfeilschäfte aus dem Schild schlug, wandte sein Pferd und rief Berenger zu:

»Das muss Bischof Adhemar mit seinem Anhang sein!«

»Er kommt nicht zu spät!«, gab Berenger zurück. Er hing weit aus dem Sattel und zog seinem von Staub und Schweiß bedeckten Rappen einen Pfeil aus dem Vorderschenkel. Niemand konnte sehen, woher die gepanzerten Reiter kamen, aber die Signale hallten über das Schlachtfeld und rissen nicht ab. Die Sonne war ein glühender kleiner Kreis jenseits der Staubwolken. Männer und Pferde keuchten, ihre Augen tränten, in den Rachen würgte Übelkeit. Das gesamte Tal war in ein unwirklich fahles Licht getaucht; die Sonne taumelte durch Wolken aus Rauch, Hitze und fahlgelbem Staub. Zwischen den christlichen Kriegern huschten Frauen und Jungen hin und her und schleppten Krüge voll Wasser zu den Kämpfenden und versuchten, hinkende und blutüberströmte Überlebende ins Innere der Karrenburg zu tragen.

Tancred und zwölf Dutzend seiner Reiter, von den Kämpfen schwer gezeichnet, gelang es, sich zu Robert von Ansa durchzukämpfen und zu Richard Prinzipatus aufzuschließen. Die verschiedenen christlichen Heere waren in einer auseinandergezogenen Linie geradeaus geritten und hatten, als sie die Sarazenenreiter sahen, fast im gleichen Augenblick ihre Pferde nach links herumgerissen. Quer über fast die gesamte Talebene waren die Sarazenen herangeflutet und hatten so das Lager einschließen können. Eine waagrechte Linie traf auf einen Kreisring; die schwere Kavallerie der Christen gegen die leichte Reiterei der Bogenschützen, die ständig in Bewegung waren und einen unerschöpflichen Vorrat an Pfeilen zu haben schienen.

Immer wieder sammelten sich die gewappneten Panzerritter, bildeten Gruppen und bewaffneten sich mit neuen Lanzen. Tatikios' Armbrustschützen und die Schützen mit den normannischen Bogen verbargen sich außerhalb der gegnerischen Pfeilwolken und verteidigten die Eingänge des Lagers. Nacheinander sammelten sich bei den Fahnen der Heerführer deren Gefolge und jeder, der noch kämpfen konnte. Eustachius von Boulogne und Bruder Balduin schlugen sich zu Bohemund durch und retteten Balduin von Rethel und Peter von Stenay, die von rasend kämpfenden Sarazenen eingeschlossen waren. Jeder Mann kämpfte und dachte mehr ans Sterben als an Gefangenschaft und Sklaverei mit Ungläubigen als Herren in der Fremde, selbst General Tatikios' erbarmungslose Söldner und Manuel Butumites Späherreiter. Die Trompetensignale von der anderen Seite des Lagers rissen ab, und aus den Staubwolken schoben sich, zwischen den Zehntausenden rasender Kämpfer, flatternde Fahnen, blitzende Helme und ein Wald aus Lanzen hervor.

Endlich! Wie ein hufdröhnendes Gewitter erschien ein neues Heer auf dem Kampfplatz. Adhemar de Monteil, Bischof von Le Puy, gefolgt von seinen Brüdern François-Lambert, Wilhelm-Hugo und Bischof Wilhelm von Orange brach von einer Hügelflanke im Rücken der Sarazenen ungehindert zum Schlachtfeld durch. Die Seldschuken merkten, dass sich etwas zu verändern begann, aber sie sahen erst nach und nach – zu spät, wie es schien –, dass sich ein frisches Heer näherte, ein drittes, von dem niemand etwas geahnt hatte. Einige von ihnen zögerten, andere griffen in leere Köcher, ein kleiner Teil wandte sich unschlüssig zur Flucht. Die Rufe »*Allāhu akbar!*« wurden leiser und schwiegen bald.

Unaufhaltsam näherten sich die knatternden Fahnen. An einer ganz anderen Stelle bebte der Boden unter Tausenden donnernder Pferdehufe. Ein gewaltiger Schrei schien den Staub zu spalten:

»Deus lo vult!«

Die ersten Gruppen Seldschuken spornten ihre abgehetzten Pferde und flüchteten zwischen den drei massierten Heeren aus dem Schlachtfeld. Als die Reiter, die neben ihnen kämpften, die Fliehenden sahen, ließen sie die Bogen und die Schwerter sinken und schlossen sich ihnen an. Das polternde Klirren des dritten Christenheeres wurde lauter als ein Gewitter, das sich unsichtbar über dem Schlachtfeld entlud. Hunderte, dann Tausende Seldschuken schlossen sich den Fliehenden an; viele Hunderte galoppierten halbblind im Staub mitten ins christliche Heer hinein und wurden niedergehauen. Ein gewaltiger Strom Reiter, die um ihr Leben fürchteten, brandete gegen den Hügel, auf dem Sultan Kilidsch Arslan seine Zelte aufgebaut hatte. Auch der achtzehnjährige Sultan und sein prächtiges Gefolge, zusammen mit Danischmend Ghazi, der mit ihm ein Bündnis eingegangen war, schwangen sich in die Sättel und schlossen sich den Flüchtenden an, die an ihrem eigenen, gut versteckten Feldlager vorbei nach Süden galoppierten, über Straßen und Tierpfade, ohne innezuhalten.

Das Heer des Bischofs schwenkte herum und nahm die Verfolgung auf. Die Söldner, die auf leichten Pferden kämpften, schlossen sich an. Inzwischen waren die letzten Seldschuken vom Schlachtfeld geflohen und führten ihre Verfolger in gestrecktem Galopp zu den Prunkzelten des Sultans und zum Tal, in dem die leeren Zelte des Lagers standen.

In der achten Stunde nach dem ersten Aufeinanderprallen, einige Zeit nach Mittag, war der ätzende Staub vor dem warmen Wind nach Südwest gezogen und hatte sich auf alles und jeden in der Talebene gelegt. Mehr als ein Drittel aller Berittenen, darunter Berengers Reiter, verfolgten die Seldschuken, plünderten die prachtvollen Sultanszelte und bemächtigten sich der Beute.

Alle übrigen Männer legten die Waffen ab, tranken wie die Verdursteten und kühlten Köpfe und Gesichter. Unzählige Verwundungen wurden verbunden, viele Brüche geschient, die Knechte versorgten die Pferde, die ebenso erschöpft und voller Wunden waren wie ihre Reiter; einigen Tieren mussten die Kehlen durchgeschnitten werden. Die Gnade Gottes, sagten die Priester und Mönche, habe den Sieg herbeigeführt. Über den Feuern begann Wasser zu kochen, und in weitem Umkreis des Lagers trugen Knechte und Priester die toten und am schwersten Verwundeten zusammen und sammelten Waffen und Kriegsgerät.

Am Ufer eines Baches, wo der Boden weich genug war, hoben die Überlebenden Gräber aus. Priester sprachen die Sterbegebete und zählten die Körper der Erschlagenen und Verstümmelten; am späten Nachmittag waren es schon eintausendneunhundert Christen und anderthalbtausend Seldschuken. Am Lagerrand türmten sich Haufen schartiger Waffen, Helme und Schilde. Die Jungen fingen herrenlose Sarazenenpferde ein, führten sie zu den Brunnentrögen und sattelten sie ab. Im Triumph wurden die kostbaren Zelte des Sultans und viele Tragtierlasten voller silberner und goldener Münzen, Hacksilber und fingergroßer Goldstäbe und Geschmeide herangebracht.

In den Zelten und unter den Schattenleinwänden hörte man das Wimmern, Ächzen und Schreien derer, die an Wundschmerz litten. Feldscher und Wundärzte, in blutgetränkter Kleidung, versorgten die zu Tode erschöpften Ritter, während sich viele Wanderer zu den Dankesgottesdiensten sammelten. In der Hitze begannen sich die herausgerissenen Därme und Innereien der Kadaver aufzublähen. Das versickernde, trocknende Blut, Kot und Breifladen aus zerrissenen Mägen überzogen mit ihrem Gestank den Umkreis des Lagers mit dem Ruch des Sterbens und Todes.

In den Stunden der größten Hitze trafen die Trosse des großen Heeres und die Nachhut Bischof Adhemars ein. Plötzlich gab es doppelt so viele Helfer, die in der Gestankwolke Gräber ausschachteten, die toten Seldschuken ausplünderten, Zelte aufstellten, Wasser und Wein ausschenkten und Fladenbrote zu backen begannen. Nach kurzer Suche fanden die Lehensmänner Roberts von Paris und Humfrieds von Monte Scabioso ihre Herren. Die Ritter waren mit Pfeilen gespickt und voller tödlicher Wunden. Ungefähr dreitausend Paar brauchbare seldschukische Stiefel und Schuhe, manche blutverkrustet, fanden schnell neue Besitzer, ebenso Ringe, Armbänder, Halsketten und Münzen, Gürtel und Reitermäntel aus leichtem, unbekanntem Stoff. Nicht eine Wolke zeigte sich am Himmel, die Hitze blieb gnadenlos, auch als die Schatten zu wachsen begannen. Waffen und erbeutete Kleidung wurden auf die Karren verladen; alles Brauchbare verteilte sich zwischen den vielen Tausenden und verschwand auf wunderbare Weise. Frauen schleppten Kessel voll heißem Wasser zu den Plätzen, an denen die Verwundeten versorgt wurden.

Am frühen Abend kehrten Heeresteile zurück, die den Seldschuken nachgesetzt hatten. Reiter und Pferde schleppten sich staubverkrustet und abgehetzt ins Lager, aber die Satteltaschen waren voller Beute. Viele Reiter, deren Tiere nicht unter den Anstrengungen des Kampfes gelitten hatten, verfolgten weiterhin die Reste des Sultansheeres. Erbeutete Reitpferde, Packtiere und selbst das Schlachtvieh mussten die gewaltige, großartige Siegesbeute zum Lager der christlichen Pilger schleppen. Die Franken bewunderten die kostbaren, oft mit Gold bestickten Gewänder und die wertvoll verzierten Gegenstände des täglichen Gebrauchs; viele kleine, kunstvoll hergestellte Dinge drehten sie verständnislos in den Fingern.

Alle Seldschuken aus Dorylaion waren in wilder Hast geflüchtet und hatten sich dem zurückströmenden Heer angeschlossen. Als die Söldner der Generäle Butumites und Tatikios in der Abenddämmerung von ihrer wilden Verfolgung zurückkehrten, standen die Zelte ihres Lagers zwischen lodernden Feuern. Zwischen ihnen und dem Lagerrand des großen Heeres waren Erdwälle aufgeworfen, neben denen tiefe Gruben klafften. Nach und nach wurden sie mit toten Seldschuken gefüllt. Um Mitternacht zählte man fast dreitausend starre Leichen. Im Fackellicht zerrten Reiter die Kadaver der Pferde und Maultiere vom Schlachtfeld, indem sie die Hinterbeine zusammenbanden und das andere Seilende um das Sattelhorn knoteten; Mähnen und Schwänze, aus denen man gute Schnüre flechten konnte, wurden abgeschnitten; die leichten Sättel der Sarazenen waren eine ebenso willkommene Beute wie deren ausdauernde Pferde.

Beide Rappen hatten die Köpfe bis fast zu den Nüstern tief in den Trog getaucht und soffen. Rund um den Pferch der Reittiere brannten Fackeln und Lagerfeuer, über denen Wasserkessel hingen. Berenger, Rutgar und Chersala striegelten schweigend ihre Tiere und versorgten die Wunden, strichen Salbe in die Schnitte und knoteten Binden um die Läufe. Die meisten Pferde hatten den Kampf verhältnismäßig gut überstanden: Fünf Tiere hatten die Reiter nach dem langen Ritt töten müssen, aber Berengers Gruppe war es gelungen, elf gesattelte Seldschukenpferde einzufangen, darunter vier kräftige, edle Tiere, die Emire geritten haben mochten. Die erbeuteten Sättel stellten meisterliche Handwerkskunst dar; feinstes Leder und herrliche Verzierungen. Rutgar fühlte wühlenden Schmerz und Erschöpfung in allen Gliedern; noch immer zitterten seine Finger.

»Wir haben wieder einmal überlebt«, sagte er leise und streifte das schweißnasse, schmutzige Hemd und die feuchten

Stiefel ab. Die Schnitte der Pfeilspitzen brachen auf und begannen wieder zu bluten. »Es scheint, dass Rüstungen, Lanzen und Schwerter die besseren Waffen sind als die besten Pfeile.«

Chersala wusch Rutgars Schultern und Oberarme und reinigte die Schnitte und blutunterlaufenen Schwellungen.

Berenger indes schüttelte den Kopf und entgegnete: »Du solltest es gelernt haben, Ritterlein: Es sind nicht die Lanzen und Schwerter, sondern die heilige Gier, die entfesselte Wut und die Armut im Geiste. Die Franken sind Angreifer, keine Verteidiger; darin liegt ihre Stärke.« Auch er streifte sich mit steifen Bewegungen die Untertunika ab.

»Sie kämpfen um jede Art von Beute«, warf Chersala ein und schlug die Hand vor den Mund, als sie Berengers Oberkörper sah. Die Pferde hörten zu saufen auf, ließen die Köpfe zu Boden sinken und fraßen am Futter; ein Zeichen, dass sich die Tiere wohlzufühlen begannen. »Und um freien Weg. Lass dir helfen, Berenger. Es muss furchtbar wehtun, alle diese Schnitte und Risse.«

»Ich hab gewusst, dass du dich um uns kümmern wirst, Schönste«, sagte er laut, leerte den Wasserkübel über den Rücken seines Pferdes, bürstete das Tier halbwegs trocken und setzte sich auf einen Holzstoß. »Fang an, Knappe Cherso!«

Ja, dachte Rutgar und strich vorsichtig dickes Öl, das nach Kräutern roch, über die unversehrten Stellen seiner Arme und Hände. Jetzt kommt die Müdigkeit über mich, und mit ihr kommen die Gedanken. Ich habe vieles gelernt in dieser kurzen Zeit. Vom Gestank aus den Mündern der Ritter, von ihren braunen Zähnen bis zu ihrem Glauben an Wunder und die Vergebung aller Sünden. Von ihrer jähen Grausamkeit, die aus herzlos leerer Gier nach Besitz, Beute und Herrschaft kam, bis zur Erbarmungslosigkeit der »Herolde Christi« gegenüber den »Ungläubigen«, den »Sarazenen«.

Was hatte Gott bewogen, diese Ritter zu erschaffen? Hatte er weggesehen, war er unaufmerksam gewesen oder erschuf er sie am achten Tag im Zorn, um die Menschheit zu strafen? Es war müßig, danach zu fragen; aus den Wolken kam keine Antwort. In der Besinnungslosigkeit des Kampfes war er einer von denen, sagte er sich, und er war noch immer tief verwundert über sich selbst und den blutigen Rausch, in dem er gekämpft und getötet hatte.

Während Berenger unter Chersalas behutsamen Fingern ächzte, betrachtete Rutgar die Beulen in seinem Helm. Nun wusste er, warum sein Schädel schmerzte. Er sammelte Kettenhemd und Waffen ein, hob nasse Tücher und seine Stiefel auf und humpelte zum Zelt. Es stank nach frischer Erde und faulenden Wurzeln, nach Wunden und Tod.

Heute, wusste Rutgar, war ein entscheidender Tag in seinem Leben. Noch längst hatte er nicht alles verstanden, aber er fühlte, dass er eine Grenze erreicht hatte. Vielleicht war er sogar schwertschwingend über sie hinweggaloppiert. Er war einer von vielen Tausenden, die getötet hatten, um nicht selbst getötet zu werden. Er war seines Glaubens nicht sicher, aber er begann sich dafür zu hassen. Er hatte an nichts anderes gedacht als an das eigene Überleben, das davon abhing, wie viele andere Männer er tötete. Was hatte er getan? Gekämpft und getötet wie im Wahn, halb besinnungslos, vom Teufel tief in sich getrieben. Ebenso gedankenlos wie gnadenlos, ohne zu überlegen, hatte sein Schwert unter Menschen gewütet, die er nicht kannte, die ihm nichts getan hatten, die ihr Land ebenso verteidigten, wie er das seine gegen fremde Eroberer verteidigt hätte. Rechtfertigte die Befreiung von Christi Grab diese furchtbare Schlacht? Was tun? Buße und Reue? War die Erstürmung Jerusalems all die Angriffe wert, die Gräuel der Kämpfe, die unzähligen Verwundeten und die vielen Toten?

Er wusste es nicht. Er war erschöpft und zitterte an allen Gliedern. Er hatte überlebt, er hatte aus der Beute Münzen, kostbare Steine und einige Dinge ausgewählt, die in Les-Baux ein Vermögen darstellten. Chersala und er waren unversehrt, von unbedeutenden Wunden abgesehen. Er schüttelte sich: Es war zu früh, zwischen all dem Wüten und Getöse Klarheit zu suchen und zu finden. Es brauchte Zeit.

Wie auch immer: Er hatte eine Grenze überschritten, war in gestrecktem Galopp über eine unsichtbare Linie geritten, die ihn bisher von den »christlichen Rittern« getrennt hatte. Aber warum suchten ihn jetzt Zweifel heim, anders als all die vielen anderen Sieger dieses langen, blutigen Tages?

Auf dem trockenen Boden lagen Stroh und Heu. Rutgar schöpfte lauwarmen Sud aus dem Kessel, breitete seine Decken und den erbeuteten Reitermantel aus und hockte sich auf den Boden. Der fremde Mantel aus seltsam leichtem Stoff verströmte keinen Geruch von Pferdeschweiß, sondern duftete nach unbekannten Kräutern oder balsamischen Spezereien. Rutgar trank, ohne etwas zu schmecken. Flüchtig dachte er an die kurzen Augenblicke, in denen er im Kampfgetümmel, unter Adhemars Männern, das Gesicht Thybolds zu erkennen geglaubt hatte. Morgen. Oder später; er würde nach ihm suchen.

Vom Mittelpunkt des Lagers erklangen an- und abschwellend die Gebete und Lieder eines Gottesdienstes. Noch ehe der Becher leer war, sank Rutgar zur Seite, und als er sich ausstreckte, schlief er schon.

Einige Tausend Pilger, Handwerker und Knechte brachten am späten Abend und noch während der Nacht eine gewisse Ordnung ins Lager. Mit der nächtlichen Kühle und dem bleichen Mond, der zwischen Wolken durch die Nacht zu taumeln schien, kamen Schlaf und Ruhe über die Pilger. Von den

Hügeln wehte der Wind den Geruch sonnendurchglühter Wälder zu den Wasserstellen und vertrieb Gestank und Rauch der verlöschenden Feuer.

Der Sieg der Kreuzfahrer war groß, aber nicht endgültig. Bohemund von Tarents Bruder Guglielmo starb noch in dieser Nacht am Blutverlust der schweren Wunden. Die Beute war gewaltig; Gold, Silber, Ochsenherden, Reit- und Lastkamele, Schafe, Zelte, Pferde und Sättel und Waffen und Vorräte hatten die Seldschuken zurückgelassen. Die Ritter erfuhren von den Christen Dorylaions, dass die Stadt Ikonion, ungefähr vierundvierzig Tage entfernt im Südosten, von Kilidsch Arslan zur neuen Hauptstadt der Seldschuken auserwählt worden war.

Langsam sickerte die Nachricht durch, dass Bischof Adhemar eine Handvoll Einheimische und einige Kundschafter des Tatikios gewonnen hatte, die ihn zur rechten Zeit auf kaum bekannten Wegen in den Rücken des Sarazenenheeres geführt hatten. Im Rat der Fürsten, an dem General Tatikios teilnahm, war die Achtung vor dem Gegner ebenso gestiegen wie das Vertrauen in die eigene Kraft – der Sultan und seine Truppen waren ebenbürtige Gegner, die jeder christliche Fremde fürchten musste. Fast dreitausend getötete Sarazenen, fast viertausend Bewaffnete aus den drei Schlachthaufen und viele unbewaffnete Pilger lagen unter den schwarzen Erdhügeln. Aber die Anführer wussten, dass sie das Heer nicht lange rasten lassen durften – regnerischer Herbst und eisiger Winter würden mehr Männer umbringen als die Pfeile der Sarazenen.

Jean-Rutgar erwachte aus einem wüsten Traum, in dem er sich hundert Tage lang kämpfend, dürstend, hungernd und in tiefstem Elend durch die Landschaft des Weltuntergangs geschleppt und dem Verderben nackt und hilflos entkommen war. Aus verklebten Augen blickte er um sich: Im Halbdunkel des Zelts erkannte er neben sich Chersala und auf der anderen Seite Berenger und Radvan, den jungen Seilschläger.

Rutgar richtete sich auf, taumelte zur Leinwandklappe und schloss geblendet die Augen. In jedem Muskel, jedem Knochen nistete dumpfer Schmerz. Es war Mittag. Um ihn herum brandete der Lärm des Lagerlebens. Rutgar tappte zur Abtrittgrube und erleichterte sich, stöhnend vor Wohlbehagen. Dann stolperte er zum nächsten Trog, an dem sich einige Männer wuschen, und stellte sich neben sie. Sauberkeit war lebenswichtig; Schmutz in den Wunden machte sie schnell zu schwärenden Fisteln und Eiterblasen.

Das kalte Wasser machte Rutgar wach, er wagte einen langen Blick zum Himmel, über den große weiße Wolken trieben. Abermals drohte die Hitze eines langen Sommertages. Zwischen der Lagergasse und General Tatikios' Zelt hockten zwei Dutzend Männer auf zusammengesteckten Bänken und löffelten mit Brotfetzen fetten Brei aus ihren Holzschalen. Krüge, Becher und Salznäpfe standen auf den Platten, die noch vor einer Stunde als Seitenwände der Karren gedient hatten. Chersala, die inzwischen ebenfalls aus dem Zelt gekrochen war, winkte und deutete auf den Platz neben sich. Zwei Frauen aus der Pilgerschar schnitten Fleisch in Würfel und ließen sie in einen Kessel neben dem Feuer fallen.

Rutgar setzte sich, ließ die Schultern sinken und sagte: »Vom langen Schlafen ist mir, als wäre ich betrunken.« Chersala schob ihm einen leeren Napf zu. Rutgar nickte und hörte plötzlich das laute Knurren in seinem Bauch. »Sind die jüngsten Gerüchte schon zu uns durchgedrungen?«

»Wir brechen in zwei Tagen auf. Alle. Die Heerhaufen bleiben zusammen«, antwortete Radvan, der sich auf der anderen Seite von Chersala niedergelassen hatte. Er füllte einen Becher und stellte ihn zu Rutgars Napf. »Hier, Ritter. Heißer Sud mit Honig und mit Gewürzen aus der Beute.«

Das süße Gebräu schmeckte fremdartig und löschte augenblicklich den Durst. Rutgar stand auf und ging zu den Frauen am Feuer, die seinen Napf füllten und ihm zwei Fladenbrote gaben, an denen er sich fast die Finger verbrannte. Hinter dem Erdwall trabten ein Dutzend Kriegsknechte vorbei, in erbeuteten Sätteln, auf Sarazenenpferden, in fremden Kleidern und sauberen Panzerjacken. Sie lachten und johlten; bisher waren sie sicherlich zu Fuß unterwegs gewesen.

»Am dritten Tag des Heumonds, also in zwei Tagen, sitzen wir wieder im Sattel«, sagte Chersala. »Berenger ist mit dem General bei den Fürsten. Sie haben zwei Kundschafter aus dem Süden bei sich.«

»Wegen des weiteren Weges«, fügte Radvan hinzu. »Nach Ikonion.«

An tausend Stellen im Lager wurde gehämmert, gesägt und gedengelt. Die Schwertfeger schliffen mit ihren kreischenden Werkzeugen eigene und erbeutete Blankwaffen. Es stank nach rohen Zwiebeln und Lauch, kochendem Pech, schmorendem Horn und verbranntem Fleisch. Aber trotz aller Geschäftigkeit lag eine erkennbare Schläfrigkeit, die Erschlaffung nach dem teuer erkauften Sieg, über der Talebene und hielt sich im Schatten der Oasenbäume.

Rutgar dachte daran, dass Kilidsch Arslan ihnen sein Land schwerlich kampflos überlassen oder ihnen freien Durchzug gewähren würde. Er warf Chersala und Radvan unschlüssige Blicke zu, drehte den Kopf und ließ die Bilder und Bewegungen der Umgebung auf sich einwirken. Einige Atemzüge lang wähnte er sich im Mittelpunkt eines gewaltigen Strudels aus Menschen, Dingen und Unverständlichem; er flüsterte: »Was tue ich eigentlich hier?«, lachte grundlos und sagte: »Ich hab von hundert Tagen voller Kämpfe geträumt. Und vom Sterben in Antiochia.«

»Erst einmal«, sagte Radvan leise, mit einem Gesichtsausdruck, als ahne er kommendes Verderben, »werden General Tatikios und die Fürsten über die Beute und alles andere beraten. Und dann sehen wir weiter, Rutgar. So schnell stirbt es sich nicht.«

Rutgar stützte die Ellbogen auf die Platte und sagte über den Rand des Holzbechers hinweg:

»Glaub's nicht, Junge. Es stirbt sich schnell. Manche von uns sind schon tot und wissen es nur noch nicht.«

An Herrn Neidhart in Sankt Marien zu Köln am Rhein schreibt Jean-Rutgar aus Les-Baux:

Wir schlugen eine große Schlacht bei Dorylaion. Man hat wohl an die achttausend Tote gezählt. Von der ersten bis zur sechsten Stunde des Tages, also vom Morgengrauen bis Mittag, haben die Seldschuken unablässig angegriffen. Beide Heere kamen, mit Gottes Hilfe, in der vierten Stunde zum Schlachtfeld, und nur der Herr in seiner Allwissenheit könnte uns, den Verwundeten, Sterbenden, Tapferen, Kämpfenden und wütenden Verteidigern, sagen, ob der einäugige Raimund und Gottfried von Bouillon den Sieg herbeiführen konnten oder ob es Bischof Adhemar mit seinem klugen Flankenangriff war. Unsere Reihen wurden dichter und kraftvoller durch die Ankunft der Gefährten, die mit Kraft, Entschlossenheit und ohne Furcht mit der Mächtigkeit ihrer Waffen die Heiden in die Flucht schlugen und mit ausdauernder Beharrlichkeit verfolgten. Durch Berge und Täler ritten unsere Fürsten und ihre Vasallen auf ihren schweren Pferden hinter ihnen her, aber wir, die Reiter der Generäle Butumites und Tatikios, waren schneller. Als wir die Lager der Seldschuken erreichten, luden einige der Unsrigen das erbeutete Gepäck und auch die Zelte der Feinde auf viele Pferde und Kamele, die der Sultan in seinem Erschrecken im Stich gelassen hatte, und bis zum Anfang der Nacht töteten wir viele Seldschuken. Da aber unsere Pferde und wir selbst von Anstrengungen erschöpft waren, konnten wir nur wenige

Gefangene machen, aber weder der Sultan noch seine Emire und Effendis gerieten in unsere Hände. Die Heiden aber flüchteten weiter und weiter, drei Tage lang, obwohl wir sie nicht mehr verfolgten.

Fünf dicke Kerzen und ein halbes Dutzend Ölflämmchen brannten vor dem Zelt. Rutgar hatte sich nach langer Zeit wieder entschlossen, aufzuschreiben, was seine Gedanken bewegte, und Herrn Neidhart zu Köln und Erzischof Herrmann das Schicksal Peters des Eremiten und der anderen Anführer der christlichen Heere zu zeigen. Er hielt im Schreiben inne und spürte Chersalas Brust unter dem Lederwams im Rücken. Er blickte hoch und begegnete ihrem Lächeln. Sie lehnte an seiner Schulter und sah zu, wie sich ein Wort nach dem anderen aus kleinen Buchstaben gliederte.

General Manuel Butumites, der die Belagerung Nikaias geleitet und unsere Handwerker so vieles über Schleudern, Ballisten und Türme gelehrt hatte, blieb zu Nikaia zurück und sicherte die Stadt und das Land für den Basileus. Unser Feldherr, General Tatikios, nahm einen Teil der Söldner des Butumites in sein kleines Heer auf. So kam ich zu den Kundschaftern und Späherreitern des Generals, der die christlichen Herren bis nach Antiochia geleiten wird. Unter unseren zweitausend Reitern sind nur ein Dutzend von den Pfeilen der Seldschuken getötet worden. Mehr als hundert sind es nicht, die schwere Wunden davongetragen haben. Ich und meine Freunde sind unversehrt, dank des Herrn, dessen Hand schützend über uns war und der uns schwere Goldmünzen als Beute bescherte.

Am 3. Tag des Heumonds wird das Heer nach Süden aufbrechen, in unbekannte Ländereien, die in der Hand der Seldschuken sind. Der Heerbann wird sich nicht teilen wie auf dem Weg von Nikaia her. Wir, die Späher des Tatikios, werden an der Spitze und am Ende des Zuges reiten, denn die Straßen sind unsicher, und das Heer ist langsam und schwerfällig. Wenn mein Traum wahr wird, so werden wir lange und entbehrungsreiche Tage im Sattel darben und in vielen Kämpfen siegen müssen. Möge Gott uns beistehen.

Rutgar verschloss das Tintenkrüglein und blies auf das Pergament. Leise sagte er zu Chersala: »Von Berenger weiß ich, dass in dem Land dort seit zwanzig Jahren gekämpft wird. Zu der Plage der Seldschuken kommen noch Durst, Hunger und ausgetrocknete Brunnen. Die Seldschuken haben verbranntes, verwüstetes Land zurückgelassen.«

»Was sollen wir tun?«, fragte sie flüsternd und sah sich um. »Zurück nach Nikaia und Drakon?«

Er zuckte mit den Schultern. Sie waren allein vor dem Zelt. Trotzdem fühlte er sich beobachtet. Auch wenn das Heer keine hundert Tage bis Antiochia brauchte, würde es ein erbarmungsloser Ritt werden, den viele Pilger nicht überleben würden.

Rutgar strich das Pergament glatt und schob es in die Tasche. Im Schatten der Zeltleinwand nahm er Chersalas Hand; ihre Finger verschränkten sich.

»Ich weiß es nicht«, antwortete er ebenso leise. »Wir sind heil davongekommen und sind reicher als zuvor. Unsere Gürtel sind schwer vom Gold. Willst du zurück, Liebste?«

Sie schüttelte stumm den Kopf und legte die Hände auf Rutgars Schenkel. Sie nahm an seinem Traum teil, der aus einigen Pfund Gold und Silber bestand, mit dem Preis für die Heimkehr aus Jerusalem und ein gutes Leben in Beausoleil in der Provençe. Mit Chersala als Herrin des Hauses an seiner Seite. »Wir werden alle Kämpfe überleben. Und wo andere verdursten – wir finden Wasser und Beeren und wilde Ziegen.« Chersala legte den Arm um seine Schultern und fuhr leise fort: »Wir bleiben zusammen, Liebster.«

Er nickte. Der größte und beschwerlichste Teil seines Weges lag hinter ihm; dessen war er sicher. Er bohrte seinen Blick in Chersalas Augen, musterte ihr Gesicht, das halb im Dunkeln lag, und er vermochte nichts anderes zu finden als Schönheit, Liebe, Sicherheit und Zuversicht. Er legte seine Hände auf ihre und hielt sie so lange fest, bis er in der Zeltgasse Berenger erkannte, der auf sie zukam, mit nacktem Oberkörper, auf dem dick über dem Schorf die Salbe glänzte.

Das Heer hatte die östliche Straße verlassen und folgte auf Anraten des Generals einem Weg, der am Rand eines Gebirges und südlich der Wüste verlief. Am dritten Tag des Heumonds waren mehr als siebzigtausend Pilger nach Südosten aufgebrochen. Stunde um Stunde ritten die Bewaffneten an verwüsteten Dörfern vorbei, an verbrannten Feldern und trockenen und vergifteten Brunnen. Die Dörfler flüchteten, wenn sie die gepanzerten Ritter sahen und die Staubwolken, die unter zahllosen Füßen und Hufen entstanden. Tatikios hatte seinen Reitern befohlen, jedes Saumtier mit so vielen Wassergefäßen zu beladen, wie es tragen konnte. Hitze und Staub und die Erwartung von noch mehr Staub und Hitze und die ständige Bereitschaft, sich gegen einen Überfall wehren zu müssen, marterten die Geduld der christlichen Pilger; dieses Mal gab es keinen Kukupetros, der sie mit unerschütterlicher Geduld und Gotteszuversicht anführte.

Die griechischen Söldner und die Kundschafter fanden in der ungeheuren Brache verborgene Quellen, aber das ausgeplünderte Land bot keinen Proviant, nur staubiges Gras, Disteln und Dornenranken. Der Weg führte durch eine durstige, aber großartige Landschaft. Links der Straße ragten in der Ferne die nackten Berge eines Gebirgszugs auf, dessen griechische oder muslimische Namen kein Pilger verstand; karstige Hügel und Gipfel, die höher schienen als der Mont Ventoux, das kahle Wahrzeichen von Rutgars Heimat. Zur Rechten begann eine Steppe, die am Horizont gen Sonnenuntergang in gelbe, salzige Wüstenei überging. Der Zug wurde an den Stellen, an denen man nur in Zweierreihen reiten konnte, vielleicht drei oder vier Meilen lang; es dauerte drei Stunden und länger, bis die staubbedeckte Nachhut sich an jener Stelle vorbeischleppte, an der die Kundschafter den Rittern zuerst die Richtung gewiesen hatten.

Vorräte und Wasser wurden knapp. Wenn man im Karst vereinzelt Quellen fand, so enthielten sie nur wenig Wasser. General Tatikios und die Ritter gerieten in Streit, wenn die Söldner versuchten, die Pilger aufzuhalten. Sie stürzten sich auf die spärlichen Rinnsale und zerwühlten die Erde, bis die Quellen versiegten und ein breiiger, salziger Sumpf entstanden war. Die Hitze marterte Mensch und Tier; nirgends gab es Schatten. In langen Abständen breiteten sich abseits des Weges, der durch Sand, Geröll und an Felsbrocken vorbeiführte, große Sumpfflächen aus. In diesen flachen, salzigen Teichen wuchs nur eine Art Schilf, aus dem mitunter große Vögel mit langen Hälsen und Hakenschnäbeln aufflogen, unerreichbar für Pfeile und Armbrustbolzen.

In den Nächten wütete auf diesem Hochland eisige Kälte. Die ersten Pferde, die kein Futter gefunden und deren Reiter nicht genug Wasser mitgeschleppt hatten, brachen unter ihren Reitern zusammen und verendeten. Manche Pilger tranken das heiße Blut der Tiere, weideten die Kadaver aus und brieten Fleischstücke an Feuern, die vom Holz der ungenießbaren Dornengewächse genährt wurden. An Stelle der zusammengebrochenen Ochsen schirrten die Pilger Hunde, Ziegen und Schafe vor die Karren und stemmten sich selbst ins Geschirr. Trugbilder, die in dem unerträglichen Sonnenglast flirrten, narrten die Marschierenden: Sie sahen fremde Reiter, wo es nur Sandteufel und Staubwirbel gab.

Die vieltausendköpfige Menge teilte sich binnen weniger Tage in viele Tausend einzelne Schicksale. Jeder Mann, jede

Frau, jedes Tier empfand das Leiden auf besondere Art. Es war sinnlos und tödlich, jetzt umzukehren und zu versuchen, sich zu retten. Ebenso sicher starb, wer sich am Wegrand hinsetzte und das letzte Wasser trank. Das wussten selbst die Schafe und Ziegen und stolperten ohne Blöken und Meckern zwischen den Pilgern durch die Hitze.

Rutgar und die anderen Reiter, die an den steilsten und schwierigsten Stellen ihre müden Tiere am Zügel hinter sich herzogen, stießen immer wieder auf Steinhaufen am Wegrand, in denen Kreuze aus dürren Ästen steckten; sie hatten es längst aufgegeben, sie zu zählen. Der Umstand, dass die Nachhut überlebte – nur drei Pferde mussten getötet werden –, war der Vorsicht zu verdanken. Viele Zeichen, die nur die Kundschafter erkannten, deuteten auf Wasserstellen hin. Deren karger Ertrag und die schweren Saumtier-Lasten an Proviant, Futter und vollen Ziegenbälgen ermöglichten das Überleben. Hier brauchte niemand einen Angriff der Seldschuken zu befürchten.

Das Städtchen Philomelion erschien ihnen allen als letzter, halb vergessener Hort von paradiesischer Schönheit. Danach träumten sie nur noch von einem Ort, an dem alle Sorgen endeten, an dem statt faulender Wassertümpel in breiten, mit Kies und Geröll gefüllten Flussbetten wieder kaltes Brunnenwasser sprudelte. Ein Todkranker, den die Nachhut fand, berichtete ihnen, dass der Bischof von Orange dem Grafen Raimund von Toulouse die Sterbesakramente erteilt habe; Gottfried von Boulogne indes sei von einem Bären angefallen und verwundet worden.

»Das kann glauben, wer will«, sagte Berenger und rang sich ein Grinsen ab. »Auf dieser Hochsteppe aus Sand und Stein leben Eidechsen und Skorpione. Ein Bär? Vielleicht ist er vom Himmel gefallen! Aber Tatikios hat beschlossen, dich und deinen Knappen mit einigen Münzen zu beschenken. Betrachtet euch also als Söldner des Basileus.«

»Es gibt Schlimmeres«, antwortete Rutgar. Reiter und Pferde waren von gelblichem Staub bedeckt. »An unserem Gehorsam, Mut und Geschicklichkeit soll's jedenfalls nicht mangeln.«

Die Sterne und der Mond erschienen in den kalten Nächten zum Greifen nah, heller strahlend als an jedem anderen Ort, unbarmherzig niederstarrend auf das Elend der Pilger. Berengers Befehle sorgten dafür, dass die kostbaren Pferde so gut versorgt wurden, wie es ging; besser fast als ihre Reiter. Man wusch ihnen den ätzenden Staub aus den Nüstern, Ohren und Augen, versorgte die Risse der Dornen, reinigte Sättel und Satteldecken und leerte nacheinander die Ziegenbälge im Licht der kleinen Feuer, über denen Wasser für die Reinigung der Gesichter erhitzt und kräftiger Sud gekocht wurde. Teile der Zelte wurden als Windschutz aufgestellt, in dem die Reiter sich im sandigen Boden Schlafgruben herauskratzten. Kein Tropfen Wasser durfte verschwendet werden. Die Traglasten wurden geringer, das Trockenfutter schwand ebenso dahin wie die harten Brotfladen, der versteinerte Käse und das schmierige Öl. Der Hunger war zu ertragen.

Vorbei an zerstörten Brücken, durch knochentrockene Furten, an den Ruinen von Häusern entlang, hatten Chersala und Rutgar Schritt um Schritt erfahren, dass viele Bewohner dieses Landes vor den Seldschuken in diese Region geflohen waren. Der Basileus hatte ihnen einstmals Land als Lehen gegeben, und von einigen Siedlungen aus konnten sie sich erfolgreich gegen die Seldschuken wehren. Diese Bewohner, Armenier genannt, vermehrten sich rasch und dehnten ihr Herrschaftsgebiet so weit aus, dass weiter im Osten einige Fürstentümer entstanden waren, die der Kaiser zu Konstantinopel in sein Reich eingliedern wollte. Die Armenier waren zwar Christen wie der Basileus, aber ihre Religion unterschied sich von dem

Glauben, dem die Rhomäer anhingen. Also blieb den freiheitsliebenden Armeniern nichts anderes, als sich gegen den Basileus wie auch gegen den Sultan Kilidsch verteidigen zu müssen. Aber da sie die Straßen zwischen dem Reich des Alexios Komnenos und Jerusalem beherrschten – so berichteten die einheimischen Führer –, betrachteten Gottfried und die Ritter die Armenier als ihre neuen Freunde, und diese sahen in den Franken reiche Geschenke des Himmels und bewaffnete Glaubensbrüder.

Die Zerstörungen und die Armut der wenigen Siedlungen waren also die Folgen langer Kämpfe und lagen zum Teil viele Jahre zurück. Polybolos, Antiocheia, Philomelion ... die Namen der Städte klangen so unverständlich wie die Geschichte dieses kargen Landes und die Wut der Seldschuken-Krieger, die jeden Brunnen entlang des Wegs verdorben hatten.

Rutgar starrte in die Glut, aus der noch winzige Flammen züngelten. Die Pferde standen, Decken über den Körpern, ruhig hinter dem Windschutz. Ein Sternensplitter zuckte weiß aufflammend über das Firmament. Das Lager der Pilger zeichnete sich als Schattenriss am Horizont ab. Winzige Gestalten bewegten sich vor dem Glutschein oder den Flammen der Feuer. Obwohl die Ritter und die Pilger aus fünf oder mehr Heeren, aus Dutzenden Fürstentümern und Grafschaften in verschiedenen Sprachen redeten, konnten sie sich miteinander verständigen, und in Stunden der Gefahr wusste jeder, was er zu tun hatte. Aber auch in dieser Nacht waren Durst und Entbehrungen, Krankheiten und eiternde Wunden die einzigen Gefahren.

»Wir alle, die Kundschafter, werden, denke ich, leidlich unversehrt in Antiocheia einreiten«, sagte Berenger aus dem Halbdunkel. Er kam zum Feuer und maß sich einen halben Becher Sud ab. »Wenn nicht schon der Sultan die Stadt eingenommen und verwüstet hat.«

Er setzte sich zu Rutgar und Chersala auf einen Sattel. Schnarchen und schwere Atemzüge kamen von den Schlafenden, die sich in Decken und Mäntel eingewickelt hatten. Radvan sagte zögernd: »Wir haben bisher kaum Spuren seiner Truppen gesehen, Berenger. Keine Feuerstellen, keinen Pferdekot, nichts.«

»Sie wären leichtsinnig oder sogar vermessen, wenn sie sich hier verstecken wollten«, antwortete Rutgar an Berengers statt. Die Kälte der Luft und des Bodens sickerte langsam durch die Decken und die Kleidung. Rutgar schüttelte sich. »Sie würden ebenso verdursten wie wir.«

»Aber sie beobachten jeden Schritt von uns«, beharrte Chersala.

Berenger nickte und leckte den Rand des Bechers ab.

»Sechzig- oder siebzigtausend Pilger können sich nicht verstecken. Aber hundert Gruppen, jede mit hundert Reitern, finden in Schluchten, Tälern und hinter den Hügeln Unterschlupf. Es sind Nomaden! Vergesst nicht – sie sind uns vorausgeritten und haben geplündert, was sie finden konnten.«

Er drehte den Becher um; dann gähnte er und deutete auf Rutgar. »Du hast Wachdienst. In drei Stunden löse ich dich ab.«

»Dann werde ich ganz erfroren sein«, knurrte Rutgar und rückte näher zum Feuer.

Berenger grinste hinter seinem staubigen weißen Siebentagebart und antwortete grimmig:

»Besser erfroren als einen Pfeil im Hals, Ritterlein!«

»Wahr gesprochen«, murmelte Chersala. Sie blickte in die dicke Mondsichel von der Farbe schmutzigen Eises. Die Sterne und das gewaltige Band der Milchstraße schienen zur Erde fallen zu wollen; ein funkelnder Hort verborgenen Schreckens. Prophezeiten sie wirklich den nahenden Weltuntergang? Den Sturz aller Hoffärtigen in die ewige Verdammnis? Jeder Blick, der sich in dieser Höhle aus Finsternis und Drohung verlor, rief Furcht und Herzklopfen hervor und Gedanken an den Untergang der Welt und das Ende allen Fleisches. Sie schob die Hand zwischen die Hemdsäume, und ihre zitternden Finger suchten vergeblich an den Gliedern der goldenen Kette Halt.

Kapitel XXIII

A. D. 1097, 15. Tag im Heumond (Juli)
Passstrasse nach Ikonion

»O Gläubige, bekämpft die Ungläubigen in eurer Nachbarschaft;
lasst sie eure ganze Strenge fühlen und wisst,
dass Allah mit denen ist, die ihn fürchten.«
(Al-Qur'ān, 9. Sure [»Die Buße«], Vers 123)

Seit dem Morgengrauen schleppten sich die Vorhut, die Ritter, Tatikios mit seinen Söldnern und der Tross von fünf Heeresteilen weiter nach Südosten, am ausgedorrten Ostufer eines wasserlosen, namenlosen Flusses entlang. Schroffe, niedrige Berge voller Spalten und Klüfte starrten abwehrend wie eine unbezwingbare Mauer, mit der Ahnung von großen Seen dahinter, von denen rasch vergängliche Wolken aufstiegen. Das Land bot sich so leblos dar, als sei eine biblische Verwüstung darüber hinweggezogen. Jeder Schritt wurde, als die morgendliche Kälte verging, zur Qual. Die Hufeisen klirrten auf Kieseln, die Zehen stießen schmerzvoll ans Geröll. Von Stunde zu Stunde wuchs das Gewicht der Waffen und der Traglasten. Helme, Schilde und Schwertgriffe glühten wie im Schmiedefeuer.

Am fahlblauen Himmel, an dem sich lang gezogene Wolken auflösten, erschienen die Geier. Sie begleiteten den Pilgerzug, seit vor vielen Tagen der erste Kadaver liegen gelassen worden war. Zuerst sah Rutgar zwei schwarze Punkte, dann fünf, schließlich drehten mehr als ein Dutzend Aasvögel in der unbewegten Luft ihre weiten Kreise.

Einen halben Tag, bevor die eingeborenen Führer lachend und schreiend auf die Rauchsäulen und das niedrige Grün in der steinigen Landschaft deuteten, saß nicht einer der Reiter im Sattel. Alle Ritter gingen zu Fuß und zogen die erschöpften Pferde an den Zügeln mit. Am frühen Nachmittag pflanzte sich ein heiserer Schrei durch die Reihen bis zur Nachhut fort:

»Die Stadt! Das kleine Antiocheia in Pisidien! Wasser und Essen! Gott hat uns gerettet!«

Die Pilger schleppten sich in ein Tal hinunter. Zwischen dunkelgrünen Bäumen mit glänzenden Blättern leuchteten weiße Säulen. Sie wirkten, als gehörten sie zu einem zerfallenen Tempel oder zu einer Kirche, die gerade errichtet wurde. Ein kleiner See schimmerte durch die Baumstämme. Eine Schar Reiter, deren Tiere mit prallen, tropfenden Ziegenbälgen beladen waren, preschte der Vorhut entgegen.

»Seht ihr die Kreuze auf den Türmen? Es sind Christen wie wir!«

Am frühen Abend lagerten die Pilger in einem Ring um die Stadt, zwischen den Resten eines uralten Tores, eines Tempels und eines weiten Forums. Vor tausend Jahren, erzählten die Stadtbewohner, hatte der Apostel Paulus hier gepredigt. Der Aufenthalt in Antiocheia, das der Sultan in seiner Wut rätselhafterweise verschont hatte, rettete Tausenden das Leben. Wasser! Schatten unter obsttragenden Bäumen. Frisches Gras für die Tiere! Syrische und armenische Christen halfen den Pilgern, wo sie nur konnten. Der Graf von Toulouse genas nach zwei Tagen tiefen Schlafes so weit, dass er sich wieder im Sattel halten konnte.

Gottfried von Bouillon, gefolgt von Bruder Balduin und dessen Familie, Graf Reinhold von Toul, Warner von Gray und Dudo von Konz-Saarburg, führte den ersten Heerzug an, als die Pilger

Antiocheia verließen. Die Eremiten, unter ihnen Peter von Amiens, stimmten ein hoffnungsfrohes Lied an. Die Ritter wussten, dass ihnen ein schwieriges Stück Weges bevorstand – weit vor ihnen warteten die Bergpässe; ebenso weit dahinter wartete die Stadt Philomelion. Mit doppelten und dreifachen Vorräten an Wasser wollten die Pilger das Elend in glühender Sonnenhitze erträglicher machen.

Balduin von Bourq, Canon von Montaigu und Gottfried von Esch gelang es, sich mit einigen einheimischen Führern zu verständigen. Bald wusste auch der Tross des ersten Heeresteils, dem sie vorausritten, dass die Pilger sich dem Rand einer Hochebene näherten, in deren Mitte Ikonion lag; mehr als hundert Meilen trennten die Stadt vom pisidischen Antiocheia. Herzog Robert erfuhr von seinem Kaplan, der es von Priestern in Antiocheia wusste, dass den Pilgern größere Entbehrungen bevorstanden als bisher. Ikonion war angeblich von Kilidsch Arslan zu seiner neuen Hauptstadt erklärt worden; also stand den Rittern am Ende des zehrenden Marsches ein harter Kampf bevor. Jetzt aber, rief Raimund von Saint-Gilles, von zehrender Krankheit gezeichnet, mit schwacher Stimme, kenne man die Weise, in der die Feinde kämpften, und könne frohgemut mit dem Segen des Herrn gen Ikonion reiten.

Die Hochebene schien sich von einem Ende zum anderen über tausend Meilen zu erstrecken. Jeder Schritt war mühsam, jeder Klafter eine Qual. Jede Meile, also tausend Doppelschritte, erschreckte die Pilger mit einer anderen Strafe. Zuerst zogen nacheinander an fünf Morgen mächtige graue Wolken von den Bergen her und legten sich über die schier endlose Fläche. An fünf aufeinanderfolgenden Mittagen ging schwerer, kalter Regen nieder, der zwar die Staubschichten von der Haut wusch, sie aber in die Kleider spülte, die nicht trockneten und sich im Wind und in Stürmen in schwere, eisige Panzer verwandelten, die jeden Fingerbreit Haut blutig schabten. Die Kälte und das Wasser verwirrten die Sinne der Menschen ebenso wie die der Tiere. Das schwere Zeug zerrte an den Schultern und zehrte an den Kräften.

Am sechsten Tag brach wieder die Hitze des zu Ende gehenden Heumonds über die Wanderer herein. Schweiß und Staub verbanden sich zu einer stinkenden Paste, von der die Haut bis aufs Blut aufgescheuert wurde. Wenn sich die Pilger aus Schmerz der verhärteten Kleidung entledigten, rötete und verbrannte die Sonne ihre Haut binnen weniger Stunden, sodass sie nachts bei jeder Bewegung stöhnten, wimmerten und schrien.

In den kalten Nächten hatte sich über die Einöde ein gewaltiger Himmel gestülpt; es schienen andere Sterne zu sein als über dem Abendland. Auch der Mond, der glühend rot oder eitergelb aufging und verschwand, drohte als schmaler werdende Sichel wie eine himmlische Waffe. Die Reiter des Generals, die um glimmende Feuerchen aus den letzten Holzkohlen und splitternd trockenen Dornenranken hockten, nannten fremde Sternbilder und erzählten wüste Geschichten von edlem Verrat, unfassbar schönen Frauen, wilden Ritten, Kämpfen und mächtigen Kriegern, von Goldschätzen und qualvollem Sterben. Von seinen Gefährten lernte Rutgar verschiedene Schriftzeichen, mit Dolchspitzen in Sandstaub geritzt, lernte das Griechisch der Söldner aus Konstantinopel und andere Sprachfetzen und erfuhr vieles, wenn auch längst nicht alles von den kämpferischen Wirren zwischen Muslimen, Rhomäern und Armeniern; es waren Erzählungen aus einer weit zurückliegenden Zeit, in der jedes Stückchen fruchtbaren Landes mehrfach den Besitzer gewechselt hatte.

Hin und wieder führte der Weg an großen Feldern schilfartiger Gewächse vorbei. Es schienen die verwilderten Reste einstmals angebauter Pflanzen zu sein, die jetzt in Reife standen. Die Söldner nannten sie »Kannamellis«, »Honigrohr«, und schnitten sie in handlange Stücke. Aus dem harten Mark tropfte Saft, süßer als Honig, den die Pilger aus Hunger saugten. Der Saft war besser als das erzwungene Darben, aber er sättigte nicht.

Der jähe Wechsel zwischen Regengüssen, Kälte und trockener Hitze ließ viele Pilger keuchen, husten, würgen und erkranken. Feldscher und Wundärzte, selbst durstig, hungrig und mit zitternden Gliedern, waren ratlos. Es waren nur wenige Eingeborene im Tross, aber sie halfen, wo sie konnten. Trotzdem starben Neugeborene, Kinder, Frauen und Männer; über die Ritter hielt der Herr seine Hand, und nur wenige verloren ihr Leben.

»Wie viele Tage bis Ikonion?«, lautete immer wieder die bange Frage. Niemand wusste es genau. Fünfzehn? Zwanzig? Ein Monat?

Obwohl das Leid zunahm, je mehr man sich der ersehnten Stadt näherte, obwohl die letzten Zugtiere geschlachtet wurden, schleppte sich der Heerwurm weiter. Bohemunds Neffe Tancred und Balduin, Gottfrieds Bruder, führten in diesen schlimmen Tagen das Heer an, und die Nachrichten, die zu Tatikios und seinen Söldnern drangen, berichteten einerseits vom großen Verständnis der Ritter aus verschiedenen Ländern untereinander, zum anderen sprachen die Meldereiter von der Uneinigkeit zwischen den Anführern der Heere und deren Tross.

Jean-Rutgar zählte ebenso die Tage wie die Kaplane und die Priester; wieder ritzte er Schnitte in einen Holzstab aus seiner Satteltasche. Die Tageshitze nahm während des beginnenden Erntemonds zu, die Wasserarmut blieb groß, aber dieses Mal waren auch die Vorräte größer. Dennoch war und blieb das weitere Eindringen in das fremde Land ein Martyrium. Bischof Adhemar, einer der Ältesten aller Heere, hielt sich besser im Sattel als viele jüngere Ritter. Kaplan Raimund von Aguilers bewunderte ihn und schrieb, er sei ein Beispiel für alle, die auf dem Weg in die Heilige Stadt waren. Fulcher von Chartres hielt auf seinem Pergament fest, dass ein Pfingstwunder zwischen den Angehörigen so vieler Länder stattgefunden hatte – sie schienen miteinander in einer Zunge zu reden.

Das Heer, einmal weiter auseinandergezogen, dann wieder ein gedrungener Wurm aus Leibern und Eisen, mit weiten Lücken oder qualvoll dicht zusammengeschlossen, stinkend und staubig, fromme Lieder tönend und Gebete murmelnd, jämmerlich Gestorbene begrabend, kämpfte sich Meile um Meile weiter nach Südosten, der grünen, feuchten, kühlen Vision von Ikonion entgegen. Am 13. Tag des Erntemonds kamen die Kundschafter zur Vorhut zurückgeritten und schrien:

»Eure Qual ist zu Ende! In zwölf Tagen suhlt ihr euch in den Bädern von Ikonion!«

Zwölf Tage noch! Die Nachricht verbreitete sich wie ein Lauffeuer von der Spitze bis zum ausfransenden Ende des Zuges, der jetzt fast fünf Meilen lang war. Nicht nur Berenger war davon überzeugt, dass sie nach wie vor genau beobachtet und von der Garnison Ikonions erwartet wurden. Sultan Kilidsch Arslan hatte keine andere Wahl, als in dieser Stadt das Heer abermals in einen Kampf zu zwingen und das Vordringen der Franken aufzuhalten. Niemand hatte seit knapp einem Monat die Seldschuken gesehen; also erwarteten sie das Heer des Sultans in Ikonion.

Am 23. Tag des Erntemonds, gegen Mittag, ritten Jean-Rutgar und Berenger zufällig nebeneinander, einen Pfeilschuss weit vor den übrigen Spähern am Ende des Heerwurms. Es schien einer der seltenen Augenblicke zu sein, in denen die Freunde frei miteinander reden konnten, ohne unwillkommene Zuhörer, so wie vor einer schieren Ewigkeit, als Berenger, der Schmied Gautmar, Chersala und Rutgar am Winterfeuer zusammen tiefroten Wein getrunken hatten.

Rutgar war sich des seltenen Augenblicks wohl bewusst und begrübelte Berengers letzte Worte.

»Was du sagst, trifft zu.« Er blickte zurück. Hinter ihnen war der Rest der Nachhut, erkennbar nur an der Wolke aus selbst aufgewirbeltem Staub, in einer Senke verschwunden. Der Gestank von Tausenden schwitzender Leiber hing krank machend in der unbewegten Luft. »Wenn es mir mit der Heimkehr wirklich ernst gewesen wäre, hätte ich schon im Frühling Drakon verlassen müssen. Mit Chersala. Ohne mich dem Heer anzuschließen.«

»Du hast gekämpft wie ein Rasender«, sagte Berenger. »Schnell, klug und ohne Furcht. Wie ein erfahrener Krieger. Ich bin froh, dass du bei uns bist.«

»Was hätte ich tun sollen!«, antwortete Rutgar. Er blickte an sich hinunter: Seine Kleider, selbst die sorgsam gepflegten Stiefel, waren ebenso zerfleddert wie seine Gedanken. »Du weißt, dass ich kein Feigling bin. Aber ich bin um jeden Schwerthieb froh, den ich nicht führen muss.«

»Du bist mutiger, als du denkst.« Berenger kratzte sich im Bart. Die Pferde trotteten müde dahin, stolperten zwischen dem Geröll und ließen die Köpfe hängen. Das Leder der Zügel war hart und brüchig wie Holz geworden. »Und du musst auf Chersala achtgeben auf dem langen Marsch und sie schützen, auch mit dem Schwert.«

»Sie hat es sich nicht ausreden lassen«, sagte Rutgar. »Ich hab sie nächtelang beschworen. Aber, du weißt ... sie ist stark und zäh.«

Berenger nickte; als sein Pferd wieder stolperte, zog er die Zügel straff und stieg ächzend ab. Rutgar überlegte nicht lange, nahm ebenfalls die Stiefel aus den Steigbügeln und schwang sich steifbeinig aus dem Sattel. Seine Lippen und die Zunge waren trocken, und der Staub schmeckte bitter.

»Stark und zäh. Und sie liebt dich, Ritterlein«, pflichtete ihm Berenger bei. »Sie reitet mit dir bis nach Jerusalem.«

»Vielleicht«, antwortete Rutgar und zuckte mit den Schultern. »Und dann? Damals in Köln, als ich aufgebrochen bin, habe ich nicht einmal von Jerusalem geträumt.«

»Selbst wenn du wolltest, könntest du nicht zurück. Wenn du das Heer verlässt, mitten im Seldschukenland, bist du ... seid ihr in ein paar Tagen tot.«

»Da hast du wohl recht, Berenger.« Rutgar senkte den Kopf. Die Sonne brannte den Schweiß in seinen Haarspitzen und im Nacken weg. Die Hufe und die Eisen der Pferde pochten und klirrten gegen Steine, aber keines der staubbedeckten Tiere fiel oder brach zusammen. »Das Heer, alle die bunten Ritter und Bischöfe und Anführer, sie sind wie ein Strom, von dem wir mitgerissen werden. Wir sind mitten in den Strudeln.«

»Der Basileus, der mit dem Sultan um Land und Besitz ringt«, sagte Berenger leise, »und Tausende Ritter, die sich im Zeichen des Kreuzes für die Befreiung der Heiligen Stadt durch Wüste und Elend schleppen, sie werden euch und auch mich und die anderen nicht einfach gehen lassen. Außerdem werde ich dafür bezahlt, und das nicht schlecht, für Tatikios, also für Basileus Alexios, zu kämpfen.«

»Ich würde den Weg zurück allein auch nicht finden.« Rutgar lächelte bitter. »Also, Jerusalem erobern, und dann mit den siegreichen Rittern zurückreiten?«

»Darauf wird es hinauslaufen«, antwortete Berenger. »Aber bis dahin sind wir noch viel älter und vielleicht klüger geworden.«

»Wenn wir es überleben«, schloss Rutgar niedergeschlagen.

Berenger stieß ein kurzes, hartes Lachen aus und sagte: »Ich sorge dafür, dass wir unversehrt wenigstens bis nach Antiochia in Syrien kommen.«

Als das Heer durch ein Wunder auf einen Fluss stieß, warfen sich viele Pilger ins Wasser und tranken übermäßig, bis zur

Besinnungslosigkeit, und viele blieben tot liegen, so wie die verdursteten Tiere und die Säuglinge, die vor der Zeit geboren wurden und deren Körper am Straßenrand von der Hitze ausgedörrt und von der Sonne verbrannt wurden.

Noch drei weitere Tage dauerte es unter der sengenden Sonne des Hochsommers und in eisigen Nächten, bis sich die trostlose Landschaft zu verändern begann. Die Straße führte nun abwärts, durch dürre Weiden, Ranken und vergilbtes Buschwerk, an winzigen Dörfern vorbei, in denen unter Ölbäumen arme Armenier hausten und ihre wenige Habe mit den Rittern teilten. Am letzten Tag des Heumonds wälzte sich der Strom aus Menschen und Tieren an Bächen entlang, die von halb versiegten Quellen gespeist wurden, in das Tal von Ikonion hinab, ein Land voller fruchtbarer Bäume, durch das sich fröhlich sprudelnd ein Flüsschen wand.

Mitten im Tal der Hochebene, hinter einem sperrigen Hügel mit schütterem Wald, breitete sich die Stadt aus; die trutzigen Mauern der Zitadelle sahen die Kundschafter zuerst. Aber die ausgeschickten Späher waren vor zwei Nächten zurückgekommen und hatten berichtet, dass alle Seldschuken in die Berge geflohen waren und so viel mitgenommen hatten, wie sie tragen konnten; die Festung war menschenleer. Angeblich fehlte auch alles, das aus Gold und Silber war.

Gottfried von Bouillon, erfuhren die Pilger, war auf einem Jagdritt tatsächlich von einem wütenden Bären aus dem Sattel gerissen und verletzt worden. Ein Jagdgenosse namens Husekin hatte im letzten Augenblick das Tier getötet, aber die Wunde wollte nicht heilen und schwächte den Heerführer.

Das »Heer Gottes unter der Führung Christi«, wie man sagte und schrieb, ergoss sich in die riesige, wasserreiche Mulde. Endlich wieder Schatten und klares Wasser im Überfluss! Der

Strom aus Menschen flutete über Hänge und Hügel, breitete sich aus, verwandelte sich in tausend Zelte und fünfhundert Feuer. Tiere rissen sich los, stolperten und sprangen zum Wasser, Karren blieben stehen, Gespanne wurden in aller Hast ausgeschirrt, und stundenlang herrschte wüstes Durcheinander. Die Ritter und ihre Knappen rissen diejenigen Trinker vom Wasser zurück, die abermals mehr in sich hineinzusaufen begannen, als ihre Körper vertrugen. Die hundertfach geübten Griffe der Knechte, die diese Lagerarbeit selbst nach diesen Entbehrungen schweigend und schnell verrichteten, brachten Ordnung in den Wirrwarr.

Die Tausendschaft unter General Tatikios' Befehl – Reiter, Belagerungshandwerker, Gespannführer und Fußsöldner – schlug ihr Lager an einem Teich neben einem halb verfallenen Bauernhof auf, abseits der abgeernteten Felder. Kaum standen die ersten Zelte im Schutz der Gespanne, entledigten sich die Männer ihrer Waffen, sattelten die Pferde ab und führten sie, nachdem sich die Tiere satt gesoffen hatten, zum Tümpel. Es war dies ein alltägliches Ritual, eine eingeübte und als überlebenswichtig erkannte Selbstverständlichkeit, denn von den Reittieren und den Saumpferden hing ihrer aller Leben ab; mit großer Sorgfalt wurden die genügsamen Tiere gewaschen, gebürstet und gestriegelt, Mähnen und Schweife gekämmt und alle aufgescheuerten Stellen, eiternde Mückenbisse und Wunden mit der berüchtigten schwarzen Salbe bestrichen. Schreiber Arkadios hatte einige armenische Siedler ausfindig machen lassen, ihnen reichlich Silber gezahlt und die Erlaubnis erhalten, die Pferde im Schatten der Obstbäume weiden zu lassen. Armenische Führer und zwei Dutzend Kundschafter ritten zum Kastell und durch die Hügel, die das Tal eingrenzten. Die Gerüchte hatten sich bewahrheitet: Abermals war das Heer des Sultans geflüchtet.

Ikonion, erfuhren die Anführer, von den westlichen Römern

vor grauer Urzeit gegründet und zu Lebzeiten des Apostels Paulus von zum wahren Glauben Bekehrten besiedelt, hatte seit dreizehn Jahren eine seldschukische Besatzung gehabt und dem Sultan Tribut gezollt. Dass es jetzt wieder zum Reich des Basileus im fernen Konstantinopel gehören sollte, verwunderte keinen Bewohner, erschreckte auch niemanden – die Armenier, im ständigem Kampf mit den Seldschuken, nahmen dieses Schicksal als gottergeben hin. Raimund von Toulouse erhielt vom Bischof von Orange die Sterbesakramente, worauf das Fieber jäh von ihm abfiel und er in einen Schlaf sank, der einer Bewusstlosigkeit glich. Zum nächsten Ziel, nach einer ergiebigen Rast, wurde die Stadt Herakleia erklärt.

Die Priester lasen die Messe für all jene, die auf dem Weg nach Jersusalem zu Tode gekommen waren. Ihnen war Vergebung aller Sünden und die Aufnahme in den Himmel aller Gläubigen gewiss.

Ein heißer Tag verging in erdrückender Lähmung. Stille und Bewegungslosigkeit kennzeichneten das Lager der Söldner vor dem Haupttor Ikonions. Tausende Tücher, Hemden, Wamse, Reiterhosen, Satteldecken, Lappen, Lumpen und Laken, Mäntel und Decken hingen an Seilen, Schnüren und Zeltstangen oder trockneten an Ästen und über Büschen. Das Wasser des Bachs hatte sich braun gefärbt, als die Kleidungsstücke aus dem heißen Wasser der Kessel zum Ufer geschleppt und ausgewaschen worden waren.

General Tatikios saß halb schlafend unter dem Vordach seines Zeltes, die Füße bis zum Knie in einem Schaff voll kalten Wassers, das stündlich erneuert wurde. Er war ebenso erschöpft und müde wie jeder seiner Männer. Sein Schreiber Arcadios raschelte mit staubbedeckten Pergamenten. Die Kälte, die von den Zehen über Schienbeine und Waden in seinen Körper emporstieg, schien ihn an bessere Tage in Konstantinopel zu erinnern, denn er lächelte mit geschlossenen Augen.

Das Haar über Chersalas Stirn und in ihrem Nacken war fünf Fingerbreit länger gewachsen und zur Farbe reifer Walnussschalen gebleicht, die Haut war sonnenverbrannt und glänzte vor Schweiß und Öl. Chersalas Gesicht war schmaler geworden; in den Augenwinkeln sah Rutgar winzige Falten. Er wusste, dass auch er selbst von den Entbehrungen und Leiden des Weges gezeichnet war, aber er hatte keinen Spiegel, in dem er sein eigenes Gesicht hätte sehen können – es sei denn, in Chersalas Augen, die ihn ebenso prüfend musterten wie er sie.

Der Ritt über die Hochebenen hatte das Heer und jeden, der daran teilhatte, bis an die Grenze seiner Leidensfähigkeit getrieben – und viele darüber hinaus. In Rutgars Erinnerung vermengten sich die furchtbaren Tage und Nächte zu einem Albtraum, einem Zug der Sünder durch eine Landschaft mitten im Fegefeuer oder der Vorhölle.

Die Kundschafter und Späherreiter, die sich meist abseits der Ritter und Pilgerscharen hielten, hatten samt ihrer Tiere nur überlebt, weil sie Berengers gnadenlosen Befehlen gehorchten und bisweilen winzige Quellen fanden. Viel zu wenig Wasser, um es mit den Pilgern teilen zu können, trotz erschöpfender Suche. Der Eremit Kukupetros, dessen Esel längst verendet war, war barfuß und entrückten Blicks, scheinbar von unsichtbarem Manna ernährt, inmitten der Pilger wie auf einer silbernen Straße geschritten, die in die Goldene Stadt führte. Für Rutgar war Peter von Amiens inzwischen wie eine Gestalt aus ferner Vergangenheit; einst hatte er ihn in einer anderen Welt begleitet und geschützt. Gott und alle Heiligen hatten auf den Elendszug herniedergeblickt, auf die Waffen der Ritter, die niemand anfassen konnte, ohne sich die Finger zu versengen, auf jene riesenhafte leere Fläche, auf der sich unter einer lang gezogenen Staubwolke die Prozession der verdurstenden Gläubigen vorwärtstastete.

Gläubige? Rutgar zählte sich längst nicht mehr dazu. Der einzige Glaube, zu dem er sich fähig fühlte, war der an sich selbst und daran, dass er überleben wollte. Überleben musste, allein wegen Chersala und der Rückkehr nach Les-Baux. Sein Halbbruder Thybold, nach dem zu suchen von einer fixen Idee inzwischen zu einer vagen Vorstellung geworden war, nahm an diesem Zug nicht teil; inzwischen hatte Rutgar in jedes einzelne Gesicht geblickt und vergeblich nach Thybolds Falkennase und den strahlend blauen Augen geforscht.

Sein Blick kehrte aus der Ferne jener Erinnerungsbilder zurück und fand Halt in Chersalas Gesicht.

»Eines Tages«, murmelte er, »ist das alles vorbei. Wenn wir es überleben, werde ich wieder glauben können, dass uns der Herr geholfen hat.«

»Deus lo vult!«, antwortete sie nicht ohne Spott. »Sagen sie alle, immer wieder. O welche Wirrniss!«

Rutgar beugte sich vor, strich Chersalas gewaschenes, geöltes und gebürstetes Haar über den Brauen nach rechts und links und flüsterte: »Wir sind allein, Liebste. Auf zwiefache Weise. Einerseits: Endlich sieht und hört uns niemand.«

Sie hatten, das Lager verlassend, einen Ziegenpfad am Rand des Bächleins gefunden und lagerten zwischen den knorrigen Wurzeln eines Ölbaums, vielleicht zweitausend Schritte vom letzten Zelt entfernt, auf halber Höhe über den Obstbäumen und den Rücken der friedlich weidenden Tiere. Grillen und Zikaden lärmten, zwischen den silbrigen Unterseiten der Olivenblätter sickerten flackernde Sonnenstrahlen und Mittagswärme zu Boden und trafen ihre nackten Körper. Hummeln, Käfer oder gelb-schwarz aufblitzende Wespen summten durch die Stille.

Rutgars Finger strichen über Chersalas Brust; er fuhr zögernd und – weil er sich unerwartet an solch summende Mittage in Ragenardas Armen entsann – stockend fort: »Andererseits: In einem Land, das wir nicht kennen, sind wir nicht weniger allein. Nur Berenger reitet mit uns. Und was meinen Bruder Thybold betrifft: Dass er nicht zwischen den Tausenden reitet, das weiß ich längst. Sag, was sollen wir tun?«

Chersala und er hatten sich von dem Durst- und Staubmarsch und allen Mühseligkeiten wie junge, wilde Tiere binnen erstaunlich kurzer Zeit erholt. Wasser, Schatten, Ruhe, reichliches Essen, viel Schlaf, die Sicherheit im bewachten Lager, das Bewusstsein, stärker gewesen zu sein als alle die Todkranken und Toten, vernarbende Wunden, vergessener Schmerz und der fehlende Zwang zur Wachsamkeit gegenüber Seldschukenreitern – es war ihnen, als lägen sie in einem weichen Nest, von Adlern, Drachen, Gott dem Herrn und dem Schicksal beschützt. Chersalas Finger nestelten die Kette vom Hals und ließen sie in ihrem Schoß ringeln.

»Ich weiß es nicht, Liebster«, antwortete sie. Ihre Finger umfassten seine Arme und tasteten sich zu seinen Schultern und zum Nacken. »Als wir aus Drakon fortgeritten sind, hab ich nicht geahnt, wie schwer es wird.«

Ihre goldfarbenen Augen flirrten im zitternden Mittagslicht. Er betrachtete ihr Gesicht, ihren hingegossenen Körper, ihre herausfordernde Wehrlosigkeit und ihr räkelndes Begehren. Auch heute, wieder einmal, fühlte er sich ihr hilflos ausgeliefert und genoss jeden Augenblick davon. Sie liebte ihn, er liebte sie; so hatten es das Schicksal und vielleicht auch der Herr beschlossen, dessen Wirken sich nicht zeigte. Es gab nichts anderes. So war es. Amen. Er versank in einem lustvoll nassen und fordernden Kuss, fühlte ihre Hand an seinem Glied, streifte die Kette zur Seite und teilte ihre Schenkel. Und während ihre Körper ruckend und gleitend miteinander verschmolzen, leicht und schön, erschöpfend und erlösend, glaubte er eine schwellende Musik zu hören wie von vielen Trommeln, Trompeten, Fiedeln und wohlig schnarrenden Zinken. Chersalas Augen strahlten im Schatten seiner Schultern heller als das Sonnenlicht, als sie sich unter ihm aufbäumte, leise schrie und erschlaffend ihre Fingernägel in seine Haut bohrte.

Als er wieder zu Atem gekommen war, wiederholte er: »Was sollen wir tun, Liebste?«

Sie strich den Schweiß von ihren Brüsten, blickte ihn lange an und sagte, schulterzuckend, nach einer Weile: »Ich weiß es auch nicht. Weiter bis Antiochia, von wo aus ein Schiff uns zurückbringen könnte?«

»Es wird wahrscheinlich das Klügste sein. Zurückreiten – da könnten wir uns besser selbst umbringen.«

Niemand im Heer kannte diese Stadt Antiochia, die Große, die als der Schlüssel zum Heiligen Land galt, außer Gerüchten und vagen Schilderungen, die nichts Genaues über ihre Stärke und ihre Bedeutung aussagten. Zwischen Antiochia und Ikonion lagen andere fremde Städte – Herakleia oder Kaisareia –, unbekannte Straßen und Gebirge, Dörfer und ungeahnte Gefahren. Die Seldschuken und ihr Sultan samt der Heere der Emire waren zwar geschlagen, aber nicht vernichtet, und sie warteten nur darauf, die Fremden erneut anzugreifen. Doch zwischen Ikonion und Nikaia lagen mehr als vierzig Tage und Nächte Wegs. Nicht nur Säuglinge, Kinder, Frauen und Alte waren auf diesem Weg elend gestorben, sondern auch junge Männer und rüstige Pilger und Ritter. Und viele der schier unersetzlichen Reitpferde. Diesen Weg allein zurückzureiten wäre gefährlicher, als mit dem Heer weiterzuziehen.

Rutgar schlug träge nach einer Wespe oder Biene und sagte: »Klug oder in blinder Gefolgschaft – wir müssen mit dem Heer weiter. Nach Herakleia, der nächsten Stadt.«

»Wie viele Tage werden wir reiten müssen?«

»Zehn, sagt Berenger. Oder ein Dutzend.«

Von den Stadtbewohnern hatten Tatikios und seine Reiter erfahren können, dass der Emir Hassan und der Danischmend Ghazi ein gemeinsames Heer befehligten. Es war, sagten die Einheimischen, kein Heer des Sultans, sondern eines, das die Truppen des Basileus von Herakleia abhalten sollte. Der Kaiser zu Konstantinopel sollte nicht bis zu den seldschukischen Besitzungen in Kappadokien vordringen dürfen, und die Emire hielten das Christenheer für Söldner des Kaisers, was in gewisser Weise ja auch zutraf.

»Und vor der Stadt greifen uns die Seldschuken an, nicht wahr?«, sagte Chersala und teilte ihr Haar in einzelne Strähnen, die noch zu kurz waren, um einen Zopf flechten zu können.

Rutgar nickte. »Oder unser Heer führt den ersten Schlag.«

Die Ungewissheit war größer als je zuvor. Der schnelle Wechsel zwischen äußerster Entbehrung, gewaltigen Anstrengungen und völligem Nichtstun in der Ruhe einer fremdartigen Umgebung verwirrte Menschen und Tiere. Die wirklich Frommen schöpften Zusammenhalt und Zuversicht aus den Worten der Geistlichen; Rutgar und Berenger und die meisten Söldner aus Tatikios' Truppe dachten mehr an sich selbst und ihr Überleben.

Chersala ging zum Bach, tauchte halb ins Wasser und begann sich zu waschen. Rutgar sah ihr zu, folgte ihr dann und nahm die Tücher und den kleinen Ölkrug mit. Aber auch Stunden später, beim Essen im Lager, nistete noch die Erschöpfung in ihren Körpern.

Die Obstgärten, die sich im Tal hinter der verlassenen Stadt ausbreiteten, hatten den ersten Hunger der Pilger gestillt. Die Menschen lagerten und schliefen im Schatten unter leer gepflückten Zweigen. Alle Toten und alle Mühen schienen vergessen, so, als hätten sie nie stattgefunden. Leinwände, Spannseile und Stangen von General Tatikios' Zelten hatten durch die Unbillen der Gewaltmärsche ebenso gelitten wie alles andere. Brandspuren, große Flicken auf den abgewetzten Stoffwänden, Knoten in den Seilen und angebrochene Stangen erzählten von den Mühen vieler hastiger Lager und überstürzter Aufbrüche.

Als Jean-Rutgar an Berengers Seite über das abgeweidete Gras zum Zelt ging und die eigenen Wachen, die Kriegsknechte der Franken und jene Fürsten sah, die um die aufgeschlagenen Tische auf ihren Scherenstühlen saßen, fasste eine kalte Faust sein Herz und schien dessen Schlag aufhalten zu wollen. Es gab kein Entkommen. Weder für ihn noch Chersala, für Berenger ebenso wenig wie für Tatikios oder einen der Fürsten. Niemand konnte zurück; die vielleicht fünfzigtausend Überlebenden der Kämpfe und Strapazen strebten auf unbekannten Wegen nach Jerusalem. In diese Falle war er selbst hineingetappt; niemand sonst hatte Schuld daran.

Wenige Schritte vor dem Zelt, das zwischen Apfelbäumen stand, hielt Berenger an, packte Rutgar an der Schulter und sagte: »Hast du Bauchgrimmen? Oder frisst der Gewissenswurm an deiner Leber, Ritterlein? Dein Gesicht ... als hättest du Salz gefressen.«

»Mir liegt Schlimmeres im Magen«, antwortete Rutgar leise. »Ich glaube, dass bald die nackte Angst mit mir reiten wird. Ich hab zu viel gesehen in diesen Tagen und Nächten.«

»Mir geht's nicht anders.« Berenger zog Rutgar in den Schatten und winkte einem Unterführer. »Keinem von uns. Das ist der Preis, den wir zahlen müssen, wenn wir erwachsen werden.«

»Bevor ich ein erfahrener Mann bin«, schloss Rutgar, »haben mich Straße, Durst und Seldschuken umgebracht.«

»Wart's ab. Es stirbt sich leicht, aber so schnell stirbt es sich nicht. Denk an die silbernen Straßen und goldenen Teller, die euch der zottige Einsiedel versprochen hat, und an die Beute, die du mit dir herumschleppst.«

Rutgar zerkaute einen Fluch und blieb am Rand des freigeräumten Kreises um die Zelte stehen. Die meisten Fürsten saßen da, tranken und warteten auf den General; langsamer Hufschlag auf weichem Boden näherte sich.

Hugo von Vermandois und Gottfried von Bouillon unterhielten sich leise, ihre Schreiber hatten Pergamente ausgebreitet. Gottfried hatte sein Bein, von der Hüfte bis zu den nackten Zehen in dicke Verbände gewickelt, auf einen Hocker gebettet. Bei jedem dritten Wort verzog er schmerzerfüllt sein breites Gesicht. Neben den Schreibern saßen Gottfrieds Brüder Eustachius und Balduin, ihnen zur Seite hatten Stephan von Blois und Robert II. von Flandern Platz genommen. Die linke Wange Roberts von der Normandie war geschwollen; unablässig stocherte er mit der Zunge nach einem schwärenden Zahn oder einer Fistel.

Der General, der tagelang die Berichte seiner Späher, der wegekundigen Führer und der ansässigen Bevölkerung angehört hatte, hatte die Fürsten und deren Übersetzer zu sich bitten lassen; zu dem Treffen waren auch, neben anderen Späherreitern, Berenger und Rutgar herbeibefohlen worden; als Zuschauer, mehr noch als Zuhörer, die Gesprächsfetzen aufschnappen mochten, die den scharfen Ohren des Generals und seines Schreibers entgangen sein konnten.

Die Tische, an denen sich die Fürsten versammelten, waren reich gedeckt, aus der Stadt hatte man genügend guten Wein herbeigeschafft.

Man schrieb heute den 17. Tag im Erntemond. Tatikios saß, mit kurzgeschnittenem Haar, in luftige Gewänder gekleidet und mit duftendem, scharf ausrasiertem Bart, in seinem Scherensessel und stand auf, als Bohemund von Tarent ins Halbdunkel des Zeltes geführt wurde.

»Wir sollten heute bei gutem Wein und einer kräftigen Mahlzeit über den bisherigen Weg und den künftigen Zug reden, Fürst Bohemund«, sagte Tatikios. Sein Schreiber übersetzte. »Wir haben von Nikaia aus sechs Wochen nach Ikonion gebraucht, sechs Wochen für magere einhundertfünfzig Meilen.«

Die Versammelten nickten beifällig. Bohemunds mächtige Gestalt schien von den höllischen Strapazen in keiner Weise gezeichnet zu sein. Er strahlte unverändert Kraft und Entschlossenheit aus. Tatikios richtete den Blick auf den näher kommenden Tancred und fuhr fort:

»Die armenischen Christen lassen Euch allen danken, dass weder Stadt noch das umliegende Land verwüstet wurden. Wir sind durch Ländereien gewandert, die seit zwanzig Jahren nichts anderes kennen als Krieg und Verarmung.«

Bohemund hob die Schultern, legte die Hand auf den Griff seines Schwertes und antwortete: »Wir sind gekommen, um die Sarazenen zu vertreiben. Die Leute, die hier wohnen, sollen ihre Furcht verlieren. Mir ist zu Ohren gekommen, dass man uns Undankbarkeit vorwirft und dass wir zügellos wären.«

»Es sind einzelne Stimmen«, wich Tatikios aus. »Darüber reden wir später. Setzt Euch zu uns, Fürst Bohemund.«

Bohemund ließ sich in einen knarrenden Sessel fallen und griff nach dem Weinbecher. Als Nächster stieg Bohemunds Neffe Tancred aus dem Sattel, ein Trauerband für seinen gefallenen Bruder Wilhelm am Arm. Rutgar und Berenger standen unter einer hochgeklappten Zeltwand und sahen schweigend der zögerlichen Zusammenkunft zu. Flink und leise bedienten Tatikios' junge Knechte die fränkischen Edlen. Raimund von Saint-Gilles, eine samtene Klappe über der leeren Augenhöhle, das Gesicht hinter dem Bart unter der Bräune weiß wie Schnee, sah aus wie ein mühsam Genesender, der Gott näher gewesen war als jemals zuvor.

»Seid gegrüßt«, sagte Tancred leise. »Wir alle haben der Rast bedurft. Die Reise nach Jerusalem, wahrlich, in Waffen, ist ein mühereiches Unterfangen.«

»Glaubt nicht, Herr Tancred«, entgegnete Tatikios und sah zu, wie sich Bohemunds Neffe setzte, »dass die Straßen nach Herakleia und hinunter nach Antiochia ohne Mühsal sind.«

»Noch schlimmer als …?«

»Es wird diesmal weniger an Wasser mangeln, wenn Ihr das meint«, sagte der General. »Aber zwei entschlossene Emire warten mit ihren Heeren auf uns, und die Vorteile des Geländes liegen auf ihrer Seite.«

Tatikios ließ seinen Schreiber erklären, dass die Straße über Herakleia nach Kaisareia und weiter nach Antiochia vielfältige Schwierigkeiten und Tücken aufwies – Schwierigkeiten der Wegführung und Tücken wahrscheinlicher Überfälle. Die sogenannte kilikische Pforte war ein Pass, steil und eng wie die Schlucht jenseits von Civetot, der sich allzu leicht in eine tödliche Falle verwandelte, wenn ein seldschukisches Heer sich dort versteckte.

Reitknechte halfen Bischof Adhemar von Le Puy aus dem Sattel. Er wurde zum Zelt geleitet, begrüßte die Herren, schlug drei Kreuze und ließ sich, hochrot im schweißnassen Gesicht, auf einen gepolsterten Schemel nieder.

»Die Hitze bringt bessere Männer als mich um«, murmelte er. »Und im Herbstmond soll's hier noch heißer werden. Richtig, Herr General?«

»So ist es. Zumal wir aus dem Tiefland hoch aufgestiegen sind. Und noch haben wir ein Gebirge zu durchqueren.«

»Entweder durch die syrische Pforte oder die Armanos-Enge«, führte Tatikios' Schreiber aus. »Beides sind Pässe, die äußerst schwer zu überwinden sind – auf schmalen Straßen, auf denen man sich Hals und Bein bricht.«

Hugo von Vermandois und Robert von der Normandie hatten sich in einigem Abstand, so gut es das vieleckige Rund der Tische zuließ, von Tatikios gesetzt. Für Rutgar war dies ein Kennzeichen dafür, dass sich zwischen dem General und den Fürsten eine Kluft aus Misstrauen und beginnender Zwietracht aufgetan hatte. Balduin und Tancred schienen inzwischen mehr Gefallen an dem Gedanken zu haben, statt Jerusalem andere Städte und Ländereien zu erobern und sich dort als Fürsten und Steuereintreiber niederzulassen. Schon war der Name der Stadt Tarsus gefallen. Auch Robert von Flandern blickte ungewohnt grimmig drein. Von seinem Gesicht schälte sich die sonnenverbrannte Haut in weißem Geschilfer zwischen Hitzeblasen.

Tatikios wartete, bis jeder der Fürsten einen gefüllten Becher vor sich stehen hatte, dann wandte er sich erneut an Bohemund.

»Unser nächstes Ziel«, Tatikios deutete nach Osten, »wird Herakleia sein, dann die Stadt Kaisareia. Zwar führen die Straßen – deren schlechter Zustand mir nur in Stücken bekannt ist – durch Gebiete, die armenische Vasallen von Alexios Komnenos bewohnen. Aber ...«

»Aber dort erwarten uns die Sarazenen?«, fragte Bohemund.

»Meine Kundschafter versuchen eben dies herauszufinden«, bekräftigte der General. »Viele Späher sind, gut versteckt, auf dem Weg. Sie reden mit den Armeniern.«

»Dörfer, Festungen, Burgen und reiche Städte, sagt Pankraz«, Balduin von Boulognes Gesicht glich, während er redete, dem eines hungrigen Raubvogels, »sind von Armeniern während eines Vierteljahrhunderts den Sarazenen abgetrotzt worden. Viele, wenn nicht alle, erwarten nichts sehnlicher als unsere

Hilfe. Auch weil Konstantinopel viele armenische Fürsten enteignet und vertrieben hat.«

»Das mag so sein«, entgegnete Tatikios vorsichtig. »Was wollt Ihr damit sagen?«

»Dass viele kleine Fürsten von uns, dem fränkischen Heer, die Erlösung vom rhomäischen, sarazenischen und muslimischen Übel erhoffen.«

Der Basileus Alexios, der sich selbst als auf einer Stufe mit den Aposteln sah, wollte jene Armenier mit Macht bekehren, die angeblich irrigen Christenglaubens waren. Daher glaubten die armenischen Kleinfürsten, dass die Hilfe westlicher Ritter ihnen gegen die »Römer« in Konstantinopel ebenso helfen würde wie gegen die muslimischen »Sarazenen«.

Tatikios hob die Schultern, seufzte tief, schüttelte langsam den Kopf und antwortete sichtlich geduldig und unfähig, das schwierige Gewebe in wenigen Worten zu erklären: »Selbst ich kenne nicht alle Teile dieser Geschichte. Fürsten kommen und gehen, werden getötet und ersetzt, im Kampf oder auf dem Liebeslager, mit Gift und Dolch, und was vorgestern galt, ist heute wertlos, ein Schwur oder ein Vertrag. Je ferner der Basileus ist, desto weniger gelten Gesetze. Auch wenn wir alle dem Basileus durch Eid verpflichtet sind, vermag nicht einmal ich vorherzusagen, wer das Land beherrschen wird, wenn Euer Heer erst Antiochia befreit hat.«

Scheinbar leidenschaftslos versenkte er seine Blicke in die Gesichter der Heeresführer. Rutgar lehnte am Stamm eines Obstbaumes, in dessen Krone Fliegen und Bienen summten. Die feierliche, inbrünstige Begeisterung während Papst Urbans Rede war spätestens seit der Belagerung Nikaias ohne Spuren vergangen; es gab zwischen all diesen Männern, dachte Rutgar, die gleichen Eifersüchteleien, die gleiche Gier nach Besitz und Macht, das gleiche Maß an Gewalttätigkeit und Bereitwilligkeit zu töten oder getötet zu werden wie vor dem gewaltigen

Bekenntnis von Clermont. Manchmal schien es ihm, als wären viele jener Ritter, die sich mit dem roten Kreuz schmückten, eher vom Teufel besessen als von Gott erfüllt.

Tatikios winkte Berenger in seine Nähe und schloss: »Berenger, mein bester Kundschafter, wird Euch, edle Herren, nunmehr berichten, wie es um die Straßen, die Furt und die Brücken über den Fluss Tarschemme steht, über die Erwartung der Armenier und die Begierde der Seldschuken, die Schwerter mit den Ungläubigen zu kreuzen und Euer Blut zu vergießen.«

Berenger trat an den Tisch, neben seinen General, und verbeugte sich.

Tatikios fügte noch hinzu: »Dann werden wir entscheiden, wann wir nach Herakleia aufbrechen. Aufmunternde Himmelszeichen werden uns begleiten.«

Berenger begann zu reden. Jeweils nach drei Sätzen übersetzte der Sprachkundige seinen Bericht, der an Deutlichkeit und Genauigkeit nichts zu wünschen übrig ließ.

Rutgars Schritte auf dem abgeweideten Gras waren fast unhörbar. Zwischen den Zelten flackerten Fackeln und Kerzen; über dem Lager bei Ikonion strahlten die Sterne des mondlosen Himmels. Rutgar suchte das Himmelszeichen, das von Nacht zu Nacht gewachsen war, ebenso wie die kalte Furcht vieler Pilger. Auch der Wächter am anderen Ende der Lagergasse starrte schweigend in das Sternenmeer. Zwischen den Gestirnen war aus einem kleinen Stern in drei Nächten zuerst ein weißer Faden geworden, dann eine lang gezogene Lanzenspitze aus Licht, schließlich deutete eine spitze, schneeweiße Strähne auf ein Bild aus vier Sternen. Die Geistlichen hatten das Zeichen als Symbol des christlichen Sieges bezeichnet, aber viele Pilger deuteten es als Unheilsboten; in den vergangenen Jahren hatte der Herr mit solchen Erscheinungen Missernten, Seuchen und Pestilenz angekündigt.

Rutgar blickte die leuchtende Spur an und fand nicht einmal für sich selbst eine tröstende Erklärung. Er zuckte voll Unbehagen mit den Schultern und lenkte seine Schritte in weitem Halbkreis um das Lager. Die Pferde im Pferch waren ruhig, ebenso wie die Schläfer in den Zelten und unter den Bäumen, deren Blätter im Nachtwind raschelten.

Mit einem flüchtigen Lächeln dachte Rutgar an andere Nächte, in denen der Himmel so tief zu hängen schien, dass ein Nachtvogel die Sterne nach kurzem Flug erreichen hätte können. Vertraut und zugleich bedrohlich, ob es Nacht über der Provençe gewesen wäre, am Bosporos oder über der eisigen Hochebene. Wann immer es möglich gewesen war, hatten Chersala und er nebeneinander oder wenigstens in der Nähe des anderen gelegen, die Berührungen spürend und im Wachen wie im Halbschlaf die Furcht davor teilend, was vor ihnen lag. Sie hatten überlebt, und jede Entbehrung half ihnen, sich in dieser Fremde besser zurechtzufinden. Wenn die Vielzahl kleiner Vertrautheiten und Gesten wortloser Übereinkunft, die sie verband, wenn das alles, dachte Jean-Rutgar, jene hohe Minne war, von der man redete und sang, liebten sie einander. Selbst im Licht dräuender Himmelszeichen, trotz dieser und anderer Gefahren. Sein Lächeln verstärkte sich; ruhig blieb seine Hand auf dem Dolchgriff.

Die armenischen Bauern aus dem Land um Ikonion verkauften den Franken einige Dutzend Pferde, viele dürre, aber kräftige Zugochsen und so viele Schafe, Ziegen und Kälber, wie sie erübrigen konnten. Seit vielen Tagen der Entbehrung tranken die Kinder des Pilgerzugs wieder warme Milch, und das frisch gebackene Brot schmeckte köstlicher als je zuvor. Nach fünf

Tagen erschöpften Rastens rüstete sich der Heerzug am 28. Tag des Erntemonds und brach in gewohnter Ordnung auf.

Die Pilger wurden von einigen Hundert Armeniern begleitet, deren Saumtiere und Karren mit wassergefüllten Fässern, Ziegenhäuten und Krügen beladen waren. Auch das Heer und die Söldner hatten sich mit prallen Ziegenschläuchen beladen. Am Fluss Tscharschemme legten die Fürsten abermals eine zweitägige Rast ein, und nach siebzehn Tagen verlustlosen Marsches, am 10. Tag des Herbstmonds, stießen Berengers Kundschafter auf die Spuren des bereits angekündigten seldschukisch-danischmendischen Heeres, das vor Herakleia lagerte und ihnen den Weg versperrte.

Rutgar und Berenger ließen einige geflüchtete Armenier hinter sich im Sattel aufsitzen und sprengten zurück zu Tatikios. An der Spitze des Heeres, das sich zwischen bewaldeten Hügeln ins fruchtbare Tal herunterwälzte, flatterten die Fahnen Bohemunds von Tarent und seiner italischen Normannen. Die Späher übersetzten, was die Flüchtenden hervorstotterten. Einige Atemzüge später ließ Bohemund die Trompeter zum Sammeln blasen.

»Die Stadt ist von Sarazenen besetzt!«, dröhnte er. »Lasst ihnen keine Zeit, sich zu stellen. Wir greifen an, sobald die anderen Fürsten aus den Hügeln hervorgekommen sind. Platz da!«

Berengers Rappe tänzelte zur Seite. Die Ritter, die ohnehin meist in Rüstung und Waffen ritten, machten sich fertig. Die Fußsoldaten rissen ihre Waffen von den Karren und aus den Lasten der Saumtiere. Meldereiter galoppierten am Pilgerzug entlang und riefen die Ritter zusammen. Rasch machten die Pilger Platz, als die ersten Gruppen der schwer bewaffneten Reiter an ihnen vorbeitrabten und sich hinter Bohemunds Fahnen sammelten.

»Emir Hassan und Danischmend Ghazi«, rief Tatikios, »wollen uns zum Gebirge drängen, weg von ihren Besitzungen!«

»Es wird ihnen nicht gelingen!«, schrie Tancred, und Adhemar von Le Puy, dessen kleines Heer ihm in einer lang gezogenen Linie folgte, fügte laut hinzu: *»Deus lo vult!«*

Berenger und seine Reiter erreichten den General, der im vordersten Drittel inmitten seiner Leibwache ritt. Rechts und links schrie man: »*Militia Christi!* Zu den Waffen!«

Fußkämpfer eilten zwischen den Reitern nach vorn und sammelten sich hinter den Fahnen. Bohemund und seine Ritter spornten ihre Pferde und trabten vorwärts. Weit vor den Franken, in einer Linie, deren Enden im Buschwerk der Wälder am Talrand verschwanden, wallte Staub auf, in dessen Wolken die Sonnenstrahlen auf Metall blitzten.

»Denkt an das Himmelszeichen!«, brüllte der Anführer einer Gruppe Pilger und hob die Kreuzfahne. »Schlagt sie alle tot, die Sarazenen! Gott mit uns!«

Die Späher versammelten sich um Tatikios. Rutgar lenkte seinen Rappen neben Chersalas Reittier und spürte die Unruhe der Tiere, die auf die Trensen bissen und deren Ohren spielten. Er hielt den Atem an und lauschte. In der Luft lag ein seltsames Geräusch; nicht das Dröhnen der Hufe Tausender galoppierender Pferde, sondern ein brodelndes Summen der Erregung, als ob die Luft des frühen Nachmittags einen eigenen, rasenden Herzschlag besäße. Auch die Ritter nahmen das ferne Malmen wahr, als sie sich hinter Bohemund zu einem Angriffskeil zusammendrängten und in die Ebene vor der Stadt hineinritten.

Die Seldschuken und die Danischmenden – kein Ritter erkannte Unterschiede zwischen den Heeren –, vielleicht fünfzehntausend oder mehr Reiter, erwarteten das Frankenheer. An zwei Stellen, einige Pfeilschüsse vom Mittelpunkt der lebenden Mauer entfernt, drängten sich auf niedrigen Hügeln Reiterscharen zusammen. Als die Franken näher gekommen waren, sahen sie Zelte und Fahnen und glaubten, dass dort die kampflüsternen Emire warteten.

Noch gingen alle Pferde der Ritter im Schritt, und hinter den Reitern sammelten sich die Fußkämpfer in ordentlichen Reihen. Trompetensignale und Trommelschläge begleiteten ihre Schritte durch Kornfelder, über Stoppeläcker und Weiden, um kleine Wäldchen herum und auf die ferne Stadt zu, die hinter dem Staub und den wartenden Seldschuken als schemenhafter Umriss zu sehen war. Vor dem Bild eines Berges, dessen Gipfel aus Schnee oder weißem Marmor bestand, wuchs eine glänzende Wolke in die Höhe. Das brausende Lärmen, wie ein Schall aus Geschrei, Waffenklirren, den Misstönen vieler Stimmen und Instrumente, Pferdewiehern und unverständlichen Fetzen schauerlichen Gesangs, nahm zu, marterte die Ohren und riss plötzlich ab.

Trompeten schmetterten durch die Stille, die nicht länger als zwei, drei Atemzüge dauerte. Dann setzten die Ritter die Sporen ein, und aus dem Schritt der schweren Rosse wurde Trab, der in dreifacher Pfeilschussweite vor den Seldschuken in polternden Galopp überging. Ein Schrei ertönte und pflanzte sich fort: *»Deus lo vult!«*

Hinter den ersten hundert Reitern, die mit gefällten Lanzen nach rechts schwenkten, entstand ein zweiter Keil, dessen Ziel der linke Hügel war. Hinter den Spitzen des Heeres verbreiterte sich die Menge der Angreifer, fächerte sich auf, wurde schneller, und die Sonne, die zur rechten Seite der Ebene in den frühen Abend sank, spiegelte sich hüben und drüben auf Abertausenden blitzender Waffen. Die Krieger begannen zu schreien, obwohl sie ihren Atem zum Rennen und Reiten brauchten, und wieder schien sich der Himmel zu verdunkeln, als die Seldschuken eine gewaltige Hagelwolke aus Pfeilen schräg in die Luft schossen, der nach einem Dutzend Herzschlägen ein zweiter Schauer folgte.

»Toulouse! Toulouse!«

Schilde, Helme und wirbelnde Schwerter fingen die Einschläge ab. Noch bevor das Entsetzen über verwundete Reiter und strauchelnde Pferde um sich griff, hatte sich der Abstand zwischen den Heeren verringert – Bohemund und sein Gefolge, Robert von der Normandie, Bischof Adhemars kleines Heer, Raimund von Saint-Gilles' gepanzerte Reiter und Gottfrieds Gefolge durchbrachen wie blitzende Pflugscharen die ersten Reihen der Seldschuken. Die Kämpfe Mann gegen Mann brachen aus.

Tatikios führte seine Reiter am äußersten Rand der Ebene nach links. Die schnellen Pferde galoppierten, anscheinend von den Seldschuken unbemerkt, mit deutlichem Abstand von der linken Flanke der Ritterheere, zwischen Feldern und Waldrändern, entlang des Schilfstreifens eines versumpften Baches, auf die islamischen Krieger zu. Die Späher hatten die Fahnen und Zeichen des seldschukischen Emirs Hassan erkannt, der den linken Hügel besetzt hielt. Die Seldschuken erwarteten den Angriff aus der Ebene, nicht vom Waldrand her. Berenger, Rutgar und Chersala spannten ihre normannischen Bogen und zielten besonders gewissenhaft, als sie an der Seite der Seldschuken scheinbar aus dem Nichts auftauchten. Jedes zweite Geschoss traf sein Ziel. Die Kundschafter preschten, tief neben die Pferdehälse gebeugt, an den seldschukischen Reitern vorbei und durch deren Reihen hindurch und wendeten die Pferde weit im Rücken der »Sarazenen«.

Berenger zog sein Schwert, Rutgar zerrte den Morgenstern aus der Schlaufe, und Chersala fing im Galopp den vollen Köcher auf, den ihr ein Kundschafter zuwarf. Rutgar hatte sie gedrängt, sich vom dichten Kampfgetümmel fernzuhalten. Sie gehorchte und gebrauchte ihre Waffen überlegt, ohne sich zu gefährden. Aber die Schreie, die Rutgar nicht verstand und die durch die Reihen der Seldschuken gellten, klangen nicht nach

Angriffswut oder Heldenmut. Einzelne verwundete Reiter, aus dem Sattel geschossene Krieger, losgerissene Pferde zuerst, dann kleine Gruppen Verwundeter, wandten sich hierhin und dorthin und versuchten, in die Richtung der Stadt zu flüchten. Rutgar kämpfte sich in weiten Sprüngen, im Galopp und indem sein Pferd sich schnell im Kreis drehte und bisweilen ausschlug oder hochstieg, durch muslimische Krieger, die mit geschwungenen Schwertern auf ihn eindrangen. Die Stachelkugel am Ende der Kette schlug gegen dröhnende Schilde, Helme und Lederpanzer, prellte Schwerter aus den Händen der Krieger, traf ihre Schultern und Rücken und schmetterte sie aus den Sätteln, und aus dem Augenwinkel sah Rutgar seinen Freund, der mit seinem langen Schwert auf ähnliche Weise kämpfte.

Auch vor ihnen flüchteten die Reiter. Pferde überschlugen sich und schleuderten schreiende und blutende Männer aus den Sätteln. Von rechts, inmitten von Staubwolken und aus ihnen heraus, galoppierten flüchtende Seldschuken. Jenseits der Kampfgruppen, irgendwo auf der rechten Seite der Truppen des Kilidsch Arslan, wallte ein mächtiges Getöse auf. Tatikios, von seiner Leibwache umgeben, das blutige Schwert ausgestreckt, schrie zu Berenger und Rutgar herüber: »Die Seldschuken flüchten! Dieser wahnsinnige Bohemund verfolgt den Danischmenden-Emir!«

Rutgar streckte den Arm hoch, als Zeichen, dass er verstanden hatte. Er duckte sich unter einem heranschwirrenden Speer und senkte seinen Schild. Rings um ihn, den General und Berenger sah man keinen Muslim mehr im Sattel. Verwundete und Sterbende krümmten sich auf dem Boden, blutende Pferdeleiber zuckten, überall lagen Helme und Waffen, Sättel und Schilde – die Schlacht schien zu Ende zu sein, noch ehe sie richtig begonnen hatte. Durch das Rauschen des Blutes in seinen Ohren glaubte Rutgar in der Ferne furchtbares Rumoren zu hören: Hufschlag Tausender Pferde, Klirren, Geschrei und

Heulen, rasend schnelles Trommeln und Trompetensignale, die sich halb verschluckt überschlugen.

»Ich kann's nicht glauben«, sagte er zu sich selbst und ließ den Schlagarm mit dem Morgenstern sinken. »Sie waren so viele, mehr als wir – und nun überlassen sie die Stadt uns.«

Langsam senkte sich der Staub. Das riesige Heer der Seldschuken flüchtete, von Behomund und einigen Hundert Rittern verfolgt, in wildem Galopp nach Norden. Der Komet, dachte Rutgar, war also doch ein Siegeszeichen gewesen. Seine Blicke suchten Chersala, die heranritt und lächelnd den letzten Pfeil in den Köcher zurücksteckte. Die Kundschafter des Generals trabten auf das östliche Tor der Stadtmauer zu, deren Flügel zu ihrem Erstaunen weit geöffnet waren.

Die Pferde der flüchtenden Emire waren schneller als die Reittiere der Christen. Bohemund vermochte den Emir nicht einzuholen, obwohl er zwei Pferde zuschanden ritt. Erleichtert lagerten die Pilger und die Angehörigen der Heere in der Stadt und außerhalb der Mauern.

Berenger, ein Dutzend Kundschafter, Jean-Rutgar und Chersala wohnten in einem schmalbrüstigen, vierstöckigen Haus, das sich außen an die Stadtmauer lehnte. Die seldschukischen Bewohner waren Hals über Kopf geflohen und hatten Teile ihres Besitzes zurückgelassen. Neben dem Stall und dem Innengarten gab es gemauerte Bäder, in denen weiche Tücher auslagen und verwirrende Düfte aus Tiegeln und kleinen Krügen aufstiegen.

Die Reiter versorgten ihre Pferde und streckten sich auf den weichen Polstern der Liegen aus. Berenger, Rutgar und Chersala stiegen die steile Treppe zu den obersten Kammern hinauf.

Der Waräger lehnte sich an den Stützbalken des Türsturzes.

»Wir werden nicht lange rasten können«, sagte er so laut, dass es die Kundschafter hören konnten, die unter ihm im Haus ausschwärmten. Er zwinkerte Rutgar zu. »Also lasst es euch gut gehen. Ich schlafe hier, neben der Treppe. Die Frauen der Armenier, glaube ich, werden unsere Kleider waschen und ausbessern.«

Rutgar ließ die Schultern hängen und antwortete leise:

»Erst einmal ein Bad und ungestört schlafen. Dann reden wir über den Kometen und über den Streit der fränkischen Fürsten.«

Berenger löste den Schwertgurt und nestelte an den Schließen seines Wamses, während Chersala den Helm abnahm und die Schicht aus Staub und Schweiß von der Stirn wischte. Fast lautlos schloss Berenger die Tür; Chersala und Rutgar waren allein.

Eine Handvoll ruhiger Stunden später saß Rutgar, gekleidet in ein wadenlanges Hemd aus hauchdünnem Stoff, das noch nach fremdartigen Salben oder Schönheitswässern roch, auf dem weißen Scherenstuhl aus Holz. Auf der Platte des Schreibpults – zuletzt hatte er ein solches Möbel in Köln gesehen – lag ein unbeschriebenes Pergamentblatt. Nach dem Bad, nachdem der schwitzende Armenier Rutgars Bart geschoren und das Haar gekürzt hatte, kroch schläfrige Schwäche durch seinen Körper, aber zum ersten Mal seit vielen Tagen hatte er das Bedürfnis, einen Teil seiner Gedanken niederzuschreiben. Und er hatte Zeit, war allein und erinnerte sich, als er den Federkiel in die Tinte tauchte, nicht an Chersala und die ungestörte Liebesnacht, sondern an den grellen Lichtstrahl des Kometen.

Jean-Rutgars Schreiben an Herrn Neidhart im Stift Sankt Marien in Köln:

Vielleicht, Herr Neidhart, werdet Ihr mit Gottes Hilfe meine Briefe erhalten. Ich habe sie dem Bruder Lambert anvertraut, der Botschaften der christlichen Ritter an die Bischöfe am Rhein trug. Er verließ unsere Schar in Ikonion. Nun versuche ich zu berichten, was weiterhin geschieht, nachdem, wie Fulcher von Chartres sagte, nur noch der Herr in seinem Zorn die Heiden verfolgt.

Jeder Tag, den Gott werden lässt, ist anders: Kämpfe, Entbehrungen, Durst und Hunger, abermals Dreinschlagen und Töten, dann gottlob wieder Ruhe und Schlaf. Seit drei Tagen geht es uns gut, denn wir lagern wohlig und satt.

Die armenische Stadt Herakleia, die unsere Heere von der Herrschaft der Heiden befreit haben, ist nicht reich, aber von gastfreundlichen Menschen bewohnt, die den Pilgern Unterschlupf und Nahrung gewährten. Schon zwei Tage lang ließen sie uns hier wohnen. Trotzdem gibt es zwischen den Fürsten mancherlei Streit über den rechten Weg nach Antiochia und darüber, ob ein kühner Streiter Gottes in diesem Land ein eigenes Lehen für Gott und den Kaiser erobern könne.

Der kurze Weg, so riet dem Herrn Balduin von Boulogne sein armenischer Freund Bagrat, den er von Nikaia kannte, führt nach Süden über das Gebirge und durch einen gefahrvollen Pass, der an manchen Stellen nur zwanzig Ellen oder ein Dutzend Schritte breit ist. Der lange Weg geht zur Stadt Kaisareia, führt durch ein weniger hohes Gebirge, zur Stadt Germanikeia und zum Fluss Orontes. General Tatikios wurde zugetragen, dass die Herren Tancred, Balduin von Boulogne und Balduin von Le Bourg beschlossen haben, den Zug durch die enge Felspforte zu wagen. Der Erntemond ist heißer als jeder provençalische Sommer, und der Herbstmond wird, sagen die Armenier, so trocken und heiß, ohne Regen und kühlende Winde, dass selbst die Skorpione vertrocknen. Unser Angriff hat die Seldschuken aus der Stadt und aus dem Land um Ikonion verjagt.

Aber sie werden überall auf uns lauern. Es wäre ein Wunder, wenn sie die Ritter und Pilger nicht in der Felsenschlucht in einen Hinterhalt locken würden. Die Armenier sagen, dass die Seldschuken viele andere Dörfer und Städte seit Langem in ihrer Gewalt haben.

Trotz aller Schilderungen der Bewohner dieses Landes weiß niemand so recht, welche Straße für das fränkische Heer besser wäre. Wenn wir die Stadt verlassen, werden uns tausend Augen beobachten, denn Sultan Arslan und seine Emire sehen nicht untätig zu, wenn wir Christen sie ihrer Herrschaft berauben. Es ist verwunderlich: Obwohl so viele von uns starben und von Krankheiten und Wunden heimgesucht wurden, scheint das Heer der Ritter, ihres Gefolges und des Trosses nicht kleiner geworden zu sein. Bischöfe und Priester sagen es, und jedermann glaubt es: Der Herr hat immerzu Seine schützende Hand über uns gehalten. Auch haben wir wieder genügend Pferde, Maultiere und Esel, Ochsen und anderes Vieh. Die Fürsten drängen, denn jedermann ahnt, dass Herbst und Winter in diesem Land furchtbare Ernte halten werden.

Der Tag erschien Rutgar unnatürlich ruhig zu sein. Berenger und andere Kundschafter, die ebenso wie einige Dutzend Ritter die Umgebung der Stadt sicherten, hatten berichtet, dass die Straße nach Kaisareia freigekämpft sei. Von dieser Stadt zog sich die uralte Heeresstraße über das Gebirge nach Germanikeia und durch den Amanos-Pass in die Ebene hinab, in der Antiochia lag. Weil sie durch ein Land führte, das armenische Vasallen des Basileus bewohnten, würde sich Tatikios für diesen Weg entscheiden, hatte Berenger gesagt.

Stadtbewohner und Pilger schienen erschöpft und schweigend ihren Arbeiten nachzugehen. Durch das Fenster drangen Sonnenlicht und Vogelgezwitscher. Rutgar sah zu, wie die Tinte seiner kleinen Buchstaben trocknete; in den Stunden, wenn der Strom der Wanderer in einer christlichen Stadt innehielt, vergaß er Heimweh, Angst und Furcht vor Sünden, deren Verwerflichkeit er nicht erkannte. Er las das Geschriebene durch, verschloss sorgfältig das Tintenkrüglein und faltete nachdenklich das Blatt zusammen.

Am 14. Tag des Herbstmonds schob sich das Hauptheer auf der Straße nach Nordosten auf Kaisareia zu. Ein kleinerer Teil hatte sich auf halbem Weg abgesetzt: Tancred von Tarent und eine kleine Truppe von einhundert Rittern und zweihundert Fußsoldaten, italischen Normannen, einerseits und zum anderen Gottfrieds Bruder Balduin mit seinem Kaplan Fulcher von Chartres sowie Balduin von Le Bourg mit fünfhundert berittenen Lothringern und Flamen, dazu zweitausend Fußkämpfern, waren auf getrennten Wegen nach Süden aufgebrochen, auf Tarsus zu. Berengers Späher, gemeinsam mit berittenen Armeniern, streiften abseits der Straße nach einem Dorf durch Wald und über Lichtungen. Als Berenger vom Hügelpfad aus die Straße nach Tarsus und die Spuren der Fußsoldaten sehen konnte, wandte er sich im Sattel um.

»Sie sind selbst daran schuld, wenn wir sie niemals wiedersehen«, sagte er zu Rutgar. »Es ist die Uneinigkeit der Fürsten, die sie umbringen wird.«

»Ich habe zuerst geglaubt, Bohemund würde sich ebenfalls absetzen«, antwortete Rutgar und klaubte ein paar Kletten aus der Mähne seines Rappen. Das Pferd prustete, stellte die Ohren auf und streckte den Hals. »Die Fürsten gehorchen Herzog Gottfried von Bouillon nicht. Es würde mich nicht wundern, wenn bei der nächsten Schlacht die Seldschuken unsere Leute hinmetzeln.«

»Vielleicht helfen die Armenier deinen Franken. Aber wir sind die Söldner des Generals. Weiter!«

Die kleine Gruppe Reiter, auf satten und ausgeruhten Pferden und hinreichend bewaffnet, kletterte auf dem Ziegenpfad weiter hügelan. Milane kreisten über den Wipfeln von Krüppelkiefern. Jeder Reiter hielt unentwegt Ausschau nach Zeichen von versteckten Seldschuken oder Danischmenden; es war wie stets seit dem Beginn der langen Reise. Rutgars Traum von den hundert Tagen kam ihm in den Sinn, und dann dachte er an die hagelartigen Pfeilwolken. Ohne Eile ritten die Späher über Schafweiden und abgeerntete Felder, vorbei an Dörfchen, die halb versteckt unter mächtigen Bäumen und zwischen Felsen dahindämmerten.

Bauern auf den Feldern, einige Schäfer, Holzsammler in den Wäldchen und Männer im Steinbruch – von ihnen erfuhren die Späher, dass sich bei dem Dorf Augustopolis viele Tausend Seldschuken versteckten und das Heer der Fremden erwarteten. Als hinter den Hügeln der Rauch einiger Herdfeuer zu sehen war, schickte Berenger in kurzen Abständen Boten hinunter zur Straße. Sie würden Gottfried und seine Ritter warnen; die Franken mussten genug Zeit finden, sich gegen den Angriff aus zahlreichen Hinterhalten wappnen zu können. Ein Späher entdeckte die Fahnen und Feldzeichen des Emirs Hassan und meldete dies Tatikios, der das Heer in mehrere Gruppen teilte und unbemerkt zu den Weilern und Einödhöfen bei Augustopolis führte. Als die Ritter der Seldschuken ansichtig wurden, ließen sie zum Angriff blasen.

Binnen weniger Stunden, nach kurzen und blutigen Kämpfen, waren die Muslime in die Flucht geschlagen. Wieder bestand die Beute aus Pferden, Waffen und Proviant, aus Münzen und Sklaven. Der General belohnte einen reichen armenischen Herrn mit der Verwaltung dieser kleinen, neu erkämpften kaiserlichen Lehen. Das Heer zog unaufhaltsam trotz vieler Überfälle weiter, Tag um Tag, ohne große Verluste, gut versorgt von den Armeniern, durch das wasserreiche Land, dessen hoch aufragende Felsenkegel aus weichem Gestein die Pilger erstaunten, und erreichte am 26. Tag des Herbstmonds die Stadt Kaisareia.

Sie war, nachdem armenische Fürsten immer wieder die Seldschuken angriffen und zu vertreiben versuchten, von den Muslimen verlassen worden und empfing die christlichen Fremden voller Erstaunen, aber mit offenen Armen. Drei Tage und Nächte rasteten die Pilgerschar und der Tross, der stattlich gewachsen war. Im Südosten, hinter den Hügeln, zeigte sich die Mauer eines Gebirges aus schneeigem Weiß und schwarzen Schattenzacken, das unüberwindlich schien; davor lagen als letzte Rast die Städte Placentia und Koxon.

Als die Spitzen des Heeres sich Placentia näherten, waren sie von den Kundschaftern gewarnt worden. Die reiche armenische Stadt wurde vom Emir der Danischmenden belagert. Bohemund und seine Vasallen griffen unverzüglich an, sobald sie der Belagerer ansichtig wurden. Die Danischmenden flüchteten in hellen Scharen, aber Bohemund verfolgte sie, bis die Pferde der Ritter erschöpft waren. Die Stadtbewohner empfingen die Retter begeistert mit weit offenen Toren und ausgestreckten Armen und baten sie, General Tatikios aufzufordern, einen christlichen Statthalter zu ernennen.

Tatikios wählte den provençalischen Ritter Peter de Aulps, der sich einst dem Zug von Robert Guiscard, Bohemunds Vater, nach Konstantinopel angeschlossen hatte und in die Dienste des Basileus getreten war. Tatikios rechnete mit Streit, aber die christlichen Ritter hielten den Treueschwur, den sie Alexios geleistet hatten.

Von Placentia wälzte sich der Heerwurm der bewaffneten Wallfahrer nach Koxon und legte eine Rast von drei Tagen ein; in den Nächten verblasste die Lichterscheinung, und schließlich verschwand der Komet, der zwanzig Nächte lang das Heer vom Firmament herunter bedroht hatte, mit erschreckender Plötzlichkeit.

Ein neues Gerücht erschreckte und erfreute die Heeresführer. Man munkelte, Händler und Boten hätten berichtet, dass die große muslimische Besatzung die Stadt Antiochia verlassen habe. Raimund von Toulouse wählte fünfhundert Ritter und als deren Anführer Ritter Peter von Castillon aus. Sie erhielten den Befehl, zum Fluss Orontes vorzustoßen und Antiochia für den Papst und den Basileus in Besitz zu nehmen. Unverzüglich lösten sie sich vom Heer und folgten dem Befehl. Die Anführer gönnten sich und allen Pilgern die Ruhe und Erholung, denn vor ihnen erhob sich das Gebirge, das sie durchqueren mussten.

Der Herbstmond endete, es begann der Marsch in den Weinmond, und mit ihm kamen, am Tag des Heiligen Remigius, die schweren grauen Wolken aus Sonnenuntergang.

Kapitel XXIV

A. D. 1097, 12. Tag im Weinmond (Oktober),
um Mitternacht
Schluchten des Antitaurus

»Da erzitterte die Erde, der Himmel troff,
und die Wolken troffen von Wasser.
Die Berge ergossen sich vor dem Herrn . . .«
(Ri 5,5)

Vor einer Stunde hatte der peitschende Regen aufgehört. Von jedem Blatt, von allen Zweigen schlugen schwere Tropfen auf die Pilger und ihre Tiere und rannen an den Felswänden herunter. Hoch über Rutgar lösten sich inmitten triefenden Wurzelwerks kopfgroße Steine und polterten, gefolgt von Wassergüssen und Schlamm, auf den Sims herab. Rutgar hob den Schild, fasste den Zügel fester und drängte sein scheuendes Pferd ein paar Schritte zurück; hinter dem erschreckt auskeilenden Tier und vor ihm prasselte der nasse Bergrutsch herunter und machte den Pfad halb unpassierbar. Zwischen den Berggipfeln hing dunkelgrauer Nebel, der jeden Laut verschluckte.

»Langsam, ganz ruhig«, sagte er und richtete seine Blicke nach oben. »Wir werden nicht abstürzen, mein Guter.«

Drei Tage hatte der Zug von Kaisareia nach Koxon gebraucht. Die alte Heerstraße war jenseits von Koxon nach und nach in Dutzende schmaler Pfade zerfasert, die sich an den Hängen entlangwanden, steil aufwärts und ebenso steil abwärts. Der Fels war rutschig, jeder Schritt ein tückisches Abenteuer. Schwer beladene Saumtiere stürzten in die Schluchten und rissen ihre Führer und andere Tiere mit. Nicht ein einziger Ritter saß im Sattel, sondern zerrte sein Ross hinter sich her. Der Pilgerstrom hatte sich in tausend Rinnsale verwandelt. Menschen und Tiere konnten nur hintereinandergehen und tasteten sich seit endlosen Tagen durch das Gebirge. Nicht ein einziger Sonnenstrahl verirrte sich in die Schluchten und Klüfte. Die Karren waren, so gut es ging, in einzelne Teile zerlegt worden, die über die schmalen Pfade gezerrt wurden. Jeder Pilger, bis auf die Haut durchnässt, schleppte schwitzend und hustend nasse, schwere Lasten.

Rutgars Stiefel versanken ebenso wie die Hufe seines Rappen tief im Schlamm und Geröll. Nach fünf Dutzend Schritten blickte er sich um: Berenger und Chersala waren unversehrt. Lasten, Lanzen und Schilde scharrten gegen die Felswand. Nur an wenigen Stellen war der Pfad breit genug, um kurz stehen bleiben zu können. Meist klaffte neben dem Pfad der nasse Abgrund.

Die Pfade beschrieben entlang der Abstürze unzählige Windungen, sodass die Ritter und Pilger zusehen und hören mussten, wenn auf der anderen Seite der Schlucht ein Tier oder ein Pilger schreiend und mit wirbelnden Gliedmaßen zu Tode stürzte. In der Tiefe vieler Schluchten rauschten schäumende Bäche über mannsgroße Felsen und Steinbrocken, zwischen denen die Körper zerschmettert wurden. Und der Regen strömte ohne Unterlass aus den Wolken. Auf den Rastplätzen verkauften manche Lehensmänner ihre Kettenhemden und ihre Waffen, weil sie, entkräftet und durchnässt, frierend und hungrig, die Last nicht mehr zu schleppen vermochten.

Rutgar und Chersala hockten zwischen ihren Pferden unter einem überhängenden Felsen, über den einige große Äste ihre triefenden Blätter wölbten. Am Stein rann in fingerbreiten Rinnsalen schmutziges Wasser herunter. Der Rauch der Fackel fing sich unter der schrägen Decke. In zwei, drei Stunden würde mit trübem Licht der Tag beginnen.

Rutgar schreckte hoch, als schwache Huftritte und das Murmeln einiger Stimmen an sein Ohr drangen. Er zog sich am Hals des Pferdes in die Höhe und blieb am Rand des Pfades stehen. Im zuckenden Halbdunkel sah er eine Gestalt, die einen Esel am Halfter zog und ein Sturmlicht trug, und eine zweite, die sich am Sattel des Grautiers festhielt. Die Gruppe schob sich langsam an ihm vorbei; das Murmeln riss ab, und beide Männer erschraken, als Rutgar neben ihnen aus dem Dunkel hervorkam.

Im gleichen Augenblick erkannte Rutgar unter der tropfnassen Kapuze den Einsiedel. Kukupetros, Peter von Amiens. Sie starrten einander an, die Gestalt am Kopf des Esels blieb stehen. Peter hob den Kopf und sagte leise: »Jean-Rutgar! Mein treuer Wächter! Ich war überzeugt, dass dich der Herr längst in sein Reich aufgenommen hat.«

Rutgar schüttelte den Kopf und antwortete:

»Ich lebe. Ich habe dich ein paarmal von fern gesehen.« Er deutete auf den anderen, der einfache Bauernkleider trug. »Dein neuer Beschützer?«

»Peter Bartholomäus«, erwiderte Peter. »Wir haben uns zusammengetan, um nach Jerusalem zu gelangen. Ich bin schon lang kein Führer von Gläubigen mehr, Rutgar.«

Der Esel – ein junges Tier, wie Rutgar feststellte, und er erinnerte sich daran, wie er den Eremiten auf dem Marsch nach Ikonion zu Fuß gesehen hatte, nachdem sein treues Reittier verendet war – schüttelte den Kopf und nässte die Gesichter der Männer mit Regenwasser. Rutgar hob die blakende Fackel und leuchtete in Peters bärtiges, zerfurchtes Gesicht. Das Feuer in den Augen des Predigers schien erloschen zu sein.

Bartholomäus, Peters Begleiter, sagte unwillig: »Wir müssen weiter, solange wir noch ein wenig Licht haben. Dort vorn soll es warmen Sud und Brot geben.«

Rutgar hob die Hand. Beim Anblick dieses Paares, das einander so ähnlich war, war ihm endgültig bewusst geworden, dass die Veränderung, die in ihm selbst vorgegangen war, die unzählbar vielen Tausend Schritte mit Peter, in ferner Vergangenheit, bedeutungslos hatte werden lassen. Bartholomäus ruckte am Führungsseil des Esels, Peter von Amiens wandte sich ab und zog die Kapuze tief in die Stirn. Rutgar trat einen Schritt zurück und brachte die Flämmchen der Fackel in Sicherheit.

»Geht mit Gott«, sagte er leise. »Euer Weg sei gesegnet. Jerusalem ist ferner, als wir glauben. Viele werden es nicht erreichen.«

Peters Antwort kam, durch die Kutte und den Regen gedämpft, zurück:

»Aber ihre frommen, tapferen Seelen werden zum Himmel auffahren, Ritter Rutgar.«

Der Eremit griff nach dem Sattel und stolperte, als der Esel, aus dessen Mähne und Schwanz das Wasser tropfte, den Kopf senkte und weitertrippelte. Rutgar zog sich in den Schutz des Felsüberhangs zurück und sah, als er sich auf den Steinbrocken setzte, dass Chersala schlief, den Rücken an den Bauch des Rappen gelehnt.

Nachts versuchten die Wandernden meist vergeblich, Feuer oder Fackeln anzuzünden; nur die Kundschafter des Generals, die ihre Fackeln in Säcken aus geöltem Leder trugen, schafften es manchmal, Feuer zu schlagen. Zwischen den Felshängen kreischten die Todesschreie der Stürzenden, die in der Finsternis gestolpert waren, zusammen mit dem Poltern berstenden Gesteins als Echos hin und her. Die gemurmelten Gebete und die zaghaften Lieder der Verzweifelten und Kranken erfüllten die Schluchten mit schauerlichem Gesumm.

Inzwischen waren einige Hundert Menschen zu Tode gestürzt oder an Entkräftung gestorben. Alles, was aus Eisen war, begann unterschiedlich stark zu rosten, sogar Schwertklingen in den Scheiden. In den Linien der Kletternden schwankten nur wenige Lichter; selbst die Frömmsten begannen das Gebirge zu verfluchen und ihr Schicksal zu beklagen. Rutgar und Chersala hatten einander geschworen, zusammenzubleiben und keinen unbedachten Schritt zu tun. Die Truppe des Generals überlebte mit geringen Verlusten die Schinderei, indem sich nachts kleine Gruppen Reiter und Pferde in Felsnischen und winzigen Lichtungen zusammendrängten und es bisweilen schafften, Suppe oder Kräutersud zu erhitzen oder gar zu kochen. Die Feuer, deren Rauch ätzend durch die Nächte zog, brannten unter Zeltleinwänden in großen Kesseln oder seltsamen Bauwerken aus Steinen und Felsplatten.

Am 17. Tag des Weinmonds wichen die tief treibenden dunklen Wolken, die Schluchten wandelten sich zu grasbewachsenen Hängen. Wenig später verbreiterten sich die Pfade und mündeten, wie Bäche in einen Fluss, im Lauf einiger Wegstunden wieder zur Straße, die über sanfte Hügelflanken ins Tal führte. Für wenige Atemzüge breitete sich vor den Augen der Pilger eine Ebene aus, an deren Ende sich die Stadt Germanikeia wie die Verheißung des irdischen Paradieses zeigte.

Die Wolken rissen auf, der Regen plagte die Pilger nicht mehr länger, und die Sonnenhitze eines neuen Tages verwandelte die Welt in eine gewaltige Wolke aus Dampf und Nebel, in der niemand weiter sehen konnte als drei Schritte. Von jedem Stück unbedeckter Haut tropfte Wasser, ebenso aus Mähnen und Fell der Reittiere. Die Kundschafter versammelten sich, stolpernd und auf Zurufe und Flüche achtend, um die triefenden Fahnen von General Tatikios.

Die Sonne des späten Vormittags, zuerst nur als weiß glühende Scheibe im Nebel zu sehen, löste den Nebel auf und zeigte den Pilgern eine Gruppe Ritter, die von Germanikeia kamen und auf die Spitze des eigenen Heeres zutrabten. Rutgar erkannte mit Mühe die Fahne, die Peter von Castillon auf seinem Erkundungsritt mitgeführt hatte.

Während sich die Pilgerschar zu erholen versuchte und die Kranken versorgte, während man die Namen der Verschwundenen festzustellen begann und die erschöpften Wanderer in kleinen Abteilungen nach Germanikeia wankten, erfuhren die Heerführer, dass die Kundschafter in einer Burg am Orontes, besetzt von abgefallenen armenischen Christen, gehört hatten, dass die Sarazenen den Angriff auf Antiochia vorausahnten und Verstärkung aus allen Richtungen zur Stadt unterwegs war.

Berenger führte sein Pferd heran und begann den Sattelgurt zu lösen. Er musterte Chersala und Rutgar, nickte schwer und sagte:

»Fürst Thatul, ein armenischer Fürst, kam vor Jahren aus Konstantinopel. Er ist rechtgläubiger Christ und dem Basileus treu. Es wird uns allen gut gehen in seiner Stadt.«

Chersala zog die Trense aus dem Maul ihres Pferdes und antwortete: »Es heißt, dass um die viertausend Pilger im Gebirge gestorben seien.« Sie deutete auf die Berge, die im vollen Sonnenlicht im Rücken des Pilgerzugs als unbesiegbarer Wall prunkten. »Sie zählen und zählen, aber jede Zählung ergibt, dass mehr Kinder, Frauen und Männer, Knechte und Ritter fehlen.«

»So viele haben die Seldschuken bisher nicht mit ihren Pfeilen und Krummschwertern töten können«, sagte Berenger heiser. Er deutete zur Stadt. »Kommt! Dort warten trockene Quartiere und gutes Essen.«

Die Kundschafter führten ihre Pferde und Saumtiere, die mit hängenden Köpfen folgten, am lockeren Zügel. Auf dem Weg zur Stadt erfuhren die Pilger, dass Godehilde, die Gemahlin Balduins von Boulogne, todkrank auf einer Trage und später auf einem der wenigen Karren, die jene furchtbare Gebirgsüberquerung überstanden hatten, nach Germanikeia gebracht worden sei; auch ihre Kinder litten unter Husten, Fieber und Auszehrung.

Wieder lagerten die Franken innerhalb der Stadtmauern und im Kreis um die Stadt, und in ihrer Schwäche und Erschöpfung nahmen sie dankbar und verwundert wahr, dass die Stadtbewohner sie mit allem, worüber sie verfügten, geradezu verwöhnten.

An Bruder Odo und Bruder Rasso zu Cluny im Clunisois bei Mâcon in Frankreich schreibt Jean-Rutgar aus Les-Baux:

Viel Seltsames haben die Ritter berichtet, die Herrn Peter von Castillon, Tancred von Tarent und Balduin von Bouillon begleiteten. Die Muslime sammeln sich in Antiochia und verwandeln die Stadt in eine Festung, gegen die alle Heere der »Ungläubigen« vergeblich anrennen und vor deren Mauern sie verbluten und verhungern sollen. Die Hoffnung, dass die Muslime auch Antiochia kampflos übergeben, ist also dahin, aber kein Ritter fürchtet sich, denn Gott ist mit ihnen.

Herr Balduin von Boulogne, der mit seinen Lehensleuten und einigen Dutzend Soldaten, die von den Piratenschiffen kommen, zum Hauptheer zurückgekehrt ist und um das Leben seiner Gemahlin bangt, kämpfte sich zum kilikischen Pass und kämpfend von Dorf zu Dorf und folgte dem Normannen Tancred, der auf Tarsus zuritt und die Stadt am 21. Tag des Herbstmonds erreichte. Dorther, dem Geburtsort des Apostels Paulus, wo er lange gewohnt und gepredigt hatte, kamen in Scharen Seldschuken des Sultans und stellten sich zum Kampf gegen die Unsrigen vor den Mauern. Aber Tancred, der entschlossen war, ein reiches Lehen zu erobern, drang mit dreihundert Kriegern todesmutig auf die Muslime ein, schlug sie in die

Flucht, und sie zogen sich in die Stadt zurück. Tancred aber hatte Boten zu Bohemund gesandt und um Hilfe beim Kampf gebeten.

Tancreds Vetter Balduin von Bouillon, der drei Tage später zu Tancred stieß, wollte von ihm, dass er sich die kostbare Beute mit ihm teile, aber Tancred weigerte sich, obwohl Balduin fünfmal so viele Ritter und Fußkämpfer mit sich führte. Man berichtete uns, dass es ernsthaften Streit gegeben habe, der am nächsten Morgen durch Vermittlung der Besonnenen aber hinfällig war. Wieder fügte es der Herr, dass sich nachts die Seldschuken heimlich aus Tarsus hinausschlichen und flüchteten, denn sie hatten die Übermacht der Unserigen gesehen. Die armenischen Bewohner kamen in Scharen, um die fränkischen Ritter zu begrüßen.

Wahrscheinlich betrachtete Guibert von Nogent die Geschehnisse der vergangenen Wochen mit gebührendem Abstand, mit der Schärfe seines Verstandes und in der Sicherheit des Glaubens anders als Rutgar; Rutgar hätte gern gelesen, was Guibert schrieb. Er hob müde den Kopf und sah sich um. In Umkreis des kleinen Gutshofs weideten die Pferde zwischen Schafen und Ziegen. An Seilen trocknete Kleidung, die armenische Frauen geflickt und gewaschen hatten, Sättel lagen umgedreht in der Sonne, über einem Dutzend großer Feuer hingen Kochkessel. Tatikios' Kriegsknechte putzten Waffen und pflegten ihr Lederzeug, während drüben im Lager der Ritter, zwischen trocknenden, stinkenden Zelten, Totenmessen gelesen und für die Kranken gebetet wurde. Es schien abermals, als ob plötzlich viele Tausende Menschen ihr rastloses Vorwärtsstreben vergessen hätten und, halb trunken und erschöpft, jeden Sonnenstrahl auffangen wollten.

Selbst das Pergament dünstete sauren Geruch aus. Rutgar rückte das Schreibbrett in den Schatten und spitzte die Feder, um weiterzuschreiben.

Die Stadtbewohner wollten aber weder von Konstantinopel noch vom Sultan regiert werden. Als die Seldschuken aus Tarsus geflohen waren, wünschten die Bewohner, dass Tancred ihr neuer Herr würde. Als Balduin die reiche Stadt plündern und brandschatzen wollte, verbot es ihm Tancred, obwohl sein Heer das kleinere war. Balduin vertrieb ihn aber aus Tarsus, und als die dreihundert Normannen, die Tancred zur Hilfe gerufen hatte, vor den Stadttoren erschienen, verbot Balduin ihnen, in die Stadt zu reiten. Aber seine eigenen Leute ließen in Körben Essen und Wein zu den Rittern hinunter.

In der folgenden Nacht kamen die vertriebenen Seldschuken wieder, fanden die Tore verschlossen und griffen mit großer Übermacht die tapferen Normannen an und metzelten jeden der dreihundert Ritter nieder. Als die Lehnsleute Balduins am Morgen des Grauens gewahr wurden, beschuldigten sie ihn, den Tod der tapferen Christen nicht verhindert zu haben; vor ihrer Wut flüchtete Balduin in einen sicheren Turm.

Aber nun kamen fremde Schiffe in den Hafen von Tarsus. Guynemer von Boulogne, ein reicher Pirat, befehligte die Mannschaft aus Dänen, Flamen und Friesen. Er erkannte, dass Balduin der Sohn seines einstigen Landesherren war, und schloss sich ihm ohne Zögern an.

Balduin ließ eine starke Besatzung mit Guynemer als Befehlshaber in Tarsus zurück, nahm einige Dutzend Piraten in seine Gefolgschaft auf und ritt nach Osten, auf Mamistra zu. Er wusste aber nicht, dass Tancred zuerst nach Adana, dann nach Mamistra gezogen war, was ihm Fürst Oschin von Lampron, ein Fürst aus diesem Land, geraten hatte. Aber als Balduin dort angelangt war, musste er erkennen, dass Tancred mit Hilfe des Ritters Welf, eines Manns Balduins, die Stadt schon besetzt hatte und nun den Herrn Balduin nicht hineinließ. Tancreds Ritter forderten ihren Herrn auf, Balduin für den Verlust der dreihundert erschlagenen Normannen zu bestrafen, aber als sie Balduins Truppen angriffen, schlug er sie blutig zurück. Daraufhin mussten sich Tancred und Balduin abermals versöhnen.

Als aber ein Bote, von Gottfried von Bouillon ausgesandt, Balduin die Nachricht von der schweren Krankheit seiner Gemahlin überbrachte, ritten er und seine Gefolgsleute hierher nach Germanikeia, und nun sitzt er, wie man mir sagte, neben seinen todkranken Kindern am Sterbebett von Frau Godehilde. Von Berenger weiß ich, dass wir am 16. Tag dieses Monats wieder aufbrechen werden, und Berenger weiß es von General Tatikios.

Rutgar kramte in dem Haufen, der auf einer trockenen Decke lag; auch der Ledersack trocknete, nach außen gekehrt, noch in der Sonne. Er zählte die Kerben in seinem Holzstäbchen und rechnete. Es waren schon mehr als hundert Tage, doch er war sich nicht sicher, ob die Zählung wirklich stimmte. Sollte er weiterschreiben? Welches Wissen brauchte Herr Neidhart? Dass die einfachen Knechte und viele Pilger dem General und dessen Kundschaftern misstrauten? Dass sie die Ortskundigen anklagten, sie über unbegehbare Pfade geführt zu haben? Dass sie nicht verstanden, dass nach mehr als zwanzig Jahren Kämpfen, Krieg und jährlich wechselnder Herrschaft selbst steinerne Brücken, Straßen und Furten zerstört waren? Dass der Basileus hinter dem christlichen Heer mit seiner Flotte, die Johannes Dukas und Admiral Kaspax anführten, versuchte, jede Eroberung der Christen für seine Herrschaft zu festigen, war gerade noch, außer Tatikios, Bischof Adhemar und Gottfried von Bouillon bekannt.

Rutgar schüttelte den Kopf und stöpselte das Tintenkrüglein zu. Schritte näherten sich; Berenger und Chersala. Sie setzten sich zu Rutgar auf die sonnenheiße Bank und betrachteten die schwarzen Zeichen auf dem Pergament, dessen Enden sich einzurollen begannen.

Rutgar blickte in ihre Gesichter, die trotz der Bräune, des Bades und des Duftöls von den Anstrengungen der letzten Zeit gezeichnet waren.

»Nütze jede Stunde, Ritterlein«, sagte Berenger. Aber in diesem Wort lag keine Herablassung mehr, kein Hauch der Überlegenheit, sondern Anerkennung. Er deutete auf die weidenden Reittiere. »Bald reiten wir weiter. Macht's wie unsere Pferde. Esst, trinkt und schlaft ... zusammen.« Er lächelte Chersala an. »Antiochia ist nahe. Aber Jerusalem ist weit.«

Rutgar wickelte das Pergament zusammen. Es war völlig trocken. Er legte den Kopf in den Nacken, rollte mit den Schultern und stöhnte, dann sagte er leise: »Ja. Allzu weit. Und jetzt gibt es endgültig kein Zurück mehr, Liebste.«

Berenger blinzelte. Um seine Augen lagen schwarze Schatten. Er hielt den Atem an, legte die Hand hinter das Ohr und lauschte dem Lärm, der sich im Lager Gottfrieds erhob. Nach einer Weile sagte er:

»Godehilde, die Gattin Balduins von Boulogne, ist gestorben. Jetzt ist er wieder arm, denn es gibt keine Erbschaft von seinen Schwiegereltern.«

Rutgar zuckte mit den Schultern und machte eine wegwerfende Handbewegung.

»Die langen Ritte und die Kämpfe haben ihm nichts genutzt, nichts eingebracht.« Er nickte zum Zeltlager hinüber. »Ich habe gehört, dass viele Ritter bis zum Frühling hier ausruhen und auf ein neues Heer aus Frankreich warten wollen.«

»Nichts da, im Namen des Herrn, hat Graf Raimund gerufen«, antwortete Berenger und grinste. »Gott half uns bei Nikaia, und er wird auch die Mauern Antiochias umstürzen. Überdies, hat er gesagt, ist die Stadt nur ein paar Tagesritte entfernt.«

»Also steigen wir übermorgen wieder in den Sattel«, sagte Chersala. Sie hob die Hände und starrte die schmutzigen, zersplitterten Fingernägel an. »Auf nach Antiochia!«

Noch bevor der Feldzug im Morgengrauen weiterging, erfuhren die Pilger, dass auch die Kinder Balduins und Godehildes der Erschöpfung und der würgenden Krankheit erlegen waren.

Zwei Dutzend Späher und Kundschafter, von zwei jungen armenischen Landeskundigen begleitet, ritten in der Mitte der leidlich breiten Straße. Sieben Reiter verteilten sich rechts und links, abseits des Weges und schräg voraus; sie würden vor einem Hinterhalt warnen. Alle Kundschafter trugen ihre Helme, Kettenhemden, eisenverstärkten Panzerjacken und sämtliche Waffen.

Chersala drängte ihr Pferd zwischen Berenger und Rutgar. »Wisst ihr etwas über Antiochia, was ich noch nicht weiß?«

Rutgar lauschte der Frage nach und dachte verwundert: Sie ist einen beschwerlichen Weg gegangen, von Drakon bis hierher, und sie hat mehr gelernt als ich. Reiten, Kämpfen, Überleben in Durst und unendlicher Mühsal und anderes, Wichtiges: fremde Sprachen und Länder, Sitten und die Absonderlichkeiten der Menschen. Sie ist stärker als ich. All die Entbehrungen haben sie schöner und reifer werden lassen. In ihren Träumen und Gedanken, ebenso wie in Rutgars, wuchs Antiochia zu absonderlicher Größe, goldener Pracht und schwarzer, tödlicher Bedrohung.

Berenger antwortete bereitwillig: »Man nennt Antiochia die Perle am Orontes, einst die drittgrößte Stadt der bekannten Welt. Fünfundsiebzig Jahrzehnte alt. Nur einen scharfen Tagesritt vom Meer entfernt. Dort finden wir die Hafenstadt Sankt Simeon. Tutusch, Sultan Malik Shahs Bruder, sollte die Seldschuken gegen andere Muslime, die Fatimiden, verteidigen und war erfolgreich, bis der Turkmene Yaghi-Siyan zum Statthalter in Antiochia gemacht wurde. Tutuschs Söhne Duqaq und Radwan eroberten Damaskus und Aleppo. Namen, die wenig bedeuten.«

Er sah weder Chersala noch Rutgar an; seine Blicke suchten die Hänge abseits der Straße ab.

»Denn ist es nicht der«, fuhr er fort, »wird's bald ein anderer. Die Muslime sind untereinander meist uneins, und das macht sie zu schwachen Gegnern. Vor etlichen Tagen hat Yaghi-Siyan alle Priester und alle Christen, die kämpfen können, aus der Stadt vertrieben – unsere besten Verbündeten.«

Aufregung herrschte entlang des vorrückenden Zugs. Vertriebene Christen, die einen Unterschlupf suchten, jubelten dem Heer zu und berichteten, wie der Emir in Antiochia hauste. Tatikios' Späher sammelten alle Nachrichten und wussten bald, dass die Belagerung schwierig werden würde. Denn nicht alle Tore konnten von den Belagerern bewacht und versperrt werden. Und durch diese Schlupflöcher konnten Seldschuken aus Aleppo, Damaskus, Mosul und Edessa zur Verteidigung in die Stadt geholt werden, mit Waffen, Ausrüstung und Proviant. Die Namen der Städte sagten Rutgar wenig, weniger noch als die Namen der Grafen, Fürsten und Ritter, die in den Heeren ritten und stritten.

»Vierzehntausend Schritte sollen die Mauern lang sein«, sagte Rutgar zweifelnd. »Aus braunen Quadern, und sehr hoch. Ist das so?«

»Vierhundert Wachtürme, im Abstand eines Pfeilschusses.« Berenger nickte knapp. »Yaghi muss andere Emire um Hilfe bitten. Längst sind Boten unterwegs. Er weiß, dass wir kommen.«

Vor ihnen ertönten Pfiffe, die schrillen Signale eines Spähers. Atemzüge später ertönte Hufschlag, dann galoppierte von Süden ein Reiter der Vorhut heran, einer der Männer, die sich abseits der Straße der Stadt genähert hatten. Er zügelte sein schäumendes Pferd vor Rutgar und grüßte Berenger.

»Seldschuken aus Antiochia haben in den Dörfern ringsum die Christen verfolgt«, stieß der Mann hervor. »Die Dörfler wissen, dass wir kommen, und haben viele muslimische Besatzungen erschlagen und erdolcht.«

Berenger lenkte seinen Rappen mit Schenkeldruck zur Seite und sagte drängend: »Reite zum Heer, zum General. Sag ihm, was du uns berichtet hast. Die fränkischen Heerführer werden es auch wissen wollen. Es ist unnötig, deinen Gaul zu schinden, Mann!«

Der Späher nickte und trabte an. Die Straßen aus Aleppo und Germanikeia vereinigten sich östlich Antiochias bei einer Brücke über den Orontes. *Pons ferri*, »Eiserne Brücke«, nannten die Schriftkundigen diese Brücke, die keineswegs aus Eisen bestand, denn ihr eigentlicher Name war *Pons farreus*, nach dem zweiten Namen des Orontes. Dies und dass sie von zwei Wachttürmen voller Bogenschützen geschützt wurde, wusste man von den Ortskundigen. Als einige Stunden später der nächste Späher von der kleinen Stadt Artah berichtete, wo die Christen ebenfalls ihre muslimische Besatzung umgebracht hatten, sammelte Robert von Flandern seine Männer um sich und ritt dorthin.

Entlang des linken Ufers des Al-Assi, des »rebellischen Flusses«, Orontes oder Farreus in der Sprache der Rhomäer, mehr als drei Stunden lang, waren die Vorhut und Tatikios, gefolgt von Robert von der Normandie mit dreitausend Kämpfern, unbehelligt nach Süden geritten. Wo die Ebene endete, am Ufer des Antiochia-Sees, begann der Blick auf den Berg, den die Muslime Habib an-Naijar nannten.

Etliche Zeit nach Mittag, am 20. Tag des Weinmonds, erreichte das Heer jenes Stück der Straße, von der aus uralte, mächtige Wachttürme und die Brücke und jenseits des Flusses die große Hauptstadt von Syria zu sehen waren. Der Fluss schäumte und gurgelte von Nordost nach Südwest vor den hohen Mauern der Stadt, die an der Grenze der Ebene auf einem niedrigen Hügel aus Buschwerk, Wald und Gras, Felsen und Gärten an einem breit dahingelagerten Bergrücken, dem Berg Silpius, erbaut war; Mauern und Befestigungen aus Haustein und vermörtelten Ziegeln reichten bis zu einer großen

Burg auf dessen Gipfel. Die Truppe des Generals sammelte sich im Norden der Eisernen Brücke, oberhalb des Sumpfes, und Rutgar sowie Chersala beteiligten sich am Aufbau eines flüchtigen Lagers.

»Wahrlich, das ist nicht Nikaia«, sagte Rutgar, nachdem er die gewaltige ummauerte Stadt mit ihren unzählbar vielen Häusern und Türmen schweigend und lange gemustert hatte. Die Mauern ragten nicht weiter als eine halbe Stunde Ritts entfernt auf. Vor den Mauern erstreckte sich ein tiefer Graben, aus dem vor kurzer Zeit alle Gewächse und jeder Unrat entfernt worden waren; eine hässliche Narbe im Grün, das zu zwei Dritteln die Stadt umschloss. »Wir werden sie lange belagern müssen. Monate, vielleicht Jahre!«

»Der Emir der Heiden weiß, wie viele wir sind. Und alle muslimischen Städte schicken ihm Truppen. Bald werden wir umzingelt sein.« Chersala hängte den Helm an den Sattelknauf und strich das Haar aus der Stirn. Sie zeigte auf das nächste Tor. »Dieses Mal rennen die Seldschuken nicht vor uns davon.«

»Davon sind auch unsere Heerführer überzeugt.«

Die Spione hatten berichtet, dass ungefähr vierzigtausend Menschen innerhalb der Mauern lebten. Der General und seine Unterführer wussten, wie die Seldschuken die Brücke und die Stadttore verteidigten. Ein Befehl von Tatikios ließ zwei Dutzend Reiter losgaloppieren; die ausgesuchten Bogenschützen sollten den Fürsten helfen.

Während der Tross unter Chersalas wachsamen Augen die Karren ablud und die Pferde versorgte, beobachtete Rutgar, was an der Straße und dem Flussübergang geschah. Adhemar von Le Puy stand in den Steigbügeln, deutete mit dem blanken Schwert zum Himmel und feuerte seine Ritter an. Die Ritter Herzog Roberts trabten schon vor dem kleinen Trupp des Bischofs auf der leeren Straße auf den östlichen Turm zu. Fast jeder Reiter trug einen normannischen Bogen und zwei gefüllte

Köcher; viele Ritter schützten sich mit großen Schilden. Als die Angreifer nahe genug herangeritten waren, erschienen plötzlich zwischen den Zinnen und in wenigen, der Brücke zugewandten Öffnungen einige Dutzend seldschukische Bogenschützen.

Im nächsten Augenblick begannen die Seldschuken Pfeil um Pfeil abzuschießen. Es waren geübte Schützen, die mit jedem Atemzug einen gut gezielten Schuss abgaben. Auf die Angreifer prasselten Dutzende Geschosse auf einmal nieder; nur wenige schlugen vor ihnen in den Boden oder splitterten an der Brüstung der Brücke. Schilde, Körper und Pferde wurden getroffen, aber obwohl hervorragende fränkische Bogenschützen den Pfeilhagel erwiderten, vermochten die Seldschuken den ersten Ansturm aufzuhalten und die kleine Truppe in die Flucht zu schlagen.

Die Christen zogen sich zurück. Einige Verwundete wurden aus den Sätteln gehoben. Fußsoldaten schwärmten aus und drangen im Schutz ihrer Schilde unaufhaltsam zum Turm vor. Die langen Pfeile heulten hinauf zu den Zinnen und trafen die seldschukischen Schützen. Das Knattern der einschlagenden Eisenspitzen in den Schilden, das Kampfgetriller und die *»Allāhu-akbar!«*-Schreie der Muslime übertönten das Rauschen der Strömung um die Brückenpfeiler.

Acht Kriegsknechte rannten zur eisenbeschlagenen Tür des Turms, sprangen die Treppenstufen hinauf und hämmerten die Spitze des Rammbocks gegen die Bohlen. Pfeile und Steinbrocken prasselten auf die Schilde herunter, aber Helfer rannten hinzu und packten die Schilde. Im Eifer, das Eindringen in den Turm zu verhindern, wagten sich manche Seldschuken zu weit aus dem Schutz der Brüstungsquadern hervor und wurden von Pfeilen getroffen.

Ein Teil des Heeres begann sich an einer seichten Stelle des Orontes, unterhalb der Brückenpfeiler, zum Durchgang durch die Furt aufzustellen, als sich das Tor unterhalb des kaiserlichen Palasts öffnete und einen Strom seldschukische Reiter entließ.

Rutgar versuchte erst gar nicht, die Reiter zu zählen. Er schätzte sie auf sechs- bis siebenhundert. Die Seldschuken galoppierten zum Fluss und verteilten sich im Bereich der Brücke und der Straße entlang des Ufers, eines mit Gras und Kieseln gefüllten Wadis. Aber die Ritter Herzog Roberts zögerten, ins Wasser der Furt hineinzureiten. Über den Fluss hinweg entspann sich ein Kampf der Bogenschützen und Armbruster, ebenso wie auf der Brücke, wo die normannischen Bögen ihre Überlegenheit ebenso bewiesen wie die bösartig surrenden Bolzen der Armbrüste. Der Kampf wogte unentschieden hin und her, niemand verlor, keiner schien zu gewinnen. Verwundete Pferde rissen sich wiehernd los, die blutenden Körper der Krieger auf beiden Ufern klatschten in die Wellen, und plötzlich schmetterten im Rücken der Franken grelle Trompetensignale.

Der Bischof von Le Puy und seine Lehensleute trabten auf der Straße heran. Endlich! Als ob sie vom bevorstehenden Wunder überzeugt wären, drangen die Franken mit neu erwachter Kraft und wildem Kriegsgeschrei auf die Seldschuken ein. Sie galoppierten über die Brücke, durch die Furt, wateten und schwammen durch die Wellen und griffen die Muslime mit Stoßlanzen, Schwertern, Streitkolben und Kampfäxten an. Ununterbrochen ertönte das heulende Sirren abgeschossener Pfeile durch das Getümmel.

Die Reihen der Seldschuken lichteten sich. Einzeln und in kleinen Trupps warfen sie die Pferde herum und flüchteten schreiend zur Stadt und durch das Brückentor in den Schutz der Mauern. Als die ersten Ritter inmitten schäumender Wasserfontänen das gegenüber liegende Ufer erreichten, trafen sie nur auf einige Pferde und tote Seldschuken im flachen Wasser.

Adhemar, der dem Heer Roberts von der Normandie folgte,

und die Vorhut von Bohemunds Truppen überfielen einige Stunden danach eine große Karawane, die aus Saumtieren, mit Kornsäcken beladen, und aus Schafherden, Schlachtochsen und anderem Vieh bestand. Der Zug war auf dem Weg zur Stadt, um für das Heer Yaghi-Siyans Proviant für eine lange Belagerung herbeizuschaffen. Als der Bischof in den heftigen Kampf eingriff, ließ er einige Dutzend Fußsoldaten und eine Handvoll Berittene zur Bewachung der Beute zurück, die den Franken unverhofft in den Weg getrabt war. Die Karawane bewegte sich am Westufer des Orontes flussaufwärts auf das Gebiet zu, wo die blau-goldenen Fahnen geschwenkt wurden, auf dem das Lager des Generals entstand.

Die Trompeten bliesen zum Sammeln. Fahnen wirbelten durch die Luft, Ritter schrien Befehle. Langsam ritten die Kämpfer auf dem östlichen Ufer zur Straße und auf die Brücke zu. Der erste Kampf gegen die Seldschuken war beendet, die Verteidiger getötet oder vertrieben. Der Weg über den Fluss und die Straße zur Stadt lagen ungeschützt vor dem Heer; am nächsten Tag erwarteten Adhemar von Le Puy und Herzog Robert die Ritter und den Tross Bohemunds und den Rest der bewaffneten Pilger.

Jean-Rutgar ließ den Schild sinken und zupfte am Zügel. Langsam drehte sich der Rappe und stellte die Ohren auf. Boten und Kundschafter sprengten in sicherer Entfernung von den Wachttürmen auf kaum erkennbaren Pfaden einher. Schwerfällig folgten ihnen die Gepanzerten und der Tross der Heeresteile. Die Haufen der Pilger drängten sich hinter dem Tross zusammen und staunten die Mauern und Türme an; die Kreuze in den Armen der Mönche schwankten wie im Sturm. Von der Mauerkrone schrien die Verteidiger Flüche und Schmähungen herunter.

Rutgar und fünf Späher hatten von Berenger den Befehl erhalten, das Land entlang der Mauern zu erkunden, so gut es ging; wo gab es Verstecke, Höhlen, Quellen, oder wo boten sich Möglichkeiten, die Mauern zu überwinden? Sie ritten entlang des Baches im Norden der Stadt, wo Raimund von Toulouse gegenüber dem Hundstor sein Lager aufschlug, vorbei am Lager Gottfrieds von Bouillon, der unterhalb einer Burg oder Festung im Nordosten die Zelte aufbauen und einen Schutzwall anlegen ließ.

Im Licht der Morgensonne zeigte sich Rutgar ein gewaltiges, farbiges Bild, das gleichermaßen Bedrohung wie Unverwundbarkeit ausstrahlte: Es war den Christen unmöglich, die Stadt völlig zu umschließen. Im Süden, vor den Bergen, hätten sie, um den Fuß der kühnen Mauern zu erreichen, erst einen steilen Felsenberg ersteigen müssen. Wo im Nordwesten der Berg Silpius in die Ebene überging, beim Sankt-Pauls-Tor, wuchsen die Zelte Bohemunds in die Höhe. Im Morgenwind knatterten Leinwände und das Fahnentuch; die Stadt war vom Lärmen der Kriegsknechte und ihrer Werkzeuge umgeben. Von den Mauerkronen und aus den Türmen beobachteten Seldschuken die Anstrengungen. Noch war im Westen die Straße nach Sankt Simeon, zum Meer und zum Hafen, in der Hand der Muslime.

Rutgar ritt voraus; er war allein mit sich und seinen Gedanken. Sein Rappe ging ruhig zwischen seinen Schenkeln, der Hufschlag war auf dem feuchten Gras kaum zu hören. Rutgar gähnte; blickte er zu den Türmen, über den Sumpf zum Hundstor, vom Norden nach Süd zur Oberstadt, dachte er träge an Erdbeben, stürzende Mauern, an das Ende der Welt und den Untergang aller Menschen, den die Prediger mit flammenden Worten verhießen. Die Welt, sagte er sich, würde nicht untergehen, trotz Zeichen am Himmel und der ständigen Drohung von Krankheit, Tod und Verderben. Aus unerforschlichen

Gründen sah Gott dem Sterben und dem Elend ungerührt zu, der Rohheit der Schwertkämpfer, dem Wüten der Seldschuken und der besessenen Entschlossenheit zu Angriff und Tod. »*Memento mori*«, sangen die Priester, »gedenket, dass ihr sterblich seid!«, und es war wahrhaftig ein Wunder, dass er, Rutgar, Chersala und Berenger noch lebten. Sie lebten auch, weil sie mit ihrer Kraft und ihrem Können bedachtsam umgingen – trotz aller Versuche der Muslime, mit wohlgezielten Pfeilen ihr Leben auszulöschen.

»Nein«, murmelte Rutgar und sah, wie ein Trupp Seldschuken die Stadt durch das Sankt-Pauls-Tor verließen. Späher. Kundschafter, dachte er. »Wir werden auch dieses Bollwerk und die Belagerung überleben. Dank Tatikios' großer Klugheit.«

Schaudernd dachte er an einige der schlimmsten Nächte auf dem langen Elendsmarsch. In der grausamen Finsternis, wenn auch die letzte Glut zischend erloschen war, hatten sie gespürt, wie unbedeutend sie unter dem erstickenden Schild des Firmaments waren, wie die Einsamkeit sie zu erdrücken drohte, und dass nur ein Windstoß sie von der Auslöschung trennte. Aber an jedem Morgen war die Sonne wieder erschienen, und Rutgar erkannte, dass der Herr sie nicht zu sich gerufen hatte. Wer so viele Tage überlebt hatte, durfte sich zu den Auserwählten zählen. Zu jenen, die auch vor den Mauern dieser Stadt nicht starben, die so groß zu sein schien wie Konstantinopel.

Rutgar, Chersala und Berenger waren über ihre eigene Furcht hinausgewachsen. Berenger kannte anscheinend keine Angst mehr, und Rutgars Träume hatten stets den gleichen Kern: seine weiße Burg, eine Handvoll Goldstücke und ein glückliches Leben mit Chersala …

Als er die Augen öffnete, sah er jenseits des gilbenden Schilfs die Straße nach Edessa, die sich als Prachtstraße innerhalb der Mauern fortsetzte, bis fast hinunter zum Brückentor. Bohemund und Tancred hatten ihr Lager jenseits der Straße bezogen und richteten sich ein. Knechte hoben einen Graben aus, Handwerker begannen Palisaden einzurammen. Zwischen den Zelten loderten große Feuer, denn es gab Wasser, Brot und Schlachtvieh in großen Mengen.

Rutgar setzte sich im Sattel zurecht, berührte mit den Sporen die Flanken des Pferdes und trabte weiter, in weiten Windungen des Pfades bis zur Straße und nach Osten. Er prägte sich jeden Felsen, jede Baumgruppe, jedes Stück Weide unter der Mauer ein. Die Stadt war ein gewaltiges Bollwerk, wie eine unübersteigbare Felswand. Das Heer würde vor diesen Mauern und Türmen verhungern, verdursten und verbluten.

Er sah eine Gruppe langbärtiger und zottelhaariger Männer in abgerissenen Kleidern, barfuß oder mit Lumpen an den Füßen. Einige waren fast nackt, und nur ihr langes Haar wärmte sie.

Die abscheulichen Tafuren, dachte er. Arme Kerle; niemand wusste, woher sie kamen und wessen Glaubens sie waren. Sie bezeichneten sich als die wahren Christen, folgten dem Heer seit einigen sieben Tagen und führten die niedrigsten Arbeiten aus. Jetzt fällten sie mit Werkzeugen der Ritter kleine Bäume und schlugen sie zu Palisaden zurecht. *Plebs pauperum*, die Armen in Christo. Sie verlangten keinen Lohn und kämpften ebenso todesmutig wie Ritter und Bischöfe und Mönche. Sie schienen die Bedürfnislosigkeit zu lieben und sich nur nach dem himmlischen Jerusalem zu sehnen – im Kampf waren sie rasend, opferten sich in besinnungsloser Wut. Welche Bedeutung der Erfolg der Belagerung Antiochias für das Ritter- und Pilgerheer hatte, war selbst dem *roi d'Tafur*, ihrem Anführer, einem freiwillig verarmten normannischen Ritter, abgrundtief gleichgültig. Rutgar, ebenso wie die anderen Soldaten, wusste nicht recht, ob er sie verachten oder fürchten sollte.

Am Fuß des Berges, jenseits von Bohemunds Lager, wo die Mauer mit ihren Wachtürmen anstieg, wendete Rutgar sein

Pferd. Zwischen dem Lager und der Stadt stand, abweisend und uneinnehmbar, eine Seldschukenfestung, von Tancred »Malregard« genannt. Überall, auf jedem Fuß Mauer dieses Stadtteils, sah Rutgar muslimische Wachen. Sie beobachteten argwöhnisch jede Bewegung der Franken.

»Zurück zum General«, murmelte er, tätschelte den Hals des Schwarzen und winkte den anderen Reitern. Sie legten den verschlungenen Weg im kräfteschonenden Galopp zurück. Drei Ausfalltore – Hundstor, Sankt-Pauls-Tor und das Herzogtor, nach Herzog Gottfried benannt – waren belagert, das Brückentor und das breite Sankt-Georgs-Tor blieben noch unbewacht. »Aber auch die Waräger und Petschenegen werden keinen schnellen Sieg herbeiführen können.«

Als er im Lager eintraf, hatten sich bei Tatikios die Fürsten versammelt und beredeten, wie die Belagerung anzufangen und was zu tun sei: Selbst der General wusste, dass die Belagerung schwer werden und lange dauern würde – viele Wochen, wahrscheinlich einige Monde, wahrscheinlich bis lange nach dem Christfest. Heute schrieb man den 23. Tag im Weinmond.

Fast genau nördlich der Stadt und des Lagers Gottfrieds von Bouillon, wo das Flussufer sich zum Sumpf weitete, unweit seines Lagers, ließ Tatikios von seinen Männern und einer schuftenden Hundertschaft Tafuren aus schnell gezimmerten Booten und grob behauenen Baumstämmen eine Schiffsbrücke errichten. Im herbstlichen Niedrigwasser des Orontes entstand ein Bauwerk aus Balken, Seilen und langen Eisennägeln, breit genug, um Rittern in Viererreihen den Übergang zu ermöglichen. In fieberhafter Arbeit verschanzten sich die Heere in ihren fünf Lagern, während die Seldschuken, von Tatikios' Spähern beobachtet, durch die unbewachten Tore Proviant, Waffen und Truppen in die Stadt schafften. Im Westen, Süden und Osten verschmolzen die Mauern mit dem Fels des Berges. Es war keinem Menschen möglich, die Stadt auf der Südseite zu erobern, und überdies krönte den höchsten Punkt der Mauer im Stadtinneren ein begrünter Berg, auf dem sich die Festung ausdehnte.

Berenger kam hinter der Brustwehr hervor und deutete über die Spitzen der Palisade.

»Dort, hinter dem Schilf und dem Sumpf, das Hundstor, General. Das ist der beste, breiteste Weg für die Seldschuken, wenn sie uns angreifen wollen.«

General Tatikios, versunken in düsterer Nachdenklichkeit, ließ seine Blicke über den unvollkommenen Halbkreis schweifen, in dem sich die Heere um die wehrhaften Mauern Antiochias verschanzten. Die Arbeiten von mehr als fünfzigtausend Menschen brachten ein dröhnendes, vom Schrillen der Sägen und tausend Hammerschlägen durchbrochenes Geräusch hervor, das als Widerhall von den Mauern zurückgeworfen wurde und die Belagerten erschreckte; die Franken füllten den Tag mit einer erschreckenden Zielstrebigkeit aus. Hunderte Rauchsäulen blies der Wind schräg, grau und schwarz nach Sonnenaufgang. Hunderte Reiter stoben hierhin und dorthin, Fuhrwerke polterten knarrend entlang der Pfade und auf den breiteren Sandstraßen, und wie weißlich giftige Pilze nach Regen und Sonnenhitze wuchsen Hunderte Zelte in Kreisen, Vierecken und langen Reihen in die Höhe, flankiert von Lanzen und Pfählen, an denen vielfarbige Fahnen im Wind Falten schlugen.

Der Graf Garnier von Grez, der zufällig neben Berenger stand, sagte schroff: »Wir müssen die Brücke zerstören. Unbrauchbar machen, bei Gott! Mit allem, was wir haben.«

»Die Brücke ist aus Quadern, Steinen, dicken Balken gebaut«, warf Rutgar ein. »Sie ist alt und hat viele Winter und Hochfluten überstanden. Es wird nicht leicht sein, Herr Ritter.«

»Nichts ist leicht in diesem Land, zu dieser Zeit. Der Herr ist mit uns – wir werden einen gepanzerten Turm bauen und mitten auf dieser gottlosen Brücke aufstellen.«

»Holz brennt leicht«, knurrte Berenger. »Ihr dürft die Seldschuken nicht unterschätzen. Sie werden kämpfen wie hunderttausend Teufel. Die Stadt ist voller Frauen, Kinder und Truppen. Und Yaghi-Siyan hat viele Vorräte eingelagert.«

»Viele Christen kommen und gehen durch die offenen Tore«, bemerkte der General ruhig. Er versuchte in den Mienen der Ritter zu lesen, die ihn umstanden. »Sie bringen uns Nachricht darüber, wie es in den Mauern zugeht. Der große Emir wird in den nächsten Tagen keinen Ausfall unternehmen.«

»Und nicht wenige seiner Spione sind unter uns und berichten ihm«, warf Berenger ein. »Auf den Straßen und durch die Tore im Norden, auf dem Berg, herrscht ständiges Kommen und Gehen.«

Die seldschukische Besatzung und ihre Familien waren in Antiochia in der Minderheit. Die Einwohnerschaft bestand aus Christen verschiedener Bekenntnisse. Der Emir traute den Christen nicht, also hatte er den griechischen Patriarchen Johannes Oxeites in den Kerker geworfen. So konnte er des Gehorsams von dessen Glaubensbrüdern sicher sein. Bevor die Christen vor den Mauern erschienen waren, hatte er alle Mönche und waffenfähigen Männer, Priester und Diakone aus der Stadt gejagt. Aber von seldschukischen Truppen drohte im weiten Umkreis der Stadt kaum Gefahr.

»Emir Duqaq hat Hilfe zugesagt, glauben die Spione zu wissen«, warf der General ein, »mit einem Heer aus Damaskus. Und da gibt es auch noch den Emir Janah ad-Daula von Homs und einen anderen, den Atabeg Toghtekin. Mit ihnen werden wir es bald zu tun bekommen.«

Manche Botschaften gingen verloren, der Inhalt vieler Briefe wich von der Wahrheit ab, oder Boten verirrten sich.

Aber im Rücken der Christenheere, so viel stand fest, hatte der Basileus mit seinem Admiral Kaspax, der kaiserlichen Flotte und dem Schwager des Kaisers, Johannes Dukas, das an die Seldschuken verloren gegangene Land zumindest entlang der Küsten wieder zurückerobert. Ionien und Phrygien schienen sicher in der Hand des Basileus zu sein, desgleichen die Inseln Samos, Chios und Lesbos. Der Emir von Smyrna gab seine Herrschaft ab und rettete sich an den kaiserlichen Hof. Tatikios, der viele, wenn nicht alle Fäden in der Hand hielt, konnte die christlichen Heerführer beruhigen: Das Land zwischen Antiochia, dem letzten Bollwerk vor der Stadt des Grabes Christi, und der Hauptstadt des Kaiserreiches, gehörte nicht mehr den Muslimen.

Balduin von Boulogne, der sich mit weniger als einhundert Rittern vom Heer getrennt und nach Osten vorgedrungen war, eroberte eine Handvoll kleine Besitztümer, siegte gegen Baldak, den Emir von Samosata, verbündete sich mit Fürsten namens Fer und Nikosos, und belagerte die Festungen Ruwandan und Tel-Bascheïr, die von den Schreibern »Ravendel« und »Turbessel« genannt wurden. Bessere Nachrichten gab es nicht.

»Versuchen wir zuerst, die Brücke zu zerstören!«, rief Robert von der Normandie. »In ein paar Stunden. Wenn wir das Lager bezogen haben.«

»Wir lassen diesen Sperrturm bauen«, sagte Bischof Adhemar und gab seinen Pferdeknechten ein Zeichen. »Das Hundstor muss verriegelt werden.«

»So wie die anderen Tore auch.«

Berenger winkte Rutgar und Chersala. »Unser Lager wird wohl für lange Zeit unsere sichere Heimstatt sein. Bauen wir es gediegen und gottgefällig.«

General Tatikios nickte und blickte den Reitern mit breitem Grinsen nach.

Der Windmond stand bevor; die Nächte wurden länger und kälter, Regen und Sturm drohten. Vor den Belagerern erhob sich ein wahres Gebirge unterschiedlicher Beschwernisse. Rutgar begann sich zu fragen, wie viele Totenmessen man vor den Mauern würde lesen müssen.

Über Antiochia und dem Vorland kreiste ein großer Schwarm Krähen oder Raben. Unerreichbar hoch über ihnen schwebte ein Adlerpärchen.

Berengers Zeigefinger fuhr steil in die Höhe. Der Waräger sagte mit undeutbarer Miene: »Könnten wir doch mit den Augen des Adlers sehen, was wirklich geschieht.« Er unterdrückte einen Fluch. »Noch besser wäre, wenn wir wüssten, was uns der nächste Mond bringt.«

Keiner der Versammelten antwortete ihm. Er verbeugte sich, ebenso wie Rutgar und Chersala, und führte sein Pferd zum Absatteln und zum Wassertrog.

Mit Äxten, Hämmern und Meißeln, Keilen aus Holz, die mit Wasser begossen wurden und aufquollen, versuchten rhomäische Handwerker, schweigende Tafuren mit stinkenden Bärten und verfilztem Haupthaar und Helfer aus dem Tross, die Brücke zu zerstören. Sie begannen auf der Nordseite, am Uferpfeiler, in der Querfuge unter dem Sand, den Kieseln und dem festgebackenen Lehm eine Reihe Quader herauszustemmen. Die Männer arbeiteten außerhalb der Reichweite seldschukischer Bogenschützen, aber schon eine Stunde nachdem sie mit ihrem Werk begonnen hatten, öffneten sich die Flügel des Hundstors.

Mit geschwungenen Schwertern und gespannten Bogen stoben Seldschuken aus der Stadt und griffen im Galopp, trillernde Schreie ausstoßend, die unbewaffneten Arbeiter an. Die Helfer ließen das Werkzeug fallen, sprangen auf und rannten in drei Richtungen davon, von Pfeilen umschwirrt und verwundet. Vor dem Ende der Brücke rissen die Reiter die Pferde in die Höhe, drehten auf der Hinterhand und verschwanden so schnell, wie sie gekommen waren.

Stunden später ritten bewaffnete Ritter zum Schutz der Brückenarbeiter heran und stellten sich in einer dichten Reihe, Schilde und Lanzen gesenkt, quer über die Brücke auf.

Ein zweiter Angriff seldschukischer Reiterei, in dessen wütendem Verlauf Schwärme heulender Pfeile abgeschossen wurden, ließ nicht lange auf sich warten. Die verwundeten Pferde der Ritter scheuten und gehorchten Zügel und Sporen nicht mehr. Im Schutz der von Geschossen gespickten Schilde zogen sich die Gepanzerten zurück; auch einige der Ritter hingen blutüberströmt im Sattel.

Dann schickte Tatikios seine Belagerungshandwerker vor. Sie begannen aus Teilen mitgeschleppter Balken, aus Rädern und dem Holz, das vom Brückenbau übrig war, einen rollenden Belagerungsturm zu bauen. Ochsengespanne und Kriegsknechte schoben das kantige Monstrum auf die Brücke zu. Nasse Ochsenhäute waren vor die Holzschindeln genagelt worden und wurden von der obersten Plattform aus mit Flusswasser übergossen. Die schweren Flügel des Turms wurden ausgeklappt, sodass er breiter war als die Brücke selbst.

Als der Bohlenturm einige Fußbreit vor der freigelegten Fuge stand, mit Armbrustschützen und Bogenschützen besetzt, begannen die Pilger wieder zu hämmern und zu scharren. Während aus den Vorräten und Teilen der Beute und durch das Werk vieler Hände Wälle und Palisaden um die Zeltlager entstanden, Kreuze aufgerichtet und Altäre gebaut, Brotöfen gemauert und Bäume gefällt wurden, blieb die Straße nach Sankt Simeon für die Seldschuken weiterhin geöffnet. In einer der nächsten Nächte schlichen sich mutige Seldschuken aus der Stadt, überquerten die Hundstor-Brücke und legten mit

Fackeln und ölgetränkten Strohbündeln und Lumpen Feuer an den Turm. Die nassen Ochsenhäute, in denen Brandpfeile verloschen, nützten nichts; in einem Wirbel mauerhoher Flammen verbrannte das hölzerne Bauwerk bis hinunter zu den breiten Rädern.

Der General und die Anführer gaben nicht auf. Inzwischen waren außerhalb der Lager einige Schleudern, Manganen und Wurfmaschinen halbwegs zusammengebaut worden. Die Anführer befahlen, die Gerätschaften vollends aufzurüsten und in Stellung zu bringen. In fieberhafter Eile schufteten die Belagerungshandwerker und ließen die fertig errichteten Maschinen auf die Straße am Ende der Brücke ziehen. Große Wackersteine und Felsbrocken, mit eisernen Spitzen versehene Balken und armdicke Lanzen wurden Tag und Nacht gegen die schmalen, aber drei Mannsgrößen hohen Tore geschleudert und häuften sich vor den Torflügeln. Pfeile und Brandpfeile flogen hin und her, aber immer wieder öffnete sich eine Hälfte des Tores, und die Seldschuken schleppten die Hindernisse weg.

Zuletzt sahen die Anführer keinen anderen Ausweg mehr, als Felsbrocken und mannsgroße Steine aus dem Flussbett heraufzuwuchten und mit unendlicher Mühe zur Brücke zu schleppen. Zwischen den verkohlten Balken und den Schleudergeschossen türmten sie einen halb steinernen, halb hölzernen Wall auf, der die Brücke in einer Tiefe von zehn Schritten sperrte. Mehr als mannsdicke Baumabschnitte ragten zwölf, fünfzehn Ellen hoch zwischen den Steinen auf – unüberwindlich für kletternde oder gar berittene Seldschuken.

»Jetzt wird uns kein Ungläubiger mehr angreifen!«, rief Bohemund von Tarent, als die Knechte zwischen Steine und Stämme bündelweise Dornenranken flochten. »Besprechen wir unter uns, welche Stellen wir belagern wollen. Und wo wir in die Stadt eindringen können.«

»Der Emir lässt die Stadt befestigen. Schon seit langer Zeit«, fügte der General hinzu. »Aus diesem Grund befiehlt er keine Ausfälle.«

»Übermut und Hoffart sind uns fremd«, sagte Bischof Adhemar. »Aber wir sind voller Gottvertrauen.«

Das Heer und der Tross hatten die fruchtbare Ebene des Orontes in Besitz genommen. Die kleinen eigenen und die großen Herden der Beute weideten, es gab Milch und Braten, frisches Brot und Butter und Wein, Nüsse und Früchte, Öl und alles, was die Pilger so lange entbehrt hatten, scheinbar im Überfluss. Tatikios ließ in seinem Lager Vorräte anlegen: Wein, Korn und Pökelfleisch, Käse und Öl; seine Kundschafter hatten sich darüber empört, dass die Franken nur die besten Bratenstücke aßen, die Reste der Schlachttiere den Hunden und Geiern überließen.

Die Schmiede schärften Messer, Dolche, Speerspitzen und Schwerter, Äxte und Kampfbeile, hämmerten Pfeilspitzen, Bolzen, Nägel und Klammern, während armenische Christen, die sich durch die südlichen Tore aus der Stadt geschlichen hatten, von den Absichten und Befehlen Yaghi-Siyans berichteten. Überall herrschte Betriebsamkeit, niemand gab sich dem Nichtstun hin. Der Emir schonte seine Krieger, ließ Tore und Mauern verstärken, zwang die Christen Antiochias zur Fronarbeit und wartete auf Verstärkung, die über die beiden freien Straßen kommen würde.

Zum Warten riet auch Bohemund. Raimund von Toulouse hingegen wollte möglichst bald einen machtvollen Angriff starten. Doch zunächst einmal geschah nichts. Fünfzehn Tage lang ungefähr kämpften weder Muslime noch Christen innerhalb oder außerhalb der Mauern; es gab nur zufällige, kleine, aber blutige Scharmützel.

Das Zelt war eingeräumt, die Pferde getränkt und auf der Weide, die Belagerungshandwerker und die Kundschafter errichteten die Befestigung um das Lager des Generals. Chersala hörte den Lärm durch die Zeltleinwand; ein gewohntes Geräusch aus vielen Lauten. Sie kannte dieses Rumoren, Hämmern, Geschrei und Fluchen wie die eigenen Seufzer. Sie ließ sich auf eine Truhe sinken und flüsterte: »Hier bin ich also. Tausend Tage weit ist Drakon. Wir finden niemals mehr zurück.«

Sie schloss die Augen und holte tief Luft. Zahllose Gedanken an Flucht und Überleben, durchmischt mit Todesfurcht, drangen auf sie ein. Jean-Rutgar, Berenger und ihre Träume von einem Leben in einem Land, in dem sie weder verhungerten oder verdursteten, weder todkrank wurden noch zu Tode kamen, drohten an den Mauern der Stadt in tausend Funken zu zersprühen und als Asche unter den Hufen der seldschukischen Reitpferde zu zerstäuben.

Eine Stunde lang hatte Chersala in schweigendem Staunen zur Stadt hinübergestarrt, die herbstliche Farbe der Bäume und die steinernen Häuser am Hang des Berges, die Schafherden und die winzig kleinen Menschen beobachtet, die umherrannten und Steine und Balken schleppten. Dort gab es weiche Lager, Ruhe, Essen und Wein und frisches Brot; dort, hinter den Mauern, brauchten sich Frauen nicht zu verkleiden, dort wuschen sie ihre Körper in warmem Wasser, das nach Blütenölen duftete, und trugen feine Kleider aus dünnen Stoffen. Dort, im Schutz der gewaltigen Mauern, durften Frauen schön und weich sein, Wein trinken und sich dem Liebsten hingeben.

Wieder seufzte Chersala und zog sich hoch, ging zum Zelteingang und sehnte sich einige Atemzüge lang mitten in die Stadt hinein. Hinter verschlossenen Türen, im Warmen, an Rutgars Seite und in seinen Armen, auf den Lippen den Geschmack des Weins und von Rutgars Küssen, seine Hände auf ihrer Haut. Sie wollte ihren Körper ansehen und fühlen können, den Blick

Rutgars auf ihren Brüsten und Hüften spüren und wollte hören, dass er ihr atemlos sagte, dass er ihre Schönheit bewunderte.

Plötzlich fühlte sie sich schuldig und ausgestoßen. Sie hatte Rutgar dazu gebracht, dachte sie verzweifelt, dem Heer zu folgen, bis hierher und vielleicht weiter nach Jerusalem. Ihre Schönheit, versteckt unter männlicher Lederkleidung, und ihr unbeirrbarer Wille, mit ihm zu gehen, hatten ihn hierhergeführt. Sie hatte sich an ihm versündigt.

Zwischen dem Lagerwall und der Stadtmauer, die hoch über dem Sumpf aufragte, galoppierten Kundschafter zu den Zelten Bischof Adhemars und den Palisaden unweit des muslimischen Friedhofs, die Raimund von Toulouse' Heer schützen sollten. Die Ritter! Im Zeichen des Kreuzes würden sie weiterkämpfen bis zum letzten Atemhauch. Alle waren mit Blindheit geschlagen und vom Wahnsinn besessen. Wir sollten fortreiten, dachte sie, am Ufer des Orontes entlang, zum Hafen Sankt Simeon und auf ein Schiff, das uns nach Les-Baux bringt. Zu spät? Würde der General uns gehen lassen? Oder werden wir sterben, wenn die Muslime einen Ausfall wagen und die Ritter besiegen?

Mit dem Saum des Reiterhemdes wischte sie die Tränen von den Wangen. Ihr Blick klärte sich. Jenseits der Stadt, über den Bergen, wuchsen schwarze Wolken in die Höhe und Breite. Im Westen der Wolkenbank begannen breite Regenbänder niederzustürzen.

Kapitel XXV

A. D. 1097, 17. Tag des Windmonds (November)
Die Lager in der Ebene und vor den Bergen um Antiochia

»Denn es gibt keine Stadt, die wir nicht vor dem Tage der Auferstehung heimsuchen werden.
So ist es niedergeschrieben im Buch der Bestimmung.«
(Al-Qur'ān, 17. Sure [»Die Nachtreise«], Vers 59)

Von Sonnenuntergang her trieb ein Herbststurm schwere, tiefgraue Wolken ins Innere des Landes. Nässe ließ die Mauern Antiochias in düsterem Glanz erscheinen. Bohemund von Tarent, Bischof Adhemar und General Tatikios blickten durch die Lücke der Palisaden auf eine Gruppe von mehr als zwei Dutzend Ritter hinunter, denen ihre Gefolgsleute halfen, Rüstungen und Waffen anzulegen. Beide Anführer trugen keine Rüstungen, nur Schwertgurte. Knechte hielten die gestriegelten und gezäumten Pferde an den Zügeln; alle Reittiere, nasse Decken auf den Rücken, waren wohlgenährt, kräftig und tänzelten auf der Stelle. Rutgar, Berenger und drei Kundschafter standen einige Schritte hinter dem Befehlshaber auf dem Wall, der die Palisaden stützte.

»Die Ruhe ist vorbei, ihr Herren«, sagte Tatikios ruhig. »Alle Straßen und Pfade in einiger Entfernung von unseren Lagern und den Mauern sind gefährlich. Drei Überfälle in den Bergen, vier Verwundete, zwei tote Ritter. Ihr wisst es selbst.«

Bischof Adhemar starrte zu den Wehrtürmen hinüber.

»Wir werden jeden Angriff der Sarazenen blutig zurückschlagen. Mit Gottes Hilfe.« Bohemunds gepanzerte Hand fuhr zum Griff seines Schwertes. Ein kalter Windstoß, der sein rückenlanges helles Haar durcheinanderwirbelte, riss ihm die Worte von den Lippen. »Diese Burg der Heiden, Harenc. Schickt Eure Späher hin, auf dass sie uns berichten, wie wir die Befestigung berennen und erstürmen können.«

Harenc, eine schwer befestigte Burg an der Straße nach Aleppo, war voller Proviant und besetzt mit kampferfahrenen Seldschuken und daher ein Dorn im Auge der Belagerer.

Tatikios drehte sich zu Berengers Männern herum, wartete einige Atemzüge lang, bis der Wind nachgelassen hatte, und antwortete: »Mein Anführer und der junge Ritter von Les-Baux werden alles ausspähen und uns sagen, was zu tun ist. Sie sind die Besten und Mutigsten.«

»Gottes Segen mit Euch«, sagte der Bischof und schlug das Kreuz. Er musterte Rutgar, als sähe er ihn zum ersten Mal seit vielen Monaten. »Reitet hin und kommt unverwundet und mit guter Botschaft zurück. Und – junger Ritter, warum seid Ihr nicht in einem unserer Heere?«

»Weil ich niemandes Verwandter oder Gefolgsmann bin, ehrwürdiger Herr Bischof«, antwortete Rutgar ruhig, aber bestimmt. »Ich erhalte Sold von General Tatikios.«

Adhemar von Le Puy nickte zweimal. Es war nicht zu erkennen, ob er diese Antwort billigte. Berenger und Rutgar beugten die Köpfe, schlugen die Fäuste gegen die Brust und liefen den Hang des Walls hinunter. Nach Harenc, nördlich der Orontes-Brücke erbaut, hatten sie es nicht weiter als drei, vier Stunden Trab abseits der Straßen.

Am 17. Tag des Windmonds berichtete ein Bote auf abgehetztem Pferd aus Sankt Simeon, dass dreizehn Schiffe aus Genua eingelaufen waren. Sie brachten Proviant, Wein und Teile für

Belagerungsgeräte. Auch einige Dutzend Wallfahrer in Waffen aus unterschiedlichen Ländern waren an Bord und würden, sobald sie Reittiere und Sättel kaufen konnten, an der Belagerung teilnehmen.

Am Mittag des gleichen Tages galoppierte Rutgar im strömenden Regen durch das Tor aus Bohlen und Astgeflecht und die Lagergasse entlang bis vor das Zelt des Generals. Er sprang aus dem Sattel und warf den Zügel einem Knecht zu. Tatikios und Bohemund von Tarent saßen an einem Tisch und tranken.

»Komm herein, Rutgar!«, rief Tatikios. »Ist Berenger nicht bei dir?«

Rutgar verbeugte sich, nahm den Helm ab und fuhr durch sein Haar. »Er wartet auf Euch, Fürst Bohemund. Auf Eure Bewaffneten. Wir wissen, wie Ihr Harenc einnehmen könnt. Es ist nicht allzu schwer, wenn Ihr Euch an Nikaia erinnert.«

»Ihr wisst alles über die Besatzung und die Befestungen? Brauchen wir Leitern, Wurfmaschinen und ...«

Der Regen prasselte auf das Zeltdach. Tatikios deutete auf einen Scherenstuhl und füllte einen Becher, den er über den Tisch zu Rutgar hinüberschob. Jeder Schritt Rutgars hinterließ eine Pfütze.

»Redet, Jean-Rutgar«, forderte er ihn auf. »Setzt Euch. Trinkt einen Becher Wein. Dann ... sagt uns, wie wir die Burg erobern können.«

Rutgar nahm einen Schluck, setzte zum Sprechen an, wischte sich die Nässe aus dem Gesicht und begann zu reden.

»Zuerst müsst ihr die Burg und den Hügel umstellen. Es gibt fünf Fluchtwege ...«

Zwei Stunden später wussten der General und der riesenhafte Normanne, was zu tun war. Mit den Fingern, Wein und einem Stück Holzkohle hatte Rutgar die Umrisse der Befestigung samt allen Wegen auf die Tischplatte gezeichnet. Bohemund stürmte aus dem Zelt, schwang sich in den Sattel und ritt zu seinem Lager.

Im Morgengrauen brachen seine Truppen mit ihm und dem Bannerträger an der Spitze nach Harenc auf. In der gleichen Stunde nahm Tancred von Tarent mit seinen Gefolgsleuten seinen Platz am Brückentor ein. Vierzig Mark Silber zahlten ihm die Fürsten für seine Bemühungen. Er sperrte das Tor und verhinderte ebenso alle Ausbrüche der Seldschuken wie jeden Versuch, lebendes Vieh nach Antiochia hineinzutreiben.

Bohemund erstürmte Harenc, tötete drei Viertel der Besatzung und ließ nach seiner Rückkehr alle Gefangenen bei seinem Lager, vor den Mauern auf dem Sankt-Pauls-Tor köpfen. Ohnmächtig, vor Wut und Hass schreiend, sahen die Seldschuken von den Zinnen und aus den Türmen dem blutigen Schauspiel zu.

Ohne überfallen zu werden, erreichten die Ritter, der Proviant und die Belagerungsgeräte aus dem Hafen Sankt Simeon die Zelte der Belagerer. Auch an diesem Tag hängte Yaghi-Siyan den rhomäischen Patriarchen der Stadt in einem eisernen Käfig über die Zinnen eines Wehrturms, sodass ihn alle Insassen der Lager sehen konnten; ein winziges Menschlein in zerschlissenen Prunkgewändern hinter den Gittern seines unerschütterlichen Glaubens, wie Bischof Adhemar predigte.

Rutgar glaubte nicht mehr daran, dass seine Schreiben jemals die Stadt Köln, die Abtei Cluny und die hilfreichen Mönche erreichen würden. Andererseits unterhielten die Heerführer mit Hilfe des Generals und der Söldner des Basileus einen zuverlässigen Botendienst; die Christen in den Heimatländern der Ritter erfuhren ebenso vom glücklichen Fortgang des bewaffneten Pilgerzugs wie der Patriarch Simeon auf der Insel Zyprus. Vielleicht las Herr Neidhart eines fernen Tages in der fernen Stadt, was Rutgar schrieb. Manchmal dachte er an eine Kemenate seiner weißen Burg, wo er im Altersbehagen seinen Söhnen oder Enkeln von seinen Erlebnissen vorlas und erzählte. Er seufzte und schrieb weiter.

Brief an Chorherrn Neidhart von Sankt Marien zu Köln von Jean-Rutgar, der vor Antiochia lagert:

Balduin von Boulogne, der schwarzhaarige Bruder Gottfrieds von Bouillon, hatte sich jenseits von Germanikeia in der Mitte des Weinmonds, vom Ehrgeiz getrieben, mit wenigen Söldnern vom Großen Heer entfernt und war mit seinem Freund Bagrat, neun Dutzend Berittenen und dem Geistlichen Fulcher von Chartres nach Osten geritten und ist bis heute nicht zurückgekehrt. Von Kogh Vasil, dem Bruder des Bagrat, hörte Balduin, dass viele armenische Fürsten die Hilfe der Franken herbeiwünschten. Thoros von Edessa hatte den unbekannten Balduin sogar aufgefordert, zu ihm zu kommen, um ihm zu helfen, sich von der Herrschaft des Basileus ebenso wie von derjenigen der Seldschuken zu befreien. Die überaus reiche und prächtige Stadt liegt an einer alten Handelsstraße. Also fühlte sich Balduin hochgemut als Befreier und erlebte auf seinem Ritt, wie die armenische Bevölkerung ihn bejubelte; die Seldschuken flohen oder wurden niedergehauen.

Zur gleichen Zeit hatten Johannes Dukas, der Schwiegervater des Basileus, der den Ehrentitel Kaisar trägt, und Admiral Kaspax die Küsten und Inseln und das Land Lydien für den Basileus zurückerobert. Die kleine Genueser Flotte hatte den Hafen Sankt Simeon verlassen und den weiter im Süden gelegenen Hafen Laodikeia erobert. Kundschafter berichteten, dass bei der Stadt Hama das Heer aus Damaskus mit einem zweiten Heer des Emirs Kerboga von Mosul zusammengetroffen war und unaufhaltsam Antiochia entgegenstrebte. Vor den Mauern der Stadt aber begannen die bewaffneten Pilger zu darben und zu hungern. Viele wurden krank. In allen Lagern starben Pilger in jedem Alter. Jedermann wusste dies, aber jeder wollte einen anderen Grund dafür kennen: Aber alle Pilger, selbst die Tafuren, hatten im Überfluss gelebt, ohne daran zu denken, dass die Vorräte womöglich über den Winter würden ausreichen müssen. Selbst Futter für Maulesel und Pferde war mittlerweile knapp geworden.

In den Lagern gab es keine Ordnung mehr, weder unter dem einfachen Volk noch unter den christlichen Rittern. Niemand hielt sich an Regeln, Gebote oder Befehle. Schamlos, vom letzten Wein berauscht, paarten sich Männer und Weiber. Um nicht Hungers zu sterben, schlossen sich Ritter und Gefolgsleute zu Heerhaufen zusammen, die dreihundert oder vierhundert Männer zählten, und streiften beutehungrig im Land umher, um Nahrung für sich und die Pferde zu finden.

Wir haben auch viele gesehen, die sich Christen nennen und aus der Stadt frei im Lager umhergehen, aber in Wirklichkeit dem Emir hinterbringen, wie es um uns steht. Herr Bohemund, der in seinem Lager viele Gefangene hat – sie bauen, beaufsichtigt von den Tafuren, an einem Festungsturm am Sankt-Pauls-Tor oberhalb von Bohemunds Lager –, schickte seine Ritter aus und schlug alle jene Männer, die er »Spione« nannte, in Fesseln. Daraufhin ließ er sie am nächsten Tag enthaupten, sodass es der Emir vom Mauerturm herunter sehen konnte. Dann ließ er am Tor Feuer entzünden und die Enthaupteten zerteilen und aufspießen. Als die Menge herbeigelaufen kam, um zu sehen, was die Feuer bedeuteten, rief er, dass die sarazenischen Spione als Abendmahlzeit für die Ritter zubereitet würden. In der folgenden Nacht verschwanden alle, die nichts mit uns zu tun hatten, aus den Lagern und kamen niemals wieder zurück. Die Kunde von Bohemunds Grausamkeit aber verbreitete sich in Antiochia wie ein Lauffeuer, und bald erfuhren und glaubten es auch viele andere Seldschuken.

Als Rutgar den Kopf hob und den Federkiel beschnitt, sah er den Turm der kleinen Festung aus Stein, Lehmziegeln und Balken. Kastell Malregard, an einem schmalen Zufluss des Orontes auf einem Hügel errichtet, in unmittelbarer Nähe des Sankt-Pauls-Tors, versperrte nun den Weg durch die Schlucht des Onopnietes und das »Eiserne Tor«. Schon den ersten Ausfall der seldschukischen Besatzung hatten die Soldaten und Armbrustschützen Tancreds und Bohemunds abgefangen. So konnte Bohemund ein größeres Heer zusammenstellen.

In unserem Lager, zwischen den Zelten des Generals Tatikios, gelten unverändert Ordnung und Regeln; Tatikios straft gerecht und ohne Erbarmen. Nicht so wie in den Lagern der Fürsten und des Bischofs. Wir haben auch noch ein wenig Proviant. Gottfried liegt krank in seinem Zelt. Bischof Adhemar war wütend und rief bei jeder seiner Predigten das Volk der Gläubigen auf, das hoffärtige Leben zu unterlassen und der Hurerei zu entsagen. Wir haben unsere Vorräte trocken aufbewahrt und bewachen sie. Dennoch werden sie knapp, ebenso wie das Heu unserer Pferde. Aber noch leiden wir keine Not, denn keiner, selbst Tatikios nicht, isst und trinkt mehr als sein Nächster.

Bohemund sprach im Rat der Fürsten und forderte, ihm die Stadt zu überlassen, wenn er sie als Erster beträte. Sonst würde er mitsamt seinen Gefolgsleuten nach Italien zurückkehren. Bischof Adhemar wandte mancherlei ein, der Graf von Toulouse widersprach, aber Herzog Gottfried von Bouillon stimmte Bohemund zu. Robert von Flandern und Bohemund sammelten eine große Zahl Ritter und Fußsoldaten und brachen auf, den Orontes aufwärts, um nach Vorräten und Proviant zu suchen, aber auch, um sich dem Heer des Duqaq zu stellen, von dem unsere Kundschafter berichteten. Bei dem Städtchen Al Bara lagerten die christlichen Ritter, ohne auf das Heer der Seldschuken zu treffen, von denen indes Herzog Robert nachts umzingelt wurde. Am frühen Morgen trafen Robert und die Seldschuken aufeinander und fochten einen furchtbaren, langen Kampf aus, in dem die meisten Fußkämpfer getötet wurden und den schließlich Fürst Bohemunds Heer gewann. Die Truppen aus Damaskus und Mosul wurden zwar geschlagen, aber die Ritter fanden nur Pferde, Verwundete und Tote; auch in den Dörfern um Al Bara war kein Proviant zu finden. Weder Bohemund noch Robert, dessen Heer viele Tote und Verwundete beklagte, waren des Sieges zufrieden, als sie nach Antiochia zurückritten.

Die Not in den Lagern der Pilger war größer als das Gottvertrauen, der Hunger wurde bitterer als die Furcht vor Sünden. Wieder einmal berieten die streitsüchtigen Fürsten und entschieden sich, abermals die Herren Bohemund, Tancred von Tarent und Robert von Flandern mit einem großen Heer den Fluss hinauf zu entsenden, um Nahrungsmittel herbeizuschaffen, koste es Kampf und Plünderei oder nicht. Nachdem die Kampfhaufen abgezogen waren, wagte Emir Yaghi-Siyan mit vielen Kriegern nachts einen Ausfall, öffnete die Tore und kam mit Gewalt über die Lager im Norden Antiochias. Raimund von Toulouse aber, von wachsamen Spähern aufgeschreckt, versammelte seine tapfersten Ritter und einen Haufen Berittene aus Bischof Adhemars Lager und drang in der Finsternis auf die Seldschuken ein. In blinder Furcht flüchteten die Krieger des Emirs zurück in die Stadt. Es wäre dem Einäugigen beinahe gelungen, die Stadt bei Fackellicht zu erstürmen. Aber ein durchgehendes Pferd stiftete große Verwirrnis zwischen den Kämpfenden, sodass die Mannen des Emirs die Ritter wieder über die Torbrücke trieben und sie, als jene flüchteten, bis zur Schiffsbrücke verfolgten.

Bis zum Morgengrauen kämpften die Ritter gegen die Verteidiger. Unter den Gefallenen war auch der Bannerträger des Bischofs, und als die Seldschuken schließlich am frühen Morgen durch das Meertor wieder in den Schutz der Mauern flüchteten, schleppten sie mit höhnischem Geschrei die Fahne mit sich. Viele Verwundete und Tote wurden gezählt; neben denen, die an Krankheiten zugrunde gegangen oder verhungert waren, wurden die Leichen vieler tapferer Krieger Gottes begraben.

Aber auch dieser schwere Kampf und der Sieg über das Heer Duqaqs vermochten die Hungersnot nicht zu lindern. Für ein Schaf mussten fünf Goldstücke, für ein mageres Rind zwei Mark Silbers hingegeben werden. Fürst Bohemund drohte abermals, mitsamt seinem Heer abzuziehen, um seinen Mannen nicht beim Verhungern zusehen zu müssen. Mühsam überredeten ihn die anderen hohen Herren zum Ausharren.

Um Mittag saßen Berenger, Rutgar und Chersala im Zelt und löffelten dünne Brühe mit Fleischfasern, aufgequollenen Körnern und geschnittenem Lauch. Unter den Belagerern, in jedem Lager, hatte sich zugleich mit dem Hunger tiefe Niedergeschlagenheit ausgebreitet. Seit dem ersten Tageslicht schien die Sonne das nasse Land versengen zu wollen. Vor den Mauern und vom Sumpf ebenso wie aus dem Flusstal stiegen Nebel auf und vermengten sich mit dem Rauch der Feuer aus den Lagern und der Stadt. Fünf Tage nach dem Weihnachtsfest wirkte selbst Berenger erschöpft, ratlos und voller Gedanken an Aufgabe und Flucht zu sein.

»Jeder Zehnte, in allen Lagern, selbst in den Zelten der Ritter«, sagte er leise und fuhr mit dem Finger im Napf herum, »ist schon verhungert. Hier, vor der Stadt, die voller Proviant ist.«

Rutgar hörte seinen Magen knurren, als er antwortete: »Stephan von Blois hat geschrien, dass Gott über das unflätige Leben und den Hochmut seiner Kreuzeskrieger erbost ist. Wir sollen fasten, sagt Bischof Adhemar.«

»Das tun wir seit drei Wochen«, meinte Chersala und lachte

spöttisch. »Freiwillig oder gezwungen – das bringt weder Braten noch Wein.«

»Ein paar Krüge habe ich noch«, knurrte Berenger. »Nicht vom Besten, aber noch nicht sauer geworden.«

Rutgar dachte an die Zeilen, die er zuletzt geschrieben hatte. Er wünschte sich, über die Kraft des Wortes zu verfügen, so wie Bischof Adhemar oder General Tatikios, um zuerst sich selbst und später dem Leser seiner Niederschrift die Wahrheit und Wirklichkeit schildern zu können. Er vermochte es nicht, denn sonst hätte er die bedrückte Stimmung schildern können, die erwartungsschwangere Stille vor einem Wunder, des Weltuntergangs oder einer göttlichen Erscheinung. Diese unsichtbare Last lag über der Stadt, den Lagern und dem Land.

»Hast du neue Befehle mitgebracht, Berenger?«, sagte Chersala und schöpfte Wasser in ihren Becher. Der Waräger zuckte mit den Schultern.

»Wahrscheinlich bleibt die Hälfte von uns im Lager. Die andere reitet ins Gebirge. Tatikios glaubt, dass uns die Rubenier-Fürsten Essen verkaufen.«

»Die Armenier verkaufen eine Eselsladung Proviant für acht Hyperper.« Chersala spülte die Schalen und die Becher und stülpte sie über Holzfinger an der Zeltstange. »Die Ritter, die viel Beute gemacht haben, können's kaufen.«

Berenger und Rutgar bückten sich unter dem Zeltvordach und blieben auf dem Rost aus Knüppelholz stehen. Noch immer lag diese bedrückende Stille über dem Land. Kein Pferd wieherte, niemand fluchte, kein Vogel schrie. Eine Gruppe von zwei Dutzend bewaffneten Kundschaftern stand vor dem großen Zelt mit fünf Spitzen im Mittelpunkt des Lagers.

Rutgar winkte Chersala heran, legte ihr den Arm um die Schultern und sagte: »Die ersten Pilger flüchten, und es werden immer mehr. Bevor wir hier vor Hunger umkommen, reiten wir nach Sankt Simeon. Ich versprech's dir.«

Berenger grinste und deutete nach Westen. »Dieser Hafen und die Stadt – nach Sankt Simeon dem Jüngeren benannt – haben eine seltsame Geschichte. Der Leib, der Sitz der Sünde, wie eure Bischöfe predigen, dieses Mönchs war vielleicht sehr sündig, aber er widerstand dreißig Jahre, die er bei Sturm, Hitze und Regen auf einer Säule zubrachte, von dort aus predigte und schlief, seine Notdurft verrichtete und im einunddreißigsten Jahr tot hinunterfiel. Das, meine Freunde, ist keine Legende.«

Chersala blickte schweigend in sein Gesicht und suchte dann Rutgars Blick. Es war ein kleines Wunder, dass Adhemars Botschaften den Patriarchen der Insel Zypern erreicht hatten. Simeon von Jerusalem, der jetzt auf der Insel lebte, hatte Lebensmittel geschickt, die mühsam den Weg hierhergefunden hatten, aber die Not nicht zu lindern vermochten. Ein Schiff nach Zypern, ein anderes Schiff nach Westen ... davon träumten Chersala und Rutgar, wenn sie nachts von ihren knurrenden Mägen geweckt wurden.

Sie gingen durch die Lagergasse zu Tatikios' Zelt. Plötzlich, nach drei Dutzend Schritten, riss sie eine unsichtbare Kraft von den Beinen, ließ sie taumeln und schleuderte sie zu Boden. Die Zelte schwankten, Zeltstangen splitterten, Spannseile rissen. Die Geräusche gingen in einem tiefen Grollen und Poltern unter, das aus dem Boden kam, aus der Erde und, wie es schien, von den Bergen und vom Fluss.

Durch das Lager, in dem sämtliche Bewohner taumelten und stürzten, erscholl ein einziger, lang gezogener Schrei aus Tausenden Kehlen. Die Erde bebte, einen furchtbaren Atemzug lang, einen zweiten, dritten und vierten. Unablässig wankten die Zelte; einige brachen in den Staubwolken zusammen, die überall hochbrodelten. Die Türme und Dächer der Stadt und selbst die Berge hinter der Festung schienen zu erzittern.

Auch Chersala schrie vor Angst. Rutgar kam schwankend auf die Füße und glaubte zu sehen, dass auch die Mauern und die Wehrtürme sich bewegten wie Bäume im Sturm. Fahnenmasten fielen um, Brände brachen aus, und das Schreien ging weiter. Rutgar blieb breitbeinig stehen, obwohl er torkelte, und zog Chersala hoch. Berenger hielt sich an einem wippenden Seil fest und blickte, als suche er den Schuldigen für das Beben der Welt.

»Die Strafe Gottes!«, heulte ein Mann zwischen den flatternden Zeltwänden. Das Dröhnen aus der Tiefe hielt an, ein harter Stoß ging durch den Boden, dann verhallte das dumpfe Lärmen, und für einige Herzschläge trat eine unirdische Ruhe ein.

In diesem Augenblick begannen sämtliche Tiere zu schreien. Schwärme schwarzer Vögel flatterten aus dem Schilf des Sumpfes auf und zerstreuten sich krächzend in alle Richtungen. Unzählige Stimmen wimmerten und schrien, Pferde hatten sich losgerissen und galoppierten durch die Lagergassen. Der General stürzte aus dem Zelt und bahnte sich einen Weg durch die verwirrten Kundschafter.

»Vielleicht sollten die Mauern zusammenbrechen!«, rief Berenger, fluchte leise und versuchte, Staub und Schmutz von seiner Kleidung abzustreifen. »Das Bebenwunder des Herrn war nicht groß genug.«

»Versündige dich nicht.« Chersala hielt sich an Rutgars Schulter fest und zog ihn zum Zelt zurück.

Zwei Reiter preschten durch die Hauptgasse, hinter einem halben Dutzend gesattelter Pferde her, die in blinder Angst, die Augen wild rollend, durch das Palisadentor sprangen und zwischen Spannseilen, kalten Feuerstellen und Kochgerät umherstolperten. Ein Reiter riss sein Pferd zu spät in die Höhe; es geriet mit den Vorderhufen in einen Graben, brach mit dem Vorderkörper ein und schleuderte den Reiter über den Hals. Er kam aus den Steigbügeln frei, krümmte sich in der Luft zusammen, schlug gegen eine Zeltwand und rollte zwischen den

Pflöcken und umstürzenden Wasserkübeln durch Staub und Feuerholz. Sein Pferd kam mit grellem Wiehern hoch und scheute, als Chersala nach den losen Zügeln griff.

Rutgar war mit wenigen Schritten bei dem Gestürzten, packte seinen Arm und zog ihn hoch. Der Reiter schüttelte sich, drehte sich herum und stöhnte, winkelte den Arm an und fluchte in provençalischer Sprache. Sein Oberkörper und das Gesicht waren voller Schlammspritzer und Strohhalme, zwischen denen blaue Augen hervorstrahlten.

Rutgar ließ den Arm los und trat zwei Schritte zurück. Sein Herzschlag setzte aus, er wandte sich hilfesuchend zu Chersala um. Sie blickte verwirrt vom Gesicht des Fremden zu Rutgar, dann starrte sie Berenger an, der langsam näher kam. Rutgar streckte die Arme. Seine Finger zitterten.

»Ich kann's nicht glauben«, stieß er hervor. »Ich hab so lange gesucht ... nach dir. Du bist ... Thybold!«

»Ich hab dich auch nicht erkannt«, sagte der schwarzbärtige Fremde mit der Stimme, an die sich Rutgar erinnerte, als habe er sie gestern das letzte Mal gehört. Thybold wischte sein Gesicht mit beiden Ärmeln ab. Jetzt sah Rutgar unter dem Schmutz das schwarze Haar und die Falkennase. »Jean-Rutgar! Tausendmal hab ich an dich gedacht, Stiefbruder. Aber dass wir uns hier ...«

Er breitete die Arme aus. Die Brüder umarmten sich, schlugen einander auf die Schultern, lachten und murmelten Unverständliches, dann schoben sie einander auf Armeslänge zurück und starrten sich in die Augen.

»Ich folge seit Clermont dem Kreuzzug, bin seit Köln am Rhein bei den Pilgern.« Rutgar sprach heiser und wischte die Tränen aus den Augenwinkeln. »Wie bist du hierhergelangt, Thybold?«

»Mit dem Schiff von Genua. Im Hafen, in Sankt Simeon, hab ich einen Gutteil meines Geldes für dieses Pferd ausgegeben. Ich bin im Lager der Franzosen, in einem Zelt mit einem Gascogner und einem Mann aus der Provençe.«

Kopfschüttelnd, mit glühendem Gesicht und belegter Stimme, sagte Rutgar: »Dies hier … Cherso, nein: Chersala. Meine Liebste. Und das ist Berenger, unser Herzensfreund, der uns hilft, alles kann, alles weiß, ein großer, listiger Krieger.«

Chersala umarmte Thybold und flüsterte: »Er hat wirklich tausendmal und mehr von dir geredet, Thybold. In allen Heeren, bei allen Pilgern, überall hat er nach dir gesucht. Ich muss mich verkleiden, als Mann, weil … «

Schrecken und Aufregung im Lager hielten an. Langsam beruhigten sich die Tiere, die Brände wurden gelöscht. Die Menschen warteten auf ein zweites Beben oder hofften auf Antworten, die ihnen die Furcht vor Gottes Zorn nahmen. Auch in der Stadt, deren Mauern und Türme doch nicht eingestürzt waren, hatte sich wildes Lärmen ausgebreitet. Pferdeknechte fingen die Tiere ein und zerrten sie zwischen den Zelten hervor.

Berenger, der Thybold schweigend und prüfend betrachtete, nahm Chersalas Hand und brummte leise: »Bis auf Tatikios weiß fast jeder Kundschafter, dass du kein Mann bist, Schwester. Ich hab ihnen gesagt, dass ich jeden umbringe, der sich an dir vergreift.«

Chersala und Rutgar schwiegen, erschreckt und ungläubig. Thybold grinste unsicher, und Berenger begann zu lachen. Dann legte Rutgar die Arme um Chersalas und Thybolds Schultern und zog die beiden zu seinem Zelt.

Berenger packte Rutgars Handgelenk, deutete über die Schulter und wandte sich um. »In einer Stunde bin ich zurück. Genießt euer Wiedersehen, Ritterlein.«

Er ritt einige Male um das Lager, sprach seinen Männern Mut zu und schaffte ein Fuder Heu und eine halbe Traglast Gras und Getreide für die Pferde herbei; abends kehrte er mit zwei vollen Weinkrügen zum Zelt zurück und setzte sich ans Feuer.

Der Tag war wolkenlos geblieben. Im Lager, in allen Zelten und hinter den Palisaden herrschte die gewohnte, angespannte Ruhe. Der Schrecken des Bebens saß tief in den Herzen der Belagerer. Fackelflammen wanderten lautlos auf dem Wall hin und her. Die ungewöhnliche Hitze hatte jäh abgenommen, nachdem die Sonne untergegangen war. Am mondlosen Himmel erschienen die Sterne.

Chersala lauschte den Brüdern, die einander ihre Erlebnisse erzählten. Sie füllte in Abständen die Becher mit gemischtem Wein und blickte bisweilen zum Nachthimmel.

»Du bist im Lager Raimunds von Toulouse, Thybold, nicht wahr?«, sagte Berenger. »Wie steht es bei euch mit Proviant?«

»Wir hungern alle«, antwortete Thybold und zuckte mit den Schultern. Chersala hatte geholfen, mit Öl und heißem Wasser und ihrem Dolch Thybolds wuchernden Bart abzunehmen und sein Gesicht glatt zu schaben. Jetzt glänzte seine Haut im Licht der Flammen. »Sie sagen, jeder Siebte sei verhungert. Nur die hohen Herren haben ein wenig zum Beißen und, wie ich glaube, genug Wein.«

Thybold hatte nach Jean-Rutgars schmerzlichem Abschied von Ragenarda und der Burgruine von Beausoleil noch acht Monate ausgeharrt und sich entlang der Küste, für seinen Unterhalt arbeitend und, da er ein Pferd besaß, als Gefolgsmann des einen oder anderen Herrn, durchgekämpft. Vor Genua verendete der alte Gaul, und Thybold ließ sich als Matrose und Schiffssöldner anwerben. Obwohl er den Reden der frommen Männer nicht recht glaubte, zogen ihn die Schätze des fernen Jerusalem und die silbernen Straßen und die goldene Beute in den Ländern der Heiden an. Es dauerte drei Monate, bis die Flotte zusammengestellt war und bei wechselnden Winden den Hafen von Sankt Simeon erreicht hatte. Dort kaufte er von der Hälfte seines Ersparten ein Pferd, sattelte es und fand den Weg in das Lager der Provençalen. Dort sagte ihm ein Knecht, dass ein junger

Ritter, auch einer aus der Provençe, nach jemandem suche, der Thybold hieß.

Rutgar, der in die Glut und die Flammen gestarrt hatte, hob den Kopf und sah, als sich sein Blick geklärt hatte, dass über die Zeltleinwand und die Gesichter von Berenger und Chersala ein seltsames grünes Licht zuckte. Er sprang auf und suchte die Quelle des Lichts. Als er sich neben Berenger aus dem Schatten herausduckte, sah er über den Zelten, zwischen den Sternen und viele Himmelslichter verdeckend, eine riesige Fläche, wie ein grünes Tuch, das im Wind langsam Falten schlug. Aber da war kein Windhauch, kein Sturm. Das Grün wurde greller, sein Leuchten nahm ab und machte einem durchdringenden Blau Platz, das sich über drei Viertel des Himmels ausbreitete und unhörbar umherrauschte.

»Was ist das, Berenger?«, rief Chersala unterdrückt.

Während sich im Lager hörbare Unruhe ausbreitete, lehnte sich Berenger zurück, betrachtete einige Atemzüge lang das Schauspiel wechselnder, wallender Farbtücher und antwortete unschlüssig: »Als Kind hab ich solche ... Himmelslichter einmal gesehen. In Britannien. Ich weiß es auch nicht. Alle Welt wird schreien: Wunder! Wunder! Aber nichts ist damals geschehen. Keine Pest, keine Missernte. So wird's hier auch sein.«

»Alle fürchten sich«, sagte Thybold und starrte, von zuckendem Grün und Blau übergossen, die Erscheinung an. »Es ist unheimlich. Wie Meereswellen am Himmel, ohne dass sich ein Sturm auftürmt.«

»Vielleicht gibt uns der Herr ein Zeichen, dass wir die Stadt stürmen sollen.« Rutgar sah zu den Fackelflammen, die sich auf den Stadtmauern bewegten, wie riesige Glühwürmchen. Der seltsame Glanz verwandelte die Mauern der Stadt, der Festung und des Palasts in eine unirdische Erscheinung, in das Bild eines Traums vom himmlischen Jerusalem. »Oder dass die fränkischen Ritter in aller Eile davonreiten sollen. Niemand wird es je mit Gewissheit sagen können.«

Fast zwei Stunden lang dauerte das himmlische Schauspiel, dann krochen von Sonnenuntergang Wolken heran und löschten das Glühen und die Sternbilder aus. Zwischen Mitternacht und Morgen fielen einzelne schwere Tropfen aus den Wolken, dann begann ein leiser Regen, der Stunde um Stunde stärker wurde und bei Tageslicht herunterströmte wie Wasserfälle. Mit dem Regen, der nur für kurze Zeit aussetzte, kamen Kälte und schneidender Wind.

Der erste Mond des neuen Jahres hatte begonnen, der Schneemond, aber es schneite nicht, obwohl in der nassen Kälte jeder achte oder siebente Pilger starb; Kind, Frau, Knecht oder Ritter. Hunger und Furcht trieben Söldner aus den Lagern. Am 20. Tag des Schneemonds merkte man, dass auch Peter von Amiens und Wilhelm von Melun, der Zimmermann, fehlten.

Tancred und eine Handvoll Ritter schwangen sich in die Sättel, hefteten sich auf die Spur der beiden und schleppten sie ins Lager zurück. Peter der Eremit wurde nicht bestraft, aber Wilhelm von Melun verbrachte die ganze Nacht büßend und stehend in Bohemunds Zelt und wurde am Morgen beschimpft und zum Schwur gezwungen, bis zur Einnahme von Jerusalem das Heer nicht zu verlassen.

In den Stunden der größten Not verfasste Bischof Adhemar Sendschreiben und Bittbriefe an die Gläubigen in den Heimatländern und an deren Oberhirten. Als die Zählung ergab, dass alle Belagerer nur noch über tausend Pferde verfügten, erfuhren die Fürsten, dass sich ein Seldschukenheer von Aleppo näherte, angeführt von Emir Radwan. Kundschafter berichteten, dass sich dem Emir von Aleppo, der zugleich Yaghi-Siyans Schwiegersohn sei, auch dessen Vetter Soqman aus Diyarbekir und der Emir von Hama angeschlossen hätten. Der kalte Regen wollte nicht aufhören.

Bohemund schaffte es, ein Heer von siebenhundert Berittenen zusammenzustellen; die Gepanzerten ritten nicht nur auf Pferden, sondern auch auf Eseln und Maultieren. Die Fußkämpfer sollten die Belagerung fortsetzen und die Verteidiger täuschen; sie sollten glauben, das gesamte Heer stünde unverändert vor den Mauern.

Bohemunds kleines Heer schlich am 8. Tag des Hornung im Dunklen über die Schiffsbrücke bis zum Antiochia-See, wo Graf Raimund mit seinem Haufen zu ihm stieß; verborgen in der Nacht warteten die Ritter auf die Rückkehr Walter von Domebarts und eines getauften Seldschuken, die das Heer Radwans auskundschaften sollten. Als sie meldeten, die Seldschuken würden sich in zwei großen Heeresteilen dem Orontes nähern, rüsteten Bohemund und Raimund sich zum Kampf; Bohemund befahl, das Kastell Harenc aufzugeben und zu verlassen. Schon einige Stunden später rückten Radwans Reiter in Harenc ein und verschanzten sich.

Auch in dieser Nacht regnete es. Fünf Kampfgruppen rückten auf die Seldschuken zu, eine Gruppe verbarg sich in der Ebene. Radwans Heer wurde zwischen die Ufer des Sees und des Flusses gelockt, und als die Heere aufeinandertrafen, merkten die Seldschuken, dass ihre Bogen und Pfeile nass und dadurch unbrauchbar geworden waren. Selbst die Federn lösten sich von den Pfeilschäften.

Die Ritter griffen mit dem Mut von Todgeweihten an – und als keiner der Pfeile traf, wandten sich die Seldschuken auf der Straße nach Aleppo zur Flucht und nahmen nur mit, was sie tragen konnten. Die Beute versetzte die Kreuzfahrer in Begeisterung. Mehr als tausend Pferde samt Futter, Sätteln und Proviant! Die Ritter schlugen den getöteten Seldschuken die Köpfe ab und rammten hundert Stangen in den Boden vor einem der Stadttore; auf jedem Spieß steckte der blutige Kopf eines Seldschuken.

Emir Yaghi-Siyan hielt die zurückkehrenden Ungläubigen für Radwans Entsatzheer und wagte einen Ausfall. Im Regen wehrten sich die Fußkämpfer der Belagerer und viele aus Tatikios' Lager. Die Kämpfe zogen sich so lange hin, bis der Emir am Nachmittag einsah, dass er sich verhängnisvoll geirrt hatte. Die Seldschuken schlüpften in den Schutz der Mauern zurück, die Tore schlossen sich wieder.

Berenger hatte aus den erbeuteten Vorräten und der Hinterlassenschaft getöteter Söldner für Thybold Waffen und Kleidung hervorgekramt. Der junge Provençale, frisch eingekleidet und gerüstet, beugte sich zu Rutgar hinunter und blickte über dessen Schulter. Am späten Morgen, im Sonnenschein, der durch zerrissene Löcher in den dahinjagenden Wolken fiel, saß Rutgar im Windschatten der knatternden Zeltleinwand und bedeckte das Pergament mit seiner kleinen Schrift.

»Ich hab versucht, herauszufinden, wie viele Spieler es in diesem mächtigen Durcheinander gibt und wer in diesen vielen Kämpfen die große Schlacht gewinnt.« Thybolds Blick ging zum Lagereingang, in dessen Nähe die ersten Zelte abgebaut wurden. »Weißt du's, Rutgar? Kannst du es mir erklären?«

»Nicht einmal Gottfried oder Bischof Adhemar können's«, antwortete Rutgar und wischte die Federspitze trocken. »Das Heer Radwans ist, wahrscheinlich, vernichtet. Doch inzwischen hat ein neuer Spieler die Bühne betreten. Al-Afdal, der für den jungen Kalifen von Kairo regiert, hat den Rittern durch seine Gesandten die Heilige Stadt versprochen. Er will, wenn man ihn überzeugt, sich taufen lassen. Ein Muslim als Christ? Ich kann's nicht glauben.«

»Die Ägypter gegen die Seldschuken?« Thybold wiegte den Kopf. »Dann hätten wir Christen die größten Heere aller Länder.«

»Aber seit die Gesandten sich auf den Weg gemacht haben, von einigen unserer Ritter begleitet, weiß ich zumindest eines«, meinte Rutgar.

»Dann bist du klüger als ich«, sagte Thybold. »Was weißt du?«

»Dass es zwischen den muslimischen Emiren und Fürsten so wenig Eintracht gibt wie zwischen den Kuffarim, den ›Ungläubigen‹, wie die Muslime uns nennen.«

»So und nicht anders ist es!«, bekräftigte Thybold. »Ich habe gehört, dass die Tafuren bestimmte Dinge tun, die selbst Bohemund entsetzen würden«, fügte er halb ungläubig und schaudernd hinzu.

»Du meinst, dass sie das Fleisch der toten Seldschuken braten und fressen?« Rutgar lachte. »Es ist nur ein Gerücht. Glaube nicht alles, was man sich unter den Hungernden im Lager erzählt.«

Die Hungersnot, die alle Belagerer im gnadenlosen Griff gepackt hielt, war groß und dauerte schon viel zu lange. Die Hilfe aus Zypern reichte gerade einmal dazu, die Zahl der Verhungernden und Fliehenden nicht anwachsen zu lassen, den Hunger lindern konnte sie nicht.

Nach der Schlacht gegen Radwans Heer, während das zweite Kastell »La Mahomerie« neben dem muslimischen Friedhof, gegenüber einer halb verfallenen Moschee, aus Steinplatten und Quadern der Gräber errichtet wurde, hatte es leisen, aber erbitterten Streit zwischen Bohemund und dem General gegeben. Berenger hatte geflüstert, seines Wissens nicht sicher, dass Tatikios mit vielen Söldnern dem Heer des Basileus entgegenziehen und also den Ring der Belagerer verlassen würde.

»Du reitest erst seit wenigen Wochen mit den bewaffneten Pilgern, Thybold«, sagte Rutgar leise. »Die Reise nach Jerusalem ist ein furchtbarer Strudel aus Grausamkeit, Durst und Hunger, aus tausend Kämpfen und hinterlistiger Zwietracht zwischen den Herren, die im Namen des Herrn kämpfen und einander bekriegen. Nur weil uns Berenger geholfen hat, haben Chersala und ich überlebt.«

»Ihr liebt euch, nicht wahr?«

»Es gibt keine größere Liebe«, antwortete Rutgar. »Es ist anders, aber ebenso gut, nein, besser als die Jahre mit Ragenarda.«

»Das will etwas heißen«, murmelte Thybold und sah zu Boden. »Wir reden noch darüber. Schreib weiter.«

Rutgar nickte und zog den Korken aus dem Tintenkrüglein.

Jean-Rutgar sendet den Brüdern Odo und Rasso eine Nachricht von der Belagerung Antiochias.

Einige Tage nach dem Christfest, als Gottfrieds ehrgeiziger und von rasendem Mut beseelter Bruder Balduin zu Turbessel weilte, trafen Gesandte von Fürst Thoros aus Edessa ein, der das Heer des Kerboga von Mosul fürchtete, das Antiochias Belagerer angreifen und vertreiben sollte. Er glaubte zu wissen, dass sie auf dem Heerweg auch Edessa und andere Fürstentümer der Armenier überfallen würden. Balduin verlangte von Thoros, dass er ihn an Sohnes Statt annehmen und nicht als Söldner mit Geld und Geschenken an sich binden sollte. Nach einigem Zögern stimmte Thoros zu, ihn als Sohn und Erben einzusetzen; denn Thoros war kinderlos und bei seinen Untertanen nicht beliebt.

Zu Beginn des Hornung, nur von acht Rittern begleitet, ritt Balduin nach Edessa, entkam einem Hinterhalt der Seldschuken und ritt am 6. Tag des Hornung in Edessa ein, wo ihn das Volk mit lautem Jubel empfing. Fürst Thoros nahm ihn in einer befremdlichen Zeremonie als Sohn an, und auch Thoros' Gemahlin zog Balduin an ihre entblößten Brüste. Nachdem Balduin neben Thoros Edessa regierte, beschloss er, den Emir von Samosata anzugreifen. Am 14. des Hornung begann der Feldzug, an dem auch Konstantin von Gargar teilnahm, Thoros' Lehensmann. Zuerst eroberten sie das Dorf Sankt Johannes und besetzten es mit mutigen Rittern, um den

Seldschuken die Stirn bieten zu können und sie das Fürchten zu lehren.

Herr Balduin und Konstantin von Gargar aber begannen eine Verschwörung gegen Thoros, die begierig von dessen Untertanen begrüßt wurde. Am 7. Tag des Lenzmonds griff die Bevölkerung voll Wut die Wohnungen der Gefolgsleute Thoros' an, und Balduin stürmte den Palast in der Zitadelle. Vergeblich bat Thoros um freien Abzug nach Metilene zum Vater seiner Gemahlin; er wurde am 9. Lenzmond vom Volk gefasst und in Stücke gerissen, als er zu fliehen versuchte. Am nächsten Tag forderten der Rat und das Volk von Edessa Balduin auf, die Herrschaft über das reiche Edessa zu übernehmen. Man übertrug ihm die Würde des »Grafen von Edessa« – als Erster aller fremden Fürsten hatte Balduin den Traum eines eigenen Reiches jenseits des Meeres wahr machen können.

Als er in Thoros' großen Palast einzog, fand er riesige Schätze, größer als in seinen kühnsten Träumen erhofft. Dies alles schilderte der Bote, den Balduin zu seinen Brüdern gesandt hatte. Als die Botschaft von Balduins neuer Macht und seinem Reichtum bei den Belagerern kundgetan wurde, versank sein jüngerer Bruder Eustachius in dumpfes Grübeln und tiefe Trauer.

Am 4. Tag im Lenzmond hatte eine englische Flotte den Hafen Sankt Simeon erreicht. Sie brachte italische Pilger und hatte in Konstantinopel Belagerungsmaschinen und deren Handwerker geladen. Edgar Atheling, ein verbannter Thronanwärter, befehligte die Schiffe. Der Kommandant der Flotte sowie Bohemund und Raimund, die eilends nach Sankt Simeon geritten waren, warben auf den Schiffen kampffähige Männer an und begleiteten die schwer beladenen Wagen nach Antiochia. Zwei Tage nach Ankunft der Flotte war der Zug von Seldschuken überfallen worden. Die meisten Begleiter waren davongerannt, einige von ihnen ins Lager, wo sie berichtet hatten, dass Raimund und Bohemund erschlagen worden seien.

Schnell hatte Gottfried von Bouillon seine Gefolgsleute zu den Waffen befohlen, um die wertvolle Ausrüstung zu retten. Als sie aufsaßen, machten die Seldschuken Antiochias abermals einen Ausfall, dem Gottfried aber standhalten konnte. Als Raimund und Bohemund, die beide noch am Leben waren, mit vielen Verwundeten das Lager erreicht hatten, vermochten sie Gottfried im Kampf zu helfen – wieder einmal mussten sich die Seldschuken in die Stadt retten.

Die Fürsten sammelten ihre Heerhaufen und ritten den Seldschuken auf der Straße zum Hafen entgegen. Sie ließen ihre Beute fahren und versuchten, die Brücke zu erreichen, aber fast alle wurden erschlagen, gefangen genommen oder verwundet. Man zählte mehr als siebenhundertfünfzig tote Ritter und Fußsoldaten, aber doppelt so viele tote Seldschuken, die von den Bewohnern der Stadt auf dem muslimischen Friedhof – der sich westlich von Gottfrieds Lager am Orontes-Ufer ausbreitete – begraben wurden. Die Belagerer ließen die Seldschuken gewähren, aber am nächsten Tag hatten sie die Toten wieder ausgegraben und sie des Goldes und silbernen Schmucks, der kostbaren Tücher und der Edelsteine beraubt.

Die Verpflegung und die unersetzlichen Teile der Maschinen wurden gerettet und ins Lager gebracht. Einen Tag danach rissen die Wolken auf, es hörte auf zu regnen. Am folgenden Tag hatten sich die Fürsten abermals zur Beratung zusammengefunden. Das Kastell gegenüber dem Brückentor, das Fürst Raimund von seinen Leuten und den unermüdlichen Tafuren errichten ließ, wuchs in die Höhe und erhielt den Namen »La Mahomeria« – so nannten die Franzosen die Moschee am Friedhofsrand –, und zu seinem Bau wurden die Grabsteine der Muslime verwendet. Man beschloss, am Sankt-Georgs-Tor ein zweites Kastell zu bauen, um auch diesen Zugang abzuriegeln, denn die Belagerer verfügten nun über Werkzeuge und ausgeruhte Handwerker. Als ob der Herr den Vorhaben der Belagerer zustimmen würde, blieb es auch die folgenden Tage trocken. Jetzt war Antiochia völlig umstellt; nur auf den schwierigen Gebirgspfaden konnten Wagemutige die Stadt betreten und verlassen.

Im Ostermond gelang es Tancred, der mit seinen Leuten nun das zweite Kastell, »Tancreds Burg« genannt, bemannte, eine mit Proviant für die Stadt schwer beladene Karawane abzufangen. Als der Frühling begann und sich überall üppiges Grün ausbreitete, wurde das Leben für die Belagerer in dem Maß leichter, wie es für Yaghi-Siyans Stadtbewohner schwieriger wurde. Der Emir wartete auf das Heer aus Mosul, das, von Atabek Kerboga geführt, den neuen Herrscher Graf Balduin in Edessa belagerte.

Zugleich näherte sich von den asiatischen Provinzen der Rhomäer das bisher siegreiche Heer des Johannes Dukas der Großen Heeresstraße, die der Basileus freigekämpft hatte. General Tatikios hatte Dukas zunächst um Entsatz vor Antiochia gebeten, dann hatte er von Kerbogas gewaltigem Heer erfahren und nach langem Zögern Tatikios beschlossen, mit wenigen Vertrauten dem Johannes Dukas entgegenzuziehen. Berenger begleitete ihn, die Belagerungsmaschinen und deren Handwerker ließ Tatikios zurück. Obwohl die Manganen, Schleudern und Katapulte längst zusammengebaut waren, war es noch keinem Ritter in den Sinn gekommen, mit ihrer Hilfe den Graben zu überwinden und eine Mauer zu berennen.

Chersala, Rutgar und Thybold hatten sich nach langer Beratung mit Berenger entschlossen, weiterhin an der Belagerung teilzunehmen. Tatikios übergab Rutgar den Befehl über drei Dutzend Kundschafter, ehe er nach Sankt Simeon aufbrach, um sich dort auf ein Schiff nach Zypern zu begeben. Berenger, der Tatikios begleitete, versprach, so bald wie möglich zurückzukommen.

Wie auch die Kämpfe ausgehen mochten, dachte Rutgar, die Stadt würde noch in diesem Sommer fallen. Wie Chersala und Thybold sehnte auch er sich danach, wieder einmal zwischen festen Mauern und unter einem dichten Dach auf einem weichen Lager schlafen zu können.

Kapitel XXVI

A. D. 1098; 1. BIS 2. TAG DES BRACHMONDS (JUNI)
VOR DEN MAUERN ANTIOCHIAS

»Denn als das Volk den Hall der Posaunen hörte,
machte es ein großes Feldgeschrei.
Und die Mauern fielen um, und das Volk erstieg die Stadt.
Also gewannen sie die Stadt und verbannten alles,
was darin war, mit der Schärfe des Schwertes.«
(Jos 6,20)

Als die Kundschafter auf erschöpften Pferden vor Jean-Rutgar aus den Sätteln glitten, erschreckten ihn allein schon ihre Gesichter. Der vorderste Späher, der schmalhüftige Rodmond mit dem geflochtenen Bart, nahm den Helm ab und holte tief Luft, dann sprudelte er hervor: »Es ist ein riesiges Heer, Herr Ritter. Hunderttausend Lanzen, die in der Sonne blitzen … lauter Reiter in Weiß gekleidet, und die schwarzen Fahnen. Sie kommen von Edessa.«

»Wie viele Tage brauchen sie bis hierher?«, wollte Thybold wissen.

»Nicht länger als drei oder vier.«

Rutgar schlug dem Reiter auf die Schulter. »Ruf die anderen Männer zusammen. Sofort! Wir schicken Boten zu den Fürsten. Sie müssen ihre Ritter und Mannschaften zu den Waffen rufen. Thybold – reite zu Raimund von Toulouse.«

»Ich bin schon auf dem Weg!«, rief Thybold und rannte zu den Pferden. Rutgar folgte ihm und sattelte seinen Rappen.

Kaum eine halbe Stunde später stand Rutgar vor Bohemund; als er seinen Bericht beendet hatte, schüttelte der riesige Normanne langsam den Kopf. Seine weizenfarbenen Locken wirbelten durcheinander. In seinem bärtigen Gesicht erschien ein seltsames Lächeln.

»Setzt Euch, junger Ritter«, sagte er und winkte. Ein Bediensteter brachte Wein und Becher. »Es ist kein Geheimnis in unserem ruhmreichen christlichen Heer, dass ich im Zeichen des Kreuzes diese Stadt als meinen Besitz erobern will. Ich habe lange mit einzelnen Fürsten darüber verhandelt. Der rhomäische General weiß es längst, vermutlich wisst Ihr es auch.«

Rutgar nickte vorsichtig und ließ keine Bewegung des hellhäutigen Hünen aus den Augen. Bohemund, mehr als einen Kopf größer als Rutgar, schien vor Kraft zu bersten. Rutgar hatte den Fünfundvierzigjährigen in zahlreichen Kämpfen gesehen und bewunderte, halb staunend, halb schaudernd, Bohemunds rasende Stärke und seine Kunst, mit Waffen umzugehen. Jetzt schien in Bohemunds Kopf ein lang gehegter Plan ausgereift zu sein. Er hob den Becher, leerte ihn und sprach weiter.

»Doch nun ist der General abgezogen, und Alexios hat keinen Vertreter mehr hier vor Ort. Die Lage ist kritisch, die Gelegenheit günstig. Ich werde für das Heer die Stadttore öffnen; denn ich habe einen Freund in der Stadt, der uns hilft.«

Aus Bohemund sprach der unbedingte Wille, Antiochia zu erobern und sich zum Herrn dieser wichtigen Stadt zu machen.

»Ein Seldschuke? Ein Mann des Emirs?«, sagte Rutgar zweifelnd.

»Einer seiner Anführer. Ein Armenier, der sich als Muslim hat beschneiden lassen. Ich kenne ihn, seit wir mit der Belagerung angefangen haben. Er befiehlt über drei Türme in der Südmauer. Den Turm der zwei Schwestern und zwei andere, drüben, bei Tancreds Burg. Er wird mich und einen kleinen

Trupp ausgewählter Männer über die Mauer in die Stadt einlassen.«

»Er will seine Stadt verraten?«, sagte Rutgar ungläubig. Bohemund schüttelte den Kopf und stieß ein lautes Gelächter aus, während er sich nachschenkte. »Warum hasst er Emir Yaghi-Siyan?«

Bohemund lachte laut und schlug mit den flachen Händen auf seine Schenkel. »Nein, Firuz ad-Zerrat, der Waffenschmied, hasst den Emir nicht. Gold und Land hab ich ihm versprochen, und dafür ist er gewillt, unser Freund zu werden. Und da man einem Verräter nie vertrauen kann, habe ich mir seinen Sohn als Pfand schicken lassen. Alles ist bereit: Meine Leute, Leitern, Seile. Der Augenblick. Der Wille.«

Rutgar nahm einen Schluck. Seit Monaten hatte er keinen so guten Wein getrunken. Leise sagte er: »Ich kann's kaum glauben, Fürst von Tarent. Ihr wollt zum Turm hinaufklettern? Wann? Mit wie vielen Männern?«

»Fünf Dutzend Ritter. Die anderen stürmen die Stadt, wenn wir das Tor geöffnet haben. Ich habe lange mit dem störrischen Rat der Fürsten gefochten, aber zuletzt haben sie mir freie Hand gegeben. Wenn wir hierbleiben, werden wir zwischen dem Heer des Emirs Kerboga und den Mauern Antiochias zermalmt werden wie zwischen dem Stößel und dem Mörser. Denn in dem Zustand, in dem wir sind – zu wenige Männer, schlecht genährt, mutlos geworden durch das lange Zaudern –, werden wir diesen Angriff nicht überleben. Unser Heer soll sich scheinbar sammeln und den Reiterscharen des Atabeg entgegenziehen. Das wird die Wachsamkeit der Verteidiger mindern. Sag's deinen Männern. Wenn wir in der Stadt sind, sollten sie ein leeres Lager zurücklassen – hier draußen wird es gefährlich.«

Rutgar war von Tatikios' Lager im weiten Bogen nach Osten geritten; einer der Boten, die den Fürsten die Nachricht vom Herannahen des Muslim-Heeres überbrachten. Er hatte beim

Ritt durch eine Lagergasse gesehen, dass sich viele Männer wie für einen Marsch rüsteten. Aber noch war kein Zelt abgebrochen worden.

»Und was ist mit den anderen hohen Herren? Werden sie nicht darauf bestehen, mit Euch über die Mauern zu steigen?« Er fragte sich, wie viel die anderen Anführer des Heeres wirklich von Bohemunds Absicht wussten – vermutlich nur so viel, um ihren Teil darin spielen zu können.

Der Fürst machte eine wegwerfende Geste. »Stephan von Blois scheint krank zu sein. Er wird mir wenig helfen können. Auch Herzog Gottfried und Robert von Flandern kennen meinen Plan noch nicht. Sie sind ausgezogen, um in den Bergen Proviant zu beschaffen; sollen sie dort bleiben! Ihr, die Männer des Generals – haltet euch bereit. Morgen Nacht werden wir es wagen. Vor dem ersten Tageslicht am dritten Tag. Im letzten Augenblick, bevor uns die Seldschuken vernichten.«

Jede Bewegung des gewaltigen Körpers schrie nach rücksichtslosem Kampf und nach Macht. Rutgar fragte sich im Stillen, warum ausgerechnet er das Vertrauen dieses mächtigen Mannes genoss. Andererseits wusste Bohemund seit Monden, dass die Späher und Kundschafter mutig und zuverlässig waren.

Rutgar leerte seinen Becher und wartete vergeblich darauf, dass ihm Bohemund nachschenkte. Er stand auf, verbeugte sich knapp und sagte: »Ich verspreche Euch, Fürst Bohemund, dass alle Soldaten des Generals mit ihren Pferden und Waffen und so viel Ausrüstung, wie wir tragen können, bereit sind. Wenn ich weiß, dass eines der Tore offen ist, galoppieren wir in die Stadt.«

»So soll es geschehen. Vor Sonnenuntergang, morgen, sollt Ihr das Lager verlassen und nach Osten reiten. So, als ob Euer kleines Heer Richtung Edessa ziehen wollte. Ihr werdet einiges zurücklassen müssen. Sorgt dafür, dass Ihr gute Unterkünfte in der Stadt findet. Die Christen von Antiochia werden es Euch danken.«

»So Gott will«, antwortete Rutgar.

Mit einem abschätzigen Grinsen fügte Bohemund hinzu: »*Deus lo vult!* Gott will es so.«

Rutgar verließ das offene Zelt. Der Pferdeknecht übergab ihm die Zügel, und Rutgar trabte zurück in das Lager der Späher.

Bald wusste jeder Insasse des Kundschafterlagers, was er zu tun hatte. Die Arbeiten, die den Aufbruch begleiteten, wurden mit der Erfahrung vieler Tage begonnen; ohne Lärmen, ohne Hast, gewissenhaft und geordnet: Holz für Lagerfeuer, Sättel und Zaumzeug vorbereiten, die Pferde tränken und füttern, Proviant packen, Waffen sammeln und Truhen füllen. Die meisten Zelte blieben stehen, die Kundschafter und Handwerker arbeiteten mit gewohnter Zuverlässigkeit. Trotzdem hatte sich eine ungewöhnliche Stille über den Zelten ausgebreitet, als ahnten alle, dass sich etwas Entscheidendes anbahnte.

Auch aus den Lagern der Fürsten erscholl gedämpftes Brodeln, vermischt mit metallischem Klirren. Die Ritter und ihre Gefolgschaft, die Kerbogas Heer fürchteten, bereiteten sich auf den Waffengang vor. Gebete und Gesang der abendlichen Gottesdienste hallten bis an die Stadtmauern. In weitem Kreis um die Stadtmauern stiegen Rauchsäulen zum Himmel, und später leuchteten, als spiegelten sich die Sterne, unzählige Lagerfeuer und Fackeln.

Einige Stunden nach Sonnenaufgang hörten Rutgar, Chersala und einige Späher auf dem Weg, der nördlich ihres Lagers zur Schiffsbrücke führte, Hufschlag, Geschrei und Waffenklirren. Sie rannten zum Palisadentor und sahen die Fahnen Stephans von Blois', der halb vermummt im Sattel saß und seine Nordfranzosen anführte. Der Schwager von Robert, dem Herzog der Normandie, führte nicht mehr als zehn Dutzend

Reiter und tausend Fußsoldaten an, die seinem Fahnenträger und ihm folgten. Rutgar erkannte drei Ritter wieder, mit denen Berenger und er während der Hunger- und Durstmärsche oft zu tun gehabt hatten: Evrart von Puiset, Caro Asini und Godefroi Guérin. Aus der Menge der Reiter hörte er:

»Nach Sankt Simeon – nur fort von dieser Stadt aus Hunger, Regen und Leichen!«

Stephan von Blois flüchtete nach Sankt Simeon? Rutgar war fassungslos. Die Schiffe Edgar Athelings hatten den Hafen längst verlassen und waren nach Laodikeia weitergesegelt. Vielleicht, sagte sich Rutgar, hatte Bohemund Stephan von Blois, den angeblich Kranken, mit einem dringenden Hilfeersuchen zum Basileus geschickt; Zypern und Konstantinopel waren, zu Schiff, nicht weit. Oder sollte Stephans Abzug schon mit Bohemunds großer Täuschung zu tun haben?

»Kümmere dich um dich selbst. Um Charsala und deine Männer«, murmelte Rutgar und ging mit großen Schritten durch die Lagergassen. Thybold war bei den Provençalen und wusste, was er zu tun hatte. Also ließ es Rutgar bei wenigen Andeutungen und konnte sicher sein, dass in den letzten Stunden der kommenden Nacht alle Späher und Kundschafter, samt der Handwerker, kampfbereit sein würden.

Eine Stunde vor Tagesende, in einem brennenden Sonnenuntergang in gewaltigen Wolkentürmen, verließen die Heere ihre Lager. Die Ritter zu Pferde, mit Fahnen und einem Wald aufgerichteter Lanzen, die Fußsoldaten und der Tross, zogen nach Osten und verschwanden zwischen den Hügeln. Um Mitternacht oder wenige Stunden danach, wusste Rutgar, würden die Fürsten die Befehle zur Rückkehr geben und die Schwerter aus den Scheiden ziehen.

Gott wollte es, hatte Bohemund gesagt.

In der westlichen Hälfte des Firmaments bedeckten Wolken die Sterne. Der Halbmond war bleich hinter den Bergen untergegangen. Im Schutz der Finsternis, von einem Hindernis zum nächsten, schlichen hintereinander fünf Dutzend Ritter bis zum Graben und hindurch und kletterten, die Festung »Tancreds Turm« im Rücken, auf handbreiten Pfaden und über nackten Fels hinauf zur Stadtmauer. Die schwarze, senkrechte Fläche schien aus dem gewachsenen Fels im Südwesten der Stadt hervorzuwachsen und bis zu den Sternen zu reichen. Fugen und Ritzen, aus denen an manchen Stellen grünende Pflanzen wucherten, dünsteten stechenden Moder aus.

Die sechzig Männer pressten sich im Schatten des Turmvorsprungs an die Quadern der Stadtmauer. In der Nähe der Torbrücken lauerten versteckt einige schwer bewaffnete Trupps. Auf den Mauern und den Türmen gab es nur noch wenige Fackeln; die Stadt schlief, die Seldschuken erwarteten eine ruhige Nacht. Die Nachricht vom abziehenden Heer – zwischen den Zelten brannten etliche Feuer, und weißer Rauch stieg im Westwind schräg zu den Sternen auf – hatte sich in Antiochia herumgesprochen; von den Dächern, der Mauerkrone und aus den Türmen waren die Kreuzesfahnen und der aufgewirbelte Staub stundenlang zu sehen gewesen.

Die Belagerer hatten Gesichter, Helme und Schilde geschwärzt und trugen Mäntel über den Kettenhemden. Sie schleppten Leitern aus Seilen, Leder und hölzernen Sprossen, deren Enden mit Stoff umwickelt waren, und wagten nicht, zu reden oder laut zu atmen. Im leeren Bachbett vor dem Hügel warteten Fußsoldaten mit langen Sturmleitern. Es war totenstill. Bisweilen schwirrten Funken aus den Fackelflammen der Wachen über die Mauerkante.

Fast unhörbar leise rutschte ein Seil aus einer Fensteröffnung des »Turms der Zwei Schwestern« herunter, schabte an den Ziegeln und senkte sich auf die Schultern eines Ritters. Fulk von Chartres tastete um sich, flüsterte eine Warnung und knotete seine Leiter an das Seilende. Die Ritter warteten; ihre Blicke suchten im Gesicht Bohemunds Furcht, Zustimmung oder Angriffslust. Langsam ruckten unsichtbare Arme Seil und Leiter in die Höhe. Bange Atemzüge danach durchbrach ein Flüstern von hoch oben die Stille.

»Kommt!« Nur dieses Wort in griechischer Sprache.

Fulk von Chartres wisperte beschwörend: »Ich zuerst. Nicht mehr als vier Männer, sonst reißt die Leiter. Dann holt die Sturmleitern herauf.«

Er setzte den Fuß auf die Leiter und zog sich Hand um Hand, von Sprosse zu Sprosse. Die Ritter lauschten auf jedes verräterische Geräusch, aber es blieb still. Nur Stiefelspitzen scharrten über den rauen Stein. Kein Klirren, kein Warnschrei, keine schwirrende Bogensehne!

Robert von Flandern folgte als Nächster, Gottfried von Bouillon wartete hinter ihm, das Schwert auf dem Rücken. Zwei Ritter kletterten an der senkrecht hängenden Leiter aufwärts, als sich Fulk von Chartres über ein steinernes Fenstersims zog und in eine Kammer einstieg, in der eine einzige Kerzenflamme zuckte.

»Ihr seid so wenige. Wo ist Fürst Bohemund?« Fulk bedeutete dem Sprecher zu schweigen und zog langsam das Schwert aus der Schulterscheide; offensichtlich stand er Firuz, dem Verräter, gegenüber. »Sie kommen alle. Hilf ihnen.«

Nach und nach, ohne Hast und schwer atmend, aber leise, stieg ein Ritter nach dem anderen in die steinerne Kammer. Leise kratzten Waffen und Kettenhemden am rauen Stein der Quader. Die Gepanzerten halfen sich gegenseitig, nahmen die Schilde vom Rücken und zogen die Schwerter, rückten die Morgensterne und Streitkolben in den Gürteln zurecht und schlossen die Halsbergen der Kettenhemden. Firuz, ein stämmiger Armenier mit flinken schwarzen Augen und rückenlangem schwarzem Doppelzopf, sah schweigend zu und wich

Schritt um Schritt zu der schmalen, eisenbeschlagenen Tür zurück.

Bohemund schwang sich ins Innere des Turms. »Die Leiter ist gerissen«, keuchte er. »Aber ich habe es noch geschafft. Die anderen müssen über die Sturmleitern kommen.«

Firuz erkannte ihn, lachte mit verzerrtem Gesicht und wies nach rechts und links. »Dort sind die Wehrgänge. Ich hab gesorgt, dass niemand auf den Türmen ist.«

Bohemund verteilte seine Männer. In der Kammer herrschte qualvolle, gefährliche Enge. Langsam öffnete sich die Tür nach außen. Die Ritter schoben sich vorsichtig hinaus ins Dunkel und tasteten sich an den Zinnen entlang, bis sich ihre Augen an das Dunkel gewöhnt hatten. Die Bewaffneten handelten, obwohl sie ihre Umgebung nicht kannten, mit schlafwandlerischer Sicherheit. Mit wenigen Schritten überwanden sie den Raum zwischen den Türmen und drangen ein. Dreimal, viermal waren schwache Geräusche zu hören: unterdrückte Rufe, das Schwirren einer Schwertklinge, das grässliche Einschlagen scharfen Metalls in Körper, das Keuchen des Erschreckens, dann leises, schabendes Ächzen, wenn der Leichnam einer Wache zu Boden glitt. Tritte auf steinernen und hölzernen Stufen. Leise klirrend griffen die Haken einiger Sturmleitern ins Mauerwerk zwischen den drei Türmen, und Männer kamen heraufgeklettert.

Ein Dutzend Ritter bewegte sich schattengleich die Stufen bis zum Boden hinunter und rannten durch die Gassen hinter der Mauer nach Norden. Ihr Ziel war das Sankt-Georgs-Tor. Sie kamen unter den Bögen des Aquädukts vorbei, und je weiter sie liefen, desto mehr Lichter tauchten rechts und links ihres Weges auf. Jemand rief, in zweifelndem Tonfall:

»Die christlichen Eroberer! Helft den Rittern!«

Nur wenige Ritter verstanden die Bedeutung der Rufe. Aber sie hasteten weiter, im Schutz der Schilde und mit schlagbereiten Waffen. Die Nacht, deren Sternenschwarz zu verblassen begann, umfing noch immer die Stadt mit lastender Stille. Hin und wieder raschelte ein Windstoß über die Mauer und fuhr durch die Kronen der Bäume, die jetzt wie schwarze Riesenwesen wirkten. Seldschuken, die mit geschwungenen Krummschwertern aus einigen Häusern sprangen, wurden mitten im Lauf niedergehauen.

»Zu den Toren! Schneller!«

Das Geräusch vieler Schritte verstärkte sich. Es war, als würden Krieger hinter Türen und Fenstern aufwachen und sich dem Rennen anschließen. Von Türmen und Mauerkronen, auf denen kein Seldschuke mehr lebte, strömten einzeln und paarweise die Belagerer und schlossen sich dem Rennen an; hier eine Fackel, dort eine Kerze, ein brennender Strohwisch oder Licht aus einer aufgerissenen Tür wiesen den Weg, der in Schlangenlinien, dem inneren Sockel der Mauer folgend, zu den westlichen Toren führte.

»Heraus, ihr Christen! Reißt die Tore auf!«

Die Ritter glaubten Bohemunds dröhnenden Normannenruf zu erkennen. Neues Schwerterklirren. Ein dumpfer Fall, ein grelles Kreischen; wieder eine Fackel, die über den Sand rollte. Dann waren sie am Tor. Sie wussten nicht, ob es das Sankt Georgs-Tor war oder das Oliventor, an dem sie vorbeigerannt waren. Binnen weniger Atemzüge war die Torwache niedergehauen. Pfeile heulten von der Mauer, prallten vom Stein ab, schlugen in die Schilde oder schepperten gegen Helme und Torriegel.

Eisen bewegte sich kreischend, Balken schwangen herum, und Fäuste in Kettenhandschuhen zerrten die schweren Riegel zur Seite. Der rechte Torflügel drehte sich mit schrecklichem Knarren nach draußen, dann der linke. Ein Ritter rannte mit einer brennenden Fackel zwischen den anderen Bewaffneten hindurch, die sich wie die Rasenden gebärdeten. Er schwenkte die Fackel, deren Flamme durch den Luftzug wuchs und knisternd Funken sprühte, in Kreisen über dem Kopf und brüllte, mit überschlagender Stimme: »Das Tor ist offen! *Deus lo vult!* Wo sind unsere Heere?«

Dann bewegte er, rasend schnell, die Fackel im Kreis vor sich, vom Boden bis hoch über seinen Kopf, immer wieder, in einer endlosen Bewegung, während er aus dem düsteren Schacht des Tors hinaushastete, über das taufeuchte Steinpflaster stolperte und zum Ende der Brücke, das vierhundert Schritt entfernt war.

Jetzt erwachte die Stadt, zögernd, erschreckt, aber unaufhaltsam. Die ersten großen Sterne blinkten und erloschen. Inzwischen brannten tausend Lichter, den Hang hinauf zur Festung, in einzeln stehenden Häusern, Palästen und Gehöften und den Wegen dazwischen. Noch immer kletterten Ritter die Sturmleitern hinauf, schwenkten brennende Fackeln und ergossen sich als Rinnsal ins Innere der Stadt. Hufschlag und Wiehern galoppierender Pferde echoten zwischen Mauern, und einzelne Brände loderten auf. Aus allen Richtungen ertönten Schreie, Flüche und Anrufungen in vier, fünf Sprachen. Signalhörner schickten ihre lang gezogenen, klagend auffordernden Töne hierhin und dorthin und von den Mauern und den Öffnungen der Türme ins Land hinaus, als Ruf nach den Heeren der Belagerer.

Das zweite, das Brückentor gegenüber dem scheinbar vollständig verlassenen Lager Roberts von Flandern flog krachend und splitternd auf. Auch an dieser Stelle waren die schlaftrunkenen Wächter, von den langen Stunden des Wachdienstes erschöpft, überrumpelt, überrannt und erschlagen worden. Die wenigen Christen, die in der Stadt verblieben waren, begriffen nach und nach, dass sich das Blatt gewendet hatte, und bewaffneten sich; zunächst stachen sie jene Muslime nieder, die sich in ihrer Nähe aufhielten. An anderen Stellen der Stadt sammelten sich seldschukische Krieger. Die Verteidiger wussten nicht, an welchen Orten sie die Eindringlinge finden würden; die Verwirrung nahm zu, Gebrüll und Waffengeklirr wurden lauter, die Schreie greller und zahlreicher.

Es waren nicht viele Ritter, die sich in La Mahomeria und an der Straße nach Sankt Simeon verborgen gehalten hatten, aber alle spornten ihre Kriegsrösser. Im polternden und klirrenden Galopp, hinter dem knatternden Stoff ihrer Fahne, ritten sie zu der Stelle, an der unverändert Lichtkreise das Zeichen gaben. Die Heere, die am Abend abgezogen waren, trafen jetzt, von der Straße nach Aleppo her, vor den Mauern ein, im Osten Antiochias, beim Sankt-Pauls-Tor, zwischen Bohemunds Lager und den Zelten Roberts von der Normandie.

Die Christen der Stadt fingen an, die Söhne und Töchter, Schwestern und Gattinnen der seldschukischen Besatzung zu morden und deren Häuser auszuplündern.

Hinter den Bergen fächerten die ersten Sonnenstrahlen in den Himmel. Die Signale der Hörner und Fanfaren, die aus der Stadt, von den Mauern und von den Flussbrücken ertönten, mischten sich in den Lärm und das Geschrei. Hinter Mauern und an Hauswänden bildeten sich wirre Echos, die wie Flammen und deren Widerschein zuckten. Von seinem Platz, einen Steinwurf von La Mahomeria entfernt, sah Rutgar die Ritter, die im Galopp die Straße von Aleppo verlassen hatten und hinter dem Lager Gottfrieds von Bouillon auf das Brückentor zurasselten.

Er wandte sich im Sattel um, blickte in Chersalas Gesicht und deutete nacheinander auf die Anführer der Kundschafter. »Der General hat Berenger seine Befehle gegeben, und ich hab sie von Berenger. Wir reiten durchs Brückentor, zu den großen Häusern bei den Weiden und den Bäumen. Dort gibt es Ställe und alles, was wir brauchen. Wir kämpfen gegen die Seldschuken, nicht gegen Kinder und Frauen. Ihr habt verstanden?«

Die Reiter nickten, murmelten, zügelten die Pferde. Sie trugen fast alle ihre Besitztümer bei sich und auf den Rücken der schwer beladenen Saumtiere. Die Handwerker, die keine Pferde besaßen, waren weit hinter der Reiterei zurückgeblieben und schleppten Truhen, Säcke und Werkzeuge. Unverändert standen die Zelte im verlassenen Lager.

»Bleibt dicht beieinander!«, rief Rutgar und gab die Zügel frei. »Wir sind Tatikios' Späher, keine Ritter des Kreuzes.«

Er hob den Arm, deutete zu den Mauertürmen und kitzelte seinen Rappen mit den Sporen. Der Reiter hinter ihm stellte die Fahne senkrecht und folgte ihm, die Gruppe schloss auf und trabte hinter Rutgar und Chersala auf die Straße hinauf, die Antiochia mit Sankt Simeon verband. Als die Kundschafter das westliche Ende der Brücke erreichten, sahen sie, dass das Tor weit offen war und einige Hundert Fußkämpfer in durcheinanderstrudelnden Haufen in die Stadt eindrangen.

Der Hufschlag polterte auf der Brücke, die Reiter bahnten sich in einer auseinandergerissenen Linie einen Weg durch die Soldaten. Manche Fußsoldaten hängten sich an Sattelknäufe und Steigbügelriemen und ließen sich mitziehen. Auf den Mauern und den Tortürmen kämpften Ritter gegen Seldschuken. Die Torflügel aus unterarmdicken Bohlen voller Eisenbewehrungen schlugen in dröhnendem Takt gegen die Mauern. Als Rutgars Reiter die Flanken der Tortürme hinter sich gelassen hatten, erkannten sie, dass sich die Stadt im Aufruhr befand. Überall wurde gekämpft, geschrien, in mehreren Sprachen geflucht. Rufe wurden lauter und deutlicher, auch sie kamen aus verschiedenen Richtungen und Entfernungen:

»Toulouse! Toulouse! *Deus lo vult!*«

Und, schwächer: »*Allāhu akbar!*«

Rutgar, der als Erster auf einer breiten Sandstraße an der Mauer des Palastgartens entlanghetzte, blickte hoch und sah auf einem der höchsten Türme die große purpurfarbene Fahne

Bohemunds, die sich langsam im Morgenwind entfaltete. Auf dem sanft ansteigenden, bewaldeten Hang unterhalb der Sankt-Pauls-Kathedrale standen in großen Abständen die niedrigeren Gebäude, die Rutgar als Ziel ausgesucht hatte. Er und seine Kundschafter ritten unter den blütenübersäten Ästen einer Doppelreihe mächtiger Obstbäume dahin, zwischen deren Stämmen Mauern, aufgerissene Tore und Hausfronten zu sehen waren. Ein blutüberströmtes Kind hing über einer Mauer, von einem Pfeil durch die Schultern an die Wand genagelt. Menschen rannten schreiend um ihr Leben, von anderen, offensichtlich ihren Nachbarn, mit Messern und Knüppeln verfolgt. Hier brannte es, dort löschten Frauen ein aufflackerndes Feuer. Dampf waberte um Zäune und zwischen Büschen. Holz splitterte, Schmerzensschreie erschreckten die Reittiere, Chersala schrie Undeutliches, und schließlich brüllte Rutgar über die Schulter:

»Hinter mir her! Dort vorn, beim Brunnenturm – dort gehören wir hin!«

Er sprengte weiter, tief neben den Hals des Rappen gebeugt, sich mit dem Schild links schützend und das blanke Schwert in der Rechten. Blutspuren, verlorene Sandalen, Kleidungsstücke und abgeschlagene Füße, Unterarme und Hände waren im Sand der Straße zu erkennen. Es stank nach verbranntem Haar, schwelendem Horn und gewaltsamem Tod. Rutgar galoppierte weiter, durch ein offenes Tor in einen Garten hinein, wo weiße, lang gestreckte Gebäude zu sehen waren. Zwei seldschukische Reiter, die Rutgars Reiter sahen, rissen ihre Pferde herum und flüchteten hangaufwärts, zur Festung hin. Für wenige Atemzüge schwiegen Hörner und Trompeten. Dann fuhr ein einzelner Glockenschlag über den Aufruhr dahin, und sein Echo brach sich mannigfach an den Mauern.

Rutgar und seine Truppe sprengten auseinander, ritten zum Haus und zwischen flatternden Hühnern und kreischenden

Frauen zu Türen, Durchgängen und Fenstern. Die Männer sprangen aus den Sätteln und rannten ins Haus, in die Ställe und überallhin, wo sich Kinder und Frauen zu verstecken versuchten. Es gab keine Gegenwehr, als die Söldner General Tatikios' die Häuser durchstreiften und schließlich in Besitz nahmen. Im Lauf des Tages würde auch der Tross der Truppe mit allen Tragelasten den Weg in das neue Lager finden.

Es schien bald, als sei der kleine Palast mit allen Nebengebäuden, ausreichend für mehr als hundert Bewohner, eine Oase der Ruhe. Die Söldner suchten sich Zimmer und Lager aus, tränkten ihre Pferde und machten sich über die essbaren Vorräte her. Rutgar ließ die wenigen seldschukischen Bewohner – Greise, Frauen und Kinder – zusammentreiben und verbot den armenischen und rhomäischen Dienern und Sklaven, ihre ehemaligen Herren zu misshandeln – bei Todesstrafe. Die »Kuffarim« gehorchten widerwillig.

Jeder Schritt innerhalb und außerhalb der Gebäude zeigte den Reitern den Reichtum und die Schönheit der sorgsam gestalteten Einrichtung. Rutgar wählte für sich und Chersala einige Räume im *Harim* des Haupthauses und stellte eine Wache vor die Tür.

Eine Stunde danach stiegen sie in die Sättel, nahmen die Waffen auf und begannen die Stadt zu durchstreifen. Das Morden und die letzten Kämpfe in den Gassen und Häusern, im Palast und in den Hainen und Gärten, erkannten Rutgar und Chersala, hatten jetzt, zwei Stunden nach Sonnenaufgang, ihren Höhepunkt erreicht. Vielen Verteidigern schien es gelungen zu sein, sich bergaufwärts in die Festung zu flüchten, aber die hereindrängenden Ritter ließen nichts unversucht, alle Seldschuken Antiochias niederzumetzeln – Männer, Frauen und Kinder.

Kapitel XXVII

A. D. 1098, 3. bis 4. Tag des Brachmonds (Juni)
Innerhalb der Mauern Antiochias

»Die Übeltäter aber sollen auf ewig der Höllenstrafe verfallen sein.
Keine Erleichterung sollen sie erhalten,
sondern sie sollen darin verzweifeln.«
(Al-Qur'ān, 43. Sure [»Der Goldprunk«], Vers 75)

Als die stürmenden Ritter und die bewaffneten Pilger, verstärkt durch die Horden der Tafuren, im Morgenlicht die Stadt eroberten, verrieten die Christen der Stadt alle Verstecke und Schlupfwinkel der Muslime und zeigten den rastlosen Kriegern deren Häuser. Wurden Armenier oder Syrer irrtümlich angegriffen, schlugen sie Kreuze oder sangen fromme Lieder, um ihr Leben zu retten. Stunde um Stunde verging, in denen Häuser brannten, muslimische Familien ausgerottet und Beutestücke verteilt wurden. Das Heer der Christen nahm Antiochia in einem zwölfstündigen, blutigen und flammenden Rausch ein. In Häusern, Gassen und rings um die Tore verblutete und verbrannte die hingemetzelte muslimische Bevölkerung.

Antiochia stank nach Rauch, Blut und Leichen, die Schreie der wenigen, die den Abend erlebten, mischten sich mit dem gegrölten *»Deus lo vult!«* oder »Toulouse! Toulouse!« und mit dem Gelächter von Betrunkenen.

Auf den Schilden und Wamsen der Kundschafter und Späher des Generals Tatikios kreuzten sich rote Stoffstreifen oder Kreuze aus roter Farbe. Staubbedeckte Pferde tänzelten zwischen unzähligen Leichen hindurch, die, von Fliegen umwimmelt, in der Hitze zu stinken begannen.

Vielleicht dreitausend seldschukische Krieger, viele von ihnen beritten, konnten sich unter Führung von Chams ad-Daula, dem Sohn des Emirs, in die Zitadelle retten, von Bohemund und seinen Rittern erbittert bekämpft. Was aus Emir Yaghi-Siyan selbst geworden war, konnte zunächst keiner sagen. Es hieß, er sei aus der Stadt geflohen; andere Gerüchte besagten, er sei bei dem Versuch, Widerstand zu leisten, getötet worden; Dritte glaubten zu wissen, dass er sich sicher in der Zitadelle befand. Niemand wusste etwas Genaues.

Rutgar und Chersala, die Tatikios' Fahne trug, ritten an der Spitze eines kleinen Trupps auf die Kathedrale zu. Rutgar schämte sich ob seiner silbernen Sporen. Der Sturm auf die Mauern der Zitadelle hatte aufgehört; beim Kampf war Bohemund verwundet worden. Chams ad-Daula hatte das Angebot des Fürsten abgelehnt und verzichtete auf freien Abzug. Anscheinend, so sagten armenische Christen, wartete er auf das Entsatzheer, das Kerboga, Atabeq von Mosul, heranführte.

»Noch heute wird Bohemund alle Tore schließen lassen«, sagte Rutgar. »Ich habe befohlen, dass alle Vorräte und sämtliches Werkzeug aus unserem Lager in die Stadt geschleppt werden.«

»Ohne die Hilfe der Tafuren wäre das nicht zu schaffen«, erwiderte Chersala heiser. Das Ausmaß der Verwüstung, der Blutrausch der Militia in Christo, die zahllosen Bilder von Wunden, Blut, Tod und Verstümmlung hatten Rutgar erschreckt, obwohl er die Wildheit der Ritter längst kannte. Ihre hochtrabenden Namen waren Sinnbilder der Unfähigkeit zur Mäßigung. Ob sie nun Echo von Liankama oder Gozelo von Montaigu hießen oder Graf Hugo von Saint-Pol – sie weinten vor Reue, wenn Bischof Adhemar predigte, fürchteten sich vor Gottes Wundern und weideten Frauen und Kinder aus, weil sie »Ungläubige« waren.

Einen Feind auf dem Schlachtfeld zu töten gehörte zum Beruf eines Kriegers. Aber Unschuldige, die sich nicht zu wehren vermochten und um Gnade wimmerten, ohne Grund zu metzeln, zählte nicht zu den Rittertugenden.

Rutgar lenkte das Pferd nach links, wandte sich herum, blickte in die Gesichter seiner Begleiter und sagte in beschwörendem Ton: »Kerboga und sein Heer sind hierher unterwegs. Der Proviant und alles andere aus unserem Lager werden in wenigen Stunden in der Stadt sein, in den Häusern, in denen wir lagern. Das Heer wird wenige Vorräte in Antiochia finden. In wenigen Tagen sind wir die Belagerten! Noch steht uns der heiße Sommer bevor.« Er legte die Hand auf die Gürtelschnalle und überließ sich wenige Atemzüge lang bitteren Vorwürfen. »Antiochia ist geplündert, halb zerstört, ausgeraubt. Wir, die Späher und Kundschafter des Generals, werden unsere Brunnen verteidigen müssen. Im Namen des Tatikios' befehle ich euch, zusammenzuhalten. So, wie wir es auf dem Durstmarsch und dem Regenmarsch gehalten haben.«

Er deutete auf drei ältere Reiter, deren Zuverlässigkeit er kannte. »Ihr steigt auf die Mauer oder in einen Turm und berichtet, was ihr seht. Wir reiten zurück zum Lager und hüten den Proviant. Zuerst, wenn der große Hunger ausbricht, schlachten wir Maulesel und unsere schwächsten Tiere. Bald fangen die Leichen zu stinken an; wir müssen sie dort, wo wir lagern, schnell begraben. Denkt immer daran: Wir gehören nicht zu den fränkischen Rittern! Also – zurück zum Lager.«

Der Ritt durch die Stadt, deren Brände gelöscht waren, hatte den Kundschaftern gezeigt, dass bei Anbruch der Nacht kein Seldschuke mehr am Leben sein würde; auch Christen waren unter den schier zahllosen Leichen. Bohemund hatte Befehl gegeben, die Festung durch einen steinernen Wall von der übrigen Stadt abzuriegeln. Die Ritter des Bischofs von Le Puy und deren Gefolge hatten die Kathedrale umstellt, ein Teil war eingedrungen und hatte die Pferde des Emirs samt den kostbaren Sätteln und des goldstrotzenden Zaumzeugs herausgebracht. Jeder Windhauch trug den eitrigen Todesgestank der Erschlagenen durch die Stadt. Schweigende Tefuren begannen hastig das Kircheninnere zu säubern, während Bischof Adhemar den griechischen Patriarchen Johannes aus dem Kerker befreite und waschen, verköstigen und einkleiden ließ.

Die Kundschafter ritten zu ihren Unterkünften zurück und versorgten die Pferde, bevor sie anfingen, mit der Hilfe von Armeniern Gruben auszuschaufeln und Leichen einzusammeln. Am Abend kam ein Reiter mit Nachrichten und berichtete, dass die christlichen Gotteshäuser geräumt und gesäubert würden und in Teilen der Stadt die Leichen inmitten riesiger Fliegenschwärme faulten. Die Ritter begannen einzusehen, dass ihre Zahl nicht reichte, um die Stadt entschlossen verteidigen zu können.

Eine Gruppe armenischer Holzfäller brachte den abgeschlagenen Kopf Emir Yaghi-Siyans zu Fürst Bohemund, in der Hoffnung auf eine reiche Belohnung. Sie sollte sich nicht erfüllen, denn Bohemund jagte sie weg; aber wahrscheinlich hatten sie sich mit dem Schmuck und der Kleidung des Emirs bereits selbst hinreichend belohnt. Den Kopf ließ Bohemund in Sichtweite der Festung auf einen Spieß stecken, den Verteidigern zum Hohn und zur Warnung.

Die Reste des Tatikios-Lagers wurden zum Lager geschleppt. Dann ließ Bohemund das letzte, das Herzogtor, schließen. Kundschafter hatten bestätigt, dass sich Kerbogas riesiges Heer näherte.

Geschliffene Marmorplatten und Fliesen aus unbekanntem Stein, goldene Ornamente, weiße Tonkrüge und Vorhänge aus schimmerndem Stoff ließen im Baderaum die Augen übergehen. Die dampfende Luft roch nach fremdartigen Spezereien und köstlichem Balsam. In Metallschalen brannte duftendes Öl. Als sich Rutgar ins Wasser des Bodenbeckens gleiten ließ, wusste er, dass ihnen wenig Zeit für Wohlleben bleiben würde; einige Tage vielleicht oder nur Stunden.

Das vielfache Sterben während der jahrelangen Pilgerfahrt hatte in seinem Herzen nicht so tiefe Verheerungen angerichtet wie die Raserei des Hinmetzelns, des Schlachtens und Brennens und Mordens unter Kindern, Frauen und Greisen. Besinnungslose Wut, die sich im Plündern zeigte. Blutströme im Zeichen des Pilgerkreuzes. Gierig und blind und von schwarzem Mut erfüllt, der jenseits des Verstehens war; als ob sie unverwundbar und nicht zu töten wären. Rutgar fühlte sich elend und schwach, erfüllt von wortlosem Entsetzen, umgeben von Wärme und behaglichem Nass, die langsam, Schicht um Schicht, zugleich mit Schweiß und geronnenem Blut den Schmutz ablöste, der sich wie ein Kettenwams um seinen Körper und sein ganzes Fühlen gelegt hatte und alle guten Gedanken begraben hatte wie schwefliger Morast. Trotzdem fühlte er sich beschmutzt und schuldig.

»Sag mir, Herr«, flüsterte er. Seine eigenen Worte verstand er kaum. »Sprich zu mir. Was soll ich tun! Du hast Wunderbares getan. An mir und Chersala. Wir leben, sind unversehrt. Was soll ich tun, Herr?«

Die Augen geschlossen, horchte Rutgar in sich hinein. Der Herr gab kein Zeichen. Die Nacht in Antiochia war unnatürlich still. Durch ein Fenster aus rankenartiger Holzschnitzerei drang ein Lufthauch herein. Er trug Schauerliches mit sich: kalten Rauch, Leichengeruch, ferne Schreie und gebrüllte Befehle, Fetzen eines christlichen Liedes aus vielen Kehlen, Hufgetrappel und, erstaunlicherweise, seltsam zirpende Musik und Trommelschläge. Ein zweiter Windhauch, kälter und nach nassem Gras riechend, traf Rutgars Gesicht. Er öffnete die Augen.

Chersala, in einen riesigen weißen Mantel eingewickelt, der hinter ihren nackten Füßen die Feuchtigkeit der Bodenkacheln aufsog, trat ins Bad.

»Rück zur Seite, mein Held«, sagte sie leise. »Auch wenn uns nur wenig Zeit bleibt, sollten wir sie reinen Leibes verbringen.«

Mühsam tasteten sich Rutgars Gedanken in die Wirklichkeit zurück. Chersala ließ das Tuch zu Boden gleiten und glitt in das Badebecken. Auch dieses kostbar eingerichtete Badehaus, empfand Rutgar, war wie ein göttliches Wunder. Seine Geliebte machte wenige unbeholfene Schritte im warmen Wasser, fand vor seinen Zehen festen Grund und umarmte ihn. Rutgar dachte einige Atemzüge lang an den Versuch, die kleine Truppe und einen Teil der Bewohner dieser Häuser in einer geschützten Insel zu bewahren, dann aber erkannte er in Chersalas großen Augen, in plötzlicher Einsicht, dass sein Leben, sein Schicksal nicht nur durch goldene Ketten mit Chersala verbunden war, und dass sie unauflösliche Teile dieses blutigen, vorwärtsdrängenden Heerbanns blieben.

»Wir haben nicht viel Zeit«, sagte er.

Sie erwiderte leise: »Nützen wir sie, so gut wir es verstehen.«

Rutgar sehnte sich nach dem Zuspruch Berengers und dem Rat oder mindestens der Gegenwart seines Halbbruders Thybold. Er wusste nicht, ob er stark genug war, alle Fährnisse bis zur Einnahme Jerusalems und die Mühsal der Reise in die Provençe zu überleben. Durch den Dampf, der vom Wasser aufstieg, und über ihren Scheitel hinweg sagte er: »Chersala, Fürstin meines Herzens, Gefährtin ungehbarer Pfade, Trost aller meiner Tage und Nächte – morgen hat sich unsere Welt abermals geändert. Du und ich, wir werden auch Antiochia überleben.«

Ihre Hände glitten über seine Lenden; sie flüsterte an seinem Ohr. »Ja. Aber nur, wenn wir dem Wahnsinn der Ritter entgehen und uns beiseite halten.«

»Du sagst es.«

Sie genossen die Wärme des Bades. Furchtsame Sklaven walkten und kneteten sie später mit viel Öl und schoren Bart und Haar. Im obersten Stockwerk, wo ihre gewaschenen und ausgebesserten Kleider trockneten, schliefen sie aneinandergeschmiegt.

Dennoch zeigte ihnen der nächste Tag, dass die Stadt trotz geschlossener Tore alles andere als ruhig und sicher war.

Die Mauern der Zitadelle waren unbezwingbar; die Ritter und ihr Gefolge lagen erschöpft in ihren Quartieren. Der erste Tag nach der Eroberung verging mit dem Aufsammeln der Leichen, dem Löschen der letzten Schwelfeuer und der Suche nach Essbarem. Die Brunnen der Stadt waren unverdorben, sodass es genügend Wasser zum Reinigen der Kirchen gab, von denen die Peterskirche und die Marienkirche als Erste von Bischof Adhemar gesegnet und wieder geweiht wurden. Die Pfeile der Belagerten in der Zitadelle richteten so viel Schaden an, dass Bohemund einen fünf Ellen hohen Wall auftürmen ließ. Boten berichteten, das Heer der Ungläubigen wälze sich heran.

Kerboga, der Herrscher Mosuls, hatte die Heere von Damaskus und Jerusalem, dazu ein kleines Heer Araber, unter seinen Fahnen vereinigt. Zuerst belagerte er Edessa, vermochte es aber nicht einzunehmen, da sich Graf Balduin entschlossen verteidigte. Kerboga zog unverrichteter Dinge weiter und traf am 6. Tag des Brachmonds, drei Tage nach der Erstürmung, an der eisernen Brücke auf eine kleine Schar Verteidiger, die von seinen Kriegern niedergemacht wurden. Die Nord- und Ostseite der Stadt wurde von den Christen verteidigt, also begann Kerboga im Westen mit der Belagerung. Am 10. Tag des Monats wagten die Ritter einen Ausfall, der kläglich scheiterte. Aber es gelang den Brüdern Alberich und Wilhelm von Grand-Mesnil, die Belagerungsringe zu durchstoßen und zu den genuesischen Schiffen Guinemers in den Hafen Sankt Simeon zu reiten. »*Allāhu akbar!*«, schrien die Muslime in der Festung, als sie erkannten, dass die Belagerer endgültig zu Belagerten geworden waren.

Jeder Ritterfürst hatte mit seiner Gefolgschaft die Verteidigung eines Mauerabschnitts übernommen. Es zeigte sich, nicht unerwartet von Bohemund, dass die Mauern zu lang, die Türme zu zahlreich, der Proviant zu karg und das muslimische Heer zu groß und zu wehrhaft waren. Die Franken begannen sich als Eingeschlossene zu fühlen; ihr Mut und jede Zuversicht sanken.

Sie hofften auf das Eintreffen des Basileus Alexios, der angeblich bei Philomelion stand. Zwar flehte ihn Bohemunds Bruder Guido an, den Christen zu helfen, wie ein Bote zu wissen glaubte, aber das große Heer Konstantinopels marschierte zurück nach Norden. Aber all die Dinge, die jenseits der Mauern und des Gürtels der Belagerer geschahen oder nicht, änderten nichts an der Verzweiflung, die jeden Tag größer wurde.

Es herrschten Hunger und Furcht, Erbitterung gegen den Basileus, das Hoffen auf Wunder oder den Tod als Erlösung. Der Glaube an das Kreuz und die Eroberung Jerusalems wankten und schwankten, und Entsetzen legte sich auf die Gemüter, als Kerbogas Krieger am 12. Tag des Brachmonds fast einen Turm in der Südwestmauer erobern konnten. Bohemund, in den Nächten mit gezogenem Schwert durch die Stadt galoppierend, ließ mehrere Reihen Häuser niederbrennen; so konnten sich die Berittenen und die Fußkämpfer hinter den Mauern ungehindert bewegen.

Aber Gott ließ endlich das erhoffte Wunder geschehen, und so wurden mancherlei Träume wahr. Der Herr wählte als Gefäß seines Willens und seiner Fingerzeige einen Armen im Geiste und reinen Herzens, einen mit löchriger Kutte und dunklen Augen, in denen das Feuer des Sendungsbewusstseins brannte.

Einige windstille Tage und Nächte gegen die Mitte des Brachmonds zu genügten, um Antiochia in eine Landschaft aus Gestank, Hoffnungslosigkeit und würgendem Hunger zu verwandeln. Zu zwei Dritteln umgaben die spitzen Zelte der muslimischen Belagerer die östlichen und nördlichen Teile des Mauerringes. Den Franken mangelte es an Kriegern, um alle Türme und Mauern und zusätzlich den Wall um die Festung auf dem Felsenberg zu besetzen und jeden Angriff der Truppen Kerbogas abzuwehren. Nahrungsmittel und Wein gingen zur Neige, und wenige Bissen kosteten viele erbeutete Münzen; nur die Reichen und ihr Gefolge wurden satt. Ein Ei war um zwei Trachis, ein kleines Brot um einen Hyperpyron zu haben. Die große Hungersnot rückte unaufhaltsam näher. Die Pilger brieten Esel, Maultiere und magere Pferde, zum Bereiten von Sud suchte man Blätter und Gräser und briet unreife Feigen. Viele arme Pilger kauten gekochtes Leder von Ochsen und Büffeln.

Thybold, Rutgar, Chersala und eine Handvoll der Tatikios-Kundschafter standen und hockten hinter den Zinnen des Mauerteils nahe dem Hundstor. Einige Krüge voll gemischtem Wein standen abseits der Fackel, deren rußende Flammen senkrecht und fast lautlos brannten. Die Lichter im Meer der Zelte funkelten starr wie Sterne. Auch in der Festung, hinter den Fenstern des Palasts und der Häuser leuchtete ruhige Helligkeit. Thybold packte einen Krug, nahm zwei, drei Schlucke und wischte sich über den Mund. Er lächelte Chersala an und sagte:

»Ich komme aus dem Lager der Provençalen, von Raimund, der ernsthaft krank ist. Da gibt es eine seltsame Geschichte, voller angeblicher Wunder, Erzählungen, vielleicht auch Lügen, inbrünstiges Gestotter und Gläubigkeit.«

»Du kennst die Geschichte?« Rutgar zog fragend die Brauen hoch.

Thybold stellte den Krug auf den Steinboden und nickte.

»Erzähl!«

»Ein schmutziger Bauer, Peter Bartholomäus, in einer zerschlissenen Kutte, wurde heute zum Bischof von Le Puy und zu Raimund vorgelassen. Er hat von der Heiligen Lanze geredet, die unseren Herrn Jesus«, Thybold bekreuzigte sich, »am Kreuz durchbohrt hat.«

»Das ist, so hab ich es von Peter von Amiens, dem Einsiedel, gehört, die heiligste Reliquie der Christenheit!«, rief Rutgar. »Was weiß er von der Lanze?«

»Das ist eine Erzählung für eine lange Nacht.« Thybold lachte. Berengers Lachen würde lauter und schroffer sein, dachte Rutgar und entsann sich, dass sich auch Konstantinopel des Besitzes der Heiligen Lanze Christi rühmte. »Zuerst hat dieser Peter Bartholomäus im Christmond eine Vision erlitten, als die Erde bebte. Ihm erschien ein weißhaariger Greis, der ihm sagte, er wäre der heilige Andreas. Er schickte den Bauern zu Bischof Adhemar, aber Bartholomäus getraute sich nicht. Im Monat Hornung kämpfte er um Proviant vor Edessa, wo ihm abermals der heilige Andreas erschien und ihm versicherte, er und andere Heilige würden leibhaftig auferstehen und an der Seite der Ritter kämpfen. Aber als er in das Lager vor Antiochia zurückgekommen war, erschien ihm der Heilige abermals und mahnte ihn. Aber Bartholomäus hatte Angst und versuchte, nach Zypern zu gelangen. Dreimal wurde sein Schiff zurückgetrieben und ist dann an einer Insel vor Sankt Simeon gestrandet.«

»Das klingt nicht gerade nach einem heiligmäßigen Mann«, meinte Rutgar. »Und wenn es derselbe Peter Bartholomäus ist, den wir in den Bergen zusammen mit Kukupetros getroffen haben, dann ahne ich, woher er die Idee zu dieser Geschichte haben könnte.«

»Bei der Eroberung der Stadt«, fuhr Thybold fort, »und beim Ausfall am 10. des Brachmonds war er dabei, schlug sich angeblich tapfer, und als ihm vor einigen Tagen wieder einmal der Heilige erschien, raffte er sich endlich auf.«

»Woher weißt du das alles?« Chersala spähte zwischen den Zinnen hinunter zum Vorfeld. Innerhalb und außerhalb der Mauern war es bisher ruhig geblieben.

»Ich war dabei, wie Bartholomäus sich endlich ermannt hat. Er traf die Fürsten, fast alle zusammen, am Wall vor der Festung.« Thybold zeigte zum Zitadellenberg. »Der Bischof von Le Puy, etliche Fürsten und der kranke Graf Raimund von Saint-Gilles, die in Waffen die Mauer vor der Zitadelle bewachten, hörten ihm zu.«

In der heißen, unbewegten Luft über der Stadt und dem Umland leuchteten die Sterne des mondlosen Firmaments. Thybold redete weiter.

»Er redete wie mit Pfingstzungen von seiner jüngsten Vision. In der Marienkirche, während des Bittgottesdienstes am vorigen Tag, seien nach der Feier die Geistlichen alle eingeschlafen, er, Peter Bartholomäus, aber nicht. Diesmal sei ihm nicht nur der heilige Andreas erschienen, sondern ein Fremder als sein Begleiter, der ihn gefragt habe, ob er ihn erkenne.

Bartholomäus lag schon ein ›Nein‹ auf der Zunge, als er um das Haupt des Fremden einen kreuzförmigen Heiligenschein gewahrte. ›Bist du Jesus, Herr?‹, hatte er gefragt, und der Herr hatte mit ›Ich bin es‹ geantwortet und ihn nach dem Befehlshaber der christlichen Heere gefragt. Wahrheitsgemäß hatte er geantwortet, dass es mehrere Fürsten gab, deren Befehle galten, aber dass der Bischof von Le Puy alle Machtbefugnisse des Papstes und des Basileus in Händen hielt. Darauf hatte der Herr gerufen: ›Sage dem Bischof, dass sich seine Untergebenen versündigt haben, durch Fleischeslust, Gier und Unmäßigkeit. Wenn sie bereuen und zum christlichen Lebenswandel zurückkehren, werde ich ihnen in fünf Tagen Schutz und Erfolg senden.‹

Bischof Adhemar lauschte mit steigender Aufmerksamkeit. Sankt Andreas und der Herr haben mir eine Offenbarung geschenkt, fuhr Bartholomäus fort. Die Heilige Lanze ist in der Kathedrale der Stadt vergraben, sagten sie. Alle Heiligen werden auferstehen und Euch, Ihr Herren Ritter, zum Sieg führen. Zuerst müssen die Fürsten, alle, beim Heiligen Sakrament schwören, dass keiner die Stadt verlässt. Dass sie die Gebote des wahren Christentums befolgen. Sonst wird uns der Herr kein Wunder bringen.«

Rutgar wusste von Männern, die sich an Seilen über die Mauern hinuntergelassen hatten und geflohen waren. Selbst Wilhelm von Grandmesnil, Bohemunds Bruder, und eine Schar Priester waren geflüchtet. Die armenischen und syrischen Christen waren und blieben unzuverlässige Verbündete. Ob daran ein bloßes Gerücht über die Heilige Lanze etwas ändern würde, selbst wenn es sich, wie zu vermuten war, mit Windeseile verbreitete?

»Wir brauchen in der Tat ein Wunder«, sagte er resignierend. »Ich glaube nicht mehr, dass Gott uns Wunder und Zeichen schickt.«

»Aber lass mich das vorläufige Ende berichten: ›Ich werde schwören, als Erster!‹, rief Bohemund und hob die Hand. Auch Raimund schwor, dann Robert von der Normandie, Robert und Gottfried von Flandern, dann die anderen Fürsten. Ihr kennt ihre Namen. Adhemars Gesicht zeigte, dass er Bartholomäus' Erzählung wenig Glauben schenkte, geschweige denn der trügerischen Natur der Fürsten vertraute. Aber als Bischof konnte er die Möglichkeit eines Wunders nicht ableugnen. Also wurde beschlossen, dass in der Peterskirche morgen nach der Heiligen Lanze gegraben wird.«

Thybolds Blick irrte ab. Er riss plötzlich den Kopf in den

Nacken und hob den Arm. Er zeigte zum Firmament. Die Blicke Chersalas, Rutgars und der Krieger folgten Thybolds Geste. Zwischen den Sternen erschien ein Lichtblitz, eine gekrümmte Spur vom Horizont zum Zenit, und der gleißende, lautlose Sternenpfeil zerbrach über ihren Köpfen in drei flirrende Bahnen, die in der Mitte der feindlichen Lager einzuschlagen schienen. Noch während die Blitze die Augen blendeten, erscholl aus allen Richtungen ein lang gezogener Schrei aus Zehntausenden Kehlen. Ein Stöhnen der Furcht, wie von einer großen Zahl geschundener Kreaturen. Noch zwei, drei Atemzüge nachdem die Sternensplitter vergangen waren, hallte die Qual nach.

Thybold senkte den Kopf, zog die Schultern hoch und sagte in endgültigem Tonfall: »Nun, zusammen mit der Vision der Heiligen Lanze ist es ein Wunder geworden. Es wird uns bis nach Jerusalem und noch weiter führen.«

Thybold ließ die Schultern sinken und blickte prüfend um sich. Es blieb still; noch. In dieser Nacht geschahen die wunderbaren Dinge in den Augen, den Köpfen und Herzen der vielen Menschen, in denen der Muslime ebenso wie in denen der Christen, der einfachen Pilger und der hohen christlichen Fürsten. Auch jene, die nichts verstanden, glaubten den Hauch der Ewigkeit zu spüren, der sie morgen oder in ein paar Tagen an dem Wunder würde teilnehmen lassen, das ihr erbärmliches irdisches Sein zum Schreiten inmitten der Wonnen des Paradieses wandeln würde.

Jean-Rutgar hätte, weiß Gott, vieles darum gegeben, von Bischof Adhemar die Wahrheit zu erfahren. Aber vielleicht wollte Gott, dass auch der päpstliche Legat nicht die volle Wahrheit erkannte.

Am 14. Tag des Brachmonds betrat Peter Bartholomäus zusammen mit Stephan von Valence, der selbst eine Vision des Herrn gehabt hatte, dem Geistlichen Raimund von Aguliers und zwölf weiteren Männern kurz nach Sonnenaufgang die St.-Peter-Großkirche. Die Männer trugen Hacken, Schaufeln und Meißel. Hinter ihnen und einer Schar auserwählter Arbeiter wurde das Gotteshaus verschlossen. Peter Bartholomäus zeigte den Männern die Stelle, an der Sankt Andreas ihm die vergrabene Klinge der Heiligen Lanze gezeigt hatte. Ohne Unterlass hackten und schaufelten die Männer nahe des Hochaltars eine tiefe Grube aus. Sie fanden nur Sand, Steine und Tonscherben. Bartholomäus riss sich gegen Abend die Kutte von den hageren Gliedern, forderte alle Grabenden zum inbrünstigen Gebet auf und sprang selbst in die Grube. »Ich sehe sie!«, rief er. »Ich sehe ihre Spitze aus dem Boden ragen!«, und begann selbst zu graben. Ihm folgte Raimund von Aguilers, küsste beim Flackerlicht von Kerzen und Öllampen die Lanze, und kurz darauf, als der erste Jubel verklungen war, begannen die Glocken zu läuten.

Gott hatte Zeichen gesandt und Visionen geschickt – das Lanzenwunder wandelte sich in das Schwert des Herrn, das alle Ungläubigen vernichten würde, die das Grab Christi den Pilgern vorenthielten. Noch während der Nacht erfuhr jedermann innerhalb der Mauern, welches Wunder sich zugetragen hatte. Selbst Adhemar hörte davon, begriff und verstand, sah die Lanzenspitze, in goldbestickten Brokat gehüllt, und beugte sein weißhaariges Haupt vor dem Offensichtlichen.

Schon am nächsten Tag begann Peter Bartholomäus Weissagungen und Befehle der Heiligen zu verkündigen, die jeden im Kreuzfahrerheer zu siegreichen Streitern wider die Heiden bestimmten. Jene Männer, viele griechische und armenische und syrische Christen, die diese Vision nicht glaubten, hüteten sich, über ihre Zweifel zu reden. Der heilige Andreas, erläuterte Bartholomäus wortreich, habe fünf Tage Fasten und daraufhin einen Angriff auf die Ungläubigen befohlen – der Sieg, rief er, sei sicher.

Rutgar kaute auf einem Fladenbrot aus Rinde, schmutzigem Mehl, gerösteten Feigen und Körnern, deren Herkunft er lieber nicht ergründen wollte, und wunderte sich darüber, neben Chersala in dem kleinen Palast getöteter Seldschuken liegend, dass das Heer Kherbogas, unüberschaubar zahlreich und ohne jeden Mangel an Proviant, nicht die Stadtmauern zu stürmen versuchte.

Überläufer, Hirten, Kundschafter und syrische Händler trugen mit vielen Neuigkeiten, Berichten und Gerüchten dazu bei, dass die Gegner übereinander mehr erfuhren, als nottat. Das Heer des Atabeq Kerboga, obwohl hoch bewaffnet und begierig, die Franken zu vertreiben, war vom Zerfall durch Uneinigkeit gezeichnet. Seldschukische und arabische Fürsten Syriens waren eifersüchtig aufeinander. Emir Radwan von Aleppo war dem Feldzug ferngeblieben; als Kerboga mit ihm verhandelte, fühlte sich der Emir Duqaq von Damaskus beleidigt. Der Emir von Homs weigerte sich, zusammen mit dem Emir von Menbidsch zu kämpfen. Seldschuken stritten sich mit Arabern; die Fatimiden in Kairo wollten nichts anderes als Jerusalem behalten. Kerbogas Befehle wurden selten befolgt. Die Zahl der Krieger, die das Heer verließen, wurde von Tag zu Tag größer.

Die Spitze der Heiligen Lanze wurde in Gold gefasst und in Brokat gehüllt. Bohemund trieb seine säumigen und halbverhungerten Vasallen mit Schwert und Feuer aus den Häusern und aus den Betten. Graf Raimunds Krankheit wich nicht, und so würde die Schlacht, die nach Bartholomäus' Prophezeiungen unter der Mitwirkung der auferstandenen Heiligen im Zeichen der Heiligen Lanze stattfinden sollte, unter dem Befehl Bohemunds ausgetragen werden.

Drei Tage, nachdem die Lanze ausgegraben worden war, schickte Bohemund einen Unterhändler ins Lager Kerbogas.

Hierzu wählte man, da man keinen der hohen Fürsten entsenden wollte, auf Anregung von Peter Bartholomäus keinen anderen als den frommen Peter von Amiens. Ihm wurde ein normannischer Sprachenkundiger zur Seite gestellt, der sich gründlich im Lager der Muslime umsehen sollte. Der Vorschlag – oder besser die Forderung – Bohemunds bestand darin, dass Kerbogas Truppen alle christlichen Gebiete verlassen und dass einzelne Kämpfer gegeneinander als Vertreter ihres Heeres antreten sollten. Dem Sieger sollte hinfort Antiochia gehören. Kerboga und Watthab ibn-Mahmud, sein Feldherr, verwiesen auf ihre gewaltige Streitmacht und wollten nichts anderes als die Übergabe ohne Bedingungen. Also beschlossen die Fürsten, am nächsten Tag anzugreifen – die Heilige Lanze stärkte ihren Glauben an den Sieg. Adhemar von Le Puy schickte Kuriere durch die Stadt und befahl allen christlichen Streitern, sich im Morgengrauern in Waffen und Rüstung bereitzuhalten.

Die fränkischen und flämischen Ritter und ihre Gefolgsleute standen hinter den Flaggen Hugos von Vermandois und Roberts von Flandern. Gottfried von Bouillon führte seine Lothringer, die zweite Gruppe. Die Normannen aus der Normandie folgten Herzog Robert, und Bischof Adhemar befehligte die Provençalen und den Heerbann aus Toulouse. Die fünfte und sechste Gruppe, die italischen Normannen, gehorchten Bohemund von Tarent und seinem Neffen Tancred. Nur zweihundert Männer, die Graf Raimund vom Krankenbett aus leitete, bewachten die Mauer der Zitadelle. Jeder Mann, der eine Waffe trug, hatte die zwiefache Gewissheit: Wenn sie verloren, erreichte keiner Jerusalem. Aber sie würden siegen, weil der Bischof von Le Puy die Heilige Reliquie mit sich führte.

In Schwaden aus Weihrauch gehüllt, von Liedern und Gebeten vieler weiß gekleideter Priester begleitet, drängten die

Bewaffneten aus dem Brückentor hervor. Nicht einmal jeder zweite Ritter saß im Sattel eines Reittieres; meist nur auf Eseln oder Maultieren. Mehr als die Hälfte der Kundschafter rannte, sich am Sattel ihrer berittenen Mitstreiter festklammernd, neben den Reitern her.

Rutgars Rappe hatte die Hungersnot überlebt. Doch seine Truppe hatte die Hälfte ihrer Pferde schlachten, kochen und braten müssen. Seine Männer hatten den Befehl, in der Schlacht – so die Christen siegreich sein würden – möglichst viele Reittiere der gefallenen Muslime einzufangen.

Von den Mauern schmetterten Trompeten und dröhnten Trommeln. Die Masse der Ritter war groß genug, um bei Kerboga und seinem Heer Furcht und Zweifel hervorzurufen. Er schickte Herolde, durch die er einen Waffenstillstand anbot, aber die Franken wollten nichts davon hören.

Kerboga versuchte, indem er sich zurückzog, das Heer der Belagerten in ein Gelände zu locken, das ihm im Kampf einen Vorteil geben würde. Aber Bohemund, der während der Belagerung jede Handbreit Land kennengelernt hatte, schickte eine starke Truppe unter Reinhold von Toul auf den linken Flügel. An den Stellen, an denen sich die Heere trafen, wurde mit Wut, Gottvertrauen und letzter Kraft erbittert gekämpft. Und es hieß, dass am Berghang eine Gruppe weißer Ritter auf Schimmeln, mit weißen Flaggen, erschienen sei, die ihnen halfen – Sankt Georg, Sankt Demetrius und Sankt Mercurius.

Zuerst wandte sich Duqaq von Damaskus mit seinen Truppen zur Flucht. Die Pfeilwolken der muslimischen Reiter, vor denen sich die fränkischen Krieger fürchteten, waren nicht abgeschossen worden. In nackter Furcht ließ Kerboga das Gras vor seinem Heer anzünden. Die Heerhaufen der Franken wichen im Rauch und vor den prasselnden Flammen nach rechts und links aus. Der Ortoqide Soqman und der Emir von Homs versuchten, die Fliehenden aufzuhalten, aber unaufhaltsam drangen die Franken vor. Sie schwangen sich in die Sättel erbeuteter Muslimpferde und kämpften trotz der Pfeilschüsse mit rücksichtsloser Wut. Der Brand erlosch an der Grenze zum Morast und an den Bachufern.

Zuletzt wandte sich Kerboga zur Flucht. Die Christen gehorchten dem Ratschlag des heiligen Andreas, ließen das Plündern des Lagers sein und verfolgten die Muslime bis hinter die Eiserne Brücke. Normannische Bogen und Pfeile hielten furchtbare Ernte unter den berittenen Kriegern Kerbogas. Die Umgebung der Stadt hatte sich in ein Schlachtfeld verwandelt, das von den Leichen der Fliehenden bedeckt war. Eine Truppe, die in Tancreds Burg Schutz suchte, wurde bis zum letzten Mann erschlagen. Diejenigen, die dem Gemetzel entkommen waren, liefen auf dem offenen Land Armeniern und Syrern in die Hände. Kerboga indes gelang die Flucht nach Mosul.

Der Befehlshaber in der Zitadelle ergab sich Raimund, der ihm freien Abzug zusicherte. Als aber Raimunds Fahne auf der Festung aufgepflanzt werden sollte, weigerte sich Achmed ibn Merwan. Erst als Bohemunds Fahne herangeschafft war – mit ihm hatte Merwan einen Pakt geschlossen –, öffneten sich die Tore.

Die christlichen Fürsten hatten dank des Wunders der Heiligen Lanze endgültig gesiegt. Die Beute in dem riesigen verlassenen Lager war unermesslich. Von einer Stunde zur anderen war die Hungersnot zu Ende.

Bischof Adhemar beschloss, Hugo von Vermandois zu Basileus Alexios zu entsenden, dessen Heer, wie es allgemein hieß, von Philomelion aufgebrochen war, um den Christen zu helfen. Einem Priester, der in Rüstung und Waffen den Fürsten begleitete, gab Rutgar zwei Briefe an den Erzischof zu Köln und einen an Odo in Cluny mit und hoffte, sie würden nicht verloren gehen.

Die Kundschafter des Tatikios hatten während der Verfolgungsritte Dutzende herrenloser Pferde eingefangen und diese danach zu den Ställen in der Stadt gebracht. Rutgar und ein Teil seiner Leute sattelten die Pferde ab, tränkten und striegelten sie und trieben sie auf die Weide. Chersala und einige der Männer wurden als Wachen abgestellt; die anderen suchten im muslimischen Lager Proviant und Vorräte zusammen und schleppten sie mit der Hilfe einer Gruppe Tafuren in ihre Unterkünfte.

Zwei Tage später stieß Thybold zu Rutgars Truppe. Nun blieb ihnen nur noch, auf Berenger oder einen anderen Befehlshaber von General Tatikios zu warten.

Kapitel XXVIII

A. D. 1098, Anfang des Heumonds (Juli)
Im Land um Antiochia

»Nun aber genießt das, was ihr erbeutet habt,
auf erlaubte und gute Weise und fürchtet Allah,
denn Allah ist verzeihend und barmherzig.«
(Al-Qur'ān, 8. Sure [»Die Beute«], Vers 70)

Unter allen Fürsten, Bischöfen, Prälaten, Priestern und Pilgern, Knechten und Wundergläubigen herrschte die Ansicht, dass an den Fortgang der bewaffneten Pilgerfahrt nach Jerusalem in den nächsten Monden nicht zu denken war, noch weniger an eine Belagerung der Heiligen Stadt. Nur Stunden schienen verstrichen zu sein, als der Streit zwischen den Fürsten, der in der furchtbaren Not nur geschwelt hatte, aus dunkler Glut zu hellem Feuer aufflammte.

Jean-Rutgar, Chersala und Thybold lebten, umgeben von ungefähr dreihundert Kundschaftern, ruhig in den Häusern, die muslimischen Würdenträgern gehört hatten. Die Truppe des Basileus brauchte weder Bohemund noch dem Bischof von Le Puy zu gehorchen, obwohl sie seit Anbeginn an vielen Kampfhandlungen und jeder Art von Angriff und Verteidigung teilgenommen hatten; einundzwanzig Männer waren dabei gefallen. Zu Beginn des Heumonds hatte sich das Land rundum zwar in kräftiges, wucherndes Grün verfärbt, sodass alle Tiere tags und nachts weiden konnten, aber Bohemund und die anderen stritten sich und kämpften um die Herrschaft. Die sechs oder sieben Heeresteile ruhten sich aus und begannen sich an das Leben in Ruhe und Wohlsein zu gewöhnen.

Nur in Konstantinopel hatte Rutgar größere und schönere Gebäude im Besitz von Männern gesehen, die keine Fürsten, Bischöfe oder Generäle waren. Ausgedehnte Stallungen, gemauerte Vorratsschuppen, eigene Brunnen, Marmorböden und Vorhänge, Kissen und Betten aus schweren Stoffen, mannshohe Krüge voller Öl und Getreide, eine Küche, in der zwei Dutzend Diener schufteten, überall Schnitzereien, Farben, Truhen und Tischchen, und prächtige Blumen in den Gärten, Obstbäume und Beerenranken und unzählige Tauben in steinernen Taubenhäusern – im Frieden war Antiochia eine reiche, schöne Stadt. Unter den mächtigen Ästen der Kastanie herrschte kühles Halbdunkel, in das Rutgar ebenso eintauchte wie in seine Gedanken.

Während er bedächtig das eine und andere Pergamentblatt beschrieb, brach der Streit zwischen den Fürsten offen aus. Und es gab keinen General Butumites, der ihn hätte schlichten können. Nach langer Zeit hatte Rutgar genug Muße, um seine Gedanken niederzuschreiben; weder er noch Chersala, vom Morden und Schlachten angewidert, hatten geglaubt, mitten in Antiochia tagelang auf einer Insel der Ruhe ausharren zu dürfen.

Jean-Rutgar aus Les-Baux schreibt an Bruder Rasso und Bruder Odo zu Cluny in der Grafschaft Mâcon:

Alle Fürsten hatten damals in Konstantinopel dem Basileus Alexios den Eid geleistet, nur Raimund von Saint-Gilles nicht. Der Eid aber besagte, dass die eroberte Stadt Antiochia dem Basileus zum alleinigen Besitz übergeben werden solle. Fürst Bohemund von Tarent verlangte nun, dass die Fürsten ihn zum neuen Herrscher der Stadt wählten, denn er habe sie nicht nur erobert, sondern auch verteidigt und überdies das riesige Heer des Atabeq Kerboga bezwun-

gen. Und wo sei in allen jenen Hungermonaten der Basileus gewesen? Bohemund setzte alles daran, Antiochia zu seinem Eigentum zu machen. Die meisten Fürsten stimmten mit ihm überein, selbst Gottfried von Lothringen. Nur Raimund nicht, denn ihn beherrschte giftige Eifersucht auf Bohemund. Die Eroberung Jerusalems wäre dann, sagte auch Bischof Adhemar, nicht mehr gerechte Sache der gesamten, geeinten Christenheit, wie Papst Urban es wollte. Aus Sorge darüber schickte der Bischof von Le Puy die Grafen Hugo von Vermandois und Balduin von Hennegau zu Alexios; er hoffte, wie auch Graf Hugo, dass der Basileus in Eilmärschen nach Antiochia käme.

Gemeinsam hatten Bohemund, Raimund von Saint-Gilles, Gottfried von Bouillon und Robert von Flandern die Zitadelle besetzt und beherrscht. Bohemund, unterstützt von Gottfried und Robert, drängte Raimund hinaus, der darob tief erboste und den Palast Yaghi-Siyans sowie die befestigte Brücke besetzt hielt, obwohl er schwer krank war. Auch Bischof Adhemar wurde aufs Krankenlager geworfen. Die führerlosen Provençalen wurden von den anderen Truppen als nutzlose Nichtstuer beschimpft. Als aus Sankt Simeon viele Genuesen in die Stadt drängten, erteilte ihnen Bohemund am 14. Tag des Heumonds einen Freibrief für den Handel. Aber weil es in der Stadt keine Kämpfe mehr gab, machten sich viele kleine Grafen und Edelleute auf, um sich Balduin von Edessa anzuschließen, in der Umgebung zu plündern oder sich eigenes Land zu erobern. Boten haben berichtet, dass Herr Raimund Pilet, ein Limousiner, am 20. Tag des Heumonds die syrische Stadt Tel-Mannas besetzte, von den Syrern bejubelt. Die Syrer und die Armenier des Landes wollten weder die Seldschuken noch den Basileus als ihren Herrn; wir fränkischen Christen erschienen ihnen als das geringste Übel. Also schlossen sie sich Raimund Pilet an, als er sich anschickte, die Stadt Ma'arrat an-Numan, deren Weinberge, Ölbaumhaine und Feigengärten zu erobern. Die Fürsten und Bischof Adhemar hatten sich derweil geeinigt, am ersten Tag des Windmonds nach Jerusalem aufzubrechen.

Als sei die Eroberung Antiochias ein minderer Frevel, das Hinmetzeln ihrer muslimischen Bewohner die große Untat und das Zögern, den Weitermarsch nach Jerusalem in der Sommerhitze zu wagen, die größte Sünde gewesen, schlug uns der Herr in der Mitte des Heumonds mit einer Seuche, einem hitzigen Fieber, das ohne Unterschied jeden ansteckte und viele tötete. Zuerst wurden die Männer und Frauen von Müdigkeit befallen, dann von rasendem Kopfschmerz, dann froren sie und waren unfähig, zu reiten und zu arbeiten, während das Fieber in ihren Körpern hauste und sie verheerte. Auf der Brust und dem Bauch der Kranken bildete sich Ausschlag, dann vermochten die Kranken ihren Kot nicht mehr zu halten, der wässrig, stinkend und mit Blut vermischt den After verließ. Wenige Tage bis zu einem Mond brauchte es zur Heilung oder zum Sterben. Und so starben viele von uns, viele Syrer und Armenier, die wenigen im Versteck überlebenden Muslime und christliche Pilger; Arme, Reiche, Fromme und Bewaffnete.

Am ersten Tag des Erntemonds starb qualvoll, sich im eigenen Ausfluss wälzend, Bischof Adhemar von Le Puy, der Anführer der bewaffneten Pilgerfahrt, dessen entschlossene Worte und sein besonnenes Handeln ich, Jean-Rutgar aus Les-Baux, seit dem Nachmittag des Konzils zu Clermont Anno Domini 1095, im Windmond, erfahren und zu schätzen gelernt habe. Kein Mann im ganzen Heer ahnt, wie unersetzlich Bischof Adhemar war und wie sehr uns seine fromme Umsicht und seine abgeklärte Weisheit fehlen. Er war der Vertreter des Papstes und der Anführer unseres gewaltigen Zuges. Jeder Mann im Heer trauerte um ihn und gedachte seiner. Selbst Bohemund von Tarent war niedergeschlagen; ich selbst habe ihn weinen gesehen und schluchzen hören.

Aber noch während man beriet, wie man mit Adhemars sterblicher Hülle verfahren sollte, verkündete Peter Bartholomäus neue Visionen und Ratschläge seines heiligen Sankt Andreas. Doch nicht einmal Raimund von Saint-Gilles glaubte dem Finder der Heiligen Lanze; von einer verzweifelten Hoffnung war er inzwischen zur

Plage geworden. Aber alle Fürsten fürchteten die Seuche in Antiochia und verließen mit ihrem Gefolge angstvoll die Stadt. An vielen Stellen schaufeln Tafuren Gruben für die Opfer der Seuche, zu denen auch viele aus ihren eigenen Reihen zählen, was ob des Schmutzes, in dem sie leben, nicht verwundert.

Chersala, Thybold und ich erkrankten nicht. Wir leben auf einfache, aber gesunde Weise in der Stadt, ohne Not und mit der gebotenen Vorsicht. Wir lassen unsere Ochsen, Schafe, Ziegen und Pferde auf den Weiden bewachen, denn das Gras, von den Reittieren der Muslime abgefressen, ist wieder nachgewachsen. Wie ich es in manchen Jahren gelernt habe, sind Wachen um unsere Unterkunft aufgestellt. Wir trinken kein Wasser, nur gekochten Sud und Aufguss. Wir reinigen uns so oft wie möglich.

Am 3. Tag des Herbstmonds kam von Sankt Simeon aus eine große, schwer beladene genuesische Händlergruppe durch das Sankt-Georgs-Tor. Seit dem Ende der Belagerung begann sich auch der Handel wieder zu beleben.

Ein Wächter stieß das Hoftor auf und schrie: »Ihr werdet es nicht erraten! Er lebt, er kommt zu uns! Er hat den Weg gefunden!«

»Wer kommt, verdammt? Rede, Mann!«, brüllte Rutgar zurück. Der Wächter rannte auf Rutgar zu, hob den Kopf und die Arme und rief zu den Fensteröffnungen hinauf:

»Unser Anführer! Berenger! Mit vier beladenen fetten Maultieren!«

Die Rufe hallten von den Mauern des Innenhofes wider. Rutgar sprang auf und nahm Chersalas Hand. Sie rannten zum Tor und auf den Vorplatz, wo ein Mann in staubbedeckter Kleidung aus dem Sattel eines Rappen stieg, in dessen bestaubtem Fell schwarze Schweißbahnen troffen. Rutgar erkannte den Freund auf den ersten Blick und breitete die Arme aus.

»Nur einer wagt sich in die verseuchte Stadt. Berenger! Wir haben auf dich gewartet wie auf Regen in der Wüste.«

Andere Wachen rannten zu ihm, begrüßten ihn stürmisch, brachten nasse Tücher und führten die Tiere weg. Berenger wischte Staub und Schweiß aus seinem Gesicht und trocknete es flüchtig. Obwohl Chersala den Freund umarmte, auf beide Wangen küsste und lachend an ihre Brust zog, misslang Berengers Lächeln. Sein Grinsen blieb karg und scheel. Er sandte Rutgar einen Blick zu, dessen Bedeutung Rutgar zu fürchten gelernt hatte; er verhieß Schlimmes.

»Es ist gut, mehr als das, wieder bei euch zu sein«, sagte Berenger und tätschelte Chersalas Wange. »Ich bringe Pfeilspitzen, goldene Münzen und tausend Nachrichten. Was ich auf meinem Weg gesehen und erfahren habe, stimmt mich traurig.« Er hustete und spuckte grauen Schleim in den Kies. »Die Augen Gottes weilen auf weit entfernten Gefilden. Hierher blickt er nur im ungläubigen Staunen.«

Rutgar legte den Arm um Berengers Schulten, presste ihn an sich und sagte leise: »Er hat sich wohl sattgesehen am Schrecken zwischen den Mauern.«

»Die Schrecken Antiochias sind nichts im Vergleich mit den Toten und der Verwüstung außerhalb der Stadt.«

Berenger wirkte ausgeruht, aber sein gebräuntes Gesicht zeigte neue Falten und die Spuren harter Monde. Sein Kinn war glatt geschabt, sein weißes Haar war vor kurzer Zeit geschoren worden, aber seine Augen strahlten noch immer in leuchtendem Blau. Wir alle, sagte sich Rutgar betroffen, haben uns verändert; äußerlich und innerlich.

Berengers Freunde und vielleicht zwei Dutzend Kundschafter umringten ihn. Jeder freute sich über sein unerwartetes Auftauchen, und jeder wartete darauf, dass er zu erzählen begann. Berenger zog aus einer der Traglasten einen Krug und übergab ihn einem der Männer.

»Hol ein paar Becher«, sagte er. »Und bringt mich in den Schatten.«

Sie drängten und schoben sich durch das Tor in den Innenhof und in den Schatten des alten Kastanienbaums. Armenische Diener hatten Tische und Bänke gezimmert und mit Tüchern belegt, die sie in den Truhen des Hauses gefunden hatten. Zwei junge Mädchen füllten die Becher.

Berenger hob die Hand, blickte in die Runde und sagte unbewegten Gesichts: »Der Basileus wird nicht kommen und die Stadt von Bohemund übernehmen. Der Normanne wird sie, glaube ich, behalten. Es ist nicht sicher, aber es heißt, der fatimidische Wesir Al-Afdal, der für den Kalifen in Kairo die Regierungsgeschäfte führt, habe ein Heer nach Jerusalem in Marsch gesetzt. Die Söhne des verstorbenen Emirs Artuk, Ilghazi und Sogman, sollen sich hinter die Mauern der Stadt zurückgezogen haben. Sie sind Seldschuken, mit Duqaq von Damaskus als Oberherrn.«

Schweigend hörten die Kundschafter zu. Thybold stützte das Kinn in die Hand und sah Berenger fragend an. »Hat dich Butumites oder Tatikios zum Befehlshaber der Reiter gemacht, Berenger? Wirst du bei deinen Spähern bleiben?«

Berenger zuckte mit den Schultern und bemühte sich, allen Männern in die Augen zu sehen. »Weder Butumites noch der Basileus haben mit mir geredet. Tatikios hat mir Gold mitgegeben, um euren Lohn auszuzahlen. Zweihundert von euch reiten zurück nach Konstantinopel, so hat er befohlen.« Er lachte kurz und fuhr grimmig fort: »Aber ihr werdet so viel Beute gemacht haben, dass ihr das Gold und Silber aus Konstantinopel nicht braucht.«

Lautes Geschrei und Gelächter antworteten ihm, aber er schüttelte grinsend den Kopf und gab zu erkennen, dass er genau wusste, wie es um die Stadt, die Fürsten und die vielen Bewaffneten stand.

»Tatikios hat zu mir gesagt: Bring ihnen den Sold. Wenn sie es wollen und dir gehorchen, führe die Späher nach Jerusalem. Aber bringe sie unverwundet zurück. Denn die Franken werden die Stadt erobern oder dabei sterben. Du weißt, was zu tun ist. Das sagte er, mehr nicht. Was soll ich also tun?«

»Ich sehe es in deinen Augen, Berenger«, sagte Chersala und legte ihre Hände auf seine. »Als du bei uns warst, gab es wenige Verwundete. Noch weniger wurden getötet. Geh mit uns nach Jerusalem.«

»Und danach in die Provençe«, fügte Thybold hinzu. »Mit dir zusammen – wir überleben das alles!«

»Aber das kannst du später entscheiden«, murmelte Rutgar und versuchte, Berengers Gesichtsausdruck zu enträtseln.

Während der Hof sich zu füllen begann, tauschten Berenger und Rutgar Neuigkeiten aus. Bohemund war mit seinen Normannen durch das Gebirge nach Kilikien geritten, um die Provinz, in der Tancred viele Städte eingenommen hatte, zu einem Anhängsel Antiochias zu machen. Gottfrieds Heer war unterwegs zu seinem Bruder Balduin von Bouillon. Wo Raimund von Saint-Gilles sich aufhielt, war zur Stunde unbekannt. Robert von der Normandie befand sich in Latakia, wo er Edgar Athelings Besatzung verstärkte. Dieser wichtige Hafen, von den Rhomäern Laodikeia genannt, stand unter der Herrschaft von Konstantinopel und beherrschte den westlichen Landweg nach Antiochia. Dort sollten sich auch die abziehenden Kundschafter einschiffen. Alexios lebte wieder in seinen Palästen zu Konstantinopel; von seiner Absicht, den bedrängten Kreuzfahrern zu Hilfe zu eilen, wurde nicht mehr gesprochen. Vom endgültigen Fall Antiochias schien er nichts zu wissen. Fulk von Chartres und Balduin von Bouillon, zusammen mit Drogo von Nesle, Reinhold von Toul und Gaston von Béarn, trieben ihr Unwesen in kleinen Städten wie Tell-Manas, Ma'arrat-an-Numan und Sarudsch. In Antiochia fehlten die muslimischen Besitzer der

Felder, und kaum jemand dachte daran, die Ernte einzubringen. Bald drohte die nächste Hungersnot, aber sie würde allein deshalb keine Opfer finden, weil die Franken überall in der Umgebung Nahrungsmittel erbeuten konnten.

»Und noch immer sterben tagein, tagaus Pilger an der Darmpest.« Thybold zuckte mit den Schultern. »Aber auch Armenier und Syrer.«

»Wenn alle gestorben sind, hört auch die Seuche auf«, sagte Berenger fatalistisch. »Von euch ist keiner krank geworden?«

»Nicht mehr als sonst«, antwortete Chersala. »Wir halten uns fern von den Kranken und den Sterbenden und den Gräbern.«

»Recht so.« Berenger hob seinen leeren Becher und wartete, bis die junge Frau nachgeschenkt hatte. »Erzählt mir von der Heiligen Lanze, Rutgar.«

»Eine wundersame Geschichte«, begann Rutgar und stieß einen Seufzer aus. »Also ...«

Er schilderte Berenger, was er von den Visionen des Peter Bartholomäus wusste, von der Auffindung der eisernen Spitze, vom Glauben an das Wunder und dem gewaltigen Sieg unter diesem Zeichen und davon, dass der verstorbene Bischof nicht an die Weisungen des heiligen Andreas geglaubt hatte, und dass dieser Bartholomäus davon redete, der Heilige habe ihm offenbart, die Stadt gehöre Bohemund, und dass die Fürsten einen Patriarchen wählen sollten, der dies bestätigen müsste. Das Heer sollte sich zum Feldzug nach Jerusalem sammeln, denn die Streitereien unter den Fürsten lähmten Pilger und Krieger der Truppen. Aber in Antiochia gab es niemanden, der darüber entscheiden konnte.

»Es wird wohl noch etliche Monde dauern«, sagte Berenger nach einigem Nachdenken, »bis das fränkische Heer sich auf den Weg macht. Jerusalem dürfte dann aber nicht mehr in der Hand der Seldschuken sein.«

»Und was bleibt für uns, Anführer?« wollte ein Kundschafter wissen. »Sollen wir vorausreiten, oder bleiben wir in Antiochia? Oder gehen wir und nehmen den Bauern das Korn weg?«

Berenger sagte ihm, was Tatikios entschieden hatte, und suchte in den Gesichtern Rutgars und Chersalas nach Zustimmung oder Ablehnung und schien ein großes Maß an Ratlosigkeit zu erkennen. Er grinste und knurrte: »Ich sehe mich zuerst ein paar Tage lang um. Dann beraten wir. Und dann wird entschieden, ob wir unseren eigenen Weg gehen oder ob uns der Traum von Jerusalem mehr bedeutet als unser Leben. Wie steht es mit Pferden?«

»Uns fehlen nur noch wenige«, antwortete Rutgar. »Alle Reittiere sind ausgeruht, haben sich sattgefressen, weiden hier und draußen vor den Mauern.«

»Eines solltest du bedenken, Anführer.« Thybold deutete mit der rechten Hand auf Berenger. »Die Kundschafter, anders als die Krieger der Provençalen, kennen jeden Pfad, jeden Bach, jede Brücke in weitem Umkreis, weit ins Land hinein. Vielleicht braucht einer der Fürsten berittene, wehrhafte Wegeskundige.«

»Ich werde es bedenken.« Berenger nickte kurz. »Das rettet uns möglicherweise vor Langeweile. Gut so. Dass wir gute Pferde haben, macht alles leichter.« Berenger wandte sich an die Frauen. »Bitte. Bereitet mir ein feines Bad. Und ich brauche ein Bett. Und einen kräftigen Kerl, der mich walkt und knetet.«

Chersala stand auf und legte ihm lächelnd die Hand in den Nacken. »Lass mich das besorgen. Rutgar und ich wissen, wie es geht.«

»Einverstanden, Schönste.«

Chersala zog Berenger zu einer Treppe zum Obergeschoss. Aus Rutgars und Chersalas Kammern hatten sie Ausblicke in den Innenhof und nach Süden, zur Kathedrale und zur Festung, die auf dem Silpiosberg thronte.

Die muslimischen Besitzer der Häuser hatten bei ihrer Flucht Dutzende Sklaven und Diener und die gesamte Einrichtung zurückgelassen. Die Syrer und Armenier waren froh, dem Gemetzel entkommen zu sein, und gehorchten im Großen und Ganzen willig den Wünschen und Anordnungen der neuen Herren.

Berenger ließ seine Ausrüstung in einen großen, wohlig ausgestatteten Wohnraum bringen; Chersala führte ihn in eines der Bäder und sagte den Dienern, was sie zu tun hatten.

In den Tagen seit der Eroberung und während der seuchenhaften Krankheit, die jeden zweiten Befallenen dahingerafft hatte, war Antiochia in Bewegungslosigkeit und Stille gefallen; es war wie Atemholen vor der nächsten Anstrengung.

In der 11. Nacht des Erntemonds führte Berenger seinen Rappen am Zügel in den Hof und ließ ihn absatteln und in den Stall führen. Feuchter Südwind fiel von den Bergen und ließ die Flammen der Kerzen und Öllichter zittern und zucken. Als der Anführer Rutgar erkannte, der auf einer Treppenstufe saß, sagte er leise: »Die Fürsten sind wieder in der Stadt. Sie haben sich im Palast getroffen und einen Brief an Papst Urban schreiben lassen.«

»Du warst dabei?« Rutgar rückte ein paar Handbreit zur Seite. »Es gibt zwölf Dutzend Gründe, an den Papst zu schreiben.«

»Bis er antwortet, vergeht zu viel Zeit«, sagte Berenger und setzte sich ächzend zurecht. »Man hat geschrieben, dass die Stadt eingenommen und dank der Heiligen Lanze jede Schlacht gewonnen worden sei. Den Tod seines Legaten Adhemar teilten sie ihm mit, und sie waren ausnahmsweise in einer Sache sicher: Sie brauchen wegen ihres dauernden Streits einen neuen Anführer. Der Verlust des Bischofs von Le Puy ist unersetzlich, es sei denn, Urban würde selbst kommen.«

»Schließlich ist das Bistum Antiochia einst von Sankt Peter gegründet worden«, sagte Rutgar. »Aber kein Fürst wird ernsthaft erwarten, dass der Papst hierher oder gar nach Jerusalem kommt.«

»Sie bieten an, auf ihn zu warten und dann erst nach Jerusalem zu ziehen. Den alten Patriarchen Johannes mögen sie nicht, weisen seine Rechte zurück; die einheimischen Christen sind für sie Sektierer und Irrgläubige – ein Wunder, dass sie nicht auch erschlagen worden sind.« Berenger hustete und spuckte ins Gras. »Bis die Antwort oder ein zweiter Adhemar kommt, brauchen sie sich nicht zu entscheiden. Bohemund sieht sich ohnehin als Herrscher Antiochias.«

»Und was gedenken die Fürsten gegen ihre Langeweile und gegen den offensichtlichen Mangel an Lebensmitteln zu tun?«

Berenger lachte in sich hinein. »Gottfried und Raimund wollen zu einem gemeinsamen Feldzug nach Azaz aufbrechen. Dort wittern sie gute Beute und volle Kornsäcke.«

Ratlosigkeit überall, dachte Rutgar. Nur nicht, in Maßen, in Berengers verkleinerter Truppe. Der wahre Anführer, dem sie bedingungslos gehorchten, war Berenger. Ihm, Rutgar, hatten sie gehorcht, weil es ihre Pflicht war und er nichts Unbilliges von ihnen verlangte. Aber Berengers kriegerische und gerechte Art – und den Sold, den er gebracht hatte – brauchten die Männer, um sich als mutige Krieger und listige Kundschafter zu fühlen. Es war gut und richtig so. So fanden Chersala und er mehr Zeit dafür, dass sie sich gegenseitig ihre Träume erzählten und einige goldene Münzen mehr in Gürtel und Lederwams einnähten. Gold für die Burg, für das Haus in Les-Baux.

Mächtige Wolken von leuchtendem Schneeweiß quollen im Westen, sicherlich über der Küste des Meeres, der Sonne entgegen. Aus Süden, von Antiochia her, fuhren feuchte Windstöße über die Ebene und wirbelten Staub von der Straße auf. Der Sommer, so schien es allen, fürchtete sich vor dem Welken der Blätter und des Grases, den kalten Winden und dem Regen des Herbstes. Die feuchte Hitze wich im Herbstmond nicht und machte den Weinmond zur schwitzenden Qual. Der Brodem verwesender Leichen schwelte aus der Erde über den Gräbern der Erschlagenen, Verbrannten und Seuchentoten und entwich nur in den Nächten aus der Stadt, wenn Wind vom Berg den Gestank und den Rauch der Feuerstellen vertrieb. Die Abergläubigen flüsterten, mit dem süßlichen Hauch würden die Seelen der Toten zum Himmel, ins zweite Leben, entweichen, erleichtert darüber, das beschwerliche irdische Leben verlassen zu können. Trotzdem war jeder Bewaffnete froh, aus Antiochia hinausmarschieren oder -reiten zu können.

In den vergangenen Tagen hatten Berenger und Rutgar lange über ihr Leben und die allgemeine Verwirrung geredet, über Flucht, Verantwortung und Träume: Nach dem Fall Jerusalems würden sie, komme, was wolle, den Heimweg antreten. Aber noch banden sie ihre Versprechen an das Heer der christlichen Fürsten; diese hatten beschlossen, sich Lebensmittel zu beschaffen.

Nun waren die Soldaten und bewaffneten Pilger auf dem Weg nach Albara, mehr als dreißig Meilen vor den Mauern Antiochias und jenseits der eroberten Festung Rugia. Selbst abseits der Straßen lastete ein brüchiger Halbfriede, oftmals von kurzen, hitzigen Kämpfen unterbrochen, über dem Land. Da war keine Klarheit; jeder Pilger, ärmlich oder zu Ross, gläubig oder beutegieriger Soldat, sehnte sich nach Klarheit und Führung.

Thybold, Berenger und Rutgar ritten nebeneinander weit

vor dem Heer; ihre Blicke suchten nach einem Hinterhalt oder muslimischen Reitern.

Rutgar hatte Chersala in Antiochia zurückgelassen, von einigen seiner zuverlässigen Kundschafter bewacht. Der Ritt nach Südost sollte nur wenige Tage dauern und gute Beute bringen; in der Stadt lebten nur reiche Muslime. Ohne Hast bewegte sich das kleine Heer unter der sengenden Sonne auf Albara zu; Kundschafter auf schnellen Pferden, gepanzerte Ritter und Bewaffnete zu Fuß, schließlich die Saumtiere und Karren des Trosses.

»Ich glaube nicht«, begann Thybold nach einer Weile, »dass sich unsere Herren, wie es bestimmt war, am ersten Tag des Windmondes auf den Weg nach Jerusalem machen.«

Seit dem Begräbnis Bischofs Adhemar von Le Puy entbehrte das Heer der Franken jeglicher Führung. Jedermann vermisste den Basileus, einen General Tatikios oder einen christlichen Befehl des Papstes Urban. Aber der Zwang, den nächsten Tag zu überleben, bestimmte selbst Berengers Verhalten angesichts eines Heeres, dessen Stärke durch die Kämpfe und die Seuche halbiert worden war.

»Wisst ihr ...«, sagte Rutgar und zupfte Heuhalme aus der Mähne seines Rappens, »Chersala ist mir gefolgt, weil sie mich liebt. Ich wiederum folgte zuerst Peter von Amiens und dem Bischof von Le Puy, die mit Gottes Hilfe die Heilige Stadt und Christi Grab von den Ungläubigen befreien wollten. Aber für die ehrgeizigen Fürsten sind wir nur Mittel zum Zweck.«

»Da hast du recht, Ritterlein«, sagte Berenger. »Auch der Angriff auf Albara hat nichts zu schaffen mit dem Sieg unseres wahren Glaubens.«

»Gold, Proviant; Sklaven, die mehr Gold bringen ...«, sagte Rutgar.

Berenger hob zustimmend die Hand und starrte in Rutgars Gesicht. »Von der weinerlichen Bibelfestigkeit des Kukupetros hast du dich, gottlob, gelöst, Rutgar«, sagte er halb schroff, halb verständnisvoll. »Aber das macht's auch nicht leichter.«

»Zuvor, in Konstantinopel und in Drakon, war alles einfacher.« Rutgar dachte an den langen Winter und seine eigene Seelenruhe. »Damals, da waren wir nur wenige, die überleben mussten. Jetzt sind's viele Tausende und endlos mehr Mühen und Plagen geworden.«

Sterben und Tod waren seit vielen Monden alltäglich. Der erste verstümmelte Leichnam war ein entsetzlicher Anblick; der tausendste kaum mehr als eine tägliche Erfahrung. Rutgar dachte an unzählige erschlagene Muslime, von den Tafuren verscharrt, und an die toten Christen, die in den Gräbern der Auferstehung des Fleisches harrten.

»Plagen und Hunger, Krankheit und viele Gräber«, sagte Berenger und deutete auf die flache Landschaft neben der Straße. Bis zu den Hügeln erstreckten sich abgeweidete und abgeerntete Felder. »Im Morgengrauen werden die Herren das Städtchen angreifen. Mehr Gräber für Korn und Braten.«

Späher hatten berichtet, dass in Albara eine muslimische Bevölkerung lebte, ohne Christen, wie in Antiochia. Die Mauern würden einer Belagerung kaum standhalten; leichte Beute für die Franken.

»Ich ahne«, sagte Thybold, »dass sich die Bewohner ergeben werden. Wir haben es schon so oft erlebt.«

»Das wird ihr Leben retten«, murmelte Rutgar.

Berenger lachte. Rutgar kannte und fürchtete diese Art bösen Gelächters seines Freundes. »Glaubst du daran? Bisher haben unsere Fürsten kaum einmal ihr Wort gehalten, wenn sie's den Sarazenen gegeben haben.«

»Reiten wir weiter«, sagte Rutgar knurrend. »In drei Tagen wissen wir, was wir glauben müssen.«

Jedes Stück Stoff des Zimmers, das von schrägen Sonnenstrahlen durchflutet wurde, roch nach Rosenwasser und nach den Blüten, die in großen Wasserschüsseln schwammen. Chersala hatte sich auf den Kissen ihres Lagers ausgestreckt, lag regungslos unter einem dünnen, feuchten Tuch, ein zweites Tuch über dem Kopf. Kühle und Dunkelheit machten sie schläfrig, vermochten das schmerzende Zerren in ihren Eingeweiden aber nicht zu lindern. Und auch nicht die nagenden Gedanken, die Zweifel, die dahingeschwundene Hoffnung – in der Ruhe und der Grabesstille, die nach dem Ende der Seuche über diesem Teil der Stadt herrschten, waren sie unüberhörbar.

Vielleicht trug sie Rutgars Kind. Aber ihre letzte Unreinheit war nicht ausgeblieben. Vielleicht war sie krank geworden. Oder das Essen war verdorben gewesen. Zum Schmerz gesellte sich die Ahnung kommenden Unheils; ein inwendiger Schatten, nachtschwarz und lastend, eine dräuende Ahnung der Sünden, die sie begangen hatte. Welche Sünden?

Jeder Reiter der Kundschaftertruppe wusste längst, dass der Knappe Cherso eine Frau war, Chersala hieß und die Liebste Ritter Rutgars aus der Provençe war. Bisher hatte kein Reiter gewagt, sie anzurühren. Manche bewunderten Rutgar deswegen, einige hatten abfällige Worte für dieses Versteckspiel gefunden. Dennoch fühlte sie sich in dieser kriegerischen Gemeinschaft, abseits der fränkischen Heere, so sicher, wie eine Frau sich nur fühlen konnte.

Sie hatte auf ihrer entbehrungsreichen Reise vieles gesehen und erlebt und glaubte, das Weinen verlernt zu haben. Die Tage nach dem Wüten des allgegenwärtigen Todes sollten genügen, dass sie sich erholte und so viel wie möglich vergaß. Ihr Leib hatte überlebt, aber ihre Seele hatte Schaden genommen. Mitunter misstraute sie selbst denen, die sie liebte.

»Die Tücher ...«, murmelte sie und richtete sich auf. Leichter Schwindel ließ vor ihren Augen die Truhen, Vorhänge und Wandverzierungen kreisen. »Sie sind trocken, so schnell …«

Als Chersala ihre Stirn berührte, fühlte sie, dass sie fieberte. Sie tauchte die Tücher ins Wasser, wrang sie aus und zog sie, dankbar für Kühle und Halbdunkel, über ihren Körper und das Gesicht. Ihr Haar, von Aynur, einer jungen armenischen Dienerin, gepflegt, war wieder glatt und schulterlang, die Haut weich und sonnengebräunt, die Schwielen und die Spuren kleiner Verletzungen vergangen. Sie litt weder Durst noch Hunger; es war fast wie in den Tagen von Drakon, in denen sie Jean-Rutgar gezwungen hatte, sie mitzunehmen. Hätte sie's nicht tun sollen? Sie horchte in sich hinein, fand aber nur Erinnerungen und nicht die Wahrheit.

Die Lichtstrahlen, die durch die Zwischenräume der geschnitzten Läden drangen, waren über die Teppiche gewandert und krochen die Wand hinauf. Die Geräusche aus dem Inneren des Hauses, des Hofes und der Ställe vermengten sich zu einem einschläfernden Summen, das an ein halb vergessenes Lied der Mutter erinnerte. Auch das unentwegte Hämmern der Schmiede, die Pferde beschlugen und Waffen schärften, erinnerte Chersala an zu Hause. Innerhalb der Welt, mitten zwischen den Feinden, von Mauern umschlossen, war die Unterkunft der Tatikios-Reiter wie eine Insel des Friedens.

Chersala dämmerte in einen Traum hinein, aus dem sie fröstelnd erwachte. Stechender Schmerz wütete hinter ihren Schläfen. Sie zwang sich, Aynurs warmen Aufguss zu trinken, und begann sich schuldig zu fühlen, weil sie glaubte, dass sie krank war und sterben musste. Tief versteckt in ihrem Körper hockten Dämonen, die ihre Benommenheit verschuldeten. Die Sühne für ihre Sünden, dachte sie gequält. Dass sie Rutgar liebte und nicht auf die Priester hörte? Oft hatte sie gebetet und Gott angerufen, aber der Herr gab keine Zeichen. Er schwieg, wie zu der Tötungsbereitschaft der Ritter und ihres Gefolges.

Vergeblich suchte sie in ihren Gedanken nach Worten, um Rutgar sagen zu können, was sie fühlte. Bald würde er zurückkommen, und in seinen Armen, mit Berengers klugem Rat, würde sie gesund werden.

Als sich die Späher in einer weit auseinandergezogenen Linie der Stadt näherten, sahen sie, dass die Raubzüge während der Belagerung ihre Spuren zurückgelassen hatten. Die Waldränder waren gelichtet, nicht wenige Felder verbrannt, einigen Bauernhäusern fehlten Dächer, und es gab kaum Vieh auf den spätsommerlichen Weiden. Albara, auf einem Hügel erbaut, schien ausgestorben zu sein; von den Türmen des Stadttores hingen schlaffe Fahnen in den Farben des Islam.

»Ich sehe, dass sie ihr Tor weit geöffnet haben«, bemerkte Berenger, als sie über eine schmale Bohlenbrücke ritten und zwischen uralten Mauer- und Säulenresten hervorkamen. »Sie haben Raimunds Heer gesehen und werden sich ergeben.«

Rutgar nickte. Hinter ihnen erscholl wüster Lärm; Angriffsschreie und die Rufe »Toulouse! Toulouse!«. Berenger zog sein Schwert aus der Rückenscheide, stieß einige Pfiffe aus und bedeutete seinen Reitern, auszuweichen und die Truppe des Grafen von Saint-Gilles durchzulassen. Sein Gesicht drückte Abscheu und Verzweiflung aus. Auch Rutgar ahnte, was geschehen würde. Er lenkte seinen Rappen zur Seite, auf einen Pfad zwischen einem frisch gepflügten Acker und einer vertrockneten Weide. Das Poltern von Pferdehufen wurde lauter, der Boden begann zu dröhnen.

Rutgar schirmte die Augen mit der flachen Hand, als er sah, dass sich eine Menschenmenge aus dem Stadttor schob. Viele Muslime waren festlich gekleidet und trugen Fahnen, gefüllte Körbe und glänzende Metallkrüge.

»Sie haben keine Waffen!«, schrie Berenger, der in den Steigbügeln stand. Die Ritter achteten weder auf seine Zeichen noch auf seine Worte. Sie galoppierten über die Brücke und durch das Wasser des mäandernden Bächleins, Schwerter und Kampfäxte in den Händen, die Lanzen schräg, mit weit aufgerissenen Mündern, leeren, hungrigen Augen und auf schwitzenden Pferden mit schäumenden Gebissen. Obwohl das kleine Heer durch die Verwundeten und Toten der Belagerung und die Pestopfer mehr als dezimiert worden war, stürzten sich die Männer auf die Stadt.

»Zur Seite! Wir bringen ihnen den rechten Glauben!«

Es wird das Gleiche sein wie an so vielen anderen Orten, dachte Rutgar und hob den Zügel. Morden, Verstümmeln, Versklaven, Ausplündern ... alles im Namen des Herrn. Er beugte sich im Sattel vor und beobachtete die Reiter und die hastenden Fußsoldaten, die an ihm und Berenger vorbei auf das Stadttor vorrückten. Hinter den Mauern ertönte Geschrei, das im Poltern und Dröhnen der Angreifer unterging und im Klirren der Waffen. Die ersten Reiter galoppierten unter wehenden Fahnen durch das Stadttor. An Rutgar drängten und schoben sich die Fußsoldaten vorbei wie ein Tier aus tausend Schuppen und Gliedern.

Er schloss die Augen, atmete tief ein und aus und ritt zu Berenger, bei dem sich die Kundschafter sammelten. Die letzten aus dem Frankenheer drängten zwischen die Torflügel.

»Was tun, Berenger?«

»Willst du plündern? Brauchst du Sklavinnen zum Verkaufen? Oder drängt es dich, ein paar Greise zu erschlagen?«

»Du weißt es besser.« Rutgar löste das Kinnband des Helms. »Nichts gegen Münzen oder Geschmeide. Das Totschlagen überlasse ich denen.«

»Wir warten bis zum Abend«, entschied Berenger. »Für uns fällt genug ab. Reiten wir zum Tor.«

Obwohl sich die Bewohner der Stadt, in der offensichtlich

keine Christen lebten, kampflos ergaben und um Gnade flehten, dauerte es bis zum Abend und an einigen Stellen der Stadt bis um Mitternacht, bis das wüste Lärmen aufhörte. Viele Bewohner wurden erschlagen, während die Geistlichen in die Moschee eindrangen und ihre Lieder und Dankgebete anstimmten. Einige konnten durch Mauerlücken und über Leitern flüchten. Die Waffenknechte trieben Kinder, Frauen und junge Männer zusammen, fesselten die Schreienden und Weinenden und sperrten sie in Gewölbe und Höfe. Am Morgen würden sie nach Antiochia in Marsch gesetzt und dort an Syrer und Armenier oder an genuesische Kaufleute als Sklaven verkauft werden.

»Dort hinüber!«, befahl Berenger. Er und seine Reiter hatten sich einen halb verwüsteten Bauernhof als Ziel ausgesucht und dort ihre Pferde versorgt und dem schwächer werdenden Lärmen jenseits der Mauern gelauscht. Die Männer aßen und tranken vom kargen Proviant in den Satteltaschen. Einige murrten; sie fühlten sich vom Treiben in der Stadt ausgeschlossen. Berenger beschwichtigte sie, teils mit guten Worten, teils fluchend.

Rutgar und Thybold bestimmten eine Wache, zündeten Fackeln an, ließen Helme und Schilde zurück und stapften durch das zertrampelte Gras zum Stadttor, passierten es ungehindert und schritten auf einer gepflasterten Straße durch eine albtraumhafte Folge von Hausfronten, zertrümmerten Truhen, halb verbrannten Türen, Läden oder Mänteln und undeutbarem Abfall.

Thybold legte den Arm über Berengers Schultern und sagte: »Nur eine kleine Stadt. Wenn sie in ein paar Tagen voller Christen ist, wird sie zur befestigten Burg gegen die Seldschuken.«

»Nichts anderes will Raimund«, knurrte Berenger. »Es ist wie eine Karawanserei für spätere Pilger. Oder goldgierige Eroberer.«

Teile der Stadt wirkten wie ausgestorben. Im zuckenden Fackellicht und einiger Feuer auf den Plätzen hatten sich die Krieger versammelt, brieten Fleisch über der Glut und tranken lachend Wein aus Ziegenbälgen. Kriegsknechte schleppten Leichen aus den Häusern und warfen sie hinter die Mauern der Gärten. Aus Fenstern und Türen ertönten Flüche, Gelächter und das Krachen aufgesprengter Truhen und Wandfächer. Kleidungsstücke, Krüge und silbernes Geschirr, Lederballen und Hausrat lagen auf großen Haufen, in denen die Bewaffneten wühlten. Schwitzende Knechte schleppten Kornsäcke und Krüge voller Mehl aus den Häusern und stapelten sie am Gassenrand.

»Das Gold und das Silber ist schon in den Mantelsäcken der Fürsten«, sagte Thybold missgelaunt. »Albara scheint eine reiche Stadt gewesen zu sein.«

»Sie war die längste Zeit reich«, antwortete Berenger rau und ging weiter.

Die Mauern und Dächer der Stadt atmeten Verzweiflung aus, und der dumpfe Gesang christlicher Lieder, der aus der Richtung der Moschee erscholl, schien Gefahren und Drohungen aus dem Halbdunkel hervorzubringen. Schreie, Schluchzen und Wimmern ertönte aus dem Inneren der Häuser, die den Platz und den Brunnen umstanden, aus dem Pferde soffen und Bedienstete Wassereimer schleppten. Rauch und der Qualm brennenden Fetts unter den Braten zogen zwischen Hausmauern und dem Geäst der Bäume in den Himmel. »Morgen, übermorgen werden Tafuren und andere Christen hier einziehen.«

»Und wir reiten morgen zurück«, bestimmte Berenger laut. »Der Entschluss, am 1. Tag im Windmond nach Jerusalem aufzubrechen, steht angeblich längst fest.«

Sie beendeten den Streifzug durch die kleine Stadt, in deren Mauern nur fränkische Bewaffnete und Geistliche zu sehen waren. Dutzende Kriegsknechte schliefen und schnarchten auf Strohbündeln und geraubten Decken. Andere beluden Karren mit Beute. Die Gesänge in der Moschee hatten aufgehört.

Berenger drehte sich herum, warf einen langen Blick in das Gewimmel auf der breiten, von Säulen und Torbögen gesäumten Torgasse und sagte: »Kampflos eine Stadt und Proviant für Tausende übernommen. Ein Geschenk für den Herrn von Saint-Gilles. Damit haben wir nichts zu tun. Wir sollten einige Stunden schlafen.«

Schweigend gingen sie das kurze Stück zum Bauernhof zurück.

»Ich mache die erste Runde.« Rutgar schob Berenger und Thybold zum Haustor und sah sich um. Im schwachen Schein der Lagerfeuer und eines Dutzends blakender Fackeln sah er, dass die Pferde versorgt waren und mit hängenden Köpfen im halb offenen Stall und innerhalb des unzerstörten Zauns standen. Die Sättel und die Lanzen lagen und standen unter dem Vordach, ein Dutzend Kundschafter schnarchte, in ihre Mäntel eingewickelt, auf Strohbündeln. Rutgar schlug die Kapuze des Kettenhemdes in den Nacken, suchte einige Fackeln aus den Saumtiertaschen und begann seinen ersten Rundgang.

Die Gebäude und Scheunen waren fast leer gewesen, ausgeplündert. Dennoch war für die Kundschafter genügend Proviant übriggeblieben, um sie wenigstens für eine Nacht satt zu machen. Nachtwolken trieben vor der fadendünnen Mondsichel und lösten sich in der Finsternis auf. Zahllose Spuren sah Rutgar, als er die Gebäude umkreiste; keine von ihnen, die nicht von Gewalt, Zerstörung und Willkür sprach. Alle Sinne geschärft, die knisternde Fackel in der Linken, setzte er Fuß vor Fuß. Die Stille, die Sterne über ihm und der schwache Saum der Helligkeit, die aus dem offenen Stadttor und über den Zinnen der Mauern waberte, weckte abermals einen Reigen verzweifelter Gedanken.

Bis sich der Kreis schloss, dessen Rund er mit Chersala und Thybold kämpfend durchmaß, würden sie in die weitaus gefahrvollere Eroberung der Heiligen Stadt eingebunden werden. Überlebten sie diese Schlacht, konnten sie, reich und kampfesmüde, nach Les-Baux zurückkehren, und ihre Träume würden wahr werden.

Die anderen Wachen bestätigten, dass nichts Ungewöhnliches vorgefallen war. Als Rutgar sicher war, dass diese Nacht ruhig bleiben würde, übergab er die Fackel und suchte sich einen stillen Winkel zum Schlafen.

Die Nachricht von der Einnahme Albaras war den Rückkehrern vorausgeeilt. Raimund hatte den größeren Teil seiner Truppen in der Stadt zurückgelassen. Der schwerbeladene Rest und der Tross trieben wie ein träger Fluss zurück nach Antiochia. Von allen Seiten bahnten sich kleine und große Gruppen syrischer und armenischer Christen ihren Weg zur Straße und warteten, bis Raimunds Männer, die aneinandergeketteten Sklaven und die Karren mit ächzenden Rädern vorbeigezogen waren. Die Stadt Albara, in der Peter von Narbonne herrschte, den der Patriarch Johannes Oxeites von Antiochia zum Bischof weihen würde, war in aller Munde.

Berenger und Rutgar führten ihre Reiter an den Seiten des Heerhaufens zurück. Aus der Begleitung Raimunds hatte Rutgar erfahren, dass Peter von Narbonne die Hälfte der Stadt und des Umlandes zur Sicherung seiner Einkünfte erhalten hatte. Bischof Adhemar wäre zuhöchst erfreut darüber gewesen, dass mitten in der muslimischen Wildnis das erste römisch-christliche Bischofstum gegründet worden war, dachte Rutgar, dessen Unruhe seit Sonnenaufgang zunahm, je mehr sie sich Rugia und Antiochia näherten. Er dachte nicht an die Versammlung der Fürsten oder an den Aufbruch, sondern nur an

Chersala. Sie war unverrückbarer Teil seines Lebens und seines Traums.

Als die Kundschafter in ihre Unterkünfte einritten und die Pferde absattelten, rannte Rutgar die Treppe hinauf und rief nach Aynur. Die schwarzhaarige Sklavin erwartete ihn vor der Tür zu den gemeinsamen Zimmern.

»Wo ist die Herrin?«, rief er und stieß die Tür auf.

Aynur, schwarzhaarig und scheu, hob die Arme und sagte leise: »Es geht ihr nicht gut. Sie ist endlich eingeschlafen. Weck sie nicht auf, Herr.«

Plötzliche, unbestimmte Furcht griff ihm ans Herz. Er war fortgeritten, wo es doch seine Aufgabe war, sie zu beschützen! Auf Zehenspitzen ging er in das dämmerige Zimmer. Chersala lag reglos ausgestreckt unter schweren Decken und ihrem Reitermantel. Ihr bleiches Gesicht war schweißbedeckt. Sie atmete gleichmäßig, aber keuchend. Fieber, dachte Rutgar, hoffentlich ein heilendes Fieber, denn sie hatte noch vor Kurzem vor Kälte gezittert. Hinter ihm war Aynur hereingekommen und stellte einen großen Tonkrug und Chersalas Silberbecher auf den Tisch.

»Sie muss viel trinken«, flüsterte sie und zupfte ihn am Ärmel. Er warf einen langen Blick auf das wächserne Gesicht seiner Liebsten und erschrak bis ins Innerste. Sie sah aus wie eine Tote. Leise verließ er das Zimmer, schloss die Tür und setzte sich auf eine Treppenstufe.

»Bring mir etwas zu trinken«, sagte er verzweifelt. »Kalten Sud oder Wasser.«

»Sofort, Herr.« Sie huschte auf nackten Sohlen davon.

Rutgar stützte den Kopf in die Hände und versank für eine Weile in dem Lärmgebrodel der Unterkunft. Spät und auf unbekanntem Weg, als in Antiochia niemand mehr an der Seuche gestorben war, hatte sie sich Chersala gegriffen. War Chersalas Krankheit die Strafe dafür, dass er und sie alle Gebote des christlichen Zusammenlebens missachtet hatten und in Sünde zusammenlebten? Die Strafe für ihre Liebe?

Gedankenlos leerte er einen Becher honigsüßen Sud nach dem anderen und hoffte auf ein Wunder. Aber der Herr gab keine Antwort auf seine stummen Fragen.

Kapitel XXIX

A. D. 1098 und 1099, zwischen Windmond (November) und Weidemond (Mai)
Von Antiochia zum Hundefluss

»Mit der einen Hand taten sie ihre Arbeit, in der anderen führten sie das Schwert.«
(Neh 4,11)

Jean-Rutgar betrachtete, das Herz voll quälender Sorge, das wachsbleiche Gesicht seiner Liebsten. Chersalas Fieber kochte noch immer in ihrem Körper. Sie sah aus, als sei sie dem Tod nahe: Ihre Haut war durchscheinend geworden und trocken wie Pergament. Sie schlief unruhig, schwitzte und trank viel Wasser, Sud und Brühe und schien Rutgars Hand nicht zu fühlen, selbst wenn er den Schweiß von ihrer Stirn wischte. Stundenlang wichen er und Aynur nicht vom Lager Chersalas.

Während Rutgar im Licht dreier Kerzen den Federkiel zurechtschnitt und den keuchenden Atemzügen Chersalas lauschte, begann er ein wenig zu rechnen. Fast vier Jahre war es nun her seit jenem denkwürdigen Konzil von Clermont. Nun, nach fünfzehn Monden der verlustreichen Belagerung Antiochias und ein halbes Jahr nach dem blutigen Sieg, begann das Ziel des Kreuzzuges erstmals in greifbare Nähe zu rücken. Aber Bischof Adhemar von Le Puy, der geistige Anführer aller Heere, war ein Opfer der Seuche geworden und nicht mehr da, um als Schlichter zu wirken, und so begannen die Fürsten erneut zu streiten.

Ich, Jean-Rutgar, füge dieses Schreiben dem vorherigen bei und hoffe, dass beide Pergamente nicht verlorengehen.

Sie ließen einen Bittbrief an Papst Urban schreiben, des Inhalts, er möge selbst dem Zug der Heere nach Jerusalem voranreiten. Auch schilderte der Schreiber, wie Antiochia erobert worden war. Auf die Antwort indessen würden die Fürsten so lange warten wie auf jeden Brief dieser Art.

Im Weinmond überfiel Graf Raimund die Stadt Albara, versklavte und tötete die Bevölkerung und machte die Moschee zur christlichen Kirche. Peter von Narbonne wurde zum Bischof gewählt, und so weihte ihn der griechische Patriarch Johannes von Oxeites, den Yaghi-Siyan einst im Käfig über die Mauern gehängt hatte.

Raimund von Toulouse kam zurück nach Antiochia, als der Graf von Flandern und der Herzog von der Normandie schon Quartier genommen hatten. Gottfried von Bouillon ritt von Edessa hierher, gefolgt von Bohemund, der gesundet war. Im Rat der Herren forderte er die Herrschaft über Antiochia, und abermals brach Streit unter den Fürsten aus. Die Uneinigkeit erboste die Soldaten des Heeres, sodass sie drohten, die Mauern der Stadt niederzureißen.

Soldaten und Pilger hatten viel zu lange darauf gewartet, ihr Gelübde zu erfüllen, nämlich unverzüglich die Reise nach Jerusalem wieder zu beginnen. Peter Bartholomäus bedrängte die Fürsten mit drängenden Worten. Der Vertreter des Basileus, der Kommandant der Stadt, hatte lange versucht, die hitzig lärmenden Fürsten mit gutem Rat zu überzeugen.

Schließlich gewährten die Fürsten Bohemund von Tarent die Herrschaft über die Zitadelle und zwei Drittel der Stadt. Raimund von Toulouse aber erhielt den Palast Yaghi-Siyans und die Aufsicht über die große Brücke. Aber keiner der Fürsten wollte nach Jerusalem aufbrechen. Die Festung Ma'arrat an-Numan lag am Weg, und man fürchtete seldschukische Überfälle auf die Heere.

Drei Tage vor dem Ende des 11. Mondes begannen Heere der Grafen von Toulouse und Flandern die Festung zu belagern. Der erste und auch der zweite Sturmangriff, den Bohemund unterstützte, blieben vergeblich. Erst nach fünfzehn Tagen, trotz der Errichtung eines großen Belagerungsturms, der nutzlos blieb, konnten die Soldaten einen Mauerturm zum Einsturz bringen und in die Stadt eindringen. Die Bewohner wurden niedergemacht und in die Sklaverei verkauft. Der größte Teil der Beute fiel an Bohemund.

Aber auch nach einer Beratung, die im Ort Rugia am Orontes stattfand, mochten sich die Fürsten nicht zum Aufbruch entschließen. Erst als die hungernden Pilger die Mauern von Ma'arrat an-Numan einzureißen begannen, begann die Reise nach Jerusalem.

Graf Raimund von Toulouse, barfuß und im Pilgerhemd, führte das Heer an, während die Stadt im Rücken des Heeres niederbrannte. Peter von Narbonne, Bischof von Albara, Raimund Pilet, der Herr von Tel-Mannas, und zuletzt Robert von der Normandie und Tancreds Normannen folgten dem Barfüßer. Auch das Heer Raimunds aus Antiochia kam hinzu, aber Robert von Flandern und Gottfried von Bouillon vermochten sich noch lange nicht zu entschließen.

Rutgar und Aynur hatten Chersala Tag und Nacht Becher mit Kräutersud und fette Süppchen eingeflößt, mit Honig und Salz verrührt. Jetzt schlief sie wieder und flüsterte und murmelte in schwitzigen Träumen. Thybold war mit dem Heer des Einäugigen geritten und hoffte, dass Rutgar und die Späher bald folgen würden. Durch das offene Fenster sah Rutgar einen Baum, der das meiste Laub abgeschüttelt hatte, und dahinter die Felsen und die Festungsmauer. Auf den Mauern wanderten winzige Lichter: die Fackeln der Wachen. Kühle Nachtluft ließ die Kerzenflammen flackern.

Mit dem Hauch aus dem warmen Würzwein, der in Rutgars

Nase biss, mischten sich die Ausdünstungen der Fiebernden und des Öls, mit dem die Bodenbretter versiegelt waren. Rutgar betrachtete das Geschriebene und dachte an den Benediktinermönch Odo, den Laienbruder Rasso und die Mauern der Abteikirche von Cluny. Wie hoch waren sie inzwischen gewachsen? Wie weit dehnte sich das Bauwerk aus? Erhoben sich schon die kantigen Türme? Lebte Weißbart Rasso noch und ließ sich von seinem Bruder die Briefe vorlesen?

Ein Klopfen an der Tür unterbrach Rutgars Gedanken. Aynur trat ein, die scheue armenische Dienerin mit schulterlangem, rußschwarzem Haar. Sie trug Krüge und Becher. Rutgar nickte und deutete auf Chersala.

Bohemund von Tarent war letztlich Herr von Antiochia geblieben, seinem Fürstentum. Berenger und Tatikios' Kundschafter rüsten sich zum Aufbruch. Sie werden dem Heer folgen, mit dem auch Wilhelm Ermingar Antiochia verlässt ...

Rutgar hörte den leisen, erschrockenen Ausruf der Dienerin. Er ließ die Feder fallen, drehte den Kopf und sah, dass sich Chersala halb aufgerichtet hatte und den Becher mit beiden Händen umklammerte. Ihre Finger zitterten. Aynur stützte sie und flüsterte:

»Sie ist wach, Herr. Das Fieber ...«

Rutgar sprang auf und war mit drei Schritten an Chersalas Lager. Sie sah ihn mit großen Augen an und leerte in gierigen Schlucken den Becher, atmete schwer und sagte leise:

»Mir ist ... so leicht, Rutgar.«

Er legte den Arm um ihre Schultern und hielt sie fest. Der leere Becher fiel aus ihren Fingern und klapperte auf den Boden. Als Rutgar ihre Stirn und die Wangen streichelte, spürte er, dass sie kühl und trocken waren. Er fragte ungläubig:

»Du hast es überlebt? Das Fieber, ist es fort?«

»Ich bin so müde wie noch nie«, wisperte sie.

Aynur hob den Becher auf und wagte ein Lächeln. »Wir müssen sie waschen und ... ein neues Laken, Herr. Eine frische Decke. Sie wird lange schlafen müssen.«

Rutgar ließ Chersala zurücksinken. Aynur huschte hinaus. Er nahm Chersalas Hand und strich vorsichtig das schweißnasse Haar aus ihrer Stirn. Die Blässe war aus ihrem Gesicht gewichen, die Lider zitterten, die Augen fielen ihr fast zu. Sie schlief fest, als Aynur das durchgeschwitzte Laken wechselte, während Rutgar Chersala in den Armen hielt. Mit nassen Tüchern wuschen sie den mageren Körper und wickelten ihn in die frische Decke.

Rutgar dankte Aynur und sah Chersala eine Zeitlang beim Schlafen zu; ihr Atem ging tief und ruhig. Eine Stunde später verschloss Rutgar das Tintenkrüglein und schob das Pergament zwischen die unbeschriebenen Seiten.

Stunden später wachte er auf und erinnerte sich an den Traum, den er gehabt hatte. Er, Chersala, Thybold und Berenger blickten vom Heck eines Schiffs, das in Sankt Simeon abgelegt hatte, zurück auf den langen Weg durch ein Land aus Entbehrungen und Steinen, Staub und Durst, Regen, Krankheit und Tod, aus grellem Mondlicht und dem Starren riesiger Sterne. Nicht nur ein Teil ihres Geistes war dort zurückgeblieben, zwischen verendeten Pferden und Zugochsen, verdursteten und verhungerten Teilnehmern der bewaffneten Pilgerfahrt, zwischen unzählbar vielen Gräbern der Kriegsknechte, Knappen, Mönche, Ritter, Frauen, Kindern. Sie hatten ihren Gottesglauben ebenso verloren wie die Furcht vor den Strafen und dem Jüngsten Gericht. Dann endete der Traum.

Rutgar sah Chersala im Sonnenlicht lächelnd an ihrem Lager sitzen. Sie rieb, in Schweigen versunken, ihr Haar trocken und bürstete es mit müden Bewegungen.

Die Emire von Hama und von Homs, die an der Seite Kerbogas gekämpft hatten, riefen ihre Heere nicht zusammen. Die Furcht der »Sarazenen« verwunderte die Franken: Die mächtigsten zwei muslimischen Familien, die Banu Ammar von Tripolis und die Munqidhiten von Schaizar, die das Land vom Orontes bis weit in den Süden und zur Küste beherrschten, sandten Boten mit Geschenken.

Nachdem der einäugige Raimund ungefähr zwölf Meilen weit nach Südwest, bis nach Kafartab, geritten und dort Tancred und Robert von der Normandie erwartet hatte, trafen die Fürsten mit Boten des Emirs von Schaizar zusammen. Sie sagten, dass ihr Herr Proviant und Wegekundige stellen würde, wenn die Franken schworen, friedvoll durch das muslimische Land zu ziehen.

Die Fürsten berieten lange und stimmten zu, und so führte man ihr Heer durch die Orontes-Furt und durch das Sarouttal nach Süden. Die Besitzer und Hirten aller Herden dieses Landstrichs hatten die Tiere in einem Seitental versteckt, aber die Franken, ungefähr sechstausend Mann, fanden die Herden, raubten sie bis zum letzten Schaf und verkauften sie; für den Erlös kauften sie ungefähr tausend frische Saumpferde. Am 22. des Schneemonds umkreisten sie die Heloubberge und kamen zur Stadt Rafaniya, die von ihren Bewohnern verlassen worden war. Aber das Heer fand viel Proviant in den Häusern, blieb drei Tage lang und ritt hinunter in die Ebene von Bukaia, zwischen dem Libanon und den Nosaribergen.

Über der Ebene thronte eine mächtige Festung mit Ausblicken über ein weites Stück Land. Sie hieß Hosn al-Akrad, »Zitadelle der Kurden«, und wer sie besetzt hielt, sah jeden Reiter und konnte die Wege zum Meer sperren. Man belagerte die Festung, und in der letzten Nacht des Mondes flüchtete die Besatzung voll Angst aus der Burg, ließ aber ihre Vorräte zurück. Kleider, Rüstungen und Waffen der Ritter waren löchrig, rostig und stumpf geworden, aber die furchtsamen Muslime erkannten den wahren Zustand des Heeres nicht.

Drei Wochen lang, bis um Mariä Lichtmess, ließen es sich Raimunds Ritter und ihr Tross in der Festung gut gehen. Boten des Emirs von Hama brachten Geschenke und versicherten, er würde den Pilgerzug nicht angreifen.

Emir Dschalal el-Mulk Abu'l Hassan von Tripolis ließ Raimund auffordern, nach Tripolis zu kommen, um Rat abzuhalten. Raimunds Boten, die den Reichtum der Stadt und des Landstrichs sahen, rieten ihm, zum Schein einen Angriff auf eine Festung des Emirs zu führen, und Raimund stimmte zu, die Stadt Arqa, fünfzehn Meilen vor Tripolis, zu belagern.

Gleichzeitig sandte Raimund seine Namensvettern Raimund von Tourenne und Raimund Pilet aus, um Tortosa anzugreifen, den besten Hafen zwischen Tripolis und Latakia. So wollte Raimund von Toulouse den Emir zwingen, ihm mehr Geld zu zahlen, um sein Land zu schonen.

Listenreich belagerten die beiden und ihre Rotten die Hafenstadt. Sie zündeten nachts in einem weiten Kreis um die Stadtmauern so viele Lagerfeuer an, dass der Statthalter überzeugt war, sich einem riesigen Heer gegenüberzusehen. Er erschrak zu Tode und flüchtete des Nachts mit seinen Mannen zu Schiff. Am Morgen öffneten die Bewohner die Stadttore und ließen die Franken herein.

Als der Statthalter von Marqiye, zehn Meilen weiter im Norden, davon erfuhr, ließ auch er das Heer unbehelligt und reich beschenkt durch sein Land ziehen.

Robert von Flandern und Gottfried von Niederlothringen verließen während der letzten Tage des Hornung, gefolgt von Berengers Kundschaftern, die Stadt Antiochia. Im weichen

Sattel der ruhigsten Stute, geschützt in der Mitte einer Gruppe Bewaffneter und dick in Decken und Reitermantel eingewickelt, ritt Chersala. Sie war noch immer mager und schwach, aber von Tag zu Tag war sie gesünder geworden; den Kampf gegen Seuche und Fieber hatte sie gewonnen.

Die Fürsten und Geistlichen, das Heer, der Tross und die Kundschafter bewegten sich langsam nach Süden, auf Tarsus zu. Bohemund von Tarent erfreute sich an der Herrschaft über Antiochia; er genoss das Wohlleben und festigte seine Macht. Trotzdem begleitete er das Heer bis nach Latakia, kehrte dort aber um und ritt zurück in seine Stadt.

Raimund schickte Thybold zu den Kundschaftern; sie sollten nach Arqa reiten, um herauszufinden, wie die Stadt zu belagern sei. Das Heer der Franken, so zusammengeschmolzen es auch sein mochte, befand sich immer noch im Krieg.

In einem großen Pferch weideten ruhig die Pferde. Die Tiere waren ausgeruht und wohlgenährt; das Land, fruchtbar und reich, ernährte Tiere und Menschen.

Berenger sah zu, wie Chersala, blinzelnd im Sonnenlicht, fetten Brei aus einer Schale löffelte. Rutgar stichelte an einer Naht seines Sattels und warf hin und wieder einen Blick zur Stadt und den Zelten der Belagerer.

»Nie waren wir Jerusalem näher als heute«, sagte Berenger. »Noch ein paar Wochen, Rutgar, und dann werden wir viel zu bereden haben. Auch mit deinem Halbbruder.«

»Vieles. Wichtiges. Wenn wir den Kampf um die Stadt überleben«, antwortete Rutgar und schnitt den Faden durch. »Hoffen wir auf etwas Beute, wenige Kämpfe und einen freien Hafen an der Küste.«

»Würdest du mitkommen?«, sagte Chersala, an Berenger gewandt, und hob den Kopf.

Rutgar blickte Berenger prüfend und erwartend an. Dieser hob unschlüssig die Schultern. Chersala und Rutgar hatten ihn nicht zum ersten Mal gefragt.

»Ein Schritt nach dem anderen. Thybold wird mit euch reiten. Alles nach dem letzten Tag, Rutgar. *Inschallah!*«

»*Inschallah!* So Gott will.« Klang das nicht besser als *Deus lo vult?* Rutgar nickte ernst. In Antiochia hatten er und Chersala vieles von den Muslimen gelernt, die im Gutshof als Diener und Sklaven gehalten worden waren. Die Sitten im Land der Muslime, die Reinlichkeit, da sie sich fünfmal täglich wuschen, das Heilige Buch, das fünfmalige Gebet und die Gebote des Qur'ān, die Namen der Städte und die der wichtigsten Herrscher und Straßen – Berenger und einige seiner wissbegierigen Kundschafter, besonders Rutgar und am meisten die sprachkundige Chersala, bekamen Antworten auf fast alle Fragen.

Rutgar, der sich an viele Worte in Ragenardas Sprache entsann, lernte eifrig und schrieb unentwegt fremde Wörter auf; in den kampflosen Wochen in Antiochia hatte er genug Zeit dazu.

»Die hohen Herren«, warf Berenger ein und machte eine abschätzige Geste, »pilgern nicht in einem machtvollen Zug nach Jerusalem. Es wäre auch ein wirkliches Wunder. Sie reiten hierhin, dorthin, belagern, erobern ...«

»Viele wollen hier ihre Grafschaften und Fürstentümer errichten.« Rutgar blickte zu den Lagern Raimunds, Gottfrieds und Roberts von Flandern hinüber, die Arqa von drei Seiten belagerten.

Bevor die Fürsten sich entschlossen hatten, die Stadt zu erobern, waren aus fast allen Städten, selbst aus Dörfern, Sendboten mit schwerbeladenen Maultieren erschienen, mit Lasten aus kostbaren Stoffen, Proviant, Blumen und Gold. Furcht und Angst um ihre Herrschaft, ihr Land und die Bewohner beherrschten die Emire, und sie versuchten sich das Wohlwollen der Franken zu erkaufen.

Auch Raimund hatte sich mit fünftausend Goldstücken das Wohlwollen Tancreds erkauft, der seine Führung anerkennen sollte. Gier nach Gold beherrschte die Fürsten. Als Raimund Tancreds Rat in den Wind schlug, wechselte dieser in Gottfrieds Lager. Wieder entstanden Streit und Unfriede, selbst unter den Truppen der Belagerer.

»Küsse den Arm, den du nicht brechen kannst, und bitte Allah, dass er ihn bricht, sagen die Muslime.« Berenger deutete in die Richtung, in der Tripolis liegen mochte. »Der Qadi Jalal el-Moulk hat Raimund von Saint-Gilles die kostbarsten Geschenke gemacht. Tripolis ist eine sehr reiche Stadt: Obstbäume, Ölbaumhaine, Johannisbrotbäume und Zuckerrohr. Der Handel im Hafen macht sie täglich reicher. Sie fürchten einen Angriff der Franken.«

»Die Menschen in Arqa wissen, wie die Franken in Antiochia und andernorts gewütet haben«, sagte Chersala und wischte die Schale mit Brotstücken leer. »Sie werden lieber sterben als sich ergeben.«

»Das denke ich auch«, meinte Berenger. »Bisher haben die Muslime jeden Angriff zurückgeschlagen.«

Die Heere und die Pilger hatten abermals ein Land betreten, dessen Aussehen sie verwunderte und erschreckte. Nackte Felsen, steinige Berge und fruchtbare Täler im Landesinneren wechselten ab mit großen Ebenen bis zum Meer im Westen. Der Frühling hatte die gesamte Gegend in ein grünes und blühendes Paradies der Fruchtbarkeit verwandelt. Von Tag zu Tag wurde die Kraft der Sonne stärker.

»Wie lange werden wir hier lagern?«, sagte Chersala.

»Das kann ich nicht sagen«, wich Berenger aus. »Wir müssen nicht die Mauern dieser unglückseligen Stadt erstürmen.«

»Uns bleibt der Dienst als Kundschafter.« Rutgar goss Öl

auf einen Lappen und rieb es ins Sattelleder ein. »Wir werden es erleben, wenn die Stadt erobert wird.«

»*Inschallah.*« Berengers Grinsen verschwand.

Rutgar und Berenger, durch die Fähnchen an ihren Lanzen als Kundschafter ausgewiesen, stiegen bedächtig aus den Sätteln. Im Mittelpunkt des normannischen Lagers herrschte Gedränge. Berenger wandte sich an einen Krieger, redete mit ihm, und der Ältere deutete auf eine Gruppe Priester, deren Erregung viele Pilger und Soldaten angesteckt hatte. In dem Trupp erkannte Rutgar seinen Halbbruder und winkte ihn zu sich.

»Was treibt dich zu den Normannen, Thybold?« Sie umarmten sich kurz.

Thybold grinste und antwortete: »Aufregung. Erscheinung von Heiligen. Der Glaube ist größer als der Durst.«

»Wieder eine Vision?«

»Peter Bartholomäus hat wieder den Herrn gesehen. Arnulf von Rohes, Kaplan von Choques, zweifelt daran. Und Peter Desiderius hat noch feurigere Visionen als Peter Bartholomäus. Hört es euch selbst an!«

Der späte Morgen des 5. Tages im Ostermond. Peter Bartholomäus rief unter den Geistlichen und den Pilgern eine Aufregung hervor, die anscheinend das gesamte christliche Heer erfasst hatte. Er verkündete mit beschwörenden Worten und machtvollen Gesten, dass der heilige Andreas und Christus selbst verlangten, dass Arqa erstürmt werden sollte.

»Es schickt sich trefflich«, murmelte Berenger in Rutgars Ohr, »dass Graf Raimund von Toulouse dieselbe Absicht hat.«

»Und der normannische Prediger Arnulf? Was glaubt er?«

»Er sagt, Peters Visionen sind unwahr.«

Desiderius aber, so erfuhren die Kundschafter, hatte in seiner

Vision Bischof Adhemar im höllischen Feuer seine Zweifel büßen sehen. Stephan von Valence rief das Heer dazu auf, an die Vision von Antiochia zu glauben, Raimund von Aguilers berichtete, wie er den Heiligen Speer geküsst habe, als er noch im Boden der Kirche halb vergraben gewesen war. Nach langem und lautem Gezänk bot Bartholomäus voller Zorn ein Gottesurteil an. Die Feuerprobe, während der er die Heilige Lanze unversehrt durch die Flammen tragen würde.

Rutgar fragte kopfschüttelnd: »Er meint es ernst? Er selbst? Eine Feuerprobe?«

»Und was, wenn seine Vision wahr ist«, erwiderte Thybold, »und sich alle getäuscht haben, die nicht an ihn glauben?«

»Vielleicht«, meinte Rutgar, »hat er sich auch so sehr in seine Geschichte verstrickt, dass er keine andere Wahl mehr hat, als sie auf diese Art beweisen zu wollen.«

Er schlang den Zügel um seinen Unterarm und führte seinen Rappen vom Hauptplatz des Lagers zum Zelt Roberts von der Normandie. Der Fürst hatte keinen Auftrag für die Späher und bat Berenger, zu prüfen, ob die Stadtbewohner aus anderen Orten Hilfe bekämen. Berenger stimmte zu und versprach, der Bitte bis zum Karfreitag zu entsprechen.

Er und Rutgar ritten zum Lager zurück und befahlen einigen Männern, mit ihnen zu reiten; bis zum Anbruch der Dunkelheit erkannten sie, dass der Ring der Belagerer geschlossen und jeder Durchschlupf unmöglich war.

Aber am Karfreitag hätte ein kleines muslimisches Heer durch die Stadttore Arqas einziehen können; denn außerhalb der Stadt waren fast alle sechzigtausend Pilger, Soldaten, Knechte und Fürsten versammelt. Rutgar, Berenger und Chersala hielten die Pferde am Rand einer flachen Talschüssel an, in deren Mitte zwei Wälle aus trockenem Holz und dürren Zweigen aufgeschichtet waren; vier Fuß hoch und mehr als ein Dutzend Fuß lang, ungefähr zwei Handbreit voneinander entfernt.

»Könnt ihr alles genau sehen?« Berenger hob die flache Hand über die Augen. »Raimund von Aguilers. Und der Bischof von Albara, mit der Heiligen Lanzenspitze.«

Aus der gewaltigen Menschenmenge brodelte Lärm, zusammengesetzt aus Murmeln, Gesprächen, Schreien und Gelächter. Pilger und Soldaten drängten sich näher an den kleinen Kreis, den Knechte und Helfer abgesperrt hatten, indem sie sich mit quer gehaltenen Stangen und Lanzen gegen das Geschiebe stemmten.

Aus einem Zelt, durch eine schmale Gasse, kam Peter Bartholomäus, nur mit einem Büßerhemd bekleidet. Zwei Priester zündeten das Holz an; Flammen und Rauch stiegen in die Höhe. Peter kniete vor dem Bischof nieder. Nachdem der Bischof dem Visionär die in Brokat gewickelte Reliquie gereicht hatte, sprachen sie gesenkten Hauptes ein kurzes Gebet, und Peter begann mit seinem Gang durch die Flammen.

Das Lärmen und Malmen wurde lauter. Rutgar konnte, wie alle anderen, nur noch Peters Kopf sehen, der über die flammenden Holzstapel ragte. Schritt um Schritt, unter dem Jubel und dem Geschrei der Pilger, ging Peter durchs Feuer, blieb ungefähr in der Mitte der Wälle stehen und ging, einige Atemzüge später, im gleichen Schrittmaß weiter.

»Wenn ich es nicht selbst sehen würde«, brachte Rutgar hervor, »ich würde es nicht glauben. Ein anderer ... käme er weiter als zehn Schritte?«

Weder Chersala noch Berenger antworteten. Das Geschehen bannte ihre Blicke. Scheinbar unversehrt kam Peter am anderen Ende der Flammenwände aus einer Rauchwolke hervor, ohne dass sein Haar, sein Hemd oder der Stoff der Lanzenspitze versengt oder verbrannt waren. Er hob das Bündel hoch, winkte und rief etwas, das im Geschrei der Menge unterging.

Die Menschen drängten die Absperrung zur Seite und umringten ihn; er ging in einem Gewirr von Armen und Körpern unter.

»Er lebt«, sagte Chersala und holte tief Luft. Sie schien aus einem Traum zu erwachen. »Er ist nicht erstickt, nicht verbrannt. Dieses Gottesurteil – ist es ein Wunder, Rutgar?«

»Ich weiß es nicht.«

Die Pferde wurden unruhig. Berenger und seine Gefährten sahen zu, wie Bartholomäus aus dem Menschenhaufen herauskam. Er wurde halb getragen, halb ging er auf eigenen Füßen, bis zu einem Zelt, dessen Eingang sich schloss. Berenger ließ sein Pferd auf der Stelle drehen und sagte:

»Wunder oder keines – Graf Raimund wird die Belagerung nicht abbrechen.«

Die vielen Zeugen des Gottesurteils begannen sich zu zerstreuen. Rutgar wartete, bis Chersala hinter Berenger ritt, wendete sein Pferd und folgte ihnen. Was ich gesehen habe, sagte er sich, habe ich gesehen. Was ich glaube ... ich werde es lange begrübeln müssen.

War es wirklich ein Wunder, dass Peter Bartholomäus erst zwölf Tage nach dem Gottesurteil und zehn Tage nach dem Osterfest elend und voller Schmerzen seinen Verletzungen erlag? Wunderbar erschien es den Kundschaftern um Berenger auch, dass die Verteidiger Arqas alle Versuche, die Mauern und Tore zu erstürmen, tapfer und unter großen Entbehrungen zurückgeschlagen hatten. Ohne göttliche Zeichen aber gab Raimund endlich, am 13. Tag des Weidemonds, den Befehl, die Belagerung abzubrechen und in die Richtung auf Tripolis zu reiten.

Das Heer wählte die Straße, die sich entlang der Küste hinzog. Der Weg nach Damaskus würde durch wasserloses Gebiet führen, und die steile Straße durch die Berge des Libanon wollten die Anführer den Packtieren nicht zumuten.

Als das Heer nahte, entließ der Emir von Tripolis dreihundert Christen, die gefangen genommen worden waren, schenkte ihnen Pferde und fünfzehntausend Goldmünzen und ließ ausrichten, dass er geneigt sei, sich zum Christentum bekehren zu lassen. Überdies schickte er eine Gruppe Führer, die zusammen mit den Spähern Berengers das Heer um das Kap Ras Shaqqa leiteten, und nach dem Überqueren des Nahr el-Kalb, des »Hundeflusses«, zunächst bis nach Beirut.

Als am 20. Weidemond das Lager am Fluss Nahr el-Awali bei Sidon aufgeschlagen wurde, wagte die Besatzung Sidons einen Kampf, den die Krieger Gottes zurückschlugen. Daraufhin verwüsteten sie die Obstgärten und die Palmenhaine der Vororte der Stadt. Das Heer erstieg den Bergpass, der »Leiter von Tyrus« genannt wurde. Eine große Zahl Berittener, unter ihnen Balduin von Le Bourg, war dem Heer von Edessa und Antiochia aus gefolgt und holte es hier ein. Das gesamte Heer erstieg den Pass und schickte sich an, über die Höhenzüge von Naqoura nach Akkon abzusteigen.

Trotz der sengenden Strahlen der mittäglichen Sonne wehte vom Meer her ein kühler Wind und trocknete den Schweiß der Männer und der Reittiere. Jean-Rutgar half Chersala aus dem Sattel, lehnte sich gegen die Flanke seines Rappen und blickte zuerst nach Norden, dann nach Westen. Über den Tälern zitterte die Luft vor Hitze. Von hier aus war das Meer, über dem riesige weiße Wolken aufstiegen, nur zu ahnen.

»Abermals, Liebste, haben wir viele Meilen hinter uns gelassen«, sagte er in fast träumerischem Tonfall. Er führte eine umfassende Geste aus. »Du bist wieder gesund, und wir alle haben uns erholt, sind satt und zufrieden.«

»Kann es sein? Nur noch zehn, zwölf Tage bis Jerusalem?« Sie legte die Arme um Rutgars Schultern. »Und dann ...?«

Berenger bedeutete den muslimischen Führern, zur Spitze des Heerzugs zu reiten, und lenkte sein Pferd zu Rutgar und Chersala.

»Nun, ihr Turteltäubchen?« Er grinste und zwinkerte Chersala zu. »Sucht ihr in der Ferne die herrliche Stadt Jerusalem? Oder das Land, in dem Milch und Honig fließt?«

»Schwerlich«, antwortete Rutgar. »Ich nehme Abschied von einem Land, das mir fremd geblieben ist. Trotz, bisweilen, reichlich Milch und Honig.«

Fremdartige Gewächse, die schwellende Fülle von Gärten und Hainen, einige Dutzend vergiftete Brunnen, fruchtbare Täler, durch die schmale Flüsse plätscherten, Sand und nackte, sonnendurchglühte Felsgipfel, die weißen Mauern kleiner Städte im Schatten raschelnder Baumkronen und die seltsamen Gewänder der Bewohner, langhalsige, schwerbeladene Lastkamele, Düfte und Gewürze, Feigen, Granatäpfel und Datteln und die niedrige Brandung an den Sandstränden – jede Stunde, jeder Tag bot andere Bilder einer bisher unbekannten, lichterfüllten Welt.

»Fremd und auf eigene Weise schön.« Berenger leerte den Wassersack in den Lederbeutel und ließ sein Pferd saufen. »Aber uns allen ist es gut ergangen. Man sieht's bei jedem von uns.«

Chersala war vollständig gesundet, aß und trank kräftig, bewegte sich und ritt wie vor den quälenden Fieberwochen in Antiochia, ihre Haut war glatt und sonnengebräunt. Aber die überstandene Seuche hatte ihre Spuren hinterlassen: Ihr Gesicht trug die Zeichen größerer Reife und einige winzige Falten mehr. Ihr Haar hatte sie nackenkurz geschnitten. Zwischen ihr und Rutgar war, als hätten sich seine durchwachten Nächte und ihre Fieberträume miteinander verwoben, eine enge und wortarme Innigkeit gewachsen; sie suchten so oft wie möglich die gegenseitige Nähe und die tröstende Stille. Auch Berenger hatte die Veränderung wahrgenommen und bedachte seine Freunde mit harmlosen Scherzen.

»Deshalb fällt uns auch das Weiterreiten leichter«, sagte Rutgar und half Chersala in den Sattel. Er setzte den Fuß in den Steigbügel und hustete in der Staubwolke des vorbeiziehenden Trosses. »Bald lagern wir vor Jerusalem.«

Er spornte sein Pferd und folgte Chersala. Neben dem Heerwurm preschten sie im aufgewirbelten Staub zu Berenger an die Spitze des Zuges.

Das fränkische Heer erreichte, vier Tage nachdem es vor der Hafenstadt Akkon gelagert hatte, die Stadt Caesarea. Der Statthalter Akkons überließ den Franken mehr Proviant, als sie verzehren konnten, und erreichte dadurch, dass sie seine Stadt verschonten und nach Haifa weiterzogen. In Caesarea feierte man drei Tage lang das Pfingstfest, trotz des göttlichen Zeichens in Gestalt einer toten Taube, die vor dem Zelt des Bischofs von Apt zu Boden fiel; ein Habicht hatte den Vogel hoch über dem Lager geschlagen.

Der Vogel, eine Brieftaube, trug eine Botschaft des Verwalters von Akkon am Bein. Sie war an den Statthalter Caesareas gerichtet. Man entzifferte sie und las: *Lass die Emire aller muslimischen Städte davon benachrichtigen, damit sie alle Anstrengungen unternehmen, unsere Feinde zu vernichten.* Aber die pfingstlichen Feiern wurden nicht gestört.

Bis Arsuf ritten die Franken, von den Spähern und den muslimischen Wegekundigen zuverlässig von Brunnen zu Brunnen geführt, an der Küste weiter. Helle Moscheen mit schlanken Minaretten, von denen Muezzine zum Gebet riefen, verschwanden hinter Palmwedeln und den Kronen von Bäumen, deren Namen die Franken nicht kannten. Von dort bogen sie nach

Osten, nach Ramlah, das sie am 3. Tag des Brachmonds erreichten. Alle Bewohner und die Besatzung waren geflohen, hatten aber die Kirche des heiligen Georg in Lydda, einem nahen Dörfchen, zerstört. Hinter Berengers Männern ritten Robert von Flandern und Gaston von Béarn in die Stadt ein.

Man ernannte den normannischen Priester Robert von Rouen zum Bischof, der in Lydda und Ramlah eine Diözese errichten sollte, von einem Häufchen Soldaten beschützt. Und schon am nächsten Tag bauten die Franken ihr Lager im Dorf Emmaus auf.

Als die Sonne sank und die Balken der Schöpfbrunnen zur Ruhe gekommen waren, kamen Boten ins Dorf eingeritten. Einige Späher geleiteten sie zu den Fürsten. Es waren griechische und syrische Christen aus Bethlehem, die zum Schutz vor den Muslimen um Soldaten baten und dafür ihre Stadt den Franken übergeben wollten. Nach Bethlehem hatten sich die Christen geflüchtet, die vor wenigen Tagen auf Befehl des Generals Iftikhar ad-Dawlan aus Jerusalem hinausgetrieben worden waren.

Sofort sammelten sich zweihundert schwer bewaffnete Ritter unter der Führung Balduins von Le Bourg und Tancreds von Tarent. Sie ritten mit verhängten Zügeln im Licht ihrer lodernden Fackeln die ganze Nacht hindurch, an Jerusalem vorbei, nach Bethlehem. Dort wurden die Ritter trotz des morgendlichen Zwielichts und ihrer bisweilen muslimischen Kleidung erkannt; in der Geburtsbasilika der Stadt feierten die Stadtbewohner, Ritter und versprengten Christen daraufhin einen Dankgottesdienst. Aber schon am späten Morgen stiegen Tancred und seine Mannen wieder in die Sättel und galoppierten nach Jerusalem; er wollte nicht der Letzte sein, wenn die Fürsten und die fränkischen Heere die Heilige Stadt erreichten.

Berengers Vorahnung hatte sich als richtig erwiesen. Die Späher und die muslimischen Reiter lagerten, ohne ihre Zelte aufzurichten, vor Emmaus. Nach Mitternacht waren der Lärm und die Geräusche des Aufbruchs im Lager der Franken so laut geworden, dass selbst Chersala aus dem tiefen Schlaf aufwachte. Am klaren Himmel stand der Halbmond, weiß, kalt und unerreichbar.

»Gibt es Kampf?«, sagte sie, gähnte und rieb sich die Augen.

»Nein, Liebste«, antwortete Rutgar verschlafen. »Sie sind nicht mehr zu halten. Die Fürsten und ihre Ritter wittern die Heilige Stadt.«

An den Glutresten der Lagerfeuer zündeten einige Kundschafter Fackeln an; der Lärm hatte auch sie geweckt. Rutgar sah sich um und erkannte binnen eines Dutzends Atemzügen, dass Pilger, Soldaten, Ritter und Fürsten von einer heftigen, zu dieser Stunde ungewohnten Unruhe erfasst worden waren. Sie waren so nahe an Jerusalem, dass sie nicht länger warten wollten. Während sich die große Masse Volks sammelte, die Reitpferde gesattelt und die Packtiere beladen wurden und während im molkigen Mondlicht die Zahl der Fackeln zunahm, brachen die ersten Bewaffneten auf. Berenger ritt zusammen mit fünf muslimischen Führern hinüber zu den Fürsten und dolmetschte; Jerusalem lag nur einen Tagesritt entfernt hinter den Hügeln.

Als Chersala und Rutgar ihre Pferde von der Weide holten, tränkten und zäumten, warf Rutgar einen Blick zum Himmel. Sie standen ein wenig außerhalb des Lagerfeuers, sodass die Flammen die Augen nicht ablenkten. Keine einzige Nachtwolke stand am Himmel, und noch überstrahlte der Halbmond die Sterne. Aber der Rundung des Gestirns näherte sich aus dem schwarzen Nichts ein rötlicher Schatten, der über die Scheibe zu kriechen und sie grau und schwarz zu färben begann.

Der Lärm und das Geschrei aus dem Heerlager veränderten ihre Bedeutung. Wieder ein göttliches Zeichen! Ein nächtliches Wunder! Furcht, aber auch Zuversicht und wilde Entschlossenheit klangen aus den Schreien; dazu das Wiehern erschreckter Pferde und das Blöken der Lämmer.

»Da fängt ein grausiges Geschehnis an, Liebste«, sagte Rutgar beunruhigt. »Eine Finsternis des Mondes. Ist es der Schatten, den Gott dem Heer schickt?«

Sie starrten schweigend den Mond an, über den sich der Schatten schob, bis die halbierte Scheibe nur noch zu ahnen war. Im Lager der Franken und auch rund ums verglimmende Feuer der Kundschafter breitete sich ein ehrfürchtiges, ängstliches Schweigen aus, obwohl die Laute des Aufbruchs weiterhin zu hören waren. Das bleiche Licht, das über dem Land gelegen hatte, war vergangen; mehr und mehr Sterne erschienen und zeugten vom Wunder des Vergehens und des Neuanfangs. Eine angsterfüllte Ewigkeit später zog der Schatten weiter, gab einen kleinen Teil des Gestirns frei. Der weiße Mond erschien stückweise, die Verfinsterung wich binnen vieler banger Atemzüge, und je mehr der Glanz des Halbmonds zunahm, desto mehr Sterne rund um ihn versanken wieder in der Nacht.

Für den einäugigen Raimund von Toulouse und Saint-Gilles war die Mondfinsternis ein göttliches Zeichen, das ihn aufforderte, unverzüglich zur Heiligen Stadt zu eilen.

Der Heerbann brach auf und ließ nur verlöschende Feuer und Abfälle zurück. Eine Weile danach folgten Berengers Reiter, mit ihnen Chersala und Rutgar. Kurz nach Sonnenaufgang gesellten sich ungefähr hundert Ritter aus Tancreds kleinem Heer mit einer ungewöhnlichen Beute zu Raimunds Reitern. Der Ritter Gaston von Beziers, ein Franzose, hatte mit seinen dreißig Bewaffneten einer Gruppe Hirten einige Rinderherden geraubt und trieb sie heran. Die Hirten flüchteten nach Jerusalem und riefen muslimische Krieger zur Hilfe, die Ritter

Gastons Räuber verfolgten. Gaston sah zufällig Tancreds Bewaffnete, vereinigte sich mit ihnen, und gemeinsam schlugen sie die Muslime in die Flucht. Die Beute war den Franken sicher.

Noch vor Mittag des 7. Tages im Brachmond machte das Heer, durch steile Schluchten und auf engen Pfaden, geführt von den muslimischen Wegekundigen, an der höchsten Erhebung Halt, keine sechs Meilen vor der Heiligen Stadt. Den Hügel krönte eine Moschee, die des Propheten Samuel. Die bewaffneten Pilger nannten den Hügel »Mons gaudii« oder »Montjoie«, den Berg der Freude. Gewaltiger Jubel brach unter den vielen Tausenden bewaffneten und unbewaffneten Pilgern aus. Das Heilige Grab und unermessliche Beute warteten hinter den Mauern.

Hungrig, in Lumpen, heruntergekommen und mehr Bettlern gleich als Rittern in funkelnden Rüstungen, verschwitzt und staubbedeckt, stimmten die Pilger fromme Lieder an, sanken einander weinend in die Arme oder genossen in schweigender Ergriffenheit den Anblick der Mauern und Türme und, am höchsten Punkt der Stadt, der goldenen Kuppel des Felsendoms.

»Deus lo vult!«

Ein muslimischer Führer ritt zu Berenger, grüßte schweigend und stieg aus dem Sattel. Er verneigte sich und warf einen langen Blick auf die Jubelnden, die den Hügel um die Moschee herum Kopf an Kopf bedeckten. Dann legte er die Hand auf die Brust und sagte: »O Effendi Berenger. Von den Hirten, die ihre Herden an Euch verloren haben, weiß ich es: Alle Brunnen außerhalb der Mauern sind vergiftet oder unbrauchbar gemacht worden. Ihr werdet große Not leiden, wenn Ihr General Iftikhars mutige Krieger jetzt, in den heißen Monaten, angreift.«

Berenger starrte ihn an, als sähe er der Mondfinsternis zu. Er zog den Kopf zwischen die Schultern und fragte:

»Du bist sicher, dass sie dir die Wahrheit gesagt haben?«

»Sie haben's geschworen, Effendi.«

»Milch und Honig.« Berenger unterdrückte einen Fluch und wechselte mit Rutgar und einem seiner Unterführer bedeutungsvolle Blicke. »Ich werde es Fürst Raimund sagen. Ob er sich überzeugen lässt – ich weiß es nicht.«

»Unser aller Leben liegt in Allahs Hand«, entgegnete der Muslim.

Berenger nickte. *»Inschallah!«*

Kapitel XXX

A. D. 1099, vom 7. Tag im Brachmond bis zum
15. Tag im Heumond (Juli)
Vor und in Jerusalem

»Der letzte Feind, der vernichtet wird, ist der Tod.«
(1. Kor 15,26)

Die muslimischen Führer wurden verabschiedet und in Ehren entlassen. Berengers Finger schlossen sich um das Handgelenk eines jeden Muslims; er schüttelte den Unterarm eines jeden der berittenen Führer.

Eine Erinnerung zuckte jäh durch Rutgars Gedanken. Er fingerte aus der Innentasche seines Gürtels den Ring, den ihm der sterbende Seldschuke bei Drakon geschenkt hatte. Er schob ihn über den rechten Zeigefinger, ging zu Afdal, dem Anführer der Muslimreiter, und hob die Hand. Der Ring blitzte im Sonnenlicht.

»Ich kenne diese Zeichen nicht«, sagte er und verbeugte sich kurz vor dem Muslim. »Vielleicht ist es eure Schrift, Sheik Afdal. Kannst du sie lesen?«

Afdal sah ihn aus dunklen Augen prüfend an, nahm dann vorsichtig den Ring zwischen Daumen und Zeigefinger und hielt ihn ins Licht, bis die feinen Schatten die Zeichen schärfer modellierten. Ein zweiter, längerer Blick wanderte vom Ring zu Rutgars Gesicht und wieder zurück.

»Ich kann's lesen«, sagte Afdal. »Da steht geschrieben: Allah liebt mich. Hilf mir, Bruder. Der Allerbarmer wird es dir danken.« Afdal holte tief Luft und fuhr fort: »Jeder Muslim, der lesen kann, wird tun, worum du bittest. Du musst einen mächtigen Emir getötet haben.«

Rutgar schüttelte den Kopf und schob den Ring zurück auf seinen Finger. »Ich fand ihn sterbend und hab seine letzten Atemzüge leichter gemacht. Danke, Sheik Afdal. Wenn niemand die Worte lesen kann, hilft es mir auch nichts.«

Er verbeugte sich und versteckte den Ring am alten Platz. Die muslimischen Reiter packten die Zügel der Saumtiere und trabten davon; nicht einer der jubelnden Pilger sah ihnen nach. Berenger rief seine Leute zusammen. Als sie um ihn einen dichten Ring bildeten, erklärte er, welche Befehle er noch in Antiochia von Tatikios erhalten hatte. Zwei Stunden später, nachdem sie die Tiere versorgt, gegessen und getrunken hatten, folgten sie Berenger, der eine Fahne in der Farbe des Islam trug. Der Ritt führte sie bis zum Abend einmal um die Stadt herum, bis zurück zum Fuß des Montjoie.

Noch am selben Tag verteilten die Fürsten ihre Heere in achtungsvollem Abstand von den Mauern, die so uneinnehmbar zu sein schienen wie die von Nikaia und Antiochia. Robert von der Normandie und sein Namensvetter von Flandern, auch Conant von der Bretagne errichteten ihr Lager im Norden. Vor den eigentlichen Stadtmauern klafften tiefe Gräben, und vor diesen erhoben sich niedrigere Mauern. Das Tor in der Nordmauer, von den Arabern »Säulentor« und von den Franken »Sankt-Stephanus-Tor« genannt, schien ebenso uneinnehmbar wie das »Blumentor«, das sich einige Klafter neben dem Säulentor öffnete.

Im Osten, am Ölberg, zum Tal Josafat, gab es ein tiefes Felsental, das Kidrontal, über dem sich die wuchtigen Quader steil erhoben. Dort befand sich das »Goldene Tor«. Auch im Westen, trotz des »Davidstores«, schien es unmöglich, die Mauern zu erstürmen. Dort erhob sich in der Mitte der Mauer der Davidsturm, ein Bauwerk auf uralten Fundamenten, von tiefen Gräben und Mauern umgeben, mit eisernen Türen und vielen Stufen. Die Späher hatten herausgefunden, dass im Turm Getreide lagerte und dass der General Iftikhar ad-Dawla dort residierte. Gottfried von Bouillon lagerte vor dem Turm und sperrte die Straße, die zum Davidsturm führte.

In der südwestlichen Ecke, beim Berg Zion, schlug der Graf von Toulouse sein Lager auf. Zu ihm gesellten sich Tancred und zwei italische Bischöfe mit ihren Gewappneten. Auch im Südosten erstreckte sich ein steiles Tal, das Gehenna hieß. Beim »Zionstor« im Süden und in der Nähe des Tempelberges sahen die Belagerer in der Mauer die eisenbeschlagenen Bohlen des »Misttors«.

Die Christen glaubten, dass sechzigtausend Juden und Araber innerhalb der Mauern wohnten, mindestens aber fünfzigtausend, und es hieß, dass mindestens so viele Christen wie Muslime in Jerusalem ansässig gewesen seien. Die Stadt hatte genügend Wasser für eine lange Belagerung; alle Zisternen waren gefüllt.

Raimund verließ einige Tage nach der Ankunft seinen Platz und baute sein Lager beim Berg Zion auf, weil das Tal verhinderte, dass er den Mauern näher kam. Berengers Kundschafter lagerten beim Heer Roberts von der Normandie. Sie waren durch Befehle gehalten, nicht den Belagerern beim Sturm beizustehen, sondern nichts anderes als Späherdienste zu leisten. Aber auch an diesem Ort gab es kein Wasser.

Nur die Quelle des Teiches von Siloah, in Reichweite der Pfeile von der Südmauer herab, lieferte an jedem dritten Tag brauchbares Wasser; jeder Krug, jeder Ziegenbalg musste sechs Meilen und weiter im Umland geschöpft werden. Berenger wies seine Männer an, die Stellen zu finden, an denen Quellen sprudelten, und sofort jedes Hohlgefäß zu füllen und ins Lager zu schaffen.

Rutgar fand Zeit und Muße, seine Gedanken und die jüngsten Erinnerungen niederzuschreiben. Er setzte sich in den Schatten des Zeltvordachs, strich eines seiner letzten Pergamente auf dem Schreibbrett glatt und rührte die Tinte an.

Jean-Rutgar schreibt aus dem Lager vor Jerusalem an Herrn Neidhart zu Köln im Stift Sankt Marien:

Im Reich des Basileus haben wir gegen Seldschuken gekämpft. Sie sind Muslime, ebenso wie die Araber und die Fatimiden, gegen die wir hier in Palästina und im Süden kämpfen. Aber alle werden von den Pilgern ohne Unterschied »Sarazenen« genannt. Sie haben eine gemeinsame Schrift und eine Sprache, aber in jedem Land ist sie ein wenig anders. Sie beten jeden Tag fünf Mal zu Allah. Dieses Wort heißt in ihrer Sprache »Gott«; also sind die Muslime weder gottlos noch Ungläubige. Aber sie nennen uns, die Fremden, »Ungläubige« und wegen der blutdürstigen Kampfeswut unserer Ritter auch »Christenhunde«. Isa, einer ihrer Propheten, ist unser Herr Jesus. Sie zählen die Tage und Monde anders als wir und schreiben, dass man in der Mitte des Mondes Scha'ban des Jahres 492 sei.

Die Besatzung Jerusalems wartet auf ein muslimisches Mameluken-Heer, das aus dem Land Ägypten heranziehen soll, und wir warten auf die christlichen Schiffe aus Genua, die uns Proviant und Belagerungsmaschinen bringen sollen, die der Basileus schickt. Bald werden die Pilger unter Durst und Hunger leiden, und unter Hitze und Staub. Weit und breit steht kein Baum, kein Wald, der Schatten spendet. Es hat keine silberne Straße und auch keine goldene Brücke hierhergeführt, und nur selten gab es Milch und Honig.

Wo die Franken lagerten, ließ Iftikhar, der muslimische Stadtkommandant, unzählige Säcke voll Heu, Stroh und Baumwolle an die Mauern hängen, damit von ihnen die Geschosse weich abprallen sollten. Aber noch hat das Christenheer keine Steinschleudern und

Ballisten; der Basileus hat versprochen, sie samt der Mannschaften zu schicken. Die Wege zu den fernen Quellen aber sind voller Hinterhalte. Christen aus Bethlehem und Thecua haben die Pilger zu sauberen Quellen und Brunnen geführt, aber muslimische Bogenschützen aus Askalon töteten viele Pilger und Soldaten, die dort Wasser holten. Die Anführer der christlichen Heere begannen am 12. Tag des Brachmonds eine Wallfahrt zum Ölberg und trafen dort einen Einsiedel, der ihnen predigte, dass der Herr befohlen hatte, am nächsten Morgen mit dem Sturmangriff zu beginnen.

Die Fürsten griffen wirklich mit aller Macht an. Sie überrannten die »Barbicana«, die niedrige Mauer, und legten die einzige Sturmleiter an. Ritter Raimbold von Chartres erkletterte als Erster die Mauer, aber die Muslime schlugen ihm die Hand ab. Ein wüster Kampf entbrannte. Mutige Ritter stürmten die Mauer und töteten mit Schwertern und Lanzen viele Verteidiger, aber auch die Muslime mordeten viele Franken, sodass der Kampf auf der Mauer nach zehn Stunden ohne Erfolg abgebrochen werden musste. Ritter Reginald, der Seneschall Hugos von Liziniac, wurde getötet, aber die Ritter konnten die Sturmleiter retten.

Berengers Schar hielt sich auch die folgenden zehn Tage von den Kämpfen fern und half den Pilgern, die im Umland nach Wasser suchten. Aber auch die Kundschafter, selbst ihre Reittiere, litten unter Durst und der gnadenlosen Hitze. Zwei Kundschafter wurden von Pfeilen getroffen; den einen, der an seinen Wunden starb, begrub Berengers Schar abseits des Lagers. Das Wasser des Brunnens Siloah am Ölberg verhinderte, dass die Christen verdursteten, aber sogar in zusammengenähten Rinderhäuten schleppten sie Wasser über sechs Meilen herbei. Dieses Wasser stank und war faulig, und das Gerstenbrot schmeckte widerwärtig. Dann aber kamen Boten aus Jaffa ins Lager. Sie hatten den Hafen verlassen vorgefunden; die Besatzung war geflohen. Vier englische und zwei genuesische Schiffe voller Lebensmittel und Teilen von Belagerungsmaschinen und auch Werkzeug und Ausrüstung luden in Jaffa ihre Ladungen aus.

Von gefangenen Muslimen erfuhren die Christen, dass es viele Namen für Jerusalem gab: »Al-Quds«, die Heilige, »Bayt al-Maqdis« oder »Beit al-Muqaddas«, die Stadt der Heiligkeit, oder »Al-Balat«, der Palast. General Iftikhar ad-Dawla, der »Stolz des Staates«, war das Oberhaupt einer ägyptischen Besatzung; er befehligte arabische Reiter ebenso wie Bogenschützen aus einem Land, das man »Sudan« hieß. Er wartete auf ein Heer des Wesirs Al-Afdal in Kairo, das von der ägyptischen Flotte herbeigeschafft werden sollte.

Die Fürsten entschlossen sich schnell: Eine Schar Ritter, vielleicht hundert, aus dem Heer Raimunds von Toulouse, machte sich nach Jaffa auf den Weg. Bei ihnen waren Raimund Pilet, Achard von Montmerle und Wilhelm von Sabran. Sie wurden von einem großen Trupp Araber, Türken und Sarazenen angegriffen, die Achard und viele Fußkämpfer töteten. Raimund wurde zur Hilfe gerufen. Er kam und kämpfte, und so schlugen die Christen endlich die Muslime in die Flucht. Man erbeutete um die dreihundert Pferde und machte Gefangene.

Die Schiffsbesatzungen in Jaffa gaben die Schiffe bis auf eines auf, weil eine ägyptische Flotte den Hafen sperrte; ein britannisches Schiff entkam. Raimund Pilet führte die Matrosen, allen Proviant und sämtliche Ausrüstung unbehelligt aus dem Hafen nach Jerusalem. Nun hatte man Essen und Werkzeug, aber es fehlte das Holz zum Bau von Maschinen und Belagerungstürmen. Und es fehlte frisches Wasser.

Schweiß, Öl und der Staub einiger heißer Sturmwirbel hatten an jeder Stelle des Lagers deutliche Spuren hinterlassen. Die gut zwei Dutzend Kundschafter, eingeschlossen Chersala, verbrauchten das kostbare Wasser nur, um zu trinken, Sud zu kochen und die Pferde zu tränken. Zehn Reiter mit Lasttieren waren unterwegs zum Jordan, um die schlaffen Wassersäcke der Truppe zu füllen. Die schmutzigen Bärte wucherten, die Haut juckte unerträglich. Die Seiten der Zelte waren waagrecht aufgespannt, aber die Hitze nistete auch im Schatten. Tausende stritten sich Tag und Nacht am Tümpel von Siloah um Wasser, während halbnackte Männer an den Belagerungstürmen zimmerten; diese Quelle hatte die seltsame Eigenart, nur alle drei Tage zu sprudeln.

Schweiß stand auch auf Berengers Oberkörper. Er beugte sich über Rutgars Schulter und sah schweigend zu, wie Rutgar schrieb und darauf achtete, dass keine Schweißtropfen auf das Pergament fielen. Chersala saß im Schatten, fächelte sich Luft zu und blickte über die Stadt hinweg ins Leere. Am 9. Tag des Heumonds schrieb Rutgar:

Jean-Rutgar schreibt weiter an Herrn Neidhart zu Köln:

Nach dem fehlgeschlagenen Sturmangriff hielten die Fürsten Kriegsrat und beschlossen, nicht wieder anzugreifen, bevor nicht genügend Sturmleitern und Belagerungstürme gebaut worden waren. Die Schiffe haben reichliche Ausrüstung und Handwerker gebracht; auch wir Kundschafter werden helfen. Aber es fehlt an Holz. Die Hügel um die Stadt sind kahl, und so sind Tancred und Robert von Flandern in die Wälder von Samaria geritten und mit schwerbeladenen Lastkamelen zurückgekommen. Auch muslimische Gefangene schleppten Bretter und Balken. So werden nun Sturmleitern und große Türme gebaut; einer, dessen Bau Gaston von Béarn leitet, für Gottfried und einer für Raimund, den Wilhelm Ricou beaufsichtigt. Im heißen, feuchten Wind, der aus Africa kommt, schleppen sich alle Arbeiten dahin. Abermals gerieten die Fürsten wegen nichtiger Dinge in heftigen Streit.

Chersala nippte am warmen Wein, den sie mit Wasser gemischt hatte, als es noch leidlich frisch war. Sie hob den Kopf und wischte mit dem Unterarm den Schweiß von der Stirn.

»Schreibst du deinen Mönchen, dass alle Priester, Bischöfe und Ritter samt den Knechten und den Pilgern den Verstand verloren haben?«, sagte sie anzüglich. »Nicht nur, dass sie wie zänkische Weiber streiten. Tancred will Fürst von Bethlehem werden, weil er es erobert hat, aber die anderen sind dagegen. Unentwegt beten und singen sie, feiern Messen, sind verzückt, wenn sie die Stadt ansehen, und viele wollen sogar zurück, ohne die Stadt eingenommen zu haben. Als wären sie alle vor Glückseligkeit und Hader betrunken.«

»Das sollen ihre eigenen Leute schreiben«, antwortete Rutgar und zuckte mit den Schultern. »Raimund von Aguilers. Oder Fulcher von Chartres. Oder ein anderer Schreibkundiger. Ich werde mich hüten, Liebste.«

»Sie hat recht«, sagte Berenger und sah einem Staubwirbel nach, der über den Hang tanzte und die Geräusche durcheinanderwirbelte, die vom Bau der Belagerungsgeräte stammten. »Eine große Rotte hat sich im heiligen Jordan ein zweites Mal taufen lassen, wedelte mit staubigen Palmzweigen und ritt nach Jaffa, weil sie dort Schiffe zu finden hofften. Und weil es dort Essen und gutes Wasser gibt. Angeblich.«

Berenger und Chersala hatten unzweifelhaft recht. Die Pilger, bewaffnet oder nicht, schienen allesamt närrisch geworden zu sein. Obwohl im Lager bekannt war, dass ein mächtiges Heer aus Ägypten sich näherte, stritten die Fürsten weiter, bis der Priester Desiderius zum zweiten Mal vor die Fürsten trat.

Jean-Rutgars Brief an Bruder Odo und Bruder Rasso zu Cluny, Grafschaft Mâcon in Frankreich:

Desiderius hatte in seiner ersten Vision, vor Bartholomäus' Got-

tesurteil, Bischof Adhemar in Höllenflammen gesehen. Am Morgen sprach er zu Adhemars Bruder, Wilhelm Hugo von Monteil und seinem eigenen Lehnsherrn Isoard von Gap und berichtete, Bischof Adhemar sei ihm erschienen und habe versichert, man würde Jerusalem binnen neun Tagen erobern, nachdem man gefastet habe und barfuß und reinen Herzens einmal um Jerusalems Mauern gepilgert sei. Die Pilger glaubten der Vision und den Worten des Priesters, fasteten trotz des würgenden Hungers drei Tage und begannen mit der Prozession. Die Bischöfe führten den Zug an, die Priester und Ritter folgten mit den Reliquien. Jedermann trug ein Kreuz, auch die Fußsoldaten und alle Pilger. Alle waren barfuß, und von den Stadtmauern herunter höhnten und lachten die Muslime ob des seltsamen Bildes.

Am Ölberg versammelten sich alle Pilger, und dann predigten Peter »Kukupetros« der Einsiedel, dann Raimund von Aguilers, zuletzt Arnulf von Rohes, dessen Worte alle Pilger mit Zuversicht und heiligem Zorn erfüllten. Selbst Raimund und Tancred schwuren, ihre Händel zu vergessen, und entschlossen sich, mit der Belagerung zu beginnen.

Der Anführer der Genueser Handwerker und Matrosen, Wilhelm Embriaco, trieb die erschöpften Männer an. Asier, ein Späher Berengers, half mit einigen Männern. Binnen weniger Tage waren die beiden Türme fertig gezimmert und wurden mit Schleudern und Fallbrücken ausgerüstet. An die Außenwände nagelten die Pilger frische, in Essig getränkte Häute von Kamelen und Ochsen, damit die Türme nicht dem Griechischen Feuer zum Opfer fielen. Die einen bauten an den Türmen; andere, Knechte und Pilger, Frauen, Kinder und alte Männer, schleppten Steine und Sand und füllten die Gräben auf, sodass die Türme beim Blumentor gegen die Nordmauer und die südliche Mauer beim Berg Zion gerollt werden konnten.

»Vor langer Zeit kannten nur wir in Konstantinopel das Geheimnis dieses flüssigen Feuers«, erklärte ihnen Berenger nachts. »Ein Verräter hat den Muslimen die Bestandteile verraten. Jetzt kennen sie's auch.«

Er schilderte Chersala und Rutgar, dass die Substanz aus Kalk, Schwefel, Pech und Salpeter bestand, mit Steinöl gemischt. Mit Wasser war dieses Feuer nicht zu löschen, wohl aber mit Essig, also übersaurem Wein. In Krüge gefüllt und angezündet, auf den Gegner oder dessen Maschinen geschleudert, war es eine furchtbare Waffe. Berengers ausgestreckter Arm zeigte auf den unfertigen Belagerungsturm.

»Iftikhar hat zugesehen, wie sie ihre Türme gebaut und die Dämme aufgeschüttet haben. Wenn ich den Lärm hinter den Mauern richtig deute, bereiten sich die Muslime vor und verstärken die Mauern. Dort, wo sie die Türme heranrollen sehen.«

»Ich würde nichts anderes tun«, pflichtete ihm Rutgar bei. »Die Unsrigen sehen aber auch, dass er die Mauern verstärkt und mehr Verteidiger an diese Stellen schickt.«

»Erinnere dich an Nikaia und Antiochia!«

»Genau das tu ich«, antwortete Rutgar. »Herzog Gottfried kennt jeden Fußbreit vor den Mauern und Toren. Die Nordmauer ist hoch, dick und lang. Warum sollte er verlustreich gegen die am meisten gesicherte Stelle anrennen?«

Im Schutz der Nacht wurden die zerlegten Belagerunggeräte, der Widder und die Wurfmaschinen nach Osten geschleppt, geschoben und gezerrt, so leise wie möglich, auf rauem, aber ebenem Boden. Trotz der Schwäche der Arbeitenden und des weiten Weges zum neuen Standort gelang es, die grauenhaft knarrenden und schwankenden Türme zu unbefestigten Teilen der Mauern zu schleppen.

Hitze, Staub und flirrende Luft verzerrten alle Bilder. Unter den Mauern waren schwer zu deutende Geräusche zu hören.

Die Nachtstunden krochen dahin, aber der Lärm hielt an. Den Widder und die Steinschleudern zerrte man dorthin, wo hinter der Mauer die Sankt-Stephanus-Kirche stand; auch ein Heerlager mit allem Tross verlegte sich im Schutz der Nacht hierher.

Zuerst richteten die Schleudern, Ballisten und Katapulte ihre Würfe gegen die stroh- und wollegefüllten Säcke, wo sie wenig Schaden anrichteten. Aber als die Säcke von Steinbrocken zerfetzt und zerschlissen und, von Brandpfeilen in Flammen gesetzt, verbrannt waren, trafen die großen Steine die Mauern und zermürbten sie. Die Verteidiger flüchteten von der Vormauer und gaben sie auf. Während aller Stunden des Tages hämmerte der große Widder die eiserne Spitze seines Kopfes gegen die Steine, bis die Vormauer zusammenbrach. Nun gab es Steine, die man in die Stadt schleudern konnte, im Überfluss, und durch die Bresche zerrten die Belagerer ihre Schleudern und den Widder bis an die eigentliche Stadtmauer. Bis zum Anbruch der Nacht kämpften Verteidiger und Belagerer gegeneinander und trennten sich, ohne dass eine Seite gewonnen hätte.

Nachts breitete sich im Fackellicht geisterhaftes Treiben zwischen dem Belagerungsturm Herzog Gottfrieds, dem Standort des Widders und der Stelle aus, von dem man den Turm zur Mauer schieben wollte. Der Turm wurde in solche Stücke zerlegt, die von einigen Männern getragen werden konnten, und am neuen Platz wieder zusammengebaut. Dieser Platz war außerhalb der Reichweite jener Katapulte, die von den Mauern herabschossen. Beim ersten Sonnenstrahl begann der zermürbende Anprall des Widderkopfes gegen die Stadtmauer. Als die ersten Steine und Quader aus der Mauer brachen, gerieten die Verteidiger in helle Wut.

Von den Zinnen hagelte es Geschosse aller Art. Pfeile, Brandpfeile, Wurfspeere, Steinbrocken, heißes Pech, lodernder Schwefel und heißes Wachs prasselten auf das Reisig und das

Flechtwerk des Widderdaches herunter. Krachend schleuderten die Katapulte Steine und Balken mit eisernen Spitzen in die Stadt. Die Belagerer schützten sich durch Schilde, löschten die Brände mit dem letzten Wasser und schrien den Männern an den Katapulten zu, sie sollten besser zielen. Daraufhin wurde ein Katapult nach dem anderen anders ausgerichtet.

Rutgar und ein unbekannter Franke riefen einander »Los! Ziehen!« zu, spannten ihre Muskeln und griffen in die Speichen der Seiltrommel. Langsam wurden die Arme des Katapults nach hinten gezogen. In kurzen Abständen blickte Rutgar in die Richtung des kleinen, verwahrlosten Lagers. Er wusste Chersala und den verwundeten Späher im Schutz zweier Kundschafter; alle anderen Männer arbeiteten an den Katapulten und am dritten, weitaus kleineren Belagerungsturm.

Die Sehnen der Schleuderarme hakten sich fest, der dicke Pfeil wurde eingelegt, und der Ritter neben Rutgar schlug die Sperre herunter. Der eisenbeschlagene Balken knirschte in der Laufrille und jagte in fast gerader Flugbahn zur Oberkante der Mauer. Dort zerschlug das Geschoss eine Zinne und schleuderte zusammen mit den Steinbrocken einen schreienden Verteidiger von der Mauerkrone. Fast gleichzeitig schlugen Steinbrocken und Brandsätze an anderen Stellen in die Mauerkrone ein und vertrieben die Verteidiger.

Zwei Tage lang schleuderten Ballisten und Katapulte ihre Geschosse gegen die Zinnen und durch die Zwischenräume. Vor den Mauern wimmelte es von Belagerern. Es stank nach Schweiß Tausender ungewaschener Leiber. Jeder Schritt wirbelte Staub auf, der in Augen, Nasen und Mündern biss und sich auf die Körper legte. An vielen Stellen schwelten kleine Brände, und es gab viel zu wenig Wasser, um sie zu löschen. Rauchschwaden krochen dicht über dem Boden dahin und brachten die Menschen zum Husten und Keuchen. Überall lagen gesplitterte Steinbrocken mit scharfen Kanten. Das Geschrei der Angreifer und das Krachen der Katapulte hallte von den Mauern wider. Ohne Erbarmen brannte die Sonne auf die Menschen herunter.

Die Kundschafter halfen den Matrosen und Handwerkern und richteten die Maschinen auf neue Ziele ein. Flüssiges Feuer setzte den Widder in Flammen, und als der Belagerungsturm wieder zusammengesetzt war und beide Türme quer durch die Gräben sich den Mauern näherten, der Nordmauer und der Mauer beim Berg Zion, wurden auch sie zu Zielen für die Flammenwerfer. Der dritte, kleine Turm näherte sich der Nordwestecke, wo ein Scheinangriff ausgeführt werden sollte. Berenger hatte erfahren, dass eintausenddreihundert Ritter und zwölftausend Fußkämpfer die Mauern berannten; die Zahl der unbewaffneten Pilger schien ebenso groß zu sein. Aber gemessen an den Zehntausenden, die einst aufgebrochen waren, um die Heilige Stadt zu befreien, war es nur ein armseliger Bruchteil des ursprünglichen Heeres.

Am 14. Tag des Heumonds gelang es, beide Türme so nahe an die Mauern zu schieben, dass die Ritter von den Türmen aus kämpfen konnten. Aber es glückte weder Raimund noch Gottfried und Eustachius, die Mauer zu erreichen und einzunehmen.

Seit der Mondfinsternis hatte eine seltsame Stimmung alle Belagerer ergriffen. Niemand vermochte zu deuten, was die Herzen der vielen Tausenden bewegte, welche Sehnsüchte oder Empfindungen ihre Gedanken beherrschten. Niemand schien unter dem Dreck zu leiden, niemand Durst und Hunger zu spüren. Es schien, als sei ihre Zuversicht zu fester Gewissheit, ja zu blindwütiger Überzeugung geworden. *»Deus lo vult!«*, murmelten, keuchten, riefen und sangen sie; während sie schufteten, beteten sie, von den Geistlichen beschworen und gesegnet: »Unser Gott ist der Stärkere!« Fast alle waren an den drei Stellen der Mauern versammelt, an denen am nächsten Tag der Angriff mit allen Kräften begonnen werden sollte.

Am Abend hatten die Türme dicht vor den Mauern angehalten. Am Morgen, in der blutfarbenen Röte des Sonnenaufganges, setzte sich der Turm Gottfrieds wieder in Bewegung, von Hunderten geschoben und gezogen, und blieb so dicht an der Mauer stehen, dass die Turmbrücke, wenn sie fiel, auf der Mauerkrone aufschlug. Die gesamte Stadt und die Hügel ringsum waren in dieses düstere Licht getaucht. Trotz des flüssigen Feuers und der verdoppelten Kraft der Verteidiger gelang es um Mittag, die Brücke fallen zu lassen. Die Ritter Litold und Gilbert von Tournai, zwei Flamen, kämpften sich an der Spitze der kühnsten Lothringer über die Brücke zur Mauer und trieben die Verteidiger zurück. Gottfried folgte mit einer eigenen Schar. Die Ritter kämpften sich nach rechts und links den Weg frei, bis zu den Turmplattformen, und als nur noch Christen auf der Mauerkrone zu sehen waren, legten die Belagerer eine Sturmleiter nach der anderen an, kletterten hinauf und drangen in die Stadt ein.

Gottfried ließ seine Fahne auf der Mauer aufpflanzen, schwenkte sein Schwert und schrie den Männern zu, sie sollten hinunterklettern und von innen die Tore öffnen. Von den Leitern und über die Fallbrücke strömten entschlossene Ritter in langen Reihen unter dem kreischenden, besinnungslosen Jubel der Belagerer zur Mauer hinauf – Herzog Robert von der Normandie und der Graf Robert von Flandern mit ihren Rotten. Die Rufe *»Deus lo vult!«* waren lauter als die Trommelschläge und die Trompeten. Tancred und seine Normannen waren unter den ersten Eindringlingen. Die Muslime wurden zurückgeschlagen und flüchteten zum Tempelplatz Haram es-Scherif, zum Felsendom und zur Al-Aqsa-Moschee, den die Muslime »Ort der Niederwerfung« nannten. Einfache Bewohner schlossen sich den bewaffneten Verteidigern an. Tancreds Normannen waren ihnen dicht auf den Fersen, und noch ehe sie versuchen konnten, die Moschee in den Verteidigungszustand zu versetzen, griff Tancred sie an. Durch das geöffnete Sankt-Stephanus-Tor kamen Ritter zu Pferde und galoppierten durch die Gassen. Den Rittern folgten Fußkämpfer und Pilger. Bei dem Versuch, zugleich mit den Reitern durch das schmale Tor in die Stadt einzudringen, wurden eineinhalb Dutzend Pilger im Gedränge niedergetreten und von Pferdehufen erschlagen.

Im Süden hatte Raimund seinen Belagerungsturm an die Mauer heranschieben lassen. Das große Katapult, das die Provençalen gebaut hatten, hatte mit jedem Schuss drei große Steine in die Stadt und gegen die Mauern geschleudert. Die Felsbrocken richteten gewaltige Verwüstungen an und erschreckten die Muslime zu Tode. Daraufhin verfielen sie auf den Gedanken, den abergläubigen Christen mit Zauberei große Schrecken einzujagen, und stellten zwei ihrer Frauen auf die Mauer, die zusammen mit drei jungen Mädchen den Christen beschwörende Worte entgegenschleuderten. Einer der nächsten Schüsse traf die Mauerkrone an dieser Stelle, zerschlug sie in zahlreiche Trümmer und tötete die fünf Frauen.

Weil der Turm, den Raimund von Toulouse befehligte, trotz aller Versuche, die Brände zu löschen, zu verbrennen begann, gelang es Raimunds Schar nicht, die Mauern zu erstürmen und das Tor zu öffnen. Aber der Wind trieb die schwarzen Rauchwolken des Brandes gegen die Mauern, sodass die Verteidiger nichts mehr sahen und von dem giftigen Qualm von der Mauerkrone getrieben wurden. Einige Muslime, die vom Kampf innerhalb der Stadt gehört hatten, kletterten außen an der Mauer hinunter und wurden gefangen genommen oder erschlagen. Der Belagerungsturm verbrannte vollständig.

Raimunds bewaffnete Haufen eilten zu der achteckigen Festung des Davidsturms. Dorthin hatten sich viermal hundert muslimische Reiterkrieger geflüchtet. Sie ließen ihre Pferde vor den Mauern stehen und verrammelten die Tore. General Iftikhar selbst, der diesen Mauerabschnitt verteidigt hatte, war mit seiner Garde in den Davidsturm geflüchtet und schickte Boten zu Raimund, um zu verhandeln; sie trafen auf Raimunds Boten, die dasselbe anboten.

Zuerst verlangte Raimund, das Jaffator zu öffnen, und bot an, die Besatzung des Davidsturms zu schonen. Iftikhar sah keinen anderen Weg und glaubte dem Wort des Franken. Viele Hunderte Südfranzosen drangen in die Stadt ein und trafen vor den Mauern des Davidsturms mit den mordenden und plündernden Normannen und Lothringern zusammen.

Raimund von Toulouse und Iftikhar begannen zu verhandeln; Raimund fürchtete um seinen Anteil an der unermesslichen Beute der Heiligen Stadt. Er forderte von Iftikhar den gesamten Besitz aller Muslime, die sich in der Festung zusammendrängten. Stundenlang dauerten die Verhandlungen. Raimund schwor, freien Abzug aus der Festung zu sichern, auf dass sich die Überlebenden nach Askalon retten konnten. Erst am Abend öffneten sich die Tore, und die Muslime verließen den Davidsturm und die Stadt. Sie besaßen nichts außer dem eigenen Leben. Raimund, nunmehr Herr der Festung, erbeutete alles: Waffen, Pferde, volle Schatztruhen, Proviant und gefüllte Zisternen. Mit seiner erschöpften Schar zog er in die menschenleere Festung ein.

Inzwischen waren mehr und mehr Berittene und Fußsoldaten beutegierig und mordlüstern in die Stadt gedrängt. Tief in ihren Herzen mischten sich Trauer und Wut, Erleichterung und der Triumph ihres Glaubens. Allein von denen, die mit den Fürsten nach Jerusalem aufgebrochen waren, die Toten des Volkszuges nicht gerechnet, waren zwei Drittel aller Pilger, Ritter wie Arme, auf der langen Reise gestorben. Krankheiten, Seuchen, Tod, Flucht, Verhungern und Verdursten hatten unzählige Leben gekostet. Doch dies trat nun alles in den Hintergrund. Die Ängste in fremden Ländern, das Gefühl der Einsamkeit und die Furcht, als Fremder im Sarazenenland zu sterben, waren plötzlich verschwunden. Gott hatte es so gewollt. Sie hatten gesiegt. Zwischen dem Heiligen Kreuz und dem Grab Christi gab es nur noch Muslime, die um ihr nacktes Leben rannten. Heilige, blinde Raserei hatte die Christen erfasst.

Einigen Geistlichen war bewusst, dass der Sieg am 9. Tag nach der Adhemar-Erscheinung errungen worden war, und zudem zur gleichen Stunde, in der Jesus am Kreuz gestorben war. Die Priester wollten am Ölberg auch einen weißen Ritter gesehen haben, der dem heiligen Andreas ähnelte und mit Lichtblitzen von seinem spiegelnden Schild die Angreifer anspornte. An wenigen Stellen wehrten sich die Muslime noch mit verbissenem Mut, aber sie mussten sich geschlagen geben und zogen sich zurück. Mit ihnen flüchteten Tausende einfacher muslimischer Stadtbewohner.

Gefangene hatten Tancred verraten, dass im Felsendom riesige Schätze angehäuft waren; aber da kein Verteidiger mehr an Kampf dachte, flüchteten alle in die Moschee, von Tancreds Rittern verfolgt, hinter denen die Pilger durch eine Mauerbresche und die Tore strömten. Jedem Pilger war zugesichert worden, dass ihm niemand seine Beute wegnehmen durfte; die Fürsten hatten dies beschworen.

Zum Tempelplatz, dem Felsendom und der Großen Moschee, der hoch über den Dächern der Stadt aufragte und durch wuchtige Festungsmauern geschützt war, führten nur wenige Tore und Treppen. In den Mauern erhoben sich ebenso wuchtige Türme. Aber Iftikhar hatte nicht daran gedacht, den Platz zu verteidigen. Einige Tausend Muslime, alt und jung, hatten voller Angst ihre Häuser verlassen, waren durch die überfüllten Gassen zum Tempelplatz gerannt und hatten dort in der Moschee Schutz gesucht. In ihrer Not, da im Innenraum sich die Geflüchteten eng zusammendrängten, kletterten viele Muslime auf das Dach und hofften, so ihr Leben zu retten. Andere rannten zum Brunnen El-Kas, nahe der Moschee, zu dem viele Stufen hinunterführten, und glaubten sich verstecken zu können.

Wo die Ritter und ihr Gefolge erschienen, zu Fuß und zu Pferde, gab es nichts anderes als Totschlagen und Plündern. Haus um Haus wurde gestürmt, und unterschiedslos jeder Bewohner wurde ein Opfer des Schwertes. Die Christen rasten im Blutrausch. Vielleicht gelang es wenigen Muslimen, sich so geschickt zu verstecken, dass sie während des ersten Ansturms den Rest des Tages und die Nacht überlebten. Jeder wusste, dass der nächste Tag noch furchtbarer werden würde. Die Ritter ließen an die Türen der gestürmten Häuser ihre Zeichen anbringen und darunterschreiben, wem dieses Haus von nun an gehörte.

Die Juden der Stadt hatten als Erste geahnt, gefürchtet, gewusst, welches Schicksal ihnen drohte. Noch vor der ersten Welle des Tötens waren sie fast vollzählig in die Synagoge geflüchtet und hatten sich dort verbarrikadiert; an Gegenwehr war nicht zu denken. Das Gemetzel dauerte bis zur Abenddämmerung und schien erst aufzuhören, als die nächtliche Finsternis einsetzte.

Rutgar stieg aus dem Sattel, ohne die Kundschafterfahne loszulassen. Neben ihm sprang Berenger zu Boden, hob den Arm und rief: »Diese zwei Häuser gehören jetzt uns! Führt die Pferde in den Stall, stellt Wachen auf – weg von der Straße!«

Verwundert, aber wortlos gehorchten die Männer seiner Schar. Berenger und Rutgar hängten ihre Schilde an Holzpflöcke in der langen Hauswand. Als der erste Ansturm vorbei war und die Mehrzahl der Christen nicht mehr durch die Tore drängte, waren Berenger und Rutgar in voller Bewaffnung in die Stadt geritten und hatten in einer Seitengasse die scheinbar leeren Häuser gefunden. Zu Tode erschreckt, kamen die Bewohner, die nicht geflohen waren, aus ihren Verstecken; Sklaven, einige Kinder, ein paar alte Diener. Berenger und Rutgar stellten sich in die offenen Türen, mit den Rücken zum Haus, und taten, als ob sie zu den Plünderern und Totschlägern gehörten.

Über der Stadt lagen Rauchschwaden wie dünner Nebel. Das Schreien von Tausenden, Hufgetrappel und die verzerrten Rufe *»Deus lo vult!«* und *»Deus adjuva!«* übertönten das Waffengeklirr, das zwischen den Hausmauern und über die Plätze rasselte.

In der gekrümmten Gasse war kein Zeichen von Leben; nicht einmal eine Katze oder ein Hund streunte umher. Am Straßenrand lag ein Toter, bekleidet nur mit einem Hemd, der aus blicklosen Augen in den dunklen Himmel starrte. Blut färbte den Rinnstein rot.

Kurze Zeit später waren alle Pferde, Chersala und die Kundschafter in den Häusern verschwunden.

»Solange die Ritter morden und plündern, werden sie sich nicht um uns kümmern«, bemerkte Berenger. »Das verschafft uns etliche Vorteile.«

»Wir werden sie nicht allzu lange genießen dürfen«, antwortete Rutgar. Die beiden Männer warteten mit gezogenen Schwertern. Sie hatten die Schilde und Waffen gesehen, die Ritter und Fußsoldaten als Zeichen ihres Besitzes an die Häuser gehängt hatten, und die Schriften an den Türen und den Mauern.

»Abwarten«, sagte Berenger und horchte ins Haus hinein. Chersala redete mit den Muslimen und versuchte sie zu überzeugen, sich als getaufte Christen auszugeben. Die Kundschafter brachten ihre Tiere unter und versorgten sie. Es gab wahrscheinlich nicht genug Platz für Pferde und Maultiere in den beiden Häusern. »Eine Handvoll Tage bleiben wir hier. Nicht länger als nötig.«

»In der Nacht halten wir Ruhe«, bekräftigte Rutgar. »Es werden wohl wenige Fackeln und Lichter in der Stadt angezündet.«

»Morgen fängt das Wüten wieder an«, knurrte Berenger unterdrückt.

Rutgar nickte, drehte sich um und rief: »Hadmar! Schick drei oder vier Wachen her! Für ein paar Stunden. Wir sind dreckig, durstig und hungrig.«

»Wir kommen!«, lautete die Antwort aus der Tiefe des Hauses.

Zwei Kundschafter brachten aus dem Haus Becher mit kaltem Sud. Mit wenigen Zügen leerten Berenger und Rutgar die Gefäße und gingen ins Haus.

Bevor er die Tür zuzerrte, sagte Rutgar: »Lasst keinen herein. Schlagt Lärm, wenn ein Franke uns stören will.«

Die Wachen legten die Hand auf die Brust, warfen sich gegenseitig einen Blick zu und nickten. Die Disziplin dieser Männer war erstaunlich, dachte Rutgar. Auch die Kundschafter hatten sich von der Erregung anstecken lassen, sich aber weder an Plünderung noch am Morden beteiligt.

Aus dem Lager, dessen Zelte sie noch abbrechen und auf die Saumtiere packen mussten, waren nur Waffen und Ausrüstungen mitgenommen worden; es war weder Proviant noch Wasser übrig. Berengers Schar, ebenso erschöpft, abgerissen, halb verdurstet und schmutzbedeckt wie die ärmsten Pilger, hatten als Erstes ihre Wasservorräte an der nächsten Zisterne ergänzt. Jetzt hingen große Kessel über den Feuern, für Sud und zur Reinigung und zum Scheren der Bärte und des Haars. Der Verwundete lag am Boden, auf einer Schicht Teppiche, und schlief; ein Muslim hatte ihm einen Schlaftrunk eingeflößt. Rutgar fiel neben Chersala auf die teppichbedeckte Bank und hielt einer Muslima den leeren Becher entgegen.

»Durst!« Er stöhnte. »Den Dreck herunterwaschen! Und tief schlafen. Wenigstens ein paar Stunden.«

»Sie werden alles für uns tun, Liebster.« Chersala zeigte auf einige Hausbewohner. »Es sind vierzehn. Die Kinder haben sie auf dem Dach versteckt.«

»Hast du ihnen gesagt, dass sie sich nicht aus dem Haus wagen dürfen?«

»Sie haben verstanden, worum es geht, glaube ich. Unser Zimmer, über der Treppe, zum Innenhof, ist bereit. Die Sklaven werden Tücher und heißes Wasser bringen.«

Die Pferde drängten sich in den Ställen zusammen. Die Kundschafter, kaum dass sie die Häuser betreten hatten, stillten zuerst ihren Durst und trieben die Sklaven der geflüchteten Bewohner zusammen. In den ersten Nachtstunden waren Essen und Bottiche voll Waschwasser bereit. Gewaschene Kleidungsstücke hingen im Innenhof zum Trocknen. Die Truhen der Geflohenen, voller ungebrauchter Kleider, waren bald leer. Einige Kundschafter lagen in den Zimmern und schnarchten. Nur in winzigen Schritten fiel die Erregung von Chersala und den Männern ab. Sie befanden sich, wohl nur für kurze Zeit, auf einer winzigen Insel der Ruhe inmitten eines Meeres von Mord, Blut und Niedertracht.

Von irgendwoher drang der Schrei eines Menschen in Todesangst. Und in der Stille hörten sie, dass die übrige Stadt keineswegs schlief.

Nahezu die ganze Nacht ging das Morden weiter. Die Ritter und Fußkämpfer waren vom Heiligen Geist besessen. Sie erschlugen im Fackelschein die Muslime, überall dort, wo noch Flüchtende lebten. Tancred hatte im letzten Abendlicht die Einheimischen gezwungen, seine Fahne auf der Kuppel der Al-Aqsa-Moschee aufzupflanzen; die Muslime fühlten sich durch sein Versprechen geschützt. Tancreds Rotten plünderten den Felsendom und erbeuteten Schätze, deren Wert sie nicht einmal abzuschätzen vermochten.

Die Fürsten bemächtigten sich der von ihnen eroberten Häuser, ließen die Kriegsknechte weiter wüten und legten die blutbesudelten Rüstungen ab. In einfacher Kleidung schritten die Fürsten und Geistlichen einmal um die Innenmauern der Stadt, dann zur Grabeskirche. Zu ihrem grenzenlosen Erstaunen öffneten ihnen Christen, die sich in der Kirche verborgen gehalten hatten, die Tore und kamen ihnen mit Kreuzen und Reliquien in den Händen entgegen. Weinend vor Glück näherten sich die Pilger dem Grab Christi und feierten dort eine Messe mit frommen Liedern und Händeklatschen.

Inzwischen waren die Türme mit christlichen Kriegern besetzt, und alle Tore wurden bewacht. Bei Sonnenaufgang erreichten Scharen aus den verschiedenen Heeren die Moschee, achteten nicht auf Tancreds Fahne und verschafften sich Eingang. Mit Pfeilen schossen sie die Geflüchteten vom Dach und töteten mehrere Tausend Muslime, die sich in der Moschee gerettet geglaubt hatten.

Kinder, Frauen und Männer wurden erschlagen, Rechtsgelehrte, Imame, Asketen und fromme Muslime, Besucher aus anderen Städten. Der Boden der Moschee füllte sich mit Blut; bei jedem Schritt klebten die Stiefel am Boden. Köpfe, Arme und Körper lagen übereinander und nebeneinander in der roten Flut, im Gotteshaus und rund um dessen Mauern. Die Bewaffneten waren vom Kopf bis zu den Füßen von frischem und getrocknetem Blut bedeckt und halb taub von den Todesschreien der Muslime. Auf dem weiten Tempelplatz und auf jeder Stufe der Aufgänge lagen tote Pferde, geköpfte und in Stücke gehauene Menschen und einzelne Gliedmaßen. Blut sickerte über die Stufen und gerann zu breiten Zapfen, tropfte von den Mauern und tränkte jedes Kleidungsstück. Die Franken rannten und hasteten über eine Schicht blutbedeckter Körper und hieben mit Schwertern und Beilen auf jeden Körper ein, der sich bewegte. Die Fesseln der Pferde waren rotgefärbt, drei, vier oder fünf Handbreit hoch.

Einzelne Pilger schnitten die Körper der Erschlagenen auf, rissen die Mägen heraus und suchten darin nach goldenen Münzen oder Schmuck. Man hatte ihnen erzählt, dass die Sarazenen das Gold schluckten, damit es nicht in die Hände der Christenhunde fiel. Bald war Jerusalem eine Stadt, in der nur noch Christen lebten. Und einige Handvoll gefangene Muslime und versteckte Juden.

Die Juden hatten sich zumeist in ihre Synagoge geflüchtet. Wenn die Stadt ein Hort der Christen werden sollte, mussten auch die Juden vernichtet werden. Bald brannte die Synagoge. Jeder Versuch der Verzweifelten, aus dem erstickenden Rauch und den Flammen auszubrechen, endete tödlich: Die Franken erschlugen jeden, der ihnen aus den Rauchwolken heraus entgegenstolperte. Fast einen ganzen Tag lang loderten die Flammen und stieg der Rauch aus dem Bauwerk auf. Glühende Balken und Mauertrümmer fielen auf die Verwundeten, Leichen und in die Blutbäche. Unsagbarer Gestank breitete sich aus, als die Leichen und ihre blutgetränkten Kleider zu brennen anfingen.

Alle wichtigen Stellen, an denen die Stadt verteidigt werden konnte, waren abgesichert und von Franken besetzt. Nach 463 Jahren, hatten die Priester beim Dankgottesdienst gesagt, war Jerusalem wieder in der Hand der Christenheit.

Am nächsten Morgen begannen die überlebenden Muslime und Juden, aber auch viele Haufen Pilger, die Leichen und die Leichenteile fortzuschaffen, in Körben, Decken, auf den Rücken von Eseln, Maultieren und Pferden und auf kleinen Karren, die man auf dem Markt entdeckt hatte. In der Hitze begannen die Leichen zu faulen und zu stinken, und die Fürsten fürchteten den Ausbruch von Seuchen. Vor den Mauern wurde alles Holz, das von zerstörten Belagerungsmaschinen kam, die halb verbrannten Balken, dorniges Gestrüpp und das Öl und Pech, das die Verteidiger übrig gelassen hatten, zu großen Scheiterhaufen aufgetürmt.

Viel Wasser und Sand war nötig, um die Gassen, Treppen, die Böden und viele Wände vom Blut zu reinigen. Tagelang schufteten gefangene Muslime und Juden, aber auch Pilger, in schonungsloser Sonnengrelle. Die Scheiterhaufen brannten Tag und Nacht. In der fettigen Asche stocherten und siebten die Pilger, denn sie suchten geschmolzenes Gold, das die Muslime am oder im Körper getragen hatten; sie fanden sehr wenig oder gar nichts.

Ein Gerücht machte die Runde. Die einen jubelten darüber, viele erschraken, als man die Getöteten zu zählen versuchte – man nannte sechzig- oder gar siebzigtausend Tote.

Berengers Schar war satt, hatte den Durst gelöscht, ihre Kleidung gegen die Stücke ausgetauscht, die sie in den Vorratszimmern gefunden hatten. Truhen standen in jedem Raum, waren in Mauernischen versteckt und unter Bodenbrettern; eine jede wurde geöffnet oder aufgebrochen. Die Bewohner des Hauses waren ungewöhnlich reich gewesen.

Berenger verteilte die Beute zu gleichen Teilen, stellte ein Drittel der Pferde und Saumtiere in den Stall eines anderen Hauses und achtete darauf, dass jeder Kundschafter den Bart schor, das Haar kürzte und ohne Läuse und Flöhe war. Die Haussklaven, froh, ihr Leben noch zu besitzen, schleppten Badewasser in die Zuber der Kellergewölbe. Alle Vorratsspeicher der Stadt waren gefüllt, und es herrschte kein Mangel an Wasser.

Als die Fürsten sich einig waren, dass die Stadt gereinigt war und die Gefangenen alle Knochenreste der Verbrannten verscharrt hatten, überließ man die erschöpften Gefangenen Tancred, der sie als Sklaven verkaufte; dreißig Goldstücke war jeder Überlebende wert.

Am 20. Tag des Heumonds rief Berenger seine Schar und die Sklaven im Innenhof zusammen.

»Wir haben unseren Auftrag ausgeführt«, begann Berenger ruhig und musterte jeden Einzelnen. Thybold saß neben Chersala und hörte schweigend zu. »Das bedeutet, dass wir nach Konstantinopel zurückreiten sollten, denn dort erhalten wir unseren Sold. Aber – Konstantinopel ist weit. Rutgar, Thybold, Cherso«, er setzte ein schiefes Grinsen auf, »und ich, wir wollen den grausigen Weg durch Wüsten und über Gebirge kein zweites Mal nehmen. Was haltet ihr von Jaffa oder einem anderen Hafen?«

Alle Kundschafter waren an einem der vergangenen Tage einzeln durch die Stadt und zum alten Lager geritten. Was sie in Antiochia erlebt hatten, war hier mit zweifacher Wut und dreifacher Grausamkeit geschehen. Jeder Muslim, der von der Einnahme Jerusalems erfuhr, würde die Christen hassen und ebensolche Grausamkeit zeigen, wenn er im Kampf siegte. Der ohnehin schwierige und entbehrungsreiche Weg über Land wäre damit noch gefährlicher geworden.

Sie hatten sich mit den Sklaven verständigt. Sie würden zur Beute der Kundschafter erklärt und mitgenommen werden, und man würde sie irgendwo zwischen Jerusalem und Akkon entlassen, wo sie Aufnahme bei anderen Muslimen fanden. Die

Dankbarkeit der Sklaven war grenzenlos; jetzt halfen sie beim Abbau des Kundschafterlagers.

»Warum nicht in Schiffen?« – »Nach Zypern und dann an den Bosporos!« – »Mit unserem vielen Gold können wir die Kapitäne bezahlen.« – »Als Söldner des Basileus werden uns weder Christen noch Muslime angreifen – hoffentlich.«

»*Inschallah!*« Berenger unterbrach das Stimmengewirr und fuhr über sein kurzes Haar. »Es wird schwerer, als es sich anhört. Fünfundzwanzig Reiter sind für jeden Wegelagerer einen Überfall wert.«

»Hast du schon mit den Fürsten geredet?«, wollte Hadmar wissen.

Berenger schüttelte den Kopf. »Nicht, bevor ich nicht mit euch alles besprochen habe. Und mit Rutgar. Er will, dass ich mit ihm in seine Heimat reite. Ihr wisst, wo das ist.«

»Ich habe es oft genug erzählt«, warf Thybold ein. »Viel zu weit weg.«

»Nicht so weit wie die Normandie oder Flandern«, meinte Berenger. »Viele Ritter werden nach Frankreich zurückreisen. Wir sollten uns ihnen anschließen.«

»Wann sollen wir aufbrechen?«

»Vielleicht in einer Woche? In zehn Tagen? Was hält uns hier?«, antwortete Rutgar. Die Beute hatte sie reich gemacht. Er könnte zwei Burgen bauen, wenn er die Münzen, Ringe, Ketten und edelsteingeschmückten Schwerter und Dolche zusammenrechnete. Er antwortete sich selbst: »Eigentlich nichts. Ein böser Traum ist vorbei.«

»Kein Traum, Rutgar«, brummte Berenger.

Thybold nickte schwer. »Alles war wirklich und wahrhaftig.«

Die Soldaten und Pilger hatten sich über die Stadt verteilt und lebten in den Häusern der Muslime und Juden. Die Fürsten berieten darüber, wer Patriarch und wer König Jerusalems werden sollte.

Adhemar von Le Puy war tot, und so fiel die Wahl für den Patriarchen schließlich auf Arnulf von Choques, den Kaplan Roberts von der Normandie. Die Wahl war freilich umstritten, denn Arnulf hatte sich viele zu Feinden gemacht, insbesondere unter den Provençalen, und man machte es ihm zum Vorwurf, dass er sich zum Wortführer der Zweifler an der Heiligen Lanze gemacht und Peter Bartholomäus in den Tod getrieben hatte.

Die herausragenden Kandidaten für den Titel eines Königs von Jerusalem waren Raimund von Toulouse und Gottfried von Niederlothringen. Tancred wurde erst gar nicht in Betracht gezogen, da er als zu machthungrig, als eine bloßes minderes Abbild seines verschlagenen Onkels Bohemund galt. Robert von Flandern und Robert von der Normandie hatten bereits erklärt, dass sie wieder heimzukehren gedachten. Tatsächlich waren es Raimunds eigene Landsleute, die schließlich den Ausschlag gaben, dass die Wahl auf Gottfried fiel, in der Hoffnung, dann werde auch ihr Herr wieder nach Hause zurückfahren.

Im Nachhinein hieß es auch, Raimund habe die Königswürde abgelehnt, weil er den Gedanken nicht ertragen könne, als König in einer Stadt zu regieren, deren wahrer und einziger König Jesus Christus selbst sei. Ob dies wahr war oder nur ein Gerücht, das sein Kaplan Raimund von Aguilers gestreut hatte, vermochte keiner zu sagen. Doch auch Gottfried von Bouillon lehnte die Würde und den Titel eines Königs von Jerusalem ab und erklärte, dass er sich nur als *Advocatus Sancti Sepulchri*, als Hüter und Verteidiger des Heiligen Grabes, sehe.

Aber Raimund von Toulouse hielt immer noch den Davidsturm, den Iftikhar ihm übergeben hatte, und wollte daraus nicht weichen, und so gab es erneut Streit. Nach vielen zornigen Worten wurde die Festung Gottfried zugesprochen und

Raimund ein Haus in der Nähe des Heiligen Grabes zugewiesen. Raimund stürmte aus der Stadt mit den Worten, er könne hier nicht in Schande weiter verweilen, und zog mit seinen Männern ins Jordantal. Dort badeten er und seine Schar und lagerten schließlich in Jericho.

Gottfrieds selbstherrliches Verhalten hatte auch Robert von Flandern und Robert von der Normandie verstimmt. Tancred und sein Bruder Eustachius hatten die Stadt in Richtung Nablus verlassen, das sich den Christenrittern ergeben hatte und auf Schonung hoffte. Die Geistlichkeit war immer noch in Aufruhr über die Wahl Arnulfs als Patriarch. So endete die bewaffnete Pilgerfahrt in einem großen Streit der Geistlichen und Fürsten, als habe sich in Jerusalem nicht eine Hoffnung erfüllt, sondern ein Fluch, der seit Langem über diesem Unterfangen lastete.

In der Nacht, als sie nebeneinanderlagen, im bernsteinfarbenen Licht einer großen, zierlich geschmiedeten Öllampe, und als sich die Luft im Innenhof ein wenig abgekühlt und mit dem Duft des Räucherwerks vermischt hatte, legte Chersala ihren Arm auf Rutgars Brust und sagte leise: »Deine Briefe, Liebster, und die Boten, die sie nach Cluny und Köln bringen sollen – glaubst du noch immer, dass sie nicht verlorengehen?«

Er zögerte mit der Antwort, dann sagte er: »Ich bin keiner von den Fürsten, deren Nachrichten mehrere Male abgeschrieben werden, sodass wenigstens eine von ihnen den Empfänger erreicht. Ich habe auch keine Botenreiter, die sich abwechseln mit frischen Pferden und all das. Ob meine Briefe dort ankommen, wohin sie gebracht werden sollen, weiß ich nicht, auch wenn es die Klosterbrüder gewiss freuen würde.« Er richtete sich halb auf und fuhr fort: »Es ist auch nicht wichtig. Irgendjemand wird sie lesen, und ich vertraue darauf, dass die Wahrheit am Ende siegen wird.«

Sie hatten sich geliebt, leise und zärtlich, im Schutz der Wachen, zwischen kostbaren Wandbehängen und auf duftenden Laken, die glatt waren wie Seide, auf einem breiten gemauerten Lager, auf dem ein halbes Dutzend weicher Teppiche lag; auch auf dem Boden waren drei Lagen wunderschöner Teppiche ausgebreitet. Auf Laken und zwischen Kissen, zwischen denen Muslime geschlafen hatten, die nicht mehr lebten.

»Was meinst du, wird Berenger mit uns kommen?«, sagte Chersala schläfrig.

Rutgar lauschte in die Nacht. Im Haus herrschte Stille, die üblen Gerüche der Stadt und der Brandgeruch waren durch Weihrauch und Duftwässer vertrieben worden, und da in den Gewölben der muslimischen Häuser wenig Wein gefunden worden war, gab es auch keine Trunkenen, die grölten oder lauthals schnarchten.

Auch von draußen her drang kein Lärm mehr herein, nur die üblichen Geräusche einer schlafenden Stadt. Nach der ganzen Orgie des Mordens schlief Jerusalem den Schlaf des Todes und der Erschöpfung.

»Ich weiß es nicht.« Er zuckte mit den Schultern. »Er weiß es selbst noch nicht, glaube ich.«

Berengers Männer hatten sich entschlossen, mit einem Schiff des Basileus nach Konstantinopel zurückzukehren. Konstantinopel lag näher als die Provençe; Chersala und Rutgar würden sich anderen bewaffneten Pilgen anschließen müssen.

»Aber ich werde mit dir kommen, das weißt du«, bekräftigte Chersala und nahm ihm einen Becher aus der Hand. »Und ich weiß es auch. Aber auch darüber haben wir so oft geredet.«

Über alles hatten sie geredet. Wog der Schmerz Chersalas, Vater, Bruder und Schwester in Drakon nie wiederzusehen, den Bau der weißen Burg in der Provençe auf? Würde der Reichtum ihr Leben verändern? Würde er von Bestand sein? War die Liebe beständig? Daran zweifelten weder Chersala noch Rutgar. Alles andere blieb unsicher. Schon der nächste Tag konnte vieles ändern.

Sie leerten die Becher, redeten noch ein wenig miteinander und schliefen aneinandergeschmiegt ein. Am späten Morgen weckte sie Berenger; Unruhe und Aufregungen begannen aufs Neue.

Während die Anführer der Kreuzfahrer zerstritten und ihre Heere zerstreut waren und Gottfried alle Hände damit zu tun hatte, seine Herrschaft in der Stadt zu festigen, erhielten die Franken die Nachricht, dass viele muslimische Schiffe und ein riesiges Heer unter dem Befehl des Fatimiden-Wesirs Al-Afdal bei Askalon gesehen worden waren.

»Ein Dutzend von uns soll das ägyptische Heer ausspähen«, sagte Berenger und wies seine Kundschafter an, die Pferde zu satteln und sich zu bewaffnen.

Berenger, Rutgar und zehn Kundschafter beluden einige Saumpferde mit der nötigen Ausrüstung, schwangen sich in die Sättel und ließen die anderen zu Chersalas und des genesenden Spähers Sicherheit in Jerusalem zurück, wo auch ein Großteil ihrer Beute zurückblieb.

Kapitel XXXI

A. D. 1099, 9. Tag des Erntemonds (August)
Bei Ramla, Askalon und in Jerusalem

»Lass meine Seele leben, auf dass sie dich lobe.«
(Ps 119,175)

Auf der Straße zur Küste, inmitten üppiger Pflanzungen und Felder, eine Wegstunde vor Ramla, trafen die Kundschafter auf das kleine Heer von Tancred und Eustachius, das in Eilmärschen nach Süden geeilt war. Wenn sich das ägyptische Heer näherte, sagten sich Rutgar und Berenger, würde Al-Afdal Späher vorausschicken, ebenso, wie es die Christen taten. Rutgar übergab die Fahne und die Zügel der Saumpferde an Tancreds Unterführer. Späher sprengten davon und bildeten eine auseinandergezogene Linie. Hundert Atemzüge später schienen sie zwischen Büschen und Hainen verschwunden zu sein.

Zwei Stunden später sah Rutgar gespiegelte Sonnenstrahlen in einem Takt, den er kannte. Er ritt im Trab in die Richtung auf die Signale, durch Weiden, entlang fruchtbarer Felder und kleiner Obstwäldchen. Neben ihm kamen andere Kundschafter herangeritten, deuteten auf das grelle Flackern und winkten. Auch sie galoppierten auf einige einzeln stehende Häuser zu, deren gelbe Mauern sich hinter den Stämmen von Palmen und Tamarisken zeigten. Berenger und Hadmar saßen am gemauerten Rand eines Ziehbrunnens. Rutgar stieg aus dem Sattel, grüßte Berenger und sah sich um. Drei Männer mit bloßen Oberkörpern waren an Palmenstämme gebunden.

»Späher von Al-Afdal«, erklärte Berenger knapp. »Wir haben sie nachdrücklich befragt.«

»Ich zweifle nicht daran, dass du Antworten bekommen hast«, sagte Rutgar. Die Kundschafter brachten ihre Pferde zum Brunnen und warteten schweigend. »Was plant Al-Afdal?«

»Er wartet auf seine Flotte«, antwortete Berenger, stand auf und packte den Zügel seines Rappen. »Und auf Nachschub an Proviant und dem Übrigen. Er glaubt nicht, dass ihn die Franken angreifen. Noch nicht.« Berenger winkte Hadmar und sagte zu Rutgar: »Ich reite zu Tancred und den anderen. Du räumst hier auf und folgst mir. Stoßt ihr auf andere Späher ... gefangen nehmen. Es eilt, dünkt mich.«

»Wo treffen wir dich?«, wollte Rutgar wissen.

»Zwischen hier und Jerusalem. Zuerst in Ramla.« Berenger stieg in den Sattel und nahm die Zügel auf. »Wahrscheinlich wird Al-Afdal nördlich von Askalon lagern. Mit mehr als dreißigtausend Mann. Bis bald, meine Freunde.«

Begleitet von vier Kundschaftern trabte er an. Einige Atemzüge später fielen die Pferde in Galopp. Die Schar verschwand in einer Staubwolke. Eine Stunde danach brachen Rutgar und der Rest der Schar mit den drei Gefangenen auf.

Jean-Rutgar aus Les-Baux schreibt an Bruder Odo und Bruder Rasso zu Cluny in Frankreich:

Am späten Abend des 13. Tages im Erntemond kehrten die Heere im Triumph und mit unermesslich großer Beute nach Jerusalem zurück. Sie sagen, dass es ein leichter Sieg war. Ich kann es bezeugen, denn wir Kundschafter waren dabei. Als wir von den Spähern Al-Afdals erfuhren, was er beabsichtigte, hetzten Boten von Eustachius und Tancred nach Jerusalem zu Gottfried von Bouillon und berichteten, was sie wussten. Gottfried versammelte seine Truppen und rief die Fürsten auf, sich ihm anzuschließen. Robert von Flan-

dern gehorchte sofort, aber Raimund von Toulouse und Robert von der Normandie warteten ab, bis sie Berengers Kundschafter selbst befragen konnten. Dann brachen sie am 11. Tag auf und trafen in Ramla mit Eustachius und Tancred zusammen. In Jerusalem blieb nur eine kleine Besatzung zurück. Dort fanden Prozessionen und Bittgottesdienste statt, die von Peter von Amiens geleitet wurden. Einige Meilen nahe Ramla, bei Ibelin, versammelten sich die Heere und trieben am Abend die Viehherden des ägyptischen Heeres fort, bevor die christlichen Truppen einige Stunden rasteten.

Vor der Morgendämmerung ritten sie zur Ebene von Al-Majdal und stellten sich zur Schlacht auf. Gottfried auf der linken Seite, Tancred und beide Grafen Robert in der Mitte, und Raimund rechts, am Meer. Kaum waren die Reihen und Blöcke aufgestellt, ließen sie laut in die Trompeten und in Hörner stoßen und stürmten auf Al-Afdals Heerlager ein. Die Ägypter waren zu Tode erschreckt; sie begannen zu flüchten und wagten keinen Widerstand. Innerhalb ganz kurzer Zeit rannten die Truppen davon. Eine große Rotte versteckte sich in einem Hain von Maulbeerfeigen, den die Franken mitsamt den Ägyptern verbrannten. Eine ebenso große Schar wurde von Raimund ins Meer getrieben. Die anderen christlichen Truppen drangen in das Lager Al-Afdals ein und erreichten das Zelt des Wesirs. Die Krieger Roberts raubten die Fahne des Wesirs, sein kostbares Schwert und einen Teil seiner Schätze. Der Wesir konnte mit seiner Leibwache nach Askalon entkommen, wo ihn ein Schiff rettete.

Der Kampf dauerte nur wenige Stunden. Die Menge und der Wert der Beute überstieg alle Vorstellungen: Kostbar verzierte Waffen, Edelsteine und Goldbarren, Pferde und Schlachttiere, Zelte und deren Einrichtungen, Lastkamele und Sättel. Was nicht fortgetragen werden konnte und wenig Wert besaß, wurde verbrannt. Die Bewohner und die Besatzung Askalons, die von der Niederlage schnell erfuhren, ergaben sich Raimund von Toulouse, weil er sich schon gegenüber Iftikhar als ritterlicher Sieger gezeigt hatte.

Weil sich Askalon und danach die Stadt Arsuf nur Raimund allein ergeben wollten, zürnte ihm Gottfried und misstraute ihm. Dies bekräftigte Robert von der Normandie und Robert von Flandern in ihrem Entschluss, Jerusalem und Palästina zu verlassen und heimzukehren, da sie ihrer Christenpflicht und dem Auftrag des Papstes nachgekommen waren, und Raimund, beleidigt ob Gottfrieds Verhalten, schloss sich ihnen an.

Widerwillig, aber letzten Endes großzügig hatte Tancred uns, die Kundschafter, für unsere Dienste belohnt; er hätte es aus der Beute der letzten Schlacht wahrlich auch leichten Herzens tun können. Wir beschlossen, mit diesem Heer nach Norden zu reiten und uns von den Franken zu trennen, wenn die Gelegenheit für uns günstig war. Auch die muslimischen Sklaven sollten mit uns ziehen.

Über Jerusalem und den Hügeln leuchteten die Sterne der mondlosen Nacht. Auf zahlreichen Dächern der muslimischen, jüdischen und christlichen Viertel brannten Öllampen und Kerzen, sodass die Stadt, indes weniger prächtig, den Sternenhimmel widerspiegelte. Kühler Nachtwind strich über die Dächer; es war seltsam, auf diesen Flächen zwischen niedrigen Brüstungen zu sitzen, zu reden und zu trinken. Die muslimischen Sklaven nähten silberne und goldene Münzen in das doppelte Leder der Satteltaschen, denn die Gürtel würden so schwer werden, dass man sie kaum würde tragen können. Auch in Thybolds Ausrüstung war viel schwere Beute versteckt, sogar eine Hand voll Edelsteine. Er ließ sich nachschenken und blickte träumerisch zu den Sternen auf.

»Herzog Gottfried von Bouillon und Tancred verbleiben etwa dreihundert Ritter und zweitausend Fußsoldaten, um die Heilige Stadt schützen«, sagte er und nahm einen kräftigen Schluck. Obwohl der Qur'ān den Muslimen den Genuss von Wein verbot, fanden sich in der Beute immer wieder Krüge und

Ziegenbälge mit schwerem, süßem Wein, den man verdünnen musste, um ihn trinken zu können. »Ich werde mit euch in die Heimat zurückreisen.«

Das Reich Christi umfasste Jerusalem, Jaffa, Ramla, Hebron und Bethlehem. Eine der ersten Aufgaben würde sein, die schadhaft gewordenen Mauern der Heiligen Stadt wiederaufzubauen.

»Das ist besprochen, Thybold.« Jean-Rutgar hielt Chersalas Hand. »Wir reiten mit den Rittern aus Burgund, Aquitanien, dem Languedoc und der Provençe, also mit Einauge Raimund. Toulouse, Toulouse!«

Berenger saß unbewegten Gesichts, dicke Kissen unter sich, auf dem Boden und lehnte an der Brüstung. Er hob die Hand und sprach seine drei Freunde gleichermaßen an. »Ich will euch nicht mehr länger im Ungewissen lassen, Freunde.« Seine Stimme klang rau; Rutgar kannte den Tonfall und wusste, dass sich der Waräger endgültig entschlossen hatte. »Ich stehe im Sold des Basileus und habe ihm einen Eid geschworen. Ich bringe meine Männer nach Konstantinopel zurück. Unversehrt, wenn's möglich ist.« Er wartete, bis Chersala seinen Becher aus dem schweren Krug gefüllt hatte. »Danach bin ich frei«, fuhr er fort und grinste. »Und reich. Also, haltet in eurer Burg ein Turmzimmer frei für mich.«

»Nun wissen wir's«, antwortete Chersala lächelnd. »Es wird seine Zeit brauchen, bis die beiden die Ruine wiederaufgebaut haben werden.«

»Es wird dauern, bis ich euch in der Provençe finde«, bekräftigte Berenger. »Zu Schiff, nicht im Sattel.«

»Gleiches gilt für uns«, antwortete Rutgar. »Ich hoffe nur, dass die Heimreise weniger lange dauert als der Weg hierher.«

»Wenn die Ritter einen sicheren Hafen gefunden haben und gute Schiffe, wird es uns auch gelingen«, sagte Chersala. »Wir reiten nicht allein.«

Sie wiederholte, was schon oft beredet worden war. Die Unsicherheit war groß, denn es schien den Freunden, dass Jerusalem ein sehr viel wichtigeres Ziel gewesen war als die Städte und Länder der Heimat. Auch für Chersala, Rutgar und Thybold, nicht nur für die vielen Tausende. Obwohl sie erst in etlichen Tagen aufbrechen würden, dachten sie unausgesetzt an Abschied und an endlose Mühen und an unerwartete Kämpfe. Die Burgruine Beausoleil stand in ihren Träumen weiß und leuchtend als erlesene Schönheit winzig am Horizont.

Zu Beginn des Herbstmonds leerte sich innerhalb einer Stunde das Haus. Die Schar, die Berenger befehligte, folgte Raimund von Toulouse, Robert von der Normandie und Robert von Flandern. Einige Scharen aus Gottfrieds Gefolge ritten mit ihnen hinter der Fahne des Grafen von Flandern, darunter Balduin von Le Bourg. Saumpferde trugen die Zelte und die Ausrüstung des Lagers, die Sklaven saßen auf erbeuteten Pferden. Niemand von den Bewohnern Jerusalems, die dem Auszug der kleinen Heereshaufen zusahen, hielt die Kundschafter auf. Sie ritten durch das Blumentor und folgten der Straße, auf der vor ihnen einige Tausend Pilger wanderten, die ihre Gelübde für erfüllt hielten. Ihr fernes Ziel war Laodicea zwischen Tripolis und Antiochia, die Robert von der Normandie während der Belagerung Antiochias eingenommen hatte.

In Arsuf ließ Berenger die Muslime frei, beschenkte sie mit einer Handvoll Silbermünzen und erleichterte sein Gewissen dadurch, dass sie von anderen Muslimen aufgenommen wurden. An Caesarea und Akkon vorbei – an der Küste sahen sie nur Fischerboote, aber keine Schiffe aus Genua oder solche des Basileus. Die Muslime ließen die Christen ihres Weges ziehen, brachten dem Heer Proviant und Wasser und griffen nicht an; trotz der Mühsal trockener Straßen und zahlreicher Lager blieb der Ritt ein erträgliches Unterfangen. Doch als sie sich der Mündung des Orontes näherten, erreichte die Fürsten eine Nachricht, die sie bestürzte.

Eine pisanische Flotte hatte Raubüberfälle auf die Inseln Korfu, Leukas, Kephalonia und Zante unternommen und war, als es der Basileus erfuhr, von dessen Flotte verfolgt worden. Tatikios selbst befehligte die Schiffe der Rhomäer und hatte versucht, die Pisaner zu stellen. Er konnte zwar ein Schiff erbeuten, aber ein Sturm half den Pisanern, zu entkommen. Als sie an Zypern zu landen versuchten, vertrieb sie der dortige Statthalter Konstantinopels. Die Pisaner, eine wüste Horde Seeräuber, segelten weiter zur Küste Syriens.

Dort versuchte Bohemund, der Herr Antiochias, die Stadt Latakia anzugreifen, um sie in seinen Besitz zu bringen. Bohemund hoffte, sich durch die Eroberung der Stadt den Weg zum Meer zu sichern, und verbündete sich mit den Pisanern. Als Raimund von Toulouse und die beiden Roberts mit ihrem Heer anrückten, fanden sie eine christliche Stadt, die, umgeben von einem feindlichen muslimischen Land, von zwei Seiten von einem christlichen Fürsten und einer christlichen Flotte bedrängt wurde. Einer Flotte, die zudem von keinem anderen befehligt wurde als Erzbischof Dagobert von Pisa, den der Papst in der Nachfolge von Adhemar von Le Puy zum Legaten für das Heilige Land bestimmt hatte.

Graf Raimund ließ den Legaten zu sich kommen und erklärte ihm in unmissverständlichen Worten, dass sein Plan ein Vergehen gegen die Christenheit sei und dass er und seine Verbündeten dies nicht dulden würden. Dagobert gehorchte und hob die Blockade auf. Daraufhin brach Bohemund voll Ärger die Belagerung ab; die kleine Zahl der Verteidiger atmete auf und öffnete die Tore. Mit fünfhundert seiner Männer zog der Graf von Toulouse ein und ließ seine Fahne über der Stadt wehen.

Robert von der Normandie und Robert von Flandern bestiegen mit ihren Heerscharen und wenigen Pferden die Schiffe, um nach Konstantinopel zu fahren. Der Abschied Chersalas, Thybolds und Rutgars von Berenger und den Spähern war endgültig.

Die Männer schleppten ihren wertvollen Besitz an Bord des Schiffes. Einer nach dem anderen kam noch einmal über die Laufplanke herunter, schüttelte die Handgelenke Rutgars und Thybolds, manche umarmten Chersala, einige schlugen den beiden auf die Schultern; jeder wusste, dass es ein Abschied für immer war. Berenger ließ Rutgars Unterarm los und packte ihn an den Schultern.

»Damals, Berenger, in Drakon, im Schneesturm«, sagte Rutgar heiser. »Du erinnerst dich? Wir waren närrisch vor Freude, als du gekommen warst, halb erfroren und mit Satteltaschen voller Goldmünzen.«

Berengers Blick ging zwischen Rutgar und Chersala hin und her. Sie lehnte an Rutgars Seite und kämpfte mit den Tränen. Berenger streichelte ihre Wange und grinste verlegen.

»Wenn ich zu euch komme, dann nicht im Schneesturm«, sagte er. »Lebt wohl, viel Glück, auch dir, Thybold. Gott oder Allah sei mit euch.« Er schluckte und zuckte mit den Schultern. »Bleibt zusammen und bleibt euch treu, ihr beiden.«

Sie umarmten sich lange. Einige Späher standen schweigend dabei und sahen gerührt zu.

Berenger riss sich los und wandte sich zum Schiff. Chersala, Thybold und Rutgar warteten, bis er an Deck stand und beide Arme in einer Geste hob, die sie bei ihm noch nie gesehen hatten.

Im Hafen von Sankt Simeon fanden sie ein Schiff, das sie und ihre Pferde nach Zypern beförderte. Nach zehn Tagen, in denen sie ungeduldig warteten, konnten sie einen Kapitän überreden, sie über das kalte Meer nach Bari zu bringen. Sie überstanden einen Wintersturm und mussten Thybolds Pferd, das im Bauch des Schiffes verendete, über Bord werfen. Aber sie kamen, ohne dass sie von Seeräubern überfallen wurden oder eine Krankheit ausbrach, nach Pisa.

Der Boden schien zu beben, als sie den Hafen betraten. Bis sie ein Pferd kaufen konnten, musste Thybold den schweren Sattel und die Satteltaschen schleppen. In Pisa warteten sie länger als einen Monat, da im Winter sich kaum ein Schiff aufs Meer wagte. Rutgar mietete ein Häuschen vor den Stadtmauern, aber sie blieben unbehelligt; niemand bestahl sie.

Schließlich, endlich, machte ein Genueser Handelsschiff in Marseille fest. Das Land schwankte zum zweiten Mal, als sie das Deck verließen. Ihnen war, als beträten sie das Paradies, als sie wieder die provençalische Sprache hörten und der Mistral drei Tage lang über das Land heulte.

Epilog

A. D. 1100, 3. Tag im Lenzmond (Februar)
Auf dem Weg nach Les-Baux

»Gott spricht: Ich lasse dich nicht fallen und verlasse dich nicht.«
(Jos 20,55)

Die Mauern von Arles lagen in ihrem Rücken. Noch vor einer Stunde hatte sie die Morgensonne geblendet. Der warme Wind aus der Richtung des Meeres blies stetig und raschelte im Ginster. Mit jeder Stunde, in der sie sich der Heimat näherten, legten sich die Bilder, die Gerüche, die Laute und alle Empfindungen über die Erinnerungen an die Wüsten des Heiligen Landes und an die Jahre der Entbehrungen und Kämpfe, an die unzählbaren Schritte, Stadien und Meilen der bewaffneten Wallfahrt. Die Hufe der Pferde, die von der Aufgeregtheit der Reiter angesteckt waren und tänzelten, klangen auf der steinigen und sandigen Straße vom Beginn des Ritts an leichter, fast heiter; Rutgar hatte seit der Belagerung von Nikaia nie wieder dieses Gefühl gehabt.

»Seltsam. Träume ich?«, sagte er laut und lachte. »Neun Jahre war ich fort ...«

»Sieben sind's bei mir!« warf Thybold ein. »Wolltest du sagen: Nichts scheint sich verändert zu haben?«

»Es hat sich viel verändert.« Chersala zügelte ihr Pferd und sah sich lächelnd um. »Ihr merkt es nur nicht.«

Sicherlich waren im Dörfchen viele Menschen gestorben und viele geboren worden. Bäume hatte man gefällt, und andere waren ein gutes Stück gewachsen und hatten heute größere Kronen. Die Felsen und die karge Landschaft sahen so aus wie damals. Der Glanz des Sonnenlichts war der gleiche, der Mistral pfiff und heulte und zerrte an den Reitern – wie damals. Taubenschwärme, Milane und Falken flatterten und kreisten unter den Frühlingswolken. Das helle Grün und die unzähligen Blüten des Frühlings beruhigten die Augen und die Herzen.

»Ach. Fünf Rauchsäulen. Mittagsfeuer«, sagte Thybold und zeigte auf den Felsen von Les-Baux, ein oder zwei Wegstunden entfernt. Der Ginster färbte das Strauchwerk gelb. Die Reiter blickten auf die Mauern der Häuser auf der Felsplatte und auf Dächer. Das Dorf wirkte friedlich, aber arm – wie damals. »Les-Baux ist nicht ausgestorben. Aber ich glaube, uns kennt keiner mehr.«

»Vielleicht erkennst du am Mittag, was in unserer Zeit anders war«, warf Thybold ein. »Meine Neugierde ist kaum kleiner als deine.«

Sie ritten weiter. Auf vielen Feldern arbeiteten Bauern. In einigen weit verstreuten Feuern wurde dürres Unkraut verbrannt. Vor seinem inneren Auge sah Rutgar bereits die Tagelöhner, die rings um die Burgruine den Wildwuchs lichteten, sah große Haufen Kaminholz, Arbeiter im Steinbruch und Gespanne voller Quader und behauenen Bruchstein, andere Gespanne, die Baumstämme und Bohlen herankarrten, und Brunnen, aus denen klares Wasser geschöpft wurde, den Donjon, der aufgebaut wurde.

Auf der Rückfahrt hatten sie erfahren, dass Papst Urban II. an einem der letzten Tage des Heumonds gestorben war und von der Eroberung Jerusalem nichts erfahren hatte. Seit sie in Marseille an Land gegangen waren, waren sie von jedermann freudig und manchmal mit Ehrfurcht bestaunt worden, obwohl sie an ihren Mänteln keine Kreuze trugen. Aber hundertmal mussten sie von der Eroberung Jerusalems erzählen; man verwöhnte sie mit Wein, Essen und kleinen Geschenken.

Sie schwiegen, tief in Gedanken, vielleicht eine Stunde lang, betrachteten das Land und beobachteten jede Bewegung; die Pferde trabten auf der Schlängelstraße. Einen Pfeilschuss weit führte die Straße zwischen die ersten Häuser des Dorfes. Andere Gerüche schwebten heran. Die Pferde witterten Wasser, Futter und Stall und trabten schneller. Thybold richtete sich im Sattel auf, kitzelte sein Pferd mit den Sporen und galoppierte ins Dorf. Rutgar blieb neben Chersala, suchte den Griff ihrer Finger und sagte:

»Habe ich zu viel versprochen oder zu wenig? Glaubst du, dass dieses Stück Land deine Heimat sein kann?«

Ihre Pferde fielen in Schritt. Aus den Häusern kamen einige Bewohner und starrten die Besucher verdutzt an. Kinder liefen auf die Reiter zu, ein Hund scheuchte gackernde Hühner auseinander. Chersala drückte Rutgars Hand und antwortete:

»Darauf antworte ich später, Liebster. Lass uns ein paar Nächte schlafen, dann weiß ich es.«

Sie folgten Thybold und hielten in der Mitte des Dorfes, zwischen eng aneinandergebauten Reihen von Häusern mit steinernen Mauern. Ein Hund kläffte, zog aber den Schwanz ein, als Thybold aus dem Sattel stieg. Chersala wandte sich halb um, sah in Rutgars Gesicht und schüttelte ganz leicht den Kopf.

»Du musst nicht weinen, Liebster«, sagte sie leise. »Wir sind hier, gesund und mit allem, was wir haben. Dein Traum, unser Traum, er wird wahr werden.«

Sie nahmen die Pferde am Zügel und führten sie zu Thybold in die Mitte des Dorfes. Die Saumtiere folgten willig, mit Satteltaschen voller Silber und Gold. Um Thybold, den sie wiedererkannten, scharten sich zögernd einige alte Männer. Rutgar blieb stehen und sah sich um.

»Andere träumten von Jerusalem«, sagte er und senkte den Kopf, »und sie haben für diesen Traum teuer bezahlt. Aber ich träumte immer nur von Les-Baux. Du wirst mir helfen müssen, unsere weiße Burg zu bauen. Dann hast du ein neues Zuhause. Darin wird auch Berenger seinen Platz finden.«

»Wenn er jemals den Weg hierherfindet, zu uns, zu seinen Freunden.«

Sie nickte und ließ seine Hand los. Als sie abstieg, hörte Rutgar sie sagen: »Er wird kommen, sicherlich.« Und, lächelnd, nach einem tiefen Atemholen: »Ich war überall zu Hause, wo ich bei dir war, Liebster. Wo du bist, ist Jerusalem.«

ENDE

London
Rhein
Aachen
Köln
FLANDERN
Stenay
HEILIGES
RÖMISCHES
REICH
Prag
Bouillon
Mainz
Paris
NORMANDIE
Regensburg
Ulm
Wien
FRANKREICH
Bourges
Rhône
Pontarlier
ALPEN
Cluny
Genf
Clermont
Lyon
Le Puy
Mailand
Aquileja
Save
Venedig
Genua
PROVENCE
Toulouse
Marseille
Pisa
ADRIA
PYRENÄEN
Rom
APULIEN
SIZILIEN
N
W
O
S
Hauptwege der Kreuzfahrer
HP

DER ERSTE
KREUZZUG
1096-99
NGARN
KARPATEN
Semlin
Belgrad
PETSCHENEGEN
Donau
Nisch
BEN
BULGAREN
SCHWARZES MEER
Sofia
Philippopel
Adrianopel
Konstantinopel
Chalkedon
Nikomedia
Civetot
Nikaia
DANISCH-
MENDEN
OSTRÖMISCHES
REICH
Dorylaion
SELDSCHUKEN
Philomelion
Kaisareia
Ikonion
Herakleia
ARMENIER
Germanikeia
Edessa
Tarsus
Antiochia
Latakia
ZYPERN
MITTELMEER
Tripolis
Tyrus
Akkon
Damaskus
Jaffa
Jerusalem
Alexandria
KALIFAT DER FATIMIDEN